Volker Kutscher
Der nasse Fisch

PIPER

Volker Kutscher

DER NASSE FISCH

Der erste Rath-Roman

PIPER

Von Volker Kutscher liegen im Piper Verlag vor:
Der nasse Fisch
Der stumme Tod
Goldstein
Die Akte Vaterland
Marlow
Olympia
Transatlantik

Unser Versprechen für mehr Nachhaltigkeit
• Klimaneutrales Produkt
• FSC®-zertifiziertes Papier
• Hergestellt in Europa

MIX
Papier | Fördert gute Waldnutzung
FSC® C083411
www.fsc.org

Sonderausgabe »Ein Buch für die Stadt« Köln 2023
ISBN 978-3-492-32039-9
August 2023

Satz: Buch-Werkstatt, Bad Aibling
Gesetzt aus der Goudy Old Style
Druck und Bindung: CPI books GmbH, Leck
Printed in the EU

Spree-Athen ist tot,
und Spree-Chicago wächst heran.
Walther Rathenau

I

Der Tote im Landwehrkanal

28. April bis 10. Mai 1929

1

Wann würden sie zurückkommen? Er lauschte. In der Dunkelheit geriet jedes kleinste Geräusch zu einem Höllenlärm, jedes Flüstern wuchs zu einem Brüllen heran, die Stille selbst lärmte in seinen Ohren. Ein immerwährendes Dröhnen und Rauschen. Der Schmerz machte ihn halb wahnsinnig, er musste sich zusammenreißen. Das Geräusch der Tropfen nicht beachten, so laut es auch war. Tropfen, die auf einen harten, feuchten Boden fielen. Er wusste, dass es sein eigenes Blut war, das da auf den Beton tropfte.

Er hatte keine Ahnung, wohin sie ihn verschleppt hatten. Irgendwohin, wo ihn niemand hörte. Seine Schreie hatten sie nicht aus der Ruhe gebracht, die hatten sie eingeplant. Ein Keller, vermutete er. Oder eine Lagerhalle? Jedenfalls ein fensterloser Raum. Hier hinein drang kein Lichtstrahl, nur ein leises Schimmern. Der letzte Rest von Helligkeit, der ihm noch geblieben war, seit er auf der Brücke gestanden und den Lichtern eines Zuges hinterhergeschaut hatte, versunken in Gedanken. Gedanken an den Plan, Gedanken an sie. Dann der Schlag und der Sturz in die Dunkelheit. In eine Dunkelheit, die ihn seitdem nicht mehr verlassen hatte.

Er zitterte. Nur die Seile in den Armbeugen hielten ihn aufrecht. Seine Füße trugen ihn nicht, sie waren nicht mehr, sie waren nur noch Schmerz, ebenso seine Hände, die nichts mehr halten konnten. Er legte seine ganze Kraft in die Arme und vermied es, den Boden zu berühren. Das Seil scheuerte, er schwitzte am ganzen Körper.

Die Bilder kamen immer wieder, er konnte sie nicht verdrängen. Der schwere Hammer. Seine Hand, festgebunden an diesem Stahlträger. Das Geräusch der splitternden Knochen. Seiner Knochen. Der unerträgliche Schmerz. Schreie, die zu einem einzigen großen Schrei zusammenwuchsen. Die Ohnmacht. Und dann das Erwachen aus der dunklen Nacht: Schmerzen, die an den äußersten Enden des Körpers zerrten. Aber zu seiner Mitte waren sie nicht vorgedrungen, davon hatte er sie ferngehalten.

Sie hatten ihn mit Drogen gelockt, die linderten den Schmerz. So wollten sie ihn gefügig machen, er musste gegen seine Schwäche kämpfen. Auch die vertraute Sprache hätte ihn fast weich gemacht. Doch die Stimmen klangen härter als die in seiner Erinnerung. Viel härter. Kälter. Böser.

Swetlanas Stimme hatte dieselbe Sprache gesprochen, aber wie anders hatte sie geklungen! Ihre Stimme hatte Liebe geschworen und Geheimnisse offenbart, ihre Stimme war Vertrautheit gewesen und Verheißung. Ja, sie hatte sogar die helle Stadt wieder lebendig werden lassen. Die Stadt, die er verlassen hatte. Nie hatte er sie vergessen können, auch in der Fremde nicht. Es blieb seine Stadt, eine Stadt, die eine bessere Zukunft verdient hatte. Sein Land, das eine bessere Zukunft verdient hatte.

Hatte sie nicht dasselbe gewollt? Die Verbrecher verjagen, die dort die Macht an sich gerissen hatten. Er musste an die Nacht denken, die durchwachte Nacht in ihrem Bett, eine warme Sommernacht, die ihm vorkam, als läge sie eine Ewigkeit zurück. Swetlana. Sie hatten sich geliebt und sich ihre Geheimnisse anvertraut. Und sie zu einem einzigen großen Geheimnis zusammengefügt, um ihren Hoffnungen ein Stück näher zu kommen.

Alles war so gut gelaufen. Doch irgendwer musste sie verraten haben. Sie hatten ihn verschleppt. Und Swetlana? Wenn er bloß wüsste, was aus ihr geworden war. Die Feinde waren überall.

Sie hatten ihn an diesen dunklen Ort gebracht. Ihre Fragen hatte er schon gekannt, bevor sie ausgesprochen wurden. Er hatte geantwortet, aber nichts gesagt. Und sie hatten es nicht einmal gemerkt. Sie waren dumm. Die Gier machte sie blind. Der Zug war bereits auf dem Weg, das durften sie nicht erfahren. Unter keinen Umständen, der Plan stand kurz vor der Vollendung. Er hatte in ihre Augen gesehen, bevor sie zuschlugen, und dort hatte er die Gier gesehen und die Dummheit.

Der erste Schlag war der schlimmste. Alles, was danach kam, verteilte den Schmerz nur.

Die Gewissheit, sterben zu müssen, hatte ihn stark gemacht. So konnte er es ertragen, nie wieder gehen, nie wieder schreiben, sie nie wieder berühren zu können. Sie war nur noch Erinnerung, damit musste er sich abfinden. Aber auch diese Erinnerung würde er nie verraten.

Die Jacke. Er musste an seine Jacke kommen. Beinah unmöglich. Er hatte eine Kapsel dabei. So wie sie alle, sobald sie ein Geheimnis trugen, das nicht in die Hände des Feindes geraten durfte. Er hatte zu spät reagiert, er hatte die Falle nicht erkannt, sonst hätte er die Kapsel längst zerbissen. So aber war sie immer noch ins Futter eingenäht. In seiner Jacke, die dort auf dem Stuhl lag, dessen Umrisse er in der Dunkelheit gerade noch erkennen konnte.

Sie hatten ihn nicht gefesselt. Nachdem sie ihm Hände und Füße zertrümmert hatten, hatten sie ihn lediglich in die Seile gehängt, um ihn besser bearbeiten zu können, sobald der Schmerz ihn aus der Ohnmacht zurückgeholt hatte. Sie hatten keinen Bewacher zurückgelassen, so sicher waren sie sich, dass niemand seine Schreie hörte. Er wusste, es war seine letzte Chance. Die Wirkung der Droge ließ nach. Der Schmerz würde unerträglich sein, würde ihn womöglich zurück in die Ohnmacht treiben, wenn er den Halt der Seile aufgäbe. Für wie lange? Der Gedanke an den kommenden Schmerz wurde zu einer Erinnerung an den überstandenen und trieb ihm Schweiß auf die Stirn.

Er hatte keine Wahl.

Jetzt!

Er biss die Zähne zusammen und schloss die Augen. Beide Arme streckten sich, die Armbeugen verloren ihren Halt und damit sein ganzer Körper. Die Breiklumpen, die einmal seine Füße gewesen waren, berührten den Boden zuerst. Er schrie, noch bevor er mit dem Oberkörper auf den Betonboden klatschte und die Erschütterung des Aufpralls den Schmerz auch in seinen Händen zu alter Größe heranwachsen ließ. Nur nicht das Bewusstsein verlieren! Schrei, aber bleib oben, tauche nicht weg! Er krümmte sich am Boden, sein Atem hechelte, als das Pochen und Stechen wieder etwas nachließen. Er hatte es geschafft! Er lag auf dem Boden, er konnte sich bewegen. Vorwärts robben auf Ellbogen und Knien, eine Blutspur hinter sich herziehend.

Schnell war er am Stuhl und hatte seine Jacke mit den Zähnen heruntergerissen. Gierig machte er sich über das Kleidungsstück her. Mit dem rechten Ellbogen fixierte er die Jacke und riss mit den Zähnen am Futter. Die Schmerzen machten ihn nur wütender in seinem Reißen und Zerren. Schließlich hatte er das Futter mit einem lauten Ratsch geöffnet.

Plötzlich musste er hemmungslos schluchzen. Die Erinnerung hatte ihn gepackt, wie eine Raubkatze ihr Opfer packt und schüttelt. Die Erinnerung an sie. Er würde sie nie wiedersehen. Er hatte es gewusst, seit sie ihn in die Falle gelockt hatten, doch mit einem Mal wurde es ihm furchtbar klar. Wie sehr er sie liebte! Wie sehr!

Langsam beruhigte er sich wieder. Seine Zunge suchte nach der Kapsel, sie schmeckte Dreck und Flusen, doch schließlich ertastete sie die glatte kühle Oberfläche. Mit den Schneidezähnen zog er sie vorsichtig aus dem Futter. Geschafft! Sie befand sich in seinem Mund! Die Kapsel, die alles beenden sollte! Ein triumphierendes Lächeln glitt über sein schmerzzerfurchtes Gesicht.

Sie würden nichts erfahren. Sie würden sich gegenseitig die Schuld geben. Sie waren dumm.

Er hörte oben eine Tür zuschlagen. Wie ein Donnerschlag verhallte das Geräusch in der Dunkelheit. Schritte auf Beton. Sie kamen zurück. Hatten sie den Schrei gehört? Seine Zähne hielten die Kapsel, bereit zuzubeißen. Jetzt war er so weit. Jederzeit konnte er es beenden. Er wartete noch ein wenig. Sie sollten hereinkommen. Er wollte seinen Triumph auskosten bis zur letzten Sekunde.

Sie sollten es sehen! Sie sollten hilflos danebenstehen und zusehen müssen, wie er ihnen entkam.

Er schloss die Augen, als sie die Tür öffneten und helles Licht in die Dunkelheit drang. Dann biss er zu. Mit einem leisen Klicken zerbrach das Glas in seinem Mund.

2

Der Mann erinnerte ein wenig an Wilhelm zwo. Der markante Schnurrbart, der stechende Blick. Wie auf dem Porträt, das zu Kaisers Zeiten in der Stube eines jeden guten Deutschen gehangen hatte – und in manch einer immer noch hing, obwohl der Kaiser vor über zehn Jahren abgedankt hatte und seitdem in Holland Tulpen züchtete. Der gleiche Schnurrbart, die gleichen Blitzeaugen. Doch da endeten auch die Gemeinsamkeiten. Dieser Kaiser trug keine Pickelhaube, die hing zusammen mit Säbel und Uniform über dem Bettpfosten. Dieser Mann trug nichts außer dem nach oben gezwirbelten Schnurrbart und einer imposanten Erektion. Vor ihm kniete eine nicht minder nackte Frau, gesegnet mit üppigen Rundungen, die dem kaiserlichen Zepter offensichtlich den gebotenen Respekt entgegenzubringen gedachte.

Rath blätterte lustlos in den Fotos, deren eigentlicher Zweck es war, Lust zu erregen. Weitere Aufnahmen zeigten den kaiserlichen Doppelgänger und seine Gespielin bereits in Aktion. Ganz gleich, wie sich ihre Körper verknoteten, der markante Schnurrbart war immer im Bild.

»Schweinkram!«

Rath blickte sich um. Ein Schupo hatte ihm über die Schulter geschaut.

»So ein Schweinkram«, fuhr der Blaue kopfschüttelnd fort, »das ist Majestätsbeleidigung, dafür hat es früher Zuchthaus gegeben.«

»Aber so beleidigt sieht unser Kaiser doch gar nicht aus«, meinte Rath. Er klappte die Mappe mit den Fotos zu und schob sie zurück auf den wackligen Schreibtisch, den sie ihm zur Verfügung gestellt hatten. Böser Blick unter dem Tschako. Der Mann in der blauen

Uniform drehte wortlos ab und ging zu seinen Kollegen. Acht Uniformierte standen in dem Raum und unterhielten sich halblaut, die meisten wärmten ihre Hände an einer Kaffeetasse.

Rath schaute zu ihnen hinüber. Er wusste, dass die Schupos im 220. Revier gerade andere Sorgen hatten, als einem Kriminalbeamten vom Alex freundlichst Unterstützung zu gewähren. In drei Tagen wurde es ernst. Mittwoch war der erste Mai, und Polizeipräsident Zörgiebel hatte alle Maidemonstrationen in Berlin untersagt, die Kommunisten aber wollten trotz des Verbots marschieren. Die Polizei war nervös. Gerüchte über einen geplanten Putsch machten die Runde: Die Bolschewisten wollten Revolution spielen, Sowjetdeutschland mit zehn Jahren Verspätung doch noch errichten. Und im 220. Revier war die Polizei nervöser als in den meisten anderen Berliner Bezirken. Neukölln war ein Arbeiterviertel. Noch roter war höchstens der Wedding.

Die Schupos tuschelten. Ab und an warf ein Blauer dem Kriminalkommissar einen verstohlenen Blick zu. Rath klopfte eine Overstolz aus der Schachtel und zündete sie an. Dass er hier ungefähr so willkommen war wie die Heilsarmee in einem Nachtclub, das brauchte ihm niemand zu sagen, das war offensichtlich. Das Sittendezernat genoss in Polizeikreisen keinen allzu guten Ruf. Bis vor zwei Jahren noch war es vorrangige Aufgabe der Inspektion E gewesen, die Prostitution in der Stadt zu überwachen. Eine Art verbeamtete Zuhälterei also, denn nur polizeilich registrierte Prostituierte betrieben ihr Gewerbe legal. Viele Beamte hatten diese Abhängigkeit schamlos ausgenutzt. Bis ein neues Gesetz zur Bekämpfung der Geschlechtskrankheiten diese Aufgaben von der Sittenpolizei auf die Gesundheitsämter verlagert hatte. Seitdem kümmerte sich die Inspektion E um illegale Nachtclubs, Zuhälter und Pornographie, ihr Ruf allerdings hatte sich kaum gebessert. Immer noch schien etwas von dem Schmutz, mit dem sich die Beamten beruflich zu beschäftigen hatten, an ihnen hängen zu bleiben.

Rath blies Zigarettenrauch über den Schreibtisch. Von den Tschakos an den Garderobenhaken tropfte Regenwasser auf den Linoleumboden, grünes Linoleum, wie es auch in den Büros der

Kriminalpolizei am Alexanderplatz verlegt war. Sein grauer Hut wirkte zwischen all dem schwarzen Lack und den glitzernden Polizeisternen wie ein Fremdkörper, ebenso sein Mantel, der mitten im Blau der Schupomäntel hing. Ein Zivilist unter lauter Uniformierten.

Der Kaffee in der verbeulten Emailtasse, den sie ihm hingestellt hatten, schmeckte scheußlich. Widerliche schwarze Brühe. Auch im 220. Revier konnte die Polizei also keinen Kaffee kochen. Warum sollte das in Neukölln anders sein als am Alex? Dennoch nahm er einen weiteren Schluck. Etwas anderes hatte er nicht zu tun. Nur deswegen saß er hier: um zu warten. Warten auf ein Telefonklingeln.

Er griff noch einmal zu der Mappe auf dem Schreibtisch. Die Blätter, auf denen Doppelgänger der Hohenzollern und anderer preußischer Prominenz in eindeutigen Positionen abgelichtet waren, gehörten nicht zu der üblichen Billigware. Kein Druck, sondern hochwertige Fotoabzüge in bester Qualität, wohlgeordnet in einer Mappe. Wer so etwas kaufte, musste schon ein paar Mark hinlegen, das war etwas für die besseren Kreise. Am Bahnhof Alexanderplatz hatte ein fliegender Zeitschriftenhändler die Blätter vertrieben, nur wenige Schritte vom Polizeipräsidium und den Büros der Inspektion E entfernt. Der Mann war der Streife nur deshalb aufgefallen, weil er die Nerven verloren hatte. Die beiden Schupos hatten den Händler auf eine harmlose Illustrierte aufmerksam machen wollen, die ihm aus dem Bauchladen gefallen war, doch als sie sich näherten, hatte er ihnen sein komplettes Sortiment entgegengeschleudert und die Beine in die Hand genommen. Zusammen mit den Zeitschriften waren den jungen Schupos auch die pornographischen Hochglanzfotos um die roten Ohren geflattert. Ihre Bewunderung für die Kunstfertigkeiten der Fotomodelle hätte sie beinah vergessen lassen, dem flüchtigen Händler nachzusetzen. Und als sie endlich die Verfolgung aufnahmen, war der Mann im Chaos der Baustellen rund um den Alex verschwunden. Das brachte den beiden Schupos kurz darauf im Präsidium den zweiten Satz rote Ohren ein, als sie ihren Fund auf Lankes Schreibtisch ablieferten und Bericht erstatteten. Der Chef der Inspektion E konnte sehr laut werden. Kriminalrat Werner Lanke vertrat die Auffassung, dass Freundlichkeit seiner Autorität schaden könnte. Rath musste daran denken, wie sein neuer Chef ihn vor vier Wochen begrüßt hatte.

»Ich weiß, dass Sie gute Beziehungen haben, Rath«, hatte Lanke ihn angeschnauzt. »Doch wenn Sie denken, Sie müssen sich deshalb nicht schmutzig machen, dann haben Sie sich geschnitten! Hier wird niemand geschont! Ein Mann, um den ich nicht gebeten habe, schon gar nicht!«

Seinen ersten Monat in der Inspektion E hatte er nun fast hinter sich. Die Zeit war ihm vorgekommen wie eine Strafe. Und vielleicht war es das ja auch. Obwohl sie ihn nicht degradiert hatten, nur versetzt. Er hatte Köln verlassen müssen, und auch die Mordkommission. Aber er war immer noch Kriminalkommissar! Und er hatte nicht vor, ewig bei der Sitte rumzuhängen. Er verstand nicht, wie der Onkel das aushielt, aber dem Kollegen schien die Arbeit für die E sogar Spaß zu machen.

Oberkommissar Bruno Wolter, wegen seiner gemütlichen Art von den meisten Kollegen *Onkel* genannt, leitete ihre Ermittlungsgruppe und auch die heutige Razzia. Draußen im Hof des Polizeireviers stand der Mannschaftswagen, Wolter besprach dort mit den beiden Damen von der weiblichen Kriminalpolizei und dem Bereitschaftsführer die Einzelheiten der geplanten Aktion. Jeden Moment konnte es losgehen. Sie warteten nur auf Jänickes Anruf. Rath stellte sich vor, wie der Frischling in der muffigen Wohnung saß, die sie für die Observierung des Ateliers beschlagnahmt hatten – in einer Hand das Fernglas, während die andere nervös über dem Telefonhörer zitterte. Auch Kriminalassistent Stephan Jänicke war erst Anfang April zur Sitte gekommen, *ganz frisch von der Eiche gefallen*, wie Wolter ihn manchmal aufzog, denn Jänicke war direkt von der Polizeischule Eiche zum Dienst am Alex beordert worden. Doch der blonde, wortkarge Ostpreuße ließ sich von den Frotzeleien der älteren Kollegen nicht beirren, er nahm seinen Beruf ernst.

Das Telefon auf dem Schreibtisch klingelte. Rath drückte die Zigarette aus und griff nach dem schwarzglänzenden Hörer.

Der Mannschaftswagen hielt direkt vor einer großen Mietskaserne in der Hermannstraße. Misstrauisch schauten die Passanten zu, wie die jungen Uniformierten von der Pritsche sprangen. Polizei war in diesem Teil der Stadt nicht gern gesehen. Im Halbdunkel des Torbogens, der zu den Hinterhöfen führte, wartete Jänicke, die Hände in die Manteltaschen gegraben, den Kragen hochgeschlagen und die Hutkrempe in die Stirn gezogen. Rath musste ein Lachen unterdrücken. Jänicke gab sich die größte Mühe, wie ein abgebrühter Großstadtbulle auszusehen, doch die ewig roten Wangen verrieten den Jungen vom Lande.

»Da müssen jetzt ungefähr ein Dutzend Leute drin sein«, sagte der Frischling und versuchte, mit Rath und Wolter Schritt zu halten. »Ich habe einen Hindenburg gesehen, einen Bismarck, einen Moltke, Wilhelm eins und Wilhelm zwo und sogar einen Alten Fritz.«

»Na, ich hoffe auch ein paar Mädels«, sagte der Onkel und steuerte den zweiten Hof an. Die beiden Damen lächelten säuerlich. Die Zivilbeamten und zehn Uniformierte folgten dem Oberkommissar zum zweiten Hinterhaus. Auf dem Hof spielten fünf Jungen mit einer Blechdose Fußball. Als sie das Polizeiaufgebot sahen, blieben sie stehen und ließen die Dose eine letzte scheppernde Pirouette drehen. Wolter legte den Zeigefinger an die Lippen. Der Älteste, er mochte vielleicht elf Jahre zählen, nickte stumm. Oben wurde ein Fenster zugeschlagen. *Photoatelier Johann König, 4. Etage* verkündete ein Messingschild am Treppenaufgang.

Der Onkel hatte einen seiner zahlreichen Informanten in der Berliner Unterwelt bemühen müssen, um König auf die Spur zu kommen, denn der Fotograf war ein unbeschriebenes Blatt, polizeilich gesehen. Er fertigte preiswerte Passfotos für die wenig zahlungskräftige Neuköllner Kundschaft an, ab und an auch die obligatorischen Familienfotos: Säuglinge auf Eisbärenfell, Kinder mit Schultüten, Hochzeitspaare und was die Kundschaft sonst so wünschte. Als Schmutzfink war er noch nicht in Erscheinung getreten. Keine Vorstrafen. Aber einen Eintrag gab es doch. Einen politischen. Man musste nicht straffällig werden, um der Polizei aufzufallen. Rath hatte die Idee gehabt, auch die umfangreiche Kartei der Abteilung IA, der Politischen Polizei, zu durchforsten, und war auf eine Notiz gestoßen, die dort seit zehn Jahren schlummerte: 1919 hatten die Politischen Johann König als Anarchisten registriert und ihm eine eigene, wenn auch nur spärlich beschriftete Karteikarte gewidmet. Nach den Revolutionszeiten war der Fotograf politisch nicht mehr aufgefallen, er hatte sich wieder ins Private zurückgezogen, wie so viele. Aber jetzt hatte ihn seine offensichtliche Abneigung gegen Preußens Glanz und Gloria doch noch in Schwierigkeiten mit dem Gesetz gebracht. Kein Wunder, dachte Rath, mit so einem Nachnamen gegen die Monarchie zu sein, das kann einfach nicht gut gehen.

Einem jungen Bereitschaftspolizisten schienen ähnliche Gedanken durch den Kopf zu gehen.

»Der Kaiser bumst beim König«, witzelte er und schaute nervös grinsend in die Runde.

Niemand lachte. Wolter postierte den Witzbold vor dem Eingang zum Hinterhaus, mit dem Rest der Truppe stiegen sie so leise wie möglich das schummrige Treppenhaus empor, in das nur wenig Tageslicht fiel. Irgendwo im Haus dudelte ein Radio Schlagermusik. Im zweiten Stock öffnete sich eine Tür, ein grauhaariges Mütterchen streckte ihre Nase ins Treppenhaus und zog sie ganz schnell wieder zurück, als sie das Polizeiaufgebot sah. Zwei Frauen und zwölf Männer, die kaum einen Laut machten. Ganz oben, vor der letzten Tür, blieben sie stehen. *Johann König, Photograph* stand dort angeschlagen, diesmal allerdings nicht in Messing graviert, sondern auf ein vergilbtes Pappschild gedruckt, das sich bereits wellte. Wolter sagte nichts, sah nur kurz den Bereitschaftsführer an und führte den erhobenen rechten Zeigefinger an die Lippen. Nur das Radio war noch zu hören und von der Straße her ein weit entferntes Autohupen. Ein kräftiger Tritt hätte gereicht, um die klapprige Tür in den Raum fliegen zu lassen, doch Wolter schob den Bereitschaftsführer beiseite. Rath sah, wie der Onkel einen Dietrich aus der Manteltasche zog und sich am Schloss zu schaffen machte. Er brauchte keine fünf Sekunden, um es zu öffnen. Bevor er die Tür aufstieß, zog Wolter seine Dienstwaffe. Die anderen taten es ihm gleich. Nur Rath ließ seine Mauser stecken. Nach dem Zwischenfall in Köln hatte er sich geschworen, keine Waffe mehr anzurühren, wenn es irgendwie zu vermeiden war. Er ließ den bewaffneten Kollegen den Vortritt und blieb draußen an der Tür stehen. Von dort beobachtete er die absurde Szene, die sich im Atelier abspielte, kaum hatten die Polizisten den großen Raum betreten.

Auf einem grünen Kanapee mühte sich gerade ein muskulöser Hindenburg auf einer Nackten ab, die entfernt an Mata Hari erinnerte. Daneben stand ein einfacher uniformierter Landser mit Pickelhaube. Ob er sich als Nächster mit Mata Hari vergnügen durfte oder seinem Generalfeldmarschall noch sexuell zu Diensten sein musste, war nicht ersichtlich. Die übrigen Darsteller, die Hälfte davon nackt, betrachteten die mit mehreren Scheinwerfern ausgeleuchtete Szene und unterhielten sich angeregt. Ein Mann mit Ziegenbart hockte hinter einem Fotoapparat und gab dem Generalfeldmarschall Befehle.

»Dreh Sophies Hintern ein bisschen mehr zu mir … Noch etwas … Ja, so geht's. Stillhalten, uuund – jawoll!«

Und wieder hatte er eine Aufnahme im Kasten. Wunderbar. Alles Beweismaterial. Niemand in der illustren Runde hatte bemerkt, dass gut ein Dutzend Polizisten mit gezogenen Pistolen das Atelier betreten hatte. Die jungen Bereitschaftspolizisten verrenkten sich die Hälse, um genug sehen zu können, und schoben weiter in den Raum. Es schepperte, als ein Scheinwerfer in dem Gedränge zu Boden ging.

Die Gespräche verstummten. Alle Gesichter drehten sich zur Tür, die Mienen gefroren im selben Moment. Nur Hindenburg und Mata Hari ließen sich nicht aus dem Rhythmus bringen.

»Aushebung! Polizei!«, rief Wolter in den Raum. »Alles kommt mit zum Präsidium! Gegenwehr ist zwecklos. Lasst besser alles stecken, wo es steckt! Vor allem, wenn es wie eine Waffe aussehen sollte!«

Nun schauten auch Hindenburg und Mata Hari auf. Niemand kam auf die Idee, sich zu wehren. Einige Hände gingen in die Höhe, andere schoben sich reflexartig vor Geschlechtsteile. Alle vier Frauen im Atelier waren kaum oder gar nicht bekleidet. Die Beamtinnen warfen ihnen Wolldecken über die Blöße, dann traten die Uniformierten in Aktion. Die ersten Handschellen klickten. König faselte irgendetwas von Erotik und Freiheit der Kunst, verstummte aber, als Wolter ihn anschnauzte. Und dann war die Prominenz dran. Bismarck – klick. Fridericus Rex – klick. Der Alte Fritz hatte tatsächlich Tränen in den Augen, als man ihm die Eisen anlegte. Alle wurden der Reihe nach verpackt, Hindenburg und Mata Hari musste man vom Kanapee holen. Die Jungs von der Bereitschaft hatten leichtes Spiel. Und ihren Spaß.

Rath hatte genug gesehen und ging zurück ins Treppenhaus. Keine Gefahr mehr, dass einer entwischte. Er stand am Geländer und schaute in die Tiefe. Den Hut hatte er abgenommen, seine Hände spielten mit dem grauen Filz. Wenn das hier vorbei wäre, stünden noch die Verhöre im Präsidium an. Viel Arbeit, nur um ein paar Ratten an die Wand zu nageln, die ihr Geld damit verdienten, andere beim Bumsen zu fotografieren und nationale Gefühle zu verletzen. An die Hintermänner, die das wirklich große Geld machten, würden sie sowieso nicht rankommen, stattdessen würden wieder ein paar arme Schweine hinter Gittern landen. Lanke hätte ein Erfolgserlebnis, das er an den Polizeipräsidenten melden könnte, und nichts würde sich ändern. Rath musste sich große Mühe geben, darin einen Sinn zu sehen. Nicht, dass er Pornographie guthieß. Aber er konnte sich auch nicht besonders darüber aufregen. So war die Welt nun einmal, seit sie aus den Fugen geraten war. 1919 hatte die Revolution alle moralischen Werte auf den Kopf gestellt, 1923 die Inflation alle materiellen. Gab es nicht wichtigere Dinge, um die die Polizei sich zu kümmern hatte? Ruhe und Ordnung aufrechtzuerhalten zum Beispiel, und dafür zu sorgen, dass nicht einer den anderen ungestraft totschlagen kann?

In der Mordkommission hatte er gewusst, warum er bei der Polizei arbeitete. Aber bei der Sitte? Wen kümmerten schon ein paar Pornos mehr oder weniger? Vielleicht die selbsternannten Moralapostel, die auch in der Republik ihren Platz gefunden hatten, aber zu denen gehörte er nicht.

Das Geräusch einer Toilettenspülung riss ihn aus seinen Gedanken. Auf halber Treppe öffnete sich eine Tür. Ein schlanker Mann wollte sich gerade die Hosenträger übers Unterhemd ziehen und stutzte, als er Rath dort oben stehen sah. Der Kommissar kannte das Gesicht. Ein Gesicht, das in der Sammlung noch fehlte. Der spitze Schnurrbart, die strengen Augen, die nun eher überrascht schauten. Der falsche Wilhelm zwo brauchte keine Sekunde, um die Situation zu erfassen. Mit einem Satz war er über das Geländer und fast eine halbe Etage hinuntergesprungen. In schnellem Stakkato polterten seine Schritte abwärts. Rath setzte hinterher. Instinktiv. Er war Bulle, er jagte Verbrecher. Und derzeit eben solche, deren Verbrechen darin bestand, einem abgedankten Kaiser ähnlich zu sehen und sich beim Vögeln fotografieren zu lassen. Keine Zeit, den Kollegen Bescheid zu sagen. Im Treppenhaus war es so dunkel, dass er die Stufen kaum erkennen konnte. Er stolperte mehr, als dass er rannte. Endlich hatte er das Erdgeschoss erreicht. Das Tageslicht blendete. Fast wäre er über den Bereitschaftspolizisten gestolpert, der sich gerade vom Boden hochrappelte.

»Wo isser?«, fragte Rath, und der junge Polizist, der vor fünf Minuten noch Witze über kopulierende Kaiser gerissen hatte, zeigte mit zerknirschtem Blick in Richtung Hermannstraße.

»Ich verfolge den Flüchtigen. Machen Sie Meldung«, brüllte Rath. Dann hetzte er durch die Tore auf die Hermannstraße. Es hatte aufgehört zu regnen, doch der Asphalt glänzte noch nass und schwarz. Vor dem Haus hielt die Grüne Minna, die die Ernte ihrer Razzia in Empfang nehmen und zum Alex bringen sollte. Und wo war Wilhelm zwo? Rath blickte sich um. Überall entlang der Straße, halb auf dem Gehweg, halb auf dem Fahrdamm, lagen Baumaterialien. Balken, Stahlträger und Stahlrohre, an denen sich Fußgänger und Autos vorbeizwängten, bestimmt für den U-

Bahn-Bau unter der Hermannstraße. Der Fahrer des Gefangenentransporters war inzwischen ausgestiegen und gab dem Kommissar einen Wink. Rath kletterte fluchend über einen Stapel Bretter, und da sah er den Pornokaiser: geduckt mit hängenden Hosenträgern die Hermannstraße hinunterlaufend, hinab in Richtung Hermannplatz.

»Halt, stehen bleiben! Polizei!«, rief Rath. Sein Ruf wirkte auf Wilhelm zwo wie ein Startschuss. Der Mann richtete sich auf und schoss nach vorn, quer über die Fahrbahn zum Bürgersteig, auf dem er sich rüde an ein paar Passanten vorbeipöbelte.

»Haltet den Mann fest«, rief Rath. »Dies ist ein Polizeieinsatz!«

Kein Mensch reagierte.

»Gib dir keine Mühe«, hörte er eine bekannte Stimme hinter sich. »Die Leute hier helfen keinem Bullen.« Wolter klopfte ihm auf die Schulter. »Lauf«, sagte der Onkel und spurtete los. »Zusammen kriegen wir die Ratte!«

Rath war erstaunt, wie schnell der kräftig gebaute Wolter trotz seines Körpergewichts die leicht abschüssige Hermannstraße hinunterlief. Nur mit Mühe konnte er ihm folgen. Erst kurz vor dem Hermannplatz hatte er den Onkel wieder eingeholt.

»Siehst du ihn?«, keuchte Rath. Er spürte Stiche in der Seite und musste sich an einer Straßenlaterne abstützen. Erst jetzt merkte er, dass er seinen Hut noch immer in der Hand hielt, und setzte ihn auf. Wolter wies mit einem kurzen Kopfnicken zum Hermannplatz. Vor ihnen türmte sich der gigantische Koloss des Karstadt-Rohbaus in den Himmel. Das neue Kaufhaus sollte dem biederen Hermannplatz einen Hauch von New York verleihen. Für diesen Sommer war die Einweihung geplant, jetzt aber war da nur ein riesiges Baugerüst zu sehen, flankiert von Lastenaufzügen und Kränen. Fast sechzig Meter ragten die beiden Türme an der Nord- und Südseite in die Höhe. Und Wilhelm zwo rannte auf die Südecke der Baustelle zu, quer über die große Kreuzung, vorbei an hupenden Autos. Um ein Haar wäre er der Straßenbahn der Linie 29 unter die Räder gelaufen, die gerade die Hermannstraße hinaufwollte, doch im letzten Moment kreuzte er die Fahrbahn des quietschenden Monstrums mit einem Hechtsprung und war den Blicken der beiden Polizisten entschwunden. Sie mussten warten, bis die Bahn an ihnen vorbeigerumpelt war. Und dann war von ihrem Mann nichts mehr zu sehen. Sie überquerten die Kreuzung und hielten den Platz im Blick.

»In die U-Bahn hat er es jedenfalls nicht geschafft«, meinte Wolter. »So viel Zeit hatte er nicht.«

»Aber *dafür* hatte er Zeit«, sagte Rath und deutete auf den Bauzaun. Eine mit Plakaten tapezierte Bretterwand, gut zwei Meter hoch, riegelte die gesamte Kaufhausbaustelle vom Menschengewimmel auf dem Hermannplatz ab.

Der Onkel nickte. Sie näherten sich der Baustelle, ihre Augen suchten die Stelle, an der der Mann über den Zaun geklettert sein könnte. *Nehmt eure Rechte wahr! Demonstriert am 1. Mai!* hatte jemand mit roter Farbe quer über den Bauzaun gepinselt und dabei gleich mehrere Werbebotschaften verhunzt.

Da! Das Plakat!

Rath schaute Wolter an. Der musste es im gleichen Moment entdeckt haben. Sie gingen auf die *Sinalco*-Werbung zu und untersuchten sie aus der Nähe. Über dem S und unter dem C war das Papier eingerissen. Schmutzabrieb wie von Schuhen. Keine Sachbeschädigung. Kletterspuren.

Wolter machte Räuberleiter, Rath zog sich an dem glitschig nassen Holz hoch und lugte über die Bretterwand. Tatsächlich, da sah er ihn! Wilhelm zwo lief in Richtung Urbanstraße und hatte das gegenüberliegende Ende der Baustelle fast erreicht. Eine ordentliche Strecke, die Kaufhausfassade nahm die komplette Längsseite des Hermannplatzes ein, bestimmt an die dreihundert Meter.

»Er will zur Urbanstraße! Halt ihn auf«, rief er dem Onkel zu, setzte über den Zaun und nahm die Verfolgung wieder auf. Wenn Bruno ihm den Weg abschneiden würde, dann hätten sie ihn in der Zange. Wilhelm zwo hatte ihn bemerkt, sein Blick wurde zusehends gehetzter. Der falsche Kaiser war jetzt auf der Höhe des Nordturms, lief an dem Lastenaufzug vorbei, der den Turm flankierte, direkt auf den Zaun an der Urbanstraße zu. Gleich säße er in der Falle! Doch der Mann blieb stehen. Er machte kehrt und verschwand hinter dem Stahlgerüst des Aufzugs – und dann sah Rath ihn an den Stahlstreben nach oben klettern, flink wie eine Ratte. So schnell gab der nicht auf. Rath überlegte nicht lange, er musste hinterher.

Unmöglich auf demselben Weg, der Pornokaiser musste Fassadenkletterer oder Akrobat sein. Oder beides. Nichts für einen Polizisten ohne Zirkuserfahrung. Rath entschied sich für das Gerüst und schwang sich auf die nächstbeste Leiter. Vorsichtig, Stockwerk für Stockwerk, stieg er nach oben, immer darauf bedacht, die flink kletternde Ratte nicht aus den Augen zu verlieren. Heute war Sonntag, die riesige Baustelle verlassen. Nur zwei Menschen bewegten sich in dem Gewirr aus Stahl und Holz. Dann waren die Leitern zu Ende. In der siebten Etage hörte das Gerüst auf, höher war das Hauptgebäude nicht. Der Lastenaufzug aber stand am Nordturm, der einem abgebrochenen Wolkenkratzer glich, und dessen Gerüst führte noch ein paar Etagen höher hinauf. Wilhelm war weitergeklettert. Wollte der bis zur Turmspitze? Es sah fast so aus. Rath stöhnte. Nur nicht nach unten blicken, betete er sich vor, nur nicht nach unten! Oben in den Aufzugstreben kletterte der Kaiser. In sechzig Metern Höhe. Rath versuchte, nicht daran zu denken, und sah starr geradeaus. Er musste ein paar Meter über schwankende Bohlen laufen, um den Nordturm zu erreichen. Das nächste Gerüst, die nächsten Leitern, und die Kletterei ging weiter. Den Kaiser sah er nicht mehr. Ganz egal, einfach weiter nach oben, sie würden ihn schon kriegen. Und dann hatte er das Ende des Turmgerüsts erreicht. Rath war völlig außer Atem und lehnte seinen Kopf gegen einen kühlen Eisenträger.

Keuchend schaute er sich um. Wo war der Kerl? Nichts zu sehen. Konnte sich der Drecksack nicht einfach ergeben? Er musste doch einsehen, dass es zwecklos war!

Er fühlte, wie sich seine Hände um den Eisenträger krampften, als er den Blick nach unten richtete. Warum nur zog ihn die Tiefe derart an, wo sie ihn doch gleichzeitig so in Panik versetzte? Auf dem Hermannplatz wuselten unendlich kleine Winzlinge durcheinander, Spielzeugautos rollten kreuz und quer. Seine Knie wurden weich. Über die Dächer konnte er weit hinein nach Kreuzberg schauen, die große Halle des Görlitzer Bahnhofs mitten im Häusermeer und in der Ferne die Schornsteine des Kraftwerks Klingenberg vor einem grauen Himmel.

Er zwang sich, zurück auf das Gerüst zu schauen. Wo war der falsche Kaiser? Wieder auf dem Weg nach unten? Auch gut, da würde Bruno ihn in Empfang nehmen. Doch wenn der Kerl noch hier oben rumturnte, dann wäre es *seine* Aufgabe, die Ratte zu verschnüren, die Aufgabe von Gereon Rath, Höhenangst hin oder her. Er versuchte zu lauschen, doch der Wind pfiff unerträglich laut. Vorsichtig kletterte er eine Etage tiefer, hier war es wenigstens etwas windgeschützt.

Und plötzlich stand Wilhelm zwo vor ihm.

Der Mann schien ebenso erschrocken zu sein wie der Kommissar. Seine Augen waren weit aufgerissen, eine Hälfte seines falschen Schnurrbarts hatte er auf seiner wilden Flucht verloren.

»Hau ab, Bulle«, sagte er. Seine Stimme klang nervös und schrill. Alles andere als majestätisch. Seine Augen hatten etwas Wahnsinniges, ein Eindruck, den die verschmierte Theaterschminke noch verstärkte.

Kokain, dachte Rath sofort, der ist auf Koks, der hat sich vorhin auf dem Klo die Nase vollgezogen. Das kann ja heiter werden.

»Mensch, Junge«, sagte er und versuchte, möglichst ruhig zu klingen, »sieh doch ein, dass es zwecklos ist. Du hättest uns beiden schon die Kletterei ersparen können, erspar uns wenigstens weiteren Ärger.«

»Dir erspar ick überhaupt keen Ärja«, sagte der Mann. Plötzlich hatte er etwas metallisch Glänzendes in der Hand. Na prima, dachte Rath, ein Kokser mit Knarre.

»Steck das Ding lieber wieder weg«, sagte er. »Oder gib es mir. Und ich versprech dir, ich hab keine Pistole in deiner Hand gesehen. Auch nicht, wie du einen Beamten damit bedroht hast.«

»Märchenstunde zu Ende, Arschloch?«

»Beamtenbeleidigung kann ich auch vergessen.«

»Und wenn ick dir ein Loch in deine Birne brate, kannste det ooch verjessen, wa?«

»Ich will ja nur vernünftig mit dir reden.«

Die Waffe in der Hand zitterte leicht. Rath sah, dass es ein kleines Kaliber sein musste, aber sie standen nicht weit voneinander entfernt, für einen Polizistenmord würde es im Zweifelsfall reichen.

»Du willst mir nur einlullen, Scheißbulle! Bis dein Kumpel dir helfen kommt!«

Der Kokser wusste gar nicht, wie recht er hatte: Rath sah, wie Wolter langsam hinter dem Mann auf die Bohlen kletterte.

»Mein Kumpel, der wartet unten auf dich«, sagte er. »An dem kommst du nicht vorbei, auch wenn du mich erschießt. Der hat nämlich auch eine Kanone, aber eine etwas größere als dein Spielzeug.«

»Soll ick dir mal zeigen, wat det Spielzeuch kann?«

Der Mann hob die Pistole, doch im selben Augenblick hatte Wolter ihn von hinten gepackt. Mit beiden Händen hielt er den rechten Arm des Koksers umfasst. Den mit der Pistole. Wolter versuchte, an die Waffe heranzukommen, und streckte seine Hand danach aus. Endlich hatte er sie erreicht ...

Da löste sich ein Schuss.

Rath hörte das Pfeifen des Projektils dicht an seinem Ohr. Holz splitterte. Er duckte sich instinktiv.

Der falsche Kaiser guckte entsetzt und vergaß seine Gegenwehr für einen Moment. Wolter nutzte seine Chance und schlug die Schusshand mit aller Gewalt gegen einen Stahlträger. Ein Schmerzensschrei, die Waffe polterte auf die Holzbohlen. Der Onkel drehte sich den Ganoven zurecht und rammte ihm seine Rechte in den Magen. Der Mann klappte augenblicklich zusammen, dennoch ließ der bullige Polizist einen linken Haken folgen, der den Kaiser endgültig auf die Bretter schickte. Wolter trat dem Bewusstlosen noch einmal in die Seite und keuchte.

»So ein Arschloch!«

Er kettete den Mann mit Handschellen ans Gerüst und sammelte dessen Pistole auf.

»Das war knapp, Gereon«, sagte er. »Du hättest deine Waffe ziehen sollen.«

»Ich brauchte beide Hände zum Klettern.«

Rath wusste, der Onkel hatte recht: Es war eine Illusion zu glauben, man könne den Job bei der Sitte ganz ohne Schusswaffe erledigen. Polizei war Polizei. »Danke, Kollege«, sagte er schließlich, als er merkte, dass Wolter auf seinen Spruch nicht einging.

»Danke Partner, so heißt das«, sagte Wolter und klopfte ihm auf die Schulter. Der Oberkommissar zückte ein Taschenmesser, klappte es auf und machte sich an dem großen Querbalken hinter Rath zu schaffen. Nach einiger Zeit hatte er die Kugel aus dem Holz geschält. Er nahm sie und ging zu dem Kokser, der wieder zu sich gekommen war und sich unter den Handschellen aufbäumte. Wolter verpasste ihm eine derart kräftige Ohrfeige, dass die Nase zu bluten begann. Erschrocken schaute der Mann den Polizisten an, der sich direkt vor ihn auf die Bohlen gehockt hatte und ihm das Projektil vor die Nase hielt.

»Du solltest mir dankbar sein, du Riesenarschloch«, sagte Wolter.

Das Riesenarschloch spuckte Blut.

»Weißt du, warum?«

Hektisch flackernde Augen.

»Ich hab dich davor bewahrt, dass du als Polizistenmörder aufs Schafott kommst.«

Blutspucken.

»Aber versuchten Polizistenmord, den hast du immer noch an der Backe. Weißt du, was wir mit solchen Leuten machen?«

Kopfschütteln.

»Du weißt es nicht? Dann hör mir gut zu: Du kommst nach Plötzensee, und da sorgen wir dafür, dass du zu den richtig harten Jungs gesperrt wirst. Und denen erzählen wir, du bist ein gottverdammter Schlüpferfresser. Weißt du, was die mit Kinderfickern machen in Plötzensee? Kein Wärter ist so blöd und mischt sich da ein. Ich kenn Leute, die hätten sich eher aufs Schafott gewünscht. Die hätten sich gewünscht, sie hätten getroffen, als sie auf einen Polizisten anlegten.«

Entsetzter Blick.

Wolter schaute Rath an.

»Was machen wir nur mit diesem Drecksack?«, fragte er.

Rath zuckte die Achseln. Der Onkel wandte sich dem Kokser zu.

»Weißt du eigentlich, dass wir die einzigen Freunde sind, die du auf dieser tristen Welt noch hast?« Er drehte das Projektil zwischen seinen Fingern. »Das hier ist ein Beweismittel. Mit dieser Kugel hast du auf meinen Partner geschossen. Und beinah getroffen.«

Er steckte sie in die Jackentasche.

»Vielleicht ist diese Kugel aber auch niemals abgefeuert worden.«

Wolter wartete, bis der Mann die Worte verarbeitet hatte. Dann nahm er die Pistole, fasste sie am Lauf und ließ sie mit spitzen Fingern pendeln. Wie ein Magnetiseur im Varieté, der einen Freiwilligen aus dem Publikum in die Hypnose pendelt. Die Koksaugen versuchten, der Waffe zu folgen.

»Schönes Modell. Klein, aber handlich.« Wolter pfiff durch die Zähne. »Oh, eine Lignose! Ein Einhänder, richtig? Kaliber 6.75. Mit deinen Fingerabdrücken. Darüber freut sich jeder Richter.«

Er steckte die Pistole in die Tasche.

»Kommt aber ganz auf dich an, ob ein Richter das jemals zu sehen bekommt.«

Endlich fand der Kokser die Sprache wieder.

»Was willst du, Bulle?«, keuchte er. Pupillen huschten haltlos hin und her. In seinem Blick mischten sich Angst und Hoffnung.

»Ich will dir klarmachen, dass es jetzt ganz allein an dir liegt, wie rosig deine Zukunft aussieht. Es ist ganz einfach. Pass gut auf, ich erkläre es dir nur einmal! Du gehörst ab sofort mir und meinem Partner.« Wolter zeigte auf Rath, der langsam nähergekommen war. »Wenn wir dir Fragen stellen, dann hast du Antworten parat. Immer. Ganz gleich, zu welcher Tages- und Nachtzeit wir dich besuchen.«

Er nahm dem Mann die Handschellen ab und zog ihn hoch. »Probieren wir gleich mal aus, ob du verstanden hast. Wenn du dich gut anstellst, dann musst du nicht mal mit aufs Präsidium.«

»Ick hab noch nie eenen verpfiffen! Sucht euch eure Achtjroschenjungs woanders!«

»Einmal ist immer das erste Mal. Das sollte so einer wie du doch wissen.« Wolter gelang ein beinah charmantes Lächeln. Beinah. »Glaub mir, man gewöhnt sich dran. Und manchmal springt sogar was für dich dabei raus. Wenn wir mit dir zufrieden sind.«

»Und wenn ick euch sage, ihr könnt mich mal?«

»Denk einfach an das, was ich dir von Plötzensee erzählt habe! Das erleichtert die Entscheidung.«

Immer noch spiegelten die nassglänzenden Straßen einen weißgrauen Himmel, regenschwere Wolken hingen über der Stadt. Der schwarze Ford A schoss mit geschlossenem Verdeck über den Kottbusser Damm. Wolter steuerte seinen Wagen an langsam zockelnden Sonntagsfahrern vorbei. Rath saß auf dem Beifahrersitz und hing seinen Gedanken nach, während die Stadt an ihm vorüberraste. Am Alex wartete jetzt die eigentliche Arbeit auf sie: Verhöre, Verhöre, Verhöre. Die Bande schmorte in den Zellen, Frischling Jänicke hatte sie vor einer Stunde in der Grünen Minna zum Alex begleitet. Im Polizeigewahrsam würden sie König und seine Leute noch ein wenig weichkochen, bevor die Arbeit begänne. Mit dem, was der Pornokaiser, der auf den bürgerlichen Namen Franz Krajewski hörte, alles verraten hatte, konnten sie der Bande ganz anständig die Hölle heißmachen.

Der falsche Kaiser hatte geplaudert wie ein Radio. Noch auf dem Gerüst hatten sie ihn ausgequetscht, bevor sie ihn laufen ließen. Rath hatte einen Einblick bekommen, wie Wolter seine Informanten rekrutierte. Die Brutalität seines Kollegen hatte ihn überrascht. Schweigend saßen sie nebeneinander. Rath war klar, dass die Nummer auf dem Gerüst auch eine Lektion hatte sein sollen, eine Lektion für den Neuen aus der Rheinprovinz. Wolter schien Raths Gedanken erraten zu haben.

»Wenn du so eine Ratte einlochst, bekommst du gar nichts mehr aus ihr heraus«, sagte er. »Ist viel sinnvoller, wenn der jetzt durch Berlin läuft und weiß, dass wir ihn jederzeit einlochen *können*. Wenn wir ihn so in der Hand haben, dass er es nicht mal mehr wagt, einen Furz zu lassen, ohne uns zu fragen. Ich sage dir, der Kerl wird uns eine ganze Menge Arbeit ersparen. Hoffen wir nur, dass er sich nicht zu früh den Verstand wegkokst.« Er lachte und kramte in seiner Jackentasche. »Immer wenn er an das hier denkt, wird er sich vor Angst in die Hosen machen.«

Wolter hatte die Kugel herausgefischt. Die Kugel, die Rath hatte treffen sollen.

»Hier«, sagte er und hielt sie Rath hin.

»Was soll ich damit?«

»Nimm! Schließlich wollte er *dich* damit abknallen.«

Wolter trat aufs Gas, nachdem sie die Hochbahn am Kottbusser Tor unterquert hatten. Auf der Dresdener Straße war wenig Verkehr.

»Wir sind Partner«, sagte der Onkel. »Wir teilen uns jetzt sogar einen Informanten. Das ist eine Sache allein zwischen uns, etwas, das niemanden sonst etwas angeht.«

Er hatte Recht. Sie hatten Krajewski laufen lassen, das war gegen jede Dienstvorschrift und gegen jedes Gesetz. Rath war nicht ganz wohl bei der Sache. Aber die Kollegen hatten die Geschichte gekauft: Der Mann war ihnen leider entkommen. Niemand hatte es ihnen übel genommen, als sie unverrichteter Dinge in die Hermannstraße zurückgekehrt waren. Die Kollegen hatten das Entkommen des Kaisers dem Bereitschaftspolizisten angekreidet, den Krajewski bei seiner Flucht niedergeschlagen hatte. Das schlechte Gewissen hatte den Jungen schweigsam gemacht. Und diensteifrig. Beim Durchkämmen des Ateliers war er so gründlich vorgegangen, als könne er seinen Fehler damit wieder gutmachen. Rath und Wolter hatten die Arbeiten überwacht, als Jänicke mit der Bande längst unterwegs war. Sie hatten jede Menge Platten und Abzüge gefunden, mehr als genug für den Staatsanwalt. Und genug, um König ein bisschen in die Mangel zu nehmen. Krajewski hatte ihnen auf dem Baugerüst verraten, dass der Fotograf seiner begabten Truppe auch eine Filmkarriere eröffnet hatte. Das war nichts Ungewöhnliches. Nachdem die Pornographie in den vergangenen Jahren stark angewachsen war, in immer größerer Zahl schmutzige Hefte auf der Straße oder unter der Ladentheke verkauft wurden, hatte auch der Bodensatz der Berliner Filmindustrie die Verdienstmöglichkeiten erkannt, die so genannte Aufklärungsfilme boten. In Hinterzimmern und illegalen Nachtlokalen wurden sie den Eingeweihten gezeigt. Meist in den besseren Gegenden im Westen der Stadt, denn der Eintrittspreis lag weit über dem einer normalen Kinovorführung. Oft nahmen sich die reichen Herren gleich einige Gespielinnen mit in die Vorstellung, um das auf der Leinwand Gezeigte sogleich in die Praxis umsetzen zu können. So etwas konnte einer wie König niemals alleine stemmen, dazu brauchte es Hintermänner. In der Filmindustrie, im organisierten Verbrechen der Stadt und auch in den besseren Kreisen im Westen. Krajewski nannte keinen Namen, sosehr sie ihm auch zusetzten. Vielleicht wusste er wirklich nichts. Aber immerhin hatten sie ein paar Informationen, um König zu überraschen. Vielleicht sogar den Ansatzpunkt, um den Pornographiering auszuhebeln.

Rath untersuchte das Projektil, das Wolter ihm gegeben hatte. Unscheinbar, klein und glänzend. Und doch hätte es ihn das Leben kosten können. Er schaute den Onkel an, der gerade einen träumenden Radfahrer auf dem Oranienplatz aus dem Weg hupte. Hatte der Mann mit dem gemütlichen Gesicht ihm das Leben gerettet? Jedenfalls hatte er ihn rausgehauen aus einer brenzligen Situation. Nichts in der Welt gab Gereon Rath das Recht, Bruno Wolter zu kritisieren. Er hatte gegen ein paar Vorschriften verstoßen, na und? Vielleicht war es ja wirklich so: In dieser kalten, großen Stadt herrschte eine andere, härtere Gangart als in Köln. Daran sollte er sich besser gewöhnen.

»Wenn du hier was werden willst, darfst du nicht zimperlich sein«, meinte Wolter. Rath wunderte sich, wie gut der Kollege sein Schweigen deutete.

»Hier was werden? Bei der Sitte?«, fragte er.

»Was soll denn das heißen? Uns geht's doch nicht schlecht! Wir treiben uns beruflich im Nachtleben der spannendsten Stadt der Welt herum. Und der verrufensten. Das hat doch was. Also, ich möchte nicht tauschen. Dass manche Kollegen schon mal die Nase rümpfen über unsereinen, daran gewöhnt man sich.«

Rath schaute Wolter an, der wieder geradeaus auf den Verkehr starrte. »Warum arbeitest du eigentlich nicht in der Inspektion A? Mit deinen Kontakten und deinen Fähigkeiten?«

»Bei den Mordermittlern? Wenn die meine Fähigkeiten brauchen und meine Erfahrung und meine Kontakte, dann sollen sie mich fragen. Ich bin nicht wild drauf, bei denen mitzuarbeiten.«

»Aber sie haben einen guten Ruf!«

»Natürlich. Gennats Truppe, die Lieblinge der Presse, die Lieblinge der feinen Gesellschaft! Raub und Mord, das bringt mehr Anerkennung als Schmutz und Schund.« Wolter schaute ihn an, als taxiere er seinen Wert. »Ist aber gar nicht so einfach, da reinzukommen, Gennats Leute sind handverlesen. Da musst du schon einen Knüller hinlegen. Einen echten Knüller. Ein fickender Kaiser reicht da nicht.« Er lachte. »Aber tröste dich: Auch wir normalsterblichen Kriminalbeamten dürfen ab und zu mal im Olymp arbeiten. Die Inspektion A leiht sich regelmäßig Beamte aus anderen Inspektionen aus. Dann darfst du dich austoben und Mordkommission spielen. Aber glaub mir: So spannend, wie du glaubst, ist eine Mordermittlung nicht.«

»Kommt drauf an.«

»Auf was?«

»Ich war früher auch Mordermittler. Langeweile hatte ich jedenfalls keine.«

Das hatte er noch keinem in Berlin erzählt. Polizeipräsident Zörgiebel war der Einzige, der die Personalakte Gereon Rath vollständig kannte. Und Zörgiebel hatte seinem alten Duzfreund Engelbert Rath Stillschweigen garantiert. Nicht einmal Kriminalrat Lanke kannte die dienstliche Vergangenheit seines neuen Beamten in allen Einzelheiten. Wolter schaute ihn nur kurz an, zog eine Augenbraue hoch und konzentrierte sich wieder auf den Verkehr.

»Und? Fehlen dir die Leichen?«, fragte er nach einer Weile.

Rath musste schlucken. Ein bleiches Gesicht tauchte in seinen Gedanken auf, ein bleicher Körper, ein blutverkrustetes Einschussloch in der Brust.

Er blickte schweigend aus dem Fenster. Wolter umfuhr die Großbaustelle an der Jannowitzbrücke, die auch sonntags für ein Verkehrschaos gut war, und nahm den Weg vorbei am Märkischen Museum über die Waisenbrücke. Doch auch der Alexanderplatz war eine einzige Baustelle. Schwere Dampframmen trieben den U-Bahn-Bau voran und hatten den Platz fast komplett ausgehöhlt. Der Verkehr wurde über dicke Holzbohlen geleitet, Bauzäune bildeten enge Gassen, durch die sich die Fußgängermassen schoben. Holzbalken stützten die stählerne Stadtbahnbrücke über der Königstraße. Sie waren schon bei Aschinger um die Ecke gebogen, als sie doch noch in die Falle tappten. Der Ford blieb hinter einem gelben BVG-Bus hängen, der den engen provisorischen Fahrweg komplett blockierte. *Berlin raucht Juno*, verriet die Werbung. Wolter fluchte. Ein Junge im Sonntagsstaat stand auf der Außentreppe, die zum Oberdeck führte, und zeigte ihnen eine lange Nase.

Das riesige Backsteingebirge des Polizeipräsidiums war bereits zu sehen. Den Namen *Rote Burg* trug das Gebäude nicht von ungefähr. Der große Eckturm thronte über dem Alexanderplatz wie ein Bergfried. Rath hatte sich erst einmal daran gewöhnen müssen, dass auch die Beamten das Präsidium meinten, wenn sie von der *Burg* sprachen.

»Lass mich hier aussteigen, ich besorg uns was zu essen«, meinte er. »Zu Fuß bin ich schneller in der Burg als du mit dem Auto.«

Er musste nicht lang anstehen. Keine zehn Minuten später betrat er das Präsidium über den Eingang Dircksenstraße. Hier, an der Stadtbahnseite, hatte die Kriminalpolizei ihre Büros. Das regelmäßige Rauschen und Rumpeln der Bahnen, die an seinem Fenster vorbeirollten, trommelte ihm Tag für Tag den Rhythmus. Den Schupo am Eingang grüßte Rath mit den Aschinger-Papiertüten in seiner Rechten. Dreimal Bratwurst mit Senf. In der linken Hand der Topf mit dem Kartoffelsalat. Sie waren Stammkunden.

Bei Aschinger schmeckte es besser als in der Kantine. Sie würden erst einmal in aller Ruhe essen und sich dann auf die Verhöre vorbereiten. Bis sie den ersten Kandidaten aus seiner Zelle holten, würde noch etwas Zeit vergehen. Die Bande sollte schmoren. Sein Magen knurrte, als er die Treppen hochstieg. Außer zwei Tassen Kaffee, einer guten zu Hause und einer schlechten im 220. Revier, hatte er heute noch nichts in den Magen bekommen.

Als er vom Treppenhaus auf den grau getünchten Korridor trat, blieb er einen Moment gedankenverloren vor der gläsernen Flügeltür stehen, auf der in großen weißen Buchstaben MORDINSPEKTION stand. Brunos Worte schoben sich in seine Gedanken: *Gennats Truppe – Lieblinge der Gesellschaft – handverlesen.* In dem langen Gang hinter der Glastür hatte sich gerade eine Bürotür geöffnet. Auch die Mordermittler hatten sonntags zu tun. Eine junge Frau stand in der Tür und rief noch etwas in den Raum, bevor sie sich abwandte und den Gang herunterkam. Rath blickte durch das Glas in ein schmales Gesicht. Ein entschlossen gewölbter Mund, dunkle Augen unter dem schwarzen, modisch kurz geschnittenen Haar. Dunkelrotes Kostüm. Unter dem rechten Arm klemmte eine Aktenmappe. Ihre Schritte klapperten schnell und energisch über den Steinboden des langen Korridors. Als sie einen entgegenkommenden Kollegen grüßte, zauberte ihr das Lächeln ein Grübchen auf die linke Wange.

»Verlauf dich nicht«, schreckte ihn eine Stimme aus dem Tagtraum. Er drehte sich um wie ertappt und blickte in ein lachendes Gesicht. »Du arbeitest immer noch bei uns«, sagte Wolter und klimperte mit dem Autoschlüssel.

Die Glastür öffnete sich. Die Frau schenkte auch den Beamten der Inspektion E im Vorübergehen ihr Lächeln.

»Guten Tag«, sagte sie. Ihre Stimme klang heller, als er erwartet hätte.

Wolter tippte zum Gruß an seinen Hut, Rath hob noch einmal die Papiertüten. Und kam sich im selben Augenblick ziemlich dämlich und unbeholfen vor. Die Frau blickte ihn neugierig, beinahe belustigt an. Er senkte die Hand mit den raschelnden Tüten. Ihr Lächeln kehrte noch einmal zurück. Für einen kleinen Augenblick nur, und er wusste nicht, ob sie ihn aus- oder anlachte. Und dann ging sie weiter. Das Dunkelrot entfernte sich, verschwand hinter der nächsten Glastür und wurde immer kleiner. Er schaute ihr noch immer nach. Der Onkel lachte und klopfte ihm auf die Schulter.

»Komm, lass uns was essen, bevor die Arbeit beginnt. Du bist ja vollkommen durch den Wind. Wann hast du eigentlich die letzte Frau gehabt?«

»Frag mich was Leichteres«, sagte Rath.

»Kein Wunder, dass du dich bei der Sitte nicht wohlfühlst«, meinte Wolter, »wenn du lebst wie ein Mönch. Ich mach dich beizeiten mal mit ein paar Mädels bekannt.«

»Lass mal.« Nach der Sache mit Doris hatte Rath vorerst die Nase voll von Frauen. Sie hatte ihn fallenlassen wie die berühmte heiße Kartoffel, kaum war das mit der Hetzkampagne losgegangen. Das lag nicht einmal ein halbes Jahr zurück …

»Na komm!« Wolter ließ nicht locker. »Ich kenn tolle Mädels! In unserem Beruf kommt man rum. Wie gesagt: *Ich* will nicht tauschen.«

»Na, so schlecht scheint es auch in der Mordkommission nicht zu sein.« Er zeigte auf die Glastür, immer noch mit den Aschinger-Tüten in der Hand. »Kannst du mir sagen, wer das gerade war?«

»Noch nie gesehen?« Wolter nahm ihm die drei Tüten ab. »Charlotte Ritter. Stenotypistin bei den Mördern. Und nun komm! Das Essen wird kalt.«

3

Nicht schon wieder! Sie schickten ihn hoch aufs Dach! Die Stimme von Lanke. »Rath, übernehmen Sie das, Sie kennen sich doch aus mit so was. Und fackeln Sie nicht lange.« Hinter Kriminalrat Lanke stand Kriminaldirektor Engelbert Rath, schweigend, dahinter ein Heer von Uniformierten. Der Blick über dem weißen Schnurrbart des Kriminaldirektors war eisig, prüfend, vorwurfsvoll. Er kannte diesen Blick. Ein Blick, den sein Vater schon aufgesetzt hatte, als der kleine Gereon das erste Mal schlechte Schulnoten mit nach Hause gebracht hatte. Lankes rotes Gesicht dagegen war eine einzige sadistisch grinsende Fratze. »Na los, Rath, machen Sie schon! Wie viele Unschuldige sollen noch sterben, nur weil Sie Ihren Arsch nicht hochkriegen? Wenn Sie denken, Sie müssten sich hier nicht schmutzig machen, dann haben Sie sich geschnitten!«

Rath blickte zu dem Dach hoch, das immer steiler wurde und förmlich zu wachsen schien. Wie sollte er da jemals hinaufkommen? Als er sich wieder umschaute, waren sämtliche Einsatzkräfte verschwunden. Stattdessen standen da Frauen. Mit Kindern.

Und dann fielen die Schüsse. Reihenweise kippten die Frauen um. Kaum war eine Reihe umgemäht, trat die nächste nach vorn. Wortlos, wie Schafe, die zur Schlachtbank trotteten. Die Frauen starben stumm, die Kinder schrien. Immer mehr Kinder. Je mehr Frauen starben, desto mehr Kinder fielen in das Geschrei ein.

»Nein!« Rath hetzte nach oben, seine Höhenangst vergessend. Plötzlich war das Haus von einem Baugerüst umgeben, über Leitern musste er weiterklettern. Und dann sah er den Schützen. Er hatte eine ganze Batterie von Gewehren dort liegen. Seelenruhig lud er sie nach, eins nach dem anderen.

Als Rath die oberste Plattform erreicht hatte, drehte sich der Mann um. Er kannte das Gesicht. Der Schütze zog sein Hemd hoch und zeigte einen bleichen, mageren Brustkorb. Mitten darin klaffte ein Einschussloch. Der Blutstrom war längst versiegt, eine Wunde wie bei den Leichen in der Gerichtsmedizin. Klinisch rein.

»Da! Schau«, sagte der Schütze vorwurfsvoll, fast weinerlich, und zeigte auf das Loch in seiner Brust. »Das sag ich meinem Vater!« Er griff eines der geladenen Gewehre.

Rath zog seine Dienstwaffe.

»Runter mit dem Gewehr!«, rief er, doch der andere legte auf ihn an. Langsam und konzentriert, als stünde er auf dem Schießstand.

»Runter mit dem Gewehr! Ich schieße!«

Der andere ließ sich nicht beirren.

»Du kannst mich nicht erschießen, ich bin schon tot«, sagte er und kniff ein Auge zu. »Schon vergessen?«

Da brannten Rath alle Sicherungen durch. Er konnte nicht anders, er musste schießen. Eine ungeheure Aggression suchte sich ihren Weg und fand seine Schusshand. Immer wieder zog sein Zeigefinger den Abzug durch, doch die Mauser gab nur ein Klacken von sich. Klack, klack, klack, machte es, während der andere seelenruhig zielte und den Zeigefinger krümmte. Langsam, wie in Zeitlupe, zog er den Abzug zurück …

»Nein!«

Sein eigener Schrei holte ihn aus dem Schlaf. Plötzlich saß er hellwach und aufrecht im Bett. Kalter Schweiß stand ihm auf der Stirn, sein Herz raste. Das Klacken ging auch jetzt noch weiter. Es kam vom Fenster. Der Wecker auf dem Nachttisch zeigte halb zwei. Rath schälte sich aus dem Bett, warf seinen Hausmantel über und schaute hinaus. Auf dem Gehweg war niemand zu sehen. Die Nürnberger Straße lag menschenleer, durch die Bäume rauschte der Wind. Auf dem Fensterbrett lagen drei, vier kleine Steinchen. Also doch: Jemand hatte versucht, ihn zu wecken. Er öffnete das Fenster und lehnte sich hinaus.

Rath hörte, wie sich die schwere Haustüre öffnete. Dann ein kurzer, spitzer Schrei.

»Huch, was lungern Sie denn hier rum wie'n Schluck Wasser inner Kurve?«, fragte eine Frauenstimme. Dann sah er, wie ein junges Mädchen, vielleicht Anfang zwanzig, auf die Straße und in sein Blickfeld trat. Sie schaute im Gehen über die Schulter und entfernte sich eilig in Richtung Taxistand. Hatte Weinert also wieder Damenbesuch gehabt! Rath musste schmunzeln. Wenn das Elisabeth Behnke wüsste! Die Zimmerwirtin achtete streng darauf, dass ihre Mieter zu später Stunde keine Damen empfingen. Und der findige Weinert hatte beinah jeden Abend eine zu Gast, ohne dass die Behnke ihm bislang auf die Schliche gekommen wäre. Doch auf wen war Weinerts aktuelle Errungenschaft da unten vor der Haustür gestoßen? Wer hatte sie so erschreckt?

Noch während er überlegte, hörte er die schwere Haustür ins Schloss fallen. Kurz darauf zog jemand die Türglocke. Um diese Uhrzeit dröhnte sie so laut wie eine Kirchenglocke. Dann hörte Rath es gegen die Wohnungstür wummern. Wer das auch sein mochte, er sollte nicht so einen Lärm machen! Rath trat aus seinem Zimmer auf den großen Flur. Die Tür, die zu den Räumen seiner Zimmerwirtin führte, war geschlossen. Er hoffte inständig, die Behnke möge weiter den Schlaf der Gerechten schlafen, bis er das Problem hier gelöst hatte. Weinert ließ sich auch nicht blicken. Wahrscheinlich das schlechte Gewissen.

Da polterte es wieder gegen die Tür.

»Kardakow«, rief eine fremde, dunkle Stimme, nur wenig gedämpft durch die geschlossene Tür. *»Aleksej Iwanowitsch Kardakow! Atkroj dwer! Eta ja, Boris! Boris Sergejewitsch Karpenko!«*

Wer auch immer das sein mochte, es reichte! Der Lärm musste aufhören!

Er riss die Wohnungstür auf und blickte in die verdutzten blaugrünen Augen einer abgerissenen Gestalt. Wirres dunkelblondes Haar hing dem Mann in Strähnen in die Stirn. Hageres Gesicht, unrasiertes Kinn. Eine Alkoholfahne wehte Rath um die Nase.

»Was soll der Radau?«, fragte er den Mann, der ihn mit glasigen Augen anstarrte. Er bekam keine Antwort. »Sie sollten besser nach Hause gehen und sich ins Bett legen, anstatt mitten in der Nacht an irgendwelche Türen zu klopfen.«

Der Mann sagte etwas in einer Sprache, die Rath nicht verstand. Russisch? Polnisch? Er konnte es nicht genau sagen, doch er war sicher, dass der Fremde ihm gerade eine Frage gestellt hatte. Was war los? Fand der Mann nicht mehr nach Hause?

»Wie bitte?«, fragte er. »Sprechen Sie Deutsch?«

Der Fremde wiederholte seine Frage. Rath verstand nur, dass es um jemanden namens Alexej ging. Das war zwecklos, so kamen sie nicht weiter.

»Tut mir Leid, ich kann Ihnen nicht helfen«, sagte er. »Gehen Sie nach Hause! Gute Nacht!«

Kaum hatte er die Tür geschlossen, ging das Poltern wieder los.

»Jetzt reicht's aber«, giftete Rath und riss die Tür wieder auf, »wenn Sie nicht augenblicklich verschwinden, bekommen Sie richtig Ärger!«

Der Mann stieß ihn beiseite und stürmte hinein. Eine Tür in dem geräumigen Flur stand offen, die von Raths Zimmer. Und genau dort hinein torkelte der Betrunkene. Rath stürzte hinterher. Der Fremde stand mitten im Raum und blickte sich suchend um. Was für ein Idiot! Womöglich glaubt der noch, er wohnt hier! Rath packte den Mann am Kragen. Er hatte gedacht, mit dem Betrunkenen leichtes Spiel zu haben, deswegen überraschte ihn dessen plötzlicher Wutausbruch. Mit einem Schrei drehte sich der Fremde um und drängte ihn gegen die Wand. Ein starker Unterarm drückte gegen Raths Hals, das Gesicht kam näher, so nah, dass der von Alkohol geprägte Mundgeruch kaum auszuhalten war.

»*Gdje Aleksej? Schto s nim?*«, presste der Mann hervor und ließ einen weiteren babylonischen Redeschwall folgen. Rath rammte dem Mann das Knie in den Unterleib. Der Fremde klappte zusammen, hatte sich aber schnell wieder aufgerichtet. »*Yob twaju mat!*«, rief er und stürmte auf Rath los, doch der wich geschickt aus. Der Fremde polterte gegen den riesigen Kleiderschrank und schlug ein Brett aus dessen neugotisch gestalteter Seitenwand.

Jetzt reichte es! Rath packte den Mann am Kragen, drehte ihm einen Arm auf den Rücken und zerrte ihn zurück auf den Flur. Die Wohnungstür stand noch offen, im Treppenhaus brannte kein Licht. Der Betrunkene brüllte unverständliches Zeug und versuchte sich nach Kräften aus dem harten Griff zu befreien. Vergeblich. Rath stellte den Kerl in Position, ließ ihn los und gab ihm einen kräftigen Tritt. Der Mann stolperte hinaus ins Dunkle, man hörte ihn im Treppenhaus gegen die gegenüberliegende Wohnungstür prallen. Rath schlug die Tür zu, verriegelte sie und lehnte sich keuchend dagegen. Endlich! Endlich war dieser Idiot draußen! Im Treppenhaus hörte er noch ein paar immer dumpfer klingende Rufe. Dann schlug unten die Haustür zu, und es war still.

»Ist er weg?«

Überrascht schaute Rath auf. Die Witwe Behnke hatte sich eine gehäkelte Stola über ihr dunkelblaues Nachthemd geworfen und stand in der Tür, die vom Flur ins Speisezimmer und dann weiter in ihre Privaträume führte. Die Zimmerwirtin war Ende dreißig und offensichtlich einsam. Ihr Blick sprach Bände. Und ihre Andeutungen ersetzten ganze Bibliotheken. Sie sah gar nicht mal schlecht aus mit ihrem jugendlich naiv wirkenden Gesicht und den blonden Locken, in denen die wenigen silbernen Haare kaum auffielen, doch er hatte ihren Avancen widerstanden. Etwas mit seiner Zimmerwirtin anfangen? Und dann noch mit einer, die ihm jeden Damenbesuch untersagt hatte? Nein, über so etwas dachte er nicht einmal nach, das kam einfach nicht in Frage. Da konnte sie noch so unauffällige Verführungsversuche starten. Jetzt ließ sie ihn ein Stück ihres üppigen Dekolletés sehen, als sie sich aus der Tür lehnte und auf eine Antwort wartete. Er sagte nichts, er nickte nur. Er keuchte immer noch. Elisabeth Behnke schien die Atemnot ihres Mieters zu gefallen.

»Kommen Sie, Herr Rath. Ich mach uns einen Tee. Mit Rum. Genau das Richtige auf den Schreck.« Sie schüttelte ihren Kopf. »Und ich dachte, das mit diesen Russen hört jetzt endlich auf.«

Die letzten Worte machten ihn neugierig. Er folgte ihr in die Küche. Das war einmal ein großbürgerliches Speisezimmer gewesen, doch seit Elisabeth Behnke untervermieten musste, hatte sie aus der früheren Küche ein Badezimmer für ihre männlichen Mieter machen lassen und die Küchenzeile mit im Speisezimmer untergebracht.

»Meinen Sie damit, dass es in diesem Haus häufiger passiert, dass betrunkene Russen mitten in der Nacht in fremde Wohnungen eindringen und randalieren?«, fragte er, nachdem er sich an den großen Esstisch gesetzt hatte.

Sie schaute ihn an. Achselzucken.

»Jedenfalls hat Ihr Vormieter öfter mal für unruhige Nächte gesorgt, so viel kann ich Ihnen sagen. Da hat es in Ihrem Zimmer manchmal von Russen gewimmelt. Und immer haben sie bis tief in die Nacht gezecht und wurden dann laut.« Sie zündete den Gasherd an und stellte einen Wasserkessel auf die Kochstelle. »Manchmal könnte man glauben, es gibt mehr Russen als Deutsche in dieser Stadt.«

»Manchmal habe ich den Eindruck, es gibt sowieso viel zu viele Menschen in dieser Stadt«, sagte er.

»Kurz nach dem Krieg, da kamen sie«, fuhr sie fort, »alle, die die Bolschewisten aus dem Land getrieben haben. Damals konnten Sie in den Straßen von Charlottenburg mehr Russisch hören als Deutsch.«

»Das kann man in manchen Bars am Tauentzien auch heute noch.«

»Das mag sein, aber solche Etablissements besuche ich nicht. Gott sei Dank. Sie Ärmster haben ja beruflich dauernd mit diesem Sündenpfuhl zu tun.« Sie hantierte geräuschvoll mit der Teekanne, als müsse sie gegen den Sündenpfuhl anklirren, und stellte zwei Tassen auf den Tisch. »Ach ja«, fuhr sie fort. »Dabei hatte Herr Kardakow einen solch gepflegten Eindruck gemacht, als er vor drei Jahren hier eingezogen ist.«

»Wer?«

»Ihr Vormieter. Herr Kardakow war Schriftsteller, müssen Sie wissen.« Der Kessel begann zu pfeifen. Sie goss heißes Wasser in die Kanne. »Ein ruhiger Mieter, dachte ich. Was für ein Irrtum! Immer wieder gab es diese nächtlichen Exzesse.«

»Und mir haben Sie Damenbesuch untersagt.«

»Na, erlauben Sie! Ich spreche doch nicht von Damenbesuch! Herr Kardakow hatte immer nur Herren zu Gast. Die redeten und redeten und tranken und tranken. Man hätte meinen können, dass sie mit Reden und Trinken ihr Geld verdienen.«

»Und mit was verdienten sie ihr Geld?« Rath war neugierig geworden.

»Ach, fragen Sie mich nicht! Ich will es, ehrlich gesagt, auch gar nicht wissen. Seine Miete hat Herr Kardakow aber immer pünktlich bezahlt. Obwohl ich nicht weiß, ob er je ein Buch veröffentlicht hat. Jedenfalls hat er mir nie eins gezeigt.« Sie klang fast ein wenig gekränkt. Rath konnte sich vorstellen, dass auch sein Vormieter sich gegen die Annäherungsversuche seiner Zimmerwirtin hatte zur Wehr setzen müssen.

»Ich nehme an, der Besuch von vorhin geht auch noch auf die Rechnung meines Vormieters?«

»Davon können Sie ausgehen!« Elisabeth Behnke schenkte sich und ihrem jüngsten Mieter Tee ein.

»Ich glaube, der Mann hieß Boris. Sagt Ihnen das was?«

»Keine Ahnung. Hier gingen so viele Russen ein und aus.«

»Der liebe Boris hat den Kleiderschrank demoliert. Vielleicht kann sich Herr Kardakow freundlicherweise um die Reparatur kümmern.« *Oder mir am besten gleich einen neuen Schrank kaufen*, dachte Rath. Das dunkle Monstrum in seinem Zimmer erinnerte eher an einen Beichtstuhl als an einen Schrank.

»Herr Kardakow?« Sie holte eine halbvolle Flasche Rum aus dem Wandschrank und goss ein. Großzügig. »Wenn ich den jemals wiedersehe. Hals über Kopf ist er letzten Monat ausgezogen. Seitdem habe ich ihn nicht mehr gesehen. Obwohl er mir noch eine Monatsmiete schuldet und der ganze Keller vollsteht mit seinem Gerümpel. Mehrfach habe ich ihm schon an seine neue Adresse geschrieben. Meinen Sie, er hätte geantwortet?«

»Wie heißt er eigentlich mit Vornamen?«

Sie schaute ihn an, und ihre Augen leuchteten hoffnungsfroh auf. »Meinen Sie, Sie können da was machen? Alexej heißt er. Alexej Iwanowitsch Kardakow.«

Rath nickte. Das war der Name, den Boris genannt hatte.

»Vielleicht hat er ja mehr Respekt, wenn er etwas von der Polizei hört«, meinte sie und reichte ihm seine Tasse. »Trinken Sie. Das tut gut nach so einem Schreck. Obwohl Sie so etwas ja bestimmt gewohnt sind als Polizist.«

Er wusste nicht genau, was sie damit sagen wollte: War er den Schrecken gewohnt oder den Alkohol? Wahrscheinlich meint sie beides, dachte er und trank.

Puhh, seine Vermieterin hatte mit Rum nicht gegeizt! Einen Moment argwöhnte er, sie wolle ihn betrunken machen, doch dann sah er, wie sie selbst ihre Tasse mit einem Zug hinunterkippte.

»Noch einen?«

Er trank seine Tasse aus und nickte. Irgendwie hatte er das Gefühl, eine kleine alkoholische Betäubung gebrauchen zu können. Weniger wegen des seltsamen Fremden als wegen des Traums, der ihm immer noch in den Knochen saß. Mit ein wenig Rum im Blut würde er ruhiger schlafen.

»Lassen Sie den Tee weg«, sagte er und reichte ihr seine Tasse.

Als er am nächsten Morgen erwachte, zeigte der Wecker Viertel vor neun. Rath setzte sich ruckartig auf und hielt sich den Kopf, in dem es nach der unerwarteten Anstrengung heftig pochte. Was hatte er bloß getrunken? Und vor allem: wie viel? Wenigstens lag er in seinem Bett. Nackt. Mit verklebten Augen schaute er sich um. Auf dem Plattenspieler drehte eine Platte sinnlose Pirouetten und ließ den Lautsprecher leise kratzen. Rath tastete nach dem Telefon auf dem Nachttisch und hätte sich fast in den Kabeln verheddert. Wolters Durchwahl konnte er im Schlaf runterbeten. Der Onkel nahm ab, und Rath murmelte eine Entschuldigung in die Sprechmuschel. Am anderen Ende der Leitung hörte er ein Lachen.

»Du hörst dich nicht gerade gesund an, alter Junge. Wohl ein wenig über die Stränge geschlagen!«

»Seit einer Woche die erste Nacht, die ich nicht in der Hermannstraße verbringen musste.«

Sechs Nächte hatte Rath in der muffigen Neuköllner Wohnung verbracht und das Kommen und Gehen im Atelier König beobachtet, die Schicht, die sonst keiner übernehmen wollte.

»Stimmt. Du hast dir einen freien Tag verdient.«

Wolter schlug ihm vor, die Überstunden abzufeiern, die er in der Observationswoche angehäuft hatte. »Ausgeruht bist du mir lieber«, sagte er. »Bleib heute zu Hause.«

Rath hatte nichts dagegen. Er legte auf und wollte sich umdrehen und weiterschlafen, doch etwas Warmes, das er plötzlich unter der Bettdecke ertastete, ließ ihn aufschrecken.

Ein Arm!

Was war gestern passiert? Hatte er eine Frau mitgenommen? Er strengte seinen schmerzenden Kopf an, doch er konnte sich beim besten Willen nicht erinnern. Der Traum fiel ihm wieder ein und der fremde Russe, der ihm den Schrank zerdeppert hatte. Und dann hatte er mit seiner Zimmerwirtin Tee getrunken … und Rum … und Brüderschaft …

O nein!

Rath zog die Bettdecke zurück. Langsam, mit dem Schlimmsten rechnend. Zu dem Arm gehörten blonde Locken, in denen ein leichter Silberglanz spielte. Kein Traum.

Elisabeth Behnke lag in seinem Bett!

Wie hatte das passieren können? Das Letzte, an das er sich jetzt erinnern konnte, war der Moment, in dem sie ihm das Du angeboten hatte, nachdem sie die Rumflasche geleert hatten und bei Danziger Goldwasser angelangt waren. Sie hatten sich geküsst, das wusste er noch. Wie es eben so Sitte war beim Brüderschafttrinken. Aber wie lange? Und wie? Und danach? Fragen, die er allesamt nicht beantworten konnte. Die einzige Antwort war seine Zimmerwirtin, die neben ihm im Bett lag und gerade ihren üppigen Körper in den Morgen reckte. Sie blinzelte kurz in den Tag, dann war auch sie hellwach. Sie zog sich die Decke über den Busen.

»Guten Morgen«, sagte er und vermied es, dabei sarkastisch zu klingen. So gut es eben ging.

»Guten Morgen.« Ihre Antwort kam leise, fast schüchtern. Na, wenigstens ist es auch ihr unangenehm, dachte er.

»Mein Gott!« Ihr Blick war auf den Wecker gefallen, der neun Uhr anzeigte. »So spät schon! Ich hätte längst Frühstück machen sollen! Weinert wird sich bestimmt beschweren!«

Sie machte Anstalten aufzustehen, dabei die Bettdecke als Kleidungsersatz nutzend, bis sie merkte, dass sie auf diese Weise Raths Männlichkeit freilegte. So verharrte sie zwischen Aufstehen und Wiederhinsetzen, als es an die Zimmertür klopfte. Schnell war Elisabeth Behnke wieder im Bett ihres Mieters und komplett unter der Bettdecke verschwunden.

»Um Gottes willen! Das ist Weinert!«, hörte er ihr gedämpftes Flüstern.

Langsam öffnete sich die Tür, obwohl Rath weder »Herein« gerufen noch sonst ein Wort gesagt hatte. Und tatsächlich steckte Berthold Weinert seinen neugierigen Kopf ins Zimmer.

»Guten Morgen, Langschläfer«, sagte er und zwinkerte Rath wissend zu, »kannst du mir vielleicht ein paar Mark leihen? Die Behnke hat sich heute Morgen noch nicht sehen lassen, sonst hätt' ich die angepumpt. Scheint krank zu sein, hat noch nicht mal Frühstück gemacht. Aber ich muss jetzt in die Redaktion, und da kann ich nicht …«

»Bedien dich.«

Rath deutete auf sein Jackett, das ordentlich über dem Herrendiener hing. Anders als sein Hausmantel, der mit dem Pyjama ein wirres Knäuel auf dem Boden bildete – auf halbem Weg zwischen Tür und Bett. Rath hoffte inständig, dass Weinert das nachtblaue Nachthemd der Zimmerwirtin nicht entdeckte, das auf der anderen Seite des Bettes lag.

»Ist dein Mädchen weg?«, fragte der Journalist, während er die Innentasche nach der Geldbörse durchsuchte, und zwinkerte ihm noch einmal zu. Die Verschwörermiene ging Rath langsam auf die Nerven. »Lass dich bloß nicht erwischen! Die Behnke passt auf wie ein Schießhund. Ich schick meine immer am Abend nach Hause. Sicher ist sicher. Aber bei euch hat das ja bis tief in die Nacht gedauert! Und dann noch Musik hören! Wo die Behnke doch tagsüber schon über dein Negergedudel schimpft!« Er blickte sich um, als könne Elisabeth Behnke jeden Augenblick durch die Tür kommen, und fuhr dann im Flüsterton fort: »Vor allem solltest du deinem Mädchen sagen, dass es beim nächsten Mal ein bisschen leiser ist. Die hat ja vielleicht gekichert! Und nicht nur das …« Er fischte einen Zehnmarkschein aus der Geldbörse. »Nicht, dass mir das nicht gefallen hätte, aber lass so etwas bloß niemals die Behnke hören!« Mit einem letzten Zwinkern verließ er das Zimmer.

Die Behnke war rot geworden, wie Rath feststellte, als er die Decke fortzog.

»Mein Gott, hoffentlich hat dieses Klatschmaul keine Lunte gerochen«, sagte sie.

»Hat sich nicht so angehört«, meinte Rath. »Haben Sie wirklich so viel gekichert letzte Nacht?«

»Haben wir nicht Brüderschaft getrunken?« Sie klang fast ein wenig beleidigt.

»Genau damit haben wir es wohl etwas übertrieben.«

»Wir sind erwachsene Menschen, Herr Rath! Ich meine: Gereon«, sagte sie und klang wieder so energisch, wie er sie als Zimmerwirtin kannte. »Mir ist es genauso recht wie dir, wenn die vergangene Nacht unser Geheimnis bleibt. Aber geschehen ist geschehen. Da müssen wir nicht plötzlich wieder so tun, als kennten wir uns nicht.«

»Entschuldige«, sagte er. Ihr Temperamentsausbruch gefiel ihm. Er merkte, wie es ihn erregte, und zog die Decke fester.

Sie stand auf. Inzwischen konnte sie offensichtlich damit leben, dass er sie nackt sah, sie tat nichts, um ihre Blöße zu verdecken. Ihre üppigen Rundungen verstärkten seine Erregung, auch als sie schon unter dem Nachthemd verschwunden waren. Er drehte sich auf die andere Seite.

»Ich mach Frühstück«, sagte sie und verließ das Zimmer. Gott sei Dank.

Er lag noch eine Weile im Bett und dachte nach. Elisabeth Behnke war fast zehn Jahre älter als er. Ihr Mann war 1917 an der Aisne gefallen. Rath musste an die Frauen in der Garnisonsstadt denken. Damals im Sommer 1918, nach der Grundausbildung, als sie auf den Einsatzbefehl an die Front warteten, als sie fühlten, dass möglicherweise die letzten Tage ihres jungen Lebens angebrochen waren. Frisches Kanonenfutter, das an die Front geworfen werden sollte. Er erinnerte sich an den Rausch von damals. Lebenslust, die sich aus Todesfurcht speiste. Schwitzende Körper, die sich in den Betten wälzten, beinah verzweifelt. Die Frauen waren allesamt älter gewesen. Zehn Jahre und mehr. Und fast alle trugen Eheringe. Ihre Männer kämpften noch an der Front oder waren gefallen.

Rath war gerade achtzehn geworden, als die Preußen ihn noch zogen. Der Stellungsbefehl war ihm vorgekommen wie ein Todesurteil. Er hatte an Anno denken müssen, er wusste ja nicht, dass es das letzte Kriegsjahr war, er konnte nur beten, dass der Wahnsinn bald endete. Seine Mutter hatte geweint, als ihr Jüngster in Uniform am Bahnhof stand und Abschied nahm. Sie wollte nicht noch einen Sohn verlieren. Der älteste war in den ersten Kriegstagen gefallen. Anno, der Unfehlbare, das ewige Vorbild. Doch in einem wollte ihm sein kleiner Bruder nicht nacheifern: Gereon wollte den Krieg überleben!

Mit diesem Willen und wenig Hoffnung war er in der Garnison angekommen. Das verzweifelte Warten. Sie hatten sich gefühlt wie Häftlinge in der Todeszelle. Und dann war der Krieg mit einem Mal vorbei. Bevor der Marschbefehl kam, bevor er auch nur einen einzigen Schuss auf den Feind hatte abgeben müssen. Die Nachricht von der Meuterei in Kiel hatte sich schnell zu ihnen herumgesprochen. Soldatenräte wurden gebildet. Als ihm klar wurde, dass ihn niemand als Deserteur festnehmen würde, hatte er die Uniform einfach ausgezogen und war nach Hause gefahren. Zurück nach Köln. Andere Kameraden hatten das Kriegspielen fortgesetzt und waren in Freikorps durch die Lande gezogen, hatten gegen Kommunisten gekämpft und gegen die Revolution. Der Gefreite Gereon Rath aber hatte auf seinen Vater gehört und war Polizist geworden. Sie hatten ihm wieder eine Waffe gegeben. Und den Schreibtisch, an dem Anno Rath vor dem Krieg gesessen hatte.

Er verscheuchte die Erinnerungen und blickte aus dem Fenster. Draußen schien die Sonne, es sah nach dem ersten Frühlingstag aus, der diesen Namen verdiente. Rath versuchte, wieder klare Gedanken in seinen verkaterten Kopf zu bekommen. Mit einem Ruck stand er auf und ging ins Bad. Er brauchte dringend eine Dusche.

Erst die frische Luft hatte seinen Kater restlos verscheuchen können. Rath atmete tief durch und kramte den Zettel hervor, den ihm die Behnke geschrieben hatte. Luisenufer. Die neue Adresse von Alexej Iwanowitsch Kardakow lag in Kreuzberg. Der Straßenname hatte den Wandel der Zeiten überdauert. Vor wenigen Jahren noch floss hier der Luisenstädtische Kanal zwischen Urbanhafen und Spree, nun spielten Kinder in der riesigen Sandfläche, die die

Stadt über einem zugeschütteten Hafenbecken angelegt hatte. Ihr Lachen und Schreien erfüllten die klare Luft. Nach dem endlos langen Winter schien der Frühling endlich kommen zu wollen. Den Berliner Winter hatte Rath gehasst, seit er an einem viel zu kalten Märztag am Potsdamer Bahnhof aus dem Fernzug gestiegen war und ihn der Potsdamer Platz mit Schneegestöber und Verkehrschaos empfangen hatte. Die Kälte hatte sich bis in den April hinein in den Straßen festgesetzt. Nun nahm die Stadt freundlichere Züge an. Endlich. Den kurzen Fußmarsch vom Hochbahnhof Kottbusser Tor hatte Rath geradezu genossen.

Sein Blick wanderte die Hausfassaden entlang. Eine Kneipe, ein Friseursalon, eine Milchwirtschaft. Wegen der Hausnummer musste er noch einmal auf den Zettel schauen.

Das Frühstück mit Elisabeth Behnke war weniger schlimm ausgefallen als befürchtet. Sie hatten sich nur über den randalierenden Russen unterhalten und alles, was danach passiert war, passiert sein konnte oder hätte passieren können, mit keiner Silbe mehr gestreift. Er hatte ihr versprochen, Kardakow zur Rede zu stellen. Wegen der noch ausstehenden letzten Monatsmiete, wegen des Gerümpels im Keller und wegen des kaputten Schranks. Und weil er einen Grund suchte, auf die Straße zu gehen an seinem freien Tag.

Das Haus direkt neben der Milchwirtschaft war das richtige. Über die Hochbahn am Wassertorplatz ratterte ein Zug, als Rath in den Hauseingang trat. Er las die Namen auf dem stillen Portier, auch die der Mieter in den Hinterhäusern, doch er konnte den Namen Kardakow nirgends finden, nicht einmal einen, der auch nur annähernd russisch klang. Er schaute auf seinen Zettel. Die Anschrift stimmte. Die Hausnummer auch.

Rath überprüfte die Namenstafeln der beiden Nachbarhäuser, doch auch hier: kein Russe. Sollte der Mann untergetaucht sein, um seine Miete nicht bezahlen zu müssen? Vielleicht hatte der Hauswart das Namensschild einfach noch nicht ausgetauscht. Rath ging zurück zum ersten Haus. Die Haustür öffnete sich, als er sie gerade erreicht hatte. Er schaute in ein ebenso überraschtes wie misstrauisches Gesicht.

»Suchen Sie irjendwen?« Der Mann war klein und schmächtig. Sein Hut wirkte auf dem hageren Gesicht viel zu groß. Ebenso der gewaltige Schnauzbart. An seinem Revers steckte ein kleiner Stahlhelm.

»Kann man wohl sagen.« Rath zückte den Zettel und las vor. »Alexej Iwanowitsch Kardakow.«

»Nie jehört. Soll der hier wohnen?«

»Er hat zumindest diese Adresse hinterlassen.«

»Det muss bei einem Russen ja nix heißen.«

»Aber Sie wohnen in diesem Haus?«

»Det muss ick Ihnen ja wohl nich sagen.«

»Vielleicht doch: Kriminalpolizei!« Rath wedelte mit seinem Dienstausweis. Er hatte beschlossen, auch an seinem freien Tag die Autorität des Amtes zu nutzen.

»Schon jut, schon jut!« Der Mann hob beschwichtigend die Hände. »Wat wollen Sie denn wissen?«

»Ist Ihnen in den vergangenen Wochen etwas aufgefallen? Ist jemand Neues hier eingezogen?«

»Nicht dass ick wüsste.«

»Vielleicht unter einem anderen Namen.«

»Nee, beim besten Willen nicht. Wat soller denn ausjefressen haben?«

»Reine Routinebefragung.« Rath bedauerte es inzwischen, seine Dienstmarke gezeigt zu haben. Genau genommen war das illegal. Er musste diesen penetranten Zeitgenossen, der ihm offensichtlich nicht weiterhelfen konnte, loswerden, bevor der noch neugieriger wurde. »Vielen Dank für Ihre Hilfe.«

»Keene Ursache. Immer zu Diensten.«

Rath hatte sich bereits umgedreht, da rief ihm der Fremde hinterher.

»Einen Moment, Wachtmeister!«

Rath blieb stehen.

»Vielleicht sind Sie ja wejen dem Radau hier.«

»Wegen des Radaus?«

»Na, mitten in der Nacht hat hier einer vor die Türen jebollert wie so'n Bekloppter, dass keen Mensch nich schlafen konnte. Und danach haben sich zwei jestritten. Aber in einer Lautstärke, sag ick Ihnen! Ick dachte schon, die bringen sich jejenseitig um!«

»Und?«

»Na, det waren Russen. Hundertprozentig. Vielleicht war ja der dabei, den Sie suchen. Aber wohnen tut der hier nich. Bestimmt nich. Hier wohnen nur anständje Leute.«

Rath tippte an seinen Hut.

»Vielen Dank.«

Seltsam, dachte er, während er über die Skalitzer Straße zurück zum Kottbusser Tor ging. Er schien nicht der Einzige zu sein, dessen Schlaf in der vergangenen Nacht von einem Russen gestört worden war.

4

Der neue Monat fing gut an. Rath saß an seinem Schreibtisch, in der einen Hand eine Tasse Kaffee, in der anderen eine brennende Zigarette. Vor ihm lagen die Fotos. Wilhelm zwo war auf den Abzügen als Einziger noch mit einem Fragezeichen markiert. Ein kleines Geheimnis, das er mit Wolter teilte. Ansonsten hatten sie alle, die hier abgelichtet waren, identifiziert, auch die Darsteller, die ihnen bei der Razzia nicht ins Netz gegangen waren. Nachdem er den Alten Fritz im Vernehmungsraum weichgekocht hatte, hatte Rath dem Onkel die Liste mit den Namen gestern auf den Tisch gelegt. Wolter hatte ein zufriedenes Gesicht gemacht. Der erste Durchbruch in ihren Ermittlungen.

Zum ersten Mal, seit er in Berlin war, fühlte Rath sich wieder halbwegs im Reinen mit sich und der Welt. Sein Blick wanderte aus dem Fenster über die Stadtbahngleise auf die dunkle Mauer des Gerichtsgebäudes. Ein Zug ratterte vorbei.

Der freie Tag hatte ihm gutgetan, auch wenn er ihn mit sinnlosen Nachforschungen verplempert hatte. Wenigstens hatte er Elisabeth Behnke aus dem Weg gehen können. Sie hatte ihm ein Essen zubereitet, als er ihr am Abend von seinen ergebnislosen Recherchen berichtet hatte, und eine Flasche Wein geöffnet. Diesmal hatte er nicht zu viel getrunken und ihr einen Gutenachtkuss auf die Wange gedrückt, der alles offen ließ und nichts versprach.

Und dann war er gestern Morgen zum ersten Mal seit Wochen ausgeruht und frisch zum Dienst erschienen.

Wolter hatte auf Ergebnisse gedrängt, weil die Zeit knapp wurde. »Wir müssen uns beeilen mit den Verhören«, hatte er ihnen eingeschärft. »Die IA braucht morgen jede Menge Platz im Zellentrakt, am ersten Mai werden unsere Freunde nach Moabit verlegt, bis dahin sollten wir endlich etwas Verwertbares aus ihnen herausbekommen haben.«

Und das hatten sie geschafft.

Die Abteilung IA, die Politische Polizei, leitete die Mai-Einsätze. Und die Politischen rechneten offensichtlich mit vielen Verhaftungen. Die Kommunisten wollten das Demonstrationsverbot mit allen Mitteln durchbrechen, seit Tagen schon hatte ihre Presse agitiert. Und Polizeipräsident Zörgiebel hatte mit einem Aufruf geantwortet, den fast alle Berliner Blätter abdruckten: *So soll nach dem Willen der Kommunisten in den Straßen Berlins Blut fließen*, hatte er geschrieben und das Demonstrationsverbot diese Woche noch einmal bekräftigt. *Ich bin entschlossen, die Staatsautorität in Berlin mit allen mir zur Verfügung stehenden Mitteln durchzusetzen.* Welche Mittel das sein würden, war klar. In den Kasernen der Schutzpolizei herrschte Bürgerkriegsstimmung. Der Rotfrontkämpferbund hatte Waffen, und viele befürchteten, dass er sie auch einsetzen würde.

Ermittlungen der Inspektion E waren da weniger wichtig. Wenn Kommunisten die Zellen am Alex füllen sollten, dann mussten die Pornographen raus. Wolter war sogar gebeten worden, eventuelle weitere Verhaftungen nicht vor dem Wochenende vorzunehmen. Das trübte Raths Erfolgserlebnis ein wenig. Trotz des Durchbruchs konnten sie die Sache nicht weiter vorantreiben und waren gezwungen, Däumchen zu drehen. Egal. Er hatte seinen Kollegen zeigen können, was er so draufhatte. Kriminalkommissar Gereon Rath, der Bulle aus der Provinz. Bruno hatte gestaunt. Und Frischling Stephan Jänicke sowieso.

Irgendwo gab es immer eine Schwachstelle, diese Erfahrung hatte Rath schon in Köln gemacht, irgendein Stein in der Mauer des Schweigens saß immer locker. Und wenn man den gefunden hatte, dann wackelte auch der Rest. In diesem Fall war der Alte Fritz der wacklige Stein. Der alte Mann mit der Habichtnase hatte plötzlich gesungen, als Rath ihm gedroht hatte, seine Frau vorzuladen. Es war reiner Bluff gewesen. Rath wusste nicht, ob der alte Mann verheiratet war, er kannte nicht einmal seinen Namen. Der Einzige, dessen Identität sie in den vergangenen Tagen zweifelsfrei hatten feststellen können, war Johann König. Und der hatte seit seinen Protesten im Atelier keinen Ton mehr gesagt. Genau wie die übrige Bande. Sie schienen sich in der Grünen Minna abgesprochen zu haben. Jänicke hatte gepennt.

Rath hatte einiges versucht, aber erst mit der Ehefrau-Drohung hatte er Friedrich den Großen kleingekriegt. Obwohl er keinen Ehering trug, hatte er dem Alten den ehrbaren Familienvater förmlich angesehen. Und einen Volltreffer gelandet. Der Mann war heulend zusammengebrochen. Und dann waren die Namen nur so aus ihm herausgesprudelt. Die Stenotypistin musste nur noch mitschreiben.

Es klopfte an die Tür. Rath riss die oberste Schublade auf und fegte die Fotos vom Schreibtisch. Niemand brauchte das zu sehen. Ihm war das Beweismaterial, das bei der Sitte zum Alltag gehörte, immer noch peinlich. Dabei gab es Kollegen in der Inspektion E, die sich einen Spaß daraus machten, ihre Fotosammlungen immer dann auf den Schreibtischen auszulegen, wenn ein weibliches Mitglied der Kriminalpolizei ihr Büro betrat. Ganz gleich, ob die Frauen rot wurden oder einen frechen Spruch losließen, das Gelächter der Männer war ihnen so oder so sicher. Eines der vielen Dinge, die Rath an der Sitte hasste.

»Herein«, rief er.

Die Tür öffnete sich. Falscher Alarm. Es war Wolter.

»Warum so förmlich?«, fragte Rath. »Seit wann klopfst du an?«

Der Onkel grinste. »Hast du Damenbesuch erwartet, oder warum ist dein Schreibtisch so leer?«

»Muss ja nicht jeder unser Beweismaterial sehen.«

»Und Stenotypistinnen von der Inspektion A schon gar nicht, was?« Wolter lachte. »Na komm! Nicht so sauertöpfisch! Heute hast du allen Grund zu singen und zu jubilieren.«

»Warum?«

»Weil der Kalender Mittwoch, den ersten Mai anzeigt und du kein Schupo bist! Die machen heute die Drecksarbeit und kämpfen gegen die Kommunisten. Während wir hier in der warmen Stube sitzen.«

»Ich weiß schon, warum ich nie zu den Blauen wollte.«

»Freu dich nicht zu früh, vielleicht muss die Kripo auch noch auf die Straße.«

Der gesamte Berliner Polizeiapparat befand sich seit sieben Uhr morgens in höchster Alarmbereitschaft, alle Beamte waren im Dienst, Schutzpolizei wie Kriminalpolizei, gut sechzehntausend Mann, selbst von den Lehrgängen hatte man Polizisten geholt. Die berittene Polizei hatte sämtliche Parkanlagen gesperrt, um Ansammlungen dort unmöglich zu machen. In den BVG-Betriebshöfen zeigte die Polizei Präsenz, um einen Streik zu verhindern, mit dem die Kommunisten die Stadt lahmlegen wollten. Und an allen bekannten Aufmarschplätzen in den Arbeitervierteln hatte die Schutzpolizei starke Kräfte zusammengezogen.

»Die Roten machen jedenfalls Ernst«, meinte Wolter. »Auf dem Alex geht's schon los. Hat Schultes vorhin in der Kantine erzählt. Sein Büro ist ein Logenplatz, beide Fenster gehen zum Platz raus. Sollen wir uns das Schauspiel ansehen?«

Sie waren nicht die einzigen Beamten, die es ins Büro des Kollegen Schultes gezogen hatte. Vor den beiden Fenstern war kaum noch ein Platz zu bekommen. Der Frischling war auch schon da.

»Zu Aschinger würde ich an eurer Stelle heute nicht gehen«, begrüßte Jänicke seine Kollegen und zeigte aus dem Fenster.

Im Baustellenchaos auf dem Alexanderplatz hatte sich eine

große Menschenmenge versammelt. Vor dem Warenhaus Tietz standen sie dicht gedrängt, und das sicher nicht wegen der Sonderangebote. Mehrere tausend Menschen. Eine Schalmeienkapelle in Marschordnung bog gerade von der Alexanderstraße auf den Platz, dahinter folgten die grauen Uniformen des Rotfrontkämpferbundes. Vereinzelt ragten Transparente aus der Menschenmenge. Rath erkannte die drei Konterfeis, die auch die Fassade der KPD-Zentrale am nah gelegenen Bülowplatz schmückten: Lenin, Liebknecht, Luxemburg. Die heiligen drei L. Seit er in Berlin war, hatte er sich über die Dreistigkeit der Kommunisten geärgert. Wie sie ihre Parteizentrale mit den Porträts von Staatsfeinden und ihren Parolen schmückten. *Es lebe die Welt-Revolution*, so stand es in großen Lettern an der Fassade. Eine einzige Provokation. Und nun trugen die da unten solche Parolen sogar direkt vors Polizeipräsidium. *Nieder mit dem Demonstrationsverbot* stand auf anderen Transparenten. *Straße frei am 1. Mai!* Auf ein riesiges rotes Tuch hatten sie geschrieben: *Es lebe die Sowjetunion, erkämpft euch Sowjet-Deutschland!* Links prangte ein Sowjet-Stern, rechts Hammer und Sichel. Und dazwischen immer wieder rote Fahnen, die über den Köpfen der Demonstranten flatterten. Sogar auf eine der Dampframmen am Alex hatte ein U-Bahn-Bauarbeiter eine rote Fahne gepflanzt. Auch hier oben in den Büros der Burg hörte man die Menge skandieren: »Nie-der mit dem Deee-monstrations-verbot!«

Das Grau und Braun der Arbeitermützen waren umzingelt vom Schwarz der Tschakos und dem Blau der Uniformen. Aus der Königstraße kam gerade ein weiterer Lastwagen, von dem ein Trupp Uniformierter absprang, die Kinnriemen festgezurrt. Die Schupos auf dem Platz bildeten zusammen mit der Verstärkung eine Kette und zückten die Gummiknüppel. Dann stürmte die blaue Reihe nach vorn. Die Sprechchöre kamen zuerst aus dem Takt und verstummten dann ganz, ein Raunen ging durch die Menge. Gummiknüppel sausten nieder. Die Demonstranten in der ersten Reihe duckten sich unter den Schlägen, einige stürzten. Ein paar wurden von den Schupos herausgezerrt und in eine Grüne Minna verfrachtet, darunter auch ein Mann mit einer roten Sturmfahne. Doch die Menge ließ sich nicht lange beeindrucken. Ein kurzes Zurückweichen, dann drängte sie wieder vor. Ein Transparentholz schlug einem Schupo den Tschako vom Kopf. Erste Steine flogen. Die Menge begann wieder zu rufen. »Nie-der mit dem Deee-monstrations-verbot!«

»Haben wir da unten auch Feuerwehraufgaben übernommen?«, fragte Rath. An der Straßenbahnhaltestelle vor dem UFA-Kino hatten sich zwei Schupos an einem Hydranten zu schaffen gemacht und schlossen einen Feuerwehrschlauch an.

»Neue Taktik«, erwiderte Wolter. »Wasser statt Knüppel. Pass auf, gleich werden die Demonstranten nass gemacht.«

Er sollte Recht behalten. Kaum hatten die beiden Beamten den Schlauch angeschlossen, hieß es: Wasser marsch! Der Polizist am Strahlrohr hielt mitten in die Menge, die überrascht auseinanderstob. Einige wurden von der Kraft des Wasserstrahls umgestoßen und kugelten über den nassen Asphalt.

»Schöne Arbeit: Kommunisten begießen«, meinte Wolter, »das wär noch was für mich.«

Er erntete ein paar Lacher.

»Und für so was setzt unser Polizeipräsident den ganzen Apparat in Alarmbereitschaft«, sagte Schultes, ihr Gastgeber, und schüttelte verständnislos den Kopf. »Das nenn ich Sozi-Hysterie. Heute Nachmittag sitzen die Herren Kommunisten wieder bei Muttern am Ofen und trocknen ihre nassen Sachen. Genug Revolution gespielt. Alle hatten ihren Spaß, und Berlin hat wieder Ruhe.«

»Da bin ich mir nicht so sicher«, meinte Wolter. »Die Rotfrontkämpfer bekommen Waffen aus Moskau. Und sie werden an denen auch ausgebildet. Wenn die heute zuschlagen, dann ist das kein Revolutionsspiel mehr, dann ist das Ernst.«

»Bislang haben wir die Roten immer noch kleingekriegt, oder?«, meinte Schultes. »Vor zehn Jahren wollten die auch schon Revolution machen. Und was ist daraus geworden? Nein, das sind Maulhelden, wenn's ernst wird, kneifen die den Schwanz ein.«

»Wollen wir's hoffen«, meinte Wolter und machte ein besorgtes Gesicht. »Solchem Gesindel darf man jedenfalls nicht widerstandslos die Straße überlassen.«

»Mag sein, Kollege«, erwiderte Schultes. »Aber die Völkischen mit ihren Braunhemden sind auch nicht viel besser. Die können nur besser marschieren.«

»Und schießen nicht auf Polizisten.«

Schultes fixierte den Onkel mit festem Blick. »Recht und Ordnung sollten in jedem Fall aufrechterhalten bleiben«, sagte er schließlich, »da haben Sie Recht, Herr Kollege.«

»Aber das ist Aufgabe der Schutzpolizei, nicht der Kriminalpolizei«, meinte Rath, »ich jedenfalls bin froh, dass wir mit Politik nichts zu tun haben, sondern nur mit Verbrechen.«

»Politiker, Verbrecher – wer sagt Ihnen, dass das nicht das Gleiche ist?«, meinte Schultes.

Alle lachten. Rath schaute nachdenklich aus dem Fenster. Vor zehn Jahren, nach dem Krieg, auch da war es drunter und drüber gegangen auf Deutschlands Straßen. Seitdem hatte er so etwas nicht mehr gesehen. Die Kollegen unten auf dem Platz gingen beherzt zur Sache. Nicht nur mit Feuerwehrschläuchen. Er hätte in diesem Moment jedenfalls nicht in Zivil auf dem Alex stehen wollen.

5

Das Auto hing am Haken des Bergungskrans wie ein zu groß geratener Fisch. Durch die Türritzen floss schmutzigbraunes Wasser zurück in den Landwehrkanal. Der Scheinwerfer des Kranwagens ließ das helle Auto in der dunklen Nacht gespenstisch leuchten. Die letzte U-Bahn rollte aus dem Bahnhof Möckernbrücke. Oberkommissar Wilhelm Böhm schälte sich missmutig aus dem großen schwarzen Mercedes, der gerade am Tempelhofer Ufer angehalten hatte, und setzte seine Melone auf. Ein paar schaulustige Nachtschwärmer zogen ihre Aufmerksamkeit von der Bergungsaktion ab und bestaunten den Wagen, aus dem nun auch noch eine elegant gekleidete schlanke Frau kletterte, einen Stenoblock in der Hand, gefolgt von einem jungen Mann.

Das schwarze Mordauto war berühmt in Berlin. Der Mercedes war mit allem ausgestattet, was bei einer Mordermittlung am Tatort benötigt wurde: nummerierte Markierungspfähle zur Spurensicherung, ein Fotoapparat, Scheinwerfer, Bandmaß und Zollstock, Kartenmaterial, Handschuhe, Pinzetten, ein mobiles Polizeilabor und alle möglichen Behältnisse zur Beweisaufnahme. Der Wagen transportierte sogar ein fahrbares Büro: einen Klapptisch mit mehreren Stühlen, die man am Tatort aufbauen konnte, samt Reiseschreibmaschine.

Bei dem Wagen, der von dem Kran gerade behutsam auf den nassgetropften Asphalt der Möckernbrücke gesetzt wurde, handelte es sich um einen cremefarbenen Horch 350. Das Verdeck war offen. Am Steuer saß ein nasser, bleicher Mann.

Oberkommissar Böhm stiefelte auf den Schupo los, der die Bergungsaktion dirigierte.

»Sagen Sie mal«, schnauzte er den Blauen grußlos an, »sind wir hier im Lunapark? Was haben die ganzen Leute am Tatort zu suchen? Sorgen Sie mal dafür, dass die Schaulustigen verschwinden! Und warum konnten Sie mit der Bergung nicht bis zum Eintreffen der Mordkommission warten? Haben Sie wenigstens die Taucher befragt, wo genau der Wagen im Kanal gelegen hat?«

Der Mordermittler ließ den Polizisten stehen, ohne eine Antwort abzuwarten, und trat zu dem Wagen, der noch vor wenigen Minuten auf dem Grund des Landwehrkanals gelegen hatte. Zwecklos, diesen Hornochsen in Uniform die Methoden moderner Polizeiarbeit nahezubringen. Diesen Preußen war es immer noch wichtiger, am Tatort erst einmal Ordnung zu schaffen, statt Spuren zu sichern. Böhm betrachtete den Mann am Steuer. Der hatte es hinter sich. Toter ging's nicht.

»Gräf«, bellte Böhm durch die Nacht. »Machen Se mal 'n Foto. Bevor der Doktor hier alles durcheinander bringt.«

Kriminalassistent Reinhold Gräf war schon dabei, den schweren Fotoapparat aus dem wohlsortierten Gepäckraum des Mordautos zu hieven.

Inzwischen hatte sich auch der Schupo von dem Anpfiff erholt und trat zum Oberkommissar, zackig salutierend.

»Kemmerling, Oberwachtmeister«, machte er Meldung und zeigte auf eine Lücke in der Uferbegrenzung, direkt neben der Brücke. »Da isser durch. Er muss übers Tempelhofer Ufer gerast und dann vom Fahrdamm abgekommen sein.«

Böhm betrachtete die Leiche von oben bis unten und schüttelte den Kopf. »Wie soll er auch vernünftig fahren können mit solchen Händen. Fragt sich nur, ob er sich in dem Zustand freiwillig ans Steuer gesetzt hat.«

Der Schupo trat näher an den Wagen und zuckte merklich zusammen, als er die Hände des Toten erblickte. Die einzelnen Finger waren in dem Brei aus Fleisch, Haut und Knochen kaum noch zu unterscheiden, manche Gelenke schienen nur noch von der Haut gehalten zu werden, andere waren derart unnatürlich verdreht, dass allein der Anblick schmerzte.

»Wie viele Leute haben Sie hier, Kemmerling?«, fragte Böhm den Blauen.

»Fünf«, sagte der Oberwachtmeister. »Wegen der kommunistischen Unruhen haben sie mir die meisten Leute abgezogen.«

Böhm nickte verständnisvoll. Auch er hatte zu wenig Leute. Seit zwei Tagen hielten die Maiunruhen nun an. Die Dinge waren der Polizei aus der Hand geglitten und schnell eskaliert. Es hatte Schießereien gegeben und Tote. Die kommunistischen Hochburgen rund um den Bülowplatz, im Wedding, in Neukölln, waren von der Schutzpolizei offiziell zu Unruhegebieten erklärt worden. Dort herrschte Belagerungszustand. In Berlin schien der Bürgerkrieg wieder loszugehen.

»Fünf. Nicht gerade üppig«, meinte er. »Aber gut. Vier verjagen mir endlich die Schaulustigen und riegeln den Tatort anständig ab, einer hilft bei der Spurensicherung, bis der Erkennungsdienst eintrifft. Wenn der heute überhaupt noch kommt.«

»Ähem …« Kemmerling schien nicht ganz zu verstehen. »Spurensicherung?«

»Ganz einfach: Fassen Sie nichts an, treten Sie in nichts rein, und folgen Sie den Anweisungen der Mordkommission«, sagte Böhm und wandte sich um. »Ritter?«, rief er laut in die Dunkelheit.

Die Stenotypistin trat ins Scheinwerferlicht des Kranwagens.

»Legen Sie Ihren Block beiseite, Charly«, sagte der Mordermittler, »das hat Zeit. Zeigen Sie dem Mann hier erst mal, wie man Spuren sichert.«

Kriminalassistent Gräf hatte den Fotoapparat inzwischen neben dem Horch aufgebaut. Für den Bruchteil einer Sekunde leuchtete es am Tatort taghell, als das Blitzlicht zündete. Es schien fast, als lächele der Tote für die Kamera.

Sie spürte, wie der Schupo auf ihr Kleid starrte. Sie spürte es, obwohl sie voranging. Sie hatte sich das grüne Tanzkleid vor ein paar Tagen erst genäht und wusste, dass es ihre Figur betonte. Und einen nicht unbeträchtlichen Teil ihrer wirklich langen Beine sehen ließ. Sie trug es heute zum ersten Mal, und vorhin auf dem Parkett des *Moka Efti* hatte sie sich darin auch richtig wohl gefühlt. Da genoss sie es, die Blicke der Männer auf sich zu ziehen. Das war bei einem ersten Rendezvous nie verkehrt. Jakob sollte nicht glauben, dass er sie sicher hatte. Dass ihr das Herz bis zum Halse schlug, wenn er sie anlächelte, hatte er hoffentlich nicht bemerkt. Nein, eigentlich war alles gut gelaufen.

Bis der livrierte Diener die Tafel mit ihrem Namen hochhielt. *Telefon für Frl. Ritter.* Jakob hatte komisch geschaut, als sie ihn auf dem Parkett zurückließ. Sie ahnte, dass der Anruf von der Mordkommission kam, Böhm war der Einzige, der wusste, dass sie im *Moka Efti* war – und natürlich Greta, doch die hätte sie an diesem Abend niemals gestört. Jakob stand an der Bar, als sie von der Telefonzelle zurückkehrte. Die Mitteilung, dass sie nun leider gehen müsse, hatte er wortlos hingenommen. Er hatte sie noch zur Garderobe begleitet und sogar hinunter auf die Friedrichstraße, wo sich zahlreiche Nachtschwärmer vor der Rolltreppe drängten, die zur neuesten Attraktion des Berliner Nachtlebens führte. Als dann in der Leipziger Straße das Mordauto hielt, in dem Böhm bereits saß und sie zur Eile antrieb, konnte sie nicht sagen, ob ihr wortkarges Gespräch gerade ein Abschied gewesen war oder ein Streit. Jakob hatte dem schwarzen Wagen nicht lange hinterhergeschaut, sondern war zurück zur Rolltreppe gegangen. Wieder ein Mann, der mit ihrem Beruf nicht klarkam?

Sie fror ein wenig. Der kurze Mantel über dem Kleid war nicht wirklich warm. Anfang Mai konnten die Nächte in der Stadt noch sehr kalt sein.

»Sind Sie Kavalier?«, fragte sie den Schupo, als sie am Mordauto angekommen waren.

Der Mann schien schwer von Begriff. »Wieso?«, fragte er.

»Sind Sie's oder sind Sie's nicht?«

»Natürlich ...«

»Das trifft sich gut! Dann können Sie mir Ihren Mantel leihen.«

Er guckte sie an, als habe er sich verhört.

»Keine Angst, Sie müssen ihn nicht über eine Pfütze legen! Nur zum Anziehen! Das gute Stück ist doch sowieso Eigentum der preußischen Polizei. Oder wollen Sie die Mordkommission nicht unterstützen?«

Sie musste die Ärmel des schweren blauen Mantels zweimal umkrempeln, dann ging es. Halbwegs. Aber ihr wurde gleich wärmer.

»Danke schön.«

Sie reichte dem Uniformierten ein Paar Stoffhandschuhe und drückte ihm ein paar blecherne Markierungsschilder in die Arme. Dann stapften sie los. In dem Mantel fühlte sie sich nicht so beobachtet, als sie voran zum Ufer des Landwehrkanals ging.

Der Wagen schien ungebremst durch den schmiedeeisernen Uferzaun gebrochen zu sein. Die Stäbe waren nach unten gebogen, zum Teil aus ihren Verankerungen gerissen und im Wasser gelandet. Es sah aus, als habe eine riesige Faust dort hineingeschlagen. Auf ihre Anweisung hin stellte der Schupo das Schild mit der Nummer eins an der Bruchstelle ab. Bremsspuren, die man hätte markieren können, konnte sie nirgends entdecken. Überhaupt war es schwer, den Weg nachzuvollziehen, den der Horch genommen hatte. An einem Uferbaum fehlte ein Stück Rinde, das freigelegte Holz glänzte feucht im Scheinwerferlicht, das von der Brücke kam. Hier war der Wagen vorbeigeschrappt, bevor er auf den Uferzaun traf, das hatte ihn nicht aufhalten können, höchstens die Fahrtrichtung geändert. Wäre das Auto frontal gegen den Baum gefahren, hätten sie es wohl nicht aus dem Kanal ziehen müssen, aber dem Mann am Steuer wäre es dabei kaum besser ergangen. Sein Gesicht hätte dann jedenfalls nicht mehr so schön ausgesehen. Sie betrachtete den Abstand zwischen Baum und Ufer. Nur wenige Meter. Nach der Bresche im Zaun zu schließen musste das Auto fast im rechten Winkel auf die Uferbegrenzung getroffen sein. Doch woher war es gekommen, bevor es den Baum streifte? Sie schaute sich um. Der Fall begann sie zu interessieren, sie hatte Witterung aufgenommen.

Nachdem sie dem Schupo noch ein paar Anweisungen gegeben hatte, was er markieren sollte, ging sie ein paar Schritte in die Möckernstraße hinein, die vom Kanal zur Yorckstraße führte. Nur die linke Seite war bebaut, rechts zog sich eine hohe Backsteinmauer den Gehweg entlang. Dahinter lag das Gelände des Anhalter Güterbahnhofs. Unter den Bäumen am Straßenrand parkten einige Autos. Sie ging nah an den Fahrzeugen vorbei. Das Licht der Straßenlaternen reichte kaum bis hierhin, sie musste ihre Augen anstrengen. Und doch fand sie es schließlich. Am Kotflügel eines pechschwarzen BMW. Heller Lackabrieb. Cremefarben. Nun war es mehr als Instinkt, nun war sie sich sicher. Sie rief den Schupo zu sich.

Aus den Augenwinkeln hatte er beobachtet, wie Oberwachtmeister Kemmerling brav hinter Charly hergedackelt war, einen ganzen Strauß Blechschilder im Arm. Schien ein Kavalier zu sein, der Mann, hatte ihr sogar seinen Mantel übergeworfen. Tja, daran hatte *er* mal wieder nicht gedacht, obwohl es seine Schuld war, dass sie nun im Ballkleid durch die Kälte laufen musste. Oberkommissar

Wilhelm Böhm war eben ein ungehobelter Klotz, da war nichts zu machen. Blödsinn, dachte er und schaute zu dem Horch hinüber, der immer wieder im Blitzlicht aufleuchtete. Von wegen: meine Schuld! Nein, es ist ganz allein seine Schuld, die Schuld eines unbekannten Mannes, den man aus dem Landwehrkanal gefischt hat. Der ist es, der uns den Abend versaut hat.

Er hörte Charly rufen, und der frierende Oberwachtmeister setzte sich wieder in Bewegung. Dem Schupo fiel es sichtlich schwer, den Anweisungen einer Frau zu folgen. Hätte Kemmerling gewusst, dass Charlotte Ritter nicht einmal den Rang einer Kriminalbeamtin besaß, er hätte wahrscheinlich keinen Finger gerührt. Aus diesem Grunde hatte Böhm es ihm auch nicht verraten. Frauen in der Polizei hatten es so schon schwer genug. Er wusste, dass er sich auf Charly verlassen konnte, und das war in dieser Nacht, wo er kaum Leute zusammenbekommen hatte, besonders wichtig. Dumm nur, dass ihm jetzt, wo sie da draußen Spuren sicherte, eine Stenotypistin fehlte. Böhm war es gar nicht mehr gewohnt, sich selbst Notizen zu machen. Den Block, den er in seinen dicken Pranken hielt, hatte er sich von Gräf leihen müssen.

Der Oberkommissar hatte es sich auf der dick gepolsterten Sitzbank des Mordautos bequem gemacht, dessen Fond man mit ein paar Handgriffen in ein kleines Büro verwandeln konnte, und verhörte die einzigen Zeugen, die sie hatten. Einen Mann und eine junge Frau, die am Tempelhofer Ufer in einem parkenden Auto gesessen hatten, als der Horch durch die Uferbegrenzung krachte.

Nicht besonders ergiebig, das Gespräch. Das Pärchen schien sehr beschäftigt gewesen zu sein, beide hatten kaum etwas gesehen. Der Wagen musste ohne Licht aus dem Dunkel gekommen sein, erst ein lautes Krachen hatte sie aufgeschreckt. Fräulein Wegener hatte gerade noch mitbekommen, wie der Motor aufheulte und die Räder durchdrehten, bevor der Wagen mit einem lauten Klatschen auf die Wasseroberfläche prallte. Der Mann schien gar nichts gesehen zu haben. Die beiden waren ausgestiegen und ans Ufer gelaufen. Sie konnten nichts mehr tun, nur ohnmächtig zuschauen, wie der Horch kurz auf dem Wasser schaukelte, dann nach vorne kippte und schnell unterging. Als sie merkten, dass hier jede Hilfe zu spät kam, hatten sie die Polizei verständigt.

»Haben Sie sonst noch etwas gesehen oder gehört?«, fragte Böhm. »Bremsgeräusche etwa? Oder hat der Fahrer um Hilfe geschrien? Saßen noch andere Personen in dem Wagen, als er unterging?«

Alle Fragen verneinte Fräulein Wegener. »Der war vollkommen weggetreten, wenn Sie mich fragen. Hat überhaupt nicht reagiert, als der Wagen unterging. Vielleicht war er ja betrunken.«

Oder bereits tot, dachte Böhm. Er schaute auf den Notizblock. Viel hatte er nicht hineingeschrieben, und das wenige, was dort stand, konnte er schon jetzt kaum noch entziffern.

»Hm«, sagte er und stand auf, »ich denke, das wär's fürs Erste. Ihre Personalien haben wir ja.« Sie stiegen aus dem Mordauto. Böhm ließ die beiden stehen. Auf der Möckernbrücke hatte er eine Silhouette erblickt, die ihm bekannt vorkam.

»Der Fortschritt der Menschheit ist unverkennbar«, hörte er den Mann auf der Brücke sagen. »Jetzt fahren die Wasserleichen sogar schon Auto.«

Wilhelm Böhm kannte Doktor Magnus Schwartz seit Jahren. Der Zynismus des Mediziners war berufsbedingt. Auch Kriminalkommissare neigten dazu. Wahrscheinlich hatte er deshalb so einen guten Draht zu dem Leichenbeschauer, der im Hauptberuf eine ordentliche Professur an der Universität bekleidete.

»Guten Abend, Herr Doktor! Hat man Sie aus der Oper geholt?«

Schwartz, der sich zu dem Toten hinter dem Steuer gebeugt hatte, drehte sich um. Er trug Abendgarderobe unter seinem Mantel.

»Ach Böhm! Hätte ich mir denken sollen, dass Sie dahinterstecken!« Der Mediziner schüttelte ihm die Hand. »Nein, in die Oper gehe ich nicht. Ist mir zu laut. Empfang beim Dekan. Ziemlich langweilige Gespräche, wenn man bedenkt, welche Elite deutschen Geistes da zusammengekommen ist.«

»Da können Sie ja froh sein, dass wir Sie da rausgeholt haben.«

»Verraten Sie das aber nicht meiner Frau!«

»Und?«, fragte Böhm und zeigte auf die Leiche.

»Sie werden es kaum für möglich halten, lieber Böhm, aber dieser Mann ist tot.«

»Ach, tatsächlich?« Böhm tat überrascht. »Es geht doch nichts über die Auskunft eines Experten!«

Der Doktor knöpfte dem Toten den feinen Zweireiher und das Hemd auf. Dann schaute er ihm in den Mund. »Todesursache noch unbekannt«, meinte er nach einer Weile, »höchstwahrscheinlich war er aber schon tot, bevor er ins Wasser fiel. Wollen Sie weitere Schätzungen hören? Oder können Sie sich bis morgen Mittag gedulden? Dann weiß ich, ob er Wasser in den Lungen hat.«

Böhm sagte nichts.

»Hätte ich mir denken können«, meinte der Doktor. »Also, alles Zirka-Werte und alles ohne Gewähr – bis Sie morgen das amtliche Ergebnis haben: männliche Leiche, Größe über einssiebzig, rund fünfundsechzig Kilo, Alter etwa Mitte dreißig, schlechte Zähne, Todesursache noch un...«

»Schlechte Zähne?«

»Die hat er definitiv, das ist keine Schätzung.«

»Dann hatte er wohl Angst vorm Zahnarzt.«

»Das glaube ich nicht. Bei einem Zahnarzt war er, wenn ich mir diese verschlimmbesserte Ruinenlandschaft in seinem Mund so anschaue. Aber bei einem schlechten. Sieht eher so aus, als hätte er sich keine anständige Zahnbehandlung leisten können.«

»Fährt aber ein neues Auto und trägt einen feinen Abendanzug. Der ist ja fast schicker als Sie, Doktor!«

»Vielleicht hat er sein Geld lieber für Autos und Garderobe ausgegeben als für den Zahnarzt. Sie wissen ja: Kleider machen Leute«, meinte Doktor Schwartz. »Und Autos erst! Feiner Wagen, so ein Horch! Kollege Karthaus fährt so einen. Nicht dass ich neidisch wäre – was soll man mit so einer Kiste, wenn sie nicht auf der Straße bleibt und im Kanal landet ...«

»Ich glaube, das hat weniger mit dem Wagen zu tun als mit der

Fahrtüchtigkeit des Fahrers.« Böhm zeigte auf die entstellten Hände des Toten. »Kann man an so was sterben, Doktor?«

»Man kann an fast allem sterben, mein lieber Böhm.« Schwartz rückte seine Brille mit dem Zeigefinger zurecht und inspizierte den Brei aus Hautfetzen, Fleisch und Knochen genauer. »Sauerei«, sagte er schließlich. »Das muss ihm sehr wehgetan haben, aber höchstwahrscheinlich hat er es überlebt.«

»Seltsam«, murmelte Böhm vor sich hin.

»Mein lieber Böhm! Sie glauben gar nicht, was man alles überleben kann!«

»Nein, ich meine sein Gesicht.« Böhm wirkte wie aus einem Traum gerissen. »Sieht so ein Mann aus, der kurz vor seinem Tod große Schmerzen erleiden musste?«

Schwartz antwortete nicht und schaute den Toten an. Es stimmte. Die Leiche schien friedlich zu lächeln.

6

Seit Viertel nach sechs waren sie unterwegs und holten die Leute aus den Betten. Alles wurde durchsucht, nicht nur die Wohnungen, auch Dachböden und Keller. Selbst in den Müllkästen stöberten die Beamten nach Waffen. Acht Bereitschaften waren allein im Unruhegebiet Neukölln eingesetzt. Und Beamte der Kriminalpolizei. Rath hätte nicht gedacht, so schnell wieder in die Hermannstraße zurückzukehren.

Die Maiunruhen hielten auch am dritten Tag an. Immer wieder kam es zu Zusammenstößen zwischen Kommunisten und Schupos, immer wieder fielen Schüsse. Auf den Straßen im Wedding und in Neukölln herrschte Krieg. Aus dem Baumaterial in der Hermannstraße waren Barrikaden errichtet worden, in einigen Straßenzügen sämtliche Straßenlaternen durch Steinwürfe außer Betrieb gesetzt. Jugendbanden nutzten die Dunkelheit und plünderten Geschäfte.

Vergangene Nacht hatten Randalierer sogar Steine gegen das 220. Polizeirevier in der Selchower Straße geworfen: Das Revier, in dem sie am Sonntag noch die Aktion König gestartet hatten, war zur Zielscheibe des Mobs geworden. Sogar Schüsse sollen gefallen sein, erzählten sich die Kollegen. Erst der Einsatz einer Bereitschaft mit einem Panzerwagen und zwei Lastern konnte dem Spuk ein Ende bereiten.

Solche Vorfälle schürten die Angst vor einem kommunistischen Umsturzversuch und heizten die Stimmung in der Polizei zusätzlich auf. Jeder Beamte, der auf die Straße ging, zumal in einer Arbeitergegend, war nervös und hatte die Waffe locker sitzen.

Für Rath grenzte der allgemeine Gemütszustand seiner Kollegen an Hysterie. Als man dann auch ihn zusammen mit Wolter zum Einsatz nach Neukölln beorderte, hatte er sich bemüht, kühlen Kopf zu bewahren. Für die Durchkämmung der Unruhegebiete am Morgen des dritten Mai hatte Polizeipräsident Zörgiebel den Einsatz der Kriminalpolizei angeordnet. In aller Herrgottsfrühe hatten Bereitschaften der Schutzpolizei das Viertel beiderseits der Hermannstraße abgeriegelt, von der Boddinstraße bis zur Leykestraße. Ein riesiger Bezirk war zum Sperrgebiet geworden; Schupos bewachten die Zugangsstraßen, Schilder warnten, es werde scharf geschossen.

Und dann hatten die Hausdurchsuchungen begonnen. Bereitschaftsbeamte sperrten die Hofeingänge ab, dann kämmten Trupps von Uniformierten den kompletten Block mit allen Hinterhäusern und Höfen durch, angeführt von je zwei Kriminalbeamten. Fast überall dieselben Reaktionen: fluchende Männer, schimpfende Frauen, schreiende Kinder – aber keine Waffen. Je weiter der Morgen voranschritt, desto mehr bekam Rath den Eindruck, die Leute wüssten Bescheid. Langsam hatte sich im Sperrgebiet herumgesprochen, was hier geschah.

Einen einzigen Trommelrevolver hatten sie in ihrem Einsatzgebiet bislang beschlagnahmt – nach fast sechs Stunden Wühlen in mindestens vier Dutzend Wohnungen. Und der Mann, dem sie die Waffe abgenommen hatten, war nicht mal ein Kommunist. Zwar hing in seiner Küche der gestickte Text der Internationalen an der Wand wie bei anderen Leuten ein frommer Bibelspruch, doch der Arbeiter war Sozi. Ein Sozialdemokrat wie der Polizeipräsident. Rath ging die Aktion zunehmend auf den Wecker, und wenn er Bruno so anschaute, hatte er den Eindruck, dass es dem nicht anders erging. Das hier brachte überhaupt nichts! Eine Vergeudung von Kapazitäten!

Dabei hatten sie heute Morgen noch grinsen müssen, als sie sahen, dass auch die Leykestraße auf ihrer Liste stand. Dort wohnte Franz Krajewski, der Kokser vom Karstadtgerüst, ihr neuer Informant. Und der Pornokaiser hatte tatsächlich die Tür geöffnet, als sie um kurz nach sieben bei ihm geklingelt hatten. Sie konnten es Krajewski ansehen, dass ihm das Herz bis in die grauen Unterhosen rutschte, als ein ganzer Haufen Uniformierter an ihm vorbei in seine Wohnung stiefelte. Mit großen Augen hatte er Rath und Wolter angestarrt. Sie hatten ihn einen Moment zappeln lassen. Dann hatte der Onkel den Mann förmlich gesiezt und den Standardspruch runtergeleiert: dass es sich bei dieser Polizeiaktion um eine Routinedurchsuchung nach Waffen handele, die im ganzen Viertel durchgeführt werde. Daraufhin wirkte Krajewski etwas entspannter. Eine gewisse Nervosität jedoch blieb, und Rath wusste auch warum, nachdem er aus der Zuckerdose in der Küche geistesgegenwärtig einen Beutel Kokain gefischt hatte, bevor die Schupos auf die Idee kamen, dort nach Revolvern und Granaten zu suchen.

»Da siehst du mal, wie froh du sein kannst, dass du uns vor ein paar Tagen getroffen hast«, raunte er dem Mann zu, der heute keine große Ähnlichkeit mit Wilhelm zwo aufwies. »Sonst hätten wir jetzt eine Knarre bei dir gefunden und müssten dich mitnehmen.«

»Wat soll denn der Zinnober überhaupt?«, fragte Krajewski.

»Du wohnst in der falschen Gegend. Zu viele Kommunisten. Da sollte man aufpassen, was man in der Küche versteckt.«

Krajewski erbleichte. Dann wurde es Zeit für den Abschied. Die Schupos waren längst eine Etage höher, da blieb Rath noch einen

Moment bei Krajewski stehen, dem der Schweiß auf der Stirn stand, und drückte ihm das Papiertütchen in die Hand. »Wünsche gut zu frühstücken!«

Kurz nach zwölf. Mittlerweile hatten sie sich drei Blocks weiter vorgearbeitet. Haus für Haus, Wohnung für Wohnung. Und die Einsatzliste war noch lange nicht durch.

»Mir reicht's«, sagte Wolter leise zu Rath, als sie gerade wieder ein Haus verlassen hatten, wo sie in jeder Wohnung in böse Gesichter gesehen und den wütenden Protest der Mieter hatten ertragen müssen – ohne eine einzige Waffe zu finden.

»Drecksarbeit«, meinte der Onkel und steckte sich eine Zigarette an, während die Schupos begannen, sich über die Müllbehälter im Hof herzumachen.

Rath nickte. »Und finden tun wir auch nichts.«

»Na, wunderst du dich? Die Kämpfer sind doch ohnehin alle auf der Straße. Und ihre Waffen lagern die Thälmanns irgendwo in geheimen Verstecken. Da müsste die IA mal etwas mehr auf Zack sein. Waffenlager sollten wir ausräumen, stattdessen durchsuchen wir Proletenwohnungen.« Wolter machte keinen Hehl aus seiner Abneigung gegen die Politische Polizei. Er nahm einen letzten Zug und warf die halbgerauchte Zigarette auf den Hof. »Das ist doch keine Arbeit für die Kripo. Das hier können die Blauen eine Zeit lang auch alleine«, sagte er und stiefelte zu den Mülltonnen hinüber, wo ein junger Polizist mit einem großen Schürhaken in Asche und Abfällen wühlte. Der Onkel gab ihm ein paar Anweisungen und drückte ihm die Adressenliste in die Hand. Dann kehrte er zu Rath zurück.

»Wir gehen jetzt erst mal in die Hermannstraße, liefern den Revolver ab und erstatten Zwischenbericht«, meinte Wolter. »Da gibt es auch einen Versorgungsposten für die Einsatzkräfte, gute alte Feldküche. Mir knurrt vielleicht der Magen!«

Im Haus Hermannstraße 207 hatte die Polizei in zwei beschlagnahmten Privatwohnungen in der ersten Etage einen Stützpunkt für den Großeinsatz eingerichtet. Rath und Wolter machten sich auf den Weg.

»Wer weiß, vielleicht erwischen wir unterwegs sogar einen Plünderer oder Barrikadenbauer«, sagte Wolter, als sie aus der Toreinfahrt auf den Gehweg traten. »Dann haben wir wenigstens etwas Sinnvolles getan heute.«

Außer den beiden Polizisten war kein Mensch auf der Straße, sie sahen zwei, drei zerbrochene Schaufensterscheiben, aber keine Plünderer. Erst in der Hermannstraße trafen sie auf ein paar Leute. Keine, die man hätte festnehmen müssen. Sämtliche Gaslaternen waren mit Steinen kaputt geworfen worden, ihr Glas knirschte auf dem Pflaster. An einigen Stellen waren die Holzstapel für den U-Bahn-Bau umgeworfen und über die Fahrbahn verteilt worden. Als Barrikaden konnte man das nicht gerade bezeichnen. Das waren höchstens kleine Verkehrshindernisse. Allerdings war kein einziges Auto unterwegs. Auch die Elektrische fuhr heute nicht über die Hermannstraße. Die Schupo hatte das Unruhegebiet hermetisch abgeriegelt. Hier kam keiner rein und keiner raus, wenn die Polizei das nicht wollte. Und die BVG schickte ihre Busse und Bahnen derzeit sowieso nicht in die Kommunistenviertel, nachdem junge Randalierer mehrere Straßenbahnen gestoppt und die Waggons demoliert hatten.

Rath und Wolter waren die Hermannstraße erst wenige Schritte hinuntergegangen, als Schüsse fielen. Schnell suchten sie Deckung in einem Hauseingang. Kommunistische Heckenschützen? Die waren doch den ganzen Morgen ruhig geblieben. Der Onkel zog seine Pistole, Rath tat es ihm gleich und entsicherte die Mauser. Den Zwischenfall auf dem Karstadtgerüst hatte er sich zu Herzen genommen. Vorsichtig steckte er seinen Kopf aus dem Hauseingang. Das waren keine Kommunisten, die da geschossen hatten! Ein Panzerwagen rollte die Hermannstraße hoch, sein Maschinengewehr ratterte in unregelmäßigen Abständen und spuckte Blei und Feuergarben.

»Diese Idioten!«

Rath zog den Kopf wieder zurück und drückte sich eng in den Hauseingang. Schöne Scheiße! Wie im Krieg! Von den eigenen Leuten unter Feuer genommen!

»Das sind unsere«, sagte er zu Wolter. Sie steckten ihre Waffen wieder ein. Mit einer Pistole im Hauseingang zu stehen war für Männer in Zivil gefährlich, man konnte zu leicht verwechselt werden. Von der Straße hörten sie eine laute Stimme. Eine Flüstertüte.

»Achtung, Achtung, hier spricht die Polizei«, rief die Stimme im Kasernenhofton. »Räumen Sie die Straße! Fenster frei! Es wird geschossen!«

Tatsächlich, dachte Rath, es wird geschossen? Das kündigen die aber früh an. Er spähte noch einmal um die Ecke. Der Panzerwagen rollte weiter. Die wenigen Leute, die sich noch auf der Straße befanden, flüchteten rechts und links in die Hauseingänge. Hinter dem Panzerwagen fuhren zwei Lastwagen mit Bereitschaftspolizisten. Die Männer waren abgesprungen und machten ihre Karabiner schussbereit. Rath konnte die Nervosität der jungen Männer spüren. Mit ängstlichen Blicken suchten sie die Fenster nach Heckenschützen ab, die Gewehre im Anschlag. Eine kurze Weile blieb es ruhig, das Maschinengewehr des Sonderwagens schwieg. Dann ein knatternder Schuss aus einem Karabiner. Eine Fensterscheibe klirrte auf das Pflaster.

»Fenster frei!«, rief es noch einmal aus dem Megaphon, doch die Stimme ging unter im Knattern der Karabiner. Der erste Schuss hatte den Damm gebrochen.

Ein Mann lief geduckt über den Gehweg, die Hände über dem Kopf, als könne ihn das vor den Kugeln und dem herabfallenden Glas schützen. Er kam zu ihnen in den Hauseingang, zog einen Schlüssel aus der Tasche und schloss die schwere Haustür auf.

»Na los«, sagte er und hielt die Tür auf. »Kommt rein, bevor die Bullen euch abknallen.« Sie zögerten keinen Moment und stürzten ins Haus. Der Mann kümmerte sich nicht mehr um sie und lief die Treppe hoch. Rath schlug die Haustür zu und blickte ihm nach.

»So eine Scheiße! Die räumen die Straße! Sonderwageneinsatz! Warum sagt uns denn niemand Bescheid, dass so eine Aktion läuft?«

»Keine Ahnung«, entgegnete Wolter. »Wahrscheinlich, weil das Ganze von Sozis geplant ist.«

Weitere Schüsse kamen von der Straße. Kugeln pfiffen ganz in der Nähe. Rath deutete mit dem Kopf nach hinten. Sie zogen sich weit nach hinten in das Treppenhaus zurück. Hier waren sie sicherer vor verirrten Kugeln und Querschlägern. Man konnte nie wissen.

Plötzlich hörten sie einen Schrei.

»Nein!«

Kein Schmerzensschrei, kein Angstschrei. Ein Schrei des Entsetzens.

Die Polizisten schauten sich kurz an, dann hasteten sie die Treppe hoch. Die Tür zu einer Wohnung im ersten Stock stand offen, sie stürmten hinein. Kleinbürgerliche Biederkeit und Behaglichkeit empfingen sie, alles in diesen Räumen stand sauber an seinem Platz. Sie schauten sich suchend um. Kein Mensch zu sehen, keine Stimme mehr zu hören. In der Nachbarwohnung sang Richard Tauber mit kratzender Grammophonstimme, als gingen ihn die Ereignisse draußen nichts an. Durch die offene Balkontür drang der Lärm der Straße. Ab und zu hörte man ein Rufen, nur noch vereinzelt fielen Schüsse. Das Räumkommando entfernte sich. Ein leiser Wind bauschte den langen Vorhang auf und ließ ihn ins Zimmer hineinwehen.

Zwei Frauen lagen auf dem Balkon. Friedlich, als würden sie schlafen. Doch sie schliefen nicht, Blut sickerte aus Wunden an Kopf und Brust. Der Schrei musste von dem Mann gekommen sein, der sich über die ältere der beiden beugte. Sie erkannten den Mann, der ihnen eben noch die Tür geöffnet hatte. Er schrie nicht mehr, er weinte stumm. Den Kopf der Toten auf seinen Schoß gelegt, streichelte er ihr immer wieder durch das blutige Haar. Leise, kaum hörbar, fand er seine Sprache wieder.

»Martha«, sagte er. Immer nur dieses eine Wort: »Martha!«

Rath spürte, wie sich ein Kloß in seinem Hals festsetzte, der immer dicker wurde.

Es drang kaum Tageslicht in das Ladenlokal, die Schaufenster waren von außen mit Brettern vernagelt. Der Mann hinter der Ladentheke sah eigentlich gar nicht aus wie ein Fleischermeister. Viel zu dünn, bleiches Gesicht, eingefallene Wangen. Nur die Blutspritzer auf dem weißen Kittel zeugten von seinem Beruf.

Und seine Begrüßung.

»Sie wünschen?«, fragte er.

»Polizei«, sagte Rath und zeigte seinen Ausweis.

Eine Viertelstunde war er nun unterwegs. Niemand in der Hermannstraße schien ein Telefon zu besitzen. Und der einzige öffentliche Fernsprecher, den er gefunden hatte, funktionierte nicht. Erst in der Fleischerei Wilhelm Prokot war er fündig geworden, an der Ladentür hing ein Schild mit einem Telefonsymbol. *Telefonieren*, stand darunter, *20 Pfg. pro Gespräch*. Doppelt so teuer wie ein öffentlicher Fernsprecher, aber immerhin hatte er überhaupt einen Apparat gefunden.

»Und ich hab mich schon gewundert, dass jemand bei dem Geballere da draußen noch einkaufen geht«, brummte der Fleischer. »Wollense den Laden mit Ihre Leute besetzen?«

Rath schüttelte den Kopf. »Ich müsste nur mal telefonieren.«

»Hinten.« Der Fleischer deutete mit dem Kopf auf eine Tür. »Is aber nich für umsonst.«

»Keine Bange, ist ein dienstliches Telefonat. Der Staat zahlt.«

Rath folgte dem Mann nach hinten. An der Wand im Durchgang hing ein Telefon. Rath ließ sich mit der Hermannstraße 207 verbinden. Der Fleischer blieb neugierig in der Tür stehen.

»Haben Sie nichts zu tun?«, herrschte Rath den Mann an.

»Nee«, sagte Prokot, »Ihre Kollegen vajraulen mir ja die jesamte Kundschaft.« Dann verzog er sich wieder in den Laden.

Glücklicherweise war der Anschluss nicht besetzt. Ein Hauptwachtmeister meldete sich, und Rath ließ sich einen Offizier von der Einsatzleitung geben. In knappen Worten berichtete er von dem tödlichen Zwischenfall und erhielt ebenso knappe Instruktionen: Personalien feststellen, Spuren sichern, Zeugen vernehmen. Die Leichen ärztlich untersuchen und dann abtransportieren lassen. Abläufe, die ihm von seinen früheren Mordermittlungen längst vertraut waren. Es ärgerte ihn, dass sie ihn hier wie einen Anfänger behandelten.

»Können Sie mir hier einen Arzt empfehlen?«, fragte er, als er dem Fleischer die zwei Groschen in die Hand drückte.

»Wo tut's denn weh?«

Rath konnte dem Berliner Humor nicht viel abgewinnen. Er ignorierte die dumme Bemerkung. »Also«, sagte er nur und gab sich keine Mühe zu verbergen, dass er ziemlich gereizt war.

»Sie haben Glück«, sagte der Fleischer. »Gleich oben im Haus issen Arzt.«

Die Praxis befand sich direkt über dem Fleischerladen. *Doktor Peter Völcker, Praktischer Arzt* stand auf dem Schild neben der Praxistür. Das Wartezimmer war leer. Die Sprechstundenhilfe am Empfang schaute überrascht, als er seine Blechmarke zeigte. »Ein Notfall«, sagte er kurz, »ich brauche einen Arzt.« Die Frau führte ihn ins Sprechzimmer. Doktor Völcker saß an seinem Schreibtisch und füllte gerade irgendwelche Formulare aus. Der Arzt war noch hagerer als der Fleischer und machte einen strengen, asketischen Eindruck. Als Rath ihm kurz die Situation schilderte, hörte er interessiert zu. Völcker nahm Mantel und Hut und griff einen Arztkoffer, der neben dem Schreibtisch stand. Die Sprechstundenhilfe schickte er nach Hause.

»Wir schließen, es kommt sowieso niemand heute«, sagte er. »Es traut sich ja kein Mensch mehr auf die Straße, wenn die Polizei da draußen ihre Schießübungen abhält.«

Dieser Satz hätte Rath stutzig machen sollen, doch er dachte sich nichts dabei. Die Wahrheit über Doktor Völcker erfuhr er erst, als sie wieder in der Wohnung standen, wo der Onkel zurückgeblieben war, um den trauernden Witwer zu beruhigen. Wolter hatte sich mit dem Mann, der sich inzwischen einigermaßen gefasst zu haben schien, an den Tisch im Wohnzimmer gesetzt.

»Wen hast du denn da angeschleppt?«, fragte Wolter, kaum hatte er den Arzt erblickt.

Völcker ignorierte den Oberkommissar genauso wie der ihn. Der

Arzt grüßte den Witwer kurz und drückte ihm sein Beileid aus, dann war er auf dem Balkon verschwunden.

Rath schaute verständnislos. »Ihr kennt euch?«, fragte er.

Wolter wartete, bis auch der Witwer auf den Balkon gegangen war, dann nahm er den Kollegen beiseite.

»Da hast du uns ja ein schönes Ei ins Nest gelegt«, begann er.

Schon nach den ersten Sätzen war Rath klar, dass das noch untertrieben war.

Doktor Peter Völcker war nicht nur Arzt und Dezernent am Gesundheitsamt Neukölln, er hatte zudem Sitz und Stimme im Bezirksrat – als Mitglied der Kommunistischen Partei. In Polizeikreisen war der Mann berüchtigt, verschrien als Querulant, der mit Vorliebe Untersuchungen einforderte und mit Klagen drohte, wenn Polizisten und Kommunisten mal wieder irgendwo aneinandergeraten waren. Natürlich mit Klagen gegen Polizeibeamte.

»So eine Scheiße«, kommentierte Rath die kurze Schilderung der Person Doktor Peter Völcker.

»Präzise formuliert«, meinte Wolter, »aber nun nicht mehr zu ändern. Mach dir nichts draus.« Er klopfte dem Kollegen auf die Schulter. »Komm, wir sollten den Kommunistendoktor nicht zu lange allein lassen. Wer weiß, was der uns alles in die Schuhe schieben will.«

Als sie auf den Balkon traten, lagen die beiden Frauen genauso da, wie sie sie gefunden hatten. Der Doktor hatte sie offensichtlich schon untersucht. Jetzt stand er an einer der hölzernen Sichtblenden, die den Balkon flankierten, und fummelte am Holz herum. Der Witwer hatte sich wieder über die Leiche seiner Frau gebeugt.

»Wenn Sie fertig sind, Doktor, dann sollten Sie die Totenscheine ausfüllen«, meinte Wolter. »Die Leichen sollten nicht länger als nötig hier liegen bleiben. Haben Sie den Tod festgestellt? Dann verschwenden Sie keine Zeit und kehren in Ihre Praxis zurück. Da warten doch bestimmt noch einige Proleten, denen Sie die Hühneraugen entfernen sollen.«

»Immer langsam, mein lieber Kommissar«, erwiderte Völcker ungerührt. »Ich bin gerade dabei, die Todesursache festzustellen.«

Er drehte sich um und präsentierte den beiden Polizisten ein großes spitzes Projektil. »Hier!«

»Was soll das?«, fragte Wolter. Rath merkte, dass der Kollege sich nur mit Mühe beherrschte.

»Das sollten Sie doch kennen. Eine Polizeikugel. Nicht die ersten Opfer, die Ihre Kollegen auf dem Gewissen haben.« Völckers Ton hatte etwas unerträglich Selbstgerechtes, wie Rath fand. Den Witwer hatten die letzten Worte aus seiner Lethargie gerissen, er horchte auf.

»Mein lieber Doktor!« Wolter wurde laut. Er wirkte wie ein Dampfkessel, bei dem sich die Sicherheitsventile öffneten und den Überdruck zu einem zivilisierten Zischen bändigten. »Vielleicht kennen Sie die übliche Arbeitsteilung nicht. Aber weder ist es Ihre Aufgabe, Spuren zu sichern, noch die, irgendwelche Schlussfolgerungen zu ziehen! Und schon gar keine voreiligen!« Er riss dem Arzt das Projektil aus der Hand. »Ob das eine Polizeikugel ist, muss sich erst noch herausstellen, wir werden ...«

»Mörder!«

Der Witwer war aufgestanden. Sein Gesicht war nicht mehr bleich, sondern rot und wutverzerrt.

»Mörder!«, rief er wieder und stürzte sich auf Wolter. Rath riss ihn zurück und nahm ihn in den Polizeigriff.

»Beruhigen Sie sich doch«, sagte er. Der Mann zappelte zunächst noch, wurde aber ruhiger und fing schließlich an zu schluchzen. Rath klopfte ihm tröstend auf die Schulter.

»Sehen Sie, was Sie angerichtet haben?« Jetzt brüllte Wolter wirklich. Völcker zuckte unmerklich zusammen.

»Ich? Ich habe diesen Mann nicht zum Witwer gemacht«, antwortete der Arzt.

»Wollen Sie damit andeuten, dass ich ...«

»Bruno!« Rath befürchtete, gleich auch noch Wolter festhalten zu müssen. Der Onkel hielt mitten im Satz inne und drehte sich zu ihm um. Er sah aus, als wolle er dem Kommunistendoktor im nächsten Moment an die Gurgel gehen, hatte sich aber gleich darauf wieder halbwegs im Griff.

»Mein lieber Doktor«, fuhr Wolter fort, »als Wissenschaftler sollten Sie eigentlich unvoreingenommen an solch eine Aufgabe herangehen. Ich weiß nicht, ob Sie für diese Arbeit der richtige Mann sind.« Er wandte sich an Rath. »Ruf Doktor Schwartz von der Charité an. Der soll die beiden Leichen untersuchen, der hat mehr Erfahrung auf diesem Gebiet.«

Rath ließ die beiden Streithähne allein. Wenig später stand er wieder im Laden von Wilhelm Prokot. Der Fleischermeister grinste breit, als er den Polizisten zum Telefon führte.

»Und?«, fragte er. »Konnte der Doktor Ihnen helfen?«

Keine Frage, dass Prokot genau wusste, welchen Gefallen er der Polizei mit Doktor Völcker getan hatte. Rath hätte am liebsten mit der Faust mitten in das grinsende Gesicht geschlagen. Aber er beherrschte sich und ließ sich mit der Charité verbinden.

Der schwarze Wagen fuhr so schnell, als sei den beiden Frauen hinten in den Zinksärgen noch zu helfen. Rath schaute zum Fahrer hinüber. Seit sie das Sperrgebiet verlassen hatten, drückte der Mann auf die Tube wie ein Fluchtwagenfahrer.

»Langsam«, meinte Rath, »zwei Leichen reichen doch wohl.«

Der Fahrer nuschelte eine unverständliche Antwort und ging ein wenig vom Gas. Eher widerwillig. Vorhin schon hatte er gemeckert, als er hörte, dass es in die Hannoversche Straße ging. Doktor Schwartz war unabkömmlich und ließ sich die beiden toten Frauen bringen. Wolter war in der Wohnung zurückgeblieben, Rath musste im Leichenwagen mitfahren. Zwischen ihm und dem Fahrer saß Doktor Völcker auf der schlecht gepolsterten Bank. Der rote Doktor hatte darauf bestanden mitzufahren, und Wolter hatte eingewilligt. So war der Onkel den lästigen Querulanten losgeworden. Und Rath hatte ihn am Hals.

Der Beifahrer hatte geschimpft, als er hörte, wer den Transport alles begleiten sollte: »Det is keen Mannschaftswagen, det issen Leichenwagen!« Murrend hatte er seinen Platz geräumt und saß nun hinten zwischen den schaukelnden Zinksärgen. Bei jeder Kurve hörten sie seine kaum unterdrückten Flüche. Der Fahrer schien seine Wut am Gaspedal auszulassen. Auch Rath hatte sich ein paar Mal festhalten müssen.

Obwohl er die Augen geöffnet hatte, nahm er die Welt, die an den Autofenstern vorbeiflog, kaum wahr. Er sah den Verkehr auf dem Kottbusser Damm, er sah die freitägliche Geschäftigkeit in der Oranienstraße, doch das kam ihm vor wie ein Traum und nicht wie die Wirklichkeit. Seit sie endlich aus Neukölln raus waren, hatte die Stadt ihr Gesicht verändert. Alles wirkte wieder normal. Und die Normalität gleichzeitig unwirklich. Kaum zu glauben, dass nur wenige Kilometer entfernt der Ausnahmezustand herrschte, dass geschossen wurde, dass Menschen starben. Das Bild der toten Frauen hatte sich in Raths Kopf festgebrannt. Die jüngere war nur sechsundzwanzig Jahre alt geworden, die ältere fünfzig. Ihre Ausweispapiere lagen so schwer in der Innentasche seines Mantels, als wären sie auf Blei gedruckt.

Seit der Leichenwagen in der Hermannstraße losgefahren war, hatte Rath noch kein Wort mit Völcker gewechselt. Er betrachtete den Arzt aus den Augenwinkeln, eine hagere Gestalt in einem zerknitterten grauen Mantel, der ein wenig zu groß wirkte. Graue Bartstoppeln schimmerten an seinem spitzen Kinn, die Augen blickten nur nach vorn auf die Straße, als gebe es rechts und links neben ihm niemanden.

Es war Raths Neugier, die das Schweigen endlich brach. Er musste eine Frage stellen, die ihm die ganze Zeit schon auf den Lippen lag. »Sie sind doch Arzt«, fragte er so unvermittelt, dass Doktor Völcker kurz zusammenzuckte, »warum sind Sie dann Kommunist geworden?«

Zum ersten Mal, seit sie Neukölln verlassen hatten, schaute Völcker ihn an. »Das passt wohl nicht in Ihr Weltbild, was?«

Rath ärgerte sich über den selbstgerechten Ton, den der Arzt anschlug. Und noch mehr ärgerte ihn, dass Völcker in gewisser Weise Recht hatte. Tatsächlich hatte es Rath immer schon gewundert, wenn Akademiker sich Kommunisten schimpften. Er verstand nicht viel von Politik. Kommunisten, das waren für ihn die Auswüchse des Lumpenproletariats, das es in allen größeren Städten gab. Wer in diesem Milieu aufwuchs, hatte kaum eine Chance; er wurde entweder Verbrecher oder Kommunist. Oder beides. Verbrecher, Kommunist – für viele Polizisten war das ohnehin ein und dasselbe. Wollten nicht auch Kommunisten stehlen? Bürgern mit Gewalt ihren Besitz wegnehmen? Das Strafgesetzbuch nannte so etwas Raub, die Kommune nannte es Revolution. Einen armen Schlucker, der in so etwas seine letzte Hoffnung setzte, den konnte Rath noch halbwegs verstehen, umso weniger dagegen die Intellektuellen, die die Revolution predigten. Was wollten sie? Ihnen ging es doch gut? Sie waren es, die Raub zur Ideologie erhoben. Solange er nur massenhaft erfolgte, konnte man es Revolution nennen und wissenschaftlich begründen. Diese Ideologen widerten Rath besonders an, Wirrköpfe, die immer alles besser wussten, die glaubten, die Wahrheit für sich gepachtet zu haben. Auch Völcker ordnete er in diese Kategorie ein. Den Eindruck eines Wirrkopfes machte der Arzt zwar nicht – umso mehr aber den eines Besserwissers.

»Waren Sie schon einmal in einem dieser verschimmelten Dreckslöcher, für die man den Arbeitern in dieser Stadt sogar noch Geld abknöpft?«, hakte Völcker nach, als Rath schwieg. »Wissen Sie, unter welchen Bedingungen manche Menschen hier leben? Leben müssen?«

Rath ging darauf nicht ein. Er ärgerte sich, ohne Not ein Gespräch mit diesem intellektuellen Schlauberger angefangen zu haben. Natürlich kannte er die Mietskasernen in den Arbeitervierteln der Stadt, im Norden, im Osten, im Süden. Wahre Elendsquartiere, eine Schande, gar keine Frage. Aber was war damit bewiesen? Das war ein Grund, neue, helle Siedlungen für die Arbeiter zu bauen, was ja auch geschah, aber doch kein Grund, Kommunist zu werden! Er kannte die schlimmen Seiten des Fortschritts, die Kehrseite der Zivilisation, er kannte sie nur zu gut, er war Polizist. Aber er kannte auch die kommunistischen Agitatoren, die den Kampf gegen die Ausbeuter predigten und den Kampf gegen die Polizei meinten. Was sollte in einer Welt besser werden, in der solche Großmäuler das Sagen hatten? Er hatte keine Lust, diese Frage mit einem dieser Großmäuler zu diskutieren.

»Das gibt niemandem das Recht, gegen Gesetze zu verstoßen«, sagte er nur. Er gehörte zur Polizei, und die hatte für Recht und Ordnung zu sorgen. Und die Kommunisten? Heute erst hatten sie wieder einmal bewiesen, dass ihnen beides nichts galt.

»Gegen Gesetze verstoßen?« Völckers Stimme wurde lauter. Rath befürchtete, ihm wider Willen doch Diskussionsstoff geliefert zu haben. Der Fahrer des Leichenwagens schaute stur geradeaus. Rath merkte, dass der Mann wieder mehr aufs Gas drückte. Offensichtlich wollte er diese Fahrt so schnell wie möglich hinter sich bringen.

»Was sind das für Gesetze«, fuhr der Arzt fort, »die einem Menschen verbieten, auf die Straße zu gehen, seine Meinung zu vertreten und ...«

»... auf Polizisten zu schießen«, ergänzte Rath.

Völcker schaute ihn böse an. »Die beiden Frauen hinten im Wagen sind jedenfalls nicht von Kommunisten erschossen worden«, sagte er. »Das waren Ihre feinen Kollegen!«

»Wenn Ihre Leute nicht dauernd Gewalt predigen würden, ginge es auf den Straßen friedlicher zu! Dann hätte es in den letzten Tagen keine Zwischenfälle gegeben!«

Auch Rath war lauter geworden. Völcker machte ihn wütend, ohne dass er etwas dagegen tun konnte. Und was ihn am meisten ärgerte: Der Arzt hatte wahrscheinlich Recht; das Spitzgeschoss, das er aus dem Holz geklaubt und das Wolter ihm aus der Hand gerissen hatte, sah haargenau so aus wie die, die die preußische Schutzpolizei in ihren Karabinern verwendete.

Rath kannte solche Geschosse. Auch in Köln wurden sie benutzt. Er musste an die Gerichtsverhandlung denken. Die Beweismittel auf dem Richtertisch. Ein Karabinergeschoss. Es hatte die Schulter des Amokschützen durchschlagen und hätte wahrscheinlich gereicht, ihn außer Gefecht zu setzen, aber getötet hatte es ihn nicht. Tödlich war erst ein anderes Projektil gewesen, eines, das genau ins Herz getroffen hatte. Kaliber 7,65. Das ballistische Gutachten hatte zweifelsfrei ergeben, dass es aus der Dienstwaffe des Kriminalkommissars Gereon Rath abgefeuert worden war.

Die Verhandlung in Köln lag nicht einmal ein halbes Jahr zurück. Und nun fuhr derselbe Gereon Rath in einem Leichenwagen durch Berlin und begleitete zwei tote Frauen ins Leichenschauhaus. Immer wieder wurde er in seinem Beruf mit dem Tod konfrontiert, damit musste er sich abfinden, ganz gleich, in welcher Inspektion er Dienst schob. Das hatte er gewusst, als er sich für die Arbeit bei der Polizei entschieden hatte. Seit dem Kölner Zwischenfall aber kam es ihm vor, als würde ihn jeder Tote, der ihm begegnete, anklagen und mit Vorwürfen überschütten. Auch die beiden Frauen, obwohl er für deren Tod keinerlei Verantwortung trug. Der Kommunistenarzt sah das freilich anders: Rath gehörte zur Polizei, die Polizei hatte die Frauen erschossen, die Polizei war schuldig, also war auch der Kommissar schuldig.

Rath schaute aus dem Seitenfenster, als sie die Spree überquerten, ohne die Menschen auf der Weidendammer Brücke wahrzunehmen. Das Schweigen zwischen ihm und Völcker war eisiger als zuvor. Es hatte keinen Sinn, mit dem Mann zu reden, sie lebten in unterschiedlichen Welten. Der Fahrer hupte, als ein Passant die Friedrichstraße nicht schnell genug überquerte. Der Mann schaute sich erschrocken um und blickte dem pietätlos rasenden Leichenwagen kopfschüttelnd hinterher. Am Oranienburger Tor bog der schwarze Wagen in die Hannoversche Straße ein. Kurz darauf tauchte auf der rechten Straßenseite ein gelber Backsteinbau auf. Das Leichenschauhaus der Charité empfing sie preußisch kalt und nüchtern. Unbeeindruckt, ein steingewordenes Schulterzucken. So viele Tote hatte das Gebäude kommen und gehen sehen, tragischere Fälle als zwei Frauen, die auf einem Balkon erschossen wurden.

Der Fahrer kannte sich aus und nahm die Einfahrt mit Schwung. Hinten im Wagen polterten die Zinksärge. Sie hörten den Beifahrer wieder fluchen.

7

Auf dem Marmortisch von Doktor Schwartz sahen die Toten erst richtig tot aus. Heute Morgen hatte Wilhelm Böhm noch gedacht, die Aufnahmen, die Gräf von der Leiche aus dem Landwehrkanal gemacht hatte, würden sogar als Passfotos durchgehen – vorausgesetzt, man wählte den richtigen Bildausschnitt und ließ die zermatschten Hände weg. Der Tote schaute fast freundlich. Nur die nassen, etwas wirr in die Stirn hängenden Haare störten den Gesamteindruck.

Hier auf dem Tisch sah der tote Mann anders aus als gestern draußen am Kanal. Böhm warf einen Blick auf die Leiche, von der nur der Kopf über das weiße Baumwolltuch lugte, das Doktor Schwartz über sie gedeckt hatte, und dann wusste er warum: Jetzt war der Tote trocken.

Mit der Identifizierung waren sie trotz Gräfs passtauglicher Fotos noch keinen Schritt vorangekommen. Der Tote hatte keinerlei Papiere bei sich gehabt. In den Taschen seines schicken schwarzen Zweireihers fand sich nichts, aber auch gar nichts. Das hatte Böhm in all seinen Dienstjahren noch nicht erlebt. Selbst Opfer von Raubmorden hatten zumindest ein Taschentuch, ein Stück Bonbonpapier oder sonst etwas dabei, das einen kleinen Anhaltspunkt gab. Doch der Anzug des Toten aus dem Kanal war so unschuldig rein und leer, als trage ihn eine Schaufensterpuppe. Auch das Auto hatte ihnen nicht weitergeholfen. Der Horch war auf einen Doktor Bernward Römer zugelassen. Der war quicklebendig und hatte den Wagen vor eineinhalb Wochen im 113. Polizeirevier als gestohlen gemeldet.

Wenigstens hatte Charly entdeckt, dass der Wagen schon in der Möckernstraße an einem parkenden Auto entlanggeschrammt war. Und er selbst hatte im Fußraum diese Metallstange gefunden, die er zunächst für ein defektes Autoteil gehalten hatte, ein Stück von der Lenkstange etwa, irgendetwas, das den Unfall hätte verursachen können. Doch an dem Wagen fehlte nichts. Abgesehen von den Beulen, die vom Aufprall auf die Uferbegrenzung stammten, war der Horch fast wie neu. Dabei lag die Lösung so nah: Die Stange war nichts anderes als der Hebel, mit dem irgendjemand das Gaspedal festgekeilt hatte. Damit auch ein toter Mann Auto fahren konnte. Gräf und Charly waren noch dabei, die Herkunft der Metallstange zu klären.

Heute Morgen hatten sie damit begonnen, im Karree zwischen Möckernstraße, Tempelhofer Ufer und Großbeerenstraße nach weiteren Zeugen des Unfalls zu suchen. Viele Männer hatte Böhm dafür auch heute nicht bekommen. Die meisten Einsatzkräfte waren in Neukölln oder im Wedding und räumten in den Unruhegebieten auf. Mit den Maiunruhen hatte der Unfall am Landwehrkanal wohl nichts zu tun. Böhm nannte es immer noch Unfall, obwohl er sicher war, dass es keiner war. Der arme Kerl, der da auf dem Marmortisch lag, war ermordet worden. Zumindest aber hatte jemand seine Leiche beseitigen wollen, anstatt sie anständig zu beerdigen. Das konnte er schon sagen, ohne die Weisheit von Doktor Schwartz hinzuzuziehen.

Vielleicht sollte er von Gräfs Tatortaufnahmen tatsächlich ein paar Porträtabzüge machen lassen und seine Leute damit noch einmal losschicken, dachte er gerade, als er die tiefe Stimme des Mediziners hörte, der forschen Schrittes in den stillen Raum stürzte.

»Ah, guten Tag, Böhm, entschuldigen Sie die Verspätung. Aber wir bekommen dauernd neue Leichen angeliefert. In der Stadt scheint's gerade rundzugehen.« Er schüttelte Böhm die Hand. »Keine Angst«, sagte er, als er die besorgte Miene des Kommissars sah, »von euch ist keiner dabei. Wohl alles Rote. Aber auch ein paar Frauen. Irgendwas scheint da aus dem Ruder zu laufen.«

»Solche Geschichten laufen immer aus dem Ruder«, meinte Böhm. »Das war vor zehn Jahren nicht anders. Meistens sterben die Falschen. Meistens aus Versehen.«

Doktor Schwartz zog sich ein Paar Handschuhe über, trat an den Marmortisch und zog die Decke zurück. »Unser Freund von gestern Nacht ist jedenfalls nicht aus Versehen gestorben. Den hat man mit Absicht so schlimm zugerichtet. An seinen Hand- und Fußgelenken ist so gut wie nichts mehr heil. Knochenbrüche, Bänderrisse, Platzwunden, eine einzige Sauerei. Sieht so aus, als hätte jemand Hände und Füße auf einer harten Unterlage fixiert und dann mit einem schweren, stumpfen Gegenstand zugeschlagen. Ich schätze, mit einem Hammer.«

»Übel, übel!« Böhm pfiff durch die Zähne. »Und das hier?« Der ganze Körper des Toten war mit blauschwarzen Flecken übersät.

»Vergleichsweise harmlos. Hämatome, die wahrscheinlich von Faustschlägen herrühren. Hier oben an der Brust der Abdruck dürfte von einem Totschläger stammen. Und das hier war wahrscheinlich ein Tritt. Der Mann ist heftig zusammengeschlagen worden. Und offensichtlich von Leuten, die so etwas nicht zum ersten Mal machen.«

»Also mehrere Täter?«

Schwartz nickte. »Wahrscheinlich. Sein Gesicht haben sie verschont, wie es aussieht. Profis.«

»Berufsverbrecher?«

»Nicht nur die wissen berufsbedingt zuzuschlagen. Auch Boxer. Oder Polizisten«, sagte Doktor Schwartz. Das war genau seine Art von Humor.

»Was wollen Sie mir also raten?«, fragte Böhm. »Interne Ermittlungen oder eine Fahndung nach Max Schmeling?«

»Spaß beiseite, aber das hier, das waren Sadisten, die haben keine …« Schwartz brach den Satz ab, als sich plötzlich die große Schwingtür öffnete und zwei zugedeckte Leichen hereingerollt wurden.

»Noch mehr Maileichen?«, fragte Schwartz.

Einer der beiden weißgekittelten Männer, die die Bahren schoben, nickte. »Aus Neukölln. Im Wedding scheint es sich heute gesünder zu leben, die hatten ihren großen Tag schon.«

»Es sind tote Menschen, über die Sie hier reden, meine Herren!« Die vorwurfsvolle Stimme kam von einem der beiden Männer, die hinter den Weißkitteln den Raum betreten hatten, einem streng wirkenden hageren Mann in einem zerknitterten grauen Mantel.

»Sie sollten den Toten doch etwas mehr Respekt entgegenbringen.«

»Vor allem, wenn es Proleten sind, nicht wahr, Kollege Völcker?«, sagte Schwartz. »Lange nicht gesehen. Was führt Sie denn in unsere Gemächer?«

»Polizeikugeln«, sagte der Hagere knapp.

Völcker? Der berüchtigte Kommunistendoktor? Böhm verdrehte die Augen.

Völckers großgewachsener Begleiter mischte sich ein. »Diese beiden Frauen kamen bei Feuergefechten in der Hermannstraße ums Leben«, sagte er, »wahrscheinlich sind sie von einer verirrten Kugel erwischt worden.«

Noch bevor der Lange seine Dienstmarke zückte, wusste Böhm, dass er einen Kollegen vor sich hatte, obwohl der Mann für einen Polizeibeamten etwas zu elegant angezogen war. Aber so sprachen nur Bullen. Oder Finanzbeamte.

»Rath, Kommissar Gereon Rath, Inspektion E«, sagte der Polizist. »Wir haben vorhin telefoniert.«

Doktor Schwartz nickte ihm zu und kratzte sich am Kinn.

»Stimmt«, sagte er, »aber das passt jetzt nicht. Ich habe hier mit Oberkommissar Böhm noch eine Besprechung.«

Böhm glaubte, den langen Kommissar aus der Burg zu kennen. Das musste der Neue sein, von dem Lanke in der Kantine erzählt hatte. Der Karrieregeile, der dem Polizeipräsidenten in den Arsch kroch.

»Inspektion E?«, raunzte er den Mann an. »Was treibt euch Sittenbullen denn ins Leichenschauhaus? Tote fallen doch nicht in euer Ressort. Oder habt ihr die Leichen selbst produziert?«

Der Sittenkommissar sagte nichts, er trat näher.

»Ich hab Sie was gefragt, Mann«, brüllte Böhm, »sind Sie taub?«

Kommissar Rath zuckte kurz zusammen und nahm Haltung an. Hatte offenbar gedient. Der gute alte Preußendrill.

»Hausdurchsuchungen im Unruhegebiet Neukölln«, sagte er. »War zufällig vor Ort, als es die beiden Frauen erwischte.«

»Geht doch«, meinte Böhm zufrieden. Diesem eingebildeten Fatzke würde er Manieren beibringen. »Und nun verzieh'n Sie sich mal mit Ihrer Fuhre. Sie haben doch gehört: Das passt jetzt nicht. Ein echter Mord geht vor.«

Der Lange schien ihn überhaupt nicht zu hören, sondern trat noch näher an den Marmortisch und schaute die Leiche an. Mit großen Augen, als habe er noch nie einen Toten gesehen. Dabei hatte er gerade zwei von der Sorte angeschleppt.

»Was wollen Sie noch hier?«, schnauzte Böhm den Mann an. »Habe ich Sie etwa gebeten, die Leiche zu identifizieren?«

»Natürlich nicht, Herr Oberkommissar!« Kommissar Rath stand wieder stramm.

»Na, dann sehen Sie mal zu, dass Sie endlich Land gewinnen! Sie halten den Betrieb auf!«

»Richtig«, mischte sich nun auch Doktor Schwartz ein. Der Gerichtsmediziner trat ungeduldig von einem Bein aufs andere. »Ich darf Sie bitten, den Obduktionstisch zu verlassen, wir müssen fortfahren«, sagte er und deutete auf die Uhr an der Stirnseite des Saales. »Ich habe noch viel zu tun heute.« Er gab den Weißkitteln einen Wink. »Bringen Sie die beiden Frauen in den Keller, ich kümmere mich mor…«

»Halt!« Völcker unterbrach ihn. Die beiden Männer, die schon Anstalten gemacht hatten, die Bahren wieder hinauszurollen, blieben stehen. Schwartz schaute seinen Kollegen unwillig an. »Entschuldigen Sie, Kollege Schwartz«, fuhr Völcker etwas ruhiger fort, »ich wollte Sie nicht unterbrechen. Aber eigentlich bin ich hier nicht als Laufbursche, sondern um der Untersuchung der beiden Frauenleichen beizuwohnen.«

Schwartz hob eine Augenbraue. »Wie Sie sehen, Herr Kollege, habe ich hier noch eine Leiche auf dem Tisch«, sagte er. »Für die hat der Staatsanwalt die Obduktion angeordnet. Das geht vor.«

Völcker ließ nicht locker. »Es besteht der dringende Verdacht, dass diese Frauen durch den gezielten Schuss eines Polizeibeamten getötet wurden. Wenn Sie das jetzt auf die lange Bank schieben, könnte es so aussehen, als wollten Polizei und Staatsanwaltschaft etwas vertuschen.«

»Wie das aussehen könnte, das überlasse ich Polizei und Staatsanwaltschaft. Ich bin Mediziner.« Schwartz konnte die Verärgerung in seiner Stimme kaum unterdrücken. »Sie ebenfalls, Kollege Völcker, wenn ich Sie daran erinnern darf. Da sollten Sie sich mit dem Äußern irgendwelcher Verdächtigungen besser zurückhalten.«

»Der Staatsanwalt wird ohnehin die Obduktion anordnen«, meinte Völcker.

»Alles zu seiner Zeit«, entgegnete Schwartz. »Zunächst einmal hat mich die Polizei lediglich um eine Untersuchung gebeten. Sie wissen doch selbst, dass ich nicht eigenmächtig eine Leiche öffnen darf.« Er schaute Völcker über den Rand seiner Brille hinweg an. Es wirkte fast mitleidig. »Es geht nur um eine Untersuchung, Kollege Völcker. Und wenn ich die heute überhaupt noch erledige, dann vielleicht Ihnen und der alten Zeiten zuliebe. Und wenn Sie dabei sein möchten, werden Sie sich noch etwas gedulden müssen.«

Völcker schien die Ironie in Schwartz' Worten nicht bemerkt zu haben. Oder er ignorierte sie bewusst. Jedenfalls gab er sich mit diesen Worten zufrieden und setzte sich auf eine Holzbank, die an der gekachelten Wand stand. Die beiden Weißkittel verschwanden. Ohne Leichen.

Böhm hatte sich ziemlich beherrschen müssen, um dem Kommunistenarzt nicht die Meinung zu geigen. Störte hier nur den Betrieb, der Mann. Genauso der Sittenbulle, der ihn angeschleppt hatte. Als Doktor Schwartz das Laken zurückwarf, starrte die Nervensäge auf die zermatschten Hände des Toten. Der Lange hatte sich noch keinen Millimeter von dem Marmortisch wegbewegt.

»Übel«, sagte er. »Sieht ja fast so aus, als wäre er gefoltert worden!«

Böhm platzte der Kragen. Jetzt reichte es! Musste der immer noch seinen Senf dazugeben?

»Mein lieber Freund, Sie arbeiten bei der Sitte!«, herrschte er den Schlauberger an. »Glauben Sie, nur weil dieser Mann hier nackt ist, ist das Ihr Fall? Wenn Sie nicht wollen, dass gleich tatsächlich jemand gefoltert wird, dann lassen Sie uns hier unsere Arbeit machen! Haben Sie mich verstanden?«

»Natürlich, Herr Oberkommissar!« Der Lange nahm Haltung an und machte kehrt. Wurde auch Zeit.

»Gut!« Böhms Zorn war fast verraucht, als er sich wieder Doktor Schwartz zuwandte. Der Sittenkommissar hatte sich neben den roten Doktor auf eine Bank gesetzt. Die beiden Nervensägen schwiegen sich an.

»So, Doktor«, meinte Böhm und räusperte sich. »Lassen Sie uns weitermachen. Wo waren wir stehengeblieben?«

»Ähh, die Verwundungen«, meinte Schwartz. »Die wurden ihm wohl von Profis zugefügt. Und eindeutig vor seinem Tod, wie die Blutungen zeigen.«

»Wann ist er gestorben? Und wie?«

»Der genaue Todeszeitpunkt ist nicht festzustellen. Ich würde sagen, der Mann ist höchstens zwei bis drei Tage tot. Genauer kann ich's vorerst leider nicht sagen.«

»Also war er in jedem Fall bereits tot, als er gestern in den Landwehrkanal plumpste?«

»Das kann ich Ihnen hundertprozentig bestätigen.« Schwartz nickte. »Der Mann ist mit Sicherheit nicht ertrunken. Wir haben kein Wasser in seinen Lungen gefunden.«

»Dass es keine Wasserleiche ist, hab ich mir gedacht«, knurrte Böhm. »Wenn ich mich recht erinnere, haben Sie mir das auch gestern Nacht schon bestätigt. Machen Sie's nicht so spannend, Doktor! Heute ist mir schon genug Zeit gestohlen worden.«

»Die Todesursache ist allerdings erstaunlich. Sie werden überrascht sein, wenn Sie es hören! An seinen Verletzungen ist der arme Kerl nämlich auch nicht gestorben.«

»Dann überraschen Sie mich endlich mal, Doktor! Was haben Sie herausgefunden?«

»Heroin«, sagte Doktor Schwartz nur.

»Heroin?« Böhm war tatsächlich überrascht.

»Atemstillstand, herbeigeführt durch eine Überdosis Diacetylmorphin, kurz Heroin.«

»Das Hustenmittel?«

Schwartz nickte. »Hustentabletten für Morphinisten. Wurde mal als Antiasthmatikum verabreicht. Bis man merkte, dass es süchtig macht. Ein äußerst starkes Opiat, auf dem legalen Arzneimittelmarkt kaum noch zu haben, dafür aber auf dem illegalen. Und wenn Sie von dem Zeug zu viel nehmen, dann hören Sie auf zu atmen. Aber davon merken Sie dann schon nichts mehr.«

8

Die kühle Luft tat ihm gut. Rath blieb noch einen Moment vor dem Portal stehen und versuchte, seine Gedanken zu sortieren. Er fühlte sich, als sei er aus einem düsteren Traum erwacht. Ein totes Gesicht, das ihn anstarrte. So etwas konnte auch nur ein Besuch im Leichenschauhaus bewirken! Bevor er die Stufen hinabging, zündete er sich erst einmal eine Zigarette an und inhalierte tief.

Es gab keinerlei Zweifel!

Er war es! Eindeutig.

Da auf dem Marmortisch hatte der Russe gelegen. Der Mann, der ihn vor ein paar Nächten besucht hatte. Der Betrunkene, der seinen Kleiderschrank zertrümmert hatte. So schnell also konnte es gehen! So schnell konnte man zu einem Fall für die Mordkommission werden!

Rath nahm noch einen tiefen Zug, klappte den Kragen hoch wie Scheuklappen und machte sich auf den Weg zum Oranienburger Tor.

Warum hatte er nichts gesagt?

Nun war es zu spät. Warum er diese Informationen zurückgehalten habe, würden sie ihn fragen. Und mindestens ein Disziplinarverfahren einleiten.

Rath fühlte, wie die mühsam unterdrückte Wut zurückkehrte.

Dieses Oberarschloch! Wenn alle Kollegen in der Inspektion A solche Bulldoggen waren wie Oberkommissar Böhm, dann fragte er sich, ob es wirklich so erstrebenswert war, dort zu arbeiten. Einem solchen Idioten war er in der ganzen Burg noch nicht begegnet! Gegen den war ja selbst Lanke ein liebenswürdiger, verständnisvoller, väterlicher Vorgesetzter!

Natürlich hatte er der Bulldogge nichts gesagt. Wie der Kerl ihn angepflaumt hatte.

Was für Informationen hätte er Böhm denn auch geben können? Er wusste doch so gut wie nichts über den Toten. Boris war einmal bei ihm in der Wohnung gewesen, wenige Tage vor seinem Tod. Betrunken, schreiend und um sich schlagend. Das war's dann auch. Boris. Rath war sich nicht einmal bei dem Namen wirklich sicher, er wusste nur, dass der Tote einen Landsmann suchte, der einmal in der Nürnberger Straße gewohnt hatte. Und dass er nun tot war.

Heroin! Ein Drogensüchtiger? Und dann mit dem Auto in den Landwehrkanal. Ein seltsamer Fall. Und wie hatte sich der tote Russe die Verletzungen an Händen und Füßen zugezogen? Ein wirklich seltsamer Fall, dachte Rath. Ein seltsamer Fall, der ihn nicht zu interessieren hatte.

Am Oranienburger Tor ließ er die U-Bahn-Treppe links liegen. Stattdessen zündete er sich noch eine Zigarette an und ging weiter zum Bahnhof Friedrichstraße. Die Menschenmenge auf der Weidendammer Brücke war größer geworden, seit der Leichenwagen hier vorübergefahren war. Die meisten hatten jetzt Feierabend, waren auf dem Weg nach Hause oder in die nächste Kneipe, dachten schon an das Abendessen, an die Familie, an die Frau, an ein Bier mit ein paar Freunden. Hier war die Stadt erschreckend normal. Wer von diesen Menschen konnte sich vorstellen, was in Neukölln und im Wedding los war? Ob in der Hermannstraße immer noch geschossen wurde? Die Ereignisse des heutigen Tages waren Rath auf den Magen geschlagen, und erst jetzt merkte er, dass er den ganzen Tag nichts gegessen hatte. Auch hier gab es eine Aschinger-Filiale, direkt hinter der Bahnunterführung in der Friedrichstraße. Rath beschloss, eine Kleinigkeit zu essen, bevor er nach Hause fuhr. Und ein Bier zu trinken. Oder zwei. Das konnte er jetzt gebrauchen. Er schnippte seine Zigarettenkippe in die Spree und bahnte sich einen Weg durch die Menge. Vor dem Bahnhof Friedrichstraße riefen die Zeitungsjungen die Schlagzeilen des Abends aus. »Neue Barrikadenschlachten!« – »Weitere Tote bei kommunistischen Unruhen!« – »Wird Rotfrontkämpferbund verboten?«

»Seltsam!«

Elisabeth Behnke hob das zerbrochene Vorhängeschloss von dem feuchten Kellerboden auf und betrachtete es. Irgendjemand hatte den Bretterverschlag aufgebrochen.

»Das ist mein Schloss«, erklärte sie, als sie seinen fragenden Blick bemerkte. »Ich hab seinen Keller zugesperrt, vor zwei, drei Wochen erst. – Schließlich soll er seine Sachen hier nicht klammheimlich rausholen, ohne mir die letzte Miete bezahlt zu haben.«

Sie hielt ihm das billige, verbogene Messingschloss hin. »Wer es wohl aufgebrochen hat?«, fragte sie und schaute ihn an, als wüsste ein Polizist auf solche Dinge immer eine Antwort.

Rath zuckte mit den Schultern und trat an ihr vorbei in den Keller seines Vormieters. Modergeruch hing in der Luft. Der Verschlag war dunkel. Von der schummrigen 40-Watt-Birne der Kellerlampe drang kaum Licht hinein. Seine Augen mussten sich erst an die Dunkelheit gewöhnen.

»Wann warst du denn das letzte Mal hier unten?«, fragte er.

Elisabeth Behnke überlegte. »Letzte Woche vielleicht.«

»Und da war das Schloss noch nicht aufgebrochen?«

»Keine Ahnung. Darauf habe ich nicht geachtet. Mein Keller ist doch da drüben.«

Sie zeigte auf ein paar wacklige Regale, in denen Einmachgläser vor sich hin staubten. Daneben stand eine große Kartoffelkiste.

»Hat Kardakow denn noch einen Haustürschlüssel?«

»Natürlich nicht.«

»Dann war er wohl auch nicht hier und hat etwas herausgeholt.«

»Sieht nicht so aus, als hätte hier überhaupt jemand was abgeholt.«

Sie hatte Recht. Bis zur Decke stapelte sich das Gerümpel. An der Rückwand ein alter Schrank, daran lehnten einige gerahmte Bilder, an der Seitenwand stand ein rostiges Fahrrad, vor allem aber standen da Kisten. Kisten über Kisten.

»Wie lange hat der hier gewohnt?«, fragte Rath.

Sie zuckte die Achseln. »Vielleicht drei Jahre.«

»Drei Jahre, und dann so viel Müll!« Er schüttelte den Kopf. »Ich glaube, das muss einmal fachmännisch durchkämmt werden. Die richtige Aufgabe für einen Polizisten.«

Sie nickte. »Ich geh nach oben und koch uns einen Tee«, sagte sie und ließ ihn allein. Er versuchte, nicht daran zu denken, was solch eine Ankündigung bei ihr heißen konnte, und hob die erste Kiste vom Stapel.

Es war seine Idee gewesen, in den Keller zu schauen. Seine Neugier auf Kardakow war enorm gewachsen. Seit dem unerwarteten Zusammentreffen mit dem toten Boris im Leichenschauhaus. Der Anblick des zerschundenen Körpers ging ihm nicht aus dem Kopf.

Das Leichenschauhaus. Vor wenigen Stunden noch hatte das schlechte Gewissen an ihm genagt, wegen seines Schweigens. Dann hatte er in der Friedrichstraße bei Aschinger an der Theke gesessen und das Gewissen mit ein paar Bieren betäubt. Und sich alles noch einmal gründlich durch den Kopf gehen lassen, versucht, die Dinge möglichst sachlich zu sehen, so, wie sie nun einmal geschehen waren. Und erkannt, dass es ein Wink des Schicksals war. Er wusste etwas mehr als die Mordkommission, er wusste, dass der Tote in dieser Stadt jemanden gesucht hatte. Vielleicht war das seine Chance. Warum sollte er die nicht nutzen? Darauf kam es doch an im Leben. Die Chancen sehen und sie ergreifen. Er musste an Brunos Worte denken. *Gennats Truppe ist handverlesen. Um da reinzukommen, muss man einen echten Knüller landen.* Nein, er würde Böhm nicht den Gefallen tun und dem Mordermittler sein spärliches Wissen über den Toten anvertrauen. Er würde keinen Verstoß gegen die Dienstvorschriften eingestehen, im Gegenteil:

Er würde dem Polizeipräsidenten einen gelösten Fall auf den Tisch legen. Und dazu musste er erst einmal mehr über seinen mysteriösen Vormieter erfahren. Praktisch, wenn man mit der Suche im eigenen Keller anfangen konnte.

Nach einer halben Stunde standen alle Kisten geöffnet vor dem Bretterverschlag. Die meisten hatten Bücher enthalten. Bücher über Bücher, fast alle auf Russisch. Nicht einmal die Titel konnte Rath entziffern, mit kyrillischer Schrift kannte er sich nicht aus. Allein ein Bildband über Sankt Petersburg sagte ihm etwas. Oder Leningrad, wie man heute sagte. Er wunderte sich, dass ein Schriftsteller seine Bücher so lange im Stich lassen und im Keller einlagern konnte. Eine einzige Kiste war mit persönlichen Dingen gefüllt. Ein paar Briefe, mit denen er nichts anfangen konnte, auch sie allesamt in Russisch, das Einzige, was er halbwegs entziffern konnte, war das Datum. Ihm fiel auf, dass sie nicht in chronologischer Folge geordnet, sondern wild durcheinander gebündelt waren. Mitten im Briefstapel lagen Programmhefte des *Delphi-Palastes* in der Kantstraße. Die Künstlerin Lana Nikoros, die dort groß angekündigt wurde, zeigte auf dem Foto ein geheimnisvolles Lächeln. Verglichen damit konnte die Mona Lisa einpacken. Kardakow schien ein Anhänger der Sängerin zu sein, er hatte die Programme mehrerer Monate gesammelt, Oktober 1928 bis März 1929.

Einige Manuskriptseiten hatte Rath außerdem gefunden. Kardakow musste über eine Schreibmaschine mit kyrillischen Typen verfügen, aber die hatte er mitgenommen, im Keller jedenfalls war sie nicht. Unter den Manuskripten lag eine Mappe mit Fotos. Porträts eines jungen Mannes. Über einer großen Nase lagen dunkle Augen tief in ihren Höhlen. Eingefallene Wangen und ein traurig verzogener Mund, elegant geschwungene Lippen. Dieses Gesicht hatte fast etwas Feminines. Rath vermutete, dass Alexej Iwanowitsch Kardakow höchstpersönlich ihn da anblickte. Der Mann wollte aussehen wie ein Dichter, und so sah er auch aus. Schwermütiger Russenblick.

Rath nahm die Fotos an sich, steckte auch eines der Delphi-Programmhefte ein, packte den restlichen Plunder wieder zurück in den Keller und stieg die Treppe hoch. Viel hatte er nicht gefunden, nichts, was ihn wirklich weiterbrachte, aber es war ein Anfang.

Elisabeth Behnke schaute enttäuscht, als Rath nach einer Tasse Tee – ohne Rum – wieder aufstand und nach Hut und Mantel griff.

»Wir haben halb zehn«, sagte sie. »Wo willst du denn um diese Zeit noch hin?«

»Es ist Freitag«, sagte er. »Ich gehe tanzen.«

»Mit wem?« Sie klang tatsächlich etwas eifersüchtig.

Er zeigte ihr das Foto von Kardakow.

Die Nacht war weit vorangeschritten. Düster ragte die Silhouette der Gedächtniskirche aus dem hell erleuchteten Häusermeer. Die monströse Kirche war das einzige Bauwerk in dieser Gegend, das nicht im Neonlicht ertrank. Sie schien die Nachtschwärmer allein durch ihre Anwesenheit ermahnen zu wollen. Dunkel schweigende Steinberge inmitten all des nächtlichen Lärms. Rath ließ die Kirche rechts liegen und ging den Kurfürstendamm hoch, quetschte sich durch eine Gruppe laut lachender Touristen, denen ihr Alkoholpegel deutlich anzumerken war. Rath tippte auf die Gegend um Stuttgart. Jedenfalls hörte er einen starken süddeutschen Akzent, als einer der Männer einer jungen Frau, die gerade vorüberging und schüchtern zur Seite blickte, ein unsittliches Angebot machte.

»Lern erst mal Deutsch, wennde willst, dass dich eene entjungfert«, gab die Frau zurück, die plötzlich gar nicht mehr schüchtern wirkte.

Das schwäbische Großmaul bekam rote Ohren und schwieg pikiert, seine Begleiter lachten albern. Rath ärgerte sich. Aus irgendeinem Grund schienen fast alle Provinzler zu glauben, in Berlin die Sau rauslassen zu müssen. In gewisser Hinsicht war er froh, dass bis auf seine Eltern kein Mensch aus Köln wusste, dass er nun hier lebte. Dann konnte ihn auch keiner besuchen. Er hätte einigen seiner Freunde – seiner früheren Freunde, musste er wohl sagen – durchaus zugetraut, sich ähnlich zu benehmen, wie er es gerade bei den weinseligen Schwaben erlebt hatte.

Rath schaute auf die Uhr. Mitternacht durch, und er war noch kein Stück weitergekommen. Er spürte den langen Tag in seinen Knochen. Die Russenlokale in der Gegend hatte er ebenso systematisch wie erfolglos abgeklappert. Er hatte sich seine nächtliche Aktion einfacher vorgestellt, als er seine Befragung in der kleinen russischen Heimwehkneipe in der Nürnberger Straße begonnen hatte. Hier in dem verräucherten Lokal mit den niedrigen Decken und der kyrillischen Speisekarte, wo er selbst einmal unter einem Zarenporträt gesessen und Soljanka gelöffelt hatte, hätte er fast darauf gewettet, jemanden zu finden, der den Russen auf dem Bild erkannte. Diese Wette hätte er verloren. Dabei war der Laden keine fünf Minuten von seiner Wohnung entfernt, von der Wohnung, in der Alexej Kardakow noch vor wenigen Wochen gewohnt hatte. Doch Rath erntete nur Kopfschütteln. Entweder hielten die Russen dicht, wenn jemand in ihre Welt einzudringen wagte, oder aber Kardakow hatte das Lokal tatsächlich niemals besucht. Rath tippte auf Ersteres, denn auch in den weltoffeneren Treffpunkten der Intellektuellen hatte er nur Njet gehört, wenn er Kardakows Bild vorzeigte. Und er war sich sicher, dass ein Mann wie Alexej Kardakow in dieser Gegend unterwegs war, wenn er seiner Sehnsucht nach Schwermut, Alkohol und Landsleuten nachgab. Charlottenburg war immer noch das Zentrum der Russen in Berlin. Hier hatten sie ihre eigene Welt aufgebaut, eine Welt mit russischen Buchläden, Friseuren und Kneipen, eine Welt, in der man kein Wort Deutsch sprechen musste, um sich zurechtzufinden. Charlottengrad nannten die Berliner dieses Paralleluniversum.

Rath überquerte die Augsburger Straße und zählte sein Geld. Die Leuchtschrift der *Kakadu-Bar* spiegelte sich im nassen Pflaster. Immer wieder parkten Taxen vor dem Eingang und spuckten Menschen aus. Die meisten Bars in Berlin hatte er bislang rein dienstlich kennengelernt, der *Kakadu* war eine der wenigen, der er auch privat ein paar Besuche abgestattet hatte. Eines Abends, als er schlaflos um die Häuser strich, war er zufällig dort hineingeraten. Er mochte die Jazzband, die auf dem kleinen Podium zum

Tanz spielte. Die Bar lag genau dort, wo Joachimsthaler Straße und Augsburger Straße auf den Kurfürstendamm stießen. Also nicht allzu weit entfernt von Raths Wohnung. Bevor er dorthin zurückging, wollte er noch etwas trinken. Und zwar keinen Tee mit Rum.

Der rot-goldene Raum war proppevoll, als er eintrat. Die Band übertönte das Stimmengewirr, einige Paare bewegten sich auf der Tanzfläche mitten im Raum. Rath schaute sich um. Sämtliche Barhocker an der langgestreckten Theke im hinteren Teil des Lokals waren besetzt. Kakadus und andere Paradiesvögel turnten auf den von hinten erleuchteten Glasscheiben, vor denen wieselflinke Barmänner im Gegenlicht eifrig lächelnd die Bestellungen entgegennahmen.

Im *Kakadu* waren überwiegend Leute mit dickem Geldbeutel unterwegs, der Laden war nicht ganz billig. Rath stellte sich zwischen zwei Männer, die aussahen, als würden sie gleich von ihren Barhockern kippen, und winkte einen Barmann heran. Der Mann beugte sich zu ihm, um seine Bestellung aufzunehmen, und sah ihn dabei an, als würde er ihn kennen. Rath wusste, dass dem nicht so war, so hatten sie ihn schon bei seinem ersten Besuch angeblickt, das gehörte zum Service. Jeder sollte sich wie ein Stammgast fühlen.

»Einen Americano bitte«, sagte er, lehnte sich an den Tresen und hörte der Band zu. Obwohl die Musik in die Beine ging, spürte er mit einem Mal seine Müdigkeit. Kein Wunder, er war seit dem frühen Morgen unterwegs.

Der Barmann kam zurück und stellte ein Glas auf den blankpolierten Tresen. Rath ließ ein Markstück in seine Hand fallen und zückte das Foto. Der Barmann wirkte gelangweilt. Das Lächeln war aus seinem Gesicht verschwunden. Er zuckte die Achseln. Auch Diskretion gehörte hier zum Service.

Eigentlich hatte er das in diesem Lokal vermeiden wollen, doch Rath legte seinen Dienstausweis neben das Foto.

»Haben Sie diesen Mann wirklich noch nicht gesehen?«

Noch ein Achselzucken. »Hier ist jeden Tag so viel los …«

»Er ist Russe«, half Rath nach und legte unauffällig ein weiteres Markstück auf den Tresen.

Der Barmann ließ das Markstück noch unauffälliger unter seiner Handfläche verschwinden und beugte sich näher.

»Die Russen hier sind meistens unter sich«, flüsterte er. »Fragen Sie die doch mal.« Mit seinen Augen deutete er eine Richtung an. »Dort hinten in der Ecke sollten Sie Ihr Glück versuchen. Aber sagen Sie denen nicht, dass Sie's von mir wissen.«

Rath schaute sich um. Am anderen Ende des Saals saßen an zwei benachbarten Tischen rund zehn Männer und keine einzige Frau. Er ging langsam durch den Raum, in der einen Hand sein Glas, die andere in der Hosentasche. Die Männerrunde achtete überhaupt nicht auf ihn, sie war in eine offensichtlich anregende Diskussion vertieft. Man sprach Russisch.

»Kleines Treffen der Heimatvertriebenen?«, fragte Rath und erntete böse Blicke. Das Gespräch verstummte augenblicklich.

»Entschuldigen Sie die Störung«, sagte er, nestelte die Blechmarke aus seiner Weste und brachte seinen Spruch: »Kriminalpolizei. Ich bräuchte von Ihnen ein paar Auskünfte über einen Landsmann.«

Rath holte das Foto aus dem Jackett und hielt es einem blonden Jüngling unter die Nase. »Kennen Sie diesen Mann?«, fragte er. »Alexej Iwanowitsch Kardakow.«

Der Mann schaute ihn mit großen blauen Augen an, als habe er kein Wort verstanden. Und trotzdem sah er so aus, als wisse er genau, um was es ging.

Am Nebentisch standen zwei Männer auf. Das Gesicht des einen war durch eine lange Narbe entstellt, die quer über die ganze Wange ging. Ein Schmiss war das nicht, das sah nach einer schlimmeren Wunde aus. Er warf einen Blick auf das großformatige Foto.

»Niemand hier kennt diesen Mann«, sagte das Narbengesicht.

Rath wusste, dass der Mann log, noch bevor der seinen Satz überhaupt zu Ende gesprochen hatte.

»Oh, sind Sie da ganz sicher?« Er deutete auf den Blonden. »Ihr Freund hier hat meine Frage noch gar nicht verstanden. Wären Sie so liebenswürdig, zu übersetzen?«

»Nicht nötig, er hat Sie verstanden.« Der Russe plusterte sich auf. Unter dem schwarzen Anzugstoff sah Rath starke Muskeln spielen. Die wollten nicht nur spielen. »Und nun darf ich Sie bitten, uns in Frieden zu lassen«, fuhr das Narbengesicht fort. »Wir Russen leben hier unter uns, wir regeln unsere Angelegenheiten selbst. Und wir mögen es nicht, wenn Deutsche sich in unsere Dinge mischen.«

»Ich mische mit, wo immer es mir passt«, erwiderte Rath, mit dem provozierendsten Tonfall, den er in diesem Moment zustande brachte.

Einen kurzen Moment befürchtete er, der Russe würde explodieren. Das Gesicht lief rot an, die Narbe sogar violett.

»Sie haben Glück, dass Sie Polizist sind«, sagte das Narbengesicht, »wir respektieren die Ordnungskräfte. Ansonsten würden Sie jetzt in Schwierigkeiten stecken.« Er machte eine theatralische Pause. »In großen Schwierigkeiten. So redet niemand mit mir. Ich kann mir Gesichter gut merken. Beten Sie, dass Sie mir nie privat begegnen.«

»Ich bin immer im Dienst.«

»Ein guter Polizist trinkt nicht im Dienst«, sagte der Russe und zeigte auf das Glas in Raths Hand.

»Dann bin ich vielleicht ein böser Polizist«, meinte Rath und trank einen Schluck. So lächerlich dieses Platzhirschgebaren war, er sah nicht ein, vor diesem Muskelaffen den Schwanz einzuziehen.

Doch der wurde jetzt freundlicher. Er warf einen Blick auf das Foto, nahm es Rath aus der Hand und tat interessiert.

»Wir würden Ihnen wirklich gern helfen, aber wie ich schon sagte: Diesen Mann hat keiner von uns gesehen.«

»Das würde ich Ihre Freunde gern selber fragen«, sagte Rath und zog eine Overstolz aus der Schachtel.

»Nicht nötig. Die würden alle dasselbe sagen.« Der Russe zog dienstfertig ein Streichholzbriefchen und gab ihm Feuer.

Ein Blick in die Runde zeigte Rath, dass das Narbengesicht Recht hatte: Die *würden* alle dasselbe sagen.

»Sie können das Foto behalten«, sagte er, als seine Zigarette brannte. »Falls Ihnen doch noch etwas einfallen sollte. Man weiß ja nie.« Er trank seinen Americano aus und stellte das Glas auf den Tisch. Zwischen lauter Wodkagläser. »Ich bin öfters hier. Man sieht sich.«

Damit drehte er sich um und ließ die Russen stehen. Zum ersten Mal heute Abend war er sich sicher, auf Menschen gestoßen zu sein, die Alexej Iwanowitsch Kardakow kannten. Auch wenn sie ihm das niemals verraten würden. In diesem Fall konnte er dem Narbengesicht wohl glauben: Niemand in dieser Runde würde der deutschen Polizei gegenüber den Mund aufmachen. Zumindest nicht, solange einer der beiden Muskelrussen in der Nähe war.

Aber das war Rath egal. Als er vor dem *Kakadu* stand, musste er gähnen. Doch trotz seiner Müdigkeit war er bester Laune, als er sich auf den Weg zurück in die Nürnberger Straße machte. Er hatte Blut geleckt, er hatte endlich einen winzig kleinen Anhaltspunkt. Und er wusste jetzt auch, wo er seine Suche fortsetzen musste. *Conditorei Café Berlin*. Die Werbeaufschrift auf dem Streichholzbriefchen.

9

Als Rath am Samstagmorgen ins Büro kam, ein wenig verkatert, ein wenig verspätet und reichlich übermüdet, saß Wolter bereits an seinem Platz und hämmerte auf die Schreibmaschine ein. Die Typenhebel knallten wie Pistolenschüsse auf das Papier.

»Morgen«, sagte Rath und hängte Mantel und Hut an den Garderobenständer neben der Tür.

Der Onkel schaute nur kurz auf und zog eine Augenbraue hoch. »Morgen«, erwiderte er den Gruß. »Gestern ein bisschen zu lange unterwegs?«

»Ein bisschen«, antwortete Rath. »Stephan noch nicht da?«

»Kommt heute nicht. Die Politischen riefen eben an.« Die

Schreibmaschine klapperte weiter, während Wolter redete. »Die IA braucht ihn noch.«

»Und *unsere* Ermittlungen?«

»Nicht heute. Die Sitte hat zu warten. Wir sind weiterhin politisch tätig.« Wolter tippte weiter, und man sah ihm an, dass es ihm nicht passte. Samstags war Schmittchen nicht da, Lieselotte Schmitt, ihre Sekretärin, die sonst den größten Teil der Schreibarbeiten erledigte. »Ist ja fast so was wie eine Mordermittlung. Müsste dir doch eigentlich Spaß machen.«

Rath überhörte die Anspielung. »Also kann ich jetzt erst mal meine gestrigen Abenteuer zu Papier bringen?«

»Bitte schön. Die preußische Polizei ist in dieser Hinsicht bestens ausgestattet.« Wolter deutete auf Raths Schreibtisch, auf dem, gut verhüllt, eine Schreibmaschine stand. »Wusstest du, dass wir mehr Schreibmaschinen als Waffen in unseren Inventarlisten stehen haben?«

»Nur die Kripo oder die gesamte Polizei?«

Wolter zuckte mit den Schultern. »In Deutschland würde es mich nicht wundern, wenn selbst die Reichswehr mehr Schreibmaschinen als Kanonen hat.«

Rath setzte sich an seinen Schreibtisch und nahm die Schutzhülle von der *Adler*. Vorkriegsmodell. Die schwarze Maschine starrte ihn an wie ein feindseliges Insekt.

»Hast du unseren freundlichen Kommunistendoktor gestern denn zufriedenstellen können?«, fragte der Onkel, ohne von seinen Tasten aufzusehen.

»Völcker hört die Signale«, antwortete Rath nur und suchte in den Schubladen nach Papier.

»Der ist gut.« Wolter lachte. Tatsächlich. Endlich unterbrach er sein Getippe.

»Ist nicht von mir. Doktor Schwartz. Der kennt den roten Doktor schon seit gemeinsamen Studienzeiten.«

»Und was sagt Doktor Schwartz sonst noch? Hat Völcker ihn in Ruhe arbeiten lassen?«

Rath nickte. »Mehr oder weniger. Am Anfang hat er die empörte kommunistische Nervensäge gespielt. Doch während der Untersuchung blieb er erstaunlich friedlich. Selbst dass Schwartz ihn ununterbrochen aufgezogen hat, schien ihn nicht zu stören.«

»Natürlich nicht. Solche Leute stört das nie. Deshalb sind sie so geworden, wie sie sind.«

»Mag sein. Aber mit dem Ergebnis kann Völcker auch zufrieden sein. Genau so, wie es ihm in den Kram passt: *Ein* einziges Geschoss hat tatsächlich gereicht, um beide Frauen zu töten. Es hat die Brust der jüngeren durchschlagen und dabei das Herz verletzt. Die Ältere wurde nur in die Schulter getroffen und starb an Herzversagen. Wahrscheinlich der Schreck.«

Der Onkel machte ein angewidertes Gesicht. »Was mich am meisten ärgert, ist, dass die Kommunisten aus so etwas noch Kapital schlagen. Und das nur, weil die Sozis zu blöd sind, solch eine Aktion anständig zu planen.« Er riss das Blatt Papier aus der Maschine. »Vielleicht hilft uns das ja halbwegs aus der Klemme«, sagte er und wedelte mit dem Papier durch die Luft. »Wer sagt denn, dass es nicht doch eine Kommunistenkugel war. Jedenfalls keine Polizeikugel.«

»Dein Bericht?«, fragte Rath. »Schon fertig?«

Wolter nickte. »Wündischs Leute wollen doch alles am liebsten sofort auf dem Tisch haben.« Regierungsdirektor Wündisch leitete die Politische Polizei. Seine Abteilung IA untersuchte auch die Todesfälle während der Maieinsätze. Rath überflog das Papier. Ein Prunkstück polizeilichen Berichtswesens. Knapp, sachlich und präzise. Wolter hatte nicht vergessen, das Auftreten Doktor Völckers genau zu schildern, vor allem die Tatsache, dass der Arzt es war, der die sichergestellte Kugel aus dem Holz geholt hatte. Er hatte es so formuliert, dass der Verdacht sich geradezu aufdrängte, der Kommunist habe das Geschoss ausgetauscht. In jedem Fall aber hätte austauschen können. Und damit war das Spitzgeschoss als Beweismittel nicht mehr viel wert.

»Es war eine Polizeikugel«, meinte Rath. Ihm gefiel es nicht, wie dieser Bericht mit der Wahrheit umging. Andererseits blieb einem manchmal nichts anderes übrig. Auch Doktor Völcker würde die

Wahrheit verdrehen, wenn es ihm nützte, diesen Eindruck hatte er jedenfalls im Leichenschauhaus gemacht. So klang der Protest in Raths Stimme eher matt.

»Ein Spitzgeschoss, wie wir es in unseren Karabinern verwenden«, stimmte Wolter ihm zu, »ich habe es ja selbst zur Ballistik gebracht. Ein Spitzgeschoss, das mir ein Kommunist gegeben hat. Was beweist das schon? Außer, dass es Kommunisten gibt, die Polizeikugeln sammeln?«

Über Wolters Verhältnis zur Wahrheit musste Rath noch nachdenken, als er nach Dienstschluss in einem Café in der Tauentzienstraße saß, einen ganzen Stapel Zeitungen vor sich auf dem Tisch. Natürlich wusste Rath, dass es verschiedene Versionen der Wahrheit gab. Jeder Polizeibeamte wusste das, bei jeder Gerichtsverhandlung konnte er diese Erfahrung aufs Neue machen. Es gab findige Anwälte, denen es gelang, noch so eindeutige Sachverhalte in Frage zu stellen. Umso wichtiger war die Arbeit der Polizei: dem Staatsanwalt wasserdichte Beweise an die Hand geben, die kein Anwalt je zerpflücken konnte. Und Wolter? Er hatte vorhin das genaue Gegenteil gemacht, er hatte ein Beweismittel durch seinen Bericht unbrauchbar gemacht. Natürlich nur, um die Polizei vor den Angriffen der Kommunisten zu schützen. Aber heiligte der Zweck wirklich jedes Mittel?

Vor Gericht würden sie dann da stehen, mit ihren unterschiedlichen Versionen der Wahrheit, Wolter und Völcker, der Bulle und der Kommunist. Auf welche Seite würde sich der Zeuge Gereon Rath schlagen? Eigentlich durfte er darüber nicht einmal nachdenken, eigentlich war es undenkbar, als Polizeibeamter gegen die Polizei auszusagen. Dann könnte er gleich einpacken. Er würde sich wohl damit herausreden, nichts gesehen zu haben. Und hatte schon jetzt kein gutes Gefühl dabei.

Sollte der geschickt getürkte Bericht wieder einmal so etwas wie eine Lektion gewesen sein? Schon mehrmals hatte er das Gefühl gehabt, Bruno versuche, ihm etwas beizubringen, den Provinzbullen Gereon Rath mit den Berliner Gepflogenheiten vertraut zu machen. Er wusste, dass Bruno ihn schätzte, und er hielt ebenfalls große Stücke auf den erfahrenen Kollegen, doch was er von diesen Nachhilfestunden halten sollte, wusste er nicht so recht. Erst Brunos Gewaltausbruch auf dem Karstadtgerüst, und nun die Lektion im Wahrheitverbiegen. Aber vielleicht musste man das ja draufhaben, um in dieser Stadt zu überleben. Vielleicht war er schon für eine Provinzstadt wie Köln viel zu naiv gewesen. Vielleicht hatte LeClerk ihn mit seiner Pressekampagne nur deshalb so in die Mangel nehmen können.

Rath erinnerte sich an den Moment, als er Alexander LeClerk zum ersten Mal begegnet war. Ein Gesicht wie Beton. Das Gesicht eines Mannes, den man zur Identifizierung seines toten Sohnes gebeten hatte. Auf dem Marmortisch hatte der Tote nicht mehr wie ein Wahnsinniger ausgesehen. Ein Wahnsinniger, der auf ahnungslose Passanten schießt. Ein bleicher junger Mann mit toten Augen, der keine dreißig Jahre alt geworden war. Weil ein anderer Mann den Zeigefinger gekrümmt hatte. Weil Gereon Rath den Zeigefinger gekrümmt hatte.

Schweigend waren sie im Flur der Gerichtsmedizin aneinander vorbeigegangen, der Polizist und der Vater. Rath hatte nicht gewusst, was er sagen sollte. Wie einem Mann begegnen, dessen Sohn man getötet hat? Unsicher hatte er kurz den Arm ausgestreckt, um zu kondolieren, wohl spürend, wie unpassend das war. LeClerk hatte ihn keines Blickes gewürdigt. In dem Betongesicht war keinerlei Regung zu erkennen gewesen, weder Trauer noch Zorn.

Alexander LeClerk, einer der bedeutendsten Zeitungsverleger Kölns.

Bald darauf hatte es begonnen. Jeden Tag eine Schlagzeile. Die erste: *Kugelhagel im Agnesviertel. Ist unsere Polizei schießwütig?* Gleich im ersten Artikel tauchte der Name Gereon Rath auf, LeClerk hatte seine Reporter offensichtlich mit Hintergrundwissen gefüttert. Allein in diesem ersten Artikel wurde Raths Name fünfmal aufgeführt, ebenso erwähnt, dass es sich um den Sohn des berühmten Engelbert Rath handele. *Todesschütze Gereon Rath.* Wie ihn diese Worte getroffen hatten! Jede Silbe wie ein Projektil. Sein

Vater hatte versucht, Einfluss zu nehmen, doch das hatte LeClerks Schlagzeilenkrieg nur angestachelt: Nun wurde auch Rath senior unter publizistisches Feuer genommen. Das ungefähr war der Zeitpunkt, an dem sie Gereon Rath aus der Schusslinie genommen hatten. Für die Zeit der Verhandlung wurde er beurlaubt. Doch als er nach dem Freispruch wieder seinen Dienst antrat, hagelten die Schlagzeilen von neuem, schärfer als je zuvor.

LeClerk wollte offenbar seinen Kopf, koste es, was es wolle. Die Rache eines Publizisten für den toten Sohn. Der Verleger schien gewillt, seine Reporter nicht eher ruhen zu lassen, bis die Polizeikarriere des Kriminalkommissars Gereon Rath in Trümmern lag. Als klar wurde, dass Rath als Polizist in Köln keine ruhige Minute mehr haben würde, hatte sein Vater den Plan entwickelt. Zusammen mit Otto Bauknecht, dem Kölner Polizeipräsidenten, hatte er seinen Sohn bearbeitet, und schließlich hatte der eingewilligt. Engelbert Rath hatte seine Kontakte zum *lieben Karl* spielen lassen – er duzte den Berliner Polizeipräsidenten Karl Zörgiebel seit gemeinsamen Kölner Zeiten – und so den Transfer nach Berlin eingefädelt. Und gleichzeitig in Köln falsche Fährten gelegt.

Als die letzte Schlagzeile erschien, saß Gereon Rath im Zug nach Berlin. Wenigstens dieses Mal hatte die Desinformationspolitik seines Vaters funktioniert. In Köln kannten nur Engelbert Rath und Otto Bauknecht die Wahrheit. Und in Berlin wusste nur Polizeipräsident Zörgiebel von der Kölner Vergangenheit des Kriminalkommissars Gereon Rath, Inspektion E, Alexanderplatz. Ausgerechnet die Sitte hatten sie für ihn ausgesucht, weil dort gerade eine Stelle vakant war. Doch Engelbert Rath hatte auch diesem Umstand noch etwas Positives abgewinnen können. »Da kommst du wenigstens nicht so schnell in die Situation, schießen zu müssen«, hatte er seinem Sohn zum Abschied gesagt, als sie ihm bereits die Koffer ins Abteil reichten. Rath hatte seinen Eltern nicht gewinkt, als der Zug sich in Bewegung setzte, stumm hatte er gesehen, wie sich der Bahnsteig mit den winkenden Menschen entfernte, bis sich das stählerne Gerüst der Hohenzollernbrücke in sein Blickfeld schob. Nach einem letzten Blick auf den Dom hatte er die Zeitung aufgefaltet und die Schlagzeilen gelesen: *Todesschütze quittiert den Dienst*.

Wahrheit war eine biegsame Ware, das hatte Rath zu spüren bekommen. Vielleicht sollte er bei Weinert in die Lehre gehen, der war ja im selben Geschäft wie LeClerk. In der ganzen Kochstraße verbogen sie die Wahrheit, so lange, bis sie zum jeweiligen Blatt passte. Hier etwas weglassen, da etwas umformulieren.

Obwohl der Kaffee kalt war, nahm Rath noch einen Schluck und blickte auf den Papierberg auf seinem Tisch. Rund ein Dutzend Zeitungen hatte er vorhin durchgeblättert, und obwohl es fast alles bürgerliche Blätter waren und sie den Ereignissen der letzten Tage alle die gleiche Wichtigkeit einräumten, hatte jede einzelne ein anderes Bild von den Maiunruhen gezeichnet. Einig war man sich allein darin, dass es sich um die schwersten Straßentumulte seit zehn Jahren handelte. Aber selbst zur Zahl der Todesopfer gab es unterschiedliche Angaben. Einige Blätter folgten den offiziellen Mitteilungen der Polizei, andere lasen sich wie Abenteuergeschichten oder Kriegsberichte. Rath fragte sich, wo die Journalisten ihre Informationen hergenommen hatten. Der Reporter des *Tageblatts* schien wenigstens dabei gewesen zu sein, die liberale Presse verließ sich nicht allein auf die amtlichen Verlautbarungen. Die *Vossische Zeitung* hatte zwar den Bericht des Polizeipräsidenten abgedruckt, ihn aber als solchen kenntlich gemacht und neben die eigenen Berichte gestellt. Das Blatt hatte das Wort von *Berlins blutigem ersten Mai* geprägt, das schon die Runde machte. Blutmai.

Der Großeinsatz der Berliner Polizei hatte keine guten Kritiken bekommen. Die konservative und die nationale Presse hielten ihn im Grunde für richtig, die Ausführung aber für stümperhaft, Sozis traute man ein richtiges Durchgreifen eben nicht zu. Die Kritik der liberalen Blätter hatte sich zunächst konzentriert auf rechts- und linksradikale Scharfmacher, *die sich an der Vorstellung berauschten, dass aus den schweren Krawallen mit der Zeit ein frischer fröhlicher Bürgerkrieg werden könnte*, wie es die *Vossische Zeitung* formuliert hatte. Doch mittlerweile verurteilten auch sie das Vorgehen der

Polizeikräfte, und zwar als unverhältnismäßig brutal. Unter den Toten waren zu viele Unbeteiligte, um noch von einem den Umständen angemessenen Einsatz sprechen zu können. Zörgiebel würde Schwierigkeiten bekommen. Vaters Duzfreund trug die volle Verantwortung für den martialischen Polizeieinsatz, er hatte die Unruhen mit seinem strengen Demonstrationsverbot geradezu herausgefordert. Überall sonst in Deutschland waren die Maidemonstrationen friedlich verlaufen, von einigen Schlägereien zwischen Sozis und Kommunisten einmal abgesehen.

Aber eigentlich war es Rath nicht um die Zörgiebel-Kritiken gegangen, als er vorhin am Wittenbergplatz eine Station früher aus der U-Bahn gestiegen war und sich im Café *Zuntz* mit Zeitungen eingedeckt hatte. Er hatte mehr über einen anderen Polizeieinsatz erfahren wollen, den die Maiunruhen aber ausnahmslos auf die hinteren Seiten verbannt hatten. Dafür waren sich die Blätter bei dem Toten aus dem Landwehrkanal ausnahmsweise einmal einig: Alle Zeitungen bezeichneten den Fall als *mysteriösen Todesfall am Landwehrkanal*, alle hatten nur die gleichen mageren Informationen zu bieten, und alle hatten ein Bild des Toten veröffentlicht und dazu die Zeile gedruckt: *Wer kennt diesen Mann?* Hier hatte die Pressearbeit der Burg also funktioniert, alle großen Zeitungen hatten mitgezogen. Was sollten sie auch tun? Die eigene Wahrheit konstruieren, das war vor allem die Kunst des Weglassens, doch in diesem Fall hatte die Journaille so wenig, dass sie gar nichts mehr weglassen konnte.

Gedankenverloren rührte Rath in seiner fast leeren Kaffeetasse und schaute aus dem Fenster auf das Samstagnachmittagsgewimmel vor dem KaDeWe. Ohne es zu merken, verzog er seinen Mund zu einem leisen Lächeln. Böhm musste völlig im Dunkeln tappen. Die Inspektion A hatte eine Leiche, von der sie nicht einmal den Namen kannte. Rath sah seine Chancen, in diesem Spiel mitzuspielen, ein großes Stück wachsen.

»Noch einen Kaffee, der Herr?«

Der Kellner war an seinen Tisch getreten. Seine Miene hatte etwas Beleidigtes. Rath taxierte den Mann von oben bis unten, als habe dessen äußere Erscheinung großen Einfluss auf seinen Kaffeedurst.

»Danke, zahlen!«, sagte er schließlich. Er hatte genug gelesen. Zeit zum Handeln.

»Zahlen, der Herr? Sehr wohl.« Der Kellner tat ungerührt. »Dann besteht also berechtigte Hoffnung, dass sich auch die anderen Gäste unseres Hauses heute noch der Zeitungslektüre widmen können?«

Der Mann im Frack rauschte ab, um die Rechnung zu holen. Rath wartete nicht, bis er zurückkam. Er legte das Geld auf den Tisch. Aus dem *Tageblatt* riss er das Foto des toten Boris und nahm es mit. Nun hatte er Porträts von zwei Russen, vielleicht würde ihn das weiterbringen.

Das Mietshaus am Luisenufer kam ihm vor wie ein alter Bekannter. Nur dass die Suche nach Alexej Kardakow ihn jetzt weitaus mehr interessierte als noch vor fünf Tagen. Im Hof hörte er jemanden Teppich klopfen. Rath trat in den Hausflur. Im Treppenhaus roch es nach Putzmittel.

Ganz unten machte er den Anfang. Die Portierswohnung. *Schäffner* stand auf dem Klingelschild. Er schellte. Nichts passierte. Nach einer Weile drückte er die Klingel noch einmal. Endlich hörte er Geräusche. Ein Riegel wurde beiseite geschoben, ein Schlüssel drehte sich im Schloss. Die Tür öffnete sich ein wenig, und ein dicker Frauenkopf schaute durch den Spalt.

»Ja?«

»Entschuldigen Sie, dass ich Sie an einem Samstag stören muss …«

Rath brauchte einen Moment, um ihren verständnislosen Blick zu deuten, dann verbesserte er sich: »… Sonnabend, meine ich …« Auch sprachlich war er noch nicht ganz in der Stadt angekommen. »Kriminalpolizei«, fuhr er fort, »könnte ich Ihnen ein paar Fragen stellen?«

»Sie sind aber nich von hier!« Misstrauen klang aus dem Türspalt. »Können Sie sich ausweisen?«

Er hielt seinen Dienstausweis in den Spalt.
»Und wat wollense?«
»Vielleicht darf ich erst mal reinkommen?«
Sie trat beiseite und öffnete die Tür ganz.
»Na, denn kommense mal rin, bevor noch det janze Haus mitbekommt, dass die Polizei da ist. Aber passense uff, dass Sie nischt schmutzig machen!«
Er trat sich brav die Füße ab und trat ein. Der Rest der Frau war genauso dick wie der Kopf. Er zwängte sich irgendwie vorbei.
»Warum wollense denn ausjerechnet zu mir?«, fuhr sie fort, ohne eine Antwort abzuwarten. »Seiense froh, dass mein Hermann jerade nich da is. Der hätt Ihnen wat erzählt! Hamse nischt Wichtijeres zu tun? Det hier ist ein anständjet Haus, wir haben noch nie was mit der Polizei zu tun jehabt.«
An der Garderobe im Flur hing eine braune Uniformmütze.
»Politisch tätig, der Herr Gemahl?«, unterbrach Rath ihren Redeschwall.
»Muss man ja wohl, wo die Kommunisten immer frecher werden und die Polizei sie nich in den Griff bekommt.«
Sie führte ihn in ein altmodisch plüschig eingerichtetes Wohnzimmer. Obwohl es auch hier nach Putzmittel roch, kam Rath die Wohnung irgendwie miefig vor. Die Frau schob ihr Gewicht hinter ihm her durch die Wohnzimmertür. Hindenburg hing an der Wand, daneben der Kaiser. Der Ex-Kaiser. Beide schauten den Besucher streng an. Rath musste an ihre Doppelgänger im Atelier König denken.
»Dann setzense sich mal, Herr …«
»Rath. Kriminalkommissar Rath.«
»So. Sind Sie endlich den Liebigs aus'm Hinterhaus auf die Schliche jekommen?«
Er versank fast in dem gelben Sessel.
»Wie?«
»Na, wenn det keene Kommunisten sind, fress ick 'nen Besen! Der Liebig, der war ooch am ersten Mai auf der Straße. Obwohl's verboten war. Aber jeschnappt hamse ihn nich, Ihre lieben Kolle-

gen. Frech wie Rotze kam er zurück und spuckte jroße Töne, die rote Fahne noch injerollt untern Arm. Und seine Frau … Na, ick sag Ihnen!«

»Vielen Dank! Ich werde Ihre Informationen weiterleiten …« Er glaubte nicht, dass sie seinen Sarkasmus bemerkt hatte. Staunend beobachtete er, wie ihr Gewicht das Polster des Sofas fast bis auf den Boden drückte. »… aber, liebe Frau Schäffner, mir geht es um etwas anderes …«

Sie rutschte auf dem Sofa hin und her.

»Aber viel Zeit hab ick nich. Sie haben mich mitten im Hausputz jestört.«

»Ich suche nach einem Mann, der hier wohnen soll, es aber offensichtlich nicht tut.«

Sie schaute ihn verständnislos an.

»Sagt Ihnen der Name Alexej Iwanowitsch Kardakow etwas?«

»Een Russe? Nee! Hier im Haus wohnt keen Russe.«

»Niemand, der in den vergangenen zwei Monaten hier neu eingezogen ist?«

»Hier nich. Im ersten Hinterhaus ist der Brückner ausjezogen, das heißt: Mein Hermann hat die rote Sau rausjeschmissen, weil er die Miete nich bezahlen konnte. Da wohnt jetz een Neuer. Aber'n Deutscher, keen Russe.«

»Kardakow ist schon lange in Deutschland. Vielleicht haben Sie gar nicht gemerkt, dass er Russe ist.«

»Glauben Sie mir, so wat merk ick. Außerdem hat er 'nen deutschen Namen.«

»Und welchen?«

Sie überlegte.

»Müller oder Möller. Irjendso'n Allerweltsname. Jetzt, wo Sie fragen, fällt mir auf, dass ick det jar nich so jenau weeß. Wahrscheinlich, weil ick den Mann noch nich jesehen hab. Ick kann mir Namen nur zusammen mit Jesichter merken.«

»Sie haben ihn noch nie gesehen?« Rath konnte kaum glauben, dass dieser Frau überhaupt irgendetwas in diesem Haus entging. Herr Müller oder Möller musste unsichtbar sein. Oder Indianer.

»Nee.« Sie zuckte mit den Schultern, als wundere sie sich selbst über diese Wissenslücke. »Aber mein Mann hatten bestimmt jesehen, der treibt ja ooch die Miete ein.«

»Wie lange wohnt der Herr denn schon hier?«

»Noch nich lang. Sag ick ja. Einen Monat vielleicht. Arbeitet als Nachtwächter, soviel ick weeß. Bei Osram, hat Hermann erzählt. Tagsüber schläft der. Da könnense alle im Haus fragen, der lässt sich kaum blicken.«

»Eine Frage noch …« Er zog den Zeitungsausriss aus der Tasche und schob ihr das Foto des toten Russen über den Wohnzimmertisch. »Haben Sie diesen Mann vielleicht schon einmal gesehen?«

Neugierig schaute sie auf das Bild. Sie schüttelte den Kopf. Dann erkannte sie ihn plötzlich wieder. »Det is ja der aus der Zeitung! Dieser arme Kerl, dense aus'm Kanal jeholt haben! Is det etwa Ihr Kardakow?«

»Nein, das ist ein anderer Fall«, sagte Rath schnell und steckte den Zeitungsschnipsel wieder ein. Fehlanzeige. Er zeigte ihr das Hochglanzfoto. »Das ist Kardakow.«

»Nie jesehn.«

Eine Frage fiel ihm noch ein. »Sagen Sie … Haben Sie vor ein paar Tagen einen nächtlichen Streit mitbekommen? Hier vor dem Haus?«

»Wir schlafen nach hinten raus. Vorn macht die Bahn solchen Lärm. Da kriegen wir nicht mit, wat auf der Stra…« Sie hielt inne. »Moment! Im Hof hat's letztens mal Krach jejeben nachts. Da hat einer rumjebrüllt, dass wir aus dem Bett jefallen sind. Hermann wollte schon einjreifen. Die Krakeeler waren dann aber weg, als er draußen war. Da hatte wohl schon jemand anderes für Ordnung jesorgt. Suchen Sie den Kardakow deswegen, ham sich welche aus'm Haus beschwert? Die hätten doch ooch zu uns kommen können, det hätte Hermann schon jerejelt.«

»Da müssen sich zwei Russen gestritten haben«, hakte Rath nach.

»Der eene war'n Russe, stimmt. Aber der andere war'n Deutscher.«

»Ein Deutscher? Sind Sie sicher?«

»Janz sicher. Det war doch der, der da für Ruhe gesorgt hat. Natürlich war das der Deutsche!«

»Und wann war das?«

Sie überlegte kurz. »Keine Ahnung. So Montag oder Dienstag, glaube ich. Irjendwann Anfang der Woche.«

Ihr Blick fiel auf die Wanduhr. »So.« Sie stand auf. »Und nun muss ick Sie bitten zu jehen. Mit dem Hausputz bin ick noch nich durch, und kochen muss ick ooch noch.« Rath wunderte sich, wie schnell sie aus den Polstern kam. Er hatte größere Mühe mit seinem Sessel, in dem er beinah ertrunken wäre. »Sie sollten sich mal im Hinterhaus umsehen«, rief sie ihm noch hinterher, »um die Liebigs sollte die Polizei sich mal kümmern.«

Als er wieder draußen war, ging er tatsächlich zum ersten Hinterhaus. Seine Neugier galt weniger der Familie Liebig als einem offenbar unsichtbaren Herrn. Im Hof holte er erst einmal tief Luft, froh, den schneidenden Putzmitteldüften entkommen zu sein. Die Teppichstange war verwaist, der Hof menschenleer, als habe sich herumgesprochen, dass Polizei im Haus war. Im zweiten Hof hörte er eine Kreissäge.

Der stille Portier sagte, dass im Hinterhaus tatsächlich ein Herr Müller wohnte. Sollte sich Kardakow den banalsten aller deutschen Namen zugelegt haben? Oder wohnte hier doch nur ein Nachtwächter der Osram-Werke? Rath ging die Treppe hinauf in den ersten Stock und schellte. In der Wohnung blieb alles ruhig. Er horchte an der Tür. Kein Laut. *Der lässt sich den ganzen Tag nicht blicken*, hatte die dicke Portiersfrau gesagt. Rath schaute auf die Uhr. Fast halb fünf. Da musste auch ein Nachtarbeiter längst auf den Beinen sein. Doch auch nach wiederholtem Sturmklingeln tat sich nichts. Das Einzige, was Rath in der Wohnung hörte, war die Klingel. Entweder war Herr Müller taub oder nicht zu Hause.

Wo er nun schon einmal im Treppenhaus war, ging er noch eine Etage höher und klingelte bei *Liebig*. Aber auch da blieb alles still.

Als er wieder auf der Straße stand, zündete er sich eine Zigarette an, um besser nachdenken zu können. Er wollte das Streichholz vor dem Haus auf die Straße schnippen, ließ es aber sein, als er hinter einem Erdgeschossfenster die Konturen eines dicken Kopfes bemerkte. Frau Schäffner war so neugierig, wie er es von ihr erwartet hatte. Umso seltsamer, dass sie Herrn Müller noch nie gesehen hatte. Rath tippte grüßend an seinen Hut und freute sich, als der dicke Kopf zurückzuckte.

Irgendetwas stimmte mit dieser Adresse nicht. Er würde dem Haus am Luisenufer noch einen Besuch abstatten, er musste wissen, wer sich hinter diesem unsichtbaren Herrn Müller verbarg. Entweder sprach der mit russischem Akzent, oder aber Kardakow hatte Elisabeth Behnke ganz einfach eine falsche Adresse hinterlassen. Was auch immer zutraf, eines stand fest: Alexej Iwanowitsch Kardakow war abgetaucht, er wollte nicht gefunden werden. Dass dazu allerdings allein Mietschulden geführt hatten, das mochte Rath nicht mehr glauben. Nicht, nachdem man einen Toten aus dem Kanal gefischt hatte. Das Verschwinden des einen Russen und der Tod des anderen hatten miteinander zu tun.

Und dann war da noch eine andere Ungereimtheit. Rath fragte sich, ob er Herrn Müller womöglich doch schon einmal zu Gesicht bekommen hatte. Ein kleiner Mann mit einem zu groß wirkenden Hut. Der Mann, der ihm bei seinem ersten Besuch von einem Streit zweier Russen berichtet hatte. Frau Schäffner dagegen hatte felsenfest behauptet, ein Russe habe sich mit einem Deutschen gestritten. Wer sagte die Wahrheit?

An dem nächtlichen Lärm jedenfalls schien etwas dran zu sein. Boris hatte auch hier am Luisenufer nach Kardakow gesucht. Die Frage war nur: Hatte er ihn gefunden? Davon war Rath bei seinem ersten Besuch in diesem Haus noch ausgegangen, als er gehört hatte, zwei Russen hätten sich angebrüllt. Wenn es aber stimmte, dass nur einer der beiden Streithähne Russisch gesprochen hatte, drängte sich ein anderer Schluss auf. Dann hatte sich eine ähnliche Szene abgespielt wie in der Nürnberger Straße: Boris klingelt einen wildfremden Mann aus dem Bett, wieder in der Meinung, es sei Kardakow. Es gibt Streit, Boris schiebt ab. Und wird kurz darauf ermordet. Von dem untergetauchten Kardakow, dem jemand zu dicht auf die Pelle gerückt war? Doch welchen Sinn hatten dann die Misshandlungen? Welche Informationen hätte Kardakow aus ihm herauspressen wollen? Und warum war der Mann an einer Heroinvergiftung gestorben?

Bevor Rath am Kottbusser Tor die Treppen zum Bahnhof hinaufstieg, trat er missmutig seine Zigarette aus. Man konnte es drehen und wenden, wie man wollte, einen Sinn ergab das alles noch nicht. Aber dieses Gefühl kannte er. So war das meist am Anfang einer Ermittlung. Das würde sich noch ändern. Er musste Geduld haben. Und er durfte nicht lockerlassen.

Er stieg in die Bahn und fuhr drei Stationen in Richtung Westen. An der Möckernbrücke stieg er wieder aus. Er wollte sehen, wo es passiert war.

10

Er sah es schon, als er den Kanal überquerte. Am Tempelhofer Ufer, dicht an der Brücke, klaffte eine Lücke in der Uferbegrenzung. Sie war mit weiß-rot gestrichenen Brettern gesichert. Kaum ein Passant schenkte der provisorischen Absperrung Aufmerksamkeit. Rath fummelte seine letzte Overstolz aus der Packung, als er am Ufer angekommen war, und schaute auf die Uhr. Im Schatten der Bäume, die die Uferpromenade säumten, stand eine Bank, auf die er sich setzte. Es sah so aus, als ließe er seinen Blick ziellos in die Ferne schweifen, doch er registrierte jede Einzelheit. Links von ihm war das Auto durch die Begrenzung gekracht. Einem Baum fehlte ein großes Stück Rinde. Ansonsten schien der Wagen ziemlich genau die Lücke zwischen zwei Bäumen erwischt zu haben. Und das mit einem Toten am Steuer! Er versuchte sich vorzustellen, wie das Ganze abgelaufen sein konnte. Boris hatte tot im Auto gesessen, mit gebrochenen Händen und Füßen. Wer war dann gefahren? Entweder hatte noch jemand im Wagen gesessen, jemand, den sie nicht gefunden hatten, oder aber irgendwer musste das Gaspedal eingeklemmt haben. Rath hätte nur zu gern weitere Einzelheiten der Ermittlungen gekannt. Aber außer dem, was er im Leichenschauhaus gehört hatte, und dem wenigen, was in den Zeitungen stand, wusste er nichts.

Er stand auf und schlenderte ein wenig umher, überquerte die Straße und schaute sich die Häuser am Tempelhofer Ufer an. Alles ganz passable Mietshäuser, wirkte nicht gerade wie eine Verbrechergegend. An der Brücke, auf der anderen Seite der Möckernstraße, stand ein Kiosk, sonst gab es hier keine Geschäfte, nur Wohnhäuser, Büros und den Güterbahnhof. Rath klapperte die Hauseingänge ab und überflog die Namen auf den Bewohnertafeln. Ein Kardakow war nicht dabei, er hatte auch nicht wirklich damit gerechnet.

Hinter dem Kiosk begann das Betriebsgelände des Anhalter Güterbahnhofs, wahrscheinlich versorgte das Büdchen vor allem die Bahnarbeiter mit Zigaretten, Zeitungen und Bier. Rath ging hinüber, er hatte nichts mehr zu rauchen. Außerdem waren Kioskbetreiber oft dankbare Gesprächspartner für einen Polizisten, sie bekamen eine ganze Menge mit.

»Overstolz, fünf Sechserpackungen«, sagte er, nachdem er die Gestalt im Dunkel des Bretterverschlags mit einem kurzen Nicken begrüßt hatte. Der Mann war ziemlich dick und wirkte, als sei er in seinem Kabuff festgewachsen. Rath hätte sich nicht gewundert, wenn er festgestellt hätte, dass der massige Oberkörper auf ein Drehgestell geschraubt wäre. So jedenfalls sah es aus, als der Dicke sich nach hinten drehte und fünf Schachteln Overstolz aus dem Regal holte. Wahrscheinlich saß er auf einem Bürodrehstuhl, doch von dem war nichts zu sehen.

»Einsfuffzich«, sagte er. »Auch Feuer?«

Rath nickte und überlegte, wie er mit dem Mann unverkrampft ins Gespräch kommen könnte.

»Bitte.« Der Dicke reichte ihm eine Streichholzschachtel. »Hat Sie jemand versetzt?«, fragte er unvermittelt, als er das passend abgezählte Geld entgegennahm.

Rath schaute den Mann fragend an.

»Na, das hat so ausgesehen, wie Sie da vorhin gewartet haben und niemand gekommen ist.«

»Na ja«, machte Rath, während er sich die erste Zigarette aus der neuen Packung anzündete. »War vielleicht keine gute Idee, sich ausgerechnet hier zu verabreden. Schlechtes Omen.« Er deutete auf die rot-weißen Bretter. »Da isser doch durch, oder?«

Der Dicke nickte. »Eigentlich ja schön, dass meine Ecke auch mal in die Zeitung kommt. Aber umsatzsteigernd hat sich das noch nicht ausgewirkt.«

»Keine Heerscharen von Schaulustigen und Journalisten?«

»Nee, bislang nur ein paar Bullen, aber die kaufen nix, die fragen nur.«

Der Kioskbetreiber schien ihn nicht für einen Bullen zu halten, sonst hätte er das wohl nicht gesagt. Gut so. Rath wollte hier nicht als Polizist aufkreuzen, Böhms Leute könnten sonst Wind davon bekommen, dass einer von der Sitte in ihrem Revier unterwegs ist, und das musste nicht sein. Die Marke, die er sonst an seiner Weste trug, hatte er in der Bahn in die Manteltasche gesteckt. »Haben Sie denn was gesehen?«, fragte er und hoffte, mit dieser direkten Frage keinen Verdacht zu erregen.

Doch der Dicke blieb redselig. »Das ist doch mitten in der Nacht passiert, und ich schließe schon um sechse«, sagte er. »Aber am nächsten Morgen gegen fünf, als ich wieder aufmachen wollte, standen immer noch zwei Schupos da in der Gegend rum und taten so, als bewachten sie etwas. Die Kriminalen vom Alex kamen erst viel später. Haben mir ganz schöne Löcher in den Bauch gefragt, dafür, dass ich eigentlich gar nichts gesehen habe.«

»Aber Sie kriegen hier viel mit, oder?«

Die schweren Schultern zuckten. »Kann schon sein. Hier kommen ja auch 'ne Menge Leute vorbei.«

»Eine gute Beobachtungsgabe haben Sie jedenfalls.« Rath nahm einen tiefen Zug. Mal schauen, wie der Dicke auf Schmeicheleien reagierte. »Ich bin Ihnen ja auch gleich aufgefallen.«

»Man muss die Leute im Blick haben. Gibt immer mal wieder

einen, der was klauen will. 'Nem Kollegen von mir am Schlesischen Bahnhof ham sie sogar mal die Bude überm Kopf angezündet. Während der drinstand. Benzin uff die Zeitungen, Streichholz und auf Wiedersehen. 'Ne Hand voll Rotzlöffel, höchstens fuffzehn oder sechzehn. Und geschnappt haben die Bullen keinen einzigen. Kein Wunder, der *Norden* hatte die Jungs geschickt, der Kiosk lag in seinem Gebiet, und der Mann da drin passte ihm wohl nicht. Ich hab keinen Ärger mit 'nem Ringverein, aber aufpassen muss ich trotzdem.«

Rath nickte. Der Ringverein *Norden* hatte vor kurzem noch Schlagzeilen gemacht. Nach einer blutigen Massenschlägerei in der Breslauer Straße, bei der ein Hamburger Zimmermann erstochen worden war, hatte der Polizeipräsident zwei Zuhältervereine verboten, einer davon war der *Norden*. Bei solchen Exzessen griff die Polizei hart durch, normalerweise aber tolerierte sie die Ringvereine, die angeblich Ex-Häftlingen beim Wiedereinstieg in die Gesellschaft halfen, in Wirklichkeit aber die ungewöhnlichen Fähigkeiten ihrer zahlenden Mitglieder recht gewinnbringend einzusetzen wussten. Kurz: Die Ringvereine regelten das organisierte Verbrechen in Berlin, hatten die Stadt in Reviere aufgeteilt. Solange die Vereine sich kooperativ zeigten und an bestimmte Regeln hielten, unternahm die Polizei nichts, denn die Selbstorganisation der Unterwelt erleichterte auch deren Kontrolle, und Exzesse wie in der Breslauer Straße waren selten. Mord war ein Verbrechen, das gegen den Ehrenkodex der Ringvereine verstieß. Allerdings hielten sich einige der neuen Vereine, von den alteingesessenen als Rattenvereine beschimpft, auch an diese Regeln nicht mehr so genau. Die Zeiten waren eben härter geworden.

»Gibt's hier denn überhaupt einen Ringverein?«, fragte Rath den Dicken. »Ich dachte, so was gibt's nur im Osten.«

»Glauben Sie nicht, dass es in Kreuzberg kein Verbrechen gibt, mein Freund!« Der Mann beugte sich ein wenig nach vorne, ein kleines Stück nur, weil er sonst wahrscheinlich vom Stuhl gefallen wäre, wie Rath vermutete, aber das reichte, um ihn wie einen Verschwörer aussehen zu lassen, zumal er nun flüsterte. »Ich möchte zum Beispiel nicht wissen, wie viel Diebesgut Tag für Tag da hinten auf dem Anhalter Bahnhof verschoben wird. Fragen Sie mal einen Arbeiter, was für zwielichtige Gestalten auf einem Güterbahnhof so rumlaufen!«

»Na ja, aber meinen Sie, dass das mit dem Mord hier zu tun haben könnte?« Rath deutete auf die kaputte Uferbegrenzung.

»Sie werden lachen! Genau das haben die Kriminalen mich auch gefragt!«

Rath wollte gerade nachhaken, da sah er sie. Wie aufs Stichwort waren zwei Gestalten auf die Straße getreten, zwei Kriminale, wie der Dicke sie genannt hätte. Aus einem der Häuser, vor denen er vor wenigen Minuten noch selbst gestanden hatte. Der eine war ein Kriminalassistent aus der Inspektion A, dessen Namen er nicht kannte, der andere war eine Frau. Keine Kriminalbeamtin, eine Stenotypistin.

Charlotte Ritter. Ausgerechnet!

Rath verzog sich hinter den Zeitungsständer und blätterte durch die Zeitungen, ohne wirklich hinzuschauen. Die beiden hatte Böhm von der Leine gelassen, keine Frage. Besser, wenn sie ihn nicht entdeckten. »Steht hier irgendwas über den Toten im Kanal?«, fragte er den Dicken, um seinen Schrecken zu überspielen, und trat die Zigarette aus.

»Nehmen Sie besser das *Tageblatt*«, empfahl der. »Das ist informativer.«

Rath schaute auf die Zeitung, die er in den Händen hielt. Der *Angriff*. Ein Hetzblatt der Völkischen, das den Vizepolizeichef regelmäßig diffamierte. Doktor Bernhard Weiß war Jude. Einen anderen Grund brauchte der *Angriff* nicht für seine Attacken gegen den besten Kriminalisten der Berliner Polizei. Nur weil Weiß kein Sozi war, saß er nicht selbst auf dem Stuhl des Polizeipräsidenten. Vielleicht gab es auch andere Gründe. Nicht nur die Völkischen hatten etwas gegen Juden, aber sie waren die Einzigen, die mit ihrem Judenhass hausieren gingen.

Der Dicke hielt ihm ein Exemplar des *Berliner Tageblatts* entgegen, und Rath griff zu, immer noch das Pärchen im Blick, das auf die Möckernstraße zuging. Er würde die Zeitung kaufen, um keinen Verdacht zu erregen, obwohl er sie vorhin im Café bereits gelesen hatte. Umständlich suchte er nach seinem Portemonnaie, beide Zeitungen unter den Arm geklemmt, die liberale und die völkische. Als er die Augen wieder hob, sah er den Kriminalassistenten über die Möckernbrücke zur Bahn gehen. Allein. Wo war seine Begleiterin?

»Fuffzehn Pfennige«, sagte der Dicke. Rath suchte nach Kleingeld. Er fühlte sich unwohl. Wie sollte er ihr aus dem Weg gehen, wenn er nicht wusste, wohin sie gegangen war?

Und dann hatte sich die Frage erübrigt. Zuerst sah er nur ihren Mantel und ihre schlanken Knöchel unter dem Zeitungsständer näherkommen, dann stand sie in Gänze vor ihm. Ihre Augen waren noch dunkler, als er sie in Erinnerung hatte.

Sie wirkte überraschter als er. Kein Wunder, er hatte ja Zeit gehabt, sich auf die Begegnung vorzubereiten. Vier Sekunden ungefähr. Aber das reichte, um sich wenigstens halbwegs in den Griff zu bekommen. Und vielleicht sogar die Situation.

»Oh, was für eine Überraschung«, sagte Rath, legte Zeitungen und Portemonnaie dem Dicken vor die Nase auf den Verkaufstresen und lüftete seinen Hut. »Wohnen Sie hier in der Gegend?« Sie erst mal in die Defensive bringen, damit sie gar nicht erst auf die Idee kommt, selber Fragen zu stellen.

»Ich bin dienstlich hier«, antwortete sie brav.

»Die Dame ist bei der Polizei«, soufflierte der Dicke.

»Das weiß der Herr, er ist auch bei der Polizei.«

Rath schaute den Dicken an, dem diese Neuigkeit sichtlich unangenehm war.

»Könnte ich eine Packung Juno haben?«, fuhr sie fort, und der dicke Oberkörper drehte sich wieder um zum Zigarettenregal. »Interessante Mischung«, sagte sie zu Rath.

Er musste sie ziemlich begriffsstutzig angeschaut haben. Sie lächelte, und ihr Grübchen hätte ihn beinah noch mehr aus der Fassung gebracht.

»Ihre Zeitungslektüre«, erklärte sie.

In der Tat, der *Angriff* und das *Berliner Tageblatt*, wie sie da so einträchtig auf dem Tresen lagen, das passte nicht ganz zusammen.

»Ich brauche nur eine davon«, sagte er.

»Ich hoffe, die richtige.«

Er legte zwei Groschen auf den Tresen und nahm das *Tageblatt*. Er war nicht politisch, aber sollte sie ihn ruhig für einen Liberalen halten. Besser als für einen Völkischen. Oder für einen Sozi, denn als solchen hatte ihn die Gerüchteküche in der Burg abgestempelt, als durchgesickert war, dass Zörgiebel ihn protegiert hatte. Der Dicke im Kiosk hatte sich inzwischen wieder herumgedreht.

»Juno muss ick erst holen«, sagte er. Und tatsächlich schaffte er es, von seinem Stuhl aufzustehen. Er ging nach hinten, wo offensichtlich seine Vorräte lagerten. Rath staunte, dass sich der Mann in dem engen Bretterhäuschen überhaupt bewegen konnte. Er war froh, mit Charlotte Ritter allein zu sein.

»Machen in der Inspektion A auch die Stenotypistinnen Überstunden?«, fragte er.

»Wenn sie für Mordermittlungen eingesetzt werden, dann ja.«

»Der Tote im Kanal?«

Sie nickte.

»Sie arbeiten wie eine Kriminalbeamtin?«

»Nur manchmal. Aber bezahlt werde ich wie eine Stenotypistin. Und das immer.«

»Und was sagen die Leute, die Sie befragen, dazu?«

»Die kriegen das gar nicht mit. Ich bin immer mit einem Kriminalbeamten unterwegs, der seinen Ausweis zeigt. Heute durfte ich mit unserem Kriminalassistenten Gräf um die Häuser ziehen.«

Rath nickte. Der Dicke kam zurück und wälzte sich ächzend auf seinen Stuhl.

»Und was führt Sie in diese Gegend? Wohnen Sie etwa hier? Dann müsste ich auch Sie befragen.«

Rath schaute den Dicken an, der gerade damit beschäftigt war, eine Stange Juno aufzureißen, und mit dem Papier kämpfte.

»Ich hatte eine Verabredung«, sagte er.

»Ist aber versetzt worden«, meldete sich der Mann im Kiosk und hielt ihr eine Sechserpackung Juno hin. »Wird hier selten gekauft«, murmelte er entschuldigend, drehte sich auf seinem Stuhl nach hinten und begann, die übrigen Packungen aus der Stange im Regal zu verstauen.

Eine Zeit lang herrschte betretenes Schweigen. Rath tat nichts dagegen, das kam ihm gerade sehr zupass. Sollte sie ruhig glauben, der Dicke hätte ihn in Verlegenheit gebracht. Dann merkte sie wenigstens nicht, dass eigentlich sie die Ursache dafür war.

»Zwanzig Pfennige«, meldete sich der Dicke aus seiner dunklen Höhle.

Sie öffnete ihre Handtasche und kramte nach der Geldbörse. Rath nutzte die Gelegenheit und verabschiedete sich mit einem kurzen Tippen an den Hut.

»Wir sehen uns dann Montag in der Burg«, sagte er.

»Wahrscheinlich nicht. Montag hab ich Strafrecht«, erwiderte sie und schaute ihn an. Diese dunklen Augen. Er rätselte über ihre Antwort nach.

»Na, jedenfalls schönes Wochenende«, wünschte er und machte sich auf den Weg.

»Ihr Wechselgeld«, rief ihm der Dicke nach, als er die Straße überquerte, doch Rath tat so, als würde er den Mann nicht mehr hören. Er überquerte die Möckernbrücke, ging aber nicht zur Hochbahn hinauf. Sie würde garantiert mit der Bahn fahren, und er wollte nicht auch noch neben ihr sitzen. Er lief zu Fuß bis zum Anhalter Bahnhof und spendierte sich dort ein Taxi.

Im *Café Berlin* schien kein Mensch mehr nüchtern zu sein. Wer nicht dem massenhaft ausgeschenkten Schaumwein zugesprochen hatte, der hatte sich in den eleganten Waschräumen die Nase mit Kokain gepudert. Die meisten hatten beides getan. Der Raum erstreckte sich über drei Etagen, ebenso die abstrakte Lichtskulptur an dem großen Wandpfeiler. Unten war das Tanzcafé mit der Weinstube verbunden, die als besondere Attraktion einen subtropischen Dschungel im Erdgeschoss wachsen ließ, der wirkte, als sei der benachbarte Zoologische Garten über seine Grenzen gewuchert. Wer sich von dem lauten Treiben ein wenig erholen wollte, der suchte den Teeraum auf oder die Cocktailbar in der ersten Etage. Getanzt wurde nur im zweiten Stockwerk, doch die Musik war überall zu hören, elegant fließender Swing, nicht so schnell und hektisch wie im *Kakadu*, das einem die Musik geradezu um die Ohren schlug. Ein Plakat wies darauf hin, dass die *Excellos Seven* hier so gesittet spielten.

Rath stand im ersten Stock an der Brüstung und schaute auf die Tische im Erdgeschoss. Seine Rechte spielte mit einem Streichholzbriefchen, die Linke steckte in der Hosentasche. Er hatte vorhin noch ein Bad genommen und sich in Abendgarderobe geworfen. Weiß Gott, was die Behnke gedacht haben mochte, als er so aus dem Haus gegangen war.

Während sein Blick über die Gesichter dort unten flog, dachte er an einen ganz anderen Ort. Und ein ganz anderes Gesicht. Obwohl mittlerweile einige Stunden vergangen waren, kreisten seine Gedanken immer noch um die Begegnung am Kiosk. Nicht weil er befürchtete, dass Böhm von seinem Ausflug an die Möckernbrücke erfuhr, das erschien ihm unwahrscheinlich, sie hatte ja nicht einmal nach seinem Namen gefragt. Nein, seltsamerweise waren es ihre Augen, die ihm nicht aus dem Kopf gingen. Dunkle, unergründliche Augen. Er kam sich vor wie in einem schlechten Liebesfilm, wo die Frauen den Männern schmachtende Blicke zuwarfen. Das hatte sie nicht getan, sie hatte ihn einfach nur angeschaut. Und trotzdem ließ ihn dieser Blick nicht los. Reiß dich zusammen, schalt er sich, nicht mit einer aus der Burg! Nicht mit einer Mitarbeiterin von Wilhelm Böhm!

Der Knall eines Champagnerkorkens holte ihn in die Gegenwart zurück, und er fuhr fort, die Tische systematisch nach bekannten Gesichtern abzutasten. Er wusste nicht genau, wen oder was er hier eigentlich suchte, er wusste nur, dass die Muskelprotz-Russen im *Café Berlin* verkehrten. Und dass sie Kardakow kannten. Insgeheim hoffte er, irgendeinen aus der Truppe wiederzusehen, die ihm im *Kakadu* aufgefallen war. Den blonden Jüngling zum Beispiel. Mit etwas Glück ohne die Begleitung der Muskelpakete. Dann würde er etwas gesprächiger sein, trotz der Sprachbarriere, dafür würde Rath schon sorgen. Die Russen mussten sich ihre Aufenthaltserlaubnis regelmäßig verlängern lassen, denen konnte man als Polizist gehörigen Ärger machen.

Als er den ganzen Saal mit Blicken abgetastet hatte, steuerte Rath die Cocktailbar an. Er fand einen freien Barhocker zwischen einem mageren Jüngling und einer aufgetakelten Blondine und setzte sich. Nachdem er einen Americano bestellt hatte, zog er ein Foto aus der Tasche und betrachtete es. Vielleicht sollte er es doch nochmal auf die direkte Tour versuchen, überlegte er, während er den Barmann beobachtete, der Campari mit Martini mixte. Alexej Kardakow schaute ernst und verträumt an die Decke, als Rath das Foto auf den Tresen legte. Noch während er auf seinen Drink wartete, registrierte er eine Bewegung im Augenwinkel. Der dünne Mann neben ihm war ein wenig zu hektisch von seinem Hocker aufgestanden.

Rath drehte instinktiv den Kopf zur Seite. Und kaum hatte er seinen Nebenmann im Visier, rannte der auch schon los. Gehetzter Blick, eingefallene Wangen. Der Mann rempelte eine elegante Dame an, schlug ihr das Champagnerglas aus der Hand und drängte sie gegen ihren Begleiter. Beide stürzten zu Boden, die Frau schrie auf.

Rath steckte das Bild ein und lief ihm nach, Richtung Treppen, mit einem Satz über das gestürzte Paar springend. Der Barmann schaute ihm verwundert hinterher, den bestellten Cocktail in der Hand.

Der Mann rannte zu den Toiletten! Rath kannte sich aus. Aus diesem Laden hatten sie vor zwei Wochen ein paar Zuhälter samt Nutten vertrieben, die in dem gerade neu eröffneten *Café Berlin* die Geschäftsaussichten hatten sondieren wollen. Ob der Dünne einer von denen war und ihn jetzt wiedererkannte? Wer es auch sein mochte, er saß in der Falle, aus den Toiletten konnte er nicht mehr entkommen. Dann hörte Rath ein paar Frauen kreischen und schimpfen, dazwischen einen anzüglichen Witz. Der Dünne kannte sich ebenfalls aus: Von der Damentoilette führte ein Fenster auf den Hof. Rath nahm den Weg durchs Büro, von dort gelangte man noch schneller nach draußen – weil man sich nicht erst durch ein enges Fenster zwängen musste. Durch einen kleinen Vorraum noch, dann hatte er den Hinterausgang erreicht. Vorsichtig öffnete er die Tür. Nichts zu sehen. Er trat wieder in den Gang, ließ die Tür leicht angelehnt und wartete. Hier musste der Kerl vorbei, wenn er auf die Straße wollte. Durch den Spalt sah Rath den Dünnen. Er stieß die schwere Eisentür auf, gerade als der Mann vorbeilief.

Ein lauter Knall. Poltern. Er trat auf den Hof und zog den Kerl nach oben. Der Mann sah etwas benommen aus. Rotz und Blut liefen aus seiner Nase. Langsam kam er wieder zu sich. Rath zeigte ihm die Marke. Erschreckter Blick. Wie ein Reh vor einem Autoscheinwerfer. Große, hektisch flackernde Augen. Koks.

»Ich wusste doch gleich, du bist ein Bulle! Was willst du von mir?« Sein Zahnfleisch blutete auch. Bis auf das rollende *R* deutete nichts an seiner Aussprache darauf hin, dass er Russe war. Rath packte ihn am Kragen und schnauzte ihn an. Als Polizist durfte man keine Schwäche zeigen, und in dieser Stadt wurde auch Freundlichkeit als Schwäche ausgelegt, so viel hatte er schon gelernt.

»Von mir aus kannst du koksen, bis dir die Nase abfällt. Das interessiert mich einen Scheißdreck. Solange du mir sagst, was ich wissen will, mach ich dir deswegen keinen Ärger.«

»Und was willst du wissen?«

Er hielt dem Russen das Foto von Kardakow unter die Nase. Die andere Hand blieb am Kragen. »Kennst du den?«

Der Russe zögerte. Rath wurde sauer.

»Hör mal, Brüderchen! Bislang habe ich es auf die freundliche Art mit dir versucht. Glaub mir, ich kann auch anders. Also, mach mir nichts vor: Du kennst den Mann!«

»Na und? Nur weil ich jemanden kenne, der beim Zigarettenverkaufen lispelt, heißt das nicht, dass ich selbst auch ein Schneemann bin.«

Rath wurde hellhörig. Sein Vormieter hatte mit Kokain gehandelt! Ein Grund mehr, nach ihm zu suchen! Vielleicht sollte er mal bei den Drogenfahndern vorbeischauen.

»Erzähl mir nicht, dass du das Zeug nur schnupfst!«, fuhr er den Russen an. »Aber das ist mir im Moment auch egal. Ich bin hinter *ihm* her!« Er hielt dem Dünnen das Foto dicht vor die Augen. »Also erzähl ein bisschen was, dann lass ich dich in Ruhe.«

»Ihr Bullen wisst ja gar nicht, wie schwierig es ist, in dieser Stadt Geld zu verdienen!« Eine Ladung Blut und Spucke landete auf dem Asphalt. »Wenn Alexej nicht müsste, würde er das auch nicht tun. Das große Geld verdienen ja sowieso andere. Aber die lasst ihr gewähren. Und die feine Gesellschaft, die das Zeug nimmt, auch. Wenn einer aber ein Russe ist, dann kriegt er Ärger. Dann schmeißt ihr einen sogar aus dem Land. Selbst wenn in Russland die Bolschewiken hinter einem her sind.«

»Wenn du willst, dass wir *deinen* Personalausweis noch mal verlängern, solltest du ein wenig kooperativer sein.« Rath fischte das gelbe Dokument aus der Jacke des Russen und steckte es ein. »Du bekommst ihn wieder, wenn ich mit deinen Antworten zufrieden bin. Also: Wo ist Kardakow?«

»Ihr habt ihn also noch gar nicht?« Der Russe lachte. Die Augen wurden kleiner. »Das hätte ich mir denken sollen! So schnell kriegt man Alexej nicht. Und wie seid ihr an das Foto gekommen? Hat seine Sängerfreundin die Nerven verloren?«

Lana Nikoros. Delphi-Palast.

»Wenn hier einer gleich die Nerven verliert, dann bin ich das«, sagte Rath, zog den Russen am Kragen hoch und wuchtete ihn gegen die Wand. Der Kerl war federleicht. »Und glaub mir, das wünschst du dir nicht. Das wünschst du dir bestimmt nicht!«

Rath hörte seine Stimme, als spreche da ein anderer. Er musste an Brunos Auftritt auf dem Gerüst denken und erschrak ein wenig über sich selbst. Hatte er die Lektion des Kollegen schon gelernt? Jedenfalls schien die harte Tour Wirkung zu zeigen.

»Schon gut, reg dich nicht so auf!« Der Russe hob beschwichtigend die Hände. »Aber sag keinem, dass du mit mir gesprochen hast. Ihr wisst ja sowieso schon, dass er sich etwas dazuverdient.«

»Und wo finde ich ihn?«

»Keine Ahnung. Mal hier und mal dort. Hab ihn seit über einer Woche nicht gesehen. Gehen Gerüchte um, ihr hättet ihn hopsgenommen.«

»Ich glaube dir kein Wort.«

»Frag doch die Schwuchteln im *Eldorado*. Die sind schon ganz nervös, weil ihre Koksquelle versiegt.«

Rath kannte den Laden. Etwas für die, die es prickelnd fanden, nicht zu wissen, ob sie gerade mit Männlein oder Weiblein übers Tanzparkett schoben. Mindestens die Hälfte der Frauen im *Eldorado* waren gar keine. Dienstlich hatten sie mal reingeschaut. Aber ohne den Betrieb an der Lutherstraße groß zu stören. Rath ahnte, dass Bruno auch dort seine Informanten sitzen hatte.

»Verkauft Kardakow da auch noch anderes als Koks?«, fragte er den dünnen Russen. Vielleicht war er ja einem Mord in der Schwulenszene auf der Spur, Mord aus Eifersucht oder so. Und der Tote aus dem Kanal war der Liebhaber seines Vormieters gewesen. Obwohl Boris bei seinem nächtlichen Besuch in der Nürnberger Straße nicht gerade einen verliebten Eindruck gemacht hatte.

»Gibt bestimmt einige, die würden gerne mal ran an Alexej. Aber der lässt sie alle abblitzen. Sie mögen ihn trotzdem. Deswegen vermissen sie ihn ja so. Die Typen, die sonst noch Schnee anbieten in der Lutherstraße, die sind nur halb so süß.«

Rath schaute auf die Uhr. Kurz nach zwölf. Im *Eldorado* würde die Party gerade erst beginnen. Er ließ den Russen stehen und machte sich auf den Weg zum Taxistand in der Hardenbergstraße.

»Hey, was ist mit meinem Ausweis!?«, rief der Russe ihm nach und stopfte sich das Hemd zurück in die Hose.

»Den bekommst du, wenn ich Kardakow gefunden habe.«

»Und wenn einer von euch Bullen den in der Zwischenzeit sehen will? Soll ich den dann etwa zu dir schicken?«

»Sieh einfach zu, dass du nicht auffällst!«

»Hallo, Schätzchen!«

Das wasserstoffblonde Rasseweib hinter der Theke nannte sich Gloria, hieß aber eigentlich Gustav. Ihre knallroten Lippen formten einen Kussmund.

»Schick siehst du aus«, sagte sie. »Heute solo? Wo steckt denn Bruno? Und euer blondes Jungchen?«

Die Tanzfläche des *Eldorado* füllte sich bereits, die Kapelle spielte schmissige Tanzmusik. Der blaue Dunst ungezählter Zigaretten hing in dem plüschigen, von Goldtönen dominierten Raum. Rath lehnte an der Bar und hatte sich gerade eine Overstolz in den Mundwinkel gesteckt, um seinen Teil zu der verräucherten Atmosphäre beizutragen.

»Wir sind doch nicht verheiratet«, nuschelte er beim Anzünden.

»Kann ja noch werden.«

Er durfte hier nicht allzu sehr auf den Putz hauen. Das war Brunos Revier. Er war der Neue, er musste aufpassen. Dass er hier auf eigene Rechnung ermittelte, verstieß gegen jede Dienstvorschrift. Noch mehr, dass er Informationen zurückhielt.

»Gloria-Schatz?« Er versuchte es mit etwas mehr Charme und lehnte sich lächelnd an die Theke.

»Ja?« Sie ließ sich beim Bierzapfen nicht stören. Ihre langen Fingernägel wirkten wie Raubtierkrallen, als sie das Glas einem Mann hinstellte, der stark angeheitert ein »Danke, meine Guudsde« sächselte und sie verliebt anschaute. Ein Tourist, der offensichtlich keine Ahnung hatte, dass er mit einem Mann sprach.

Gloria ließ ihn stehen und kam zurück an Raths Platz. Ihre Halsketten strichen über seinen Handrücken, als sie sich zu ihm beugte.

»Schön, dass du dich mal wieder hier sehen lässt. Gut aussehende Bullen gibt es ja nicht allzu viele.«

Er hielt ihr seine Zigarettenschachtel hin.

»Lust auf eine Zigarettenpause?«

Sie griff zu mit ihren Raubtierkrallen.

»Immer. Wenn du etwas mit mir trinkst.«

Kurz darauf standen zwei Gläser und eine Flasche Whisky vor ihnen auf einem Tisch, weit genug entfernt von der Musikkapelle, dass man sich unterhalten konnte. Gloria hatte großzügig eingeschenkt.

»Also, dann rück mal raus mit der Sprache«, sagte sie. »Warum bietet mir ein Bulle eine Zigarette an und gibt mir einen aus? Doch sicher nicht wegen meiner schönen blauen Augen.«

Sie klapperte mit den falschen Wimpern.

»Du hast es erfasst, meine Liebe!« Er prostete ihr zu. Sie tranken. »Obwohl du wirklich schöne Augen hast.«

Er zeigte ihr das Foto.

»Der muss hier öfter auftauchen.«

Sie schaute sich das weiche Gesicht Kardakows an und zog an der Zigarette. Sie blies den Rauch durch die Nase und nickte.

»Stimmt. Ein Russe, nicht wahr? Ein hübscher Kerl. Ihr habt ihn doch hoffentlich nicht weggesperrt? Das wäre zu schade.«

»Keine Angst. Im Moment suche ich ihn nur, weil ich etwas über einen seiner Freunde in Erfahrung bringen will.«

»Er hat nichts auf dem Kerbholz?«

»Wenn man davon absieht, dass er mit Kokain handelt.«

»Ach, das ist es.« Ihre Stimme wurde kälter. Sie schaute erst ihn an und dann das Foto. Er spürte, dass sie eine Falle witterte.

»Nein, versteh mich nicht falsch. Das interessiert mich überhaupt nicht. Nur insofern, dass ich ihn darüber vielleicht finden kann.«

»Ich kann mir nicht vorstellen, dass er hier Schnee verkauft. Der Chef duldet so was nicht.«

»Kann aber sein, dass er hier Kundschaft findet, oder?«

Sie zuckte die Achseln und goss die Gläser noch einmal voll. Dabei beugte sie sich nah zu ihm.

»Was ich dir jetzt erzähle, das erzähle ich dir nur, weil das ohnehin jeder Bulle in Berlin weiß. Betrachte es als eine Art Nachhilfe für Provinzbullen.«

»Okay, wenn du Bruno nicht verrätst, dass ich Nachhilfe brauche.«

Sie lachte.

»Also, pass auf: Wenn hier einer in der Stadt Kokain verkauft, dann kannst du davon ausgehen, dass Doktor Mabuse seine Finger im Spiel hat…«

»Der aus dem Kino? Was soll denn der Blödsinn? Doktor Mabuse!«

»Nenn ihn bloß nicht so, er heißt eigentlich Johann Marlow. Und frage mich nicht, woher er seinen Doktortitel hat. Wahrscheinlich gekauft. Wie er auch euch Bullen einkauft. Ganz gleich, in welche schmutzigen Geschäfte er verwickelt ist, seine Weste bleibt immer sauber. Der kennt Plötzensee nur von außen. Wenn er da vor dem großen Tor wartet, um einen seiner Männer abzuholen.«

»Und was willst du mir damit sagen?«

»Dein Freund hier …«, sie zeigte auf das Foto, »… der wird nicht nur von euch Bullen vermisst. Auch Doktor M. hat Sehnsucht nach ihm und lässt ihn suchen. Ein paar Männer von der *Berolina* waren schon hier. Vor ein paar Tagen. Hatten ein ganz ähnliches Foto.«

»Die *Berolina*?« Rath pfiff leise durch die Zähne. Die *Berolina* war einer der ältesten Ringvereine Berlins, da galt der Ehrenkodex noch etwas. Mord war tabu. Über Schlägertruppen und Zuhälterbanden wie *Norden* oder *Immertreu*, die beiden Ringvereine, die der Polizeipräsident nach dem Blutbad in der Breslauer Straße verboten hatte, rümpfte man bei der *Berolina* nur die Nase.

»Marlow ist also Vorsitzender eines Ringvereins«, sagte Rath.

»Sprich den Namen nicht zu laut aus!« Sie schaute sich um. »Nein, Doktor M. gehört zu keinem Ringverein, dazu ist er viel zu schlau. Die *Berolina* wird immer noch vom roten Hugo geleitet. Nur dass der rote Hugo tut, was Doktor M. ihm sagt. So macht die *Berolina* bessere Geschäfte und Doktor M. sich nicht die Finger schmutzig.« Gloria nahm einen letzten Zug und drückte die Zigarette aus. »So«, sagte sie und stand auf, »die Arbeit ruft.«

»Warte …«

Sie beugte sich noch einmal zu ihm. Ihre Halsketten klimperten. Er steckte ihr einen Fünfmarkschein zu.

»Eine Frage noch.« Er flüsterte fast. »Wie finde ich Doktor M.?«

»Den findest du nicht. Der findet dich.« Sie steckte das Geld an ihr Strumpfband. »Aber wenn ich dir einen Tipp geben darf: Geh mal ins Varieté. Das *Plaza* am Küstriner Platz hat vor wenigen Wochen erst neu eröffnet. Die sollen ein tooolles Programm haben …« Sie drückte ihm einen Kuss auf die Wange. Als sie sich mit wogenden Hüften ihren Weg durch die Menge zurück zur Theke bahnte, schauten ihr die meisten Männer im Saal hinterher, auch einige Frauen, die wie Männer gekleidet waren. Rath sah ihr nach, bis sie die Theke erreicht hatte, dann kippte er den Rest seines Glases in einem Zug hinunter. Sie hatte wirklich eine gute Figur. Erst recht, wenn man bedachte, dass sie Gustav hieß.

11

Ich verstehe gar nicht, was mit ihr los ist! In all den Jahren, die ich hier wohne, ist so was noch nie vorgekommen, und jetzt? Schon das zweite Mal innerhalb einer Woche!«

Weinert hantierte umständlich mit Kaffeekanne und Porzellanfilter. Es dauerte einen Moment, bis er den Filter auf die Kanne gesetzt hatte. Keiner von ihnen hatte viel Übung mit so etwas. Normalerweise war ihre Zimmerwirtin dafür zuständig. Normalerweise zog der frische Kaffeeduft schon durch die Wohnung, wenn sie morgens aufstanden. Doch heute Morgen hatte nur Weinert in der Küche gesessen, als Rath seinen müden, verkaterten Kopf durch die Tür gesteckt hatte. Nun saß er am Küchentisch und kurbelte an der Kaffeemühle, während Weinert den Wasserkessel auf den Herd stellte.

»Sie wird krank sein«, verteidigte Rath die Zimmerwirtin, obwohl er es besser wusste. Er hatte den Journalisten seit Tagen nicht gesehen. Während der Maiunruhen war er fast ständig unterwegs gewesen, doch ausgerechnet heute musste er wieder am Frühstückstisch sitzen.

»Krank? Gesoffen hat sie, jede Wette. Hier riecht's doch wie in einer Kneipe! Unsereiner soll leben wie ein Mönch, und die liebe Frau Behnke macht sich einen feuchtfröhlichen Abend!«

Der Geruch schweren süßen Likörs stand tatsächlich noch in der Luft.

»So was ist doch nur menschlich. Wir sollten uns nicht so aufregen«, sagte Rath. Er stand auf und kippte das Kaffeemehl in die Filtertüte. »Stell dir vor, unsere Zimmerwirtin wäre unfehlbar! Nicht auszudenken!«

Eigentlich war er froh, dass sie nicht aus dem Bett kam. Als er gestern gegen drei in die Nürnberger Straße zurückgekehrt war, hatte Elisabeth Behnke auf ihn gewartet. Kaum hatte er die Wohnungstür geöffnet, hatte sie im Flur gestanden, diesmal keine Stola über das blaue Nachthemd geworfen. Sie musste sich am Türpfosten abstützen und schaute ihn vorwurfsvoll an. Was sie ihm sagen wollte, verstand er kaum, sie lallte nur noch. Obwohl er dem Whisky im *Eldorado* reichlich zugesprochen hatte, fühlte er sich fast nüchtern. Als er näher trat, fiel sie ihm in die Arme. Er wusste noch, dass er sie in ihr Bett gebracht hatte und sie ihn in so etwas Ähnliches wie einen Ringkampf verwickeln wollte. Irgendwie hatte er es geschafft, sich von ihr zu lösen. Kurz darauf war sie eingeschlafen. Er hatte sie zugedeckt und noch einen Moment angeschaut. Als er endlich in seinem eigenen Bett lag, hatte der Wecker halb fünf angezeigt. Er hatte es dem kleinen Zeiger angesehen, wie er darauf gierte, einzurasten und die Glocke auszulösen. Bis acht Uhr hatte er sich noch etwas Schlaf gegönnt. Zu wenig, um richtig fit zu werden. Genug, um sein heutiges Tagesprogramm durchziehen zu können.

Der Wasserkessel ließ ein stetig lauter werdendes schrilles Pfeifen hören.

»Klar hast du Verständnis.« Weinert grinste und nahm den Kessel vom Herd. »Hast es gestern wohl selbst ein wenig übertrieben.«

Angenehme Düfte zogen durch die Küche, als das kochend heiße Wasser das Kaffeemehl im Filter erreichte. Allein der Geruch ließ die Lebensgeister zurückkehren. Rath atmete genussvoll ein.

»Es ist ein Brauch von alters her: Wer Sorgen hat, hat auch Likör«, deklamierte er.

»Na, dann muss die Behnke aber ein sorgenreiches Leben haben«, stellte Weinert fest, als er den Kaffee in die zwei bereitgestellten Tassen goss.

Rath zog es vor zu schweigen. Er nahm die heiße Tasse vorsichtig in beide Hände und pustete.

Weinert setzte sich zu ihm an den Tisch und faltete die Sonntagszeitung auseinander. Die Unruhen beherrschten auch heute die Seite eins.

»Da haben euch die Sozis ja ganz schön in die Scheiße geritten, was?«, sagte er beiläufig, ohne von seiner Lektüre aufzublicken.

»Wie?«

»Na, der Einsatz gegen die Maidemonstranten. Findest du nicht, dass er ein wenig heftig ausgefallen ist? Über zwanzig Tote. Jede Menge Verletzte. Und einige schweben noch in Lebensgefahr.« Er las vor: *»Wir können uns auch heute des Eindrucks noch nicht erwehren, als ob die Maßnahmen des Sozialdemokraten Zörgiebel, vor allem sein Demonstrationsverbot, in erster Linie parteipolitischen Motiven entstammten.«*

»Hast du das geschrieben?«

»Drei Tage ging es in einigen Arbeitervierteln zu wie im Bürgerkrieg. Und das nur, weil euer Polizeipräsident den Kommunisten zeigen wollte, wer im roten Berlin das Sagen hat. Ein kleiner Machtkampf zwischen staatstragenden und staatsfeindlichen Roten, für den er den Polizeiapparat missbraucht hat. Und Tote in Kauf genommen!«

Rath befürchtete, dass der Journalist mit seiner Interpretation gar nicht so falsch lag. Doch er zuckte die Achseln. »Von Politik verstehe ich nichts. Aber es ist nun mal Aufgabe der Polizei, die Ruhe auf den Straßen wiederherzustellen.«

»Erzähl mir nichts! Ich war beruflich auf den Straßen unterwegs in den letzten Tagen. Und die Ruhe habt ihr dort nicht wiederhergestellt, im Gegenteil! Ihr habt das Ganze doch erst eskalieren lassen! Die Roten wären doch nach einer Stunde wieder nach Hause gegangen, wenn ihr sie in Ruhe hättet gewähren lassen!«

»Es gab Barrikaden! Und Plünderungen! Schießereien!«

»Es gibt immer Leute, die solche gesetzlosen Situationen ausnutzen, Schaufenster einwerfen, Geschäfte plündern und sonstwie die Sau rauslassen. Aber ich habe keinen einzigen kommunistischen Heckenschützen gesehen. Nur schießende Polizisten …«

»… die jeden Moment damit rechneten, von der Rotfront aufs Korn genommen zu werden«, ergänzte Rath. »Der Rotfrontkämpferbund ist bewaffnet.«

Nun zuckte Weinert die Achseln. »Natürlich sind die Kommunisten mit ihrem großmäuligen Gehabe nicht ganz unschuldig an der allgemeinen Hysterie. Auch jetzt noch hauen die auf den Putz. Die schlachten jeden Toten für ihre Propaganda aus, obwohl so gut wie keine Kommunisten darunter sind. Mittwoch sollen drei Maiopfer in Friedrichsfelde beigesetzt werden, an ihren Gräbern will Ernst Thälmann persönlich reden. Die machen aus unschuldigen Opfern Märtyrer, tun so, als stünde die Revolution kurz bevor. Alles absoluter Blödsinn, wenn du mich fragst. Und eurem lieben Zörgiebel arbeiten diese Idioten damit sogar noch in die Hände: Wenn die Kommunisten Revolution machen wollten, dann war der harte Polizeieinsatz ja richtig. Aber der letzte Tote war kein Kommunist, das war ein ahnungsloser Kollege, der für den *Daily Express* gearbeitet hat. Und der zur falschen Zeit am falschen Ort war. Dagegen haben die vielen Journalisten, die von Polizeiknüppeln aus den Unruhegebieten herausgeprügelt wurden, ja geradezu Glück gehabt. Oder der Kollege von der *Vossischen Zeitung*, der mit einem Beinschuss davongekommen ist.«

Rath sagte nichts. Er musste an die beiden toten Frauen denken.

»Und das schlechte Gewissen eures Polizeipräsidenten siehst du hier.« Weinert zeigte ihm die Nachrichten auf Seite vier. Das Bild des toten Boris hatten sie auch heute wieder veröffentlicht.

»Nach der ganzen Polizeigewalt gegen uns und der Verschleierungstaktik des Polizeipräsidenten in Sachen Maiunruhen war es kaum zu glauben, wie pressefreundlich die Polizei sich bei diesem Fall gegeben hat. Wie sehr man uns den ans Herz gelegt hat! Kein Wunder: Dieser Tote kommt dem Präsidium gerade zur rechten Zeit.« Das Zeitungspapier raschelte, als Weinert mit der flachen Hand auf das Porträtfoto schlug. »Diese Leiche ist perfekt! Ihr Tod hat mit den Unruhen nichts zu tun. Und seine Umstände sind so schön mysteriös. Und gruselig. Zerquetschte Hände und Füße. Das wird Berlin jetzt noch ein paar Tage unterhalten. Und wenn die Helden der Mordkommission den Täter präsentieren, dann steht die Polizei wieder da wie Persil am Himmel! Weiß und strahlend! Die Presse feiert sie, ganz Berlin feiert sie. Und kein Mensch denkt mehr an die blutigen Maitage.«

Rath nickte, ganz in seine eigenen Gedanken versunken. Weinerts Theorie klang irgendwie einleuchtend. Nur dass noch abzuwarten wäre, wer in dieser Geschichte der Held sein würde.

»Sag mir nicht, du würdest diese Geschichte nicht schreiben«, sagte er. »Wenn du exklusive Informationen über eine Mordermittlung hättest, eine Mordermittlung, die ganz Berlin interessiert, würdest du dann nichts schreiben, nur weil deine Geschichte dem Polizeipräsidenten nützt?«

Weinert lächelte und ließ seine Zähne sehen. Er sah aus wie ein Haifisch mit Kaffeetasse.

»Ich freue mich immer über exklusive Informationen«, sagte er.

»Gut zu wissen.« Rath stellte seine leere Kaffeetasse auf den Tisch und stand auf. »Ach, übrigens, ich habe dir doch neulich einen Zehner geliehen …«

»… bekommst du morgen zurück. Versprochen. Ich hatte in den vergangenen Tagen einfach keine Zeit, zur Bank zu gehen.«

Weinert wirkte tatsächlich ein wenig verlegen. Offene Schulden waren manchmal eine gute Sache. Rath nutzte die Gelegenheit. »Vielleicht kannst du mir heute auch einen Gefallen tun …«, sagte er beiläufig.

»Jederzeit.« Weinert klang erleichtert. Er hatte die Falle nicht bemerkt.

»… ich könnte deinen Wagen für ein paar Stunden gebrauchen.«

Weinert lachte laut auf. »Eins zu null«, sagte er und zwinkerte Rath zu. »Bis vier kannst du ihn haben, dann brauche ich ihn selbst.« Er wedelte mit dem Schlüssel. »Aber sei pünktlich. Ich bin verabredet. Ohne Auto komme ich mir da nackt vor.«

Der sandfarbene Sportwagen des Journalisten stand direkt vor der Tür. Gebraucht, aber elegant. Ein amerikanisches Modell, ein zweisitziger Buick. Ein Wagen, mit dem man Frauen beeindrucken konnte. Rath wollte niemanden beeindrucken, er brauchte nur einen fahrbaren Untersatz. Für sein heutiges Tagesprogramm konnte er ein Auto gut gebrauchen. Und wenn Weinert dachte, er fahre mit einem Mädchen ins Grüne – umso besser.

Der *Delphi-Palast* lag direkt neben dem Theater des Westens und wirkte wie ein Urwaldtempel, der sich nach Charlottenburg verirrt hatte. Im Vorgarten wuchsen tatsächlich Palmen. An der Fassade, dort wo sonst die Programmattraktionen beworben wurden, verkündete ein großes Transparent, dass der *Delphi-Palast* vorübergehend geschlossen sei. Rath hatte den Wagen in der Kantstraße geparkt, direkt vor dem Tor, und stieg langsam die Treppe zum Vorgarten empor. Er war ein wenig enttäuscht. Eigentlich hatte er erwartet, das aktuelle Programm irgendwo angeschlagen zu finden, um nachschauen zu können, wann Lana Nikoros ihren nächsten Auftritt hatte. Aber das *Delphi* wirkte wie ausgestorben. Die Pflanzen, die den Weg zum Hauptportal flankierten, machten einen jämmerlichen Eindruck. Ein paar exotisch anmutende Korbstühle, lieblos aufeinandergestapelt und vom Wetter gezeichnet, standen in der Gartenecke und schimmelten vor sich hin. Zum Eingang führten gleich zwei Freitreppen hinauf.

»Wenn Sie einer von Schneids Leuten sind, verlassen Sie besser das Grundstück!« Eine scharfe Stimme zerschnitt die Luft. »Sie wollen doch nicht, dass ich die Polizei hole?«

Rath blickte sich um. Von der Fasanenstraße her kam ein Mann auf ihn zugerannt.

»Ich bin die Polizei.«

Der Mann verlangsamte seinen Schritt. Er war so elegant gekleidet, als sei er zum Tanzen verabredet.

»Tatsächlich?«, fragte er, als er herangekommen war. »Baupolizei Charlottenburg?«

»Nein.« Rath zeigte ihm seine Blechmarke. »Kriminalpolizei Berlin.«

»Wenn Herr Schneid Sie gerufen hat, können Sie sofort wieder gehen. Der Mann hat hier nichts mehr zu sagen. Es ist unser gutes Recht, ihm Wasser und Strom abzustellen.«

»Ich kenne keinen Herrn Schneid. Aber vielleicht wären Sie so nett und teilen mir *Ihren* Namen mit.«

»Entschuldigung.« Er streckte die Hand aus. »Felten. Ich bin der Sekretär von Herrn Sehring.«

»Wer?«

»Sie scheinen aber ziemlich wenig Leute zu kennen. Herr Sehring ist Architekt. Besitzer und Erbauer des *Delphi-Palastes*. Darf ich Sie fragen, was Sie zu uns führt?«

Rath zog das Programmheft aus der Tasche.

»Eine Sängerin. Lana Nikoros.«

Felten nahm das Heft und warf einen Blick auf das Foto.

»O ja! Die ist hier mal aufgetreten. Eine von Schneids Künstlerinnen.« Er gab ihm das Programmheft zurück. »Aber hier werden bald andere Pächter einziehen. Und dann wird es auch ein anderes Programm geben.«

»Das Programm ist mir ziemlich gleichgültig. Ich muss diese Frau sprechen. Ich ermittle in einem Kriminalfall.«

»Tut mir leid. Da kann ich Ihnen nicht weiterhelfen.«

»Wo finde ich denn Herrn Schneid?«

Der Mann zuckte die Achseln. »In seinem alten Büro im *Delphi* jedenfalls nicht. Gegen ihn läuft ein Konkursverfahren.« Er klimperte mit einem Schlüsselbund. »Die Schlüssel habe ich.«

»Vielleicht können Sie mich in sein Büro führen.«

Rath fühlte sich etwas unwohl, als er Felten durch den riesigen Saal folgte, der tatsächlich wie ein Palast wirkte, üppig und schwülstig dekoriert. Eine leichte Staubschicht hatte sich auf die Pracht gelegt, kaum wahrnehmbar, aber den Eindruck von Verfall vermittelnd.

Felten schien seine Gedanken erraten zu haben. »Bald werden wir wieder Leben in der Bude haben«, sagte er und deutete auf ein Gerüst an der Längswand, »die Arbeiten haben schon begonnen.«

Sie kamen an einer unauffälligen Tür vorbei, die einen Spalt weit offen stand. Mit einer beiläufigen Handbewegung schlug Felten sie zu.

»Wo geht's da hin?«, fragte Rath.

»Nur die Kellertreppe. Schneid hat sein Büro oben«, sagte Felten und verbesserte sich gleich: »Hatte.«

Er führte ihn nach rechts und dann eine Treppe hinauf. Vor einer schweren dunklen Tür blieben sie stehen. Felten suchte nach dem passenden Schlüssel.

»Sie können hier einfach rein und raus?« Rath wunderte sich.

»Kein Problem.« Felten grinste und schloss auf. »Der Konkursverwalter ist ein alter Studienfreund von Herrn Sehring.«

Im Büro war es dunkel.

»Kein Strom«, entschuldigte sich Felten. Er griff zielsicher in einen Wandschrank, holte eine Kerze heraus und zündete sie an. Gelbes Licht flackerte über einen schweren dunklen Schreibtisch und einen Lederstuhl. Rath hatte die Künstlerkartei schnell gefunden. Jede Menge Musiker waren dort vermerkt, Sänger, Sängerinnen und Tanzartisten. Mit Adressen, Künstlernamen, besonderen Fähigkeiten und der Höhe der ausgehandelten Gage. Aber keine Lana Nikoros. In einer Schreibtischschublade lagen noch die Visitenkarten von Josef Schneid. Rath steckte eine ein. Felten passte auf, dass alles wieder an seinen Platz kam, bevor er abschloss. Dann begleitete er Rath nach draußen.

»Sie sollten mal kommen, wenn wir wiedereröffnen, das lohnt sich bestimmt«, sagte er und fügte schnell hinzu. »Ich meine natürlich als Privatmann.«

Rath war froh, den Sekretär losgeworden zu sein, auch als Privatmann. Er stieg wieder in den Wagen und schaute sich die Visitenkarte an. Neben der Geschäftsadresse Kantstraße war dort auch die Privatadresse von Josef Schneid angegeben.

Nach dem langen, kalten Winter schien der Mai endlich angenehmere Temperaturen zu bringen. Rath fuhr mit offenem Verdeck durch die Budapester Straße und ließ sich den Wind um die Nase wehen. Die ersten Bäume im Tiergarten trugen wieder zartes Grün. Der Frühling ließ sich nicht beirren von der grauen Stadt und ihren kalten Steinmassen. So ein Auto war schon eine feine Sache, allerdings nicht gerade billig. Er musste Bruno mal fragen, wie der sich den Ford leisten konnte. Soweit Rath wusste, konnte er die dienstlichen Einsätze seines Privatwagens irgendwie steuerlich geltend machen. Es gab Kollegen, die Bruno den Luxus eines eigenen Autos missgönnten. Einige munkelten, Emmi Wolter hätte Geld mit in die Ehe gebracht. Die Besoldung der Kriminalpolizei jedenfalls fiel eher bescheiden aus. Auch für einen Oberkommissar – und für einen einfachen Kriminalkommissar erst recht. Und eine reiche Frau hatte Rath auch nicht an der Hand. Aber immerhin einen Nachbarn mit Auto.

Die Tiergartenstraße war eine gute Adresse. Links das Grün des Parks, rechts Häuser mit protzigen Fassaden. Der alte Westen. Seine große Zeit war vorbei. Heute bauten die, die es sich leisten konnten, ihre Villen weit draußen, im Grunewald. Rath achtete mehr auf die Hausnummern als auf den Stuck. Kurz vor dem Kemperplatz parkte er den Buick unter einem Baum. Er musste ein paar Meter zurücklaufen, bis er an der richtigen Adresse war.

Schneids Haus trug derart viel Stuck an der Fassade, dass es aussah, als müssten sich die Gipsengel dort oben prügeln, um ihren Platz nicht zu verlieren. Rath hatte Glück, der Hausherr war da. Ein Diener führte ihn in einen Salon, der der Fassade in nichts nachstand. Vom Pleitegeier war hier wenig zu spüren. Rath musste nicht lange warten, da erschien auch Josef Schneid persönlich, gestützt auf einen Stock, eine eindrucksvolle Gestalt im Hausmantel und mit einem altmodischen Bart.

»Lana Nikoros? Natürlich kenne ich die. Die habe ich Fritz

abgejagt. Schade, dass wir vorübergehend schließen mussten, ich fürchte, sie ist zu ihm zurückgekehrt. Aber genau kann ich Ihnen das nicht sagen. Dieser Kleinkrieg, den Sehring mir aufgezwungen hat, nimmt mich derzeit ganz in Anspruch, fragen Sie mich nicht, wo meine Künstler sind. Die hat er alle vor die Tür gesetzt, ebenso das Personal. Den Konkurs hat er doch nur inszeniert, weil er mich loswerden will. Stehe seinem neuen Pächter im Weg.«

»Fritz?«

»Buschmann. Der betreibt mehrere Varietés in der Stadt. Und ein paar Tanzcafés. Sie sollten nur das Berliner Nachtleben genau studieren, dann werden Sie Lana schon finden.« Schneid spielte am Silberknauf seines Spazierstocks.

»Haben Sie vielleicht eine Adresse für mich?«

»Eine Adresse? Nein. Ich habe sie zusammen mit der Kapelle bekommen, und über die Kapelle habe ich sie auch bezahlt.«

»Welche Kapelle?«

»Russen. Aber die spielten einen Jazz, sag ich Ihnen! Wie die Neger aus dem Cotton Club! Ilja Tretschkow heißt der Chef, ein Trompeter. Wenn Sie den finden, dann finden Sie auch Lana.«

»Dann ist sie also Russin?«

»Ja, was dachten Sie denn?«

Rath schaute auf die Uhr, als er wieder auf der Straße stand. Er hatte noch Zeit. Wenn er nun schon einmal mit dem Auto unterwegs war, wollte er das auch nutzen.

Erst gut eine Stunde später stellte er den Buick im Lichthof des Polizeipräsidiums ab. Er hatte eine Menge Kilometer verfahren, doch mehr als eine Spritztour durch Berlin war dabei eigentlich nicht herausgekommen. Zuerst war er noch einmal an der Möckernbrücke gewesen und langsam am Tempelhofer Ufer entlanggefahren, ohne genau zu wissen, was er dort suchte. Insgeheim hatte er wohl gehofft, Kardakow dort zufällig zu sehen. Aber unter den Sonntagsspaziergängern, die sich die Unfallstelle interessiert anschauten, entdeckte er kein bekanntes Gesicht, nicht mal eines aus der Burg. Nicht mehr lange, dann war das hier kein Tatort mehr, dann war das nur noch eine kaputte Stelle in der Uferbegrenzung, deren Reparatur die Stadtverwaltung möglichst lange vor sich herschieben würde.

Und dann war er in den Osten gefahren. Über die Schillingbrücke mitten ins Stralauer Viertel, ins Zentrum von Friedrichshain. Er hatte es nicht gewagt, am Küstriner Platz auszusteigen. Das war keine Gegend, in der man einen sandfarbenen amerikanischen Sportwagen einfach so parkte und dann erwarten konnte, ihn bei der Rückkehr heil wieder vorzufinden. Oder überhaupt wieder vorzufinden. Das Viertel rund um den Schlesischen Bahnhof gehörte zu den verrufensten der Stadt. Schupos trauten sich nur in Kleingruppenstärke auf die Straße. Und die Kriminalen versuchten, möglichst nicht als solche aufzufallen. Das Viertel war fest in der Hand des Verbrechens, die Polizei konnte da nicht viel ausrichten, sie überließ es den Ringvereinen, eine gewisse Ordnung aufrechtzuerhalten.

Das *Plaza* war einmal ein Bahnhof gewesen. Doch Züge hatten hier schon über vierzig Jahre nicht mehr gehalten, seitdem wurden die alten Gebäude des früheren Ostbahnhofs als Lager genutzt. Bis Jules Marx die große Bahnhofshalle am Küstriner Platz zu einem Varieté umbaute, das fast dreitausend Zuschauer fasste. Erst Anfang des Jahres hatte es eröffnet. Rath hatte zunächst die Längsseite des großen Gebäudes erkundet, die Straße hieß immer noch *Am Ostbahnhof*. Offensichtlich war nur der vordere Teil zum Varieté umgebaut worden, dort hinten gab es immer noch Lagerhallen, zum Teil reichlich runtergekommen. Dann war er langsam an der frisch renovierten Bahnhofsfassade entlanggefahren. Die großen Leuchtbuchstaben, die den Namen *Plaza* formten, waren noch ausgeschaltet. Bunte Plakate am Haupteingang versprachen ein Programm zum Thema *Wilder Westen*. Das entbehrte nicht einer gewissen Ironie, wie Rath fand. In Berlin war der Osten wilder als der Westen.

Von Johann Marlow keine Spur. *Den findest du nicht, der findet dich.* Rath hatte an Glorias Worte denken müssen. Er wusste ja nicht einmal, wie Doktor M. überhaupt aussah.

Genau deswegen war er ins Präsidium gefahren und stiefelte jetzt die Treppen hoch. Ganz oben in der Burg residierte die Inspektion I, und dort saß der Erkennungsdienst, kurz ED genannt. Doch in der Verbrecherkartei war nichts über einen Johann Marlow zu finden. Weiße Weste. Der Mann hatte tatsächlich keine einzige Vorstrafe, keine einzige Aktennotiz, er war nicht einmal bei Rot über den Potsdamer Platz gefahren. Dasselbe galt für Alexej Iwanowitsch Kardakow. Der hatte seinen Kokshandel bislang erfolgreich vor der Berliner Polizei verbergen können. Damit erübrigte sich auch der Besuch bei den Kollegen vom Rauschgiftdezernat, Rath ging gleich ins Erdgeschoss.

Doch die Passbüros im Westflügel waren alle verschlossen. Sonntag. Kein Publikumsverkehr. Aber soweit er wusste, wurde auch im Passamt sonntags gearbeitet, wenigstens mit kleiner Besetzung. Er klapperte alle Türen ab und hatte Glück: Als er um die Ecke bog und die Zwischentür zum Nordflügel öffnete, sah er einen grauhaarigen Beamten, der sich schon in seinen Mantel geworfen hatte. Der Alte wollte seine Bürotür gerade abschließen.

»Feierabend«, sagte er, als Rath ihn ansprach. »Ein Uhr.«

»Na kommen Sie! Die Kriminalpolizei arbeitet heute auch! Die Verbrecher halten sich nicht an Dienstzeiten.«

»Ich muss auch noch ins Formularmagazin.«

»Können Sie ja. Ich brauch nur eine kleine Adressauskunft.«

Der Grauhaarige seufzte. Der Schlüssel drehte sich wieder in die andere Richtung.

»Na, denn hoffe ich aber, die Kripo tut mir auch mal einen Gefallen, wenn ich einen brauche.« Der Mann führte ihn in ein ordentlich aufgeräumtes Büro und kramte ein Brillenetui aus seiner Manteltasche. Hinter einer niedrigen Holzschranke, die sonst die gewöhnlichen Bürger auf Distanz hielt, standen akkurat aufgereiht Schreibtische, Regale und Karteischränke. »Für welche Inspektion arbeiten Sie denn?«, fragte der Beamte.

»Die E.«

Der Alte taxierte ihn kurz über die Lesebrille, die er gerade aufgesetzt hatte.

»Welcher Buchstabe?«

Rath hätte fast noch einmal »E« gesagt, bis ihm klar wurde, was der Mann meinte.

»K«, sagte er nur.

Der Beamte öffnete geräuschvoll einen Rollschrank.

»Und im ganzen Wort?«

»Kardakow.«

Der Mann hatte bereits eine Schublade herausgezogen und fing an zu suchen.

»Alexej Iwanowitsch Kardakow«, ergänzte Rath, in der Hoffnung, dem Passbeamten damit einen Gefallen zu tun.

Der hörte jedoch schlagartig mit seiner Suche auf.

»Das hört sich aber nicht nach einem deutschen Namen an«, sagte er.

»Nein. Kardakow ist Russe.«

Der Beamte verdrehte die Augen. Er schlug die Schublade wieder zu, schloss den Rollschrank und klimperte geräuschvoll mit dem Schlüsselbund. »Hätten Sie das nicht gleich sagen können?«, fragte er, ohne eine Antwort zu erwarten. »Kommen Sie mit.«

Er führte Rath durch drei weitere Büros, die alle so aussahen wie das erste.

»Zimmer 152. Die Passstelle des Fremdenamtes«, sagte der Mann, als sie im vierten Büro angekommen waren. Den Rest kannte Rath bereits. Rollschrank, Schublade, Suchen. Es dauerte gar nicht mal lange. Der Passbeamte zog eine Kartei aus der Schublade.

»Da haben wir ihn ja ... Kardakow, Alexej Iwanowitsch. Geboren am 25. Juli 1896 in Sankt Petersburg, Russland, gemeldet in Berlin seit dem 15. Dezember 1920 ...«

»Die Adresse brauche ich!«

»Immer mit der Ruhe, junger Mann.« Wieder ein vorwurfsvoller Blick über den Brillenrand. »Gemeldet in Berlin seit dem 15. Dezember 1920 ...«, wiederholte der Mann mit einer Gemütsruhe, die Rath fast wahnsinnig machte. Das war genau der Typus des preußischen Beamten, den man bei der Polizei nicht gebrauchen konnte. »... wohnhaft in der Nürnberger Stra...«

»Nein, das ist seine alte Adresse.«

»Lieber Herr Kommissar! Warum behelligen Sie mich eigentlich, wenn Sie sowieso schon alles wissen?«

»Entschuldigen Sie, aber der Mann ist vor einem Monat da ausgezogen.«

Der Beamte überflog das Blatt. »Davon steht hier nichts. Kardakow hat seit gut drei Jahren diese Adresse.« Er warf noch einen Blick auf das Papier. »In einer Woche muss er seinen gelben Personalausweis verlängern, das müssen Ausländer jedes halbe Jahr. Dann wird er seinen Umzug wohl bei dieser Gelegenheit angeben. Vielleicht kommen Sie dann noch einmal wieder. Am 16. Mai könnte ich Ihnen mehr sagen.«

»Vielen Dank, Sie waren mir eine große Hilfe«, sagte Rath, so freundlich es ihm möglich war. Innerlich aber kochte er. Am liebsten hätte er den Alten gewürgt. Dann fiel ihm etwas Besseres ein. »Warten Sie«, sagte er. Der Beamte stand schon an der Tür. »Warten Sie! Einen Gefallen können Sie mir noch tun! Die Adresse einer Frau. Lana Nikoros.«

Der Beamte brummte, aber er gehorchte.

»Hört sich auch nicht gerade deutsch an«, sagte er.

Nicht sehr ergiebig, sein Besuch in der Burg. Weder beim ED noch im Passamt hatte Rath irgendwelche Informationen erhalten, die ihn weiterbrachten. Eine Lana Nikoros war in Berlin nicht einmal gemeldet. Wenigstens wusste er nun, dass Kardakow bald seinen Ausweis verlängern lassen musste. Wenn er dann nicht erschien, stand zumindest fest, dass der Russe wirklich abgetaucht war. Ginge es ihm nur darum, die letzte Miete nicht zu zahlen, würde er niemals das Risiko eingehen, als Ausländer ohne gültige Papiere in Deutschland herumzulaufen.

Große weiße Buchstaben rissen Rath aus seinen Gedanken. MORDINSPEKTION. Er starrte auf die gläserne Flügeltür. Irgendwie war er in die erste Etage geraten. Die Macht der Gewohnheit? Vor einer Woche hatte er schon einmal vor dieser Tür gestanden, da hatte er sie zum ersten Mal gesehen. Heute lag der Gang menschenleer vor ihm. Schnell drehte er sich um und ging in den Trakt der Sittenpolizei. Fehlte noch, dass er Wilhelm Böhm über den Weg lief. Auch auf ihrem Gang war alles ruhig, kein Geräusch drang aus den Büros, keine Stimmen, kein Schreibmaschinenklappern. Ein Stockwerk höher, bei den Politischen, herrschte immer noch Hochbetrieb, die Maieinsätze hatten die Zellen des Polizeigefängnisses gefüllt. Doch in der Inspektion E arbeitete heute kein Mensch. Ihr Büro wäre heute eine Oase der Ruhe inmitten der hektischen Stadt. Eigentlich der richtige Platz zum Nachdenken.

Die Tür war nicht abgeschlossen. Er hatte mit einem menschenleeren Büro gerechnet, umso überraschter war er, einen Kollegen vorzufinden.

»Stephan!«

Frischling Jänicke saß am Schreibtisch des Onkels, vertieft in einen Stapel Papiere. Beim Klang seines Namens schreckte er auf.

»Hallo, Gereon!« Jänicke wirkte genauso überrascht wie er. »Mensch, lässt dir diese Bande auch keine Ruhe? Ich wollte mir noch einmal die Sachen über König anschauen. Der Mann geht mir nicht aus dem Kopf. Ein biederer Fotograf, und dann solche Sauereien.«

»Die Akte König der IA? Die liegt in meinem Schreibtisch, die hab ich ausgegraben, nicht Bruno.«

»Richtig!« Jänicke stopfte die Papiere vom Schreibtisch zurück in Wolters Schublade und schloss sie. »Da kann ich ja lange suchen.«

Raths Schreibtischschublade war noch ziemlich leer. Er hatte die Mappe, in der Königs politische Vorlieben vermerkt waren, schnell gefunden und warf sie Jänicke zu. »Hier.«

Der Kollege war ein guter Fänger. Spielte Handball, wie man sich erzählte.

»Danke!« Der Blonde wanderte mit der Mappe zu seinem Schreibtisch. »Und was treibt dich her an einem Sonntag?«

Gute Frage. Er hatte keine Lust, Begeisterung für den Pornofall zu heucheln und dann womöglich den Rest des Tages zusammen mit dem Frischling über den König-Akten zu brüten. Und dass er einen Russen namens Kardakow suchte, das ging den Kleinen schon gar nichts an.

»Die Langeweile«, sagte er also. »Ich hab kein Auto, das ich waschen könnte.«

Jänicke lachte. Eher pflichtschuldig. Rath hatte den höheren Dienstrang.

»Jetzt weiß ich auch, warum Bruno nicht hier ist.« Der Blonde räusperte sich. »Na, ich wollte auch nicht den ganzen Sonntag hier verbringen. Hertha spielt heute gegen Südstern. Kommst du mit?«

»Ich dachte, du bist Handballer?«

»Ich stand auch mal im Fußballtor. In der Jugend bei Viktoria Allenstein. Hab erst in Potsdam auf der Polizeischule mit Handball angefangen. Auch als Torwart.«

»Hertha gewinnt sowieso«, meinte Rath, »die sind doch auf die Berliner Meisterschaft abonniert.« Er tat so, als suche er etwas in seinem Schreibtisch. »Ich bin auch gleich wieder weg. Ich wollte nur eben schauen… Ah, da ist sie ja!«

Er zog die Geldbörse aus der Schublade, die er vor drei Sekunden dort hatte hineinfallen lassen.

»Puh!« Er tat erleichtert. »Und ich dachte schon, einer von den Taschendieben am Alex hätte sie mir abgeluchst. Hatte mich schon auf ein Wochenende ohne Geld eingestellt.«

Er steckte die Geldbörse wieder ein und ging zur Tür.

»So, wir sehen uns dann morgen.«

Zwei Tage hatten sie den Kollegen nicht zu Gesicht bekommen, und ausgerechnet heute tauchte Jänicke wieder auf! Rath hatte das Gefühl, dass dem Frischling die unverhoffte Begegnung noch peinlicher gewesen war als ihm selbst. War ja auch nicht so ganz die feine Art, in fremden Schreibtischen rumzuwühlen. Ob Bruno davon wusste? Wahrscheinlich nicht. Rath beschloss, ihm auch nichts zu erzählen. So lange schwebte Jänicke in der Angst davor, er *könnte* es tun. Konnte nicht schaden, wenn Jänicke sich zu der ein oder anderen Gefälligkeit verpflichtet fühlte.

Im Treppenhaus merkte Rath, wie hungrig er war. Erst halb zwei, er hatte noch genügend Zeit, hier etwas zu essen. Aber nicht in der Kantine. Statt in den Lichthof ging er zum Ausgang Dircksenstraße. Die Stadtbahnbögen wurden von ein paar dünnen Sonnenstrahlen beschienen. Er musste den Hut festhalten, als er auf den Platz bog, der Wind pfiff heftig über den Alex. Auch am Sonntag herrschte dichtes Gewühl zwischen den Bauzäunen. Ein Zeitschriftenhändler rief halbseidene Magazine aus, Stückpreis 20 Pfennige. Die *Ehe*, hochinteressant und pikant. Rath fragte sich, ob der Pornohändler, dem sie ihren Fahndungserfolg zu verdanken hatten, irgendwann wieder einmal hier auftauchen würde. Er drängte sich durch die Menge, quetschte sich an einem Brotwagen vor Aschinger vorbei und trat ein.

Drinnen war es dunkel, aber angenehm warm. Es roch nach Bier und Zigarettenrauch. Rath nahm eine Sonntagszeitung vom Haken und suchte sich einen freien Tisch. Als der Kellner kam, bestellte er Sauerbraten mit Klößen und ein Bier. Rath schlug die Zeitung auf. Das Foto des toten Boris war auch heute abgebildet und hatte es ein paar Seiten weiter nach vorn geschafft. Der Text war heute größer, wesentliche Neuigkeiten standen jedoch immer noch nicht darin. Böhm kam mit seinen Ermittlungen nicht voran.

»Ahh! Sie werben nicht nur für Aschinger, Sie essen auch hier!«

Er schreckte hoch, aus seinen Gedanken gerissen. Vor ihm stand eine Frau in einem dunklen Mantel. Charlotte Ritter. Lächelnd. Eilig faltete er die Zeitung zusammen und murmelte eine Begrüßung. Sie blieb stehen.

»Ist an diesem Tisch noch ein Platz frei?«, fragte sie.

»Natürlich.« Er stand auf und rückte ihr den Stuhl zurecht. Als er hinter ihr stand und ihren schlanken Hals betrachtete, merkte er, wie gut sie roch.

Sie setzte sich. Er überlegte, wie er das Gespräch mit ihr beginnen sollte. Bevor er etwas Dummes sagen konnte, kam der Kellner mit dem Essen.

»Für mich nur einen Kaffee«, sagte sie und wünschte guten Appetit.

»Danke.« Am liebsten hätte er sich den Sauerbraten einpacken lassen. »So schnell sieht man sich wieder«, sagte er stattdessen und begann zu essen. »Heute auch im Präsidium gewesen?«

»Was heißt gewesen! Gleich geht's weiter. Böhm hat mich nur kurz von der Leine gelassen. Wir haben viel zu tun! Wieder mal ein arbeitsreiches Wochenende.« Sie zuckte die Achseln, als wolle sie sagen: Was soll's. So ist das eben.

»Und? Schon weitergekommen?«

»Weiter wäre übertrieben. Ein seltsamer Fall. Kaum Anhaltspunkte. Ich fürchte, der Fall *Wassermann* wird uns noch eine Weile beschäftigen.«

»Wassermann?«

»Auch wenn's keine klassische Wasserleiche ist. Wie soll man seinen Fall nennen, wenn das Opfer keinen Namen hat?«

»Sie kennen die Identität des Toten nicht?«

»Wenn wir seinen Namen wüssten, wären wir schon ein großes Stück weiter. Doch so treten wir im Moment leider etwas auf der Stelle. Obwohl Zörgiebel am liebsten vorgestern Ergebnisse sehen würde.«

Das schlechte Gewissen des Polizeipräsidenten. Weinert hatte recht. Der Dicke drückte auf die Tube, er wollte einen schnellen Erfolg. Die Mordermittler waren die beliebtesten Polizisten Berlins, populär wie Ufa-Schauspieler. Und die Inspektion A hatte eine traumhafte Aufklärungsquote, auf die Zörgiebel offensichtlich baute. Keine Frage: Dörrzwiebel, wie der Polizeipräsident hinter vorgehaltener Hand auch im Kreise der Beamten genannt wurde, stand unter Druck. Den Spitznamen hatten sie ihm angehängt, als Karl Zörgiebel noch Polizeipräsident in Köln gewesen war.

»Und ich dachte, alle Kräfte der Inspektion A wären derzeit darauf konzentriert, die Todesfälle der Maiunruhen zu untersuchen.«

Sie schüttelte den Kopf. »Darum kümmert sich allein die IA. So viele Tote hatten die Politischen schon lange nicht mehr auf ihren Schreibtischen, die reinste Massenabfertigung. Glauben Sie mir, eine Maileiche zu untersuchen wäre für uns einfacher, der Hergang ist in den meisten Fällen leicht zu ermitteln. Auch wenn man sich damit im Kollegenkreis wohl keine Freunde machen würde.«

»Warum das?« Er schaute sie fragend an.

»Lassen Sie es mich so ausdrücken: Offensichtlich sind bei den Kämpfen zu viele Polizeikugeln abgefeuert worden. Und zu wenig Kommunistenkugeln.«

Sie schien gut informiert zu sein. »Da ermittelt mit der IA ja genau die richtige Abteilung«, sagte er. »Die Kollegen sind schließlich daran gewöhnt, dass sie nicht sonderlich beliebt sind.«

Der Kellner stellte ein Kännchen Kaffee auf den Tisch und goss ein.

»Ist der Kaffee in der Inspektion E eigentlich auch so schlecht wie der bei uns?«, fragte sie.

Er war überrascht. »Sie wissen, dass ich bei der Sitte arbeite?«

Sie lachte. Ihr Grübchen war umwerfend. Gut, dass er bereits saß.

»Nun, wenn jemand freiwillig mit Parabellum-Wolter auf dem Gang steht«, sagte sie, »dann arbeitet er wahrscheinlich auch mit ihm zusammen. So viel Kombinationsgabe ist in der Mordinspektion Einstellungsvoraussetzung. Auch für eine Stenotypistin.« Sie trank vorsichtig einen Schluck Kaffee.

»Parabellum?« Diesen Spitznamen hörte er zum ersten Mal.

»Na, der Knabe war doch früher Ausbilder am Schießstand. Einer der besten Schützen der Berliner Polizei.«

»Ist das Ihr Ernst?« Das hätte er Bruno eigentlich gar nicht zugetraut. Rath fiel auf, dass er ihn noch nie hatte schießen sehen. Bei der Sitte kam man nicht oft in die Verlegenheit, zur Waffe zu greifen.

»Sie sollten häufiger in der Kantine essen anstatt bei Aschinger. Da erfährt man interessante Dinge über die Kollegen. Auch über Sie.«

»Über mich?« Er war überrascht. »Kennen Sie denn meinen Namen?«

»Hups«, machte sie und fuhr so auffällig mit ihrer Hand vor den Mund, dass er sah, dass es nicht ernst gemeint war. Er musste grinsen. »Aber tun Sie nicht so scheinheilig!«, meinte sie. »Sie wussten ja gestern schon, dass ich Stenotypistin bin. Also haben auch Sie bereits mehr Informationen über mich gesammelt, als Sie preisgeben. Und ich hoffe doch sehr, dass mein Name dazugehört.« Sie seufzte theatralisch. »Was soll man machen«, sagte sie, »die Welt ist ein Dorf. Und die Burg sowieso.«

»Einer der besten Schützen der Berliner Polizei. Der gute alte Bruno!« Rath schüttelte den Kopf. »Wie landet denn so jemand bei der Sitte?«

»Gute Frage.« Sie rührte in ihrem Kaffee und lächelte ihn an. »Wie sind denn *Sie* in die Inspektion E geraten?«

»Das ist eine lange Geschichte. Ich fürchte, deutlich länger als eine Tasse Kaffee. Da fragen Sie besser in der Kantine nach.«

»Da wird zwar viel geredet über Sie, aber man erfährt nur wenig.« Sie zeigte vor sich auf den Tisch. »Außerdem habe ich hier ein ganzes Kännchen Kaffee stehen.«

»Meine Geschichte ist länger als ein ganzer Kaffeeklatsch.«

»Also muss ich Sie zu Kaffee und Kuchen einladen, wenn ich Ihre Geschichte hören will, Herr Rath?«

»Mindestens.« Er dachte nur einen kurzen Moment nach, dann sprach er es aus. »Und zu was muss ich *Sie* einladen, wenn ich *Ihre* Geschichte hören will?«

»Ich denke, ein Abendessen reicht.«

Als er längst wieder im Auto saß, kreisten seine Gedanken noch um sie. Er fuhr ziellos durch die Stadt und genoss die freien Straßen am frühen Sonntagnachmittag. Was hatte sie bei Aschinger gesucht? Kaffee hätte sie auch in der Inspektion A trinken können. Dort stand sogar immer reichlich Kuchen bereit, dafür sorgte schon Ernst Gennat, der kuchensüchtige Chef der Mordinspektion. Hatte sie ihn im Auftrag Böhms aushorchen sollen? Wegen ihrer Begegnung an der Möckernbrücke? Warum hatte sie dann so heftig geflirtet? Gehörte das zu ihrem Plan?

Langsam wurde es Zeit, nach Hause zurückzukehren. Die Strecke, die er gerade gefahren war, wäre etwas für seinen Vater, wenn der ihn tatsächlich einmal besuchen kommen sollte, die ideale Route für Provinzbesucher wie Engelbert Rath: vom Alex in die Königstraße, vorbei an Rathaus und Schloss, über die Schlossbrücke auf die Linden, vorbei an Zeughaus und Alter Wache, rein in die Charlottenstraße, eine Runde über den Gendarmenmarkt, über Leipziger Straße und Wilhelmstraße, vorbei an den Ministerien, zurück auf die Linden und dann durchs Brandenburger Tor. Eine geballte Ladung Preußen für den preußischen Musterbeamten Engelbert Rath, den Stolz der Kölner Polizei. Und in Weinerts Buick fuhr es sich besser als in einem von *Käses* Ausflugsbussen, eingepfercht in einer Menge lärmender Touristen. Aber so bald rechnete Rath eigentlich nicht mit Besuch. Erst zweimal hatte sein Vater ihn in Berlin angerufen, beide Male im Präsidium, und sich immer nur kurz erkundigt, wie sein Sohn sich denn in der Inspektion E so eingelebt habe. So kannte Rath seinen alten Herrn, seit er denken konnte: immer dienstlich, niemals privat. Nur Mutter hatte schon mehrfach seinen privaten Telefonanschluss in der Nürnberger Straße gewählt, doch auf ihre besorgten Anrufe konnte er verzichten. Da war ihm sogar die Unnahbarkeit seines Vaters manchmal lieber.

Am Potsdamer Platz musste er an der Kreuzung warten. Viertel nach drei. Die Ampel am Verkehrsturm sprang gerade wieder auf Grün, als er das Plakat an der Litfaßsäule sah. Er hatte schon Gas geben wollen, doch nun ließ er den Fuß auf der Bremse. Hinter ihm hupte ein Taxifahrer. Rath ließ das Taxi passieren, bog in die Potsdamer Straße und suchte einen Parkplatz. Kurz hinter *Josty* fuhr er rechts ran, stieg aus und lief die paar Meter zurück zu der Straßenecke. Vor der haushohen Plakatwand, die einen Bauplatz vom Gehweg abschirmte, stand die Litfaßsäule. Ihre Buchstaben kamen wesentlich kleiner und bescheidener daher als die monströsen Schriften an der Wand dahinter, doch er hatte richtig gelesen. *Ilja Tretschkow spielt*, verkündete ein Plakat, das Gäste in den *Europa-Pavillon* locken sollte. Rath notierte sich die Uhrzeiten und ging vergnügt zurück zum Auto. Das wär doch was für eine Verabredung mit Charlotte Ritter, dachte er, im Europahaus gab es zudem ein

Kino. Alles in allem war der Tag doch recht erfolgreich verlaufen. Jetzt musste sich nur noch zeigen, was der Abend brachte.

Weinert wartete bereits draußen, als Rath in die Nürnberger Straße zurückkehrte. Es war fünf vor vier. Er ließ den Wagen direkt vor den Füßen des Journalisten ausrollen, zog die Handbremse und stieg aus.

»Pünktlich wie die Maurer«, meinte Weinert anerkennend und setzte sich auf den Fahrersitz. »Und? Wie hat dir der Wagen gefallen?«

»In jedem Fall besser als die BVG.«

»Das will ich meinen.« Weinert löste die Bremse und legte einen Gang ein. »Na, dann viel Spaß beim Beamtentreffen«, rief er über die Schulter und gab Gas.

Rath konnte sich keinen Reim auf diese Worte machen. Als er die Wohnungstür aufschloss, hörte er Stimmen aus der Küche. Die Behnke hatte Besuch. Herrenbesuch. Seit er in diesem Haus wohnte, war das noch nie vorgekommen.

Er ging schnurstracks in sein Zimmer und hängte den Mantel auf. Sein Blick fiel auf den Pharus-Plan an der Wand. Gestern hatte er den Stadtplan dort hingehängt, neben den kaputten Kleiderschrank, eine Blechdose mit Stecknadeln in der Hand. Die erste hatte er in den Landwehrkanal gesteckt, gleich neben die Möckernbrücke, wo man Boris' Leiche aus dem Kanal gefischt hatte, die zweite in die Nürnberger Straße 28, wo Boris kurz vor seinem Tod nach Alexej Kardakow gesucht hatte. Am Luisenufer, am Zoo in Höhe des *Café Berlin*, und in der Lutherstraße im *Eldorado* steckten weitere Nadeln. Die Spur von Kardakow. Sie führte bis zum Küstriner Platz. Das *Plaza*. Dort saß der Mann, von dem Kardakow das Kokain bekam. Rath trat einen Schritt näher an den Plan heran und zog die Nadel wieder heraus, die an der Kantstraße den derzeit verwaisten *Delphi-Palast* markierte, und piekste sie neben dem Anhalter Bahnhof durch das Papier; das Europahaus in der Königgrätzer Straße. Wo Ilja Tretschkow ein neues Engagement gefunden hatte. Und hoffentlich auch Lana Nikoros.

Rath zog die Fotos der beiden Russen aus der Tasche, den edlen Abzug von Kardakow und den Zeitungsausriss mit dem toten Boris, und hängte sie mit Heftzwecken neben den Plan, dann das *Delphi*-Programmheft mit dem Porträt der Sängerin. Was hatten diese drei miteinander zu tun? Die Sängerin war Kardakows Freundin, sie war Russin. War sie vielleicht mit Boris verheiratet? Das Liebespaar brachte den Ehemann um und floh? Wäre nicht das erste Mal, dass so etwas passiert. Rath schüttelte den Kopf, ohne es zu merken. Er nahm noch die Visitenkarte von Josef Schneid aus seiner Brieftasche und klemmte sie an das Programmheft.

Er trat einen Schritt zurück und betrachtete den Pharus-Plan, wie ein Künstler sein Werk betrachtet. Manchmal erkannte er so irgendein Muster, irgendeine Verbindung, eine räumliche Nähe oder sonst einen Zusammenhang. Doch die Nadeln schienen wahllos über die Stadt verteilt zu sein. Die Spur von Boris und die von Kardakow, sie kreuzten sich nur an einer Stelle: in der Nürnberger Straße 28. Seit Jahren schon hatte Rath die Angewohnheit, wichtige Orte einer Ermittlung auf einem Stadtplan zu markieren, aber seine eigene Wohnung hatte er in all den Jahren noch nie mit einer Nadel versehen müssen. Einmal ist immer das erste Mal, dachte er.

Es klopfte. Weinert war bestimmt noch nicht zurück. Ob die Behnke ihn zu dem Besuch in die Küche bitten wollte? Rath öffnete eine Tür des Kleiderschranks. Die gotischen Schnitzereien verdeckten die Fotos an der Wand. Und einen kleinen Teil des Stadtplans. »Ja?«, sagte er. Die Zimmertür öffnete sich.

»Überraschung«, sagte eine Männerstimme.

Rath war tatsächlich überrascht. »Du?«, fragte er.

In der Tür stand Bruno Wolter. Der Onkel lachte.

»Na, mach den Mund wieder zu«, sagte er. »Ich dachte, wenn ich Elisabeth einen Besuch abstatte, muss ich auch mal nachschauen, ob mein Kollege zu Hause ist. Wollte doch mal sehen, wie du dich so eingerichtet hast. Nicht dass es am Ende Beschwerden gibt.«

Eigentlich hätte Rath mit einem solchen Besuch rechnen können. Bruno hatte ihm die Wohnung von Elisabeth Behnke vermittelt. Weil er die Witwe kannte. War zusammen mit ihrem verstorbenen Mann im Krieg gewesen. Hatte er der jungen Witwe seinerzeit nicht sogar die Todesnachricht überbracht? Rath hatte diese Geschichten ganz verdrängt – wie alles, was mit dem Krieg zusammenhing.

»Ich hab dein Auto gar nicht gesehen«, sagte Rath. »Du hast E... – du hast Frau Behnke besucht?«

Wolter nickte und trat einen Schritt ins Zimmer. Er war bereits im Mantel, hielt den Hut schon in der Hand. »Der Todestag ihres Mannes«, sagte er. »Da bringe ich ihr jedes Jahr Blumen. Helmut Behnke war der beste Kamerad, den man sich vorstellen konnte.«

Rath schluckte. Deswegen hatte sie sich letzte Nacht betrunken! Weil ihr Mann vor zwölf Jahren gefallen war! Sie war betrunken gewesen und hatte ein wenig menschliche Wärme gesucht. Und zufällig war er da gerade durch die Tür spaziert.

Der Onkel schaute sich um und nickte anerkennend. »Ganz gemütlich«, sagte er. Dann blieb sein Blick an dem Stadtplan hängen. »Nur die Ecke da sieht fast aus wie ein Kommissariat.«

»Oder wie ein Beichtstuhl«, meinte Rath. Er hielt den Kleiderschrank für wesentlich auffälliger als den Stadtplan. Der hatte Bruno auch nicht zu interessieren.

»Hat der Russe da reingetreten?« Wolter zeigte auf die kaputte Seitenwand des Schrankes.

Sieh an! Elisabeth hatte wohl geplaudert. Rath nickte. »Irgend so ein Besoffener.«

»Und? Ist er noch mal aufgekreuzt?«

Ja, als Leiche, dachte Rath, schüttelte aber den Kopf.

»Ich hab Elisabeth ja damals gleich gesagt, sie soll keinen Russen in die Wohnung nehmen. Die machen nur Ärger. Ganz gleich, ob Bolschewik oder Zarist oder sonst was.« Er schaute Rath plötzlich fest in die Augen, wie bei einem Verhör. »Deswegen habe ich ihr als neuen Mieter auch einen Kollegen empfohlen. Der macht ihr hoffentlich keinen Ärger.« Es klang so, als ob Elisabeth Behnke noch mehr erzählt hatte. Fragte sich nur was? Und wie viel?

Rath wechselte lieber das Thema. »Möchtest du was trinken?«, fragte er und machte einen Schritt zur Tür hin. Er wollte Bruno aus seinem Zimmer herausbekommen, bevor der einen noch neugierigeren Blick auf den Stadtplan werfen konnte. »Vielleicht sollten wir in die Küche gehen, da …«

Wolter hob abwehrend die Hände. »Mach dir meinetwegen keine Umstände, ich bin vorhin schon bestens bewirtet worden. Bin sowieso auf dem Sprung, wollte nur mal reinschauen.« Er überlegte kurz. »Vielleicht können wir heute Abend noch ein Bierchen zusammen trinken? Bei mir in Friedenau? Emmi kann uns was zu essen machen.«

»Sehr nett, danke. Aber tut mir leid, heute Abend geht's nicht …« Rath zuckte entschuldigend die Achseln. »Bin im Varieté.«

»Verstehe«, sagte Wolter, und ein leichtes Grinsen zog über sein Gesicht. »Wird auch Zeit, dass du mal aus deinem Beichtstuhlgefängnis rauskommst. Ich hoffe, sie ist hübsch!«

Draußen auf der Straße hupte ein Auto.

»Ich muss los«, meinte der Onkel. Er setzte seinen Hut auf. »Also, dann sehen wir uns morgen.«

Rath ging zum Fenster und lugte vorsichtig am Vorhang vorbei. Vor der Haustür stand ein schwarzer Ford am Straßenrand. Modell A. Brunos Ford. Am Steuer saß ein junger Mann, den Rath nicht kannte. Hatte Bruno einen Sohn? Ihm fiel auf, dass er noch nicht viel über den Kollegen wusste. Bruno stieg ein, und der Wagen fuhr los, machte eine rasante Kehrtwende und fuhr in Richtung Tauentzien davon. Nach Friedenau ging's in die andere Richtung, Bruno wollte wohl noch nicht nach Hause.

Unwillkürlich klappte er den Mantelkragen hoch, als er am Schlesischen Bahnhof aus der Stadtbahn stieg. Er hoffte, dass man ihm den Bullen nicht gleich ansah. Eine Polizeimarke war hier keine gute Empfehlung. Seine Mauser trug er heute geladen im Schulterholster unter dem Jackett. Ihr Gewicht beruhigte ihn. In dieser Gegend wusste man nie, was passierte.

Genau das machte den Reiz für viele Nachtschwärmer aus: eine

Nacht im Stralauer Viertel, neben mehr oder weniger verwegenen Verbrechern und schönen Frauen an der Bar sitzen, ihnen vom Nebentisch verstohlene Blicke zuwerfen – das war spannender, als im mondänen Westen unterwegs zu sein. Auf dem Ku'damm lief man höchstens Gefahr, von einer SA-Horde verprügelt zu werden, der man nicht arisch genug aussah, aber hier im Osten konnte man mit etwas Glück sogar eine Schießerei unter echten Ganoven erleben.

Es wurde schon dunkel, als Rath auf den Küstriner Platz trat. Selbst die Straßenbeleuchtung schien hier im Osten schummriger zu sein als in der City oder in Charlottenburg. Fast wirkte es so, als würden sich die Straßenlaternen schämen für das, was sie da beleuchteten. Die Neonbuchstaben an der Fassade des *Plaza* warfen mehr Licht in die Dunkelheit. Scheinwerfer tauchten sämtliche drei Stockwerke bis hinauf zur Dachbalustrade und zur alten Bahnhofsuhr in Licht. Das *Plaza* strahlte wie eine kleine, helle Insel in diesem düsteren Viertel.

Vor dem Eingang hielten immer wieder Taxen und spuckten gut gekleidete Besucher aus, abenteuerlustige Touristen, die den Weg vom Westen hierher gefunden hatten. Die Leute aus dem Viertel, die sich etwas Geld für einen Varietébesuch zusammengespart hatten, kamen zu Fuß oder mit dem Fahrrad. Rath mischte sich unter das bunt zusammengewürfelte Volk und ließ sich mit der Menschenmenge an den Kassen vorbei durch Foyer und Garderobe in den riesigen Zuschauersaal treiben.

Eindrucksvoll, was Jules Marx aus der alten Bahnhofshalle gemacht hatte. Ein riesiger Saal öffnete sich über Rath, keine einzige Ecke, nur sanfte Rundungen. Fast dreitausend Sitzplätze hatte das *Plaza*, und es sah so aus, als würden sie heute Abend fast alle gebraucht. Mehr als tausend Leute waren bestimmt schon im Saal, in zehn Minuten sollte das Programm beginnen. Das Orchester spielte, war aber durch das Stimmengewirr der Zuschauer, die ihre Plätze suchten, kaum zu hören.

Rath schaute sich um. Wie er Marlow unter dreitausend Leuten auffallen sollte, blieb ihm ein Rätsel. Er setzte sich auf seinen Platz und blätterte im Programmheft, dabei umständlich und unübersehbar mit einem Foto von Kardakow spielend.

»Tritt der auch auf?«, fragte seine Sitznachbarin, eine dünne Frau mit Brille, die aussah wie eine Blockflötenlehrerin.

Rath murmelte etwas von einem Bekannten. Die Frau wurde rot und wendete sich von ihm ab. Er konnte ihr ansehen, was sie dachte. Der andere Sitznachbar zeigte überhaupt kein Interesse. Wahrscheinlich hatte er die kurze Unterhaltung mit der Blockflötenlehrerin mitbekommen. Verärgert steckte Rath das Bild ein. Inzwischen war das Licht ausgegangen. Ein Zauberer, der aussah wie ein Medizinmann, trat als Erstes auf, dann Lasso-Akrobaten in Cowboykostümen, ein Messerwerfer mit Indianerschmuck. Als dann auch noch ein Cowboy sein Klagelied von der Einsamkeit in der Prärie anstimmte, hätte Rath gern mit Tomaten geworfen. Leider hatte er keine dabei.

Warum saß er eigentlich hier? Er wollte Marlow! Stattdessen schaute er sich ein Varietéprogramm an, obwohl er schon als Kind nicht gern in den Zirkus gegangen war. Er biss die Zähne zusammen und hielt bis zur Pause durch. Während die anderen schon ins Foyer gingen, blieb er noch eine Weile an seinem Platz stehen und schaute sich um. Die Leute drängten sich fluchend an ihm vorbei. Im Gewühl ringsherum fiel ihm niemand auf. Er wusste nicht, was er suchte, er wusste ja nicht einmal, wie Marlow aussah. Was erwartete er? Einen Gangsterboss wie Al Capone? Irgendeinen feisten Mann im weißen Anzug, flankiert von zwei Schwergewichtsringern? So einer würde bestimmt oben auf der Empore sitzen. Aber auch dort entdeckte er niemanden, bei dem sein Polizisteninstinkt Alarm geschlagen hätte. Schließlich hatte sich der Saal fast geleert, er gab auf und ging ebenfalls ins Foyer.

Das Foto trug er zusammen mit dem Programmheft wieder lässig in der Hand und schlenderte so durch die Gruppen rauchender, trinkender und schwatzender Menschen. Doch offensichtlich ließ das Konterfei von Alexej Kardakow die Leute hier kalt. Warum hatte Gloria ihn ins *Plaza* geschickt? Was hatte Doktor M. mit dem Varieté zu tun? Gehörte es ihm, und Jules Marx war nur ein

Strohmann? Dann würde Doktor M. kaum jede Vorstellung besuchen. Eher im Büro sitzen. Eigentlich Blödsinn, hier auszuharren. Er hätte im *Eldorado* mehr Informationen aus Gloria rausquetschen müssen.

Vielleicht sollte er mal nach oben gehen und in die Büros schauen.

»Halt, da können Sie nicht rauf!«

Er hatte erst drei, vier Stufen genommen, als ihn einer der befrackten Saaldiener zurückpfiff.

Rath versuchte, möglichst wie ein Geschäftsmann zu wirken. Immerhin trug er seinen besten Anzug. »Entschuldigung«, sagte er, »aber ich müsste jemanden von der Geschäftsführung sprechen …«

»Sind Sie mit dem Programm nicht zufrieden?«

»Nein, das nicht«, log er, »ich müsste dringend mit Herrn Marlow sprechen. Man sagte mir, dass ich ihn hier finde.«

»Da hat man Sie falsch informiert. Hier arbeitet kein Herr Marlow.«

»Doktor Marlow?«

Der Saaldiener zog die rechte Augenbraue hoch und schaffte es, nur eine Hälfte seiner hohen Stirn in Falten zu ziehen. »Bedaure«, sagte er. »Aber wie ich schon sagte: Man muss Sie falsch informiert haben. Darf ich Sie jetzt bitten, die Treppe zu verlassen.«

»Der Name sagt Ihnen gar nichts?«

»Nicht, dass ich wüsste.«

Entnervt gab Rath auf. Die Menge strömte bereits zurück in den Saal. Er ließ auch den Rest des Programms über sich ergehen, ohne dass auf der Bühne irgendein Großer Marloni ein Kaninchen aus dem Hut gezaubert oder ein Doktor M. als Messerwerfer geglänzt hätte. Marlow unter den Künstlern zu finden hatte er allerdings auch nicht ernsthaft erwartet.

Doch irgendetwas musste Doktor M. mit dem *Plaza* verbinden, dachte er, als er, wütend über die vertane Zeit, mit einer Herde Varietébesucher zur Stadtbahn zurückstapfte. Oder aber Gloria hatte ihn gekonnt über den Tisch gezogen. Würde sie das wagen?

Eigentlich nicht. Das *Eldorado* war auf freundlich gesinnte Sittenbullen angewiesen. Vielleicht war er einfach am falschen Tag hier. Oder Marlow hatte ihn längst gefunden und wollte ihn gar nicht sprechen.

Es waren einige hundert Leute, die vom *Plaza* zum Schlesischen Bahnhof strömten, und so merkte Rath nicht, dass ihn jemand verfolgte.

12

In der Burg herrschte am Montagmorgen allgemeine Katerstimmung. Die grauen Gänge des Polizeipräsidiums wirkten noch grauer als sonst. Der dreitägige Großeinsatz hatte sich zu einem Desaster für die Polizeiführung entwickelt. Das Presseecho war verheerend; Berthold Weinert war nicht der einzige Journalist, der die Maieinsätze der Berliner Polizei verurteilte. Das Wort *Blutmai* machte die Runde. Wie es die *Vossische Zeitung* vorformuliert hatte.

Zweiundzwanzig Tote hatte die Statistik bislang erfasst, und viele Verletzte schwebten noch in Lebensgefahr. Die Polizei hatte große Mengen an Munition verbraucht: 7885 Schuss waren aus Polizeipistolen abgefeuert worden, weitere 3096 Schuss aus Karabinern und Maschinengewehren. Die Buchführung der Berliner Polizei war auch in dieser Hinsicht preußisch genau.

An beschlagnahmten Waffen hatten die Beamten weniger zu zählen gehabt. Die Hausdurchsuchungen im Wedding und in Neukölln hätten sie sich sparen können. Kaum der Rede wert, was sie bei dieser Großaktion, bei der Hunderte Wohnungen durchkämmt worden waren, eingesammelt hatten. Ein gutes Dutzend Revolver und Pistolen, zwei, drei Gewehre. In jeder Schießbude auf dem Rummel gab es mehr Waffen.

Doch in der Chefetage waren sie schon dabei, fleißig an der

Legende vom kommunistischen Umsturzversuch zu stricken, den die Polizei mit ihrem beherzten Einsatz verhindert habe. Seit den frühen Morgenstunden wurden die kommunistischen Büros nicht nur am Bülowplatz, sondern in der ganzen Stadt nach Namenslisten durchsucht: Das preußische Innenministerium hatte die Maiunruhen zum Anlass genommen, den Rotfrontkämpferbund zu verbieten.

Kurz nach Dienstbeginn wurden die Kriminalbeamten aller Abteilungen zusammengetrommelt. Polizeipräsident Zörgiebel persönlich begrüßte sie im großen Konferenzsaal über dem Hauptportal. Dörrzwiebel hatte sich seit seinen Kölner Zeiten kaum verändert. Ein zu Fettleibigkeit neigender ehemaliger Gewerkschaftssekretär, der mit der Leitung der Polizei betraut worden war, weil die Sozis an der Macht waren und nun einmal Ämter zu besetzen hatten. Ein Politiker, kein Kriminalist, auch nach all den Jahren als Polizeiführer nicht. Es geschah selten, dass sie ihn zu Gesicht bekamen. Normalerweise schickte er seinen Vize zu solchen Versammlungen. Doktor Bernhard Weiß war der Fachmann an der Spitze der Berliner Polizei, ein überragender Kriminalist. Zu perfekt, um bei den Kollegen beliebt zu sein, aber allseits respektiert. Damit hatte er Zörgiebel einiges voraus. Weiß hatte deutliche Bedenken geäußert, das Demonstrationsverbot am ersten Mai aufrechtzuerhalten, doch Zörgiebel hatte es mit aller Gewalt durchsetzen wollen. Mit den bekannten Folgen.

Nachdem der Polizeichef den versammelten Kriminalbeamten für ihren Einsatz »bei den kommunistischen Ausschreitungen« gedankt hatte, wechselte er schnell das Thema. Zörgiebel war Politiker, er wusste, dass die Kriminalpolizei sich nicht gerne für Politisches einspannen ließ. Um diese Dinge, so die verbreitete Auffassung, sollte sich die Abteilung IA lieber allein kümmern. Und so nickten die meisten Kollegen zufrieden, als der Polizeipräsident erklärte, er habe sie aus einem anderen Grund zusammenrufen lassen: Der aktuelle ungeklärte Todesfall erfordere die Zusammenarbeit aller, seine baldige Aufklärung sei überaus wichtig, um den Berlinern zu zeigen, dass die Polizei weiterhin das Heft in der Hand halte und für eine sichere Stadt sorge. Zörgiebel appellierte an das Zusammengehörigkeitsgefühl der Kriminalpolizei, alle Inspektionen der Abteilung IV seien dazu aufgefordert, den Mordermittlern unter die Arme zu greifen. Natürlich solle man darüber die tägliche Arbeit nicht vernachlässigen. »Sie kommen doch rum in der Stadt, meine Herren«, endete er, »nutzen Sie Ihre Kontakte!«

Dann trat Oberkommissar Böhm ans Rednerpult. Rath hätte am liebsten mit Papierkügelchen nach ihm geschossen, wie damals in der Schule. Mit *nassen* Papierkügelchen, versteht sich. Er versuchte, Charlotte Ritter dort oben irgendwo zu entdecken, doch sie war nicht da. Da war überhaupt keine Frau, da oben standen nur Männer. Irgendwer in der Inspektion A musste ja noch die Arbeit machen, dachte er. Wenn die Herren alle im großen Saal stehen und damit beschäftigt sind, wichtig auszusehen. Buddha Ernst Gennat stand auch nicht auf dem Podium. Rath wusste, dass der Chef der Mordinspektion die stille Ermittlungsarbeit solchen lauten Auftritten vorzog.

Und es wurde in der Tat ein lauter Auftritt.

»Meine Herren«, bellte Böhms Stimme durch den Raum, dass die Kollegen in der ersten Reihe zusammenzuckten, »ich darf mich für Ihr zahlreiches Erscheinen bedanken. Wir ermitteln zurzeit noch in alle Richtungen. Unser größtes Problem ist, dass der Tote noch nicht identifiziert ist. Vordringlichste Aufgabe ist es, die Identität des toten Mannes festzustellen, den wir im Landwehrkanal gefunden haben.«

Der Oberkommissar hielt ein Foto in die Höhe. Das aus den Zeitungen.

»Dieses Bild wurde am Wochenende in allen großen Berliner Tageszeitungen veröffentlicht. Wir haben einige Rückläufe aus dem Berliner Publikum, leider keine verwertbaren. Bislang haben sich nur die üblichen Wichtigtuer und Denunzianten gemeldet. Kein Mensch scheint diesen Mann zu kennen. Oder kennen zu wollen. Wir halten es inzwischen für möglich, dass er gar nicht aus Berlin kommt. Dass er einem Gewaltverbrechen zum Opfer fiel, steht außer Frage. Seine schweren Verletzungen können nicht von dem Autounfall stammen. Lassen Sie mich zum Ergebnis der Obduktion kommen …«

Das meiste von dem, was der Mordermittler runterbetete, hatte Rath schon im Leichenschauhaus gehört. Viel Neues hatten sie übers Wochenende nicht herausbekommen. Noch während Böhm die bisherigen mageren Ermittlungsergebnisse darlegte, gingen zwei Kriminalassistenten herum und verteilten Fotos. Die gleichen, die in den Zeitungen zu sehen waren. Doch die Abzüge hier waren um einiges schärfer als der schlechte Zeitungsdruck. Rath konnte jetzt sehen, dass dem Russen eine nasse Haarsträhne in die Stirn hing. Die Haut schimmerte feuchtglänzend im Blitzlicht. Das waren tatsächlich Tatortfotos.

Königs Frauen machten ihnen Arbeit. So eisern sie bislang geschwiegen hatten, so sehr sprudelte es jetzt aus ihnen heraus. Das hatten sie einem Neuzugang zu verdanken, einem Teil der Ernte, die sie nach dem Zusammenbruch des Alten Fritz eingefahren hatten. Anders als die Männer in Königs Fotogeschichten, die ihre Rolle der Ähnlichkeit mit prominenten Preußen verdankten, waren die Damen allesamt Profis: Prostituierte von den Linden oder der Friedrichstraße. Vier Frauen hatten sie nach den sichergestellten Fotos einwandfrei identifizieren können und in die Mangel genommen. Der Durchbruch kam, als es Rath gelang, Sylvia Walkowski, genannt Kreisch-Sylvie, weiszumachen, sie habe ihre Verhaftung allein der Redseligkeit der roten Sophie zu verdanken, bürgerlicher Name Sophie Ziethen. Jener Dame, die am Tage der Razzia in der Rolle der Mata Hari brilliert hatte.

Und dann hatte es kein Halten mehr gegeben. Als Sophie erfuhr, dass Sylvie geplaudert hatte, packte sie tatsächlich aus. Das wiederum machte andere Damen in den Nachbarzellen sauer. Und so hatten sie nach und nach erfahren, dass die meisten Damen der König-Truppe ihr Geld nicht nur mit Prostitution und Pornographie verdienten, sondern auch in illegalen Nachtlokalen – die meisten mit einfachem Nackttanz. Zwei arbeiteten im *Pegasus*, dessen Spezialität darin bestand, dass dort Damen in den Uniformen der diversen preußischen Kriege paradierten – unten ohne –, während die Herren im Publikum Orden an die rundesten Körperstellen heften durften. Momentan saßen die Damen alle im Polizeigewahrsam und waren damit beschäftigt, sich gegenseitig die Pest an den Hals zu wünschen. Die Aufseherinnen im Frauentrakt waren nicht zu beneiden, Kreisch-Sylvie machte ihrem Namen alle Ehre.

Acht illegale Nachtlokale standen auf ihrer Liste, Adressen in allen Teilen der Stadt. Jede Menge Arbeit lag vor ihnen. Weitere Informationen mussten unauffällig gesammelt, die Razzien vorbereitet und geplant werden. Sie wollten die Lokale alle an einem Abend ausheben, bevor sich die Aktion in der Szene herumsprechen konnte.

»Wie in den alten Zeiten«, freute sich der Onkel, nachdem er gerade mit Lanke telefoniert und um die Bereitstellung von rund zwanzig Lastwagen am nächsten Sonnabend gebeten hatte. »Solche Aktionen hat's früher regelmäßig gegeben. Damals haben wir die Leute lastwagenweise zum Alex gekarrt. Und im großen Konferenzsaal, genau da, wo Dörrzwiebel eben seine Predigt gehalten hat, da wurde dann die Spreu vom Weizen getrennt.« Er rieb sich die Hände.

»Mit Lastern zu den Lasterhöhlen«, kalauerte Jänicke.

Die Kollegen lachten.

»Jawoll«, meinte Wolter, »aber bis dahin ist noch viel zu tun. Keine Zeit, nach irgendwelchen Toten zu fragen. Soll die Inspektion A ihren Scheiß doch allein machen, dafür wird sie schließlich bezahlt!« Er nahm das Foto, das er eben im Konferenzsaal bekommen hatte, riss es mitten entzwei und warf es in den Papierkorb. Jänicke hatte sein Foto beim Hereinkommen achtlos auf den Schreibtisch gepfeffert. Rath hatte seines noch in der Jackentasche stecken. Und er hatte nicht vor, es wegzuwerfen.

Bruno warf ihm einen Seitenblick zu. Doch er sagte nichts und hängte sich wieder ans Telefon. Der Kollege war nicht blöd. Rath glaubte jedoch nicht, dass der Onkel bei seinem gestrigen Überraschungsbesuch Verdacht geschöpft hatte. Rath war noch neu in der Stadt, warum sollte er sich keinen Stadtplan in die Wohnung hängen? Und die Stecknadeln hatte Bruno von der Tür aus unmöglich sehen können. Aber er wusste, dass Gereon Rath schon einmal als Mordermittler gearbeitet hatte.

Kurz darauf, als Jänicke das Büro verlassen hatte, nahm Wolter ihn beiseite.

»Hast du Blut geleckt, Gereon? Willst du den tollen Kerlen von der Mordkommission zeigen, dass du auch ein toller Kerl bist?«

Rath hatte nicht vor, sich einschüchtern zu lassen. Dass Böhm die Fotos hatte verteilen lassen, gab ihm endlich einen dienstlichen Vorwand, in Sachen Boris weiter zu ermitteln. »Es gibt eine offizielle Anweisung des Polizeipräsidenten, die Inspektion A in einem bestimmten Fall zu unterstützen«, sagte er und erschrak, wie bürokratisch er klang. »Und nicht mehr und nicht weniger werde ich tun.«

»Mir brauchst du nichts zu beweisen, Gereon. Mir hast du gezeigt, dass du ein guter Polizist bist. Und meine Einschätzung wird sich auch in deiner Personalakte wiederfinden.« Wolter machte eine kurze Pause, bevor er den nächsten Satz aussprach. »Oder willst du einer süßen kleinen Stenotypistin imponieren? Dann kann ich dir natürlich nicht weiterhelfen.«

Das saß. Wie ein Schlag in die Magengrube. Rath musste innerlich nach Luft schnappen. Warum wollte Bruno ihn verletzen? Weil er selbst verletzt war? Weil er spürte, dass es einen Kollegen, den er binnen kurzer Zeit schätzen gelernt hatte, auf die andere Seite der Glastür zog? Wahrscheinlich hatte er das schon zu oft erlebt.

»Sieh den Tatsachen ins Auge, Bruno«, sagte er und versuchte, trotz der bösen Bemerkung ruhig und sachlich zu bleiben. »Wenn ich bei einer Mordermittlung helfen kann, dann werde ich das tun. Du kannst von mir nicht verlangen, den Anordnungen des Polizeipräsidenten zuwiderzuhandeln.«

»Ich verlange nur von dir, dass du deine Arbeitskraft voll und ganz der Inspektion E zur Verfügung stellst. Was meinst du denn, was es dir einbringt, wenn du Böhm bei seiner dämlichen Leiche hilfst? Was meinst du, was er sagt? Du kannst froh sein, wenn du überhaupt ein Danke hörst! Er wird deine Informationen nehmen und damit den Fall lösen. Und am Ende klopft Dörrzwiebel allein ihm auf die Schulter.«

Wahrscheinlich hatte Bruno recht. Aber Rath hatte ja auch gar nicht vor, Böhm zu helfen. Nicht diesem Arschloch! Er musste nur aufpassen, dass er Bruno nicht zu sehr auf die Füße trat. »Die Anweisung des Polizeipräsidenten gilt für alle«, sagte er.

Er machte es schon wie sein eigener Vater. Sich hinter Dienstvorschriften verstecken, wenn man nichts von sich preisgeben will.

»Nicht so förmlich, mein Junge!« Der Onkel klang wieder versöhnlicher. »Solange du vollen Einsatz für unsere Arbeit zeigst, kannst du tun und lassen, was du willst. Aber vergiss nicht, für wen du arbeitest. Solltest du die Buchstaben E und A zu häufig verwechseln, werde ich meinen breiten Rücken nicht unbedingt zwischen dich und Lanke stellen, falls es Ärger gibt, das solltest du wissen.«

»Hast du irgendeinen Grund, dich zu beschweren? Wir werden einen Haufen illegaler Nachtlokale ausheben, das ist doch was, oder? Und mit Lanke werde ich schon alleine fertig.«

Wolter lachte. »Mit Lanke? Schön wär's! Mit dem sollte sich keiner von uns ohne Schützenhilfe anlegen. Der ist gefährlicher als ein Zuhälter, dem man das Auto zerkratzt hat.« Der Onkel reichte ihm die Hand. »Komm, Schwamm drüber. Vergessen wir die Sache. Ich bin im Moment ein bisschen überarbeitet. Wir sollten nicht streiten.«

Rath zögerte einen Moment und schlug ein. Die Zornesfalten in Wolters Gesicht waren so schnell verschwunden, wie sie gekommen waren.

»Eigentlich hatte ich nämlich vor, dich einzuladen«, fuhr der Onkel fort. »Übermorgen habe ich ein paar Freunde zu Gast bei mir zu Hause. Wäre schön, wenn du dabei wärst.«

Mittwochabend! Der Abend vor Himmelfahrt. Der Abend, den

er für Charlotte reserviert hatte! Doch damit konnte er Bruno jetzt nicht kommen. Die Einladung war ein Versöhnungsangebot, er musste es annehmen. Und er wollte es annehmen. Bruno hatte ihn als Freund bezeichnet. Er brauchte Freunde in dieser Stadt.

»Mittwochabend?« Er würde Charlotte absagen. »Wenn ich dann keine Überstunden machen muss, geht die Sache klar. Ich habe einen strengen Chef.«

»Mittwoch gibt es keine Überstunden. Die machen wir heute. Und was wir bis Mittwoch nicht schaffen, das arbeiten wir am Feiertag ab!« Bruno grinste. Ein Lächeln brachte der Mann einfach nicht zustande.

13

Als er auf den kleinen Vorplatz vor dem Bahnhof Friedenau trat, war es bereits dunkel, doch die Straßen in dieser Gegend waren gut beleuchtet. Gleich ein anderes Gefühl als am Schlesischen Bahnhof. Er musste an seinen Besuch im *Plaza* denken. Einmal würde er es wohl noch versuchen. Er hatte noch einmal mit Gloria gesprochen, gestern Abend, bevor er nach Hause gefahren und todmüde ins Bett gefallen war. Sie hatte ihn nicht geleimt, da war er sich jetzt sicher. »Wenn er mit dir sprechen will, dann wird er mit dir sprechen«, hatte sie gesagt, fast ein wenig beleidigt, dass er ihr misstraut hatte. »Wenn nicht, dann kannst du nichts machen.«

Spät war es geworden, die letzten beiden Tage. Bruno hatte sie nicht geschont, nicht nur Montag hatte er sie Überstunden prügeln lassen, auch gestern. Aber der Onkel hatte Wort gehalten und sie heute um fünf nach Hause geschickt. Sie hatten viel geschafft, doch um die Feiertagsschicht morgen würden sie nicht herumkommen. Aber nichts sprach dagegen, dass Rath auch morgen pünktlich Feierabend machen konnte. Dann würde er ausgehen. Erst ins Kino, dann etwas essen. Und vielleicht tanzen. Mit Charlotte.

Er dachte daran, wie er sie am Montag in der ganzen Burg gesucht hatte. Unauffällig natürlich. Er konnte ja nicht einfach so in die Inspektion A marschieren. Sooft es ging, hatte er nachgeschaut, jede Gelegenheit genutzt, um mal kurz aus dem Büro zu kommen. Bei *Aschinger* hatte er geschaut und in der Kantine, hatte sich immer wieder auf dem Gang vor der Glastür der Mordinspektion herumgedrückt. Alles ohne Erfolg. Als er spätabends nach Hause gekommen war, hatte er sie den ganzen langen Tag nicht gesehen, geschweige denn gesprochen. Der Einfall war ihm bei einem Blick auf das Telefon neben seinem Bett gekommen. Kriminalbeamte wie er mussten erreichbar sein, sie besaßen alle einen Telefonanschluss. Sie war nur Stenotypistin, aber sie war ehrgeizig. Eine winzige Chance bestand, auch wenn er nicht so recht daran glaubte. Nur wenige Leute besaßen einen Fernsprecher. Aber einen Versuch war es wert. Er hatte im Telefonbuch geblättert und war auf einen Eintrag gestoßen. *Ritter, C., Spenerstraße 32, NW HANSA 3919.* Vielleicht hatte er Glück. Er ließ sich mit dem Anschluss verbinden und betete inständig, keinen Carl oder Christian an die Strippe zu bekommen.

»Overbeck«, meldete sich eine Frauenstimme.

Verwählt? Er hätte beinahe wieder aufgelegt. Reflexartig. Doch dann fing er sich. »Guten Abend, Kommissar Rath hier. Entschuldigen Sie die späte Störung, aber ist Fräulein Charlotte Ritter…«

»Wieso spät? Solange das Präsidium vor Mitternacht anruft, ist es noch nicht spät, so viel habe ich inzwischen gelernt. Warten Sie einen Moment.«

Der Hörer wurde neben die Gabel gelegt.

»Charly«, hörte er die Frau rufen. »Charly! Telefon für dich. Das Präsidium!«

Er hörte Türenschlagen, Schritte, lautes Klackern, als der Hörer aufgenommen wurde.

»Böhm?«

Das war ihre Stimme. Beinahe hätte er vergessen zu antworten.

»Böhm, sind Sie das?«

»Nein. Rath hier.«

Pause.

»Oh!?«

Immerhin. Es war ihm geglückt, sie zu überraschen.

»Guten Abend, Herr Kommissar«, fuhr sie fort, »ich hoffe, Sie wollen mich nicht für einen Einsatz in der Inspektion E einspannen.«

»Nein, es geht um etwas Außerdienstliches.«

»Um die Gestaltung des Mittwochabends?«

Sie hatte ihre vage Verabredung also nicht vergessen.

»Nein«, sagte er, »um die Gestaltung des Donnerstagabends.«

Pause.

Das hatte er befürchtet. »Ich hab nur für Donnerstag Karten bekommen«, schob er schnell nach.

»Karten?«

Na also, er hatte sie neugierig gemacht.

»Phoebus-Palast.«

»Ein Kino? Und da gab's nur Karten für den Feiertag?«

»Das Kino im Europahaus, gar nicht so einfach, da Karten zu bekommen. Außerdem umfasst das Arrangement ja noch mehr: Ich hab im *Europa-Pavillon* einen Tisch reservieren lassen.«

Er wusste nicht, ob sie ihm die Lüge wirklich abnahm und ob sie Donnerstag überhaupt Zeit hatte. Aber als sie antwortete, war ihm klar, dass sie die Einladung angenommen hatte. Dabei war es eigentlich gar keine Antwort. »Welcher Film läuft denn?«, hatte sie gefragt.

Zur Adresse der Wolters war es vom Bahnhof aus nicht weit, nur ein kurzer Fußweg. Die Fregestraße, eine ruhige Straße, von Bäumen gesäumt, die Hausfassaden strahlten solide Bürgerlichkeit aus. Rath fühlte sich an Klettenberg erinnert. Am Straßenrand parkten einige Autos unter den Bäumen, Rath erkannte Brunos Ford, aber auch einen großen Horch und sogar einen Maybach.

Er ging durch einen kleinen Vorgarten zum Haus, zog den Mantel zurecht, klingelte und schaute nach oben. Ein hübsches zweistöckiges Häuschen, keine Villa, aber auch keine Hütte. Das einzige freistehende Haus hier, soweit er sehen konnte. Es dauerte einen kurzen Moment, dann öffnete eine Frau die Tür. Rath kannte das Gesicht von dem kleinen Foto auf Brunos Schreibtisch.

»Guten Abend, Frau Wolter.« Er schüttelte ihre Hand und gab ihr den Blumenstrauß.

»Oh, vielen Dank! Sie sind Herr Rath, nicht wahr?« Er nickte. »Bruno hat schon viel von Ihnen erzählt.«

Er trat ein und schaute sich um. Die Wohnung war großzügig geschnitten. Eine Treppe führte nach oben. An der Garderobe im Flur hingen viele Mäntel, darunter zwei Uniformmäntel der Reichswehr. Weiter hinten in der Wohnung hörte man das Durcheinander vieler Stimmen und das Klirren von Gläsern. Ein Plattenspieler dudelte Schlager.

»Geben Sie mir Hut und Mantel«, sagte Emmi Wolter.

»Danke.«

Sie legte den Blumenstrauß kurz beiseite, als sie ihm aus dem Mantel half.

»Gehen Sie immer dem Krach nach«, sagte sie. »Männer mögen es nun einmal laut. Ihr Kollege, der junge Herr Jänicke, ist auch schon da.«

Der Frischling auch? Damit hatte Rath nicht gerechnet. Jänickes Verhältnis zu Bruno war nicht unbedingt freundschaftlich zu nennen. Aber wahrscheinlich wollte der Onkel den Dritten in ihrer Truppe nicht einfach ausschließen. Er selbst hätte es wahrscheinlich genauso gemacht, dachte Rath.

Emmi Wolter ging eilig voran und öffnete die Tür. »Bitte sehr. Ich stelle erst einmal die Blumen ins Wasser. Was darf ich Ihnen anbieten?«

»Einen Cognac bitte.«

Dichter Zigarettenqualm hing in dem großen Salon, den er betrat. Gut ein Dutzend Männer bevölkerten den Raum. *Nur ein paar Freunde*. Stephan konnte er nirgends entdecken. Bruno stand mit zwei Reichswehroffizieren und einem Zivilisten zusammen und redete mit ernstem Gesicht auf seine Gesprächspartner ein. Als er Rath erblickte, hellten sich seine Züge auf. Er breitete die Arme aus und kam auf ihn zu.

»Gereon! Schön, dass du gekommen bist!«

»Na, so oft hat man ja nicht Gelegenheit, einem Kollegen die Vorräte wegzutrinken.«

Bruno lachte. »Komm mit, ich muss dich ein paar Freunden vorstellen. Stephan ist auch da, aber keine Ahnung, wo der sich gerade rumtreibt.« Er führte ihn zu den drei Männern, bei denen er zuvor gestanden hatte.

»Meine Herren, darf ich Ihnen meinen engsten Kollegen vorstellen? Kriminalkommissar Gereon Rath.«

Rath nickte kurz. Wolter fuhr mit dem Vorstellen fort.

»Generalmajor Alfred Seegers …« Ein grauhaariger Mann mit schmalen Lippen und einem hageren Gesicht deutete eine Verbeugung an. »… Oberleutnant Werner Fröhlich …« Ein blonder Mittvierziger grüßte mit seinem Cognacglas. »Und das hier ist Paul Geitner«, stellte Wolter schließlich den Zivilisten vor. An Geitners Revers glänzte ein kleiner rot-weißer Metallknopf mit einem schwarzen Hakenkreuz. »Alles Kameraden aus dem Krieg. Das schweißt zusammen. Wir sehen uns noch heute regelmäßig. Leider fehlt Helmut Behnke, der war auch einer von uns.«

»Haben Sie gedient, Herr Kommissar?«, fragte Seegers. Wie zu Kaisers Zeiten. Ein Preuße alter Schule. Ein bisschen erinnerte er Rath an seinen Vater.

»Ja. Aber nicht an der Front. Der Krieg war aus, bevor ich meinen Marschbefehl erhielt.«

»So viele kampfbereite junge Leute. Wir hätten den Krieg gewinnen können! Wenn diese Novemberverbrecher uns nicht verraten hätten!«

Rath kannte diese Sprüche. Die gehörten in nationalen Kreisen zum guten Ton. Er seinerseits war eigentlich froh, nicht zu Kanonenfutter verarbeitet worden zu sein. Aber das musste er hier nicht so laut sagen.

»Na, mit Deutschland wird's schon wieder aufwärtsgehen«, meinte Wolter. »Ah! Danke, Emmi.«

Emmi Wolter war mit einem Cognacglas erschienen, das sie Rath reichte. Gelegenheit zum Themenwechsel. Rath hatte wenig Lust, über den verlorenen Krieg zu reden.

»Auf den Gastgeber«, sagte er und hob das Glas.

»Auf den besten Scharfschützen, den die deutsche Armee je hatte«, ergänzte der hagere Generalmajor. Offensichtlich meinte er Bruno. Die Männer prosteten sich zu.

Seegers nahm ihn beiseite. »Sagen Sie, Sie waren mit Bruno im Einsatz gegen die Kommunisten?«

Rath nickte.

»Da wollen die Sozis einmal durchgreifen, und dann geht es so daneben.« Seegers schüttelte den Kopf. »Bruno hat mir alles erzählt. Diese dilettantische Waffensuche.« Der Offizier klopfte ihm auf die Schulter. »Nichts für ungut, junger Freund, das geht nicht gegen Sie. Befehl ist Befehl. Ihre Chefetage hat versagt. So etwas muss man ganz anders aufziehen, aber dazu sind die Sozen ja nicht in der Lage.«

»Immerhin haben sie jetzt den Rotfrontkämpferbund verboten.«

»Ja, toller Witz, nicht wahr! Die Roten lachen sich doch ins Fäustchen! Die Sozen sind nicht imstande, auch nur ein einziges Waffenlager auszuheben, aber mit einem Verbot glauben sie, der Sache Herr zu werden. Lachhaft! Die Rotfront hatte vor dem Verbot schon illegale Waffenlager, warum sollte sie jetzt vor illegalen Aktionen zurückschrecken? Und die Revolution, von der die Roten träumen, ist sowieso illegal.«

»Ich glaube nicht, dass die Kommis bereit sind für die Revolution. Das wären sie gerne, aber eigentlich ist es ein undisziplinierter Sauhaufen.«

Seegers lachte. »Sie gefallen mir, junger Freund. Ein Sauhaufen, fürwahr! Aber wie lange? Die Rote Armee hat fähige Offiziere, das können Sie mir glauben, ich weiß, wovon ich spreche, und Moskau unterstützt die deutsche Rotfront nach Kräften. Und wenn das

Gold, hinter dem momentan alle her sind, in die falschen Hände gerät, dann gute Nacht! Dann können die Roten sich Waffen leisten, gegen die Ihre Polizei nichts ausrichten kann. Und wir mit unseren kläglichen hunderttausend Mann sind dann auch machtlos.«

»Welches Gold?«

Seegers wurde so leise wie ein Verschwörer. »Sagt Ihnen der Name Sorokin etwas?«

Rath zuckte die Achseln. »Muss man den kennen?«

»Alter russischer Adel. Haben Generationen von Offizieren in der Armee des Zaren gestellt.« Der Offizier zog ein kleines silbernes Etui aus seiner Uniformjacke und klappte den Deckel auf. »Auch eine?«

Rath nahm eine Zigarette. Geschichten mit Russen interessierten ihn zurzeit sehr. Seegers gab ihm Feuer und steckte sich dann selbst eine an.

»Nur die letzte Generation hat den Zaren im Stich gelassen und ist zu Kerenski umgeschwenkt.« Seegers inhalierte gierig. Er wirkte wie ein Vampir, der Blut saugt. »Den Bolschewiken war das egal. Die haben die Liberalen genauso über die Klinge springen lassen wie die Monarchisten. Nur wenigen Sorokins soll die Flucht geglückt sein. Und ihren sagenhaften Schatz mussten sie zurücklassen. Die Roten haben jeden Winkel in den Sorokin-Schlössern abgesucht, bevor sie Kasernen und Fabriken daraus machten, und nichts gefunden. Das Gold blieb verschwunden.« Er machte eine bedeutungsschwangere Pause und zog noch einmal tief an seiner Zigarette. »Nun aber soll es wieder aufgetaucht sein!«

»Stalin wird sich freuen.«

»Ach was, junger Freund!« Seegers machte eine abwehrende Handbewegung. »Stalin ist außer sich! Gold im Wert von rund achtzig Millionen Reichsmark soll außer Landes geschafft worden sein. Und wissen Sie wohin?«

Rath hatte keine Ahnung und zuckte mit den Schultern.

Seegers schaffte es, noch etwas leiser zu sprechen. »Man munkelt, das Sorokin-Gold sei in Berlin!«

»Achtzig Millionen? Das ist ja eine unglaubliche Summe!«

Seegers nickte. »Deswegen hat Stalin ja auch solche Angst. Gerade jetzt, wo er Trotzki in die Wüste geschickt hat. Er fürchtet, das Geld könnte in die Konterrevolution gesteckt werden. Den Sorokins wäre so etwas zuzutrauen. Stalin rechnet mit dem Schlimmsten. Was meinen Sie, wie viele Tschekisten deswegen momentan in Berlin unterwegs sind? Thälmanns Leute helfen ihnen bei der Suche – in der Hoffnung, dass für sie auch etwas abfällt von dem Kuchen.«

»Woher wissen Sie das alles?«

»In der Reichswehr erfährt man so manches.« Seegers setzte ein Grinsen auf, das eigentlich ein Lächeln hatte werden wollen, und zwinkerte ihm zu. Es sah seltsam verzerrt aus, als passe so viel Mimik auf einmal gar nicht in sein hageres Gesicht.

»Und hinter diesem Gold sind die Kommunisten her?«

»Hinter diesem Gold ist jeder her, der davon weiß. Man erzählt sich, der Kurier sei schwach geworden und habe alles für sich behalten wollen. Jedenfalls ist es wohl nicht da angekommen, wo es ankommen sollte.«

»Bei den Sorokins.«

»Oder bei ihren politischen Freunden. Man munkelt, die liberalen Sorokins hätten sich mit der *Krasnaja Krepost* zusammengetan, um Stalin gemeinsam die Macht zu entreißen.«

»Mit wem?«

»*Krasnaja Krepost.* Heißt so viel wie rote Festung. Kommunistische Abweichler. Wie Trotzki. Vielleicht hat der ja auch seine Finger im Spiel. Und der Mann kann eine Armee aufbauen, wie man weiß.«

»Warum erzählen Sie mir das alles?«

»Weil es um Deutschland geht, junger Freund. Sie waren Soldat. Wir sind Kameraden! Dieses Gold darf nicht in die falschen Hände geraten.«

»Warum gibt es da keine Anzeige der Reichswehr bei der Politischen Polizei?«

»Wie ich schon sagte: Das Gold darf nicht in die falschen Hände geraten. In dieser Sache gibt es keine Anzeigen, nichts Offizielles. Leute unseres Vertrauens in der Polizei kann man einweihen, doch die Politische Polizei als Apparat wird niemals etwas von dieser Angelegenheit erfahren. Sie verstehen? Auch Ihnen habe ich das im Vertrauen erzählt. Ein Freund von Bruno ist auch mein Freund.«

»Ihr Vertrauen ehrt mich.«

»Oh!« Wenn er lächelte, glich er einer Hyäne. »Es geht hier nicht nur um Vertrauen, junger Freund, es geht um Kameradschaft. Wissen Sie, dem Deutschen Reich sind nicht mehr als hunderttausend Soldaten erlaubt. Lächerlich! Aber es gibt viele Männer, die gute Soldaten sind, auch wenn sie kein Feldgrau tragen. Deutschland braucht gute Soldaten, und ein guter Polizist ist immer auch ein guter Soldat. Polizei und Reichswehr sollten zusammenhalten, wenn es um Deutschland geht.«

»Ich glaube, da sind Sie bei mir an der falschen Adresse. Polizist und Soldat, das sind für mich immer noch zwei sehr unterschiedliche Dinge. Und ich muss es wissen, ich war beides schon einmal.« Langsam war es an der Zeit, diesem Offizier die Meinung zu sagen. Rath hatte sich das bislang verkniffen, weil er Seegers' Verschwörungstheorie zu Ende hören wollte. »Ich bin Polizist geworden, weil ich für Recht und Ordnung und für sichere Straßen sorgen möchte, und nicht, um Soldat zu spielen oder Krieg. Und schon gar nicht Bürgerkrieg.«

Seegers hob beschwichtigend die Hände. »Ich wollte Ihnen nicht zu nahe treten, junger Freund. Niemand will Krieg. Aber Deutschland hat viele Feinde, und wenn die den Krieg wollen, dann sollten wir gewappnet sein. Und ich bin mir sicher, wenn das Vaterland zu den Waffen ruft, dann werden auch Sie diesen Ruf hören. Einmal Soldat, immer Soldat. Sie sind Soldat, mein Freund, Sie können das nicht verleugnen. Und wir brauchen Leute wie Sie!«

Rath war froh, als er im Nebenraum Stephan Jänicke entdeckte. »Sie entschuldigen mich«, sagte er zu Seegers, »aber ich muss da gerade einen Kollegen begrüßen.«

»Schon gut«, rief ihm Seegers hinterher. »Denken Sie einfach mal darüber nach.«

Rath ging zu dem Frischling, der ein wenig verloren mit seinem Glas im Raum stand.

»Hallo, Gereon!« Jänicke wirkte erleichtert, ihn zu sehen.

Rath prostete ihm zu. »Unser lieber Bruno scheint ja sehr an seiner Militärzeit zu hängen.«

»Ja, 'ne ganze Menge Soldaten. Oder wenigstens ehemalige Soldaten«, meinte Jänicke. »Scheint an seinem Alter zu liegen.«

»Nur alte Kameraden, da passen wir nicht ganz hin, fürchte ich.«

»*Du* warst doch Soldat, Gereon.« Fast klang es, als würde Jänicke es bedauern, nicht im Krieg gewesen zu sein.

»Ich hab die Grundausbildung mitgemacht, und dann war Ende. Glück gehabt.«

Emmi Wolter ging mit einem Tablett herum. Rath griff ein gefülltes Ei.

»Wo warst du denn die ganze Zeit?«, fragte er. »Wir haben uns schon Sorgen gemacht. Hätten fast das Vermisstendezernat eingeschaltet. Hast dich doch nicht verlaufen?«

Jänicke wirkte verlegen. »Nicht so leicht, in diesem Haus die Toilette zu finden«, sagte er. »Unten war besetzt, da bin ich die Treppe rauf.«

Emmi Wolter lachte, die Eier auf dem Tablett wackelten. »Stellen Sie sich vor, ich habe Herrn Jänicke gefunden, wie er oben hilflos durch die Dunkelheit tappte und nach Licht suchte! Dabei war das Bad gleich hinter der nächsten Tür!« Die Hausherrin fand das amüsant. Jänicke lief rot an.

»Na ja, die Wohnung ist aber auch wirklich ziemlich groß.«

»Ja, wir haben sogar zwei Badezimmer!« Emmi Wolter sagte das nicht ohne Stolz.

»Da ist die Wahrscheinlichkeit, eines zu finden, ja umso größer«, meinte Rath.

Die Hausherrin kicherte. »Bruno hat mir erzählt, dass Sie ein Lustiger sind. Ich hoffe, Sie amüsieren sich.« Sie senkte ihre Stimme. »Brunos Freunde erzählen mir manchmal ein bisschen zu viel vom Krieg.«

»Ach, das ist schon in Ordnung«, sagte Rath. »Wir fühlen uns hier sehr wohl.«

»Wenn Sie sich mit einem Kollegen unterhalten wollen: Den Rudi Scheer lädt Bruno auch immer ein. Der einzige Polizist, der regelmäßig kommt, schon seit Jahren. Die anderen Kollegen wechseln häufiger, aber zu Rudi hat er immer noch einen guten Draht.«

Scheer? In der Inspektion E gab es niemanden, der so hieß. Sie musste sein fragendes Gesicht bemerkt haben.

»Der betreut die Waffenkammer«, fuhr sie fort, »die beiden haben früher mal zusammengearbeitet. Soll ich Sie miteinander bekannt machen?«

Die Waffenkammer. Parabellum-Wolter. Natürlich. Er hatte Bruno immer noch nicht gefragt, wie es ihn, den Scharfschützen, eigentlich zur Sitte verschlagen hatte.

»Das ist sehr nett von Ihnen, aber ich fürchte, dafür fehlt mir die Zeit. Ich wollte ohnehin nur kurz vorbeischauen. Morgen sind wir wieder im Dienst, und da müssen wir ausgeruht sein.« Jänicke nickte zustimmend. »Wir haben einen strengen Chef!«

Sie lachte. »Schade, schade. Aber ich verstehe: Dienst ist Dienst. Sagt Bruno auch immer, wenn er sich rarmacht. Aber kommen Sie uns doch ein andermal besuchen, Sie und Ihr Kollege.«

»Versprochen«, sagte Rath. Emmi Wolter trug ihr Tablett weiter.

Wolter wirkte nicht enttäuscht, als sich die beiden Kollegen wenige Minuten später von ihm verabschiedeten. Die leichte Rötung seines Gesichts verriet den Alkoholpegel, den er inzwischen erreicht hatte. Er klopfte seinen Mitarbeitern zum Abschied jovial auf die Schultern. Seine Frau führte sie aus dem verqualmten Salon hinaus. Rath war froh, als sie kurz darauf wieder an der frischen Luft waren. Nicht nur wegen des Zigarettenqualms.

»Puhh«, machte er, als er zusammen mit Jänicke den Weg zum Bahnhof Friedenau einschlug. »Brunos alte Kameraden! Man sollte gar nicht glauben, dass es so viele Soldaten gibt. Wo die Reichswehr doch nur hunderttausend Mann haben darf.«

»So wenige sind es nicht. Auch Polizisten sind Soldaten.«

Rath stutzte. »Wie bitte?«

»Mir wurde heute das Angebot unterbreitet, die Polizei solle doch mehr mit der Reichswehr zusammenarbeiten. Inoffiziell natürlich.«

»Generalmajor Seegers?«

Jänicke nickte.

»Der war wohl heute auf Rekrutierungstour. Mich hat er auch angequatscht.«

»Ob Bruno schon ein inoffizieller Mitarbeiter der Reichswehr ist?«

Rath zuckte die Achseln. »Kann ich mir nicht vorstellen. Er hat einfach zu viele Freunde bei der Armee. Schwelgen in alten Zeiten. Mag sein, dass sie sich ab und zu was erzählen, aber zusammenarbeiten? Nein! Ich glaube, dieser Seegers hatte einfach zu viel getrunken. Mir hat er was von einem russischen Goldschatz erzählt, der in Berlin verschollen ist und den sich angeblich die Kommis unter den Nagel reißen wollen. 80 Millionen wert, sagt er. So ein Blödsinn. So viel Gold kann man gar nicht unbemerkt von Russland nach Berlin schmuggeln.«

Jänicke zog die Augenbrauen hoch. Doch der wortkarge Ostpreuße sagte nichts. Schweigend gingen die Männer die Straße hinunter, bis der Backsteinbau des kleinen Bahnhofs vor ihnen auftauchte. Die beleuchteten Uhren zeigten halb zwölf.

14

Er hatte wenig geschlafen, und dennoch war er bester Laune, als er am Donnerstagmorgen das Büro betrat. Ein Lied auf den Lippen, das er selbst nicht kannte, schleuderte er seinen Hut in Richtung Garderobenständer. Und traf. Jänicke pfiff anerkennend durch die Zähne.

»Wo hast du das denn gelernt?«

»So was lernt man nicht, so was kann man.« Rath zog seinen Mantel aus. »Bruno noch nicht da?«

Jänicke schüttelte den Kopf. »Die Party gestern war wohl etwas viel für ihn.«

Schmittchen, ihre Sekretärin, hatte bereits Kaffee gekocht. Aus dem Vorzimmer hörte man das unentwegte Klappern ihrer Schreibmaschine. Ratatata – schnell wie ein Maschinengewehr. Zur Vorbereitung der Razzien am Samstag waren eine ganze Menge dienstlicher Anträge und richterlicher Beschlüsse nötig. Auch sie musste den Feiertag durcharbeiten.

»Ach, bevor ich's vergesse: Da hat eben jemand angerufen, der wollte aber nur mit dir oder Bruno sprechen«, sagte Jänicke.

»Und?«

»Ich wollte seine Rufnummer notieren, aber er sagte, das ginge mich gar nichts an. Er ruft später noch mal an, hat er gesagt.«

Wie auf Kommando klingelte das Telefon auf Raths Schreibtisch.

»Das ist er bestimmt«, meinte Jänicke.

Rath hob ab. Es war Wolter. Er nuschelte irgendetwas von wegen später kommen und gab ein paar knappe Anweisungen. Rath hatte gerade aufgelegt, da klingelte das Telefon noch einmal.

Rath erkannte die Stimme sofort. Franz Krajewski.

»So früh am Morgen auf den Beinen?«, fragte er den Pornokaiser. »Und das am Vatertag?«

»Hören Sie, ick kann nich lange reden, aber ick muss Sie sprechen. Wenn Se mir nen Jefallen tun – ick hätte da'n paar Informationen, die dürften Se interessieren.«

»Den Gefallen habe ich dir schon getan, oder?« Rath versuchte so harmlos zu klingen, als spräche er mit seiner Freundin. Jänicke musste nicht wissen, wen er da an der Strippe hatte.

»Na ja, ick könnte noch eenen jebrauchen.«

»Und warum sollte ich das tun?«

»Hörense doch erst mal, wat ick zu sagen habe.« Krajewskis Stimme wurde leiser. »Sie suchen doch nach diesen Filmen. Wenn Sie mal eine Vorstellung besuchen wollen …«

Rath wurde hellhörig. »Ich habe noch nicht gefrühstückt«, sagte er. »Vielleicht sollten wir eine Kleinigkeit zusammen essen.«

»Kommense bloß nich nach Neukölln!« Die Stimme klang erschrocken, obwohl sie nur leise durch den Hörer kam.

»Ich hatte nicht vor, dich zu besuchen. Wir gehen aus.«

»Aber nich am Alex, da kennen mich zu viele.« Krajewski flüsterte immer noch. Er war nur mühsam zu verstehen. »Das *Grinzing* im *Haus Vaterland*. Da jehn nur Touristen hin.«

Rath kannte den Laden. Mit der U-Bahn konnte er in einer Viertelstunde dort sein.

»Einverstanden. Halb neun?«

»Halb neun. Und Sie zahlen!«

»Das entscheide ich nach dem Essen.«

Er legte auf und griff nach Hut und Mantel.

Jänicke blickte überrascht auf. »Das war aber ein kurzes Gastspiel.«

»Schon vergessen, dass heute Feiertag ist? Wenn der Onkel kommt, sag ihm, ich bin unterwegs. Mal eben was überprüfen.« Er zwinkerte genauso verschwörerisch, wie er es an Weinert nicht leiden konnte. Der Kleine sollte denken, er träfe sich mit einer Frau. »Bin in ein, zwei Stunden wieder da.«

Das *Haus Vaterland* war ein riesiger Vergnügungstempel in der Nähe des Potsdamer Platzes. Alles unter einem Dach: ein großes Kino, mehrere Kneipen und Restaurants, vom türkischen Café bis zur Wildwest-Bar. Die Berliner mieden das *Vaterland*, dennoch herrschte dort jeden Abend ein unglaublicher Rummel. Rath dachte daran, wie er seinen ersten Abend in der fremden Stadt in der *Rheinterrasse* im *Vaterland* verbracht hatte – wo es nicht einmal Kölsch gab, nur viel zu süßen Wein. Und weinselige reifere Frauen, die Jagd auf alleinstehende Männer machten. Nach diesem ernüchternden Abend war er nicht mehr im *Haus Vaterland* gewesen.

Morgens war hier nicht viel los. Wenigstens musste Rath um diese Uhrzeit noch keinen Eintritt berappen, um den Komplex überhaupt betreten zu dürfen. Abends war das hier üblich. Die Touristen staunten nicht schlecht, wenn sie dann an der Kinokasse gleich noch einmal zahlen durften. Das *Grinzing* wollte aussehen wie ein Wiener Heurigenlokal, weniger wie ein Kaffeehaus. Künstliches Grün rankte die Wände hoch, Lampions hingen an der Decke. Als Rath das Lokal betrat, saß Franz Krajewski an einem weiß gedeckten Tisch, vor sich eine Tasse Kaffee und ein Glas Weißwein. Der Mann zog nervös an seiner Zigarette. Rath setzte sich zu ihm und legte seinen Hut auf den Tisch. Er hatte nicht vor, lange zu bleiben.

»Schon beim Frühstück?«, fragte er.

Krajewski lächelte gequält. »Immer humorvoll, dein Freund und Helfer!« Er schwieg einen Moment, bevor er fortfuhr. »Sie können mir 'nen Jefallen tun«, sagte er.

Rath sagte nichts. Sein Schweigen machte Krajewski nervös. Er redete weiter.

»Man hört, det da irjendwat im Busch is. Ihr plant irjendwat Jroßet, hab ick recht?«

Es war erstaunlich, wie gut der Buschfunk in dieser Stadt funktionierte. Durch irgendeine lecke Stelle in der Burg musste etwas von der geplanten Razzia gesickert sein.

»Was meinst du, wer hier wem etwas erzählt? Das Spiel läuft anders, das solltest du eigentlich wissen. Erzähl du mir etwas, und vielleicht bekomme ich dann so gute Laune, dass ich sogar dein Frühstück bezahle.«

»Ick weeß, wie det Spiel looft, ick erzähl Ihnen ja ooch wat. 'ck hab nur keene Lust, von Ihre Kollejen irjendwo injesammelt zu wer'n. Bringt Ihnen ja ooch nix, wenn ick im Kahn sitze.«

Rath sagte nichts. Seine Hände spielten mit einem kleinkalibrigen Projektil, das er aus der Tasche geholt hatte.

Krajewski hob beschwichtigend die Hände. »Is ja jut, Meester, ick erzähl ja schon. Aber meine Worte solltense sich trotzdem durch 'n Kopp jehen lassen.«

Krajewski schwieg, als der Kellner an ihren Tisch trat und Raths Bestellung aufnahm. Er sprach erst weiter, als sie wieder allein waren.

»Also, wennse 'ne interessante Kinovorführung besuchen wollen: Sonnabend. Um zwölfe.« Er beugte sich vor und sprach noch leiser. »Die *Pille*, 'n jeheimet Kellerlokal in der Motzstraße, janz nah bei'n Nollendorfplatz. Und da issen Hinterzimmer, da jeht's an den Abend rund, wa.«

Rath steckte die Pistolenkugel zurück in seine Brieftasche. »Hört sich gut an«, meinte er. »Aber wenn du mir Scheiß erzählt hast, gibt's Ärger. Wenn wir da am Samstag erscheinen und nichts finden, dann geh ich davon aus, dass du uns verpfiffen hast, ist dir das klar?«

Krajewski nickte. Der Kellner kam und stellte eine Tasse Kaffee und ein Glas Wasser auf den Tisch. Rath trank einen Schluck und schob Krajewski dann die Fotos über den Tisch, die er jeden Morgen einsteckte.

»Vielleicht kannst du mir noch einen Gefallen tun«, sagte er. »Kennst du einen von denen?«

Krajewski ergriff das Bild des Toten. »Der war in der Zeitung, richtig?«

Rath nickte.

»Keine Ahnung, sonst nie gesehen.«

»Und der?« Rath deutete auf das Foto Kardakows.

»Hmm…« Krajewski zog die Stirn in Falten. »Kommt mir bekannt vor. Wat soll'n der jemacht ha'm?«

»Koks«, sagte Rath, »der verkauft Koks.«

Krajewski schüttelte den Kopf. »Nee, dann kenn ick den doch nich. Meinte wohl 'nen andern.« Er gab Rath die Bilder zurück und trank sein Glas leer. »Und wer zahlt nu? Ick muss doch wissen, ob ick noch wat bestell.«

»Du kannst es dir aussuchen: Soll ich dir einen Gefallen tun, oder soll ich die Rechnung bezahlen?«

Krajewski überlegte nur kurz. »Dann lieber den Jefallen.«

»Gut.« Rath erhob sich und setzte seinen Hut auf. »Nur ein kleiner Tipp: Bleib am Wochenende zu Hause.«

Irgendetwas hatte ihn erwischt. Ohne zu wissen, wie es geschehen war, fand er sich auf dem Boden wieder, alle Knochen taten ihm weh. Er hatte das Gefühl, von einem D-Zug überfahren worden zu sein, doch die fuhren nicht in der ersten Etage des Polizeipräsidiums. Offensichtlich war es ein Mensch.

»Können Sie nicht aufpassen!«

Die Stimme kannte er. Das war schlimmer als ein D-Zug. Rath schaute auf.

Richtig! Oberkommissar Böhm.

Der Mordermittler stand immer noch stabil wie eine deutsche Eiche auf dem grauen Steinboden, Rath dagegen hatte es langgelegt. Beinah wäre er die Treppe, die er gerade heraufgekommen war, wieder hinuntergefallen. Er hielt sich die schmerzende Schulter. Zugegeben, er war etwas schnell die Treppen im Präsidium hochgeeilt, ein wenig euphorisch halt. Der Tipp von Krajewski hatte seine Schritte beflügelt. Kam genau zur richtigen Zeit. Passte gut in ihre Pläne für Samstag. Er spürte, es würde ein guter Tag für ihn werden. Und dann das. Er war schon oben auf dem Treppenabsatz, da hatte ihn die Tür, die vom Treppenhaus auf den Gang führte, fast aus den Schuhen gehauen, dass er rücklings auf dem Boden gelandet war.

»Wo haben Sie denn Ihre Augen, Mann! Sie hätten mich ja beinah über den Haufen gerannt!«

Rath sagte nichts. Der Hut war ihm vom Kopf gerollt, die Fotos aus der Tasche gefallen, er sammelte alles wieder ein.

»Wollen Sie mir vielleicht etwas sagen, Herr Kollege?«, fragte Böhm. Er kniff die Augen zusammen.

Rath rappelte sich wieder hoch und setzte den Hut auf. »Ich? Aber mit Verlaub, Herr Oberkommissar, *Sie* sollten sich entschuldigen«, sagte er. Er hatte sich entschlossen, zum Gegenangriff überzugehen. Bei allem gebotenen Respekt.

Böhm schien ihm gar nicht zugehört zu haben. »Wenn Sie etwas über diesen Toten wissen, den Sie da gerade in die Tasche gesteckt haben, dann sollten Sie mir das mitteilen«, sagte er nur.

Rath strich seinen Anzug glatt und schwieg.

»Vielleicht können Sie damit anfangen und mir sagen, wer die andere Person ist, die mich da gerade angeguckt hat.«

Der Mistkerl hatte Kardakow gesehen. Ob er auch wusste, dass Charlotte ihn am Landwehrkanal getroffen hatte? Rath musste aufpassen, dass Böhm nicht allzu misstrauisch wurde. Nicht so einfach bei einem Kollegen. Misstrauen gehörte zum Berufsprofil eines Bullen, und Böhm schien das wandelnde Misstrauen zu sein.

»Ermittlungen der Inspektion E«, sagte er. »Ein Kokainhändler, der möglicherweise mit einem Pornoring in Zusammenhang steht.« Das war die Verbindung, die er sich zurechtgelegt hatte, wenn er erklären musste, warum er in einem Fall ermittelt hatte, der gar nicht in sein Aufgabengebiet passte. Die Lösung für den Mord am Landwehrkanal sozusagen als Nebenprodukt ihrer Pornographieermittlungen. Über das Koks ließen sich da immer Zusammenhänge herstellen. Oder zumindest konstruieren. »Auch wir haben zu tun«, fuhr er fort. »Sie müssen nicht glauben, dass sich alle darum reißen, der Mordinspektion zu helfen.« Er holte das Bild von Boris aus der Tasche. Immer schön offensiv rangehen. »Ich kenne Kollegen, die dieses Foto weggeworfen haben. Sie sollten froh sein, dass ich die Inspektion A noch unterstütze.«

Böhm schaute noch eine Spur brummiger drein.

»Schön«, sagte er schließlich. »aber meine Freude hält sich in Grenzen, wenn Sie dieses Foto nur mit sich herumtragen, ohne dass ich auch etwas von Ihnen höre. Lassen Sie mich eines klarstellen: Wenn Sie mir etwas zu sagen haben, dann sollten Sie es mir auch sagen. Ich mag es nicht, wenn man mir ins Handwerk pfuscht!«

Rath zog ungerührt eine Overstolz aus der Schachtel. Jetzt einfach lässig bleiben. Das Ekel konnte unmöglich etwas wissen. Böhm nutzte nur jede Gelegenheit, die er fand, um Untergebene anzuschnauzen.

»Habe ich mich klar ausgedrückt, Herr Kommissar?«

»Überaus klar, Herr Oberkommissar!« Rath steckte die Zigarette an und inhalierte tief. Er stieß den Rauch erst aus, als Böhm an ihm vorbei war und die Treppe hinunterpolterte.

Sie war froh, heute etwas früher gehen zu können. Die Stimmung in der Mordinspektion war nicht die beste. Böhm kam keinen Schritt voran, seine Laune wurde zusehends schlechter. Und das lag nicht am Feiertagsdienst. Wie er vorhin aus dem Büro gestürmt war! Wie eine Dampfwalze. Sie wusste, dass ihr Chef manchmal cholerisch wirkte, aber eigentlich kam sie gut zurecht mit ihm, er akzeptierte sie, und das rechnete sie ihm hoch an. Doch im Moment war mit ihm nicht gut Kirschen essen. Jetzt, wo er draußen war, hatte sich die Stimmung gleich entspannt. Gräf, der hinter seinem Schreibtisch gehockt hatte, als ducke er sich vor Schlägen, richtete sich auf und atmete durch.

Sie dachte an den Abend. Das grüne Kleid wollte sie nicht anziehen. Das brachte Unglück. Wieder ein Donnerstag. Vor genau einer Woche war ihr letztes Rendezvous grandios gescheitert. Gestern war sie das erste Mal seit dem abgebrochenen Abend im *Moka Efti* wieder ausgegangen. Mit Greta. Den ganzen Abend hatten sie über Männer gesprochen und waren sich einig: Auf Kerle, die einen nicht als arbeitende Frauen akzeptierten, sollte man sich gar nicht erst einlassen. Dass sie bereits die nächste Verabredung eingegangen war, hatte sie Greta nicht verraten. Sie hatte ihr überhaupt noch nichts von dem Neuen im Präsidium erzählt. Wahrscheinlich hatte sie sich geschämt, dass sie sich nach dem Reinfall im *Efti* schon wieder mit einem Mann traf. Und dann noch mit einem aus der Burg. Aber Greta musste schließlich nicht alles wissen.

Es war gut, dass er schon seit einer Viertelstunde hier war und früh genug Karten gekauft hatte. Es schien voll zu werden im *Phoebus-Palast*, fast als wollten die Menschenmassen seine Telefonlüge, die angeblichen Schwierigkeiten, Karten zu bekommen, bestätigen. Während die Menschen ins Kino drängten, stand Rath an den Schaukästen und betrachtete die Werbefotos. Gustav Fröhlich als Schupo und eine Frau, die ihn ein wenig an Charlotte erinnerte, nur dass die hier viel aufgedonnerter daherkam. Aber so war das eben im Film, da legten ja sogar die Männer Lippenstift auf. Selbst wenn sie einen Schupo spielten. Er musste schmunzeln, als er sich die abgebrühten Schupos vom Alex mit rot gemalten Lippen vorstellte.

Asphalt hieß der Film. Ein Polizistendrama. Das passte ja. Er hatte noch gar nicht gewusst, was überhaupt lief, als er Charlotte vor drei Tagen ins Kino eingeladen hatte. Der *Phoebus-Palast* hatte sich allein wegen seiner Nähe zum *Europa-Pavillon* angeboten. Beide waren im großen Neubaukomplex des Europahauses untergebracht. Umso besser, dass es ein Film mit Polizisten war. Obwohl es mehr nach Liebesschmonzette als nach Kriminalfilm aussah. Unruhig schaute er auf die Uhr. In fünf Minuten fing der Film an, doch von ihr war noch nichts zu sehen.

Der Rummel um ihn herum wurde immer lebhafter. Im *Europahaus* waren außer dem Kino auch mehrere Restaurants, Cafés und Tanzdielen unter einem Dach untergebracht. Fast wie im *Haus Vaterland*, nur dass hier weniger Nepp herrschte, weil verschiedene Gastronomen miteinander konkurrierten, während im *Vaterland* alles aus einer Hand kam. Ein Hochhaus sollte den Komplex am Anhalter Bahnhof auch noch krönen, doch das gab es vorerst nur auf dem Papier. Erst vor Kurzem hatte die Baupolizei nach langem Hin und Her die Baugenehmigung erteilt, nachdem der Architekt die Zahl der Stockwerke auf zehn reduziert hatte.

Unten in den fertiggestellten Gebäudeteilen herrschte bereits Hochbetrieb. Das *Europahaus* hatte den Ruf, urban und großstädtisch zu sein, und war entsprechend beliebt bei den Berlinern, die alles begrüßten, was den Ruf ihrer Stadt als moderne Weltstadt untermauerte.

Da sah er sie. Auf der anderen Seite der Königgrätzer Straße stieg sie aus einem Taxi. Sie trug einen kurzen Mantel und einen roten Rock. Er winkte und hätte vor Freude beinahe den nächsten Passanten umarmt, als er bemerkte, wie sie lächelte, als sie ihn entdeckte.

Der Abend würde für ihn nicht billig werden, das stand fest. Sie hatte einen gewaltigen Hunger, als sie den *Europa-Pavillon* an seinem Arm betrat und der Kellner sie an ihren Tisch führte. Anderthalb Stunden hatte der Film gedauert, und sie hatte am Ende gehofft, ihr Magen möge nicht während der Vorstellung knurren. Glücklicherweise hatte das Orchester ziemlich laut gespielt. Er hatte kein einziges Mal versucht, die Dunkelheit auszunutzen und sie in den Arm zu nehmen oder zu küssen. Einer von der Sorte war er schon mal nicht. Dann hätte sie auf das Abendessen verzichtet, ganz gleich, wie hungrig sie war. So stand einem schönen Abend also nichts mehr im Wege.

Auch der *Europa-Pavillon* gefiel ihr. Restaurant und Tanzraum gingen über zwei Etagen, Goldorange war die dominierende Farbe, durchsetzt von silbernen Ornamenten, die Möbel aus Mahagoni. Der Kellner führte sie die Treppe hinauf auf die Empore. Sie trug das rote Kostüm, das sie bislang immer nur zur Arbeit angezogen hatte. Er sollte nicht denken, sie mache sich für ihn zurecht. Dennoch hatte Greta sie dabei ertappt, als sie sich sorgfältig schminkte und vor dem Spiegel prüfte, wie der Rock ihre langen Beine zur Geltung brächte. Die Freundin hatte nichts gesagt, doch ein Paar hochgezogene Augenbrauen hatten deutlich zu verstehen gegeben, dass sie Greta eine Erklärung würde nachliefern müssen.

Der Kellner wies ihnen einen Tisch direkt an der Brüstung zu. Sie konnten von oben auf die Tanzfläche blicken, auf der sich schon einige Paare drehten. Die Musik gefiel ihr, ein flotter Swing, nur der Sänger, der ab und zu seine Stimme hören ließ, klang ihr zu schmalzig. Der Kellner kam mit zwei Speisekarten und zwei Gläsern *Heidsieck Monopol* an ihren Tisch zurück.

»Ich habe mir erlaubt, schon etwas zu bestellen«, sagte Rath und hob sein Glas. Deswegen also hatte er vorhin mit dem Kellner getuschelt.

Sie lächelte nervös, als sie mit ihm anstieß. Seine graublau schimmernden Augen hatte sie von Anfang an gemocht, schon als er ihr das erste Mal in der Burg über den Weg gelaufen war. Während sie trank, musterte sie ihn. Eine elegante Erscheinung. Obwohl er einen braunen Anzug trug, den er auch im Dienst hätte tragen können – und wahrscheinlich schon getragen hatte. Wie sie ihr rotes Kostüm. Sie hätten gleich zusammen losziehen und ermitteln können. Stattdessen blätterten sie in der Karte.

Der Kellner kam mit dem Wein und nahm die Bestellung auf. Sie entschieden sich für Fisch.

»Ich habe Sie angelogen«, sagte sie, als der Mann im Frack wieder abgedreht hatte, »meine Geschichte ist gar nicht so lang, wie ich behauptet habe. Mir ging es nur um das Abendessen.«

»Da können Sie aber beten, dass ich das Betrugsdezernat nicht einschalte.«

»Bloß das nicht!« Sie hob die Hände in gespieltem Entsetzen. »Ich erzähle Ihnen ja alles, Herr Kommissar. Nur ist *alles* leider ziemlich wenig.« Sie trank einen Schluck Wein. »Also: Geboren und aufgewachsen in Berlin. Moabit, um genau zu sein, ganz in der Nähe des Kriminalgerichts. So etwas prägt: Seit vier Jahren arbeite ich bei der Kriminalpolizei. Als Stenotypistin. Aber das möchte ich nicht den Rest meines Lebens machen.«

»Was denn dann?«

»Ich studiere. Jura.«

Er pfiff anerkennend durch die Zähne. »Wollen Sie in den Höheren Dienst?«

Sie zuckte die Achseln. »Mal sehen. Ich finde schon, dass es zu wenig Kriminalbeamtinnen gibt.«

»Und wie verbinden Sie das miteinander?«, fragte er. »Ich meine, die Arbeit und das Studium.«

»Der Mordinspektion gehöre ich nur Donnerstag bis Sonntag, so haben wir es vereinbart. Dafür meckere ich auch nicht, wenn es abends mal später wird oder ich mit raus muss.«

»Die meisten Morde passieren am Wochenende.«

»Wem sagen Sie das.«

»Und Sie schieben jedes Wochenende Dienst?«

»Die meisten. Die anderen sind froh, wenn sie um die Wochenenddienste herumkommen.«

»Dann haben Sie nicht viel Freizeit.«

»Im Moment nicht. Meine Freizeitaktivitäten verschiebe ich auf die Abendstunden.«

»Solange die Inspektion A nicht ruft.«

»So ist es.«

Er hob sein Glas. »Lassen Sie uns darauf trinken, dass Böhm wenigstens heute Ihre Rufnummer verlegt hat.«

Sie stießen noch einmal an. Der Kellner kam mit dem Essen, und sie schwiegen eine Weile.

»Sie haben mir immer noch nicht erzählt, wie Sie bei der Sitte gelandet sind. Haben Sie sich in eine Juwelendiebin verliebt, die Sie auf die Wache bringen sollten?«

So war es dem Schupo vorhin im Film ergangen. Und zu allem Überfluss hatte er auch noch deren Gangsterfreund umgebracht. Doch am Ende hatte die Diebin ihren geliebten Schupo durch ein Geständnis gerettet und war für ihn in den Knast gegangen. Ziemlich an den Haaren herbeigezogen, aber ganz amüsant. Nur dass es mit dem Polizeialltag wenig zu tun hatte.

Das schien er auch zu denken. »Schön wär's«, sagte er. »Die Wirklichkeit ist weniger romantisch: Ich wollte nach Berlin. Und am Alex war nichts anderes frei.«

»Woher kommen Sie denn?«

Er blickte sie erstaunt an. »Sagen Sie bloß, das hört man nicht?«

»Rheinland?«

»Und ich hatte gehofft, ich wäre meinen Akzent losgeworden. Hab mich sogar schon beim Berlinern erwischt.«

»Eigentlich wollte ich ja wissen, in welchem Ressort Sie früher gearbeitet haben.«

»Alles von schwerer Körperverletzung bis Mord.«

Sie war erstaunt. Das hätte sie nicht gedacht. Ein Kommissar, der schon als Mordermittler gearbeitet hatte, war freiwillig zur Sitte gegangen. Nur weil er nach Berlin wollte. Das hätte auch nicht jeder gemacht. Sie aß schweigend weiter und hing ihren Gedanken nach.

»Warum wollen Sie Polizistin werden?«, fragte er sie unvermittelt.

»Weil es zu wenig Frauen in diesem Beruf gibt. Und weil ich

etwas gegen Leute habe, die denken, sie können machen, was sie wollen, und kommen damit auch noch ungeschoren davon.« Sie hatte nicht lange überlegen müssen. »Aber eigentlich ist das noch nicht ausgemacht, dass ich Polizeibeamtin werde, erst mal muss ich studieren«, schob sie schnell nach.

Er nickte ernst. »Sie haben recht. Es gibt nichts Schlimmeres, als den Aktendeckel über einem ungelösten Fall schließen zu müssen.«

»Ja. Glücklicherweise haben wir unter Gennat nicht allzu viele nasse Fische.« So nannten sie in der Burg die ungelösten Fälle. Sie schaute ihn an, er schien den Ausdruck zu kennen. »Die Inspektion A hat eine enorm hohe Aufklärungsquote«, fügte sie hinzu und hätte sich im selben Moment auf die Zunge beißen können.

»Dann arbeitet der Kollege Böhm ja im Moment gegen die Statistik«, sagte er. »Als ich ihn am Montag im Konferenzsaal erlebte, hatte ich das Gefühl, dass seine nasse Leiche auch zu einem nassen Fisch zu werden droht.«

Sie nickte. »Stimmt. Sieht schlecht aus. Ich bin heute nach drei Tagen Pause wieder im Dienst erschienen, und der Ermittlungsstand ist noch derselbe wie Sonntag. Das passiert selten.«

»Wissen Sie denn inzwischen, um wen es sich bei dem Toten handeln könnte?«

Sie schüttelte den Kopf. »Wir sind alle Vermisstenfälle seit siebenundzwanzig durchgegangen, wir haben sämtliche Anwohner mehrfach befragt, fast alle Zeitungen haben ein Foto abgedruckt, doch bis auf die üblichen Idioten hat sich niemand gemeldet. Es ist schon seltsam, dass niemand diesen Toten zu kennen scheint.«

Er nickte. »Kaum zu glauben. Da wird mitten in einer Viermillionenstadt ein Toter gefunden, und von sämtlichen vier Millionen Einwohnern scheint ihn kein einziger jemals gesehen zu haben.«

»Einer muss ihn gesehen haben.«

»Sie meinen den Mörder?«

»Genau. Aber der wird sich nicht melden.«

»Dann haben Sie gar nichts, wo Sie ansetzen können?«

»Wenn Sie schon einmal Mordermittler waren, dann wissen Sie ja, was es heißt, eine unidentifizierte Leiche zu haben. Normalerweise sucht man den Täter in der Umgebung des Opfers, Freunde, Feinde, Familie, Geschäftspartner. Nur, wie sollen wir das, wenn wir nicht einmal wissen, wer da überhaupt gestorben ist?«

»Haben Sie denn sonst keine Spuren?«

»Wir haben kaum Anhaltspunkte. Der Mann trug einen teuren Anzug, niemand kennt ihn, und er hatte schlechte Zähne. Er fuhr ein teures Auto, das aber gestohlen war. Er ist gefoltert worden und starb an einer Heroin-Vergiftung. Er war schon acht bis zehn Stunden tot, als das Auto mit ihm in den Kanal fuhr. Jemand hat das Gaspedal mit einer Metallstange fixiert. Kurioserweise mit der Lenkstange eines Opels. Das alles ergibt keinen Zusammenhang.«

»Mögen Sie Ihren Chef?«

»Böhm?« Sie zuckte die Achseln. »Was heißt mögen? Er ist jedenfalls längst nicht so brummig, wie er immer tut.«

»Alle Inspektionen sollen der Mordinspektion in diesem Fall helfen. War das seine Idee?«

»Natürlich nicht. Das kommt von Zörgiebel persönlich. Der will bald Ergebnisse sehen, und da können solche Massenaktionen manchmal helfen. Obwohl der Presseaufruf bislang ein Reinfall war. Und dabei sind immerhin 500 Mark Belohnung aus der Staatskasse für Hinweise ausgesetzt.«

»So gehen die Sozis mit unseren Steuergeldern um.«

»Dann sind Sie wohl kein Sozialdemokrat?«

Er schüttelte sich. »Kommen Sie mir bloß nicht mit Politik. Bei der IA zu arbeiten, das ist das Einzige, was noch schlimmer ist als die Sitte. Die beschnüffeln ja sogar die eigenen Kollegen.«

Der Kellner räumte das Essen ab.

»Ich habe mich noch gar nicht für die Einladung bedankt«, sagte sie und holte eine Juno aus der Schachtel.

Er gab ihr Feuer und schaute ihr dabei kurz in die Augen. Sie spürte ein kleines Kribbeln.

»Vielen Dank für Ihre Gesellschaft«, sagte er und zündete sich selbst eine Zigarette an. »Ohne Ihnen zu nahe treten zu wollen, aber Sie sind die netteste Kollegin, die ich bislang in der Burg getroffen habe.«

»Na, dieser Wettbewerb ist im Moment leicht zu gewinnen. Sie gehören da nicht gerade zu den beliebtesten Kollegen. Man erzählt sich, Sie seien Zörgiebel in den Allerwertesten gekrochen, und deswegen würde der PP Sie protegieren.«

»Protegieren? Soll das ein Witz sein? Arbeite ich deshalb bei der Sitte?«

Sie machte eine abwehrende Handbewegung. »Ich sage nur, was in der Kantine so erzählt wird. Dieses Gerücht dürfte Lanke in die Welt gesetzt haben. Der wollte nämlich eigentlich seinen Neffen zurück zum Alex holen und auf den Stuhl setzen, auf dem Sie jetzt sitzen. Sie sind schuld, dass der nun vorerst weiter im Kriminalamt Köpenick schmort.«

»Köpenick? In Ungnade gefallen?«

»Ich denke, der junge Lanke ist noch nie wirklich in Gnade gefallen. Der kam vor fünf Jahren frisch von der Polizeischule zum Alex und hat gleich Mist gebaut. Inzwischen ist Gras über die Sache gewachsen, und Lanke wollte ihn zurückholen. Er war sich mit Dörrzwiebel schon einig. Und dann kamen Sie.«

»Davon hat mir ja nicht einmal Bruno was erzählt.«

»Wolter? Natürlich nicht. In der Burg erfahren Sie alles. Nur nicht, wenn es um Sie selbst geht. Aber glauben Sie mir: Wolter ist froh, dass der Kelch Lanke junior an ihm vorübergegangen ist. Der muss Sie doch mit offenen Armen aufgenommen haben, oder?«

»Und warum erzählen *Sie* mir das alles?«

Schon während des Essens hatte er das Orchester beobachtet, das eine Etage tiefer spielte. Keine Sängerin. Den ganzen Abend noch nicht. Wenn jemand sang, dann Ilja Tretschkow selbst. Trompete spielen konnte er besser. Der Bandleader schien sich von Lana Nikoros getrennt zu haben. Oder sie von der Band. Das wollte er Tretschkow wenigstens noch fragen.

Gleich nach dem Essen hatte er Charlotte aufs Parkett geführt. Sie tanzte gut. Die Blicke in ihre Augen verwirrten ihn. Er musste aufpassen, dass er nicht vergaß, warum er hier war. Warum er *auch* hier war. Über zwei Stunden waren sie schon im *Europa-Pavillon*, und die Band hatte die ganze Zeit ununterbrochen gespielt, jetzt erst machte sie die erste Pause. Die Tänzer applaudierten, als sich die Musiker verbeugten. Ein Stehgeiger überbrückte die Musikpause mit ein paar Schnulzen. Kein Mensch beachtete ihn. Tretschkows Musiker, die geschlossen zur Bar gingen, fanden mehr Beachtung.

Er führte Charlotte zurück an ihren Tisch. Die Champagnerflasche im Kühler war fast leer. Er winkte den Kellner heran und bestellte noch eine.

Nachdem er einen Schluck getrunken hatte, entschuldigte er sich kurz und verschwand in Richtung Toiletten. Kurz vor der Toilettentür schwenkte er zur Bar. Das konnte sie nicht mehr sehen, trotz ihres günstigen Platzes auf der Galerie.

Ilja Tretschkow saß mit seinen Musikern an einem Tisch, vor sich ein großes Bier, das er schon halb leergetrunken hatte. Rath hatte seine Marke dabei und zeigte sie. Aber diskret, sodass nur Tretschkow sie sah.

»Ich muss Sie einen Moment sprechen«, sagte er dem Trompeter. »Am besten unter vier Augen.«

Tretschkow stand auf. Sie setzten sich in eine ruhige Ecke an die Bar.

»Meine Papiere sind in Ordnung«, meinte der Musiker, bevor er sich setzte, und suchte seine Taschen ab. Er sprach nahezu akzentfreies Deutsch.

»Es geht nicht um Sie. Es geht um eine Sängerin. Lana Nikoros.«

Tretschkow setzte sich neben Rath. »Lana. Haben Sie sie gefunden?«

»Wie meinen Sie das?«

»Also nicht. Würde ja wahrscheinlich auch nichts Gutes bedeuten, wenn die Polizei sie findet.« In seinem Gesicht wechselten Hoffnung und Enttäuschung einander ab. »Ich mache mir Sorgen um sie. Nachdem wir aus dem *Delphi* raus mussten, ist sie einfach nicht mehr aufgetaucht. Dabei wusste sie, dass wir ein neues Engagement gefunden hatten.«

»Was meinen Sie mit nicht mehr aufgetaucht?«

»Wir spielen seit zwei Wochen im *Europa-Pavillon*. Vorher haben wir hier ein paar Mal geprobt. Sie kannte die Termine, doch sie ist nicht gekommen. Das hat sie vorher noch nie gemacht. Und wir haben fast zwei Jahre zusammengearbeitet.«

»Haben Sie nicht versucht, Sie zu erreichen?«

»Natürlich. Aber das war zwecklos. In ihrer Wohnung waren Sie ja wahrscheinlich auch schon, fast alles ist noch da, nur sie fehlt. Und ein paar Sachen. So als wäre sie verreist.«

»Sie waren in ihrer Wohnung?«

»In Kreuzberg. Luisenufer. Ich habe einen Schlüssel.«

Rath nickte. Er hätte wetten können, dass er die Hausnummer kannte.

»Nicht, was sie denken«, beeilte sich Tretschkow zu erklären. »Wir sind einfach Kollegen. Und Freunde.«

»Am Luisenufer«, wiederholte Rath, »aber da wohnt sie nicht unter dem Namen Lana Nikoros ...«

»Nein, das ist nur ihr Künstlername. Eigentlich heißt sie Sorokin. Swetlana Gräfin Sorokina. Ein bekannter Name in Russland ...«

Das Sorokin-Gold! Rath konnte es kaum fassen. *Lana Nikoros war eine aus der Sorokin-Sippe! Die Freundin von Alexej Kardakow!*

Der Musiker hatte seine Erregung nicht bemerkt, er redete weiter: »... und deswegen lebt sie natürlich inkognito in Berlin, deswegen steht auch ein Allerweltsname an ihrer Wohnungstür. Sonst hätten die Sowjets sie längst aufgespürt.« Er klang so, als wäre genau das seine Befürchtung.

»Was will Stalin denn von ihr?«, fragte Rath.

»Was er will? Sie gehört einer der angesehensten Adelsfamilien des Landes an. Darf ich Sie daran erinnern, was die Bolschewiken mit den Romanows gemacht haben!«

Er war zu lange weggeblieben. Eine Frau wie Charlotte sollte man nicht alleine lassen. Als er zurückkam, saß da jemand bei ihr am

Tisch. Ein öliger, schmieriger Typ mit Nussknackerlachen. Irgend so ein halbseidener Angeber, der sich unglaublich toll vorkam und nicht merkte, dass er Charlotte anwiderte. Rath hasste solche Typen und spürte, wie die Wut in ihm hochstieg. Oder war es Eifersucht? Er wischte den Gedanken beiseite.

»Entschuldigen Sie, aber dieser Tisch ist reserviert. Würden Sie uns bitte allein lassen.«

Der Mann lachte nur. »Ist die Dame etwa auch reserviert?«

Rath sah es dem Schmierlappen an seinen Augen an: Die große Klappe war nur geborgt, die hatte er sich vorhin in Pulverform auf dem Klo reingezogen.

Er beugte sich zu dem Mann hinunter. Dann griff er ihm so schnell in den Schritt, dass der Kerl, bevor er reagieren konnte, nur noch mit zusammengepressten Zähnen dasaß und es nicht wagte, sich zu bewegen. Das alles spielte sich im Schatten der Tischdecke ab, sodass Charlotte es nicht sehen konnte.

»Hör mir mal zu, mein kleiner Schneemann«, flüsterte Rath dem nach Luft japsenden Mann leise zu, den Mund ganz dicht an dessen Ohr, und klang dabei wie die Liebenswürdigkeit in Person. »Du warst so dämlich, dich mit deinem Koks zu Bullen an den Tisch zu setzen. Wenn du nicht in zehn Sekunden diesen Laden hier verlassen hast, dann wirst du nicht nur die nächsten Wochen Schmerzen beim Pinkeln haben, dann werde ich auch dafür sorgen, dass du hinter Gitter wanderst. Hast du mich verstanden?«

Die letzte Frage unterstrich er, indem er seinen Schraubstockgriff noch fester anzog. Der Lackaffe nickte eifrig. Er war blaurot angelaufen, selbst der Kopfhautstreifen, den sein schnurgerader Scheitel sehen ließ, hatte sich verfärbt.

»Also«, flüsterte Rath, »wenn du das nächste Jahr nicht im Bau verbringen willst, dann verziehst du dich, sobald ich loslasse, aber nicht ohne dich vorher vor der Dame höflich zu verbeugen!«

Der Mann nickte wieder, und Rath ließ los. Der Gigolo stand auf, schaffte es tatsächlich noch, so etwas wie eine Verbeugung vor Charlotte hinzukriegen, und ging hinunter ins Vestibül, mit flinken, aber seltsamen Schritten, die aussahen, als habe er in die Hosen gemacht. Sie schaute ihm irritiert nach.

»Dem ist wohl der Alkohol zu Kopf gestiegen«, sagte Rath, als er sich wieder zu Charlotte setzte. Die schien beeindruckt.

»Machen Sie das mit allen Leuten, die Ihnen in die Quere kommen?«, fragte sie.

15

Der Wecker war auf eine deutlich frühere Zeit gestellt als sonst. Viel geschlafen hatte er nicht. Hatten sie nicht. Rath lag schon wach, als der Zeiger einrastete und die rasselnde Glocke auslösen wollte. Mit einem schnellen Schlag stoppte er das blecherne Monstrum auf dem Nachttisch, bevor es Lärm machen konnte. Er drehte sich um. Schwarzes Haar auf dem Kopfkissen. Sie lag noch neben ihm. Es war kein Traum. Er streichelte sie und küsste sie auf den Nacken und ihren schlanken Hals. Er spürte, wie sie erwachte, obwohl sie noch eine Weile liegen blieb, damit er sie weiterküsste. Dann drehte sie sich um und lächelte ihn an.

Wann war es eigentlich passiert? Kurz nachdem er diesem Gigolo die Meinung gegeigt hatte, waren Tretschkows Musiker aufs Podium zurückgekehrt, und er hatte Charlotte wieder zur Tanzfläche geführt. Charly! Sie hatten getanzt, und dabei hatte sie ihn so angeschaut, dass er gar nicht anders konnte. Zuerst hatten sich nur ihre Nasen berührt, und dann hatte er sie geküsst, leise nur, aber sie hatte diesen Kuss erwidert.

Sie tanzten noch eine Weile, wagten es jedoch nicht mehr, sich zu küssen. Nicht in aller Öffentlichkeit, auf der Tanzfläche. Dann führte er sie vom Parkett zurück zum Tisch. Ihre Hände hatten sich nicht mehr losgelassen. Sie hatten noch etwas getrunken und sich angeschaut. Plötzlich war es ernst zwischen ihnen geworden. Sie hatte als Erste ihr Lächeln wiedergefunden.

»Und nun?«, hatte sie gefragt.

Er hatte mit den Schultern gezuckt. »Vielleicht sollten wir uns duzen«, schlug er vor.

Sie lachte. »Ich heiße Charlotte. Aber bis auf meine Mutter nennen mich alle Charly.«

»Auch in der Burg?«

»Da bin ich Fräulein Ritter.«

»Ich heiße Gereon.«

»Ein seltsamer Name. Noch nie gehört.«

»Ein Kölner Heiliger. Meine Eltern sind sehr katholisch. Und sehr rheinisch.«

»Ich möchte mehr von dir, Gereon«, hatte sie geflüstert.

Schon im Taxi hatten sie damit angefangen.

Und nun lag sie neben ihm. Streichelte über seine Wange und lächelte ihn an. Die Bettdecke rutschte weg, und die Sonne schien auf ihren schlanken Körper. Er spürte, wie die Lust zurückkehrte, doch dafür hatten sie jetzt keine Zeit. Sie mussten sich sputen.

Er hatte es nicht Weinert gleichtun wollen, der seine Damen immer mitten in der Nacht nach Hause schickte. Nein, nicht mit Charly! Er wollte neben ihr einschlafen und neben ihr aufwachen. Und nun hatte er keinen blassen Schimmer, wie er sie unbemerkt an Elisabeth Behnke vorbeischmuggeln sollte. Die bereitete womöglich schon das Frühstück zu.

Dass er eigentlich keinen Damenbesuch empfangen durfte, hatte er Charly gestern bereits gestanden. »Ich wollte immer schon mal etwas Illegales tun«, hatte sie nur gesagt.

Und so hatte er sie leise in sein Zimmer gelotst. Er hatte nicht ernsthaft mit der Möglichkeit gerechnet, dennoch hatte er gestern, bevor er sich auf den Weg zum Europahaus gemacht hatte, vorsichtshalber den Stadtplan von der Wand genommen und die Fotos versteckt.

Sie betrieben ein wenig Katzenwäsche an der Waschschüssel, die auf dem altmodischen Frisiertisch in seinem Zimmer stand. Vor dem Spiegel brachten sie sich halbwegs wieder in Form für den Arbeitstag in der Burg. Es ging ganz gut. Rath war auch schon zerknitterter zum Dienst erschienen. Und Charlotte sah sowieso umwerfend aus. Auch wenn sie etwas Zeit brauchte, um ihr Haar wieder zu richten. Und einen Strumpf vermisste. Aber dann stand sie reisefertig vor ihm.

Er öffnete seine Zimmertür und schaute auf den Flur. Niemand zu sehen. Kaffeeduft zog ihm in die Nase. Er öffnete die Wohnungstür, während Charly im Zimmer stehenblieb. Dann winkte er sie zu sich herüber. Schnell schoss sie über den Flur ins Treppenhaus. Die Treppen ging sie auf Zehenspitzen hinunter. Rath schloss die Wohnungstür so leise wie möglich und ging zurück in sein Zimmer. Puh, das Heikelste hatten sie geschafft, Charly war draußen.

Er warf sich in den Mantel, nahm den Hut und wollte ihr gerade nach, als sich die Tür zur Küche öffnete. Elisabeth Behnke stand dort, im Morgenmantel. Diesmal aber hochgeschlossen.

»Guten Morgen!« Das *Gereon* verkniff sie sich. Machte überhaupt einen verkniffenen Eindruck.

»Guten Morgen, Elisabeth!«

»Kein Frühstück?«

»Vielen Dank, aber ich habe heute viel zu tun. Hab ich dir das gestern nicht gesagt?«

»Warst du heute schon einmal unten? Mir war so, als hätte ich die Tür gehört?«

Gute Vorlage. Danke! »Ich hatte wichtige Papiere vergessen.« Er schaute auf die Uhr. »So, nun muss ich aber!«

Keine weitere Diskussion. Er setzte den Hut auf und lief die Treppen hinunter. Unten auf der Straße wartete Charly schon auf ihn. Sie hatte sich in einem Hauseingang versteckt. Die Frau dachte mit. Man merkte, dass sie in der Burg arbeitete.

Ebenso unauffällig, wie sie aus der Wohnung geschlichen waren, betraten sie eine knappe Stunde später das Präsidium. In die U-Bahn waren sie nach einem kurzen Frühstück am Wittenbergplatz noch gemeinsam eingestiegen, hatten sogar eine Weile noch verliebt nebeneinander gesessen. Doch sobald sich die Bahn dem

Alex näherte, waren sie auseinander gerückt. Die Wahrscheinlichkeit, dass Kollegen zustiegen, wuchs mit jeder Station. Rath hatte Charly noch einen letzten Kuss gegeben und war schon am Spittelmarkt aufgestanden. Am Alex waren sie dann aus unterschiedlichen Türen aus der Bahn gestiegen. Und kurz darauf in einigem Abstand wie zwei Fremde durch den Bahnhof spaziert, vorbei an Bretterwänden und Absperrungen. Auch in sechs Metern Tiefe glich der Alexanderplatz einer Baustelle. Charly war zuerst in die Burg gegangen, er hatte sich noch ein paar Fahrpläne angeschaut, bevor er sich ebenfalls auf den Weg in die Dircksenstraße gemacht hatte.

Das Büro war noch leer. Die Poststelle hatte ihnen einen Besuch abgestattet. Auf seinem Schreibtisch fand Rath ein Paket vor. Als er die fremden Aufkleber erkannte, wusste er sofort Bescheid. Es gab nur einen, von dem er Post aus Übersee bekam. Und der seine neue Dienstadresse kannte. Für einen Moment vergaß Rath sogar Charly, als er die Kordel aufschnitt und das Paket öffnete. Zeitungsseiten quollen heraus, englischsprachige Zeitungsseiten. Das Paket war gut gepolstert. Obenauf lag ein Brief, doch Raths Neugier galt erst einmal etwas anderem. Eine neue Platte! Er betrachtete das flache Pappquadrat und ließ die Innenhülle mit einer geübten Bewegung herausrutschen. *Fletcher Henderson Orchestra*, las er, *Easy Money Blues*. Frisch aus New York! Am liebsten hätte er sofort mal reingehört.

Nur ein Mann schickte ihm solche Platten, ein Mann, den es in der Welt seines Vaters nicht mehr gab: Severin Rath, im Frühjahr 1914 mit einem Postschiff nach Amerika gefahren und seither nicht mehr zurückgekehrt. Nicht, als im August der Krieg ausbrach und das Vaterland zu den Fahnen rief. Auch nicht, als der Krieg viereinhalb Jahre später vorbei war.

Gereon konnte seinen Bruder verstehen. Damals schon und heute noch viel mehr. Engelbert Rath hatte seinen Sohn nicht verstanden. Die Schande eines Vaterlandsverräters in der eigenen Familie hatte ihn tief getroffen, die konnte auch der Heldentod seines Ältesten nicht aufwiegen. Im Gegenteil, es war, als gebe er

Severin die Schuld an Annos Tod. Jedenfalls ließ Engelbert Rath, ohne mit der Wimper zu zucken, auch einen zweiten Sohn sterben. Allein durch Schweigen. Über Severin wurde im Hause Rath nicht mehr gesprochen. Seine Briefe nicht beantwortet, ja nicht einmal gelesen. Bis irgendwann keine mehr kamen.

Niemand, nicht einmal Ursula wusste, dass Gereon nach dem Krieg versucht hatte, seinen Bruder zu finden. Gar nicht so einfach, denn die alte New Yorker Adresse stimmte nicht mehr, und viele in der Stadt hatten ihre deutschen Namen in den Zeiten amerikanischer Kriegshysterie anglisiert, um der Gefahr einer Internierung auf Ellis Island zu entgehen. Nach einem umständlichen Briefwechsel mit US-Behörden, die nicht immer freundlich reagierten, hatte er 1921 schließlich einen Sevron Rath in Hoboken, New Jersey, ausgemacht. Und der hatte ihm tatsächlich zurückgeschrieben. Postlagernd. Wie vereinbart. Damals hatte die erste Jazz-Platte beigelegen. Der Anfang einer kleinen Sammlung.

Rath holte die schwarze Scheibe aus ihrer Hülle und hielt sie wie kostbares Porzellan. Nachtblau, silberne Schrift. *Come on, Baby!* hieß der Titel auf der anderen Seite. Was ihn sofort wieder an *sie* erinnerte.

Charly saß nur ein paar Räume weiter. Allein der Gedanke daran machte ihn wahnsinnig.

Stephan Jänicke riss ihn aus seinen Träumen. Der Frischling stürmte voller Tatendrang durch die Tür, überrascht, schon einen Kollegen im Büro zu sehen.

»Wolltest du gestern Abend nicht unterwegs sein?«, fragte er verwundert.

»Geschlafen wird am Monatsende«, sagte Rath nur und packte das Paket wieder ein. Das hatte er gestern Nacht auch zu Charly gesagt. Als sie in sein Bett gefallen waren. Aber nicht, um zu schlafen.

Er merkte, wie ihn allein der Gedanke daran wieder erregte. Es wurde Zeit, dass er diese Frau aus dem Kopf bekam! Wenigstens für ein paar Stunden. Er hatte zu arbeiten!

Es sollte beim guten Vorsatz bleiben. Den ganzen Tag hatte er ihr hübsches Gesicht nicht aus seinem Kopf vertreiben können, sosehr er sich auch bemüht hatte. Immer wieder hatte Bruno ihn beim Träumen ertappt. Und dabei ging es um die Planung der Razzia! Selbst Jänicke schien zu merken, dass mit Rath etwas nicht stimmte. Am schlimmsten war es, als er ihr einmal auf dem Gang begegnete.

Er siezte sie, grüßte höflich und distanziert, so wie sie es besprochen hatten.

Und sie? Sie zog ihn an seiner Krawatte in ein Büro und küsste ihn. Gott sei Dank war es leer.

»Wenn jemand kommt«, sagte Rath und schaute sich um.

»Keine Angst, der Kollege ist beurlaubt.«

Bevor er die Tür schloss, schaute er auf den Gang. Niemand hatte etwas gesehen.

Dann fielen sie sich in die Arme.

»Ich will dich heute Abend sehen«, sagte sie.

»Geht aber leider nicht. Du weißt doch. Die Besprechung.«

»Ich weiß. Dienst ist Dienst. Das musst du einer alten Preußin nicht sagen.«

»Genau. Und für den Schnaps bleibt heute leider keine Zeit.«

»Dann will ich jetzt noch ein bisschen Schnaps«, sagte sie und küsste ihn wieder.

Mit einer Erektion hatte er schließlich über den Gang zurück in sein Büro humpeln müssen, froh, niemandem zu begegnen. Als er dort ankam, konnte er zwar wieder normal gehen, war aber immer noch völlig durcheinander. Nun ging gar nichts mehr. Schließlich hatte Bruno ihn nach Hause gelassen. Zum Glück. So hatte er sich besser auf den Abend vorbereiten können. Seine wirren Gedanken etwas sortieren.

Auch im *Plaza* hätte er sie gern neben sich gehabt. Obwohl er natürlich wusste, dass das nicht ging. Niemand aus der Burg wusste, dass er hier war, und schon gar nicht, warum er hier war. Und es durfte auch niemand wissen. So saß er an der Bar im Foyer des Varietés, nippte an seinem Americano und dachte an Charly.

Das Bühnenprogramm war ihm noch langweiliger erschienen als am Sonntag, fünf Tage zuvor. Diesmal war Rath aufgestanden, als der einsame Cowboy auftrat. Seine Nachbarn im Zuschauerraum hatten sich über den Knödeltenor noch amüsieren können und getuschelt und gelacht. Diesmal hatte sich keine Blockflötenlehrerin neben ihn gesetzt, sondern ein Mann mit Monokel und grauem Bart, den eine junge elegante Frau begleitete. Unübersehbar aus dem Westen. Denen würde das Lachen auch noch vergehen, dachte er, als er sich an ihnen vorbei zum Ausgang drängte.

Er sollte recht behalten: Keine fünf Minuten später kamen auch sie an die Bar. Der Monokel-Mann setzte sich auf den Barhocker neben ihn, die Frau einen Platz weiter. Rath bestellte noch einen Americano. Für heute hatte er sich nach dem Reinfall am Sonntag eine andere Taktik überlegt. Und dafür war die Bar der richtige Ausgangspunkt. Den meisten Leuten, die sich im Foyer betranken, konnte man ansehen, dass sie Besucher aus dem Westen waren. Obwohl das *Plaza* eine harmlose Insel inmitten einer Gegend verruchter Lokale war, schauten sie sich immer wieder verstohlen um, als erwarteten sie jeden Augenblick eine Messerstecherei, mindestens aber eine Schlägerei oder eine Polizeirazzia. Dieses Volksvarieté hatte allerdings ganz und gar nichts Verruchtes. Eine Enttäuschung. Die junge Frau schien ähnlich zu denken.

»So aufregend ist es hier aber nicht, Schnucki«, sagte sie zu dem Monokel-Mann.

Schnucki nippte an seinem Glas und strich sich gedankenverloren durch den grauen Bart.

»Du hast recht, mein Engel. Ich bin aus dieser Gegend auch anderes gewohnt. Das hier ist ja ein ganz biederer Amüsierbetrieb. Halbach hätte uns warnen sollen. Nicht mal Champagner, nur klebriger Sekt. Wir sollten austrinken und gehen. Ich kenne da ein Etablissement, da wirst du Augen machen!«

»Vor allem müsste ich mir dringend mal die Nase pudern«, sagte der Engel und lachte nervös.

»Dann sollten wir schnell austrinken.«

Rath wurde hellhörig. *Nase pudern* war eines der Stichwörter, auf die er gewartet hatte. Er ließ die Schachtel Overstolz, die er gerade aus der Jacke fischen wollte, zurück in die Innentasche gleiten.

»Entschuldigen Sie«, sprach er den Graubärtigen an, der direkt neben ihm saß. »Zufällig habe ich Ihr Gespräch mit angehört. Sie kennen ein Lokal hier in der Nähe?«

Der Mann musterte ihn misstrauisch.

»Wissen Sie«, fuhr Rath fort, »ich finde hier keinen *Kakao* auf der Karte. Am Tauentzien kenn ich mich aus, aber hier in der Gegend ...«

Der Mann schien ihn verstanden zu haben. Er schaute freundlicher.

»Sie sind wohl auch aus Charlottenburg, was?«

Rath nickte.

Der andere klopfte ihm jovial auf die Schulter.

»Mein lieber Mann, ich lasse ja auf einen wilden Abend im geliebten Charlottenburg nichts kommen, aber hier gibt es ein Lokal, davon können wir im Westen nur träumen. Bei uns hätten die Polypen das längst ausgehoben, aber hier trauen sich die Blauen ja nicht ran. Unser Glück! Im *Venuskeller* gibt es alles, was Sie für Ihr Glück brauchen. Und wenn ich sage alles, dann meine ich alles.«

Sie mussten nicht weit laufen. Schnucki führte sie in die Posener Straße. Dort steuerte er zielsicher eine heruntergekommene Mietskaserne an. Der Stuck bröckelte schon von der Fassade. Keine Neonreklame, keine Schilder, nichts deutete in irgendeiner Form auf Nachtleben hin. Nichts außer ein paar dunklen Gestalten. Männer, die man kaum bemerkte, lungerten an den Straßenecken und in den Häuserschatten herum, einer auch in der Toreinfahrt, durch die sie nun hindurchwollten. Er war durchaus elegant gekleidet, unter einem leichten Mantel trug er Abendanzug und Fliege. Von der Statur her erinnerte er jedoch eher an einen Boxer als an einen Kavalier, seine Augen waren unter dem Schatten der Hutkrempe nicht zu sehen, wohl aber ein massives Kinn. Rath war auf alles gefasst, auf einen ansatzlosen Schlag in die Magengrube oder einen

Pistolenlauf an der Schläfe, nur nicht auf das, was dann kam: Der Mann war von ausgesuchter Freundlichkeit.

»Herr Generaldirektor beehren uns mal wieder?«

Schnucki war sichtlich stolz, dass man ihn hier kannte. Er wuchs um mindestens zwei Zentimeter.

»Muss sein, muss sein, mein Lieber. Will meinen Freunden mal zeigen, wo richtig gefeiert wird.«

Der Engel guckte gelangweilt. Rath war sich nun sicher, dass sie keine Luxusnutte war, sondern eine verwöhnte höhere Tochter auf Abenteuerkurs, die der Alte da aufgegabelt hatte. Seine Frau war sie jedenfalls nicht.

»Natürlich, Herr Generaldirektor. Viel Vergnügen.«

Der Mann machte den Weg frei, und sie gingen in den Innenhof. In einem Kellerabgang brannte ein rotes Licht. Unten war eine Eisentür. Herr Generaldirektor klopfte. Zweimal lang, dreimal kurz, Pause, dreimal kurz, einmal lang, zweimal kurz.

Die Tür öffnete sich geräuschlos, und mit einem Mal drangen dumpfes Stimmengewirr und der abgedämpfte Lärm wilder Jazzmusik nach draußen. Ein Mann schaute sie an, gegen den der Gorilla auf der Straße ein Kapuzineräffchen war. Erst nachdem er sie eingehend gemustert hatte, trat er beiseite und ließ sie passieren. Die Musik kam immer näher, als sie durch einen schwarzen Gang schritten. Rote Lampions an den Wänden warfen ein schummriges Licht. Eine Garderobiere nahm ihnen die Mäntel ab, dann schob ein livrierter Diener einen schweren Ledervorhang beiseite, der bis zum Boden reichte.

Von einem Moment auf den anderen wurde die Geräuschkulisse lauter. Sie mussten ihre Stimmen anheben, um sich zu unterhalten. Der große Raum, den sie betraten, wirkte überhaupt nicht wie ein Keller, sondern eher wie ein in rotes Licht getauchter Thronsaal. Ein mächtig überfüllter Thronsaal allerdings. Überall an den Wänden schossen Amorfiguren aus Gips ihre Pfeile ab. Ein Kellner führte sie an einen Tisch direkt an der Bühne, die die Form einer großen Muschel hatte. Dort vergnügte sich ein falscher Indianer gerade mit einer echten Weißen, die zwar mit den Händen an einen Marterpfahl gebunden, ansonsten aber sehr zugänglich war. Der *Venuskeller* schien sich in der Wahl seiner Themen eng an das *Plaza* anzulehnen. Aber vielleicht war es ja auch umgekehrt.

»Na, habe ich zu viel versprochen?«, sagte der Generaldirektor, als sie saßen und er den Kellner mit einem Hundertmarkschein auf die Reise geschickt hatte. Die Darbietungen auf der Bühne schienen ihn nicht sonderlich zu überraschen. Rath dagegen hatte es die Sprache verschlagen, obwohl er von seiner Arbeit bei der Sitte einiges gewöhnt war. Selbst der Engel schien an den Wangen ein wenig rot geworden zu sein. Vielleicht war es auch nur das Licht. Ihre Augen sahen immer noch gelangweilt aus.

Der Kellner kam mit einer Flasche Champagner, drei Gläsern und einer kleinen silbernen Zuckerdose zurück. Der Generaldirektor trug offenbar seine Spendierhosen. Nachdem sie mit Champagner angestoßen hatten, reichte er die Zuckerdose zunächst seinem Engel, dann auch Rath.

»Sie sehen: Hier steht Kakao auf der Karte«, sagte er, »und zwar sehr guter! Probieren Sie ruhig, lieber Freund.«

Rath zögerte. Er hatte noch nie Kokain genommen. Andererseits durfte er jetzt nicht kneifen. Da konnte er genauso gut gleich seine Marke vorzeigen oder wieder nach Hause gehen.

»Keine falsche Bescheidenheit«, meinte der Graubärtige. »Nehmen Sie! Wir Charlottenburger sollten in Gegenden wie dieser zusammenhalten.«

Rath gab sich einen Ruck und nahm eine kleine Prise aus der Dose. Da musste er nun durch. Engel war bereits dabei, sich auf einem Taschenspiegel eine kleine Bahn zurechtzulegen, an die sie ein silbernes Röhrchen anlegte.

Er hatte mit allem Möglichen gerechnet. Damit, Sterne zu sehen, bunte Farben, helle Lichter oder so etwas, doch alles, was er spürte, als er das weiße Pulver durch die Nase zog, war ein taubes Gefühl. Seine ganze Nase war betäubt, er hätte es nicht einmal gemerkt, wenn jemand sie abgeschnitten hätte. Und dann spürte er, wie das Kokain in seinem Hirn andockte. Mit einem Schlag war er hellwach, es war, als habe jemand die Musik lauter gestellt, und dennoch konnte er die vielen durcheinander sprechenden Stimmen deutlicher verstehen als vorher. Er fühlte, wie Energie und Lebenslust förmlich aus ihm heraussprühen wollten.

Auch die junge Frau war wie verwandelt. Plötzlich konnte sie lächeln, was ihr einen Charme verlieh, den er ihr niemals zugetraut hätte. Erst jetzt merkte er, wie jung sie eigentlich war. Höchstens zwanzig. Und der Generaldirektor ging mindestens auf die fünfzig zu, wenn nicht sogar auf die sechzig.

»Ich möchte tanzen, Schnucki!«, sagte sie.

Der Generaldirektor winkte ab. »Nicht mit mir! Was ist mit Ihnen, junger Freund?«

Da zog der Engel ihn schon vom Tisch. Die Tanzfläche befand sich am anderen Ende des Saals, direkt vor der Empore mit der Kapelle. Ekstatisch tanzende Menschen zappelten neben eng umschlungenen Liebespaaren. Sie zog ihn sofort zu sich heran und legte ihre Arme um seinen Nacken.

»Sie sind ein ganz Süßer, wissen Sie das?«

»Da sind Sie nicht die Erste, der das auffällt.«

Er versuchte, sich von ihren Armen zu befreien, doch das war ungefähr so vergeblich wie der Kampf gegen eine Riesenkrake.

»Oh, was haben Sie denn da!« Zu spät. Das Schulterholster. Sie schaute ihn an, als errege sie die Waffe. »Da können Sie ja von Glück reden, dass die Gorillas am Eingang uns nicht gefilzt haben! Sind Sie etwa ein Ganove? Oder ein Bulle?«

»In dieser Gegend kann man nicht vorsichtig genug …«

Noch bevor er den Satz beenden konnte, hatte sie ihm ihre Zunge in den Mund geschoben. Es dauerte etwas, bis er sich befreit hatte. Sie lachte ihn an.

»Schießen Sie doch, wenn ich Ihnen zu gefährlich werde!«

Und schon hatte sie eine Hand in seinem Schritt.

»Sie haben da ja noch eine Waffe«, keuchte sie an seinem Ohr, »sollen wir die nicht mal ausprobieren!«

Es reichte ihm. Für das wilde Leben war er offensichtlich nicht geschaffen. Er riss sich los und ließ sie stehen. Es schien ihr nichts auszumachen. Er hörte ihr Lachen, als er sich einen Weg durch den

Saal bahnte. Gut, dass es dunkel war. Als er den Tisch erreichte, war seine Erektion wieder verschwunden. Auf der Bühne hatte ein Cowboy den Indianer inzwischen in ein Lasso gewickelt. Die vom Marterpfahl befreite Frau bedankte sich gerade bei ihm. Der Generaldirektor schaute interessiert zu.

»Das ging aber schnell«, sagte er, als er Rath bemerkte. »Sie müssen entschuldigen. Vivian kann manchmal etwas anstrengend sein, dann überlasse ich sie lieber anderen. Aber amüsant ist sie, nicht wahr! Wenn sie sich ausgetobt hat, sammel ich sie wieder ein. Dann ist sie genau richtig für mein Alter. Ich muss an mein Herz denken, sagt der Doktor.«

Rath setzte sich. »Sie kennen sich aus.«

»Man muss das Leben studieren, werter Freund! Und das geht am besten an solchen Orten! Und Sie? Sie sind zum ersten Mal in dieser Gegend?«

»Zumindest um diese Tageszeit.« Er zog das Foto aus der Jackentasche und legte es neben die Zuckerdose auf den Tisch. »Eigentlich suche ich ja diesen Mann hier. Ein Russe. Alexej Kardakow. Der soll hier öfters verkehren.«

»Verstehe!« Der Generaldirektor hörte sich sehr verständnisvoll an. »Ein hübscher Kerl!« Er lachte. »Na, wenn Vivian wüsste, wen sie da gerade verführen wollte!« Der Graubärtige klopfte ihm auf die Schulter, sich vor Lachen schüttelnd. »Nichts für ungut, junger Freund, nichts für ungut.«

Wieder einer, dem er das Bild zeigte und der glaubte, er sei schwul! Auch gut. Besser, als an solch einem Ort für einen Bullen gehalten zu werden. Der Kellner kam und brachte eine zweite Flasche Champagner. Die gebrauchten Silberröhrchen und die Zuckerdose räumte er ab. Er warf einen auffallend unauffälligen Blick auf das Foto und verschwand wieder.

Der Generaldirektor hatte sich inzwischen wieder gefangen.

»Entschuldigen Sie«, sagte er und wischte sich die Lachtränen aus den Augen. »Aber das ist einfach zu komisch. Ich glaube, das ist Vivian noch nie passiert. Sie hat schon mit Frauen angebändelt, aber mit einem homosexuellen Mann …« Er holte ein Monokel aus der Weste und betrachtete das Foto eingehend. »Tut mir leid«, sagte er schließlich, »aber ich fürchte, ich kenne Ihren Freund nicht. Kommt er regelmäßig hierher?«

Rath wollte antworten, aber am Gesicht des Graubärtigen sah er, dass jemand hinter ihm stehen musste. Er drehte sich um und sah einen Mann in einem eleganten weißen Smoking. Über seinen blitzenden Augen schimmerte eine Halbglatze im roten Licht. Er lächelte, und seine Augen warfen Falten.

»Wie ich sehe, amüsieren Sie sich, Herr Oppenberg! Das freut mich!« Der weiße Smoking machte eine Verbeugung. »Sebald. Ich bin der Geschäftsführer dieses Etablissements.«

»Angenehm.«

»Leider muss ich Ihren Begleiter kurz entführen.«

»Ich hoffe, Sie werfen ihn nicht hinaus!« Oppenberg lachte und zündete sich eine Zigarre an. »Wir führen gerade ein amüsantes Gespräch, das ich gern fortsetzen möchte.«

»Gewiss, Herr Oppenberg. Es wird nicht lange dauern.« Der Geschäftsführer wandte sich Rath zu. »Darf ich Sie bitten, mir zu folgen. Jemand möchte sich mit Ihnen unterhalten.«

Rath kam gar nicht auf die Idee zu widersprechen. Er steckte das Bild ein und folgte Sebald durch den Saal. Der Geschäftsführer öffnete eine Tür direkt neben der Tanzfläche. Dort zog Engel Vivian inzwischen mehr Blicke auf sich als die drei Akteure auf der Bühne. Sie hatte sich ihr Kleid nach unten geschoben und tanzte barbusig auf der Orchesterempore. Sie hatte einen schön gerundeten Busen. Wie frische Äpfel. Die Augen der Herren strahlten. Die der Damen weniger. Der Geschäftsführer lächelte und zuckte die Achseln, als wolle er sagen: So ist das eben im *Venuskeller*; so etwas erleben Sie nur bei uns.

Stattdessen sagte er: »Hier entlang bitte.«

Sie betraten einen modern eingerichteten Büroraum. Rath hatte erwartet, Marlow dort sitzen zu sehen, doch der Lederstuhl an dem riesigen Schreibtisch war leer. Sie durchquerten den Raum, an dessen Ende Sebald eine zweite Tür öffnete. Eine Treppe führte nach oben. Auf dem Hof wartete der Gorilla von der Eingangstür mit Raths Hut und Mantel. Er drückte ihm die Sachen in den Arm und begann ihn zu filzen.

»Wo gehen wir denn hin?«, fragte Rath.

Der Gorilla zog Raths Mauser aus dem Jackett, dann die Brieftasche und reichte Sebald beides mit einem entschuldigenden Achselzucken.

»Du lässt nach, Benno!«, sagte der Geschäftsführer kalt und zog den Dienstausweis der preußischen Polizei aus der Brieftasche. »Rath, Gereon, Kriminalkommissar«, las er. »Erst lässt du einen mit Knarre passieren, und dann ist es auch noch ein Bulle!«

Benno versuchte zerknirscht zu wirken, wenn das einem von seiner Statur überhaupt möglich war. Rath fand, dass es ihm nicht sonderlich gut gelang.

»Na ja!« Sebalds Laune schien sich schnell wieder zu bessern. Das alte Lächeln hatte zurück in sein Gesicht gefunden. »Dass ein dem illegalen Vergnügen nicht abgeneigter Filmproduzent und eine kokainsüchtige Schauspielerin ausgerechnet mit einem Bullen im Schlepptau zu uns kommen, damit muss man ja nicht rechnen. Und wenn dieser Bulle selbst kokst, ist es ja eigentlich auch gar nicht so schlimm. Dann ist er ein Gast wie jeder andere.« Er steckte die Brieftasche und die Mauser ein. »Ich darf annehmen, dass Ihr Besuch privater Natur ist.«

»Rein privat.«

Die beiden Männer führten ihn zurück auf die Posener Straße. Und auch der Rest des Weges kam ihm bekannt vor. Es ging zurück zum Ostbahnhof. Doch diesmal nicht zum *Plaza*, dessen Neonschrift immer noch den Küstriner Platz in grelles Licht tauchte, sondern zum hinteren Teil des früheren Bahnhofs, wo es so finster war wie auf der Rückseite des Mondes. Benno klopfte an eine Eisentür.

»Wir sind's, Liang!«

Ein schlanker Mann öffnete. Sein Anzug war ebenso elegant geschnitten wie der von Benno, stand ihm aber weitaus besser. Sein schwarzglänzendes Haar war zu einem langen Zopf gebunden. Undurchdringliche Schlitzaugen schauten sie an. Rath hatte immer gehört, China sei das Land des Lächelns, doch dieser Chinese lächelte nicht. Sebald reichte ihm Raths Dienstausweis und die Mauser. Wortlos nahm der Chinese alles entgegen und ließ sie ein. Er führte sie durch eine große dunkle Lagerhalle. Dahinter öffnete er eine Tür, die in einen Raum führte, der überhaupt nicht an diesen Ort zu passen schien, sondern wirkte, als sei er aus einem englischen Landhaus gestohlen und hierher verpflanzt worden. Er war fast genauso groß wie die Lagerhalle, jedoch komplett eingerichtet, eine Mischung aus Salon, Bibliothek und Arbeitszimmer. Sogar ein Kaminfeuer flackerte an der gegenüberliegenden Wand. Hinter einem Schreibtisch, der noch größer war als der von Sebald, saß ein eleganter, aber kräftig gebauter Mann in einem schwarzen Anzug. Er telefonierte und machte Notizen. Erst als sie sich dem Schreibtisch näherten, blickte er auf und bedeutete ihnen mit einer Handbewegung, Platz zu nehmen. Der Chinese nahm ihnen Hut und Mantel ab. Rath versank in einem schweren Ledersessel. Nur der Chinese setzte sich nicht. Nachdem er die Mäntel weggebracht hatte, legte er Raths Papiere und die Mauser auf den Schreibtisch. Dann nahm er dahinter Aufstellung, die Hände ineinander verschränkt. Der Mann am Schreibtisch legte auf und blätterte kurz in dem Dienstausweis.

»Guten Abend, Herr Rath!«, sagte er. »Hat Ihnen der *Venuskeller* gefallen? Wir haben nicht so oft Polizeibeamte zu Gast.«

Rath nickte. »Johann Marlow, nehme ich an?«, sagte er und zog seine Overstolz aus der Jacke. »Darf ich?«

Er wunderte sich. Ihm war klar, dass er hier in einer Verbrecherhöhle saß. Und die Verbrecher wussten, dass er Bulle war. Dennoch verspürte er keinerlei Angst. Das Koks wirkte noch. Marlow zuckte nur kurz mit der Augenbraue, und der Chinese stellte einen schweren Messingaschenbecher an Raths Sessel. Dann nahm er wieder hinter dem Schreibtisch Aufstellung.

»Sie kennen sich gut aus«, sagte Marlow. »Es gibt nicht so viele Polizisten in dieser Stadt, die mich erkennen würden. Und die wenigen, die es tun, die werden gut bezahlt.« Er selbst nahm eine Zigarre aus einem Metallbehälter und kniff die Spitze ab. Der Chinese hielt ihm ein Feuerzeug hin. Marlow paffte genüsslich. »Ich glaube allerdings nicht, dass wir *Sie* bezahlen!«

Rath zündete eine Zigarette an. »Nein«, sagte er beiläufig.

»Aber vielleicht können wir ja noch ins Geschäft kommen.«

»Wie kommen Sie darauf, dass ich Ihnen helfe? Ich bin Polizeibeamter. Und Sie handeln mit Kokain.«

»Herr Kommissar, ich sorge nur dafür, dass die Leute das bekommen, was sie wollen. Und in diesen Zeiten ist das nun einmal Kokain. Unter anderem.« Marlow lehnte sich in seinem Ledersessel zurück wie ein pommerscher Gutsherr. »Das Gesetz von Angebot und Nachfrage. Das einzige Gesetz, an das sich ein Geschäftsmann immer halten sollte.« Er lächelte höflich. »Nicht zuletzt hat mein Angebot auch eine Nachfrage Ihrerseits zufriedengestellt, wie mir Sebald berichtet hat. Vielleicht kann ich Ihnen auch auf andere Weise helfen. Im Geschäftsleben ist Geben vom Nehmen nicht zu trennen.«

Rath verfluchte seinen Leichtsinn. Warum nur hatte er von Oppenbergs Kokain genommen! Marlow wollte ihn unter Druck setzen. Die Droge machte ihn erpressbar – und sie machte ihn mutig. Beides konnte er hier nicht gebrauchen. Mutig war nur ein anderes Wort für unvorsichtig. Er musste sich zusammenreißen und höllisch aufpassen.

»Ich bin eigentlich nicht zum Geschäftemachen hier«, sagte er.

»Lassen Sie uns einfach ein wenig plaudern. Dann können Sie das immer noch entscheiden.« Marlows Stimme, gerade noch samtweich, wurde eine winzige Spur schärfer, als er sich dem Geschäftsführer zuwandte. »Sebald, ich denke, Sie sollten Ihren Club nicht so lange allein lassen. Und Benno ist an der Pforte auch besser aufgehoben als in einem weichen Sessel.«

Der Geschäftsführer und der Gorilla erhoben sich. Der Chinese führte die beiden wieder hinaus.

»So! Ich denke, nun plaudert es sich leichter«, sagte Marlow, als sie allein waren. Er zog bedächtig an seiner Zigarre, bevor er weitersprach. »Sebald erzählte mir, Sie sind im Besitz eines interessanten Fotos. Mich würde interessieren, woher Sie es haben.«

»Sie sprachen vorhin von Geben und Nehmen. Eigentlich bin ich hier, um Ihnen ein paar Fragen zu stellen.«

Marlow lachte. Der Chinese war lautlos zurückgekommen und stellte erst seinem Chef und dann dem Kommissar ein Glas hin. Er schenkte ihnen Whisky ein. Das Zeug roch gut.

»Auf Geben und Nehmen«, sagte Marlow und prostete ihm zu. »Sagen Sie mir, woher Sie das Foto haben, und stellen mir Ihre erste Frage.«

Rath trank einen Schluck. Das Zeug *schmeckte* auch gut. Was wollte dieser Mann von ihm?

»Aus einem Keller«, sagte er nur.

»Soso.« Marlow zog an seiner Zigarre und schaute den Rauchkringeln hinterher. »Ich will mit offenen Karten spielen, Herr Kommissar. Meine Leute waren auch in diesem Keller. Ich bin im Besitz eines ähnlichen Fotos.«

»Ihre Leute suchen Kardakow. Warum? Hat er Kokain unterschlagen?«

»Sagen Sie mir, warum die Polizei ihn sucht.«

»Lassen Sie mich auch mit offenen Karten spielen: Die Polizei sucht ihn nicht. *Ich* suche ihn.«

»Warum?«

Es war eine plötzliche Eingebung.

»Das Sorokin-Gold«, sagte er.

Marlow ließ sich äußerlich nicht aus der Ruhe bringen, doch Rath spürte, dass er ins Schwarze getroffen hatte. Es dauerte etwas zu lange, bis der Mann seinen nächsten Satz formuliert hatte. Ein Fingerzeig, und der Chinese füllte Raths Whiskyglas nach.

»Meinen Sie nicht, dass Sie sich da etwas verheben? Ist das nicht ein paar Tonnen zu schwer für einen Einzelkämpfer?«

»Wer sagt, dass ich Einzelkämpfer bin?«

»Den Polizeiapparat haben Sie jedenfalls nicht hinter sich.« Marlow lachte. »Vielleicht träumen Sie ja von einem vorgezogenen Ruhestand! Sie wären nicht der erste Bulle, der die Seiten gewechselt hat. Sind noch ein paar korrupte Kollegen mehr mit im Spiel? Der, der den Kurier aus dem Kanal gezogen hat? War er vielleicht noch gar nicht tot? Habt ihr noch was aus ihm rausgequetscht? Und wollt jetzt an das große Geld? Aber Vorsicht! Das ist auch für einen ganzen Haufen Bullen noch eine Nummer zu groß.«

Der Kurier! Rath war hellhörig geworden und versuchte, möglichst gelangweilt zu wirken. Marlow sprach offenbar von Boris.

»Wissen Sie, warum Kardakow untergetaucht ist?«

»Was meinen Sie, Herr Kommissar? Wahrscheinlich, weil er sein eigenes Spiel spielt.«

»Und der Kurier? Warum musste der sterben?«

»Herr Kommissar! Stellen Sie sich nicht dümmer, als Sie sind! Was wissen Sie von dem Gold?«

»Dass es in Berlin ist.«

Marlow lächelte gequält. »Sie sollten auch nicht den Fehler machen und *mich* für dumm verkaufen wollen! Lassen Sie uns Tacheles reden! Sie wollen das Gold, und ich will das Gold. Wir wissen beide etwas. Wenn wir unsere Informationen und unsere Fähigkeiten zusammentun, haben wir vielleicht eine Chance, es zu bekommen. Also: Was wissen Sie noch?«

Rath zuckte mit den Schultern. »Dass es rund 80 Millionen wert sein soll.«

Marlow lachte laut, doch es klang alles andere als belustigt. »Sie müssen mir schon ein wenig mehr erzählen, als ich selbst schon weiß!«

»Würde ich ja gerne. Aber offensichtlich wissen Sie so viel, dass ich das nicht kann.«

Marlow drückte seine Zigarre aus. Es sah aus, als würde er ein Ungeziefer zerquetschen.

»Vielleicht sollte ich Ihnen noch etwas Zeit geben, darüber nachzudenken. Kuen-Yao wird Sie hinausführen.«

»Wie kann ich Sie erreichen?«

»Wenn Sie mich sprechen wollen, kommen Sie in den *Venuskeller*. Aber nur aus diesem Grund! Wenn Sie sich vergnügen wollen, gehen Sie woandershin. Sebald mag keine koksenden Bullen in seinem Club.«

Der Chinese stand schon hinter ihm und hielt Mantel und Hut. Rath stand auf.

»Auf Wiedersehen, Herr Kommissar«, sagte Marlow. »Haben Sie bitte Verständnis dafür, dass Kuen-Yao Ihnen Ihre Waffe aus Sicherheitsgründen erst auf der Straße wieder überreichen wird.«

Rath nickte. »Danke für den Whisky«, sagte er.

»Das Vergnügen war ganz auf meiner Seite! Es war nett, Sie kennengelernt zu haben, Herr Kommissar«, sagte Marlow in einem freundlichen Tonfall, der Rath dennoch einen kalten Schauer über den Rücken laufen ließ. »Aber bei unserem nächsten Zusammentreffen wünsche ich mir etwas mehr Kooperation.«

Es klang wie eine Drohung, und das sollte es wohl auch sein.

Manchmal bedauerte er es doch, kein Auto zu haben. Die Leuchtreklamen am *Plaza* waren inzwischen erloschen, und der Taxistand am Küstriner Platz sah so verwaist aus wie ein Tresorraum nach dem Besuch der Brüder Sass. Bahnen fuhren um diese Zeit auch keine mehr. Gut, dass er morgen nicht ins Büro musste. Erst am Abend war er wieder im Dienst – wenn die Aktion *Nachtfalke* über die Bühne gehen sollte. Den *Venuskeller* würde er nicht mehr auf die Liste setzen. Niemand brauchte zu wissen, wo er heute Abend gewesen war. Marlow war mit einer Razzia ohnehin nicht beizukommen, nur seinen Strohmann Sebald würden sie kriegen. Und noch schlimmer: Marlow würde wissen, wem er diesen blauuniformierten Betriebsausflug zu verdanken hätte.

Am Schlesischen Bahnhof gab es den nächsten Taxistand. Rath blieb nichts anderes übrig, er machte sich auf den Weg, klappte den Mantelkragen hoch und vergrub die Hände tief in den Taschen. Ein penetranter Wind pfiff über den Platz. Es schien noch ein Gewitter zu geben.

Er versuchte, die Puzzleteile zusammenzubekommen. Lana Nikoros alias Swetlana Gräfin Sorokina erzählt ihrem Geliebten Alexej Kardakow vom Gold ihrer Familie. Sie beschließen, es nach Berlin zu schmuggeln, wie auch immer das bei einer solch unglaublichen Menge funktionieren soll. Sie schalten zu diesem

Zweck einen Kurier ein, einen Russen namens Boris. Warum Kurier? Bringt er das Gold nach Berlin? Oder nur eine Nachricht? Wie dem auch sei: Der Kurier stirbt, nachdem er in der fremden Stadt nach Alexej Kardakow gesucht hat. Er scheint wütend auf Kardakow zu sein. Warum? Hat der ihn übers Ohr gehauen? Sein eigenes Spiel gespielt, wie Marlow sich ausdrückte? Kardakow und die Gräfin jedenfalls tauchen unter, kaum hat's ihren Landsmann erwischt. Vielleicht haben sie Boris um seinen verdienten Lohn gebracht? Einen Mitwisser beseitigt? Und sich dann mit dem Gold aus dem Staub gemacht.

Blödsinn, dachte er. Um solch eine Menge Gold von der Sowjetunion nach Deutschland zu schaffen, braucht man mehr als nur einen Helfer. In Russland und in Deutschland. Warum wusste Marlow von dem Gold? Zufall? Hatte Kardakow sich verplappert? Oder hatte er den Unterweltkönig bewusst eingespannt? Irgendwie musste man so viel Gold ja auch in Bargeld umwandeln, so etwas ging nur mit Beziehungen. Beziehungen, die Marlow hatte. Und in Russland? Die Sorokins hatten dort noch Freunde. Wovon hatte der Reichswehroffizier bei Bruno gesprochen? Von kommunistischen Sektierern, die sich *die rote Festung* nannten. War Kardakow einer von denen? Wieso nicht? Ein Schreiberling …

Ein Geräusch riss ihn aus seinen Gedanken. Er blieb stehen und lauschte. Nichts zu hören. Er schaute sich um. Die Straßenlampen warfen ein solch kümmerliches Licht, dass die Hauswände fast im Dunkeln lagen. Kein Mensch war zu sehen. Es hatte geregnet. Das nasse Pflaster reflektierte das dünne Licht. Als er weiterging, meinte er wieder etwas zu hören. Es klang wie ein Echo seiner Schritte. Ohne noch einmal stehen zu bleiben, war er nun sicher, dass er verfolgt wurde. Da ging jemand hinter ihm, der nicht wollte, dass er ihn bemerkte. Diese Gegend war nicht sicher. Schon gar nicht um diese Zeit. Er befühlte seine linke Seite. Die Mauser steckte wieder im Holster, der Chinese hatte sie ihm zurückgegeben, wie Marlow befohlen hatte, zusammen mit seinem Dienstausweis und den Fotos.

An der nächsten Querstraße bog er plötzlich rechts ab, obwohl der Bahnhof schon in Sichtweite war. Er wollte Gewissheit. Das Echo blieb. Rath verschärfte sein Tempo. Dann stoppte er abrupt und drehte sich um. Immer noch war niemand zu sehen. Allerdings lagen die Hausfassaden derart im Dunkeln, dass man immer vor Blicken geschützt war, wenn man nur nah genug an den Mauern entlangging. Rath wartete bis zur nächsten Straße und schlug noch einen Haken. Er lief bis zur nächsten Hofeinfahrt und sprang hinein. Sein Verfolger war auch in einen vorsichtigen Laufschritt gefallen und blieb den Bruchteil einer Sekunde zu spät stehen. Wieder hatte Rath das künstliche Echo seiner Schritte gehört. Er lauschte in die Nacht. Er hörte Regentropfen, die von Dachrinnen oder Fenstervorsprüngen auf den Asphalt tropften. Und zwischendurch meinte er auch das Geräusch von Schuhsohlen auf Kopfsteinpflaster zu hören. Ganz leise nur, aber es war da. Sein Verfolger hatte noch nicht aufgegeben. Rath zog sich weiter in das Innere des Hofes zurück, die Toreinfahrt immer fest im Blick. Er musste sich selbst verstecken, musste seinen Verfolger überraschen.

Er schaute sich um. Es war kein normaler Hinterhof, auf den er hier geraten war. Im schummrigen Licht der Hofbeleuchtung erkannte er einen Bauzaun, dahinter wurde offensichtlich ein Neubau hochgezogen. Und davor stand ein Bauwagen. Noch ein Blick auf die Toreinfahrt, in der immer noch keine Silhouette erschienen war, dann drehte er sich um und war mit wenigen Schritten im Schatten des Bauwagens. Das Tor hatte er von hier aus gut im Blick. Es hatte wieder zu regnen begonnen.

Rath musste nicht lange warten, da sah er ihn. Den Schatten eines Mannes in Hut und Mantel. Keine Schlägermütze, ein ganz normaler breitkrempiger Hut, neueste Mode. Einer von Marlows Leuten? Ob Doktor M. ihm Benno oder einen ähnlich freundlichen Zeitgenossen hinterhergeschickt hatte?

Der Mann war stehen geblieben. Offensichtlich überlegte er, ob er durch die Hofeinfahrt gehen sollte. Und dann kam er, immer noch langsam und vorsichtig, nah an der Hauswand entlang, sich immer wieder suchend umschauend. Rath knöpfte Mantel und Jackett ein wenig auf und löste den Druckknopf an seinem

Schulterholster. Er wartete, bis der Mann den Hof erreicht hatte, und entsicherte seine Mauser. Mit gezogener Waffe trat er aus dem Schatten des Bauwagens.

»Suchen Sie mich?«

Der Unbekannte blieb stehen, die Überraschung war geglückt. Er drehte den Kopf, schien zu überlegen, ob er noch fliehen konnte. Und dann kam er näher. Schweigend.

»Halt! Bleiben Sie stehen!«

Rath richtete die Pistole auf den Fremden.

Der Mann war nur noch wenige Schritte von ihm entfernt. Nicht besonders groß. Benno war das jedenfalls nicht.

»Nun erzählen Sie mir doch mal in aller Ruhe, warum Sie mich verfolgen …«

Der Mann sagte nichts. Stattdessen machte er einen weiteren Schritt nach vorn.

»Stehenbleiben habe ich gesagt!«

Raths Stimme war lauter geworden. Der Mann schwieg immer noch. Aber wenigstens blieb er jetzt stehen.

»Wir können uns auch auf dem Präsidium unterhalten, wenn es Ihnen hier zu ungemütlich ist«, sagte Rath. »Dann brauchen Sie sich auch keine Sorgen mehr zu machen, wo Sie die Nacht verbringen.«

Er konnte die Augen im Hutschatten immer noch nicht erkennen. Aber der schmale Mund hatte gezuckt. Beim Wort *Präsidium*. Es war nur eine Drohung, Rath hatte nicht ernsthaft vor, den Mann mit zum Alex zu nehmen.

Und dann dachte er für einen Moment, er wäre derjenige, den man in eine Falle gelockt hatte.

Hinter sich hörte er ein sattes Klirren, eine kleine, nasse Explosion.

Instinktiv drehte er den Kopf. Kein Mensch zu sehen, nur eine weiße, zischende Pfütze auf dem Pflaster und rotbraun leuchtende Scherben. Oben wurde ein Fenster zugeknallt.

Im selben Augenblick wurde er angegriffen.

Er wusste es, noch bevor er den Angreifer spürte, doch es war zu spät. Ein harter Griff umklammerte seinen rechten Unterarm und riss ihn zur Seite, drehte die Mündung der Pistole schmerzhaft nach unten. Rath verlor das Gleichgewicht und stürzte zu Boden. Das geschah so langsam, als sei die Zeit zu einem zäh fließenden Brei gefroren. Er schien Minuten zu brauchen, bevor er auf den nassen Steinen aufschlug.

Noch im Fallen löste sich der Schuss. Ein Reflex. Er hatte einfach abgedrückt. Ohne zu zielen. Ohne überhaupt zu wissen, was gerade geschehen war.

Es war ohrenbetäubend laut.

Mit dem Knall hörte er ein lautes metallenes Geräusch, fast wie ein Gong, und dann das Zzzzinnng eines Querschlägers.

Rath fiel endlos und spürte, wie sich der Griff des anderen löste. Auch sein Verfolger stürzte zu Boden. Keinen Meter neben ihm schlug er auf dem Pflaster auf.

Rath rappelte sich schnell auf, bereit für den nächsten Angriff. Die Mauser hatte er immer noch in der Hand. Jetzt konnte er wieder zielen, den angriffslustigen Terrier in Schach halten. Doch der Mann blieb liegen. Der Hut war ihm vom Kopf gerollt und gab ein Gesicht frei, das Rath immer noch nichts sagte. Ziemlich dünne Lippen, eine schiefe Nase, die auf viele Prügeleien hindeutete, ein weit aufgerissenes Auge. Nur eines. Dort, wo das andere Auge gewesen sein musste, klaffte ein dunkles Loch, in dem es feucht glänzte. In dem mageren Licht sah das Blut, das in einem dünnen Rinnsal über das bleiche Gesicht lief, fast schwarz aus.

Rath stand da und hielt sich das rechte Ohr, das schmerzte und summte. Erst jetzt begriff er, was passiert war. Oder versuchte zu begreifen.

War es die Mischung aus Alkohol, Kokain und Adrenalin, die ihm die ganze Szene irgendwie unwirklich erscheinen ließ? Doch sie war wirklich. Erschreckend wirklich. Er konnte die Leiche mit dem Fuß anstoßen.

Dann sah er neben seinem Fuß Metall glänzen und hätte beinah gelacht. Ein Gullydeckel! Ein profaner, gewöhnlicher Gullydeckel, durch den das Regenwasser von dem gepflasterten Hof abfloss, war seinem Angreifer zum Verhängnis geworden. Wie im Billard. Einfallswinkel gleich Ausfallswinkel.

Als habe jemand eine Scheibe eingetreten und die Wirklichkeit dahinter offenbare sich erst jetzt, wurde ihm bewusst, dass er hier neben einer Leiche stand. Neben einem Menschen, den eine Kugel aus seiner Mauser getötet hatte.

Wer würde ihm diese Geschichte glauben? Da lag eine Leiche. Und Herr Kriminalkommissar Gereon Rath, vollgepumpt mit Kokain und Alkohol, behauptet, es sei alles ein Versehen? Ihm wurde klar, dass er das niemandem würde verkaufen können. Er hörte den Staatsanwalt seine Fragen stellen: Wie war das noch gleich, warum haben Sie Kokain genommen, Herr Kommissar? Ach, um an Herrn Marlow heranzukommen, sehr interessant. Was wollten Sie denn von dem? Was hatten Sie überhaupt zu dieser nachtschlafenden Zeit in einem berüchtigten Verbrecherviertel zu suchen?

Diesmal würde er nicht einmal vor Gericht mit heiler Haut davonkommen. Ganz zu schweigen von der Presse. Ein Bulle, der im Kokainrausch einen Menschen erschießt – auf so eine Schlagzeile wartete die Kochstraße doch schon seit der Abdankung des Kaisers.

Er schaute sich um. Alle Fenster waren dunkel geblieben. Aber mindestens ein Mensch musste ihren Kampf beobachtet haben. Rath untersuchte die braunen Scherben. Vom Weiß der Pfütze war nichts geblieben, nur ein paar Bläschen, die auf einer Flüssigkeit trieben. Ein bekannter Geruch stieg ihm in die Nase. Neben den nassen Scherben lag ein Metallbügel mit einem Porzellanstopfen. Eine Bierflasche. Irgendeinem schlaflosen Spanner da oben war sein Bier vor Schreck vom Fensterbrett gefallen.

Ein Zeuge!

Und wenn schon! Keine Panik! Ein Schuss war hier nichts Ungewöhnliches. Niemand würde sich den Fragen der verhassten Bullen aussetzen, nur weil er Zeuge einer Schießerei geworden war. Das alles redete er sich ein wie ein Kind, das nicht an Gespenster glauben will und sich trotzdem im Dunkeln fürchtet. Beim Gedanken, aus einem dieser schwarzen Fensterlöcher beobachtet zu werden, zog Rath unwillkürlich seinen Hut tiefer in die Stirn.

Und dann wurden seine Gedanken ganz klar, er wusste genau, was er zu tun hatte. Ganz ruhig steckte er seine Waffe wieder ein und durchsuchte die Taschen des Toten. Er zuckte zurück, als ihn etwas in den Finger stach. Eine Anstecknadel, die der Mann im Mantel trug, das war alles, keine Waffe, nicht einmal eine Brieftasche. Nur ein kleiner stilisierter Stahlhelm. Rath warf das Ding in den Gully. Dann knöpfte er dem Toten den Mantel bis obenhin zu, setzte ihm den Hut wieder auf und begann, am Mantelkragen zu ziehen.

Der Regen wurde stärker, als er den überraschend schweren Körper zum Bauzaun schleifte und dort nach einer Lücke suchte. Es gab immer eine Lücke, das wusste er seit Kindertagen, als sie sich einen Sport daraus gemacht hatten, in jede Baustelle in Klettenberg einzudringen und dort zu spielen. Auch hier hatte er das lose Brett schnell gefunden. Er half noch etwas nach bei einem Nachbarbrett, bis die Lücke groß genug war, um die Leiche hindurchzuziehen. Er schaute sich um. Weit waren sie mit der Baustelle noch nicht gekommen, gerade erst die Fundamente und die Bodenplatte. Rath stieg in die Baugrube hinunter und testete den Beton mit einem Kantholz. Noch nicht abgebunden, sie mussten ihn heute erst gegossen haben. Er zerrte den Toten zur Baugrube hinunter und besorgte sich eine Schaufel aus dem Bauwagen. Das Schloss wischte er mit seinem Taschentuch ab, nachdem er es aufgebrochen hatte. Sein trockener Mund machte ihn wahnsinnig. Fast hätte er eine Flasche Bier aus dem Kasten genommen, der dort neben einem rostigen Fahrrad an der Wand stand, doch er beherrschte sich. Lieber streckte er die Zunge in den Regen, der nun laut prasselte.

Wie im Rausch grub er ein Loch in den frischen Beton, legte den Mann hinein und schaufelte den Beton wieder darauf. Ein bisschen was blieb übrig, das verteilte er. Dann brachte er die Schaufel wieder zurück in den Bauwagen und wischte auch den Griff mit dem Taschentuch ab. Alles, was er angefasst hatte, wischte er ab, selbst die lockeren Bretter im Bauzaun, nachdem er sie wieder gerade gerückt hatte. So, das war's.

Das Blut auf dem Hof würde der Regen bis morgen früh hoffentlich beseitigt haben. Er beobachtete, wie sich das Wasser mit der dunklen Flüssigkeit vermischte und sie in den Gully spülte.

Rath schaute an sich hinab. Sein dunkler Mantel glänzte vor Regenwasser, Matsch und Beton. Er versuchte, den Dreck abzureiben, doch das war zwecklos, er verteilte ihn nur noch mehr. So wie er aussah, konnte er keinem Taxifahrer unter die Augen treten. Er ging noch einmal zum Bauwagen. Der war nun sowieso aufgebrochen. Rath holte das Fahrrad heraus und begutachtete es. Im Hinterrad war zu wenig Luft, doch für seine Zwecke würde es reichen.

Sein Blick wanderte noch einmal über die dunklen Fensterlöcher, die zum Hof hinausführten. Er war nicht sicher, ob ihm wirklich niemand zugesehen hatte. Doch er war sicher, dass niemand bei dieser Dunkelheit sein Gesicht unter dem Hutschatten erkannt hatte. Selbst wenn hier jemand wohnen sollte, der gern mit der Polizei sprach.

Er schob das Rad durch die Toreinfahrt. Immer noch kein Mensch auf der Straße. Er nahm Schwung und sprang auf. Das Rad holperte über das Kopfsteinpflaster. Wenn er jetzt nicht von einem Kollegen angehalten würde, weil er ohne Licht fuhr, dann müsste er in einer guten halben Stunde zu Hause sein.

II

Inspektion A

11. bis 21. Mai 1929

16

Der Regen trommelte immer noch auf das Autodach. Das Trommeln schwoll zu einem Rauschen an, als sich der Wagenschlag öffnete und ein massiger Körper auf die schwarzlederne Rückbank sank. Mit mehr Schwung, als sein Gewicht hergab; Liang musste nachgeholfen haben. Die Tür fiel mit einem satten Schnappen ins Schloss und würde sich erst wieder öffnen, wenn Johann Marlow das wollte. Durch das sich ständig ändernde Muster der Regentropfen auf der Scheibe sah Marlow den dunklen Mantel Liang Kuen-Yaos, der draußen im Regen stehen geblieben war und jeden Gedanken an Flucht einen frühen Tod sterben ließ.

Marlow blickte seinen Gast wortlos an. Der Mann hatte einen Trenchcoat übergeworfen, auf dem der Regen dunkle Spuren hinterlassen hatte, aber darunter trug er nur einen Pyjama. Sein graues Gesicht hätte eine Rasur vertragen können, die Augen kündeten von zu wenig Schlaf. Der Geruch von Alkohol, Schweiß und Regen breitete sich im Wagen aus. Trotz ihrer Müdigkeit tanzten die Augen ängstlich hin und her. Die Stimme versuchte, die Angst zu überspielen, und klang ein wenig zu forsch.

»Was soll das? Warum holt Ihr Chinese mich mitten in der Nacht aus dem Bett? Ich muss morgen um sechs am Alex sein, ich brauch meinen Schlaf!«

Marlow hatte sich einer daumendicken Zigarre zugewandt, der er in aller Ruhe die Spitze abschnitt. Er ließ das schnappende Geräusch des Zigarrenschneiders wirken, bevor er antwortete. Sein Gast hatte schon einmal gesehen, wozu solch ein Gerät sonst noch gut sein konnte.

»Ich hatte heute Besuch von einem deiner Kollegen, und ich frage mich, warum ich davon nichts wusste«, sagte er, ohne sich von seiner Beschäftigung mit der Zigarre abzuwenden.

»Wie? Keine Ahnung. Kann nichts Offizielles sein. Die Razzia ist doch erst für morgen …« Er korrigierte sich nach einem Blick auf die Uhr. »… für heute Abend geplant.«

»Keine Razzia, ein einzelner Bulle. Rath, Gereon Rath. Sagt dir der Name etwas?«

Der Mann schien nachzudenken. Jedenfalls zog er den Mund schief. Doch es folgte nur ein Achselzucken.

»Im Drogendezernat arbeitet er jedenfalls nicht.«

»Ich bezahle dich nicht nur dafür, dass du mir die Drogenfahnder vom Hals hältst. Ich hoffe, du kriegst noch ein bisschen mehr mit am Alex.«

»Wer hat Ihnen denn gesteckt, dass die Sitte eine Razzia plant? Ich kann doch nicht jeden Kollegen im Präsidium kennen. Wahrscheinlich ein Neuer.«

»So viele neue Kollegen, die aus dem Rheinland zugewandert sind, kann es am Alex doch nicht geben. Sperr mal deine Ohren auf!«

»Rheinländer?« Der Mann stutzte. »Vielleicht hab ich doch schon was von dem Kerl gehört. Wie heißt er noch gleich?«

»Rath. Gereon Rath.«

Erneutes Achselzucken. »Bin mir nicht ganz sicher, könnte bei der Sitte sein. Die haben einen neuen Kollegen aufs Auge gedrückt bekommen. Aus Düsseldorf oder Köln. Was weiß ich. Soll ein Duzfreund des Polizeipräsidenten sein.«

Marlow nickte nachdenklich.

»Du hast jetzt einen Namen. Schau mal, was du damit anfangen kannst. Morgen will ich mehr hören.«

Eine kleine Handbewegung reichte, und Kuen-Yao öffnete die Tür. Es hatte aufgehört zu regnen. Der Mann blieb sitzen und schaute sich unsicher um.

»Dann hol dir mal deinen verdienten Schlaf«, sagte Marlow, fast freundschaftlich, »wir sprechen uns morgen Abend.«

Kaum war der Mann draußen, schlug Liang die Tür wieder zu. Zurück ins Haus, aus dem er ihn vorhin geholt hatte, begleitete er ihn nicht. Er ging gleich zur Fahrertür, warf den Regenschirm in den Bodenraum vor dem Beifahrersitz und setzte sich wieder hinter das Steuer. Auf seinem Mantel glänzte kaum ein Regentropfen. Als sei er nie draußen gewesen.

»Zu Peters?«, fragte er nur.

Marlow schüttelte den Kopf. »Lass gut sein, Kuen-Yao. Wir fahren nach Hause.«

Der Chinese startete den Motor, und der nagelneue, pechschwarz glänzende *Standard 8* rollte zurück auf den Fahrdamm.

Die Straßen füllten sich langsam mit Radfahrern, die ersten Arbeiter radelten in die Fabriken. Liang steuerte die große *Adler*-Limousine ruhig und sicher durch die erwachende Stadt. Die nächtlichen Gewitterwolken hatten sich ebenso schnell verzogen, wie sie gekommen waren. Nur am östlichen Horizont zogen sie den Morgenhimmel noch in rote Streifen. Es versprach ein schöner Tag zu werden. Im Rückspiegel sah Marlow die dunklen Augen des Chinesen. Sie waren unergründlich.

Bruno Wolter war ein Mann, der morgens gut aus dem Bett kam, auch um sechs Uhr morgens. Doch heute schaute er nachdenklich aus dem Fenster, und das nicht nur, weil er wusste, dass es ein langer Tag werden würde. Ein schöner Morgen. In der Nacht musste es geregnet haben, einige Pfützen glänzten noch auf dem Asphalt. In der Fregestraße zwitscherten die Vögel in den Bäumen und taten alles, um einen sonnigen Frühlingstag einzuleiten, doch er hörte nicht hin. Wie im Schlaf schabte er sich den Rasierschaum aus dem Gesicht und dachte nach. Die Anrufe von gestern Abend hatten ihn bis in seine Träume verfolgt und schwirrten ihm auch jetzt noch durch den Kopf. Er glaubte nicht, dass er sich wirklich Sorgen machen musste, sie hatten alles sorgfältig geplant. Doch man konnte nie wissen.

Eines jedenfalls schien jetzt klar zu sein: Den neuen Kommissar würde er bald wieder loswerden. Dabei hatte er sich fast an den

Langen gewöhnt. War nur ein bisschen zu ehrgeizig für jemanden, der keine Ahnung hatte, was in dieser Stadt vorging. Aber er würde seinen Willen wohl kriegen und in die Mordinspektion wechseln. Na, viel Spaß, Kollege! Das halb rasierte Gesicht im Spiegel zeigte ihm ein Grinsen.

»Bruno«, hörte er Emmi unten rufen. »Bruno, der Kaffee ist fertig!«

Nach dem Frühstück fühlte er sich schon besser. Emmi trug seine braune Aktentasche bis zur Haustür und reichte sie ihm, als er aus dem Haus trat. Er gab seiner Frau einen kurzen, trockenen Kuss und ging zu dem schwarzen Ford, der direkt vor dem Haus parkte. Als er losfuhr, winkte sie ihm noch nach. Er sah, wie sie im Rückspiegel immer kleiner wurde.

Emmi war eine Frau, wie er sie sich immer gewünscht hatte. Sie bewunderte ihn, sie war fürsorglich – und sie stellte keine Fragen. Alles, was er machte, würde schon richtig sein. Da vertraute sie ihm voll und ganz. Bislang hatte er sie nicht enttäuscht. Und sie waren schon über vierzehn Jahre verheiratet. Damals, als der Krieg ausbrach und er zu den Waffen gerufen wurde, hatte er um ihre Hand angehalten. Emilie von Bülow war begehrt, und er hatte das Rennen gemacht. Seinen ersten Fronturlaub hatten sie genutzt, um zu heiraten. Im Felde war es gut, jemanden zu haben, dem man schreiben konnte. Und das hatte er getan. Regelmäßig und ausführlich. Und auch sie hatte ihm mindestens einmal wöchentlich einen Brief geschrieben. Während sich der Krieg festfraß und die Soldaten nicht mehr aus den Gräben ließ, ging es bei ihr in Berlin voran. Schritt für Schritt richtete sie das gemeinsame Haus ein, das ihre Eltern ihnen gekauft hatten, während er das Vaterland für einen armseligen Sold verteidigte, mit dem sie sich so etwas nie hätten leisten können. Aber sie kämpften auch nicht wegen des Soldes, keiner seiner Kameraden tat das, sie kämpften für Deutschlands Zukunft. Eine Einstellung, die sein Schwiegervater nur unterstützte.

Je länger der Krieg dauerte, desto schmutziger wurde er. Vielen Kameraden ging es irgendwann nur noch darum, heil wieder nach Hause zu kommen. Ihm nicht, er hoffte bis zum Schluss. Schließlich standen sie seit vier Jahren mitten im Feindesland. Aber Deutschlands Zukunft war im Eimer, als die Roten in Berlin schließlich den Kaiser fortjagten und die Kapitulation unterschrieben – und das, obwohl er mit seiner Einheit drei Jahre lang keinen Millimeter zurückgewichen war; mitten in Frankreich hatten sie sich festgesetzt, ohne jemals nachzugeben, mitten im Land des Feindes, und dann löste sich plötzlich alles auf: Das Land, für das sie gekämpft hatten, gab es nicht mehr. Es nannte sich immer noch Deutschland, doch es war nicht mehr ihr Land.

Dennoch war er bei der Polizei geblieben, der er schon unter dem Kaiser gedient hatte. Auch bei den Sozis musste schließlich jemand für Recht und Ordnung sorgen. Und er hatte die Hoffnung auf das Deutschland, für das er gekämpft hatte, nie aufgegeben. Er wollte diesem Land weiter dienen. So hielt er den Kontakt zu den alten Kameraden aufrecht – zu denen, die den Krieg überlebt hatten.

Er parkte den Ford direkt vor der *Josty*-Filiale an der Kaiserallee und suchte sich einen Sonnenplatz auf der Terrasse. Kurz darauf brachte ihm der Kellner den bestellten Kaffee, und Wolter blätterte in den Zeitungen. Alle berichteten sie über den Young-Plan. Blödsinniges Geschwätz, diese Verhandlungen in Genf. Ungeduldig raschelte er mit dem Papier, immer wieder schaute er von seiner Lektüre auf und warf einen Blick auf den Zugang zur Café-Terrasse und auf den breiten Gehweg der Kaiserallee. Seine Laune wurde zusehends schlechter. Er hatte nicht ewig Zeit!

Nach einer Dreiviertelstunde Warten und einer zweiten Tasse Kaffee war er es leid. Sonst war auf den Mann doch Verlass, ausgerechnet heute ließ er ihre Verabredung platzen! Wolter hatte wahrlich genug um die Ohren! Verärgert legte er das abgezählte Geld auf den Tisch. Während er von der sonnenbeschienenen Terrasse wieder auf die Kaiserallee trat, versuchte er, sich zu beruhigen. Nicht nervös werden, dachte er. Er war lange genug im Geschäft. Am besten wartete er in Ruhe den heutigen Abend ab, da würde er mehr erfahren. Und bis dahin hatte er noch genug zu tun.

Der Umriss eines Mannes löste sich aus dem Schatten des Zeitungskiosks auf der anderen Straßenseite. Als Wolter sich auf den

Fahrersitz seines Wagens fallen ließ, winkte der Mann ein Taxi heran.

17

Lange konnte Rath noch nicht geschlafen haben, als das Telefon ihn aus dunklen Träumen zurück in die Wirklichkeit klingelte. Er blinzelte aus verklebten Augen und tastete nach dem Hörer.

»Hallo«, brummte er.

»Gereon?«

Die Stimme machte ihn mit einem Schlag hellwach.

Charly!

Er setzte sich auf.

»Guten …« Er schaute auf den Wecker. Halb elf. »Guten Morgen.«

»Morgen, Langschläfer!« Sie hörte sich fröhlich an. »Ich dachte, wenn wir uns heute schon nicht in der Burg sehen, sollten wir wenigstens kurz telefonieren.«

»Ja«, sagte er nur. Seine Gedanken hatten sich in den wirren Träumen der viel zu kurzen Nacht verfangen, und einige Fetzen hingen immer noch dort fest. Ihr Anruf hatte ihn aus einem tiefen Schlaf gerissen, in den er gerade erst gesunken war. Als er versuchte, seinen Kopf klar zu bekommen, wurde ihm schlagartig bewusst, dass der einäugige Mann aus seinen Träumen Realität war. Die Ereignisse der vergangenen Nacht holten ihn wieder ein wie ein ausgesetzter Hund sein Herrchen. Ungeliebt, aber anhänglich. In seinem Kopf begann ein Filmprojektor zu surren, der die Bilder abspielte, die ihn bis in den Schlaf verfolgt hatten: der Angriff des Unbekannten, der Schuss, das Blut in der leeren Augenhöhle, ein Toter, der im Beton verschwindet. Lautlos. Bilder ohne Ton. Aber gestochen scharf.

»Du hörst dich an, als hätte ich dich geweckt?«

Ihre Stimme stoppte den stummen Film. Rath fühlte sich wie ertappt. Als sei der Projektor auch für Charly gelaufen, als habe sie einen Blick in die entlegensten Winkel seiner Seele erhaschen können und seine dunkle Seite gesehen. Von Köln hatte er noch nichts erzählt. Nicht einmal das. Wie sollte er ihr jetzt beibringen, was gestern Nacht passiert war? Er wischte mit der Hand durch die Luft, als könne er die Gedanken vertreiben wie eine lästige Fliege. Irgendwann einmal würde er ihr alles erzählen. Auch den ganzen Mist. Aber nicht jetzt.

»Ich liege tatsächlich noch im Bett«, sagte er. Du liebe Güte, fühlte er sich beschissen! Warum nur hatte sie anrufen müssen?

»Allein, hoffe ich.«

»Du weißt doch, dass ich Damen immer schon in aller Herrgottsfrühe aus dem Haus schmuggle.«

Na, immerhin, sie lachte. Er hörte ein Geräusch, das wie Autohupen klang. Natürlich würde sie ihn niemals vom Büro aus anrufen, nicht mit so vielen hellhörigen Bullen in der Nähe. Wahrscheinlich ein öffentlicher Fernsprecher irgendwo am Alex. Ihre Stimme wurde leiser. »Schade, dass du *mich* heute Morgen nicht rausschmuggeln musstest«, flüsterte sie.

Ihre Stimme! Er hatte mehr Sehnsucht nach Charly, als er sich eingestehen wollte. Vor allem mehr, als er im Augenblick zulassen konnte. Er hatte andere Dinge im Kopf. »War vielleicht ganz gut so«, sagte er und klang dabei härter, als er wollte. »Ich hatte viel Schlaf nachzuholen.«

»Gestern Morgen hast du nicht den Eindruck erweckt, du bräuchtest viel Schlaf.«

Ihre Anspielungen machten ihn verrückt. Warum konnte sie das nicht lassen? »Tja, manchmal bin ich ein ganz schöner Angeber«, sagte er.

»Heute wohl nicht. Du klingst eher wie jemand, der nicht gestört werden möchte.«

»Quatsch«, protestierte er, obwohl er wusste, dass sie Recht hatte. »Ich bin nur noch etwas müde. Ich hab im Moment einfach viel um die Ohren.«

»Ich weiß«, sagte sie, »gestern die Besprechung, heute eure Razzia. Ich hab auch genug zu tun. Trotzdem wäre ich jetzt gern bei dir.«

»Ich auch bei dir«, echote er eine Antwort, von der er wusste, dass sie nicht stimmte. Sosehr er sich ihre Nähe wünschte, so wenig konnte er jetzt mit ihr zusammen sein. Natürlich hätte er sie gern in den Arm genommen, sie gerochen, ihren Körper gespürt. Aber bitte in einem anderen Universum, in einer anderen Welt, in der die Ereignisse der gestrigen Nacht nie geschehen wären. Von irgendeiner Besprechung hatte er ihr gestern etwas vorgelogen. Stattdessen hatte er sich mit einem Verbrecher getroffen und einen toten Menschen verscharrt. Die harmlose Notlüge hatte plötzlich eine Bedeutung bekommen, die er ihr nie zugedacht hatte. Wie sollte er Charly jetzt unter die Augen treten?

»Du bei mir?« Sie lachte. »Das ist im Moment keine so gute Idee. Ich stehe in einer Telefonzelle. Das wäre ein bisschen eng. Und gleich muss ich zurück in die Burg. Aber vielleicht lässt Böhm mich heute früh genug raus, und wir können uns noch sehen, bevor es bei euch losgeht. Wann fangt ihr an?«

»Heute Nachmittag. Wir müssen noch einiges vorbereiten.«

»Ich denke, dass ich gegen zwei rauskomme. Noch einen Kaffee in der *Letzten Instanz*?«

Eigentlich keine schlechte Idee. Die *Letzte Instanz* in der Klosterstraße lag in der Nähe des Präsidiums und wurde trotz ihres Namens kaum von Polizeibeamten frequentiert. Doch Rath wimmelte sie ab. Er hoffte, nicht so kalt zu klingen, wie er sich gerade fühlte.

»Ich fürchte, das geht nicht«, sagte er, »ich habe noch eine Menge zu erledigen.« *Spuren verwischen, zum Beispiel, betonverschmierte, blutige Sachen verbrennen. Und einen neuen Anzug kaufen, am besten auch gleich ein neues Paar Schuhe.* »Und ein bisschen Schlaf brauche ich auch noch.«

»Schlafen? Geschlafen wird erst am Monatsende!«

Er merkte, dass sein Lachen gezwungen klang. Sie hatte ihn auf dem falschen Fuß erwischt.

»Was ist los mit dir? Stimmt etwas nicht?«

»Was soll sein?«

»Ich komme mir gerade ziemlich bescheuert vor. Hätte ich nicht anrufen sollen?«

»Aber nein!« Er wusste, dass er nicht so klang, wie er sollte. »Ich bin nur noch etwas müde, das ist alles.«

»Na, die nächsten Tage hast du ja Gelegenheit genug, dich auszuschlafen. Ich werde dich jedenfalls nicht stören, wenn du nicht willst. Meine Nummer hast du ja. Dienstlich und privat.«

Seine rechte Hand mit dem Telefonhörer fiel herunter wie der Sandsack, mit dem ein Galgen vor der Hinrichtung getestet wird. Gedankenverloren hielt er den tutenden Hörer in der Hand. Draußen vor seinem Fenster schien die Sonne und vertrieb die Spuren des nächtlichen Gewitterregens. Er fühlte sich miserabel. Das Geräusch ihres Telefonhörers, der hart auf die Gabel knallte, hatte ihm einen Stich versetzt. Zugleich war er erleichtert. Er hätte es keine Sekunde länger ausgehalten, mit ihr zu sprechen.

Viel zu viele wirre Gedanken rasten durch seinen Kopf. Er musste Ordnung in dieses Chaos bringen, sich vergegenwärtigen, was geschehen war. Was er getan hatte und was noch alles zu tun war.

Niemand hatte ihn gesehen, als er mitten in der Nacht durch den Gewitterregen zurück nach Charlottenburg geradelt war. Das Fahrrad hatte er am Lützowufer in den Landwehrkanal geworfen und den Rest des Weges zu Fuß zurückgelegt. Die Vögel hatten gezwitschert, als er endlich in der Nürnberger Straße vor der Tür stand. Immer noch hatte er gehandelt, als habe ihn jemand aufgezogen, mechanisch, ohne genau darüber nachzudenken, was er tat. Weil er wusste, was zu tun war. Erst mal möglichst schnell aus den Klamotten. Mantel und Anzug waren ruiniert, die Beton-, Dreck- und Blutspuren verräterisch. Und den Abdruck seiner braunen Boxcalfs hatte er zigfach im Baustellenschlamm hinterlassen. Schade um die schönen Schuhe, aber auch sie mussten weg, alles musste verschwinden. Darum wollte er sich heute Morgen kümmern. Bevor er in seinen kurzen Schlaf gesunken war, hatte er alles in den kleineren der beiden Koffer gepackt, mit denen er vor zwei Monaten nach Berlin gekommen war, und ihn wieder unters Bett geschoben.

Er stand auf und betrachtete sich in dem kleinen Spiegel auf dem Frisiertisch. Eigentlich ganz passabel, sah man von den Bartstoppeln und den Ringen unter den Augen ab. Ein Bad würde ihm guttun. Er warf seinen Hausmantel über und ging hinüber ins Speisezimmer. Der Frühstückstisch war abgeräumt, nur an seinem Platz stand noch ein einsames Gedeck. Der Kaffee in der Kanne war kalt. Er schenkte sich eine Tasse ein und trank sie in einem Zug leer. Es musste nicht schmecken, es sollte wirken. Appetit hatte er keinen, den Brotkorb rührte er nicht an. Er klopfte an die Tür, die zu den Räumen seiner Zimmerwirtin führte. Keine Reaktion. War sie nicht zu Hause oder nur beleidigt?

»Elisabeth, ich nehme ein Bad«, rief er vorsichtshalber durch die Tür. Nicht dass die Behnke gerade jetzt auf die Idee kam, das Badezimmer ihrer Mieter sauber zu machen.

Eigentlich glaubte er nicht, dass sie noch auf dumme Gedanken kommen könnte, dennoch schloss er die Tür ab, nachdem er sich mit einem Handtuch und frischen Sachen ins Bad zurückgezogen hatte. Er öffnete die Feuerklappe im Badeofen, zündete etwas Zeitungspapier an und legte ein Brikett nach. Während der Ofen langsam heiß wurde, zog er sich aus. Dann rollte er das Handtuch auseinander, und seine verschmutzten Sachen fielen auf die Bodenfliesen. Aus seiner Badetasche holte er eine Schere und schnitt den nach Regen riechenden klammen Stoff in Streifen. Erst den Mantel, dann den Anzug. Fetzen um Fetzen wanderten in den Ofen, bis schließlich alles in den Flammen verschwunden war.

Wenig später saß er im warmen Wasser und hing seinen Gedanken nach. Wie er seine Schuhe loswerden wollte, wusste er noch nicht genau, aber wahrscheinlich war es das Beste, sie wie das Fahrrad in den Kanal zu werfen, natürlich an einer anderen Stelle, ein paar Kilometer entfernt. Er musste heute ohnehin noch nach Kreuzberg, und das Haus am Luisenufer lag ganz in der Nähe des Urbanhafens. Bevor die Inspektion E seine Dienste wieder in Anspruch nahm, wollte er sich die Wohnung von Swetlana Gräfin Sorokina einmal anschauen.

Er musste diesen verfluchten Fall lösen. Jetzt erst recht! Irgendwem war er mit seiner Schnüffelei auf die Füße getreten. Der Terrier, den sie ihm auf den Hals gehetzt hatten, bestätigte ihm nur, dass er auf der richtigen Spur sein musste. Marlow hatte seine Finger im Spiel, wahrscheinlich hatte er auch den kleinen Kerl hinter ihm hergeschickt, der jetzt tot im Beton lag. Irgendetwas hatte Doktor M. mit Boris' Tod zu tun, und Gereon Rath würde schon noch herausbekommen, was. Jedenfalls wusste Marlow von dem Sorokin-Gold. Und Alexej Kardakow hatte für ihn gearbeitet und war mit einer Gräfin Sorokina befreundet. Das nette Pärchen war verschwunden, ein dritter Russe war tot.

Als er sich aus dem kühler werdenden Badewasser erhob, fühlte er sich schon besser. Langsam kehrte der alte Tatendrang zurück. Bevor er hinausging, schaute er noch kurz in den Badeofen. Er konnte keine Textilreste mehr erkennen, alles Asche. Seinen Lieblingsanzug gab es nicht mehr. Jetzt musste er nur noch die Schuhe loswerden und hoffen, dass die Bauarbeiten im Stralauer Viertel gute Fortschritte machten.

»Kommense jetzt jeden Sonnabend vorbei? Weilse wissen, dass mein Hermann da aussem Haus is, oder warum?«

Sie hatte ihn gleich wiedererkannt. Im Treppenhaus roch es nach Putzmittel, genau wie vor einer Woche. Schon wieder störte er ihren Hausputz. Der Eimer stand noch im Treppenhaus.

»Ich muss Ihnen noch ein paar Fragen stellen, Frau Schäffner.« Rath verzichtete diesmal darauf, seinen Dienstausweis vorzuzeigen. Sie ließ ihn auch so herein. Er vermied es, sich wieder in den Sessel zu setzen, und blieb stehen. Sie wedelte demonstrativ mit einem Staublappen durchs Regal.

»Diesmal suche ich eine Frau …«

»Na, ick bin ja schon verjeben, wa!«

»… eine alleinstehende Frau, die hier im Haus wohnt.« Rath ließ sich von ihrem anzüglichen Humor nicht beirren. »Eine Frau, die seit einiger Zeit verreist ist.«

»Na, warum hamse das denn nich schon letzte Woche jesacht?

Fragen mich Löcher innen Bauch nach irjendnem Russen! Sie meenen bestimmt die Steinrück. Die hält sich ja für 'ne janz feine Dame, dabei kannse sich gerade mal so 'ne kleene Bude unterm Dach leisten. Aber 'ne Russin is *die* nich, det wüsste ick.«

Rath beschloss, sich nicht auf die Menschenkenntnis der Hauswartsfrau zu verlassen. Dass er nach einer Russin suchte, hatte er ihr noch gar nicht erzählt, es hatte sie auch nicht zu interessieren. Er ließ sich die Wohnung aufschließen. Frau Schäffner holte den Schlüssel aus einem Holzschuppen im Hof und keuchte theatralisch, als sie sich vor ihm das Treppenhaus hinaufquälte. Ingeborg Steinrück wohnte im ersten Hinterhaus ganz oben. Neugierig blieb die Portiersfrau hinter Rath stehen, als er Licht in dem fensterlosen Flur machte.

»Tut mir leid, dass ich Sie beim Hausputz gestört habe«, sagte er und drehte sich zu der Dicken um. »Aber Sie können jetzt gern weitermachen.«

Sie schaute ihn verständnislos an.

»Ich bringe Ihnen den Schlüssel zurück, wenn ich hier fertig bin«, schob Rath nach. »Oder soll ich ihn einfach in den Schuppen hängen?«

Das Misstrauen in ihren Augen flackerte kurz auf, auch enttäuschte Neugier glaubte Rath zu erkennen, doch dann drehte sie sich wortlos um und ging die Treppe hinab. Den Schlüsselbund ließ sie im Schloss stecken. Wenigstens hatte sie so viel Respekt vor der Obrigkeit, dass sie nicht nach einem Durchsuchungsbefehl gefragt hatte. Rath trat ein.

Es sah aufgeräumter aus, als er erwartet hatte. Wahrscheinlich das Werk von Ilja Tretschkow. Sogar die Blumen unter den kleinen Dachfenstern, den einzigen natürlichen Lichtquellen hier oben, schienen Wasser bekommen zu haben. Die Wohnung bestand aus einer Dachkammer, in der gerade einmal ein Bett, ein Schrank und ein kleiner Tisch mit einem Stuhl Platz fanden, einer kleinen Küche und einem noch kleineren Bad. Nach der Residenz einer Gräfin, deren Familie über ein sagenhaftes Vermögen verfügte, sah das jedenfalls nicht aus. Einen Hauch von Luxus deutete nur der elektrische Haartrockner an, der im blitzblank geputzten Bad unter dem Spiegel lag.

Raths Blick wanderte durch das Zimmer. Er suchte nach irgendeinem Anhaltspunkt, irgendetwas, das ihm sagen konnte, in welche Richtung er seine Ermittlung lenken konnte. Über dem Bett hing ein Bücherregal an der Wand. Alles auf Deutsch. Kein einziger russischer Titel, nicht einmal russische Autoren. Rath blätterte die Bücher durch. Nichts Besonderes. Keine Zettel, nichts. Diese Frau hatte sich wirklich alle Mühe gegeben, ihre russischen und aristokratischen Wurzeln zu verbergen. Der Papierkorb unter dem Tisch war leer. Wenn sie wirklich geflohen war, hatte sie bestimmt darauf geachtet, keine Hinweise zurückzulassen. Und wenn sie etwas übersehen hatte, musste Tretschkow es längst gefunden haben. Hier sah es aus, als habe der Mann sogar noch einmal durchgefegt.

Er fand kein einziges Foto. Nicht an den Wänden, nicht auf dem Nachttisch, nicht in den Schubladen. Keine Plakate, nichts, das auf ihren Beruf als Sängerin hindeutete. Rath zog das *Delphi*-Programmheft aus seiner Tasche und warf einen Blick auf das Gesicht. Eine schöne Frau. Warum war sie verschwunden?

Es gab nur drei Möglichkeiten: Entweder war sie Hals über Kopf geflohen, man hatte sie entführt – oder irgendjemand hatte sie ermordet. War sie mit Kardakow auf und davon? Hatten Stalins Leute sie nach Moskau verschleppt? Oder hatte Kardakow sie ebenso auf dem Gewissen wie Boris – weil er sich das Gold aneignen wollte und die beiden im Weg waren, der Bote und die Besitzerin? Rath wusste zu wenig über seinen Vormieter, um sagen zu können, ob er zu so etwas imstande gewesen wäre. Allerdings hatte er in seinem Beruf lernen müssen, dass Menschen zu viel schlimmeren Dingen in der Lage sind, als man ihnen ansieht.

Der Kleiderschrank hing noch voller Kleider. Einfache, aber geschmackvolle Garderobe. Rath nahm ein herbstfarbenes Kleid vom Bügel und betrachtete es. Die Gräfin musste ein zierliches Persönchen sein. Er wühlte sich durch den ganzen Schrank. Auch ein Wintermantel hing dort noch – hatte sie sich erst nach der Hitzewelle aus dem Staub gemacht? Oder hatte sie ihn zurücklassen müssen? Der Mantel musste älter sein, als er aussah, das Futter war an einer Stelle eingerissen. Nein, nicht eingerissen, sondern sauber aufgetrennt. Rath untersuchte die Stelle genauer. Es sah aus, als habe jemand etwas aus dem Futter holen wollen. Und dieser Jemand hatte offensichtlich Erfolg gehabt. Rath suchte den ganzen Mantel ab und fand nichts. Auch das Zimmer nahm er jetzt noch einmal genauer unter die Lupe. Nichts, klinisch rein. Rath wusste nun, dass er Tretschkow noch einen Besuch abstatten musste.

Kurz darauf stand er Frau Schäffner wieder gegenüber. Die hatte sich mit ihrem Putzeimer inzwischen die Treppe im Hinterhaus hochgearbeitet und schaute ihn mit hochrotem, schweißnassem Kopf an.

»Sie hier?«, staunte Rath. »Haben Sie vorhin nicht noch im Vorderhaus Treppe geputzt?«

Sie japste ausdrucksvoll nach Luft. Ihre fetten Oberarme wabbelten, als sie den Lappen geräuschvoll auswrang.

»Meenense etwa, mit'en Vorderhaus wär die Arbeit jetan? Na, Sie ham Nerven!«

Er überhörte den Vorwurf in ihrer Stimme geflissentlich. Es klang so, als ob die ganze Welt daran schuld sei, dass Margarete Schäffner Treppe putzen musste, insbesondere aber die Berliner Polizei und Kriminalkommissar Gereon Rath.

»Gute Nerven sind Einstellungsvoraussetzung bei der preußischen Polizei«, sagte er und klimperte mit dem Schlüsselbund.

»Na, wo soll ick denn jetzt hin damit?«

»Gönnen Sie sich mal eine Pause und bringen Sie ihn zurück. Ich möchte Ihnen sowieso noch ein paar Fragen stellen.«

»Schon wieder Fragen?« Sie ließ den Putzlappen zurück in den Blecheimer fallen und wischte sich die Hände an ihrer Schürze ab. »Sagense mal, wollense nich 'n Abonnemang bei mir lösen, det macht die Sache vielleicht billijer!«

Dumm, aber schlagfertig. Er ignorierte ihren Ton. Wenigstens stand sie auf und begleitete ihn nach unten.

»Wissen Sie, wie lange Frau Steinrück schon verreist ist?«, fragte er sie noch im Treppenhaus.

»Wat weeß ick? Vielleicht zwee Wochen. Vielleicht auch länger. Die war ja immer wieder mal weg.«

»Ist irgendwer im Haus näher mit ihr bekannt?«

»Mit der Steinrück? Sie machen Witze! Die ist doch wat Besseret, die jibt sich doch mit unsereinen jar nich ab! Jesehen hat manse ooch selten, hat ja immer lang im Bette jelegen, und war meist erst abends unterwegs.«

»Wie der Herr hier.«

»Wie?«

Rath deutete auf die Wohnungstür, die sie gerade passiert hatten. »Herr Müller«, sagte er, »der arbeitet doch auch nachts.«

Er hielt ihr die Tür zum Hof auf, und sie wuchtete ihren Körper hindurch.

»Herr Müller hat wenigstens einen Grund, der jeht arbeiten.«

»Frau Steinrück nicht? Sie ist doch Sängerin, oder?«

»Det hatse erzählt, aber singen jehört hat manse selten. Wennse mich fragen: Da jibtet ooch noch andere Möglichkeiten für 'ne Frau, nachts ihr Jeld zu verdienen.«

»Hatte sie denn manchmal Besuch?«

»Manchmal? Immer wieder! Und ausschließlich Herrenbesuch!«

»Der Russe, dessen Bild ich Ihnen letzte Woche gezeigt habe, war der auch dabei?«

»Woher soll ick'n det wissen? Wenn die Kerle kamen, war's meist schon dunkel.«

Sie waren im Vorderhaus angelangt. Sie schloss die Wohnung auf, ging hinein und stutzte, als Rath draußen stehenblieb.

»Na! Wat is?«

»Was soll sein?«

»Kommense nich mit rin?«

»Danke für die Einladung, aber ich habe alle Fragen gestellt. Auf Wiedersehen.« Mit diesen Worten lüftete er seinen Hut, drehte um und ging hinaus. Er konnte sich ihr Gesicht vorstellen, obwohl er ihr den Rücken zudrehte. Es dauerte ungefähr eine Sekunde, da hatte sie ihre Sprache wiedergefunden.

»Un dafür loof ick hier übern Hof? Det hättense mich doch ooch hinten im Treppenhaus fragen können! Det is ja wohl …«

Was sie sonst noch sagte, konnte er nicht mehr verstehen, nachdem die schwere Haustür ins Schloss gefallen war. Rath gab sich gar nicht erst die Mühe, sein Grinsen zu verkneifen, als er an den großen Fenstern der Milchwirtschaft vorbei zur Hochbahn ging.

Es war kurz nach vier, als er in der Burg ankam. Er hoffte, Charly nicht über den Weg zu laufen, aber die musste das Präsidium eigentlich längst verlassen haben. Den Besuch bei Ilja Tretschkow hätte er sich sparen können. Der Trompeter war nicht zu Hause und Rath unverrichteter Dinge aus Schöneberg zurückgekehrt. Wenigstens hatte er bei Tietz am Alex einen neuen Anzug erstanden. Ein brauner Cheviotanzug für achtundsechzig Mark. Ein typischer Bullenanzug, nicht zu teuer, falls man sich das gute Stück im Dienst versaut. *Oder in der Freizeit, beim Leichenverbuddeln.* Für ein neues Paar Schuhe hatte er nochmal fast zwanzig Mark hingelegt. Sein gestriger Ausflug kam ihn teuer zu stehen. Und einen neuen Mantel musste er sich auch noch zulegen; in seinem alten Trenchcoat sah er aus wie ein Schnüffler der Politischen Polizei.

Rath stellte die Papiertüten mit seinen Einkäufen auf den Schreibtisch. Bruno und der Frischling waren noch nicht da, und er beschloss, die neuen Sachen schon einmal anzuziehen. Er war gerade dabei, sich das Hemd in die neue Hose zu stopfen, als das Telefon auf seinem Schreibtisch klingelte.

»Rath, Kriminalpolizei.«

»Hier ebenfalls.«

So meldete sich nur einer: Kriminaldirektor Engelbert Rath. Herzlichen Glückwunsch! Dessen wohlmeinende Ratschläge konnte er jetzt am allerwenigsten gebrauchen.

»Oh, was für eine Überraschung«, knurrte Gereon in den Hörer. »Woher weißt du, dass ich noch im Büro bin?« Er klemmte den Hörer mit der Schulter fest und zog sich weiter an, während er seinem Vater zuhörte.

»Ich bin Kriminalist, mein Junge«, sagte Engelbert Rath und

lachte sein kurzes, lautes Lachen. Selbst durch das Telefon klang sein Vater wie jemand, der einem die Hand auf die Schulter legt und eine Zigarre in den Mund schiebt, während er auf einen einredet. »Nein, Spaß beiseite! Deine Zimmerwirtin hat mir gesagt, dass du heute Nachmittag arbeitest. Gut so! Immer Einsatz zeigen!«

Elisabeth Behnke war an sein Telefon gegangen! Was hatte sie in seinem Zimmer zu suchen? Neugierige Kuh! Gut, dass er den kleinen Koffer heute Morgen mitgenommen und entsorgt hatte.

»Und du? Du sitzt noch in der Krebsgasse, oder?«

»Gut kombiniert, mein Junge!«

»Nenn es kriminalistischen Instinkt«, sagte er, während er den Gürtel zuschnallte, »du solltest deine Sekretärin früher gehen lassen. Zu Hause klappern keine Schreibmaschinen im Nebenraum. Wie geht's denn Mutter?«

»Na, du weißt ja, ihre Knie. Aber sonst geht's ihr gut. Sie lässt dich schön grüßen.« Die Stimme von Engelbert Rath bekam einen väterlich familiären Ton. »Melde dich doch mal bei ihr«, sagte er. »Sie möchte so gern wissen, wie es dir in Berlin ergeht.«

»Möchte sie auch wissen, wie es ihrem Sohn in New York so ergeht?«

»Was soll diese Anspielung?«

»Wenn sie wissen will, wie es mir geht, dann soll sie mich anrufen und fragen.«

»Du weißt doch, wie sie ist. Sie möchte sich nicht aufdrängen. Dabei freut sie sich so, wenn du dich mal meldest.«

»Ich bin gerade mal zwei Monate weg.«

»Junge, ich bitte dich ja nur.«

»Schon gut. Ich ruf sie die Tage mal an.«

»Na, siehst du! Und was gibt's bei dir Neues?«

Ich habe gestern einen Menschen verscharrt, aber sonst geht alles seinen gewohnten Gang.

»Ich hatte viel um die Ohren. Wir haben heute Nacht einen großen Einsatz …«

»Die Razzia? Karl hat mir davon erzählt.«

Der alte Herr hatte also mal wieder mit Dörrzwiebel telefoniert!

Aber immerhin nahm man die Arbeit der Inspektion E in der Chefetage wahr.

»Du machst dich gut, mein Junge«, fuhr sein Vater fort. »Der Polizeipräsident hält große Stücke auf dich.«

»Ich hoffe, nicht nur wegen meines Nachnamens.«

»Nun sei doch nicht so empfindlich!«

»Es ist eben etwas gewöhnungsbedürftig, wenn der eigene Vater deine Vorgesetzten duzt.«

»Aber das kennst du doch.«

Richtig. Das kannte Gereon nur zu gut. Im Kölner Polizeipräsidium war Kriminaldirektor Engelbert Rath nicht nur ein hoher Polizeibeamter, sondern eine Legende. Jemand, mit dem so ungefähr alle hohen Beamten der Krebsgasse per du waren – und meist auch stolz darauf. Die Versetzung nach Berlin hatte Gereon als Chance gesehen, endlich ohne den Schatten seines Vaters arbeiten zu können. Aber der Schatten reichte weit.

»Was hat denn die alte Dörrzwiebel so erzählt?«

»Komm schon, du weißt, dass ich diesen Spitznamen nicht mag!«

Natürlich wusste er das. Deswegen hatte er ihn ja benutzt.

»Schon gut, ist mir so rausgerutscht.«

»Du hast dich inzwischen ganz gut eingelebt im Sittendezernat, habe ich gehört?«

»Wie man's nimmt. Ist immer noch nicht mein Lieblingsressort, auch wenn's heute Abend zur Abwechslung mal rundgeht.«

»Dank deiner Arbeit, mein Junge! Glaub mir, das ist auch ganz oben bekannt, dass du den entscheidenden Durchbruch erzielt hast! Vielleicht kannst du bald wieder in einem interessanteren Ressort arbeiten. Karl meinte, dass du bald einer Mordkommission zugeteilt wirst.«

»Das ist hier so üblich. Nichts Besonderes, da kommt jeder mal an die Reihe. Und nach vier Wochen heißt es: zurück ins Glied.«

»Mag sein. Aber Karl kennt dich noch aus Köln, er weiß, dass du in der Sitte nichts verloren hast. Demnächst wird in der Inspektion A eine Planstelle frei. Soll mit einem Kommissar besetzt werden.«

»Aha.« Er ahnte schon, was jetzt kam.

»Karl würde sie gern mit dir besetzen. Natürlich kann er Gennat gegenüber nicht mit deinen Kölner Referenzen argumentieren. Das bleibt Verschlusssache, nicht dass die alten Geschichten wieder nach oben kommen. Aber er will dir eine Chance geben, dein Talent zu zeigen.«

»Was soll das heißen?« Er spürte, wie sein Tonfall aggressiver wurde. Konnte sich der Alte nicht einfach mal aus seinem Leben heraushalten?

»Nun werd nicht gleich böse. Du weißt, der Polizeipräsident legt größten Wert darauf, dass jeder Mitarbeiter nach seinen besonderen Fähigkeiten eingesetzt wird. Karl hat mit dem Leiter der Mordinspektion schon darüber gesprochen, dir nach Möglichkeit eine verantwortliche Aufgabe in einer Mordkommission zu übertragen. Und wenn du das erfolgreich meisterst, mein Junge, und daran hegen wir doch alle keinerlei Zweifel, dann hast du beste Aussichten auf den freien Posten. Na, ist das eine gute Nachricht?«

Er starrte wie in Trance auf den Stadtplan an der Stirnseite ihres Büros, auf dem die sündigsten Orte Berlins mit bunten Fähnchen markiert waren. Das hatte der Alte ja prima eingefädelt. Da war sie, die große Chance für Kriminalkommissar Gereon Rath! Zörgiebel selbst wollte ihn in die Inspektion A hieven! Nach einer kleinen Anschubhilfe durch Engelbert Rath.

»Bislang hat mir hier noch niemand gesagt, dass ich überhaupt in die Mordinspektion komme«, sagte er. »Geschweige denn, was ich dort Tolles leisten soll.« Ein lauer Protest. Er ärgerte sich über sich selbst. Nicht nur über diese Antwort. Immer wenn er mit seinem Vater sprach, kam er sich irgendwann vor wie ein kleiner Junge.

Was hatte er in einer Woche schon erreicht? Einen Unterweltboss aufgeschreckt, die russische Kolonie in Berlin gegen sich aufgebracht und des Nachts heimlich eine Leiche verschwinden lassen. Herzlichen Glückwunsch! Eine tolle Bilanz! Hätte sein Vater nur einen Tag früher angerufen, wäre all das nie geschehen. Kein Schuss, kein Toter. Er hätte weiter seinen Dienst in der E geschoben und der Versetzung zur A gelassen entgegengesehen. Hätte, wäre, könnte.

Die ungeduldige Stimme Engelbert Raths riss ihn aus seinen Gedanken.

»Oder?«, knarzte es noch einmal aus dem Hörer. Er hatte keine Ahnung, worauf sich dieses *oder* bezog.

»Wie bitte?«

»Hörst du mir überhaupt zu?«

»Die Verbindung war gerade so schlecht.«

»Ich habe gesagt, dass du offiziell auch jetzt noch nichts davon weißt. Aber ich denke, es ist besser, du bist informiert. Du kennst doch meine Devise: Wissen …«

»… ist Macht.«

Der alte Wahlspruch. Rath hatte immer schon gedacht, dass sein Vater besser bei der Politischen Polizei aufgehoben wäre.

18

Obwohl die Sonne schon vor vielen Stunden hinter den Häusern verschwunden war, lag immer noch eine angenehme sommerliche Wärme in den Straßen. Das *Theater am Nollendorfplatz* spuckte gerade das Publikum der letzten Vorstellung aus, als zwei Lastwagen um die Ecke bogen und in die Motzstraße rasten. Die Kinobesucher sahen den Wagen nach, die wenige Meter hinter der amerikanischen Kirche mit quietschenden Reifen hielten. Die Ladeklappen öffneten sich fast gleichzeitig, und nacheinander sprangen blauuniformierte Männer auf den Asphalt. Da schien etwas los zu sein! Einige Kinogänger erwarteten offensichtlich eine Fortsetzung des Films im richtigen Leben und schlenderten neugierig dorthin. Andere schlugen unauffällig die entgegengesetzte Richtung ein. Für manche Nachtschwärmer gab es Gründe, den Kontakt mit der Polizei nicht gerade zu suchen, nicht einmal als Schaulustige.

Rath stand neben Wolter an einem grünen Opel auf der gegenüberliegenden Straßenseite und beobachtete das Spektakel. Im Fond saß Stephan Jänicke neben einem bleichen Mann, dessen Hände mit Handschellen ans Verdeckscharnier gekettet waren. Sie hatten den Wachtposten, der sich unauffällig vor der *Pille* herumgetrieben hatte, vor wenigen Minuten erst überwältigt. Der Onkel hatte keine Mühe gehabt, dem Mann bei einem kleinen Tête-à-Tête im Wageninneren das Klopfzeichen zu entlocken, mit dem sich die stählerne Tür des Kellerlokals wie von Zauberhand öffnen ließ. Dann war er ausgestiegen und hatte dem Zivilbeamten am Nollendorfplatz das vereinbarte Signal gegeben. Es hatte keine zwei Minuten gedauert, bis die beiden Lastwagen anrollten.

Rath und Wolter überquerten die Straße, und die einsatzbereiten Schupos schauten sie erwartungsvoll an. Auf einen kurzen Wink Wolters folgten sie den beiden Kriminalbeamten durch einen Hofeingang. Der Onkel ging eine Treppe hinunter und klopfte an die unscheinbare Souterraintür. Dreimal kurz, zweimal lang, das war's schon, und in der Stahltür öffnete sich eine Klappe. Gedämpfte Musik war zu hören.

»Du bist aber spät dran, Süßer«, sagte eine überraschend helle Stimme. In der Klappe war ein Augenpaar zu erkennen, in dem die Pupillen aufgeregt von rechts nach links tanzten. Offensichtlich vermisste da jemand den Wachhund, der die Gäste normalerweise zur Pforte führte und anklopfte.

»Wo steckt denn Johnny?« Die Stimme klang plötzlich misstrauisch und gar nicht mehr einladend.

»Der ist mal eben pinkeln«, sagte Wolter und steckte im selben Moment den Lauf seiner P 08 durch die Klappe. »Aber ich und meine Freunde, wir kommen doch auch so rein, oder?«

Die Tür öffnete sich und gab den Blick frei auf einen hageren Transvestiten im grünen Samtkleid, der die etwas zu muskulösen Arme in die Höhe streckte.

»Kommst du vom roten Hugo? Du bist lebensmüde, wenn du hier Ärger machen willst! Damit kommt ihr nicht durch!«

»Wir sind nicht lebensmüde, wir sind viele.« Wolter wies mit einer kurzen Kopfbewegung die Treppe hoch. »Und außerdem haben wir Uniformen, Schätzchen. Richte dich schon mal darauf ein, dass du heute Nacht am Alex übernachten darfst.«

Er reichte den Mann in Frauenkleidern nach hinten durch, wo er von zwei Schupos in Empfang genommen und mit Handschellen versehen wurde. Ein Trupp ging mit Wolter und Rath hinein, der andere blieb draußen, um die Kunden zu versorgen und die Nummernschilder der Autos zu notieren, die vor dem Hoftor parkten.

Als die Männer in den blauen Uniformen die Treppe hinunterstiegen und in den langen, dunklen Gang traten, der zu den eigentlichen Vergnügungsräumen führte, setzte hektische Betriebsamkeit ein. Ein halbes Dutzend Männer lungerte dort herum, und einige schienen erst jetzt zu begreifen, was los war. Wolter hatte die Blechmarke auf seiner Weste freigelegt und ging mit langsamen Schritten und gezückter Waffe das Kellergewölbe entlang. Auch Rath hatte seine Mauser gezogen und folgte dem Kollegen. Erst jetzt fiel ihm ein, dass er sie seit dem Zwischenfall gestern nicht nachgeladen hatte. Er betete, bei diesem Einsatz hier keinen Schuss abgeben zu müssen, sonst würde am Ende noch auffallen, dass in seinem Magazin eine Patrone fehlte. Hinter ihnen rückten die Schupos vor, ebenfalls mit gezogener Waffe.

Sie trieben die Männer vor sich her, einige ergaben sich in ihr Schicksal, die meisten liefen davon. Es ging zu wie in einem Fuchsbau, die Füchse flüchteten zum zweiten Ausgang, nicht ahnend, dass auch dort eine Meute Hunde wartete. Scharfe Hunde. Einen Lastwagen hatten sie an der Kleiststraße postiert, an einem Hof, den man über den Hinterausgang der *Pille* erreichen konnte. Dort wartete ein Trupp abgebrühter Uniformierter, die nicht lange fackelten, denn dorthin würden vor allem die fliehen, die sich in diesem Kellerlabyrinth bestens auskannten. Die harten Jungs.

Die Musik wurde lauter, und plötzlich standen sie in einem großen Gewölbe, in dem nur wenige schummrige Lampen brannten. Am hellsten war es auf der Bühne, die von einem Scheinwerfer in grelles Licht getaucht wurde. Zwei Frauen umarmten sich und führten dabei so etwas wie einen Tanz auf, allerdings passten ihre Bewegungen nicht immer zu den Klängen der Kapelle. Als sie die Wand der blauuniformierten Männer bemerkten, die sich am Eingang aufgebaut hatten, hielten sie sich aneinander fest, als würden sie frieren. Vielleicht schämten sie sich auch. Dabei waren sie nicht einmal ganz nackt. Überhaupt war der Laden verhältnismäßig harmlos, fand Rath. Im *Venuskeller* war es wilder zugegangen.

Die beiden Kriminalkommissare stellten sich in aller Ruhe vor die Schupos und schauten sich in dem Gewölbe um. Sie hatten keine Eile, die fliehenden Männer zu verfolgen, sie wussten, dass niemand entkommen würde. Hinten führte eine Tür in das nächste Gewölbe, soweit sie wussten, war der Raum genauso groß wie der, in dem sie sich befanden, allerdings in viele kleine Séparées aufgeteilt. Wer dort hineinwollte, musste etwas mehr Geld springen lassen als hier vorne, wo man nur einen offenbar recht harmlosen Striptease geboten bekam.

Wolter steckte seine Waffe ein, stemmte die Daumen in den Gürtel und versuchte, sich Gehör zu verschaffen, doch seine Stimme wurde immer noch von der Musik übertönt. Es dauerte einen Moment, bis die Kapelle die Situation erfasst hatte. Die Klarinette hörte als Letztes auf zu spielen. Dann brauchte es noch eine Weile, bis das allgemeine Gemurmel abebbte und Wolters Stimme verständlich wurde.

»... darf ich Sie bitten, Ruhe zu bewahren. Dies ist eine polizeiliche Maßnahme. Wir werden Sie lediglich zum Polizeipräsidium bringen, dort Ihre Personalien feststellen und eine kurze Aussage aufnehmen. Dann können Sie wieder gehen. Diese Aktion richtet sich gegen die Betreiber dieses illegalen Lokals, nicht gegen seine Besucher.«

Gefügig wie die Lämmer ließen sich die meisten Gäste abführen. Auch die Musiker machten keine Anstalten zu fliehen. Das Personal hinter der Theke blieb ebenfalls ruhig. Nur wenige rannten nach hinten, wo auch schon die Männer aus dem Gang verschwunden waren. Normalerweise passte ein gutgebauter Angestellter auf, dass sich niemand in das zweite Gewölbe verirrte, der nicht auch dafür bezahlt hatte, nun aber konnte jeder passieren. Aus dem Hinterraum war Geschrei zu hören. Eine halbnackte Frau kam durch die Tür, sah die Uniformierten und drehte gleich wieder um.

Langsam legte sich das Chaos durcheinanderlaufender Leute, und der Raum leerte sich. Rath gab Wolter ein Zeichen, dass er nach hinten gehen würde, und winkte vier Schupos zu sich. Sie kümmerten sich nicht um die Séparées, auf deren Betten immer noch Männer saßen, die sich hastig ankleideten. Die Frauen waren verschwunden, nur ein paar Kleidungsstücke waren liegen geblieben. Hinter einer weiteren Tür öffnete sich ein langer, düsterer Gang, an dessen Decke Abwasserrohre zu erkennen waren. Rath schaltete die Taschenlampe ein, die er eigens für diesen Einsatz eingesteckt hatte. Rechts führte der Weg durch weitere verwinkelte Gänge zum Hinterhof an der Kleiststraße. Der Kommissar führte seine Leute in die andere Richtung. Das Ende des Gewölbegangs markierte eine Stahltür, hinter der das Leiern einer Orgel zu hören war. Jetzt würde sich zeigen, ob Krajewski zu trauen war.

Rath machte die Taschenlampe wieder aus. Man konnte nicht wissen, ob dieser Raum bewacht war, und wenn, dann gab eine Taschenlampe ein zu gutes Ziel ab. Die Tür war fest verschlossen, er versetzte ihr einen wohlgezielten Tritt genau in Höhe des Schlosses, und sie schwang auf, den Blick in einen dunklen Raum freigebend.

Nur ein Lichtkegel, der durch den in der Luft stehenden Zigarettenrauch flimmerte, erhellte die Dunkelheit. Eine Filmorgel spielte schwülstige Musik, eine merkwürdige Mischung aus der *Marseillaise* und *Heil dir im Siegerkranz*. Niemand schaute sich nach den Eindringlingen um, die Orgel übertönte alle anderen Geräusche, und das Geschehen auf der Leinwand zog offensichtlich alle in seinen Bann. Auch die Schupos, die hinter Rath in den Raum traten.

Die Leinwand war deutlich kleiner als die im Gloria-Palast, doch der Film hätte wahrscheinlich auch die größten Kinosäle der Stadt gefüllt, wenn er denn legal dort hätte abgespielt werden dürfen. Ein noch ziemlich rüstiger Kaiser Wilhelm, diesmal der Erste, trieb es mit einer Frau, die der französischen Kaiserin Eugénie sehr ähnlich sah, während Napoleon III. daneben auf einem Stuhl saß und wutschnaubend und gefesselt zuschaute. Als nettes Detail stand noch ein Bismarck-Porträt auf dem Nachttisch. Unverkennbar die Handschrift von Johann König, diesmal in bewegten Bildern. Rath ging zu der Organistin hinüber, deren Augen ganz auf den Film konzentriert waren, und tippte ihr leicht auf die Schulter. Sie erschrak, hörte aber erst auf zu spielen, als er den Zeigefinger an die Lippe führte.

Mit dem Verstummen der Orgel waren für einen kurzen Moment nur vereinzeltes Stöhnen und das Surren des Projektors zu hören, dann erstarben auch die Stöhngeräusche, bevor das Aufleuchten von Raths Taschenlampe den Startschuss zu einem vorübergehenden Tumult gab. Frauen, die offensichtlich in den Tiefen der Kinositze gehockt hatten, sprangen auf und zupften sich die Kleidung zurecht. Sie sahen weniger erschrocken aus als die Männer im Saal, deren Gesichter der Kegel der Taschenlampe in ein bizarres Licht tauchte. Ein korpulenter älterer Herr, dem die durch den Film und die Dienste einer jungen Frau hervorgerufene Erregung noch anzusehen war, zog eilig seine Hosen hoch. Die anderen Männer im Raum, rund zwei Dutzend, waren mit ähnlichen Dingen beschäftigt, mit Damen oder allein.

»Dies ist ein Polizeieinsatz, meine Herren«, sagte Rath. »Ich darf Sie bitten, sich den Ordnungskräften zur Verfügung zu halten.«

»Unverschämtheit«, brummte der Dicke, der sich eben noch die Hosen über seine Erektion gezogen hatte, »das wird noch Folgen haben, junger Mann! Das können Sie mit mir nicht machen!«

»Ich kann«, sagte Rath und wandte sich den Schupos zu. »Den geilen Fettsack hier sperrt ihr auf jeden Fall in eine Zelle!«

Der Dicke wollte protestieren, doch zwei Uniformierte hatten ihn schon in ihre Mitte genommen und führten ihn nach draußen.

»Das werden Sie noch bereuen, das verspreche ich Ihnen«, hörte er den Dicken noch draußen toben, »ich bin ein Bekannter des Innenministers! Ein Skandal ist das!«

»Sie sagen es«, rief Rath ihm hinterher.

Nicht der erste Mann mit angeblich prominenten Freunden,

der ihnen heute Abend in die Hände gefallen war. Wer wirklich über Verbindungen bis in Regierungs- oder ähnliche Kreise verfügte, das würden sie spätestens nächste Woche erfahren, wenn die entsprechenden Proteste den Polizeipräsidenten erreicht hatten. Doch Rath bezweifelte, dass da viel kommen würde. Die meisten, selbst wenn sie wirklich über Einfluss verfügten, würden sich lieber mit einer Nacht im Polizeigewahrsam am Alex zufrieden geben, über die sie nicht weiter sprachen, als zuzugeben, dass sie sich in illegalen, zwielichtigen Nachtclubs herumgetrieben hatten.

Es dauerte keine halbe Stunde, und alle waren versandfertig, Besucher wie Angestellte. Rath sah den beiden Lastwagen hinterher, die von der Motzstraße zum Alex rollten. Der grüne Opel parkte noch am Straßenrand. Aus dem hinteren Seitenfenster schaute der Türsteher, Johnny, wie ihn die Transe genannt hatte. Laut Ausweis trug er den biederen Namen Wilfried Johnen. Rath hatte das Gefühl, der Mann sei im Verlauf der letzten halben Stunde noch bleicher geworden. Kein Wunder, Johnny hatte jeden Augenblick damit rechnen müssen, dass mit all dem bunten Volk, das da auf die Lastwagen verfrachtet wurde, auch seine Arbeitgeber an ihm vorbeispazierten. Nicht gut, dann in einem Bullenwagen zu sitzen. Wahrscheinlich hatte Johnny Glück gehabt, die meisten Offiziellen dürften in der Kleiststraße auf die Reise zum Alex warten.

Stephan Jänicke saß mit einem derart eingefrorenen Gesicht auf der Rückbank, wie es wohl nur Ostpreußen zustande bekamen. Nicht die kleinste Gemütsregung war ihm anzusehen. Rath wusste, dass der Frischling in der vergangenen halben Stunde kein Wort mit dem Türsteher gewechselt hatte. So etwas brachten nicht einmal die Ostwestfalen fertig, mit denen Rath in Köln zusammengearbeitet hatte. Jänicke war genau der richtige Mann für so eine Aufgabe, nichts machte einen Ganoven dieses Kalibers nervöser als ein Bulle, der kein Wort sprach. Wilfried Johnny Johnen würde weichgekocht sein, bevor er das Präsidium überhaupt erreicht hatte.

Wolter zeigte auf seine Armbanduhr und hielt fünf Finger in die Höhe, Jänicke nickte. Rath folgte dem Onkel in die Katakomben der *Pille*, vor der noch ein einsamer Schupo Wache schob. Mit erhobenen Dienstausweisen traten sie an der anderen Seite aus dem Keller, doch der Hof war leer. Der Motor des Lastwagens in der Kleiststraße lief bereits, obwohl die Ladeklappe noch offen war, zwei Schupos machten sich daran zu schaffen. Die beiden Kriminalbeamten grüßten und traten näher. Rath warf einen kurzen Blick auf die Ladefläche, konnte aber nicht viel erkennen.

»Du bist aber ein Süßer«, sagte eine weibliche Stimme, »vielleicht sollten wir zwei heute noch was unternehmen!«

Ein paar Frauen fanden das lustig, doch das Kichern wurde von einem männlich rabiaten »Schnauze!« abgewürgt. Nicht zu erkennen, ob es von einem Kollegen drinnen im Wagen oder von einem Zuhälter stammte. Während Wolter noch ein paar Worte mit den beiden Schupos wechselte, trat Rath etwas beiseite und zündete sich eine Zigarette an. Diese Razzia war ihre letzte heute gewesen. Insgesamt neun illegale Nachtlokale hatten sie in dieser Nacht ausgehoben, bei den meisten Einsätzen waren sie selbst vor Ort gewesen, von einer Aushebung zur nächsten gerast, einem minutiösen Zeitplan folgend. Und nun war es vorbei. Tief inhalierte Rath den Rauch seiner Zigarette, als wäre es Sauerstoff.

Bruno stand neben dem Beamten, der gerade die Klappe des letzten Lastwagens verriegelte und als Wache zurückbleiben sollte. Nachdem sich das Fahrzeug brummend in Bewegung gesetzt hatte, sagte der Onkel noch etwas zu dem Schupo und kam herüber. Noch im Gehen holte er seine Zigarettenschachtel aus der Jacke.

»Die haben wir uns verdient, was?«, sagte er, als er rauchend neben Rath stand.

»Elftes Gebot: Du sollst deinem Chef nicht widersprechen.«

»Froh, dass es vorbei ist?«

Rath nickte.

»Du siehst müde aus.« Wolter schaute ihn an. »Letzte Nacht wenig geschlafen?«

Die Ränder unter den Augen sagten alles. Das konnte man

nicht verstecken. Rath zuckte mit den Schultern. »So 'ne Aktion ist schließlich auch nicht alltäglich.«

»Stimmt. Hätte auch voll in die Hose gehen können. Aber jetzt kannst du wieder aufatmen. Kein Laden dabei, den wir nicht zu Recht auseinandergenommen haben. Keiner, der Lunte gerochen hat. Und den ollen Lanke haben wir auch nicht beim Bumsen erwischt. Besser kann's doch nicht laufen.«

Rath musste grinsen, als er sich den Chef der Inspektion E mit einer Nutte in Aktion vorstellte. Aber Bruno hatte recht. Es hatte kaum Pannen gegeben. Höchstens eine Hand voll Nachtschwärmer war entkommen, dafür waren ihnen in jedem Lokal ein paar harte Jungs ins Netz gegangen. Und an Beweismaterial hatten sie einiges mitnehmen können, in manchen Läden hatten die Betreiber sogar fein säuberlich Buch geführt. Den Sinn einer solchen Aktion sah Rath allerdings immer noch nicht ein. Verbrecherkaschemmen ausheben, Drogenverstecke, Waffenlager, das alles ergab Sinn. Aber Nachtlokale? Wenn die Leute sich vergnügen wollten, sollten sie sich vergnügen!

Wolter klopfte ihm auf die Schulter. »Mein Junge, nicht so nachdenklich! Ich hätt dir den Kopf schon nicht abgerissen, wenn heute Abend 'ne Niete dabei gewesen wäre. Wir haben die Aktion zusammen geplant, und wenn irgendwas danebengegangen wäre, dann hätte ich meinen dicken Schädel schon dafür hingehalten. Und da hätte Lanke lange dran reißen können, der hält was aus.«

»Ist ja alles glattgelaufen.«

»Ja. Und wenn sich die rund drei Dutzend engsten Freunde des Innenministers, des Reichskanzlers und des Kaisers von China, die wir heute zum Alex geschickt haben, nicht noch beschweren, dann dürften wir wohl keinen Ärger bekommen.« Wolter schaute auf die Uhr. »In zwei Stunden müssten wir durch sein. Hältst du dich so lange noch auf den Beinen?«

»Eine Kanne starker Kaffee, ein paar Zigaretten, und ich dreh dir bis übermorgen die härtesten Kerle durch die Mangel!«

»Na, wir wollen mal nicht übertreiben. Spätestens um drei machen wir Schluss. Wenn du willst, bring ich dich nach Hause.

Heute noch ein bisschen aussortieren. Die eigentliche Arbeit wartet sowieso morgen auf uns. Da solltest du ausgeschlafen sein. Wird ein langer Tag.«

»Das wird Stephan nicht gerade freuen.«

»Wieso?«

»Das macht ihm seinen Fußballsonntag kaputt. Spielt Hertha morgen nicht in der Plumpe?«

»Apropos. Wir sollten mal nach ihm schauen. Nicht dass er sich noch Sorgen macht.«

Sie warfen ihre Zigaretten auf das Pflaster und gingen an dem Wachtposten vorbei zurück in den Keller.

»Lanke hat sich neulich übrigens nach dir erkundigt«, sagte Wolter beiläufig, als Raths Taschenlampe ihnen den Weg zurück durch das Labyrinth leuchtete.

»So?«

»Hat mich sogar zu Hause angerufen. Das erste Mal, dass ich diese Ehre hatte. Wollte wissen, wie du dich so machst. Klang ganz väterlich, man konnte richtig Angst bekommen.«

Das hörte sich ganz so an, als ob sich der Polizeipräsident beim Chef der Inspektion E schon nach dem Sohn seines Duzfreundes erkundigt hatte. Allein wäre Lanke nie auf diese Idee gekommen. Rath merkte, dass auch Bruno neugierig war, was dahinterstecken könnte. Ob er etwas ahnte?

»Und?«, fragte Rath.

»Was wohl? Ich hab ihm erzählt, dass du der störrischste Provinzbulle bist, den ich jemals einarbeiten musste.«

»Ich meine: Was wollte Lanke genau wissen?«

»Schwer zu sagen bei dem Mann. Klang aber komischerweise nicht so, als suche er nach irgendwelchen Verfehlungen, die er dir aufs Brot schmieren könnte. Ganz im Gegenteil. Klang ganz erfreut, als ich ihm erzählte, auf wessen Kappe unser jüngster Ermittlungserfolg geht.«

Natürlich, dachte Rath, Lanke wittert wieder Morgenluft. Wenn Zörgiebel hatte durchblicken lassen, dass er daran dachte, einen Mann von der E abzuziehen und zur A zu versetzen, dann würde Lanke nur einwilligen, wenn er dafür Ersatz bekäme. Ersatz aus dem Kriminalamt Köpenick. Ob Bruno genau das befürchtete? Dass sie ihm nun doch noch Lanke junior ins Nest setzten? Gedankenverloren ging Rath weiter und leuchtete ihnen den Weg.

Bruno war es schließlich, der die Stille unterbrach. »Hast du dich schon bei der A beworben?«, fragte er unvermittelt.

»Wie bitte?« Konnte der Mann Gedanken lesen?

»Man munkelt, dass da bald eine Stelle frei wird, nachdem der Kollege Roeder es vorzieht, seine Heldentaten in Buchform unters Volk zu bringen, anstatt weiter die Drecksarbeit für Gennat zu machen.«

»Roeder will weg?«, fragte Rath, und seine Überraschung war echt. Erwin Roeder war in der ganzen Burg für seine Eitelkeit berüchtigt und hatte mehrere Bücher über seine durchweg heldenhaften Einsätze als Kriminalkommissar verfasst, die in Kollegenkreisen allerdings eher Schmunzeln als Bewunderung ausgelöst hatten. Zumal sich Kollege Roeder wie ein Westentaschen-Sherlock-Holmes in den dämlichsten Tarn-Verkleidungen hatte ablichten lassen. Nun hatte er also die Konsequenzen aus seiner bei den hohen Tieren nicht gern gesehenen Schriftstellertätigkeit gezogen. Vielleicht hatten ihn Zörgiebel und Weiß auch vor die Wahl gestellt. Sosehr der Polizeipräsident und sein Vize die Zusammenarbeit mit der Presse schätzten, nichts ärgerte sie mehr, als wenn ein Kommissar in der Öffentlichkeit bekannter wurde als sie selbst. Außerdem sagte man Roeder gewisse antisemitische Tendenzen nach, und auf so etwas reagierte der Polizeivizepräsident seit den nicht abreißenden *Isidor*-Attacken im *Angriff* allergisch.

Bruno ließ nicht locker. »Also: Hast du dich beworben?«, hakte er nach.

»Nein«, konnte Rath guten Gewissens sagen.

»Du gehst auch nicht bereits einer Nebentätigkeit für die A nach?«

»Was wird denn das hier? Ein Verhör?« Rath war stehen geblieben und leuchtete Wolter mit der Taschenlampe ins Gesicht. Er überlegte fieberhaft. Was konnte Bruno wissen? Damals bei seinem

Besuch in der Nürnberger Straße, hatte er da doch etwas gesehen? Hatte Elisabeth Behnke ihm etwas über Kardakows Nachlass erzählt? Oder hatte Böhm ein entsprechendes Gerücht in die Welt gesetzt? Andererseits war das nun alles Schnee von gestern. Er brauchte den Fall *Wassermann* nicht mehr, der Albtraum Freitagnacht war zugleich der Schlussstrich unter all die eigenmächtigen Ermittlungen, die von Anfang an unter keinem guten Stern gestanden hatten. Keine Heimlichkeiten mehr in ständiger Angst, erwischt zu werden, wie er gegen Dienstvorschriften verstieß und seine Kompetenzen überschritt. Das alles war vorbei. Auch wenn es ihn wurmte, diesen Fall aufzugeben, gerade jetzt, wo er seiner Lösung offenbar einen großen Schritt näher gekommen war.

»Wenn das ein Verhör wäre, dann müssten wir *dein* Gesicht anstrahlen und nicht meines«, meinte Wolter und blinzelte. Er schien Rath direkt in die Augen zu schauen, obwohl er die in der Dunkelheit und geblendet von einer Taschenlampe beim besten Willen nicht sehen konnte.

»Ich frage mich nur, wie du darauf kommst, dass ich für die A ermittle. Vor einer Woche ungefähr habe ich ein Foto bekommen, wie jeder Kriminalbeamte in der Burg, und das war's dann auch. Wenn du das Nebentätigkeit nennst, dann gestehe ich hiermit. Aber ich dachte, mit diesem Thema wären wir längst durch!«

»Du hast ja Recht«, sagte Bruno. »Das hat schon einmal einen unnützen Streit heraufbeschworen, das müssen wir nicht wiederholen.«

»Nein, das müssen wir nicht.« Rath ließ den Lichtkegel wieder auf den Boden schwenken, und sie gingen weiter. »Du weißt, dass ich gern in die Mordinspektion möchte. Und früher oder später werde ich meine Chance nutzen. Ich spiele mit offenen Karten.«

Sie hatten den Hinterhof in der Motzstraße erreicht und verabschiedeten sich von dem Blauen am Haupteingang der *Pille*. In der Hofeinfahrt blieb Wolter unter dem dunklen Torbogen stehen, bevor sie wieder auf die Straße traten. Er legte Rath die Hand auf die Schulter.

»Machen wir uns nichts vor«, sagte er. »Wie es aussieht, war die

Aktion *Nachtfalke* vorerst unser letzter gemeinsamer Einsatz fürs Sittendezernat. Wenn ich Lankes Anruf richtig verstanden habe, wirst du nächste Woche auf Gastspielreise in die Mordinspektion gehen.«

Rath schaute ihn an, konnte aber seine Augen im Schatten nicht erkennen.

»Wenn das so wäre, hätte ich doch längst was hören müssen«, beschwichtigte er den Kollegen. »Mich hat noch kein Mensch informiert.«

»Informieren? Das ist auch nicht unbedingt nötig.« Wolter lachte und imitierte einen schnarrenden Kasernenhofton: »Du hast zu tun, was dir deine Vorgesetzten sagen, kapiert?«

»Mitten in unseren Ermittlungen das Dezernat wechseln? So ein Blödsinn.«

»Blödsinn?« Der Onkel zuckte die Achseln. »Da könntest du Recht haben. Aber glaub mir, so was hat in der Burg noch niemanden gestört. Wenn Gennat Leute braucht, dann bekommt er die.«

Die Uhr im großen Konferenzsaal des Polizeipräsidiums zeigte halb eins, und es herrschte ein Rummel wie im Wartesaal des Anhalter Bahnhofs; ein Eindruck, den das Durcheinander unzähliger Stimmen noch verstärkte. Sämtliche Lampen brannten und tauchten den Saal in taghelles Licht, das die dunkle Nacht draußen in Vergessenheit geraten ließ. Alles war an die Wand gerückt – nur acht Tische standen fein säuberlich in einer Reihe, ein jeder mit zwei Kriminalbeamten besetzt, einem von der Inspektion I, dem Erkennungsdienst, meist einfach nur ED genannt, und einer von der Inspektion E, unter deren Federführung die Aktion lief. An jedem Tisch standen die Wartenden in langen Schlangen, bewacht von einigen Schupos. Nachtschwärmer aus neun illegalen Kellerlokalen, die in den vergangenen Stunden Besuch von der Polizei erhalten hatten. Da standen Männer, die noch die Kellnerschürze umgebunden hatten, neben Gigolos in eleganter Abendgarderobe, zwielichtige Typen in auffällig teuren Anzügen neben seriösen Herren, die ihrem Aussehen nach mindestens Geheimrat oder Generaldirektor sein mussten. Noch bunter sahen die Warteschlangen aus, die sich vor den beiden Tischen gebildet hatten, die mit Beamtinnen der Inspektion G besetzt waren, der Weiblichen Kriminalpolizei. Dort stand Jung neben Alt, Schwarz neben Weiß, einige Mädchen sahen so jung aus, als seien sie noch minderjährig. In einer Reihe langweilten sich Damen, die nichts anderes trugen als preußische Uniformjacken aus den vergangenen zwei Jahrhunderten, das musste die Truppe aus dem *Pegasus* sein. Viele waren spärlich bekleidet und hatten sich nur notdürftig etwas überziehen können, manchmal nicht mehr als einen Herrenmantel. Nicht immer mit dem Einverständnis des Besitzers: Wenn einer der Bestohlenen sein gutes Stück am Körper der Frau entdeckte, mit der er es sich vor wenigen Stunden noch gemütlich gemacht hatte, hagelte es lautes Protestgeschrei.

Rath beobachtete das Treiben. Gerade erst waren sie in der Burg angekommen. Bruno und der Frischling waren mit Johnny, dem überrumpelten Türsteher der *Pille*, noch im Vernehmungsraum. Johnny wollten sie sich heute noch vornehmen, der war reif. Rath wusste, dass der Mann auspacken würde. Vor allem, wenn er erfuhr, dass er sonst nicht zu seinen Kumpels in die Zelle durfte. Und wenn er da nicht erschien, würde ihn das verdächtiger machen als alles andere.

Die Zellen füllten sich nur langsam, der größte Teil ihres Fangs befand sich noch im Konferenzsaal. Was wie Chaos wirkte, hatte durchaus System: War einer in der Schlange ganz vorn angelangt, folgte immer die gleiche Prozedur: Ausweispapiere vorlegen, Leibesvisitation, ein paar Fragen. Wer sich als unbescholtener Bürger ausweisen konnte und nicht in den Akten des Erkennungsdienstes vermerkt war, wer keine verbotenen Dinge wie Rauschgift, pornographische Bilder oder sogar Waffen bei sich trug, der konnte seine Papiere wieder einstecken und nach Hause gehen, vorausgesetzt, er hatte sich nicht in irgendeiner anderen Form verdächtig gemacht. Wer nicht hinausspazieren durfte, wurde den Uniformierten draußen auf dem Gang übergeben, wanderte zunächst zum Fotografen des ED und dann ins Polizeigefängnis der Burg.

Der Polizeiapparat lief wie geschmiert. Hier im Konferenzsaal hatten sie eigentlich nicht mehr viel zu tun. Außer sich blicken zu lassen. Das war Ehrensache. Sie hatten die Aktion *Nachtfalke* zu verantworten, die den Beamten im Saal eine Nachtschicht beschert hatte. Und das am Wochenende.

Rath schlenderte ziellos durch die Reihen. Es konnte nicht schaden, hier die Augen offen zu halten. Erste Eindrücke sammeln und überlegen, wie die Verhöre morgen anzugehen waren. Über fünfhundert Leute hatten sie heute eingesammelt, davon würde schätzungsweise ein Sechstel nach Aufnahme der Personalien den Rest der Nacht im Polizeigewahrsam verbringen. Immer noch achtzig bis neunzig. Und die mussten alle vernommen werden.

»Sie hier, junger Freund! Was für eine Überraschung. Tja, wenn man nicht aufpasst! In den *Pegasus* gehe ich nicht noch einmal, das sage ich Ihnen!«

Rath drehte sich um. Oppenberg, der Filmfritze aus dem *Venuskeller*, strahlte ihn an. Ausgerechnet der. Der Mann, der ihm Kokain spendiert hatte. Die Razzia hatte ihm die Laune nicht verderben können. Vielleicht war er so was ja gewöhnt.

Oppenberg wurde vertraulich. »Machen Sie sich mal keine Sorgen«, flüsterte er. »Die Bullen lassen uns schon wieder gehen. Hauptsache, Sie haben Ihre Papiere dabei und keinen Schnee in der Tasche.«

Rath kam gar nicht dazu zu antworten. Der Kerl war genauso redselig wie bei ihrer ersten Begegnung.

»Wo hat man Sie denn aufgegabelt? Waren Sie wieder im *Venuskeller*? Neulich waren Sie so schnell verschwunden, Vivian hat Sie ziemlich vermisst. Na, was soll's! Unseren Spaß hatten wir trotzdem!«

Er knuffte Rath in die Seite, während er sich umschaute. Wahrscheinlich nach dem Engel. Nichts zu sehen von Vivian. Vielleicht war sie den Schupos entkommen. Rath hätte ihr das ohne Weiteres zugetraut.

Einer der blauuniformierten Aufpasser hatte die Szene bemerkt und drängelte sich nach vorne.

»Ruhe, Freundchen«, sagte er und tippte Oppenbergs Schulter

unsanft mit dem Gummiknüppel an. »Nun lassense mal den Herrn Kommissar zufrieden!«

Überrascht schaute der Filmproduzent erst den Schupo und dann den Kriminalkommissar an. Für einen Moment trafen sich ihre Blicke, dann ließ Rath seine Augen auf den Uniformierten schwenken.

»Schon gut, Herr Wachtmeister«, sagte er zu dem Blauen. »Der Herr hat mich nur auf etwas Wichtiges aufmerksam gemacht.«

Bevor sich Rath noch unbehaglicher fühlen konnte, lenkte ein lauter Schrei alle ab. Alle Köpfe drehten sich in eine Richtung. Am anderen Ende des Saales mussten ein paar Wachen eingreifen, als zwei Männer aufeinander losgehen wollten, die sich in den Warteschlangen offenbar wiedererkannt hatten. Was sie einander vorwarfen, war nicht zu verstehen, doch beide hatten hochrote Köpfe. Zuhälter, vermutete Rath, der den Tumult nutzte und sich unauffällig von Oppenberg entfernte. Die Beamten trennten die Streithähne und brachten sie nach draußen. Wer sich hier so benahm, hatte sich eine Nacht in der Zelle redlich verdient, da brauchte es keine weiteren Untersuchungen.

Die Begegnung mit dem Filmfritzen hatte Rath wieder an die letzte Nacht erinnert, die er am liebsten nicht nur aus seinem Gedächtnis, sondern auch aus seinem Leben streichen würde.

»Ganz schön was los hier, was?«

Bruno stand neben ihm, wie aus dem Nichts gewachsen.

Rath nickte. »Nicht so langweilig wie Zörgiebels Versammlungen.«

»Ja, endlich mal Leben in der Bude.«

»Und?«, fragte Rath. »Singt unser Mann schon ein bisschen?«

»Ist sturer, als ich dachte. Obwohl ich ihm klargemacht habe, was ihm blühen kann. Der Blondschopf ist jetzt bei ihm. Mal abwarten, wer länger schweigen kann.«

Das nächste bekannte Gesicht entdeckte Rath rechtzeitig. Eigentlich waren es sogar gleich zwei: die Visagen der beiden muskelbepackten Russen aus der *Kakadu-Bar*. Die, die ihn gegen ihren Willen auf das *Café Berlin* und damit auf Kardakows Spur gebracht hatten. Auch beim Warten auf die erkennungsdienstliche Überprüfung schienen die beiden unzertrennlich zu sein, das Narbengesicht und sein vierschrötiger Freund. Rath hätte eher geglaubt, den beiden im *Kakadu* noch einmal über den Weg zu laufen, als ausgerechnet in der Burg. Das Narbengesicht war gerade an der Reihe und legte seinen gelben Ausweis auf den Tisch. Das erinnerte Rath an die Papiere, die er dem Kokainhändler im *Café Berlin* abgenommen hatte. Wurde Zeit, die im Fundbüro abzugeben.

Er spürte, wie mit der Erinnerung an jenen Abend auch seine Neugier wieder wach wurde. Diese beiden Russen hatten ihm damals unmissverständlich gedroht. Zwei Wachhunde, die ihren Landsmann vor der deutschen Polizei abschirmten? Jedenfalls waren sie näher dran an Kardakow als alle anderen, mit denen er bislang zu tun gehabt hatte, das spürte er. Vielleicht gehörten sie ja alle zu diesem ominösen politischen Geheimbund. Während er mit Bruno zu einer der weiblichen Warteschlangen ging, achtete er darauf, den Russen das Gesicht nach Möglichkeit nicht direkt zuzuwenden. Die mussten ihn hier nicht vor aller Augen erkennen. Immer wieder schaute er aus den Augenwinkeln hinüber, während Wolter mit einer Kommissarin von der Inspektion G sprach, und bemerkte schnell, dass er sich keine große Mühe geben musste – weil die Russen ihrerseits wegschauten, etwas zu auffällig wegschauten, als dass sie ihn nicht bemerkt haben konnten. Umso besser, dachte Rath, die beiden scheinen auch nicht wild darauf zu sein, wieder mit dir aneinanderzugeraten.

Der Beamte vom ED prüfte den Pass des Narbengesichts genau, trug die Personalien in seine Liste ein und blätterte im Verbrecheralbum, während der Kollege von der Sitte den Mann durchsuchte, in alle Taschen fasste und ihn von oben bis unten gründlich abtastete. Er schüttelte den Kopf, als er fertig war. Negativ. Der ED-Mann allerdings schien etwas in der Akte gefunden zu haben und machte eine längere Notiz. Nach Hause gehen durfte der Russe jedenfalls nicht, er wurde abgeführt. Seinem Freund erging es ebenso. Beide trugen ihr Schicksal mit stoischer Gelassenheit. Eine Nacht hinter Gittern schien für sie nichts Erschreckendes zu haben.

Als Rath und Wolter den Tisch erreichten, waren die Russen längst unterwegs in den Zellentrakt. Der Onkel duzte den Sittenbeamten, Rath kannte ihn nur flüchtig. Während Wolter mit dem Kollegen sprach, schaute Rath dem ED-Beamten unauffällig über die Schulter. Sauklaue. Die beiden Namen auf der Liste waren gar nicht so einfach zu entziffern. *Nikita I. Fallin* glaubte Rath zu lesen. Das musste das Narbengesicht sein. Und darunter stand ein Name, den er als *Vitali P. Selenskij* oder *Gelenskij* las. Beide waren sie in der *Bar Noir* aufgegriffen worden, einem kleinen Laden in der Nähe des Winterfeldplatzes. Die Razzia war parallel zu der in der *Pille* gelaufen. Die Notizen in der Spalte *Bemerkungen* konnte Rath unmöglich lesen, ebenso wenig die Adressen. Was soll's, dachte er und wandte den Blick von der Liste. Bruno schielte schon herüber und schien sich über die Neugier des Kollegen zu wundern.

Rath ließ seinen Blick wieder über das Durcheinander im Konferenzsaal schweifen und schaute sich um. Jetzt fehlte nur noch, dass er gleich auch noch Kardakow in einer der Warteschlangen entdeckte. Mittlerweile hielt er alles für möglich, das Schicksal hatte manchmal einen seltsamen Sinn für Humor. Doch statt des verschwundenen Russen erspähte er einen anderen guten Bekannten. Der Mann schlenderte gelassen durch die Reihen, die Arme hinter dem Rücken verschränkt. In seiner Abendgarderobe unterschied er sich kaum von den besser gekleideten Nachtschwärmern, nur wegen seines aufmerksamen Fuchsgesichts und des leicht gebeugten Gangs war er Rath aufgefallen, ein gebeugter Gang, der dem Mann den Spitznamen *der krumme Lanke* eingebracht hatte. Kein Zweifel, Kriminalrat Werner Lanke, der Chef der Inspektion E, nahm höchstpersönlich die Parade ab und hatte dafür offensichtlich sogar seine Wochenendvergnügungen abgebrochen.

Rath stieß Wolter an und deutete verstohlen auf den Chef. »Jetzt wundert mich auch nicht mehr, dass wir Lanke nicht in einem der Bumslokale erwischt haben«, flüsterte er, »der wusste Bescheid.«

»Tja, da hab ich mich wohl verplappert. Kann passieren, wenn der Chef einen zu Hause anruft.«

Als Lanke sie entdeckte, kroch ein Lächeln auf sein Gesicht, und er unterbrach sein Schlendern, um Kurs auf die beiden Sittenkommissare zu nehmen. Rath fühlte sich unbehaglich. Unangenehm, diesen Mann lächeln zu sehen. Beinahe noch unangenehmer, als von ihm angeschnauzt zu werden.

Kriminalrat Werner Lanke schien tatsächlich bester Laune zu sein.

»Na, meine Herren«, begrüßte er sie preußisch knapp, »läuft ja blendend! Wie in den alten Zeiten!«

»Jawohl, Herr Kriminalrat.« Wolter wusste, was sich gehörte, und machte Meldung. »Aktion *Nachtfalke* erfolgreich verlaufen.«

»Da habense ja 'ne janze Menge Kroppzeug aufgegabelt. Sind sogar ein paar dicke Fische dabei, wie mir Kronberg vom ED eben sagte. Die Läden, die Se da ausgehoben haben, scheinen ja die reinsten Verbrecherhöhlen zu sein.«

»Wie man's nimmt, Herr Kriminalrat, sind auch viele unbescholtene Bürger dabei. Hoffen vor allem, mit dieser Aktion der Unsitte der illegalen Nachtlokale erst mal einen Dämpfer verpasst zu haben. Einige Herren dürften mit dem heutigen Abend empfindliche finanzielle Einbußen hinnehmen müssen.«

»So ist's richtig! Dem Laster keine Changse!«

Rath, der als rangniedrigster Beamter bislang bescheiden geschwiegen hatte, erschrak fast, als sich der Kriminalrat plötzlich ihm zuwandte und zu allem Überfluss auch noch vertraulich zu flüstern begann.

»Na, junger Freund! Da habense sich ja gut eingelebt bei uns, was?« *Junger Freund!* So hatte Lanke ihn noch nie genannt. So hatte der Krumme wahrscheinlich noch nie irgendjemanden genannt. Rath nickte kurz, irritiert lächelnd, als ihm der Inspektionsleiter die Hand auf die Schulter legte und ihn beiseite nahm. »Ihr Anteil an dieser Sache ist nicht unbeobachtet geblieben, glauben Sie mir!«

Sie standen jetzt an einem der Fenster, die zur Alexanderstraße hinausführten, in einigem Abstand von dem Trubel im Saal. Die ungewohnte Freundlichkeit seines Chefs ließ Rath frösteln.

»Weiter oben ist man auf Sie aufmerksam geworden«, sagte Lanke. So wie er dabei mit den Augen nach oben deutete, hätte man glauben können, dass für Werner Lanke *weiter oben* nur noch Gott kommen konnte. »Ich weiß, Sie sind noch nicht lange bei uns«, fuhr er fort, »aber was würden Sie davon halten, wenn man Ihnen in einer anderen Inspektion möglicherweise eine Aufgabe mit noch mehr Verantwortung überträgt?«

»Ich verstehe nicht ganz, Herr Kriminalrat …«

»Sie werden nächste Woche in der Mordinspektion arbeiten«, sagte Lanke. »Wie Sie vielleicht wissen, stellt auch die Inspektion E den Mordermittlern immer mal wieder einige Kriminalbeamte zur Verfügung. Im Vierwochenrhythmus.« Er machte mit dem Zeigefinger eine Drehbewegung. »Rotation, Sie verstehen?«

Rath nickte beflissen.

»Nun, diesmal ist es etwas anders als sonst.« Lanke klang wie ein Patenonkel, der gleich ein Geschenk aus der Tasche zieht. »Der Polizeipräsident hat angefragt, ob ich ihm einen Beamten empfehlen könne, der auch in der Lage ist, gegebenenfalls Verantwortung zu übernehmen. In der A herrscht derzeit ein ziemlicher Personalengpass. Die brauchen jemanden mit Erfahrung, vielleicht auch auf Dauer.«

Rath ahnte, was jetzt kam. Richtig, der krumme Lanke verkaufte ihm die Strippen, die Engelbert Rath längst gezogen hatte, als seine eigenen.

»Und da habe ich natürlich gleich an Sie gedacht«, fuhr Lanke fort. »Sie mit Ihren Fähigkeiten. Bruno Wolter hält große Stücke auf Sie, müssen Sie wissen. Doch ich habe ihm schon gesagt, solche Leute wie Kommissar Rath sind schwer zu halten, die werden in anderen Inspektionen gebraucht.«

»Sie könnten mir tatsächlich einen Einsatz in der Mordinspektion vermitteln?«

Lanke nickte. »Mein Wort gilt etwas in der Burg«, sagte er. »Ich hoffe, Sie ahnen, welch große Ehre ein Einsatz in der Inspektion A bedeutet. Der Kollege Gennat nimmt nur die Besten!«

»Aber ich habe mich gerade erst in Ihrer Inspektion eingearbeitet, Herr Kriminalrat, da kann ich Sie und Oberkommissar Wolter doch nicht gleich wieder im Stich lassen.« Dankbar ergriff Rath die Chance, den krummen Lanke ein wenig zu ärgern. »Wissen Sie, wir haben noch so viel Arbeit vor uns, die Aktion *Nachtfalke* hat heute doch gerade erst angefangen, Vernehmungen stehen an, das muss alles noch ausgewertet und für die Staatsanwaltschaft aufgearbeitet werden.«

»Dafür haben wir doch genügend Leute in der E. Und um Wolter machen Sie sich mal keine Sorgen. Der versteht das.«

Rath gab sich weiterhin skeptisch. »Vielleicht sollte ich erst einmal eine Nacht über diese Sache schlafen. Wenn die Aktion *Nachtfalke* abgeschlossen ist, dann kann man ja immer noch darüber re…«

»Ich fürchte, Sie haben mich nicht ganz verstanden.« So schnell, als habe er einen Schalter umgelegt, verfiel Lanke wieder in den Tonfall, den Rath von ihm gewohnt war. »Ich bin Ihr Vorgesetzter, mein lieber Herr Kommissar, und wenn ich sage, Sie sind der beste Mann, den ich der Inspektion A geben kann, dann sind Sie das. Montagmorgen Punkt acht melden Sie sich bei Kriminalrat Gennat, verstanden?«

»Jawohl, Herr Kriminalrat.« Nur mit Mühe konnte Rath sich ein Grinsen verkneifen und gab seinem Gesicht einen typisch preußischen Beamtenausdruck: Enttäuschung, überdeckt von striktem Gehorsam.

Lanke schien das zu gefallen. Er setzte seinerseits ein Lächeln auf. »Na sehnse«, sagte er und klopfte Rath auf die Schulter. »Dann verstehen wir uns ja. Und übrigens …« Der Chef der Sitte beugte sich ein letztes Mal zu Rath und flüsterte jetzt auch wieder: »… ich erwarte keinen Dank. Freuen Sie sich im Stillen. Morgen ist Ihr letzter Arbeitstag in meiner Abteilung. Ich will Sie in der Inspektion E nicht mehr sehen, mein Freund.«

Die Kollegen sahen ihn erwartungsvoll an, als er an den Tisch zurückkehrte. Kaum war Lanke weit genug weg, konnte Bruno seine Neugier nicht länger im Zaum halten.

»Und?«, fragte er mit einer Kopfbewegung in Richtung Lanke, der gebeugten Gangs bereits wieder dem Ausgang zustrebte. »Wann ist es so weit?«

»Wie?« Rath schaute den Kollegen fragend an. Was sollte das jetzt?

»Na, wann heiratet ihr?«, fragte der Onkel mit bierernster Miene. Dann prustete er los. In sein Lachen fielen auch die beiden anderen Beamten ein.

19

Wieder eine kurze Nacht. Gegen halb vier war er ins Bett gefallen, um halb acht weckte ihn ein gewaltiger Krach irgendwo in der Wohnung. Elisabeth Behnke war laut geworden. Hatte Weinert etwa vergessen, seine Frauen rechtzeitig aus dem Haus zu schaffen? Wahrscheinlich reichte auch weniger, um die Behnke auf die Palme zu bringen. Die Laune seiner Vermieterin hatte sich in den vergangenen Tagen zunehmend verschlechtert. Schon bei Kleinigkeiten geriet sie aus dem Häuschen.

Er musste erst um zehn in der Burg sein und versuchte wieder einzuschlafen, wenigstens ein halbes Stündchen noch. Zwecklos. Kaum war er dabei wegzunicken, ging das Geschrei wieder los. Er gab sich geschlagen und stand auf. Ein Blick in den Spiegel sagte ihm, dass er nicht besser aussah als gestern. Die Ränder unter den Augen hatten ihre Stellung gehalten. Aber wenigstens *fühlte* er sich heute besser. Die Gespenster, die ihn gestern noch verfolgt hatten, waren verschwunden. Je deutlicher er sich den gestrigen Tag wieder ins Gedächtnis rief, desto besser wurde seine Laune. *Montagmorgen melden Sie sich bei Kriminalrat Gennat!* Der erste Befehl Lankes, dem er gerne Folge leisten wollte.

Natürlich hatten sie darüber gesprochen, als Bruno ihn nach Hause gefahren hatte. Der Onkel hatte nur genickt, als er von Lankes Anordnung hörte. *Hab ich dir doch gesagt*, sollte das wohl heißen. Rath war noch einen Moment sitzen geblieben, als der schwarze Ford in der Nürnberger Straße hielt. Ihm war der Abschied an der Autotür schon vorgekommen wie ein Abschied von der Inspektion E. Wie ein Abschied von einem Kollegen, wie er ihn in der Inspektion A wohl nicht mehr finden würde.

»Wenn dir die Säcke in der A zu sehr auf die Nerven gehen, dann komm mich einfach besuchen«, hatte Bruno ihm nachgerufen. Dann war der Ford die Nürnberger Straße hinuntergefahren.

Der Himmel draußen strahlte unverschämt blau, Rath hatte keine Lust, sich diesen Morgen von einer schlecht gelaunten Elisabeth Behnke verderben zu lassen. Richtiges Wetter für ein Frühstück im *Josty* am Potsdamer Platz. Morgens schien die Sonne durch die Leipziger Straße genau auf die Terrasse des Cafés.

Sein Versuch, Elisabeth Behnke aus dem Weg zu gehen, schlug fehl. Beinahe wäre er über sie gefallen. Was suchte die Zimmerwirtin auch am frühen Morgen ausgerechnet im Badezimmer ihrer Mieter?

Wütend funkelte sie ihn an, während sie an der geöffneten Klappe des Badeofens hockte und mit einem Schürstab in der Asche herumfuhrwerkte.

»Na«, fauchte sie, »gut geschlafen, der Herr Kommissar?«

Er ignorierte ihren Tonfall. »O ja, danke, sehr gut«, antwortete er, und wusste, dass er sie mit übertriebener Freundlichkeit mehr provozieren konnte als mit allem anderen. »Nur bin ich ein wenig lautstark geweckt worden …«

Sie pfefferte den Schürhaken in die Asche, dass es staubte, und stand auf.

»Wollen der Herr etwa auch ein Bad nehmen und sich beschweren, dass der Ofen nicht gereinigt ist?«

Also deswegen hatte es heute Morgen Streit gegeben. Rath konnte sich nicht vorstellen, dass Weinert den gesucht hatte.

»Aber Elisabeth …«, setzte er an.

»Komm mir nicht mit Elisabeth!« Sie war ernsthaft wütend. »Kannst du mir mal sagen, was diese Sauerei hier soll?«

Er verstand immer noch nicht, was sie meinte. Sie hockte sich wieder vor den Ofen, stocherte wütend mit dem Haken herum und zog schließlich einen langen, nur halb verbrannten Stoffstreifen hervor. Rath erschrak. Der letzte Rest seines Anzugs!

»Kannst du mir mal verraten, warum du Putzlappen in den Badeofen steckst? Und sag mir nicht, du wärst es nicht gewesen! Weinert hat den Badeofen wegen diesem Mist heute Morgen nicht anbekommen und ist stinksauer und ungebadet in die Redaktion gefahren. Aber so was ist dir ja egal! Ihr kümmert euch um gar nischt, da ist ja die olle Behnke, die immer die Drecksarbeit macht!«

»Tut mir leid.« Er bedauerte es tatsächlich. Warum hatte er gestern nicht genauer in den Ofen geschaut? »Komm, lass mal, ich mach das schon weg.«

Er streckte seine Hand nach dem Stoff aus. Plötzlich fing sie an zu schluchzen und hielt sich ihre rußgeschwärzten Hände vors Gesicht. Der Anzugfetzen fiel zu Boden. Er merkte, dass es ihr peinlich war, in seiner Gegenwart zu weinen. Am liebsten hätte er sie in den Arm genommen und beruhigt, aber das wäre so ziemlich das Falscheste gewesen, was er in dieser Situation hätte tun können. Hilflos stand er neben ihr.

»Elisabeth, ist doch schon gut. Ich hab nicht nachgedacht, der alte Lappen musste weg und …«

Sie stand auf und sah ihn aus verweinten und schwarzverschmierten Augen an.

»Warum kannst du nicht einfach ein Arschloch sein?«, sagte sie und verschwand durch die Tür.

Er sah auf die Sauerei vor dem Badeofen und seufzte. Dann begann er sauberzumachen.

Er war früher als sonst in der Burg, noch niemand im Büro, er hatte die Zeit genutzt, die Listen in Ruhe zu studieren. Tatsächlich waren ihnen auch einige der Frauen in die Fänge geraten, deren Redseligkeit sie die Aktion *Nachtfalke* überhaupt erst zu verdanken hatten. Kreisch-Sylvie etwa hatten sie in der *Bar Noir* aufgegriffen, die rote Sophie im *Blauen Holunder*. Die Damen fühlten sich nach ihrer Entlassung aus dem Polizeigewahrsam vor einer Woche offensichtlich schon so sicher, dass sie ihre Arbeit wieder aufgenommen hatten. Rath hätte darauf wetten können, dass sie auch für pornographische Aufnahmen bereits wieder Modell standen – beziehungsweise lagen. Nur nicht im Atelier von Johann König, denn der saß noch in Moabit in Untersuchungshaft.

Kreisch-Sylvie hatte Rath erst einmal angespuckt, als sie ihn wiedererkannte. Er hatte sich die Truppe aus der *Bar Noir* vorgenommen. Nicht weil er auf ein Wiedersehen mit Sylvia Walkowski großen Wert gelegt hätte. Aber auf der Liste standen zwei Namen, die seine Neugier geweckt hatten, seit er sie gestern Abend zum ersten Mal gelesen hatte.

Nikita Iwanowitsch Fallin und Vitali Pjotrewitsch Selenskij, so hießen sie mit vollem Namen. Aufschlussreicher waren die Bemerkungen, die der ED den Personalien gestern hinzugefügt hatte: Fallin, der Erste in der Liste, also das Narbengesicht, war im Februar 1926 wegen schwerer Körperverletzung aufgefallen. In die Spalte darunter, hinter Selenskijs Namen, hatte der Beamte nur *dito* zu schreiben brauchen. Damals schon waren die beiden also unzertrennlich gewesen. Und zögerten offensichtlich nicht, ihre Muskelkraft auch einmal einzusetzen.

Er hatte sich eine Stenotypistin und einen Vernehmungsraum besorgt und ließ sich die Kunden in der Reihenfolge vorführen, wie sie auf der Liste vermerkt waren. Sein besonderes Interesse an den Russen wollte er niemandem auf die Nase binden. Rath musste sich durch eine ganze Parade mehr oder weniger vorlauter Kleinganoven und mehr oder weniger unschuldiger Familienväter arbeiten und sich von Kreisch-Sylvie anspucken lassen, bis die Liste endlich bis zu den beiden Männern abgehakt war.

Endlich.

Als er jedoch mit einem Beamten im Zellentrakt telefonierte, um sich den ersten Russen in den Vernehmungsraum schicken zu lassen, erlebte er eine Überraschung. Zuerst glaubte er, sich verhört zu haben.

»Was soll das heißen: *Ist nicht mehr da?*«

Er brüllte fast in den Hörer, was den Gefangenenwärter am

anderen Ende der Leitung aber nicht aus der Ruhe brachte. Rath hörte Papier rascheln, als der Mann in seinen Unterlagen blätterte.

»Nikita Iwanowitsch Fallin ist heute Morgen entlassen worden«, sagte der Wärter. »Zusammen mit einem anderen Russen …« Wieder raschelte es. »… Vitali Pjotrewitsch Selenskij.«

»Der auch?« Jetzt brüllte Rath wirklich. »Wer zum Teufel hat denn das veranlasst?«

»Der Polizeipräsident.«

»Sie wollen mir doch nicht erzählen, dass Dörr…, dass Herr Zörgiebel persönlich bei Ihnen reinspaziert und Gefangene auf freien Fuß setzt?«

»Natürlich nicht. Seine Unterschrift und sein Stempel reichen, um das zu veranlassen.«

»Und wer hat Ihnen die Entlassungspapiere gebracht?«

»Die lagen heute Morgen im Posteingang. Wie meistens in solchen Fällen.«

»Wie meinen Sie das?«

»Spezialbehandlung. Sie arbeiten wohl noch nicht so lange bei uns, was?«

»Ich weiß nur, dass zwei wichtige Zeugen verschwunden sind!« Rath wurde wieder lauter. *Ignorantes Preußenpack!*

»Nun regen Sie sich mal nicht so auf. Sie haben ja die Adresse. Können Sie die Zeugen doch zu Hause besuchen. So machen Ihre Kollegen das normalerweise.«

Rath knallte den Hörer auf die Gabel, bevor er dazu kam, den Tatbestand der Beamtenbeleidigung zu erfüllen.

Wutschnaubend stürmte er aus dem Vernehmungsraum. Der Onkel unterhielt sich gerade mit einem Mann, dessen Frack und Zylinder von der Nacht im Polizeigewahrsam reichlich mitgenommen aussahen. Beide schauten überrascht auf, als Rath durch die Tür stürmte und erst vor Wolters Schreibtisch haltmachte.

»Kannst du kurz unterbrechen?«, fragte Rath.

Wolter befahl dem Uniformierten draußen auf dem Gang, ein

Auge auf den Frackträger zu werfen, und ging mit Rath nach draußen. Der Onkel zog ihn in eine Nische, die zum Lichthof führte.

»Bist du noch bei Trost?«, zischte er, als sie unter sich waren. »Du kannst doch nicht einfach so in mein Büro stürmen und ein Verhör unterbrechen.«

»Das ist immer noch unser Büro.«

»Lass deine Spitzfindigkeiten! Ich hoffe, du hast eine wichtige Nachricht.«

»Entschuldige. Aber es ist kaum zu glauben, was hier in diesem Haus passiert!«

»Nun beruhige dich erst mal!«

Rath erzählte, was geschehen war.

»Spezialbehandlung, sagst du?« Wolter lachte. »Dann hast du wohl Pech gehabt!«

Rath verstand nicht ganz.

»Da hat einer seine Achtgroschenjungs rausgehauen. Die beiden Männer waren wohl die Spitzel eines Kollegen. Das ist so üblich, wir wollen ja nicht, dass unsere Informanten im Knast sitzen, da nützen sie uns nicht viel. Deswegen hat man wohl dafür gesorgt, dass sie wieder rauskommen.«

»Aber wer?«

Wolter zuckte mit den Schultern. »Keine Ahnung. Politische Polizei, Kripo. Jeder kann es gewesen sein.«

»Aber das wird man ja wohl nachverfolgen können. Wenn ich den Banausen erwische, der die Typen wieder rauslässt, die ich eingesperrt habe, dann kann er sich warm anziehen!«

Wolter schüttelte den Kopf. »Nachverfolgen? Da wirst du wohl auf Granit beißen. Die Kollegen lassen sich in Sachen Informanten nicht so gern in die Karten gucken. Normalerweise reicht ein vertrauliches Schreiben an den Polizeipräsidenten, der stellt die entsprechenden Entlassungspapiere aus, und fertig.«

»Zörgiebel ist doch heute überhaupt nicht im Dienst.«

»Der Polizeipräsident ist immer im Dienst, merk dir das. Auch am Wochenende bekommt er jeden Morgen die dringlichsten Papiere in seine Dienstwohnung geliefert, die unterschreibt er dann beim Frühstück.«

»Beim Frühstück lässt der PP die Leute wieder frei, die wir in der Nacht mühsam eingefangen haben?«

»Komm, nun mach mal halblang. Da sind ja keine Verbrecher freigelassen worden. Wir haben Leute, die im falschen Lokal waren, für eine Nacht festgehalten. Länger als vierundzwanzig Stunden dürfen wir das sowieso nicht ohne Haftbefehl.«

»Die waren nicht mal zehn Stunden eingesperrt. Aus gutem Grund haben wir die gestern Abend noch nicht nach Hause gehen lassen. Die sind vorbestraft! Alle beide!«

»Wenn du glaubst, dass du einer großen Sache auf der Spur bist, kannst du sie ja zu Hause besuchen.«

»Genau das haben sie mir im Polizeigefängnis auch gesagt.«

»Na siehst du.«

»Ich verstehe das immer noch nicht. Und warum hat der Kollege seine Informanten nicht einfach vor der Razzia gewarnt? Stattdessen so eine krumme Nummer.« Rath musste daran denken, wie er Krajewski vor wenigen Tagen im *Haus Vaterland* davon abgeraten hatte, am Samstagabend auszugehen.

»Warnen? Wie stellst du dir das denn vor? Einem Spitzel kannst du grundsätzlich nicht trauen. Schon dass sie für dich arbeiten, ist Beweis genug, dass sie keinen Charakter haben. Und so einem willst du vertrauliche Informationen zukommen lassen? Dann doch lieber so eine krumme Nummer, wie du es nennst.«

Das leuchtete ein. Rath beschloss, Bruno besser nichts von dem Treffen im *Haus Vaterland* zu erzählen. Dass er Krajewski gewarnt hatte.

»Glaub mir, es ist gar nicht so verkehrt, wenn solche Typen auch mal von uns eingesackt werden. Kannst du dich noch an unsere Hausdurchsuchung bei Kaiser Wilhelm erinnern? So was verschafft Respekt. Ab und zu müssen die Jungs daran erinnert werden, dass sie auf dünnem Eis stehen, sonst werden sie übermütig. Außerdem sind deine Spitzel bei ihren eigenen Leuten glaubwürdiger, wenn sie ab und zu auch mal Ärger mit den Bullen haben.«

»Aber nicht, wenn sie vorzeitig entlassen werden.«

»Das bekommt doch kein Mensch mit. Für ihre Kumpels in der Zelle sieht das so aus, als würden sie zum Verhör geführt und von uns in die Mangel genommen. Und ihrem Freund und Gönner sind sie nach ihrer unverhofften Freilassung wieder ein paar Gefallen schuldig. So läuft das. Du musst dir deine Informanten gefügig halten. Es passiert schnell, dass so einer frech wird. Dann musst du ihm zeigen, wer der Chef ist. Wer es in der Hand hat, ob er Schwierigkeiten bekommt oder nicht.«

Kurz darauf saß Rath wieder im Verhörzimmer und arbeitete die Liste weiter ab. Namen für Namen. Vom Rest ihres Fangs aus der *Bar Noir* war niemand vorzeitig entlassen worden, einen nach dem anderen ließ er sie aus dem Zellentrakt herüberbringen. Ergiebig waren die Verhöre nicht, aber ein paar Kunden konnte er immerhin an andere Abteilungen weiterreichen. Alles kleine Fische. Ein Drahtzieher des organisierten Lasters fand sich nicht gerade in dem bunt zusammengewürfelten Haufen. Raths vorerst letzter Tag in der Inspektion E war auch einer der langweiligsten. Es fiel ihm immer schwerer, sich zu konzentrieren. Er merkte, wie er sich gedanklich langsam vom Sittendezernat verabschiedete.

Seine Gedanken kreisten schon um die Inspektion A. Das heißt: Eigentlich kreisten sie um ein besonders schönes Gesicht in der Inspektion A.

Er hatte warten müssen. Nicht nur, dass seine Geduld auf eine harte Probe gestellt wurde, die Leute schauten ihn mittlerweile auch ein wenig merkwürdig an, wie er da am Bauzaun stand und immer wieder zum roten Backsteingebirge des Polizeipräsidiums hinüberschaute. Er nahm es als die gerechte Strafe für sein idiotisches Verhalten gestern. Und dann wurde er für sein Warten belohnt. Sie kam. Mit energischen Schritten stiefelte sie auf die Lücke zwischen den Bauzäunen zu, die die Fußgänger durch das Gewirr der Baustellen sicher zum Bahnhof Alexanderplatz leiteten, noch im Gehen knöpfte sie sich den Mantel zu. Rath zog sich in den Winkel zurück, den zwei Bauzäune hier bildeten, und wartete, bis sie an ihm vorbeigelaufen war. Sie hatte ihn nicht bemerkt. Es war gar nicht so einfach, mit ihr Schritt zu halten, einige Passanten, die er anrempelte, murrten. Doch schließlich hatte er sie überrundet und hielt ihr im Laufen den Strauß Rosen vor die Nase, den er eine knappe Stunde zuvor im Bahnhof gekauft hatte.

Er hätte Charly auf der Stelle umarmen können, als er ihr Gesicht sah, in dem sich mehrere Gemütszustände in schneller Folge abbildeten. Zunächst Überraschung, dann, als sie ihn erkannte, so etwas wie Empörung, und darüber drängte sich ein Lächeln in ihr Gesicht, das sie aber nicht zulassen wollte und das sich mit der empörten Miene einen Zweikampf lieferte. Charly war zwar kurz stehen geblieben, doch nun rannte sie weiter. Rath folgte ihr, wedelte mit den Rosen, setzte sein charmantestes Männer-sind-doch-alle-kleine-Jungen-Grinsen auf und verhalf dem Lächeln in ihrem Gesicht so zu einem endgültigen Sieg. Als er sah, wie sich ihr Grübchen formte, wusste er, dass er gewonnen hatte. Er hätte laut hurra schreien können, riss sich aber zusammen. Sie blieb stehen.

»Und ich hatte schon befürchtet, das hier wird ein Marathonlauf«, sagte er und reichte ihr die Blumen.

»Ausgeschlafen?«, fragte sie. Doch dabei lächelte sie, und seine Seele machte einen Freudensprung.

»Wozu? Geschlafen wird am Monatsende.«

Endlich nahm sie die Blumen und roch daran. »Schön sind die«, meinte sie. »Selbst gepflückt?«

»Frisch aus der Asservatenkammer.«

»Und was soll ich jetzt damit? Ich sehe nirgendwo eine Vase.«

»Na, dann essen wir sie am besten gleich hier.«

Sie lachte.

Und dann nahm er sie endlich in den Arm.

Kurz darauf standen sie in der Dircksenstraße vor Weinerts Buick. Der Journalist hatte ihm den Gefallen getan, nachdem Rath ihm am Telefon ein paar Exklusivinformationen über die gestrige Razzia versprochen hatte. Noch wusste die Journaille überhaupt nichts von der Aktion. Weinert hatte nicht lange gezögert und ihm die Wagenschlüssel gebracht. Natürlich nicht direkt in die

Burg, sie hatten sich auf ein Bier in der *Letzten Instanz* getroffen. Danach waren beide zurück an ihre Arbeit gegangen, Weinert in seine Redaktion in der Kochstraße und Rath mit einem Autoschlüssel in der Tasche ins Präsidium. Die restlichen Namen auf der Liste hatte er in Windeseile abgearbeitet.

Und jetzt stand er vor dem Buick, klimperte mit dem Schlüsselbund und genoss ihre großen Augen.

»Deiner?«, fragte sie.

»Wenn ich Frauen beeindrucken will, besorge ich mir immer ein Auto.«

Er öffnete die Beifahrertür wie ein geübter Chauffeur und ließ sie einsteigen.

»Danke, Johann.« Sie hatte ihr Kinn vorgereckt und klang seltsam nasal. »Sie können heute etwas früher Feierabend machen. Und wenn Sie den Wagen gewaschen haben, kommen Sie bitte in mein Schlafgemach.«

»Sehr wohl, gnädige Frau!«

»Fräulein, bitte!«

»Fräulein? Na, das wüsste ich aber …«

»Werden Sie nicht frech!« Sie schüttelte entrüstet den Kopf. »Tss, tss! Diese Dienstboten heutzutage. Solche Unverschämtheiten hätte es unter dem Kaiser nicht gegeben!«

Wo sie recht hatte, hatte sie recht. Der Chauffeur erdreistete sich und gab dem gnädigen Fräulein einen Kuss, einen langen sogar, ließ den Motor an und fuhr los. Zuerst ging's nach Moabit, schließlich mussten die Rosen ins Wasser. Dass er auch neugierig war, wie sie wohl wohnte, sagte er nicht. Er nahm die Touristenstrecke, chauffierte sie am Schloss vorbei und dann über die Linden durchs Brandenburger Tor, vorbei an Reichstag und Siegessäule über die Spree. Sie fuhren mit offenem Verdeck, und er wäre vor Freude lieber geflogen als gefahren, wie er sie da neben sich sitzen sah, wie ihr das schwarze Haar ins Gesicht wehte und sie vor Vergnügen jauchzte.

Leider brauchten sie keine Viertelstunde bis in die Spenerstraße. Und er musste im Wagen warten.

»Das ist besser so«, sagte sie. »Greta weiß überhaupt noch nichts von dir. Nicht dass die Ärmste aus allen Wolken fällt. Die ist im Moment nicht so gut auf Männer zu sprechen.«

Kurz darauf saß sie wieder im Auto. Er war sich nicht sicher, aber er hätte fast darauf gewettet, dass sie frisch geschminkt war. Außerdem trug sie einen anderen Mantel.

»Und wohin geht's jetzt?«, fragte sie.

Er schaute auf die Uhr. »Gleich acht, ich denke, es ist Zeit für ein schönes Abendessen. Und wenn man schon ein Auto hat, dann sollte man auch ins Grüne fahren. Immerhin haben wir Sonntag.«

Das Restaurant *Bellevue* lag direkt am Tegeler See. Sie saßen auf der Terrasse und schauten der Sonne beim Untergehen zu.

»Einen schönen neuen Anzug hast du da«, sagte sie.

Rath zuckte mit den Schultern. »Findest du? Ich brauchte mal was Neues für den Dienst. Morgen habe ich nämlich meinen ersten Tag in einer anderen Inspektion.«

Ihr Gesicht war mit Geld nicht zu bezahlen.

»Nein!«, sagte sie.

»Doch!« Er genoss ihre Überraschung. »Ich soll mich Punkt acht Uhr bei Gennat melden. Das ist ein Befehl. Von Lanke persönlich.«

»Das wird aber hart. Dann laufen wir uns ja ständig über den Weg.«

»Ich kann mir Schlimmeres vorstellen.«

»Du weißt schon, was ich meine.« Sie seufzte. »Kein Mensch darf uns zusammen sehen. Offiziell kennen wir uns kaum. Wir müssen uns siezen.«

»Dann sollten wir aber schnell Brüderschaft trinken! Vor den Augen aller Kollegen, meine ich natürlich.«

»Mein Gott, Gereon! Ich weiß gar nicht, ob ich mich so zusammenreißen kann.« Sie wirkte ernsthaft bestürzt.

»Morgen bist du ja erst mal gar nicht im Dienst.«

»Ein Glück! Da hab ich wenigstens noch ein paar Tage Zeit, mich seelisch auf die neue Situation vorzubereiten.«

»Ist ja nur vorübergehend. Keine Ahnung, wie lange so ein Gastspiel dauert.« Er wollte ihr nicht alles sagen, vor allem nicht, welche Rolle sein Vater bei diesem Wechsel spielte.

»Wenn ich mich einmal dran gewöhnt habe, dass du zu uns gehörst, dann solltest du auch bleiben.« Sie trank einen Schluck Riesling. »Würde unserer Inspektion nur gut tun. Es gibt so viele Idioten in der A, das kannst du dir gar nicht vorstellen.«

»Vielleicht schon. Idioten gibt es auch in der E.« Er dachte an Lanke. »Die gibt es wahrscheinlich überall in der Burg.«

»Na, wenigstens einer geht jetzt. Ein absolut eitler Schmierlappen.«

»Erwin Roeder.«

Sie nickte anerkennend. »Du bist gut informiert! Isst du jetzt doch öfter in der Kantine?«

»Die Geschichte von Roeder kennt man auch bei Aschinger.«

»Weiß man da auch, dass er nicht nur die A verlässt, sondern den Polizeidienst quittiert?«

»Ich habe mir schon überlegt, ob ich mich nicht bewerben soll.«

»Wär schön, wenn das klappen würde, aber ist wohl zwecklos. Wie ich gehört habe, hat Dörrzwiebel schon jemanden für die Stelle. Wahrscheinlich wieder irgendsoein Arschkriecher oder einer mit Beziehungen. Gennat jedenfalls soll nicht sehr begeistert sein.«

Für Rath stand fest, dass er sich nun auf jeden Fall bewerben würde. Sie sollte ihn nicht für einen Arschkriecher halten. Oder für einen mit Beziehungen.

»Ich dachte, Gennat nimmt nur die Besten«, sagte er.

»Das ist auch so. Aber er kann auch nur aus den Kandidaten auswählen, die der Polizeipräsident ihm vorsetzt. Und Roeder ist bereits beurlaubt. Wir brauchen dringend Leute.«

»Manchmal habe ich den Eindruck, dass die Inspektion A Kriminalbeamte frisst wie Kronos seine Kinder.«

Sie zog anerkennend die Augenbrauen hoch. »Hui! Humanistisch gebildet!«

»Kölner kennen sich aus in der antiken Götterwelt. Wir sind alles alte Römer.«

»Im Moment verschleißen wir tatsächlich eine ganze Menge Polizeibeamte. Der Fall *Wassermann*, von dem ich dir neulich erzählt habe – wir wissen inzwischen im Detail, wie der Wagen mit der Leiche in den Kanal gekommen ist, wir kennen die Todesursache und die Körperstellen, an denen die Spritzen gesetzt worden sind, …«

»Mehrere Spritzen?«

»Ja, offensichtlich hat man ihn langsam mit Drogen vollgepumpt. Wir können die letzten Stunden des armen Teufels beinahe lückenlos rekonstruieren. Das alles haben wir mit unglaublichem Arbeitseinsatz herausgefunden. Und dennoch wissen wir immer noch nicht, wie der arme Kerl überhaupt heißt. Geschweige denn, warum er sterben musste.«

»Und Zörgiebel gibt immer noch keine Ruhe?«

»Er ruft noch an, aber seltener als vor einer Woche. Wenn die Presse einen Fall vergessen hat, dann ist er auch für den Polizeipräsidenten irgendwann weniger wichtig.«

»Dann legt ihn doch zu den Akten.«

»Das hat Böhm dem Alten ja auch vorgeschlagen. Er meint, dass es wichtigere ungeklärte Todesfälle gibt, um die sich die Mordinspektion kümmern könnte. Doch Zörgiebel will davon nichts wissen. Also muss Böhm erst mal weitermachen. Und Informationen zusammentragen, die uns bei der Lösung des Falles keinen Schritt weiterbringen.«

»Aber einen schönen Aktenberg habt ihr wahrscheinlich schon angehäuft, oder?«

»Ja. Langsam wird's unübersichtlich. Und das meiste ist überflüssig, wenn du mich fragst. Wie viele Leute wir rund ums Tempelhofer Ufer befragt haben! Unzählige Aussagen, doch kaum welche, die auf irgendeinen Täter hindeuten.«

Sie redete sich richtiggehend in Rage. Wenn er sie so in ihrem Element sah, hätte er auf der Stelle über sie herfallen können. Stattdessen nippte er an seinem Kaffee und hörte ihr weiter zu.

»Zwei Zeugen haben wir immerhin, die unabhängig voneinander dasselbe beobachtet haben: zwei Männer, die einem dritten Mann in ein cremefarbenes Auto halfen, das auf der Möckernstraße unweit der Brücke geparkt war.«

Rath horchte auf. »Zwei *Männer?*«, fragte er nach. Fast reflexartig. Seine Neugier in Sachen Kardakow war noch nicht versiegt. In seinem Kopf tauchte das Bild auf, wie Alexej Kardakow und Swetlana Sorokina gemeinsam die Leiche von Boris entsorgten, nachdem sie ihm das Sorokin-Gold abgenommen hatten.

»So lauten die Aussagen: zwei Männer. Warum?«

»Weil man komischerweise immer davon ausgeht, dass es sich bei Verbrechern um Männer handelt. Die Möglichkeit, dass es auch mal eine Frau sein könnte, wird allzu schnell ausgeschlossen.«

Sie dachte nach. »Da ist etwas dran«, sagte sie. »Frauen werden wirklich immer wieder benachteiligt. In allen Berufsfeldern, selbst bei den Kriminellen.«

Das Haus in der Nürnberger Straße lag dunkel da, als Rath nach Hause kam. Er hatte Charly noch in die Spenerstraße gebracht, sie hatte darauf bestanden. Keine gemeinsame Nacht. Aber sie hatten noch lange vor dem Haus im Auto gesessen und sich geküsst. Rath hätte darauf wetten können, dass Greta, wenn sie nur einmal zufällig aus dem Fenster geschaut hätte, mehr gesehen hätte, als wenn er mit Charly hoch in die Wohnung gegangen wäre. Aber wenn sie ihre Grundsätze hatte, wollte er die respektieren.

Er zog den Schlüssel ab, nachdem er den Buick direkt vor der Haustür geparkt hatte, und klappte das Verdeck zu. In den vergangenen Nächten hatte es so häufig Gewitter gegeben, man konnte nie wissen. Auch jetzt lag wieder eine unangenehme Schwüle in der Luft.

Im Haus war alles still. Er klopfte leise an Weinerts Zimmertür. Keine Reaktion. Ob er immer noch in der Redaktion war? Auch ein zweites Klopfen wurde nicht erwidert. Rath öffnete die Tür. Weinert hätte es auch nicht anders gemacht. Der Lichtschein aus dem Flur fiel auf ein leeres Bett. Der Journalist war tatsächlich noch nicht zu Hause. Vielleicht hatte *der* ja eine Freundin, bei der er über Nacht bleiben konnte. Rath seufzte, als er an Charly dachte, die jetzt alleine in ihrem Bett lag.

Er tastete neben der Tür nach dem Lichtschalter. Wenn sowieso niemand zu Hause war, dann gab es auch keinen Grund, dass er sich hier im Dunkeln das Schienbein an einem Stuhl stieß, der womöglich mitten im Raum stand. Das Licht der Glühbirne zeigte ihm, dass alles an seinem Platz war. Weinerts Zimmer sah aus wie immer. An der Seite das leere Bett, am Fenster der Schreibtisch mit einem Stuhl davor. Weinerts Kleiderschrank wirkte ebenso monströs wie der in Raths Zimmer. Der augenfälligste Unterschied in der Einrichtung waren der Schreibtisch und das große Bücherregal.

Wohin mit den Autoschlüsseln? Das Chaos auf dem Schreibtisch schien ihm fast zu groß, um noch etwas daraufzulegen. Dann fiel sein Blick auf die Schreibmaschine. Wenn er den Schlüssel auf die Tasten legen würde? So was konnte ein Journalist doch gar nicht übersehen. In der Maschine steckte noch ein Bogen Papier. Als Rath näher kam, erkannte er, dass das Blatt fast vollständig beschrieben war. Sah fast so aus, als habe Weinert es heute Morgen nach dem Streit mit der Behnke vergessen. Ob er es in der Redaktion vermisst hatte?

Er wollte sich wieder abwenden, um ein sinnvolleres Depot für den Autoschlüssel zu suchen, als ihm zwei Wörter in der Überschrift über dem Artikel ins Auge stachen.

Rote Festung.

Es dauerte einen Moment, bis er sich erinnerte. Natürlich, das war der Verein, den Generalmajor Seegers ihm genannt hatte. Die *Rote Festung*. Der kommunistische Geheimbund. Kardakows kommunistischer Geheimbund.

Was will die Rote Festung? lautete die komplette Überschrift über dem Artikel in der Schreibmaschine.

Rath wunderte sich. Wie kam Weinert dazu, sich über dieselbe kommunistische Sekte Gedanken zu machen, die Gereon Rath während seiner Ermittlungen in Sachen Kardakow begegnet war?

Das war doch ein seltsamer Zufall. Und dann fiel der Groschen. Die Erklärung war so offensichtlich, dass man erst darüber stolpern musste.

Berthold Weinert hatte Alexej Kardakow gekannt.

Der Journalist lebte länger als ein Jahr in der Nürnberger Straße. Und so lange war er der Nachbar des verschwundenen Alexej Kardakow gewesen! Und Rath hätte darauf wetten können, dass Berthold Weinert mehr über seinen Nachbarn wusste als Elisabeth Behnke über ihren Mieter. Der Mann war Journalist.

20

Nun also saß er der Legende gegenüber. Denn genau das war Kriminalrat Ernst Gennat. *Buddha* wurde der Chef der Mordinspektion genannt. Seiner stoischen Ruhe wegen, aber mehr noch aufgrund seiner Leibesfülle, die ihm von weniger respektvollen Zeitgenossen auch den Spitznamen *der volle Ernst* eingetragen hatte. Gennats Leidenschaft für Kuchen war in der ganzen Stadt bekannt. Früher hatte er sogar das Mordauto auf dem Weg zu einem Einsatz oft an einer Konditorei halten lassen. Erst mit reichlich Kuchen im Gepäck ging es dann weiter zum Tatort. Das war schon ein paar Jahre her, mittlerweile fuhr Gennat selbst nur noch höchst selten hinaus. Das war auch nicht mehr nötig, denn die Mordinspektion, wie er sie am Alex aufgebaut hatte, war mit handverlesenen Beamten besetzt und konnte die erfolgreichste Aufklärungsquote in der ganzen Burg aufweisen. Meist blieb Gennat in seinem fast wie ein Wohnzimmer eingerichteten Büro sitzen, aß Kuchen und zog die Fäden. Er wusste über alle Ermittlungen Bescheid, besonders kniffflige Verhöre übernahm er immer noch selbst, sein psychologischer Scharfsinn war berüchtigt. Er hatte schon die abgebrühtesten Kerle dazu gebracht, ihm ihr Herz auszuschütten.

Rath konnte sich das lebhaft vorstellen, jetzt, wo er dem Mann gegenübersaß, dem dieser Ruf vorauseilte. Gennat wirkte gemütlich, fast schläfrig, und schien sein Doppelkinn mit einem gewissen Stolz zu tragen. Doch Rath ließ sich nicht täuschen, aus diesem weichen Gesicht blitzten zwei wache Augen. Zwei Augen, die den neuen Kommissar jetzt neugierig anschauten.

Sie hatten nicht am Schreibtisch Platz genommen, sondern an einem Wohnzimmertisch, an dem zwei grüne Sessel und ein grünes, durchgesessenes Sofa standen. Gerade hatte sich die Tür zum Vorzimmer geöffnet, und Gertrud Steiner, Gennats langjährige Sekretärin, balancierte ein Tablett mit Tee und einer üppigen Kuchenauswahl an den Tisch. Während sie den Männern den Tee einschenkte, übernahm Gennat selbst das Verteilen des Kuchens. Rath bat um Nusskuchen, mehr konnte er um diese Uhrzeit nicht vertragen. Gennat schaufelte sich selbst ein riesiges Stück Stachelbeertorte auf den Teller.

»Danke, Trudchen.« Gennat sank zurück in die grünen Polster. »Lassen Sie es sich schmecken, Herr Rath«, sagte er und nahm einen Schluck Tee. »Sie sind noch nicht lange in Berlin?«

»Knapp zwei Monate.«

»In welcher Inspektion?«

»E.«

»Und vorher waren Sie in Köln?«

»Ja.«

»Schon einmal in einem Mordfall ermittelt?«

»Mehrfach. In Köln haben wir keine feste Mordinspektion wie hier, aber es gibt Spezialisten. Und bei Tötungsdelikten wurde meistens ich hinzugezogen.« Verkauf dich so gut wie möglich, dachte er.

Gennat schien das nicht zu beeindrucken. »Man hat mir Ihre Dienste sehr ans Herz gelegt. Der Herr Polizeipräsident kennt Sie von früher?«

»Richtig. Ich habe unter Herrn Zörgiebel schon in Köln gearbeitet. Er hat mir dort auch schon die Leitung von Ermittlungen anvertraut.«

Gennat nickte und nahm eine Gabel von dem Kuchen. Rath

nutzte die Pause und biss ein Stück von seinem Nusskuchen ab. Er nickte anerkennend. Der beste, den er in Berlin bislang gegessen hatte. Gennat wusste, wo man einkauft.

»Nun, Herr Rath, hier bei uns werden Sie erst einmal in einer bereits eingearbeiteten Truppe eingesetzt. In der Mordkommission *Möckernbrücke* brauchen wir jeden Mann.«

Mordkommission *Möckernbrücke* war der offizielle Name für den Fall *Wassermann*. Von wegen verantwortungsvolle Aufgaben! Wäre ja auch zu schön gewesen, um wahr zu sein. Also doch Handlangerdienste. Rath versuchte, seine Enttäuschung hinunterzuschlucken, und griff zur Teetasse.

»Dieser Fall macht uns zurzeit zu schaffen«, fuhr Gennat fort, »ein unbekannter Toter. Sie haben davon gehört, wir haben die anderen Inspektionen vergangene Woche informiert. Die Sache war in allen Zeitungen …«

Rath ahnte, was jetzt kam. Richtig.

»… leider hat auch das dem Kollegen Böhm kaum verwertbare Hinweise gebracht. Aber Böhm ist ein erfahrener Mann. Sie werden viel von ihm lernen können.«

Da hatte der gute Zörgiebel seinen alten Duzfreund Engelbert Rath ja schön hinters Licht geführt. Von wegen Bewährungsprobe. Dem Polizeipräsidenten ging es nur darum, möglichst viele Leute auf den Fall anzusetzen, in den er sich verbissen hatte.

»Glauben Sie mir, Herr Kriminalrat, es ist eine große Ehre für mich, in der Mordinspektion arbeiten zu können.«

»Reden Sie mal nicht so hochgestochen, mein lieber Rath! Eine Ehre ist das nicht, das ist eine verdammte Knochenmühle, das sollten Sie wissen. Von einem geregelten Feierabend können Sie sich schon mal verabschieden …«

Die Tür flog auf, und Gertrud Steiner stürmte in den Raum. Ohne Teekanne. Gennat schaute irritiert auf.

»Was ist denn, Trudchen? Ich wollte doch nicht gestört werden!«

»Herr Kriminalrat, deswegen komme ich ja! Weil ich Sie stören *muss*! Ich habe da ein Telefonat, das sollten Sie annehmen!«

»Na, dann stellen Sie mal durch.« Gennat stand auf, die Sekretärin ging zurück ins Vorzimmer. Kaum hatte sie die Tür geschlossen, klingelte das Telefon auf Gennats Schreibtisch. Er hob ab.

»Ja?«

Sein Blick, der gerade noch dem zurückgelassenen Kuchenteller nachgetrauert hatte, wurde plötzlich ernst.

»Wo?«, fragte er und zückte einen Bleistift.

»Wann?« Der Bleistift kratzte über Papier.

»Nein. Böhm kann man damit nicht behelligen. Der hat genug um die Ohren. Dem steht Zörgiebel jeden Tag auf den Füßen.«

Gennat ließ den Bleistift kratzen und schwieg. Ob er zuhörte oder überlegte, war nicht zu erkennen.

»Ziehen Sie Henning und Czerwinski von der Beschattung ab. Die ist sowieso sinnlos. Und sagen Sie dem ED schon mal Bescheid, den Rest regele ich.«

Er legte auf. Langsam kam er zu dem Wohnzimmertisch zurück und setzte sich wieder an seinen Kuchenteller. Schweigend schob er sich eine Gabel Stachelbeertorte in den Mund und kaute langsam. Er schien immer noch nachzudenken. Dann legte er die Kuchengabel auf den Teller.

»Mein lieber Herr Rath, vergessen Sie mal das meiste, was ich Ihnen gerade gesagt habe.« Gennat schaute Rath fest in die Augen, als er seine Frage stellte. »Trauen Sie sich zu, eine Mordkommission zu leiten?«

Das Mordauto hatte bereits mit laufendem Motor gewartet, als Rath und Jänicke in den Lichthof stürmten. Den Frischling hatte er von Gennat erbeten, und Lanke hatte ihn hergegeben. Er brauchte wenigstens ein bekanntes Gesicht in seiner Mordkommission, und an Bruno war da leider nicht zu denken. Aber ein Kriminalassistent aus der alten Truppe, das war wenigstens ein Anfang. Schon beim Einsteigen hatte Rath das Misstrauen gespürt, das ihm aus dem schwarzen Auto entgegenschlug. Kein Wunder. Für drei der vier Männer im Wagen war er ein Fremder. Der Fahrer und die beiden Kriminalbeamten schauten ihn herausfordernd an. Nicht einmal

Jänicke schaute freundlich, nur die Stenotypistin lächelte. Zum Glück hieß sie Christel Temme. Und nicht Charlotte Ritter.

»Guten Morgen, die Dame, guten Morgen, meine Herren«, hatte Rath gegrüßt, als er sich auf die gut gepolsterte Rückbank fallen ließ. »Dann wollen wir mal.«

Er hatte die Tür noch nicht geschlossen, da hatte der Fahrer aufs Gas getreten, und sie waren durch die Ausfahrt auf die Alexanderstraße hinausgeschossen.

Nun saß er hier zwischen Stephan Jänicke und dem Mann, der sich als Kriminalsekretär Paul Czerwinski vorgestellt hatte, ein kleiner übergewichtiger Mann mit beginnender Glatze, der ungefähr so alt sein mochte wie Rath selbst, aber wegen des dünner werdenden Haares etwas älter aussah – und in der Hierarchie zwei Dienstgrade unter ihm stand. Vorn auf dem Beifahrersitz saß Kriminalassistent Alfons Henning, den Jänicke mit Vornamen begrüßt hatte, ein schlaksiger, groß gewachsener junger Mann, hinter dessen Brille wache Augen tanzten. Die beiden Kriminalassistenten kannten sich offensichtlich von der Polizeischule. Ein kleiner Lichtblick. Vielleicht bekamen sie doch noch bessere Stimmung in ihre Truppe.

Sie waren nicht lange unterwegs. Die Adresse hatte Rath zunächst nichts gesagt, doch nun näherte sich das Mordauto dem Schlesischen Bahnhof, und die Gegend kam ihm bekannter vor. Der Wagen bog ein paar Mal ab, bis er die Koppenstraße erreicht hatte, und hielt dann vor einer breiten Lücke in der Häuserzeile. Eine große Tafel verriet, dass die gemeinnützige Wohnungsbaugenossenschaft *Nova* hier einen hellen und modernen Mietshauskomplex hochzog. Ein Bretterzaun versperrte die Sicht auf die Baustelle.

Der Wagen des Erkennungsdienstes stand am Straßenrand. Ansonsten deuteten nur die zwei Schupos, die sich an der Baustelleneinfahrt unterhielten, darauf hin, dass hier etwas passiert sein musste. Doch kaum ein Passant blieb stehen. Kein Wunder. Der Standardsatz, den jeder Polizist abspulte, der einen Tatort vor Neugierigen abschirmte: *Gehen Sie weiter! Es gibt hier nichts zu sehen!* – In diesem Fall traf er zu: Außer einem Bauzaun und zwei Schupos gab es tatsächlich nichts zu sehen.

Die Uniformierten salutierten, als die Kriminalbeamten aus dem schwarzen Wagen stiegen. Einer blieb stehen, der andere führte die Kriminalen auf die Baustelle. Hier bewegte sich im Moment gar nichts. Links stand ein Bagger ohne Baggerführer. Einige Arbeiter hatten sich auf einem sonnenbeschienenen Bretterstapel niedergelassen, einige standen einfach in der Gegend herum, die Hände in den Taschen. Die meisten aber hatten sich auf der anderen Seite der Baugrube an einer Böschung aus ausgehobenem märkischen Sand versammelt und schauten in die Tiefe. Da unten am Fundament hatten sich ebenfalls Schupos aufgebaut, doch offensichtlich gab es da noch mehr zu sehen als blaue Uniformen. Neben der Baugrube hatten die Männer vom Erkennungsdienst mit ihrer Arbeit begonnen. In einer kleinen Wanne rührten sie Gips an, um Fußspuren damit auszugießen.

Aus einer Gruppe Bauarbeiter löste sich ein stämmiger Mann und kam ihnen entgegen.

»Das ist der Polier«, sagte der Schupo, »der kann Ihnen alles zeigen.«

Der Arbeiter begrüßte sie mit einem Nicken, als er sie erreicht hatte. Er trug eine weiße Latzhose und einen blauen Wollpullover, an dem überall hart gewordener Gips und Beton hingen. Seine Haare wurden bereits grau. Er musste gegen die Sonne blinzeln, als er zunächst Czerwinski und dann Rath anschaute.

»Na, denn kommense man mit, die Herren«, sagte er und stiefelte los.

Die Sonne schien, doch immer noch glitschte der Boden vom Regen der vergangenen Nächte. Die Männer fluchten, als der Polier sie quer über die Baustelle führte. Überall Matsch, Schlamm und Pfützen. Sie hatten alle möglichen Dinge im Mordauto, sogar ein kleines Chemielabor, aber an Gummistiefel hatte niemand gedacht.

Das ungute Gefühl, das Rath schon die ganze Zeit begleitet hatte, verstärkte sich, als sie sich der anderen Seite der Baugrube näherten. Auch die Südseite der Baustelle war mit einem Bretterzaun abgesperrt. Dahinter hoben sich die Ziegelmauern eines tristen Hinterhofs in die Höhe.

»Wo haben Sie ihn denn gefunden?«, fragte er den Polier, der direkt vor ihm ging.

»Wat heeßt jefunden? Ick hab nur jesehn, det die Jungs da Mist jebaut ham am Fundament, die janze Bodenplatte war eene einzije Hügellandschaft, un ick sach, reißt det wieder uff, det müssen wer sauberer jießen! Un da war da plötzlich ein Bein im Beton. Da hamwa Ihnen natürlich sofort jerufen, Herr Kriminalrat.«

»Kommissar.«

»Wie Se meenen.«

Erst als sie die Baugrube umrundet hatten und oben auf der Böschung standen, konnte man es sehen. Ein paar Meter hinter den Schupos, die da unten standen, lugte etwas Schwarzes aus dem Beton, zerknitterter Stoff, voller Zement, offensichtlich ein Hosenbein.

»Zuerst hamwa jedacht, da macht sich eener 'nen Scherz un hat da ne olle Hose rinjeworfen. Aba da is noch wer drin.«

Rath nickte und stieg in die Baugrube hinunter. Er achtete nicht mehr darauf, wo er hintrat. Seine Schuhe konnte er ohnehin wegschmeißen. Das zweite Paar innerhalb weniger Tage.

Die Schupos salutierten.

»Oberwachtmeister Stürickow, 87. Revier«, sagte der Ranghöchste. »Melde gehorsamst, Herr Kommissar: vermutlich männliche Leiche im Beton.«

»Noch nicht geborgen?«

»Noch nicht geborgen, Herr Kommissar. Wollte erst Erscheinen der Kriminalpolizei abwarten.«

Rath nickte. Vorbildlich. Langsam sickerte auch zu den einfachen Revierpolizisten die Erkenntnis durch, dass Spurensicherung ein wichtiger Bestandteil der polizeilichen Ermittlung war. Ausgerechnet hier traf er auf einen, der das kapiert hatte.

Er spürte, wie eine unbarmherzige Nervosität von ihm Besitz ergriff, langsam, aber unaufhaltsam. Fast hätte er angefangen zu zittern. Doch da standen Männer um ihn herum, Männer, die ihn gebannt anschauten, Männer, die seine Anweisungen erwarteten. Kriminalkommissar Gereon Rath war an diesem Ort, um Befehle zu erteilen. Nun gut, er wollte sie nicht enttäuschen. Er würde sie ordentlich auf Trab halten, damit sie nicht zu viel nachdachten!

»Henning, bringen Sie den Fotoapparat hier runter«, rief er nach oben. »Bevor wir anfangen, das Ganze freizulegen, brauchen wir erst mal ein Foto vom Status quo.«

Der Kriminalassistent hatte den Fotoapparat geschultert und mühte sich nun die Böschung hinunter. Beinahe wäre er in dem feuchten Mutterboden ausgerutscht.

Rath wandte sich an den Polier. »Haben Sie hier einen Platz, an dem man sich ungestört unterhalten kann?«, fragte er.

Kurz darauf standen sie im benachbarten Hinterhof vor einem Bauwagen, der mit einem neuen Vorhängeschloss gesichert war. Zwei Kinder spielten auf dem Pflaster Hüpfekästchen.

»Mussten wer hier abstellen«, erklärte der Polier. »Keen Platz uff der Baustelle selbst. Un wat passiert? Natürlich: Wird injebrochen!« Umständlich rührte der Bauarbeiter mit dem Schlüssel im Schloss. »Würd mir nich wundern, wenn det eener von die Bajasche hier aussem Hof jewesen is. Allet Asoziale!«

Angewidert deutete er mit dem Kopf auf die beiden Kinder. Rath musste nicht nachfragen, damit der Mann weitersprach. »Een Fahrrad is jeklaut worden, un so unjefähr zehn Mark aus unsere Jetränkekasse fehlen ooch. Ihre Kollejen waren Sonnabend ja schon mal hier, aber jefunden ham die nischt.«

Rath fühlte sich unbehaglich an dem kleinen, wackligen Tisch. Der Polier saß ihm gegenüber, zwischen ihnen hatte die Stenotypistin Platz genommen. Christel Temme ging auf die fünfzig zu und war mit Charly überhaupt nicht zu vergleichen. Allerdings nahm sie ihren Beruf ernst, und der bestand darin, alles, was gesagt wurde, mitzustenographieren. Darüber hinausgehende Gedanken machte sie sich nicht, das Denken überließ sie den Pferden. Oder den Kriminalbeamten.

Zuerst nahm Rath die Personalien des Mannes auf, Edgar Lauffer, 57 Jahre alt, wohnhaft in der Danziger Straße, dann begann die eigentliche Vernehmung.

»So«, sagte er. »Dann erzählen Sie doch mal von Anfang an: Wann und wie haben Sie entdeckt, dass da auf der Baustelle was nicht stimmt?«

Der Polier kratzte sich am Kopf. »Na, heut Morjen natürlich. Ick hoffe, Sie wollen jetzt keene jenaue Uhrzeit wissen, wa?«

»Nach Möglichkeit schon.«

»Also, um sechse fangen wir hier an. Dann jeh ick erst mal mit der Mannschaft die Vorjaben für den Tach durch und teil die Leute ein. Damit jeder weeß, watter machen soll. Soll ja keener dumm in der Ecke rumstehn, wa?«

Rath spielte mit einem Stift und drehte die Augen zur Decke, die Stenotypistin schrieb unermüdlich mit. Jede Silbe.

»Soll ick weitererzählen?« Lauffer wirkte etwas irritiert.

»Erzählen Sie.« Rath konnte so gnädig klingen wie ein Großinquisitor. Lauffer begann zu stottern.

»Also, ick ... ick schätze mal, so um Dreiviertel sieben bin ick runter zur Baujrube und hab die Schweinerei jesehen.«

»Was haben Sie gesehen?«

»Na, der Beton, det war allet ... wie soll ick sagen ... det sah aus wie die Hochalpen un nich wie'n Fundament.«

»Wann haben Sie das Fundament denn eigentlich gegossen?«

»Freitach. Det weeß ick jenau. War ja nachem Feiertach.«

»Und Samstag ... äh, Sonnabend, da war der Beton noch in Ordnung?«

Lauffer knetete seine Mütze. Aus seinem Gesicht sprach das schlechte Gewissen. Nicht nur, weil er den Einbruch genutzt hatte, um den Inhalt der Getränkekasse einzusacken. Rath vermutete, dass die Bauarbeiter den Samstag überwiegend mit Biertrinken und Skatspielen verbracht hatten. Jedenfalls hatten sie den Bau nicht großartig weiter vorangebracht. Anders konnte er sich die Verlegenheit des Poliers nicht erklären.

»Also?«, hakte Rath nach. »War der Beton Sonnabend noch in Ordnung?«

»Weeß nich.«

»Aber Sie haben hier doch gearbeitet.«

»Schon. Aber da war der Einbruch, die janze Uffrejung.«

»Sie haben keinen Blick auf das Fundament geworfen?«

»Schon, hab jekiekt, ob der Beton jut abjebunden hat und so. Hatte ja jeregnet in der Nacht.«

»Aber die Schweinerei, wie Sie es eben genannt haben, die ist Ihnen da noch nicht aufgefallen?«

»Ne, eijentlich nich, aber …«

»Also kann die Leiche auch am Sa… am Sonnabend oder Sonntag dort im Beton deponiert worden sein.«

Lauffer zuckte die Achseln. »Weeß nich. Höchstens wenn eener hinten die Ecke neu uffjerissen hat, Leiche rin und denn neu jejossen, wa? Sonnabend fing det doch schon an, hart zu wer'n.«

»Aber möglich wäre es. Und Ihnen ist Sonnabend auch noch nichts aufgefallen am Beton.«

»Nee. Det stimmt. Hab ick erst heute jesehen, die Schweinerei.« Lauffer war die Erleichterung anzumerken. »Denn waren det also jar nich meine Jungs mit die Schweinerei, denn war det een Mörder, der unsere schöne Arbeit wieder uffjerissen hat. Die schrecken ja heute vor jar nischt mehr zurück, die Verbrecha!«

Rath war ganz zufrieden mit sich, als er den Bauwagen verließ, um sich den Fortschritt der Bergungsarbeiten anzusehen. Besser hätte das Gespräch mit dem Polier nicht laufen können. Unten in der Baugrube waren sie immer noch dabei, die Leiche aus ihrem Betongrab zu befreien. Rath hatte Jänicke damit beauftragt, und der dirigierte die Schupos, die sich dabei die Uniformen versauten. Sie mussten aufpassen, dass sie die Leiche nicht beschädigten, und gingen vorsichtig mit Hammer und Meißel zu Werke. Ab und an war ein unterdrückter Fluch zu hören. Der hart gewordene, aber immer noch feuchte Beton hinterließ unschöne Flecken auf den blauen Uniformen. Die Bauarbeiter sahen verstohlen grinsend zu.

Der Körper des Toten war bereits freigelegt, jetzt war der Kopf an der Reihe. Stück für Stück wurden Betonbrocken und -brösel weggeschlagen.

Rath trat hinzu und hatte sofort wieder das beunruhigende Gefühl, dass alle Blicke auf ihn gerichtet waren. *Das ist ganz normal,* sagte er sich, *schließlich leitest du die Ermittlungen.* Kurzzeitig wurden die Blicke abgelenkt. Ein Mann im grauen Mantel, in der rechten Hand eine Ledertasche, mit der linken den Hut festhaltend, überquerte die Baustelle und stakste durch den Matsch wie ein Storch. Rath erkannte Doktor Schwartz schon von weitem. Auch der Gerichtsmediziner hatte nicht an Gummistiefel gedacht.

»Guten Morgen, Doktor«, begrüßte er den Gerichtsmediziner, der sich suchend umgeschaut hatte, wohl auf der Suche nach einem bekannten Gesicht aus der Mordinspektion. Rath streckte die Hand aus und kam ihm entgegen. »Kriminalkommissar Gereon Rath. Ich leite hier die Ermittlungen.«

Schwartz schaute ihn prüfend an. »Kennen wir uns nicht?«

»Flüchtig. Aus der Hannoverschen Straße. Ich habe Ihnen vor einiger Zeit zwei Opfer der Maiunruhen gebracht.«

Bei Schwartz fiel der Groschen. »Ah ja«, sagte er und ließ sich nicht anmerken, welche Regung diese Erinnerung bei ihm auslöste. »Dann haben Ihnen die Leichen solchen Spaß gemacht, dass Sie nun gar nicht genug davon bekommen können?«

»Ist doch schön, wenn einem die Arbeit Spaß macht.«

»Sie sagen es, mein Freund, Sie sagen es.«

Einen Begräbnismarsch pfeifend, kletterte Schwartz in die Baugrube. Seltsamer Vogel, dachte Rath und folgte ihm.

Das Gesicht des Toten trat trotz der Betonspuren nun schon deutlich hervor, aber der Beton hatte der Physiognomie übel mitgespielt, und das fehlende linke Auge tat ein Übriges, um es mehr wie eine Fratze aussehen zu lassen.

Doch einer der Blauen, die den Toten ausgebuddelt hatten, schien ihn trotz all dieser Entstellungen wiederzuerkennen. Stürickow, der Oberwachtmeister vom 87. Revier, stand wie vom Schlag getroffen da.

»Mensch, ick werd verrückt!«, rief er aus und trat einen Schritt zurück. »Det is ja der heilije Josef! Keen Wunder, mit dem musste det ja mal 'n böses Ende nehmen!« Er schüttelte fassungslos den Kopf. Als er die überraschten und fragenden Blicke der Umstehenden bemerkte, schob er achselzuckend eine Erklärung nach. »Den kenn ick seit der Volksschule.«

Der heilige Josef. So wurde Josef Wilczek genannt, weil er nicht nur als vielseitig begabter Gauner, sondern auch als gläubiger Katholik bekannt war. Angehörige hatte er keine, aber Wachtmeister Stürickow und Wilczeks Vermieterin, die sie zum Leichenschauhaus hatten bringen lassen, hatten ihn einwandfrei identifizieren können. Als Jänicke sich mit dieser Nachricht aus der Hannoverschen Straße meldete, hatte Rath sich die Akte aus der Verbrecherkartei längst besorgt und auf dem verwaisten Schreibtisch von Erwin Roeder ausgebreitet. Ironischerweise war es genau das Büro, in das Charly ihn vor ein paar Tagen gezogen hatte, nicht besonders groß, aber mit einem entscheidenden Vorteil gegenüber Raths altem Büro in der Inspektion E: Er hatte es für sich allein. Selbst das Vorzimmer war verwaist, Roeders alte Sekretärin hatte ebenfalls Urlaub genommen. Wahrscheinlich tippte sie für den Ex-Polizisten jetzt das neue Buchmanuskript ab.

Der ED hatte Wilczek von allen Seiten fotografiert. Damals hatte der seltsame Heilige noch einen Schnauzbart getragen. Offensichtlich hatte der Fotograf vergessen, *Bitte recht freundlich* zu sagen. Wilczek schaute ins Objektiv, als wolle er gleich nach dem Fototermin kleine Kinder fressen.

Der Kommissar starrte auf die Akte, als sei sie aus einem bösen Traum auf den Schreibtisch gesegelt. Er hatte es geahnt, seit sie das Gelände heute Morgen betreten hatten. Und der Blick in die Baugrube hatte die letzten Zweifel vertrieben: dieselbe Baustelle. In jener verhängnisvollen Nacht war er lediglich von der anderen Seite gekommen. Von Süden. Von dem Hinterhof, in dem der Bauwagen stand.

Die Erkenntnis hatte ihn getroffen wie ein ansatzloser Fausthieb. Er hoffte, dass niemand seine Nervosität bemerkt hatte. Oder sie zumindest darauf geschoben hatte, dass Kriminalkommissar Gereon Rath ins kalte Wasser geworfen worden war, als der Buddha ihn mit der Leitung der Ermittlungen beauftragt hatte. Rath konnte es immer noch nicht wirklich fassen. Hörte er das Schicksal irgendwo hinter der nächsten Türe leise lachen? Sein erster amtlicher Mordfall in dieser Stadt, der Fall, auf den er gewartet hatte – und dann eine Leiche, die Kriminalkommissar Gereon Rath selbst verbuddelt hatte! Na, herzlichen Glückwunsch!

Immer wieder, auch jetzt, hier in der Einsamkeit von Roeders winzigem Büro, drängte sich der Gedanke in seinen Kopf, das Ganze könne eine Falle sein. Warum hatte Gennat ausgerechnet ihn zu diesem Toten geschickt? Lag das wirklich nur am Personalengpass in der Inspektion A? Oder wussten alle längst Bescheid, waren eingeweiht und warteten nur darauf, dass er einen Fehler machte? Aber wenn er genauer darüber nachdachte, kam er immer wieder zu demselben Schluss: Niemand konnte etwas wissen, er musste sich lediglich beruhigen und seine paranoiden Attacken unter Kontrolle bringen.

Das Klingeln des Telefons riss ihn aus seinen Gedanken. Entweder war das Gennat, oder einer seiner Mitarbeiter meldete sich von unterwegs. Sonst konnte noch niemand die neue Nummer haben. Missmutig griff er zum Hörer.

»Ja?«

»Guten Tag, Herr Kommissar! Herr Heinrich war so nett, mir Ihre Nummer zu geben. Michael Lingen vom *Tageblatt* hier. Ich habe ein paar Fragen, wenn es nichts ausmacht …«

Jetzt hatte er schon die Presse am Hals! Welcher Idiot hatte dem Zeitungsfritzen nur die Nummer gegeben?

Es gab keinen Grund, freundlich zu sein. »Und wenn es etwas ausmacht?«, raunzte Rath den Mann in der Leitung an. »Ich habe zufällig gerade zu tun.«

»Entschuldigen Sie Herr, Kommissar, wenn ich Sie störe. Natürlich haben Sie noch Arbeit, die letzten Tage im Präsidium. Aber ich dachte – schließlich ist es ja in Ihrem eigenen Interesse.«

Die letzten Tage im Präsidium? Was sollte das jetzt? Wollte der Kerl ihn erpressen?

»Wie meinen Sie das?« Rath hatte innerlich die Fäuste hoch genommen.

»Ich meine das, wie ich es sage.« Der Journalist klang nicht so, als wolle er ihn hereinlegen, eher ein wenig beleidigt. »Schließlich«, fuhr der Mann fort, »dürfte sich Ihr Buch eher besser als schlechter verkaufen, wenn wir es im *Tageblatt* besprechen, Herr Roeder!«

Rath musste nur kurz überlegen, dann hatte er die passende Antwort parat.

»Glauben Sie etwa, ein preußischer Beamter ist bestechlich«, fuhr er auf. Die künstliche Aufregung gelang ihm ganz gut. »Meinen Sie, deshalb würde ich mit euch Schmierfinken auch nur ein Wort wechseln?«

Rath knallte den Hörer auf die Gabel. Im *Tageblatt* würde das neue Werk des Ex-Kollegen Roeder jetzt wohl nicht mehr allzu gut wegkommen.

Das Bild auf dem Schreibtisch holte ihn zurück in die Realität. Josef Wilczek schaute ihn so grimmig an, als werfe er ihm seinen gewaltsamen Tod vor. Das Gesicht auf dem Foto kam ihm irgendwie bekannt vor. Es war besser zu erkennen als das verunstaltete der Leiche, auch besser als das, das er in jener Nacht unter dem Schatten der Hutkrempe hatte sehen können.

Vielleicht war es auch der Schnurrbart, der den Unterschied machte. Jedenfalls hatte Rath das bestimmte Gefühl, als sei er dem Mann auf dem Foto schon einmal begegnet. Vor dem tödlichen Zwischenfall. Doch ganz gleich, von welcher Seite er Wilczeks Gesichtszüge studierte, ob frontal oder im Profil, es wollte ihm beim besten Willen nicht einfallen, wann und wo er ihm über den Weg gelaufen sein könnte. Erst in Marlows Revier? Oder schon früher? Rath schob den Gedanken beiseite. Das brachte ihn jetzt nicht weiter. Wahrscheinlich hatte er einfach zu oft von dem Toten geträumt.

Andere Dinge waren jetzt wichtiger. Rath wusste, dass er so

oder so höllisch aufpassen musste. Er konnte sich keinen Fehler erlauben. Was in diesem Fall paradoxerweise hieß: möglichst viele Fehler zu machen. Fehler, die eine Lösung des Falles unmöglich machten und den Ermittlungsleiter dennoch nicht schlecht aussehen ließen. Wenn Rath diesen Fall nicht löste, musste er das auf eine intelligente Weise tun, auf eine plausible Weise also, ohne dass jemand ihn deswegen für einen Stümper hielt oder schlimmer noch: Verdacht schöpfte und der Wahrheit auf die Spur kam. Kein Vorgesetzter, und schon gar nicht einer seiner Kollegen.

Rath zuckte zusammen. Das Telefon klingelte schon wieder.

»Kommissar Rath, Kriminalpolizei«, meldete er sich diesmal, um Missverständnissen aus dem Weg zu gehen.

»*Nibelungen-Verlag*«, hörte er eine Frauenstimme, die keinen Widerspruch zu dulden schien. »Vorzimmer Doktor Hildebrandt, ich verbinde …«

Bevor Rath etwas sagen konnte, wurde er durchgestellt. Die Männerstimme am anderen Ende der Leitung hatte er noch nie zuvor gehört.

»Na, mein Lieber! Die letzten Tage noch fleißig? Ich sitze hier gerade über der letzten Korrekturfassung. Die Stelle, an der Sie über die Verjudung des Polizeiapparats …«

Rath unterbrach ihn. »Herr Doktor Hildebrandt, nehme ich an?«

Schweigen am anderen Ende der Leitung. Der Verleger brauchte einige Zeit, ehe er sich gefasst hatte.

»Mit wem spreche ich bitte?«, fragte er nach einem Räuspern.

»Kriminalpolizei Berlin. Wenn Sie ein Verbrechen anzeigen wollen, sind Sie hier richtig. Ansonsten empfehle ich Ihnen eine andere Verbindung …«

Doktor Hildebrandt hatte aufgelegt.

Rath ließ den Hörer sinken. Das Gesicht auf dem Schreibtisch seines Vorgängers schaute ihn an, als wolle es ihm sagen: Heh! Vergiss Roeder! Beschäftige dich mit mir! Dies hier ist *meine* Akte!

Der heilige Josef.

Ausgerechnet einen Heiligen musste er verbuddeln!

Meist pflegte die Berliner Unterwelt ihre Mitglieder nach anderen herausragenden Eigenschaften zu titulieren, sodass die Schränker-Willis und Messer-Edes dort weitaus häufiger zu finden waren als ausgerechnet Heilige. Doch Wilczek hätte es jedem Indianerstamm in Sachen Namensgebung schwer gemacht. Eigentlich machte er alles, und nichts davon richtig. Worin seine eigentliche Spezialität bestand, darüber gab die Akte jedenfalls keine eindeutige Auskunft, er schien sich in den Jahren nach dem Krieg in allen Fachgebieten getummelt zu haben – vorausgesetzt, es war etwas Illegales. Und immer wieder hatte man ihn erwischt. Für Wilczeks Vorstrafenregister schien das Wort Sammelsurium eigens erfunden worden zu sein. Die Liste fing an bei einfachen Diebstählen und reichte über Einbruch, Meineid und Urkundenfälschung bis zur gefährlichen Körperverletzung. Alles in allem waren zwei Jahre Gefängnis und fünf Jahre Zuchthaus zusammengekommen, das reichte wohl als Empfehlung für die *Berolina*.

Denn das war die eigentlich interessante Information, die Rath aus dieser Akte gezogen hatte: Josef Wilczek gehörte zum Ringverein des roten Hugo, der wiederum Doktor M. hörig war – ein weiteres Indiz dafür, dass Johann Marlow ihm den Mann auf den Hals gehetzt haben musste.

Offiziell hatte die Akte Wilczek zu anderen Schlussfolgerungen geführt: Sie suchten den Mörder jetzt in Verbrecherkreisen. Nun musste erst einmal der *Berolina* auf den Zahn gefühlt werden. Die richtige Aufgabe für den Frischling. Rath hatte Jänicke umgehend ins Scheunenviertel geschickt, in die *Mulackritze*, eine Verbrecherkaschemme, die als Lieblingsaufenthalt des roten Hugo galt. Johann Marlow, da war Rath beinahe sicher, hätte sich in einem solchen Laden niemals blicken lassen. Da hätte er höchstens seinen chinesischen Leibwächter hineingeschickt, damit der ihm den Chef der *Berolina* ins wartende Auto holte. Keine große Gefahr also, dass der Frischling Doktor M. in die Quere kam.

Eine falsche Spur, die vielversprechend aussah, was konnte er sich mehr wünschen? Natürlich noch, dass Czerwinski und Henning möglichst wenig aus den Leuten in den Mietskasernen zwischen Koppenstraße, Münchebergstraße und Schlesischem Bahnhof herausbekamen. Aber das war ohnehin zu erwarten. Die Leute in diesem Viertel waren nicht besonders redselig. Schon gar nicht gegenüber der Polizei. Er hoffte, die beiden Experten aus der Mordinspektion mit dem Abklappern der Wohnblöcke möglichst lange möglichst sinnlos zu beschäftigen. Damit sie nicht auf dumme Gedanken kamen, eigene Überlegungen anstellten und Schlussfolgerungen zogen.

Die gesammelten Aussagen der Bauarbeiter ließ er Christel Temme gerade ins Reine schreiben. Aus dieser Ecke drohte vorerst keine Gefahr. Schon die Vernehmung des Poliers hätte besser nicht laufen können. Lauffers Aussage machte eine genaue Eingrenzung des Zeitpunkts, wann die Leiche in den Beton gesenkt worden sein konnte, so gut wie unmöglich. Die Arbeiter hatten sich noch ungenauer ausgedrückt als ihr Chef. Nach diesen Aussagen kamen für den Tatzeitpunkt eher der Samstag oder der Sonntag in Betracht als der Freitag. Und für beide Abende hatte Kriminalkommissar Gereon Rath – sollte es tatsächlich hart auf hart kommen – ein absolut wasserdichtes Alibi, bezeugt von Polizeibeamten und einer Polizeistenotypistin. Er hoffte, davon nie Gebrauch machen zu müssen, aber noch waren nicht alle Spuren beseitigt, die auf ihn hindeuteten.

Wieder klingelte das Telefon auf Roeders Schreibtisch.

»Ringverein Alexandria. Dienstleistungen aller Art. Wen darf ich für Sie umbringen?«

»Fangen Sie mal bei Ihren Witzen an, Herr Rath! Die sind so alt, dass man ihnen den Gnadenschuss geben sollte.«

Das schien kein Journalist zu sein, und auch kein Verleger. Die Stimme kam ihm bekannt vor. »Mit wem spreche ich bitte?«

»Schwartz hier. Können Sie etwas Zeit entbehren und in die Hannoversche Straße kommen? Oder spielen Sie lieber den Telefonkasper?«

Der Gerichtsmediziner. Rath atmete auf. Wenigstens niemand aus der Chefetage. »Das ging aber schnell! Sind Sie etwa durch mit der Obduktion?«

»Nein. Aber ich dachte, Sie könnten der Leichenöffnung beiwohnen, dann haben Sie erste Ergebnisse schon heute Abend.«

Das sollte wohl eine Art Mutprobe sein. Der Gerichtsmediziner wollte den Neuen testen. War der ein Weichei, oder konnte er was vertragen?

Rath beschloss, etwas vertragen zu können.

»Ich bin in einer Stunde bei Ihnen, Doktor, geht das in Ordnung?«

Keine zwei Wochen waren verstrichen, seit er zuletzt durch diese Tür gegangen war. Rath atmete noch einmal tief durch, bevor er das gelbe Backsteingebäude in der Hannoverschen Straße betrat. Hier hatte alles angefangen. Mit einem wütenden Schwung stieß er die Tür auf, die vom Foyer in den Schauraum führte. Auf dem Weg zu den Obduktionssälen musste er an der Glaswand vorbei, hinter der Berlins unbekannte Tote aufgebahrt waren wie in einem makabren Wachsfigurenkabinett. Hier hatten sie auch Boris drei Tage lang ausgestellt, doch niemand hatte sich gefunden, der den Mann kannte. Niemand, der ihn kennen wollte. Rath war sich inzwischen sicher, dass es einige Leute in der Stadt gab, die sämtliche Vor- und Nachnamen des toten Russen wussten. Und die offensichtlich gute Gründe hatten, sich dennoch nicht bei der Polizei zu melden. So wie Alexej Kardakow, so wie Swetlana Sorokina. Und wahrscheinlich auch Johann Marlow.

Der Obduktionssaal war noch verschlossen, und Rath wartete vor der Tür. Was ihn dahinter wohl erwartete? Wollte Schwartz ihn nur schocken? Oder hatte er etwas herausgefunden, mit dem er den ahnungslosen Kommissar konfrontieren wollte? Rath versuchte, den neuerlichen Anfall von Paranoia abzuschütteln. Die Dunkelheit, der Regen. Niemand hätte die Männer unten im Hof erkennen können.

Rath wurde aus seinen Gedanken gerissen, als die Schwingtür aufgestoßen wurde und Doktor Schwartz mit energischen Schritten und wehendem Kittel in den Gang trat.

»Tag, Herr Kommissar«, sagte der Mediziner und gab ihm die Hand. »Na, dann wollen wir mal.«

Der Schlüsselbund klirrte laut, als er aufschloss. Rath folgte ihm in den Raum, in dem die Leiche bereits auf dem Marmortisch lag, noch mit einem Laken verdeckt. Er schaute zu, wie Schwartz ans Waschbecken ging und sich gründlich die Hände wusch. Auf seinem weißen Kittel waren nur wenige kleine Blutspritzer zu sehen. Irgendwie wollte die elegante Erscheinung des Rechtsmediziners nicht ganz zu seinem Beruf passen. Auch nicht zu seinem brachialen Humor.

»Mein erster Einsatz als Betonarbeiter«, meinte Schwartz, als er an den Obduktionstisch trat.

»Das glaube ich. Leichen in Beton sind eher selten, nicht wahr?« Rath hoffte, dass Schwartz ihm die Nervosität nicht anmerkte, mit der er hier hineinspaziert war.

»Darauf würde ich nicht wetten, mein Freund«, entgegnete Schwartz. »In Berlin wird viel gebaut. Und so manchem Toten gönnt man kein ordentliches Grab.« Er zwinkerte Rath zu. »Möchte nicht wissen, wie viele Neubauten in dieser Stadt auf Knochen errichtet sind. Aber darüber sollen sich die Archäologen in tausend Jahren wundern.«

Er zog die weiße Baumwolldecke zurück. Wilczek sah jetzt deutlich sauberer aus als in der Baugrube.

»Ich habe mir erlaubt, schon etwas vorzubereiten«, sagte Schwartz. »Damit Sie nicht zu viel Zeit opfern müssen.«

Wilczeks Kopf sah aus wie ein Bierhumpen mit offenem Deckel. Schwartz hatte die Schädeldecke fein rund ausgesägt, um an das Gehirn zu kommen. Na, das ging ja. Wenigstens hatte er Rath das Geräusch der Knochensäge nicht zugemutet, das hatte er immer am schlimmsten empfunden, viel schlimmer als all das Blut beispielsweise oder der Anblick eines gehäuteten Gesichts, aus dessen Augenhöhlen die Augäpfel wie zwei Glasmurmeln stierten.

»Der meiste Beton hing glücklicherweise in der Kleidung, so hielten sich die Verunreinigungen am Körper in Grenzen«, meinte

Schwartz, »einen Brocken habe ich im Mund gefunden, aber der ist post mortem dort hineingeraten. Auf dieselbe Weise ist auch Beton in den Schädel eingedrungen, durch dieses Loch hier.« Er zeigte auf die leere Augenhöhle, die Wilczeks geöffnetem Kopf einen noch unheimlicheren Gesichtsausdruck gab.

Rath atmete auf. Doktor Schwartz hatte nicht nur ein wenig vorgearbeitet, er hatte die Leiche offensichtlich schon gründlich untersucht. Der Mediziner hatte dem Neuen in der Inspektion A wohl nur ein wenig Angst einjagen wollen.

»Können Sie schon etwas Genaueres zur Todesursache sagen?«, fragte Rath. Er spulte die Routinefragen ab, die ein Mordermittler dem Rechtsmediziner stellt, um seine Nervosität zu überdecken.

»Betonvergiftung war's nicht, auch wenn's danach aussieht«, meinte Schwartz. Er öffnete eine Blechdose und zeigte Rath ein blutverschmiertes Projektil. »Das hier hat er ins Auge bekommen, und das ist ihm nicht bekommen.«

Rath nickte abwesend und fühlte, wie ihm heiß wurde. Die verfluchte Kugel! Er hatte es kommen sehen. Natürlich hatte sie noch im Kopf gesteckt. Und der Doktor hatte sie gefunden.

»Ist ein bisschen deformiert, könnte ein Querschläger sein. Also wahrscheinlich eher ein Unfall als ein gezielter Schuss«, meinte Schwartz und ließ die Kugel zurück in die Blechdose fallen. Das *Pling* klang wegen der Blut- und Hirnschmiere etwas gedämpft. »Arbeit für Ihre Kollegen von der Ballistik«, sagte der Mediziner, schraubte die Dose wieder zu und reichte sie dem Kommissar.

»Sind Sie hundertprozentig sicher, was die Todesursache angeht?«, fragte Rath und nahm die unscheinbare Blechdose entgegen.

Schwartz zuckte mit den Schultern. »Ich habe noch keinen gesehen, der so ein Stückchen Metall in seinem Gehirn überlebt hätte. Und eine andere Todesursache sehe ich auch nicht. Den Beton hat der arme Kerl später abbekommen. Als man ihn da beerdigt hat, war er schon tot. Nichts deutet auf Ersticken hin, und andere Verletzungen, die möglicherweise todbringend waren, habe ich auch nicht finden können. Nur einen schlechtverheilten Nasenbeinbruch. Aber an so was stirbt man nicht, außerdem ist der schon ein paar Jährchen alt.«

»Können Sie denn alle anderen möglichen Todesarten ausschließen? Eine Vergiftung zum Beispiel?«

»Junger Freund, wenn Sie unbedingt darauf bestehen, kann ich den Magen öffnen. Aber glauben Sie mir, das riecht nicht sehr gut.«

»Ich weiß«, sagte Rath. »Aber das ist wohl unumgänglich.«

Schwartz lachte. »Sie gefallen mir! Sie schrecken ja wirklich vor nichts zurück! Na, ich kann Sie beruhigen, Kommissar. Auch das habe ich bereits erledigt.« Der Rechtsmediziner zog das Laken bis unter den Bauchnabel zurück. Frische Schnitte auf Brust und Bauch des Toten wurden sichtbar, notdürftig wieder zugenäht. »Den Zustand der lebenswichtigen Organe habe ich untersucht, auch den Mageninhalt. Nichts Ungewöhnliches. Reste von Bratwurst und Bier.« Er zog das Laken wieder hoch. »Aber eine andere Sache dürfte Sie interessieren!« Schwartz hob Wilczeks rechtes Handgelenk hoch und drehte es etwas. »Unser Freund hier hat vor seinem plötzlichen Tod wahrscheinlich auch selber geschossen. Schmauchspuren. Deutet eventuell auf eine Schießerei hin. Aber versteifen Sie sich nicht darauf, ist nur eine Möglichkeit.«

»Und wann ist unser Mann gestorben?«, fragte Rath. Er leierte seine Routinefragen hinunter wie früher das Vaterunser in der Kirche. Automatisch – ohne auf die eigenen Worte zu hören. Und schon gar nicht auf die von Doktor Schwartz. Raths Gedanken waren mit anderen Dingen beschäftigt.

Die Kugel.

Das Stückchen Metall in der Blechdose, die er in der Hand hielt, war bislang die heißeste Spur in diesem Fall. Selbst wenn er sich nicht zu sehr ins Zeug legte, war es nur eine Frage der Zeit, bis herauskam, dass die Kugel, die Doktor Schwartz aus Wilczeks Gehirn geholt hatte, aus der Dienstwaffe des Kriminalkommissars Gereon Rath stammte.

»Ich hoffe, das reicht, Herr Kommissar.«

»Wie?«

Die Worte des Gerichtsmediziners holten ihn mit einem Schlag zurück in die Gegenwart. Schwartz schaute ihn über den Rand seiner Brille hinweg an.

»Natürlich bekommen Sie den Obduktionsbefund auch noch schriftlich, mein Lieber, aber ich erwarte schon, dass Sie zuhören! Schließlich spreche ich mit einem Kriminalkommissar und nicht mit einem Medizinstudenten. Oder sollte ich mich da irren?«

»Entschuldigung, Doktor.« Rath räusperte sich. »Ich war nicht ganz bei der Sache. Würden Sie Ihre Ausführungen bitte noch einmal wiederholen?«

»Für einen Studenten würde ich das nicht tun, ich hoffe, Sie wissen das zu schätzen.« Schwartz schob die Brille wieder hoch und klang plötzlich sehr amtlich. »Wann der Tod eingetreten ist, kann ich – wie gesagt – wegen der starken Verunreinigung der offenen Wunde nicht genau eruieren. Erschwert wird eine genaue Aussage zudem durch die Tatsache, dass die Leiche in Beton eingebettet war, was die Verwesung in jedem Fall verzögert haben dürfte.«

Rath nickte. Wenigstens etwas hatte die Schnapsidee mit dem Betongrab gebracht.

»Fest steht jedenfalls«, fuhr Doktor Schwartz fort, »dass die Leiche nicht lange an der Luft war. Kurz nach seinem Tod hat man den armen Kerl auch schon einbetoniert. Nur wann genau er in den Beton gekommen ist, das lässt sich anhand der rechtsmedizinischen Untersuchung nicht feststellen. Das kann ein paar Tage, aber auch eine ganze Woche her sein.«

»Vielen Dank, Doktor.«

»Den schriftlichen Befund bekommen Sie morgen«, sagte Schwartz und deckte den aufgesägten Wilczek wieder zu. »Da finden Sie dann auch Details über den Zustand der lebenswichtigen Organe, über den Mageninhalt und ähnliche appetitliche Dinge …«

Die Kugel klackerte leise in der Blechdose, als Rath durch die Schauhalle zurück zum Foyer ging. Jedes Klackern mahnte ihn an die Zeitbombe, die er da bei sich trug.

Könnte ein Querschläger sein.

Fehlgeleitete Projektile schienen ihn in dieser Stadt zu verfolgen. Erst Krajewski auf dem Gerüst, dann die beiden Frauen in Neukölln, die ihn überhaupt erst ins Leichenschauhaus gebracht hatten, dann Wilczek. Die letzte Kugel drohte ihm nun das Genick zu brechen. Als verhängnisvolles Beweismittel.

Nur wenige Meter von der Eingangstür entfernt blieb Rath in der Vorhalle stehen. Ein Gedanke war durch seinen Kopf gejagt, und er musste stehenbleiben, um ihn einzufangen. Es war mehr ein Geistesblitz als ein Gedanke, und es kam ihm fast so vor, als habe er sich selbst gedacht. Jedenfalls kam er von irgendwoher, aus heiterem Himmel. Der Pförtner in seinem Kabuff schaute den Kommissar erstaunt an, als der seine Brieftasche aus dem Mantel zog und hineinschaute, sie dann wieder einsteckte und zur Pförtnerloge ging.

»Wo ist denn hier eine Toilette?«, fragte er.

»Da lang«, sagte der Pförtner und zeigte auf die Schwingtür zur Schauhalle.

Kleine Schilder wiesen verschämt den Weg. Als Rath die Tür öffnete, war es still in dem gekachelten Raum. Niemand schien hier zu sein. Dennoch schloss er sich in einer Kabine ein, um ganz sicherzugehen, und öffnete den Klodeckel. Wieder zog er die Brieftasche aus dem Mantel. Schnell hatte er die Lignose-Kugel herausgeholt und betrachtete sie kurz. Das Projektil war ihm längst so etwas wie ein Symbol für seine Freundschaft mit Bruno geworden. Immerhin hatte der ihm hoch über dem Hermannplatz das Leben gerettet. Nun gab es eine bessere Verwendung für das Geschoss.

Rath öffnete die Blechdose und ließ die Mauserkugel in die Toilettenschüssel fallen. Ein unverdächtiges *Plitsch*, dann ein leises Klicken, als das Metall mit dem Keramikbecken in Berührung kam. Durch das Wasser in der Schüssel zogen sich rote Schlieren, die sich langsam in blassrote Wolken auflösten. Rath tippte mit Zeige- und Mittelfinger in die blutbeschmierte Blechdose und drehte die Lignose-Kugel zwischen seinen blutigen Fingerspitzen. Als sie blutig genug aussah, ließ er sie in die Dose fallen. Die Ballistiker würden sie vor der Untersuchung sowieso waschen, doch sie sollte wenigstens auf den ersten Blick so wirken, als sei sie direkt aus einem Gehirn geholt worden. Er schraubte die Dose vorsichtig wieder zu und steckte sie ein. Nachdem er die Spülung betätigt hatte, wartete er noch ein Weilchen, bis sich die Strudel in der Toilettenschüssel wieder beruhigt hatten. Von dem Projektil war nichts mehr zu sehen. Es war in der Berliner Kanalisation verschwunden. Vielleicht würde eine Ratte die Kugel aus Versehen verschlucken, vielleicht würde sie in einem Rieselfeld landen, vielleicht auch einfach für immer auf den Grund des Kanals in der Hannoverschen Straße sinken. Niemals jedenfalls würde sie unter der Lupe eines Ballistikers im ED landen.

Und für die Kugel, die jetzt leise in der Blechdose klackerte, würde sich niemals eine Vergleichsprobe finden. Die Waffe, aus der dieses Projektil abgefeuert worden war, die hatte Bruno für immer aus dem Verkehr gezogen, die war ihr Arbeitsvertrag mit dem Spitzel Krajewski. Die ballistische Untersuchung im Fall Wilczek würde also leider Gottes im Sande verlaufen.

Dieser Gedanke beruhigte Rath ungemein, und seine Laune besserte sich augenblicklich. Als er aus der Kabine trat, hätte er am liebsten fröhlich vor sich hin gepfiffen, doch er beherrschte sich. Besser nicht auffallen. Es war zwar niemand zu hören in einer der anderen Kabinen und schon gar niemand zu sehen, aber man konnte nie wissen. Am Waschbecken spülte er das Blut, das bereits zu kleben begann, von den Fingerspitzen, dann verließ er die Toilette. Auch auf dem Gang stand niemand, und Rath ging zurück zur Vorhalle, wo er grüßend die Pförtnerloge passierte und wieder ins Freie trat. Draußen dämmerte es bereits.

21

Er hatte seine Leute eingeteilt. Czerwinski und Henning trieben sich immer noch im Stralauer Viertel herum und klapperten die Mietskasernen rund um die Baustelle ab. Plisch und Plum. So nannte man die beiden in der Burg. Der Dicke und der Dünne wirkten unzertrennlich, am besten setzte man sie auch zusammen ein. Und Jänicke versuchte sein Glück bei den ehrenwerten Vereinsmitgliedern der *Berolina*. Rath konnte sich vorstellen, dass es Marlow nervös machte, wenn er erfuhr, dass die Bullen seinem Lieblings-Ringverein auf den Zahn fühlten. Vielleicht deckte der Frischling ja irgendeinen Streit unter Ganoven auf, der durchaus als Tatmotiv in Frage käme. Natürlich würde auch diese Spur im Sande verlaufen. Aber es war besser, eine Spur zu haben, die ins Nichts führte, als überhaupt nichts zu haben. Wenn er schon mit einem ungelösten Fall in der Inspektion A beginnen musste, dann wollte er wenigstens nicht mit völlig leeren Händen dastehen.

Er saß an seinem neuen Schreibtisch und dachte nach. Die Einsamkeit in diesem Büro verführte ihn mehr zum Grübeln, als ihm lieb war. Wurde Zeit, dass die Sekretärin zurückkam.

Das Telefon klingelte. Wahrscheinlich wieder ein Verlagslektor oder ein Zeitungsjournalist für den lieben Herrn Roeder! Er würde diese Bande ein für alle Mal abwimmeln!

»Haftanstalt Plötzensee. Zellentrakt für straffällig gewordene Schriftsteller und Kriminalbeamte«, meldete er sich.

»Kling, Sekretariat Zörgiebel.« Die weibliche Stimme am anderen Ende der Leitung hörte sich nicht so an, als habe sie Humor. Dagmar Kling wurde auch Fallbeil genannt und bewachte das Vorzimmer des Polizeipräsidenten wie ein Zerberus. »Kommissar Rath, sind Sie das?«

»Am Apparat.«

»Der Herr Polizeipräsident wünscht Sie in einer halben Stunde zu sehen, Herr Kommissar.«

Rath klopfte pünktlich um neun bei Dagmar Kling an die Tür, doch er musste warten. Das Fallbeil ließ ihn auf einer Bank im Vorzimmer Platz nehmen. Die gepolsterte Tür zu Zörgiebels Büro war geschlossen. Der Polizeipräsident befand sich noch im Gespräch. Das hätte die Kling ihm nicht zu sagen brauchen, trotz der Polsterung drangen Stimmen durch die schwere Tür. Die Sekretärin tippte ungerührt weiter, als ginge sie das alles nichts an.

Dabei konnte man fast jedes Wort verstehen, so laut wurde im Chefzimmer gesprochen. Oder vielmehr: gebrüllt. Der Kommissar tat so, als höre er nicht hin. Er spielte mit seinem Hut und betrachtete die Kupferstiche alter Berliner Motive an den Wänden. Selbst wenn er hätte diskret sein wollen: Die Stimmen waren nicht zu überhören.

»… aber wir tun doch schon alles Menschenmögliche, Herr Polizeipräsident!«

Unverkennbar die Stimme von Oberkommissar Wilhelm Böhm. Der Mann schien ganz schön unter Druck zu stehen, sein Gebell klang beinah verzweifelt.

»Dann reicht das Menschenmögliche offensichtlich nicht!« Zörgiebels Mainzer Singsang. Den kannte Rath noch aus Köln. Je wütender der Mann wurde, desto höher klang seine Stimme. Noch ging die Tonlage als Tenor durch, aber wehe, wenn sie sich in Richtung Alt bewegte oder sich gar zum Sopran überschlug! »Die Presse möchte endlich Ergebnisse sehen! Sie müssen ja nicht gleich den ganzen Fall lösen! Aber irgendetwas Neues werden Sie doch haben, Menschenskinder!«

»Aber nichts, was die Presse zu interessieren hätte, Herr Polizeipräsident. Unzählige kleine Details, vielleicht von Wichtigkeit, vielleicht belanglos. Das kann ich jetzt noch nicht entscheiden. Und der Presse möchte ich diese Entscheidung erst recht nicht überlassen.«

»Sie sind aber dazu da, solche Entscheidungen zu treffen, Herr Oberkommissar! Irgendsoetwas wie eine heiße Spur sollten Sie mittlerweile wenigstens aufweisen können, Herrgott nochmal! Sie können mir doch nicht erzählen, dass Sie allen Hinweisen nachgehen. In welche Richtung ermitteln Sie denn derzeit? Das reicht doch schon, mehr brauchen wir denen gar nicht zu sagen. Die letzte Pressekonferenz in diesem Fall liegt über eine Woche zurück. Ich kann die Herren Journalisten verstehen, dass sie langsam ungeduldig werden. Und wenn wir ihnen nichts bieten, schießen die Spekulationen ins Kraut. So ist das doch immer.«

»Dann müssen sie eben schießen. Mit Verlaub, Herr Polizeipräsident, ich mache hier meine Arbeit und bin nicht der Kasper für die Journaille!«

»Dann machen Sie Ihre Arbeit gefälligst so, dass sie auch Ergebnisse zeitigt, haben wir uns verstanden?«

»Herr Polizeipräsident, ich bin immer noch Recht und Gesetz verpflichtet und nicht den Pressefritzen! Sollen die doch schreiben, was sie wollen. Auf Wiedersehen!«

Die Tür flog auf, und ein puterroter Wilhelm Böhm schoss aus dem Chefzimmer, vorbei an Rath und der immer noch ungerührt tippenden Dagmar Kling. Was für ein Abgang! Aber höchstwahrscheinlich nicht gerade karrierefördernd.

Das Fallbeil unterbrach die Bearbeitung der Schreibmaschine.

»Herr Kommissar«, sagte Dagmar Kling und wies auf die Tür, die immer noch offen stand, »gehen Sie bitte durch. Der Herr Polizeipräsident kann Sie jetzt empfangen.«

Zörgiebel schien sich schnell wieder gefasst zu haben. Er saß hinter seinem Schreibtisch und tat so, als ordne er Papiere. Als Rath eintrat, stand er auf und breitete die Arme aus wie ein Opernsänger.

»Der junge Kommissar Rath!« Zörgiebel streckte ihm seine fleischige Pranke entgegen. »Wie haben Sie sich eingelebt, mein Freund?«

Rath kam sich ein wenig überfallen vor. Ihm wäre es lieber gewesen, der Dicke wäre hinter seinem Schreibtisch sitzen geblieben und hätte seinen Gast auf einem der unbequemen Stühle davor Platz nehmen lassen. Und der Freund des Polizeipräsidenten wollte er schon gar nicht sein.

»Oh, danke«, sagte er. »Berlin ist nicht Köln, aber …«

»Da sagen Sie was! Da sagen Sie was!« Zörgiebel schien diese Binsenweisheit zu gefallen, ohne dass ihn die nähere Erläuterung interessierte.

Das Telefon klingelte. Verärgert hob der Polizeipräsident ab.

»Ich wollte doch nicht gestört werden, Fräulein Kling«, sagte er. »Was?« Er lauschte eine Weile. »Ich habe dem Innenministerium meine Antwort doch schon mitgeteilt: Die Berliner Polizei wird diesen Fall wie jeden anderen auch behandeln. Eine ganz normale Vermisstensache. Die meisten tauchen nach ein paar Tagen wieder auf, als wäre nichts gewesen. Und jetzt stören Sie mich bitte nicht mehr.«

Er legte auf.

»Die sowjetische Botschaft vermisst einen ihrer Mitarbeiter«, sagte er zu Rath. »Und die Kommunisten machen da gleich eine Staatsaktion draus. Dabei möchte ich wetten, dass der Kerl sich nur ein paar schöne Tage – und Nächte – in unserer Stadt gemacht hat und irgendwann ein wenig verkatert wieder vor der Botschaftstür steht. Wäre nicht der Erste, der den Verlockungen des Kapitalismus erliegt.«

Zörgiebel führte Rath zu einer Sitzgruppe. Ziemlich neu, nicht so durchgesessen wie die grünen Ungetüme in Gennats Büro. »Machen Sie es sich gemütlich.«

Gemütlich? Rath setzte sich in einen der beigefarbenen Sessel. Er fühlte sich alles andere als gemütlich. Wenigstens gab es keinen Kuchen. »Danke, Herr Polizeipräsident.«

Zörgiebel bot ihm eine Zigarre an, Rath lehnte ab. Der Polizeipräsident nahm sich selber eine und stellte das Kästchen wieder auf den Tisch. »Und?«, fragte er, während er die Zigarre anzündete. »Wie kommen Sie denn voran mit Ihrem Mordfall?«

Gute Frage, dachte Rath. *Ich weiß, wer's war, aber ich verrat's nicht!* »Die Spuren deuten auf eine Auseinandersetzung in Verbrecherkreisen hin«, sagte er so bürokratisch trocken, wie man es von einem preußischen Beamten nur erwarten konnte.

»Na, das ist doch schon mal was!« Zörgiebel strahlte. Wahrscheinlich erhoffte er sich wenigstens in diesem Fall eine rasche Aufklärung.

»Das Opfer war ein Ganove, Mitglied im Ringverein *Berolina*«, setzte Rath seinen Bericht fort, »die Kugel womöglich ein Querschläger. Könnte also ein Unfall gewesen sein. Oder unser Mann ist in eine Schießerei geraten. An seiner rechten Hand fanden sich Schmauchspuren.« Rath stockte und zuckte mit den Schultern. »Aber mehr wissen wir noch nicht.«

»Mehr wissen Sie nicht? Das ist doch schon eine ganze Menge! Und das in dieser kurzen Zeit! Glauben Sie mir, es gibt Ermittler, die tappen in dichterem Nebel. Und das nach wochenlangen Ermittlungen!«

Der PP schien sich auf Böhm eingeschossen zu haben. Manchmal traf es eben auch die Richtigen, dachte Rath.

»Eine Mordermittlung ist nie einfach, Herr Polizeipräsident.« Er wurde langsam lockerer. Schon mal ein bisschen vorbauen. Der Tag würde kommen, an dem auch Kommissar Rath den Polizeipräsidenten würde enttäuschen müssen. Und er würde bald kommen. Ob Vaters Duzfreund ihn dann immer noch so freundlich empfing?

»Was ist schon einfach?« Zörgiebel machte eine wegwischende Handbewegung. »Hier oben müssen Sie sich mit Politik auseinandersetzen – glauben Sie mir, da beneide ich manchmal den Beamten auf der Straße für seinen harten, aber ehrlichen Dienst.«

Rath zog es vor, das nicht zu kommentieren. Er bezweifelte, ob der Polizeipräsident auch nur eine annähernde Vorstellung davon besaß, wie der Dienst auf der Straße heute aussah. Er zuckte mit den Schultern. »Ich jedenfalls bin froh, wieder einmal in einem Mordfall ermitteln zu dürfen.«

»Das freut mich, mein Lieber, das freut mich!« Zörgiebel wirkte richtig aufgekratzt. »Ich dachte, wir könnten für heute Morgen eine Pressekonferenz einberufen. Was meinen Sie?«

Rath erschrak, ließ sich aber nichts anmerken. »Eine Pressekonferenz?« Er klopfte eine Overstolz aus der Schachtel und zündete sie an. »Meinen Sie, dass das nötig ist, Herr Polizeipräsident? Wir müssen diesen Fall doch nicht an die große Glocke hängen! Wahrscheinlich handelt es sich nur um das Opfer einer Schießerei unter Ganoven.«

»Nicht so bescheiden!« Zörgiebel paffte an seiner Zigarre. »Oder höre ich da etwa Angst vor der Öffentlichkeit aus Ihren Worten? Keine Bange, mein Freund, ich weiß ja, wie übel die Presse Ihnen in Köln mitgespielt hat. Aber dieser Fall bietet Ihnen einen guten Einstieg bei den Berliner Presseleuten, das sollten Sie nutzen, so etwas ist wichtig. Ich werde Ihnen auch zur Seite stehen. Und schließlich …« Er machte eine Kunstpause und zog noch einmal an der Zigarre. Die Luft wurde langsam dicker. »… schließlich war es diesmal ja nicht Ihre Kugel, die in der Leiche steckte, nicht wahr?« Zörgiebel lachte.

Rath konnte dem Humor des Polizeipräsidenten nicht viel abgewinnen. Er lächelte bemüht.

»Also abgemacht«, fuhr Zörgiebel fort, »Punkt elf im kleinen Konferenzsaal. Sehen Sie mal zu, dass Sie Ihre bisherigen Ermittlungserfolge schön sortiert haben bis dahin. Eine Kopie an mich bitte eine halbe Stunde vor Konferenzbeginn. Und vielleicht fällt Ihnen noch etwas ein, wie wir die Bevölkerung um Hilfe bitten könnten. Zeugen gesucht, Sie wissen schon. So was macht sich immer gut. Dann haben Sie die Journaille schon auf Ihrer Seite, wenn Sie die für so etwas einspannen können.«

»Ist es wirklich sinnvoll, dass ich als Mordermittler eine Pressekonferenz abhalte?« Rath inhalierte Zigarettenrauch. »Meine Dienststelle ist die Inspektion E, Herr Polizeipräsident. Ich arbeite nur vorübergehend an einem Mordfall.«

»Mein lieber Rath, dass die Sittenpolizei nicht das Richtige für Sie ist, da sind wir uns ja wohl einig. Die besten Männer brauche ich in der Inspektion A. Machen Sie Ihre Sache gut, und ich werde sehen, was ich für Sie tun kann.«

Rath zog die Augenbrauen hoch und heuchelte Überraschung. Der PP musste nicht wissen, dass die Gerüchteküche längst in Gang gesetzt war. Er drückte seine erst halb gerauchte Zigarette aus und zog das Schreiben aus der Tasche, das er gestern Abend aufgesetzt hatte.

»Darf ich Ihnen das persönlich überreichen, Herr Polizeipräsident? Eigentlich wollte ich es in die Hauspost geben, aber da ich nun ohnehin vom Herrn Polizeipräsidenten empfangen worden bin …«

Zörgiebel blickte irritiert auf den weißen Umschlag. »Was ist das?«

»Eine Bewerbung, Herr Polizeipräsident.«

»Aha.« Der Dicke nickte und nahm den Brief entgegen. Dann

schien er zu verstehen, und ein Lächeln huschte kurz über sein Gesicht. Er sah Rath tief in die Augen.

»Wissen Sie was, junger Freund? Sie sind wahrhaftig ein Sohn Ihres Vaters!«

Ob es richtig gewesen war, sich ausgerechnet jetzt auf Roeders Stelle zu bewerben? Jetzt, wo er an einem Fall arbeitete, von dem von vornherein klar war, dass er ihn zu den nassen Fischen stellen musste? Rath haderte mit sich, als er über die langen Gänge der Burg zurück in Roeders kleines Büro spazierte. Nicht der ideale Augenblick, zugegeben, aber würde es je einen besseren geben? Eine Planstelle in der Inspektion A wurde frei, der Polizeipräsident war ihm wohlgesonnen, jetzt musste er nur noch zeigen, was er draufhatte.

Und genau da lag das Problem.

Er durfte es nicht zeigen.

Ausgerechnet mit dem vermaledeiten Fall Wilczek sollte er auch noch vor die Journaille treten! Der PP brauchte gute Presse wie ein Morphinist den nächsten Schuss. Hoffentlich ließ er sich diesmal nicht wieder zu unüberlegten Versprechungen hinreißen.

Rath war am Ende des Gangs angelangt, sozusagen am Wurmfortsatz der Inspektion A. Die Einsamkeit in Roeders Büro empfing ihn wie einen alten Freund. Eine Schreibmaschine gab es nur im Vorzimmer. Also setzte sich Rath an den verwaisten Sekretärinnenschreibtisch, spannte ein Blatt Papier ein und überlegte.

Die wichtigsten Dinge im Fall Wilczek hatte er glücklicherweise erledigt, vor allem seine größte Sorge, das Projektil, war aus der Welt. Das Ergebnis der Ballistik, das in den nächsten Tagen vorliegen müsste, würde seine These von einem Streit unter Verbrechern mit tödlichem Ausgang, die er gleich vorzutragen gedachte, nur bestätigen. Nun musste er die bisherigen Ermittlungsergebnisse noch zu einer schönen Geschichte verquirlen und die derzeitigen Aktivitäten des Frischlings und der beiden A-Kollegen dort einflechten, und die Presse hätte ihr Futter. *Schießerei im Ganovenmilieu.* So was gehörte im Osten doch zum Alltag. Und die Leser in den wohlbehüteten Vierteln des Westens liebten solche

Geschichten, die ihnen in der Sicherheit ihrer Salons eine kleine Gänsehaut über den Rücken jagten und gleichzeitig bestätigten, was sie schon immer geahnt hatten: dass Berlin es in wirklich jeder Hinsicht durchaus mit Chicago aufnehmen könne.

Die Meute hatte Blut geleckt. In diesem Moment hätte Rath nicht mit dem Polizeipräsidenten tauschen mögen. Beschwichtigend hob Zörgiebel beide Hände, doch seine Versuche, sich des Ansturms zu erwehren, wirkten eher wie eine Geste der Hilflosigkeit.

»Aber meine Herren!«

Die Worte waren kaum zu hören, so viele Fragen wurden ihm entgegengeschleudert. Eine Meute hungriger Pressewölfe umlagerte den Polizeipräsidenten, der gerade vom Podium des kleinen Konferenzsaals trat. Noch einmal hob er die Hände, und für einen Moment schien es, als würde der Geräuschpegel durcheinanderrufender Stimmen tatsächlich ein wenig sinken.

»Aber meine Herren, ich habe Ihre Fragen doch beantwortet!«, sagte Zörgiebel. »Mehr gibt es nicht zu sagen. Nun lassen Sie mich doch bitte gehen, ich habe einen wichtigen Termin.«

Er versuchte, ein paar Schritte zum Ausgang zu gehen, kam jedoch nicht weit, die Meute preschte wieder vor, die Fragen hagelten erneut.

»Wird Berlin wieder unsicherer, Herr Polizeipräsident?«

»Wie kann es sein, dass ein Mörder nach Wochen immer noch frei herumläuft?«

»Die Verbrechen häufen sich – hat die Polizei die Lage noch im Griff?«

»Wird es eine interne Untersuchung der blutigen Maizwischenfälle geben?«

Die Meute ließ nicht locker. Der Polizeipräsident wirkte wie ein Stier, der mitten in ein Wolfsrudel geraten war: Groß und kräftig, aber ohne Chance. Ein Blitzlicht flammte auf, Zörgiebel hielt eine Hand schützend vor sein geblendetes Gesicht. Rath konnte es nicht mehr mit ansehen. Er beschloss, bei seinem Chef Punkte zu sammeln. Er sprang zurück auf das Podest, das er bereits verlassen hatte, und hob die Hände. Es wirkte weniger abwehrend als Zörgiebels Geste, sondern eher so, als ob er wirklich etwas zu sagen hätte.

»Meine Herren, ich bitte Sie!« Es half. Die ersten Reporter drehten sich zu ihm um. »Bitte lassen Sie den Polizeipräsidenten gehen! Wenn Sie Fragen haben, wenden Sie sich bitte an mich!«

Inzwischen hatte Rath so viel Aufmerksamkeit erlangt, dass die Meute von Zörgiebel abließ. Der nutzte die neu gewonnene Freiheit und arbeitete sich weiter zum Ausgang vor. Dort warteten Schupos, die die Aufgabe übernahmen, den Polizeichef unbehelligt aus dem Saal zu bringen. Rath schaute seinem Chef nach, bis der aus dem kleinen Konferenzsaal verschwunden war.

Zörgiebel hatte sich verrechnet. Die Pressekonferenz war zu einem Desaster geworden. Dabei hatte alles ganz harmlos angefangen: Der Polizeipräsident hatte von dem Toten im Beton erzählt und dann an den ermittelnden Kommissar übergeben, Rath hatte nüchtern und sachlich vorgetragen, selbst keine Schlussfolgerungen gezogen, aber die bisherigen Ermittlungsergebnisse so geschildert, dass die Journaille an der Geschichte von einer Schießerei unter Verbrechern gar nicht vorbeikam. Die Meute hatte alles brav geschluckt. So hatte Zörgiebel sich das gedacht: Futter für die hungrige Journaille. Es schien tatsächlich zu funktionieren – bis Rath um Fragen gebeten hatte. Und die Fragen waren gekommen: keine einzige an den ermittelnden Kommissar gerichtet, alle an den Polizeipräsidenten. Keine einzige zum Fall Wilczek, alle zum Fall *Wassermann*. Und schließlich zu den Maiunruhen. Binnen weniger Sekunden war die ganze Konferenz gekippt. Zörgiebel wurde mit genau den Themen konfrontiert, von denen er eigentlich hatte ablenken wollen. Seine ausweichenden Antworten hatten die Reporter nicht beruhigen können, sondern nur noch mehr gereizt, und schließlich hatte er die Konferenz kurzerhand für beendet erklärt.

Da waren sie endgültig über ihn hergefallen.

Und sie standen immer noch da. Nun schauten sie Rath mit erwartungsvollen Gesichtern an. Bis auf vereinzeltes Gemurmel war es ruhig im Saal. Die Meute war wieder halbwegs gezähmt.

»Bitte, meine Herren, stellen Sie Ihre Fragen«, sagte Rath.

Ein Reporter hob sogar die Hand, doch ein weniger gut erzogener Kollege kam ihm zuvor.

»Herr Kommissar, vor über einer Woche hat man uns an dieser Stelle Fotos von einem verstümmelten toten Mann gezeigt, den die Polizei aus dem Landwehrkanal gezogen hat. Wir haben die Fotos brav veröffentlicht, nun haben wir auch ein Recht darauf, über den Fortgang der Ermittlungen informiert zu werden.«

»Genau, es muss doch Ermittlungsfortschritte geben!«

»Richtig! Sie können uns doch nicht einfach …«

Sie schaukelten sich wieder hoch. Rath hob beschwichtigend die Hand.

»Meine Herren«, sagte er, als wieder Ruhe im Saal herrschte. »Ich muss Sie enttäuschen, über diesen Mordfall habe ich keinerlei Kenntnisse. Ich kann Ihnen gerne all Ihre Fragen zum Fall Wilczek beantworten, soweit mir das möglich ist.«

Der Geräuschpegel stieg wieder an, doch es war nur ein kurzes Anschwellen. Rath lächelte freundlich, aber bestimmt in die Runde. Wenn er wollte, konnte er aalglatt sein. Und diese Bande wildgewordener Geschichtenerfinder da unten hatte nichts anderes verdient als einen aalglatten Kriminalkommissar.

»So können Sie uns doch nicht abspeisen!«

»Tut mir leid, mein Herr, aber redlicherweise kann ich Ihnen nur Fragen zu einem Fall beantworten, den ich auch bearbeite. Da muss ich um Ihr Verständnis bitten. Wir wollen doch seriös bleiben!«

Er hörte noch ein paar vereinzelte Protestbekundungen, die sich aber immer mehr zu einem allgemeinen Grummeln vermengten. Die Reporter trollten sich Richtung Tür, der Saal leerte sich immer schneller, als habe man in einer Badewanne den Stöpsel gezogen.

Im Nu waren sie alle verschwunden, die plötzliche Ruhe im Konferenzsaal wirkte gespenstisch. Der Kommissar stieg vom Podium. Ein Mann war an der Tür stehen geblieben. Rath erkannte Berthold Weinert. Der Journalist grinste, als sein Nachbar ihn begrüßte.

»Glückwunsch, Gereon«, sagte er. »So raffiniert bin ich schon lange nicht mehr abgewimmelt worden. Erst schleust du den PP aus dem Saal, dann spielst du den Dummen.«

Rath ging nicht darauf ein. »Bist du nicht politischer Journalist? Seit wann kümmerst du dich um Kriminalfälle?«

»Verbrechen oder Politik, wo ist da der Unterschied? Nein, Scherz beiseite, im Moment bin ich auch Polizeireporter. Man muss flexibel sein in meinem Beruf.«

»Ich habe mich gewundert, dass so viele von euch hier waren.«

»Stimmt, wir sind vor nicht einmal zwei Stunden informiert worden. Eigentlich eine Frechheit, wo ihr doch gestern schon den ganzen Tag an dem Fall gearbeitet habt. Aber da alle Versuche, mehr Informationen über den Toten aus dem Landwehrkanal zu bekommen, in den letzten Tagen blockiert wurden, wollten viele Kollegen wohl die Gelegenheit ergreifen, Zörgiebel noch einmal vor die Flinte zu kriegen.«

»Das ist ihnen ja auch gelungen.«

Weinert zuckte mit den Schultern. »Wie man's nimmt. Letzten Endes sind alle unverrichteter Dinge abgezogen.«

»Sie haben doch jetzt eine richtig schöne Geschichte aus dem Verbrechermilieu. Ich dachte, ihr liebt so was.«

»Du hast dir mit deiner Aktion vorhin nicht gerade Freunde gemacht bei meinen Kollegen«, sagte Weinert.

»Was soll's? Einen Journalisten habe ich ja noch als Freund. Oder?«

Er reichte Weinert die Hand.

»Nennen wir es lieber Geschäftsfreund«, meinte der, bevor er einschlug.

Sie verabschiedeten sich vor dem Konferenzsaal. Weinerts Einladung zum Mittagessen lehnte Rath ab. Er wollte sich nicht ausfragen lassen. Nicht jetzt. Er ging zurück in das kleine Büro. Er musste erst einmal seine Ruhe haben, die neue Lage überdenken.

Der Chef der Berliner Polizei hatte ein Problem. Und genau das könnte zum Karrieresprungbrett für den jungen, hoffnungsvollen Kriminalkommissar Gereon Rath werden. Nach dieser desaströsen Konferenz wusste Rath, dass er weiter an diesem Fall arbeiten musste, auch wenn er nicht zu Böhms Truppe gehörte. Aber immerhin arbeitete er jetzt für die Mordinspektion. Gut, dass er in Roeders Büro seine Ruhe hatte. Und gut auch, dass Wilczek mit der *Berolina* zu tun hatte. So konnte Rath vielleicht eine Verbindung zwischen beiden Fälle konstruieren, die es halbwegs plausibel machte, dass er so viele Informationen über den Fall *Wassermann* zusammengetragen hatte: Im Rahmen seiner Ermittlungen im Fall Wilczek war Kriminalkommissar Gereon Rath auf einen mysteriösen Goldschatz und einen flüchtigen Russen namens Alexej Kardakow gestoßen und konnte so der Mordkommission *Möckernbrücke* den entscheidenden Hinweis in einem Fall geben, an dem sich Oberkommissar Wilhelm Böhm die Zähne ausgebissen hatte.

Das Telefon klingelte, Rath ließ es klingeln. Entweder ein Verleger oder der Polizeipräsident. Der konnte sich später noch bedanken. Es war fast zwölf, Zeit für eine Mittagspause. Die würde er diesmal nicht in der Kantine verbringen, und auch nicht bei Aschinger. Er schaute auf die Uhr. Mit der Bahn bräuchte er keine halbe Stunde bis Schöneberg. Pflegten Musiker nicht gegen Mittag zu frühstücken? Vielleicht könnte er eine Tasse Kaffee abstauben.

»Herr Kommissar! Welch eine Überraschung!«

Ilja Tretschkow machte einen reichlich verschlafenen Eindruck, als er die Tür öffnete. Dennoch hatte der Musiker ihn gleich wiedererkannt. Die Haare des Trompeters standen wirr vom Kopf ab, er trug einen Hausmantel, dessen Stickereien dem Kaiser von Byzanz alle Ehre gemacht hätten. Er gähnte, doch seine Augen flitzten hellwach in ihren Höhlen hin und her.

»Darf ich reinkommen?«, fragte Rath.

»Selbstverständlich.«

Die Wohnung war aufgeräumter, als Rath erwartet hätte. Und größer. Tretschkow schien über mehr Geld zu verfügen als seine ehemalige Sängerin. Er führte ihn in einen kleinen Salon, durch die hellen Gardinen fielen sanfte Sonnenstrahlen. Auf dem Tisch lagen ein paar Notenblätter und ein Bleistift. Tretschkow räumte den Tisch frei.

»Ich habe gerade zu arbeiten begonnen«, sagte er entschuldigend und ging mit dem Papier hinaus. »Trinken Sie etwas?«, fragte er in der Tür.

»Wenn Sie Kaffeewasser aufgesetzt haben …«

»Teewasser.«

Natürlich, der Mann war Russe. »Auch gut«, sagte Rath. Als er allein war, schaute er sich um. Ein schönes Zimmer, alles stand an seinem Platz, Tretschkow schien ein disziplinierter Mann zu sein, kein Bohemien, auch wenn er lange schlief. Rath entdeckte eine Tschaikowsky-Büste auf dem Bücherregal. Auf den Buchrücken waren überwiegend kyrillische Buchstaben zu finden, aber auch ein paar deutsche Namen. Nichts Politisches, soweit Rath das in der Kürze der Zeit beurteilen konnte. Und das Wort *Krasnaja Krepost* war auch nicht darunter, weder in kyrillischen noch in lateinischen Buchstaben. In der Tür klapperte Geschirr, Tretschkow kam mit einem kleinen Tablett zurück, auf dem zwei Teetassen dampften.

»Schon fertig?«, wunderte sich Rath.

»Mit einem Samowar geht das schnell«, meinte Tretschkow, »ein kleines bisschen Heimat versucht sich jeder von uns zu bewahren. Die meisten Russen sind nicht freiwillig in Berlin.«

Er stellte die Tassen auf den Tisch, sie setzten sich.

»Sie müssen mein Aussehen entschuldigen«, sagte Tretschkow, »aber ich habe nicht mit Besuch gerechnet. Meine Freunde wissen, dass ich spät aufstehe. Wenn die Kapelle ein Engagement hat, bin ich meist erst gegen vier zu Hause.«

Rath nahm einen Schluck. Der Tee war sehr stark.

»Was kann ich für Sie tun, Herr Kommissar?« Der Musiker machte denselben Eindruck wie im *Café Europa*: freundlich und kooperativ. Dennoch wurde Rath das Gefühl nicht los, dass der Mann mehr wusste, als er sagte.

»Gräfin Sorokina, Sie erinnern sich?«

Tretschkow nickte. »Selbstverständlich.«

»Ist sie inzwischen wieder aufgetaucht? Oder haben Sie etwas von ihr gehört?«

»Bedaure, nein.«

»Sie haben sich um ihre Wohnung gekümmert?«

»Ich kümmere mich immer noch darum. Ich habe einen Schlüssel. Habe ich Ihnen das nicht gesagt?«

»Ich glaube schon.« Rath machte eine Pause. Was versteckte dieser Mann? Und warum? »Sie haben die Blumen gegossen, nicht wahr?«

Tretschkow nickte.

»Haben Sie auch etwas aus dem Zimmer genommen?«

»Erlauben Sie mal! Ich bin doch kein Dieb!«

Rath beschloss, seine Taktik zu ändern. Er konnte den Musiker ruhig ein wenig in die Mangel nehmen. Anders als bei ihrem ersten Gespräch war er nun immerhin offiziell ein Mitarbeiter der Mordinspektion, da konnte er mehr wagen.

»Herr Tretschkow«, sagte er, »ich unterhalte mich nun zum zweiten Mal mit Ihnen über Frau Sorokina. Und Sie haben mich immer noch nicht gefragt, warum ich die Gräfin überhaupt suche.«

»Nun, ich nehme an, jemand hat sie als vermisst gemeldet.«

Rath schüttelte den Kopf. »Außer Ihnen scheint sie niemand zu vermissen. Und *Sie* waren nicht bei der Polizei. Also gibt es auch keinen Vermisstenfall Sorokina.«

»Aha. Warum also suchen Sie dann nach ihr?« Tretschkows ruhige Art konnte Rath nicht täuschen. Der Mann wurde immer nervöser. Seine Augen verrieten ihn. Es war richtig, auf Angriff umzuschalten. Rath schickte ein paar Worte auf die Reise. Kleine, giftige Pfeile, die nur den einen Zweck hatten: eine Reaktion zu provozieren, mit etwas Glück sogar eine unbedachte.

»Das Gold«, sagte er. Tretschkow setzte sich aufrecht, seine Augen tanzten Charleston. Rath registrierte es zufrieden und schoss den nächsten Pfeil ab. »Sie wissen, wovon ich rede«, fuhr er fort. »Ein Mann musste wegen des Goldes sterben, ein anderer ist verschwunden. Und mit ihm die Gräfin.«

Tretschkow saß weiterhin seelenruhig da, aber mittlerweile wirkte das eher stocksteif. Nur seine Augen bewegten sich noch. »Ich weiß nicht, wovon Sie reden«, sagte er.

Einschüchtern oder den verständnisvollen Bullen spielen? Nein, er musste weitermachen, gleich hatte er ihn. Rath beschloss, die Geduld zu verlieren. Abrupt stand er auf, stützte sich auf den Tisch und beugte sich nach vorne.

»Jetzt hören Sie mir mal zu, Meister!« Rath hatte eine Aggression in seine Stimme gelegt, die wirkte, als halte er sie nur mit Mühe zurück. Die Worte kamen leise, aber effektvoll. Tretschkow wich unwillkürlich ein Stück zurück. »Haben Sie noch nicht gemerkt, dass es an der Zeit ist, mit dem Versteckspiel aufzuhören? Sie sind dabei, sich tief in eine Sache hineinzureiten, die für Sie noch sehr unangenehm werden kann!«

Der Musiker saß wie versteinert. »Ich weiß nicht, was Sie meinen.«

»Nun, das ist doch sehr einfach: Sie haben etwas, das der Polizei in einem Mordfall weiterhelfen könnte, und Sie ziehen es vor zu schweigen. Ich weiß nicht, was Sie sich davon versprechen. Wenn Sie glauben, die Gräfin schwebt in Gefahr, dann sollten Sie mit uns kooperieren. Wir könnten ihr helfen und sie schützen.« Rath ließ seine Worte eine Weile wirken und nahm Tretschkow fest in den Blick. »Sollte sich aber herausstellen, dass Sie hier eine Mörderin decken … Sind Sie sich eigentlich über die Konsequenzen im Klaren?«

»Swetlana eine Mörderin?« Es brach förmlich aus Tretschkow heraus. Er stand ebenfalls auf. »Absurd!«

»Wenn Sie sich da so sicher sind, dann verstehe ich Ihre Haltung nicht.«

»Vielleicht sollten Sie *Ihre* Haltung einmal überdenken, Herr Kommissar!« Der Musiker redete sich in Rage. Na endlich hatte er ihn aus der Reserve gelockt! »Die Polizei kommt in einem Mordfall nicht weiter und schiebt ihn kurzerhand einer Ausländerin in die Schuhe. Einer Ausländerin, die sich aus gutem Grunde inkognito in Ihrem Land aufhält. Glauben Sie im Ernst, dass ich Ihnen da vertrauen könnte? Sie haben Swetlana doch schon verurteilt!«

»Ich verurteile niemanden, das macht der Richter. Aber irgendjemand hat einen Landsmann von Ihnen gefoltert und umgebracht. Ich möchte wissen, wer das war! Und Sie können mir dabei helfen.«

»Einen Landsmann?« Tretschkows Erstaunen wirkte echt. »Was meinen Sie?«

Rath zeigte ihm das Foto des nassen, toten Boris. »Kennen Sie diesen Mann?«

Tretschkow schüttelte energisch den Kopf. »Der? Hat man den nicht vor ein, zwei Wochen aus dem Kanal gefischt? Das ist ein Russe?«

»Ein Bekannter von Alexej Kardakow.«

»Kardakow also!« Schlaff sank Tretschkow auf den Stuhl zurück. »Ich hätte es mir eigentlich denken können!«

»Was denken können?«

»Dass dieser Mann Unglück über Swetlana bringen würde.«

»Die beiden sind ein Paar, nicht wahr?«

Tretschkow nickte. »Sie muss ihn ungefähr ein halbes Jahr, nachdem sie bei mir eingestiegen ist, kennengelernt haben. Und danach war sie plötzlich ein anderer Mensch.«

Weil sie mit ihrem Bandleader nicht mehr ins Bett wollte, vermutete Rath. »Wie meinen Sie das?«, fragte er.

»Sie wurde plötzlich so ernst. Als ich sie kennenlernte, da hatte sie viel mehr gelacht. Ich fürchte, er hat sie mit seinen abstrusen politischen Ideen angesteckt.«

»Für die Sie nicht viel übrig haben …«

»Hören Sie mir auf mit diesen Weltverbesserern! In Russland sehen Sie ja, wohin das führt!«

»Kardakow war Kommunist?«

»Keine Ahnung, wie er das selbst nannte. Die Bolschewiken jedenfalls konnte er nicht ausstehen, da waren wir uns ausnahmsweise alle drei einig. Aber ich habe nie viel mit ihm über Politik gesprochen, da war er unerträglich. Ich habe überhaupt nie viel mit ihm gesprochen.«

»Haben Sie ihn nach dem Verschwinden der Gräfin noch einmal gesehen?«

»Nein.«

»Kam ihr Verschwinden für Sie überraschend?«

»Wie meinen Sie das?«

»Wie ich es gesagt habe: Hat es Sie überrascht, dass Sie plötzlich keine Sängerin mehr hatten, oder haben Sie damit gerechnet?«

Rath spürte, dass er wieder an einen wunden Punkt gerührt hatte. Tretschkow druckste herum. »Sie hat es angekündigt«, sagte er schließlich.

»Und hat Sie gebeten, etwas aus der Wohnung zu holen …«

Der Musiker sah ihn mit großen Augen an. »Woher wissen Sie das?«

»Ich habe mir den Kleiderschrank angesehen. Sie haben etwas aus dem Mantelfutter getrennt und mitgenommen.«

»Ja. Sie hatte mich darum gebeten. Es war vor ungefähr vier Wochen. Sie war zu spät zur Probe gekommen. Ich wollte schon schimpfen, da sah ich ihre Augen. Darin lag solch eine große Angst …«

»Wovor hatte sie Angst?«

»Das hat sie mir nicht gesagt. Sie hat mir nur ihren Wohnungsschlüssel gegeben und mich gebeten, das Futter in ihrem Wintermantel aufzutrennen. Das, was ich darin fände, sollte ich mitnehmen und gut verstecken.«

»Und das haben Sie getan …«

Tretschkow nickte. »Sie ist sofort wieder gegangen, nachdem sie mir den Schlüssel gegeben hatte. Sie hat nicht gesagt wohin, sie hat mir nur Lebewohl gesagt, und ich solle mir besser eine andere Sängerin suchen. Das kommt überhaupt nicht in Frage, habe ich ihr gesagt. Wir warten auf dich! Eine Zeit lang können wir auch ohne Sängerin auftreten.« Er stockte, die Erinnerung schien ihn zu übermannen. »Es war alles so … so seltsam. Sie klang so merkwürdig. Als wäre es ein Abschied für immer. Es hätte mir fast das Herz zerrissen, sie weggehen zu sehen.«

»Aber Sie haben sich um ihr Zimmer gekümmert.«

»Darum hat sie mich gebeten. Ich solle nach dem Rechten sehen, die Blumen gießen. Einfach so tun, als sei sie für eine Weile verreist.«

»Aber das glauben Sie nicht.«

»Ich weiß ehrlich gesagt nicht, was ich glauben soll.«

»Glauben Sie, die Gräfin noch einmal wiederzusehen?«

Tretschkow zuckte die Achseln. Er saß zusammengesunken da wie ein Häufchen Elend. »Ich hoffe es«, sagte er schließlich, »aber ich fürchte das Gegenteil.«

»Hat denn außer Ihnen jemand in den vergangen vier Wochen das Zimmer betreten?«

»Wer denn?«

»Was weiß ich? Die Gräfin selbst, Kardakow, Stalins Spione? Sie haben mir doch gesagt, sie habe Angst gehabt, Sie haben mir erzählt, Stalin sei hinter ihr her.«

»Aber das ist doch nur eine Vermutung ...«

Rath merkte, wie er die Geduld verlor, aber er riss sich zusammen. »Ist Ihnen etwas aufgefallen?«, fragte er ruhig. »Sah das Zimmer bei einem Ihrer Besuche anders aus, als Sie es zurückgelassen hatten? Wurde in den Sachen gewühlt?«

»Woher wissen Sie das schon wieder? Ich hab das Durcheinander doch wieder in Ordnung gebracht. Da lag so gut wie nichts an seinem Platz!«

»Wann war das?«

»Keine Ahnung. Vielleicht eine Woche nach ihrem Verschwinden.«

Rath nickte und machte sich eine Notiz. »Sie haben vorhin gesagt, Gräfin Sorokina als Mörderin zu verdächtigen sei absurd«, sagte er. »Wie sehen Sie das denn bei Kardakow?«

»Der?« Tretschkows Stimme klang verächtlich. »Für seine abstrusen politischen Ideen würde der alles tun. Der würde jeden töten, der seiner ach so gerechten Sache im Weg steht. Sogar sich selbst!«

»Meinen Sie, er könnte die Gräfin auf dem Gewissen haben?«

»Sie meinen ...«

»Ich meine vorerst gar nichts. Aber Kardakow ist verschwunden. Halten Sie so etwas für möglich?«

Tretschkow sagte nichts mehr, aber in seinem Gesicht sah Rath, dass er die schlimmsten Ängste des Musikers ausgesprochen hatte. Er stand auf. Es war Zeit, in die Burg zurückzukehren.

»Gut, Herr Tretschkow, ich möchte Sie nicht länger behelligen. Aber eine Frage müssen Sie mir noch beantworten: Was haben Sie damals in dem Mantelfutter gefunden?«

Der Musiker stand auf und ging zu dem Regal, das Tschaikowsky bewachte. Er kam mit einem Notenheft zurück, das er auf den Tisch legte. Wie Jazz sah das nicht aus. Der Musiker verschwand wieder aus dem Zimmer und kehrte kurz darauf mit einem Messer zurück.

»Ich spiele auch Klassik«, sagte er, als er bemerkte, dass Rath die Noten studierte. Es klang beinahe entschuldigend. »Aber mit Tanzmusik lässt sich in dieser Stadt mehr Geld verdienen.« Er nahm das Messer und trennte den dicken Pappeinband auf. Ein dünner weißer Briefumschlag fiel heraus und landete neben Tretschkows Teetasse.

Der Musiker reichte ihn an den Kommissar weiter.

»Ich habe ihn noch nicht geöffnet«, sagte er nur. »Ich habe es nicht gewagt.«

22

Der Bülowplatz war immer noch eine der schäbigsten Ecken der Stadt. Das Einzige, was er im Übermaß besaß, war Raum. Über die riesige freie Fläche pfiff ein boshafter Wind, dem nur die Volksbühne ein wenig Widerstand entgegensetzte, deren schmuckloser Bau inmitten der leer geräumten Brache wirkte wie ein in der Wüste gestrandeter Dampfer. Vor zwanzig Jahren schon hatte man hier alles abgerissen, die engen, alten Gassen des Scheunenviertels, doch Neubauten ließen bis heute auf sich warten. Das Dreieck rings um die Volksbühne wurde hauptsächlich von Bauzäunen und

Baracken geformt, kleine Holzhütten, in denen Zigaretten, Bier und Brause verkauft wurden, in denen sogar ein Friseur Damen und Herren preiswerte Pariser Haarkünste andiente. Die Wüste zeugte von ehrgeizigen Plänen ehrgeiziger Stadtplaner. Von gescheiterten Plänen. Aber Platz hatte man geschaffen, immerhin. Eine breite Schneise in die verwinkelte Enge des Scheunenviertels geschlagen.

Der Wind trieb eine alte Zeitung vor sich her, als der Oberkommissar den Platz betrat. Es war nach wie vor eine armselige Gegend. Kein Wunder, dass die Kommunisten hier ihre Zentrale hatten, dachte Wilhelm Böhm, als er sich dem Gebäude näherte. Das Liebknechthaus glich einer politischen Litfaßsäule, so dicht war seine Fassade mit Parolen zugepflastert, unterbrochen nur von riesigen Porträts: Lenin, Luxemburg, Liebknecht.

Vor dem Haus waren die Reste einer Kundgebung zu sehen. Ein verlassenes Rednerpult, das gerade abmontiert wurde, weggeworfenes Butterbrotpapier, leere Bierflaschen. Ordentlich waren die Kommunisten nicht gerade.

Zwei Schupos schoben vor der Bretterbude Wache. *Cigaretten zu Originalpreisen* verkündete eine verblasste Werbeschrift auf dem Holz über ihren Köpfen, die rote Farbe war teilweise abgeblättert. Zwei rostige Emailtafeln warben für *Engelhardt Biere* und *Engelhardt Special Hell*. Die Wachen vor dem dunklen Eingang fühlten sich in ihren blauen Uniformen sichtlich unwohl, keine gute Gegend für Männer mit Tschako.

Böhm schaute sich um, als er die Baracke erreichte. Das Mordauto war noch nicht eingetroffen. Er hatte gewusst, dass er zu Fuß schneller sein würde, er hätte doch mit Gräf wetten sollen. Die Baustellen auf dem Alex waren derzeit das schlimmste Verkehrshindernis der Stadt. Auch für ein Polizeiauto.

»Tach«, raunzte Böhm die Schupos an und zeigte seine Marke, »haben doch hoffentlich nichts angefasst.«

»Nein, Herr Oberkommissar. Tatort so wie vorgefunden.«

»Wer hat den Mann denn entdeckt?«

Der ältere Schupo zuckte mit den Schultern. »Keine Ahnung. War ’ne anonyme Meldung per Telefon. Vermute mal ein Penner, der sich gewundert hat, dass da 'ne Leiche in seinem Bett liegt. Oder in seinem Klo.«

»Ein Penner, der die Bullen anruft? Einmal telefonieren, weil der Notruf nischt kostet? Na, vielleicht haben Sie recht. Und dann sind Sie sofort rüber?«

»Was heißt sofort? Wir haben ja auch noch was anderes zu tun.«

»Haben erst das Ende der Kundgebung abgewartet, was?«

Böhm wusste, dass die Blauen den Kommunisten seit den Maizwischenfällen nach Möglichkeit aus dem Weg gingen. Der Schupo wurde bärbeißig.

»Wollense uns Ärger machen, oder wollense 'nen Mordfall aufklären?«

In der Bude war es dunkel, ein strenger Uringeruch lag in der Luft, nur in schmalen Streifen drang Tageslicht ein. Böhm schaltete seine Taschenlampe an. Die Leiche lag gegen die Rückwand gelehnt, den Kopf vornübergebeugt. Ziemlich groß, dünn, blonde Haare. Böhm ging in die Hocke, um das Gesicht zu sehen. Schwierig. Da war kaum noch was zu erkennen. Dort, wo früher einmal die Nase gewesen war, klaffte eine blutende Wunde. Das Blut war dem Mann in den Kragen gelaufen und hatte das Hemd rot gefärbt.

Er hörte draußen den Wagen vorfahren. Dann die Stimme des Schupos: »Der Herr Oberkommissar befindet sich schon am Tatort.«

Gräf erschien in der Tür, den Fotoapparat geschultert.

»Wollen wir hoffen, dass der hier Papiere dabeihat, was, Herr Oberkommissar?«

»Machen Sie keine Witze, machen Sie Fotos. Dann können wir mal nachschauen, was er so im Mantel hat.«

Es dauerte nicht lange, und Blitzlicht erhellte das Dunkel für Sekundenbruchteile.

»Alles im Kasten«, sagte Gräf, als er fertig war. »Aber für Steckbrieffotos reicht's diesmal nicht.«

Das war auch nicht nötig. Der Tote hatte tatsächlich einen Ausweis in der Tasche. Und Böhm wusste mit einem Mal, dass dieser

Fall ein ganz besonderer werden würde. Dass er die Akte *Möckernbrücke* nun zu den nassen Fischen stellen könnte. Der Oberkommissar schaute auf das Passfoto, von dem ihn ein ernstes junges Gesicht anblickte, und atmete schwer.

In seinen Händen hielt er einen Dienstausweis der preußischen Polizei.

Der Brief, den Tretschkow ihm gegeben hatte, war eine Enttäuschung. Bislang hatte Rath nur eines herausbekommen: dass es gar kein Brief war. Das Kuvert hatte ein einziges, dünnes Blatt Papier enthalten, darauf ein Durcheinander aus Buchstaben, über dem er den ganzen Abend gegrübelt hatte, ohne einen Schritt weitergekommen zu sein. Wenigstens keine kyrillischen Buchstaben. Doch verständlicher waren sie darum nicht. Es deutete alles darauf hin, dass es sich um eine verschlüsselte Botschaft handelte, aber Rath hatte nicht einmal ansatzweise herausbekommen, mit welchem Schlüssel dieser Text zu knacken wäre. Kein einziger Anhaltspunkt, nichts, was einen Sinn ergab, nur Buchstaben in verschiedenen Größen, mal mit mehr, mal mit weniger Abstand neben- und untereinander gemalt – ja, die Buchstaben wirkten tatsächlich eher gemalt als geschrieben.

Über dem Papier war er eingeschlafen und erst mitten in der Nacht wieder aufgewacht, in das Licht blinzelnd, das in seinem Zimmer noch brannte. Die ganze rechte Seite seines Kopfes schmerzte von der harten Tischplatte. Notdürftig hatte er sich das Gesicht gewaschen und sich ins Bett geschleppt. Kurz bevor er einschlief, war ihm noch eingefallen, dass er sich wieder nicht bei Charly gemeldet hatte. Das war auch das Erste, an das er beim Aufwachen dachte.

Heute Morgen hatte er es ein paar Mal vom Büro aus versucht, nachdem seine Leute schon unterwegs waren und er wieder allein war, aber natürlich hatte niemand abgenommen. Greta ging wahrscheinlich arbeiten, und Charly dürfte in irgendeinem Hörsaal hocken und Paragraphen büffeln. Egal. Morgen würde sie wieder in der Burg arbeiten.

Und er würden sie siezen.

Das Telefon klingelte. Rath war überrascht, als er hörte, wer dran war. Es war die Stimme von Wilhelm Böhm, die da aus dem Hörer knarzte.

»Sie sollten zum Bülowplatz kommen«, sagte Böhm, »ich bin hier bei einem Ihrer Mitarbeiter, Kriminalassistent Stephan Jänicke.«

»Was soll das? Warum spricht Jänicke nicht selbst mit mir?«

»Wäre schön, wenn er das noch könnte.« Böhm hörte sich diesmal überhaupt nicht wie eine Bulldogge an. Fast hatte Rath den Eindruck, der Dicke seufzte. »Herr Kommissar, ich bin hierher gerufen worden, weil man eine Leiche gefunden hat. Stephan Jänicke ist tot.«

Der Oberkommissar erwartete ihn bereits, als Rath keine zehn Minuten später den Bülowplatz überquerte. Ein großes Aufgebot an Uniformierten bewachte die Stelle, an der sie Jänickes Leiche gefunden hatten, eine schäbige Bretterbude. Ernste Gesichter. Kein flotter Spruch, mit dem sonst am Ort eines Verbrechens das Entsetzen bekämpft wurde. Wenn einer der ihren ermordet wurde, verstand die preußische Polizei keinen Spaß. Aber nicht nur deshalb riegelte eine ganze Hundertschaft den Tatort ab. Auf dem Bülowplatz hatte sich eine immer größer werdende Menschenmenge versammelt, die Parolen skandierte. Die Kommunisten empfanden den Auftritt der Polizei in ihrem Revier offensichtlich als Provokation. »Ar-beiter-mör-der!«, schallte es im Takt, »Zör-giebel-knech-te!«

Böhm begrüßte ihn mit einem Händedruck. So friedlich hatte Rath den Mann noch nie gesehen

»Kommen Sie, Herr Kollege«, sagte der Oberkommissar. »Schwartz kümmert sich gerade um Jänicke. Haben Sie eine Ahnung, warum jemand dem armen Kerl ans Leben wollte? Kann das etwas mit Ihrem aktuellen Fall zu tun haben?«

Rath zuckte die Achseln. Das war genau das, was er befürchtete. Seit er sich am Alexanderplatz auf den Weg gemacht hatte, war ihm dieser Gedanke nicht aus dem Kopf gegangen. Hatte er den Frischling in den Tod geschickt, als er ihn auf die *Mulackritze* angesetzt hatte? Die Kneipe lag nicht weit entfernt. Vielleicht hatte Jänicke dort mehr Staub aufgewirbelt, als dem roten Hugo lieb gewesen war. In diesem Milieu konnte man leicht in ein Wespennest stechen. Selbst wenn man ahnungslos war. Gerade wenn man ahnungslos war.

Rath behielt seine Gedanken für sich, als er Böhm in den Bretterverschlag folgte. Ein Scheinwerfer erhellte die armselige Hütte, an deren Wänden längst verjährte Werbeplakate hingen. An der Rückwand glänzte ein noch feuchter Blutfleck. Darunter hockte ein Mann in einem leichten, hellen Sommermantel am Boden und beugte sich über etwas, das an der Wand lag. Als die beiden Kriminalbeamten eintraten, drehte er sich um. Doktor Schwartz wirkte ernster als sonst. Seinen berüchtigten Humor hatte er heute zu Hause gelassen.

»Ihr Mitarbeiter?«, fragte Schwartz und stand auf. Rath nickte. Er schaute den Mediziner nicht an, er schaute auf das Bündel am Boden. Die hellblonden Haare blutverschmiert, ebenso das Gesicht. Von der Nase war kaum etwas übrig. Hätte er nicht gewusst, wer da lag, er hätte Jänicke nicht wiedererkannt. Was für ein mieser Tod in diesem nach Pisse stinkenden Drecksloch! Der tote Jänicke erinnerte ihn daran, was für einen beschissenen Beruf sie im Grunde doch hatten!

»Muss vor drei, vier Stunden passiert sein«, sagte Schwartz und wischte sich die Hände mit einem weißen Taschentuch ab. »Aufgesetzter Schuss. Da braucht einer nicht besonders gut schießen zu können. Scheint ihm den Lauf förmlich in die Nase geschoben zu haben.«

»Er wurde hier erschossen, oder?«, fragte Rath und zeigte auf den Blutfleck an der Wand.

»Deutet alles darauf hin. Wir müssen natürlich noch untersuchen, ob es wirklich sein Blut ist«, sagte Schwartz.

Rath schüttelte den Kopf. »Die Nase wegschießen«, sagte er. »wer kommt denn auf so eine Idee?«

»Das machen Rattenvereine schon mal mit Verrätern«, meinte

Böhm. »Einfach die Nase wegpusten. Aber die schießen einem normalerweise nicht gleich das Gehirn mit raus.«

»Die Schwarze Reichswehr hat so etwas seinerzeit auch im Repertoire gehabt«, sagte Doktor Schwartz. »Genauso wie die Rotfront. Damals in den wilden Jahren.«

Vielleicht kommen die ja wieder, die wilden Jahre, dachte Rath. »Gibt es eigentlich irgendwelche Zeugen?«, fragte er Böhm.

Der Oberkommissar zuckte seine massigen Schultern. »Keine Ahnung. Noch haben wir keinen. Der, der ihn gefunden hat, hat es vorgezogen, anonym zu bleiben. Aber ich möchte wetten, dass die Schreihälse da draußen mehr wissen. Heute Morgen hatten die Thälmanns eine Kundgebung vorm Liebknechthaus. Vielleicht hat einer von denen was mitbekommen.«

»Oder geschossen.«

»Oder geschossen. Aber es sieht so aus, als habe der junge Kollege seinen Mörder gekannt, so nah hat er ihn an sich herangelassen. Und meines Wissens war Jänicke kein Roter.«

Rath nickte. »Vielleicht haben ihn aber auch zwei festgehalten, und ein Dritter hat geschossen.«

»Lassen wir die Spekulationen. Sammeln wir Anhaltspunkte.« Böhms Stimme klang unwirsch, wieder ganz so, wie Rath es von ihm gewöhnt war. »Sagen Sie mir lieber mal, mit welchen Ermittlungen Sie den Kriminalassistenten betraut hatten. Warum war er überhaupt am Bülowplatz?«

Und Rath erzählte. Vom heiligen Josef und vom roten Hugo und dass er Jänicke auf die *Berolina* angesetzt hatte, um einer möglichen Spur nachzugehen. Diese ganze Farce einer Ermittlung, die er nur inszeniert hatte, um von seiner eigenen Schuld abzulenken. Eine Farce, die plötzlich zum tödlichen Ernst geworden war. Der Oberkommissar hörte schweigend zu.

»Gut, Herr Kommissar«, sagte er schließlich. »Ich denke, ich sollte mir Ihre Akten im Fall Wilczek einmal anschauen. Vielleicht können Sie mir insbesondere die Protokolle der Gespräche, die der Kollege Jänicke geführt hat, gleich mal raussuchen.«

Rath nickte. Es behagte ihm nicht, einen anderen in einem Fall herumschnuppern zu lassen, den er sozusagen als seine Privatsache betrachtete, aber es blieb ihm wohl nichts anderes übrig.

»Und sollte da tatsächlich ein Zusammenhang bestehen«, fuhr Böhm fort, »dann sollten wir auch unsere Ermittlungsgruppen zusammenführen. Selbstverständlich unter meiner Leitung.«

»Wenn die Herren mich entschuldigen wollen …« Doktor Schwartz hob seinen Hut. »Meine Arbeit hier ist erledigt. Alles Weitere erfahren Sie in der Hannoverschen Straße. Ich rufe Sie dann an, Böhm.«

In der engen Barackentür wäre der Gerichtsmediziner beinahe mit einer kräftigen Gestalt zusammengestoßen, die er kurz grüßte. Bruno Wolter kam herein. Der Onkel sah blass und gehetzt aus, als sei er von der Burg bis hierher gerannt. Hatte Böhm also auch in der Inspektion E angerufen. Eigentlich logisch. Wenn ein Polizist ermordet wurde, lag es nahe, dass es etwas mit seinem Dienst zu tun haben könnte. Aber ausgerechnet der Fall König?

»Mein Gott«, stammelte Bruno, als er die Leiche sah. Sein Blick wanderte von Böhm zu Rath, dann hockte er sich zu dem toten Jänicke. So aufgewühlt hatte Rath den Onkel noch nicht erlebt. Eigentlich hatte er ihn immer für einen abgebrühten alten Knochen gehalten. So war das bei vielen Polizisten: Sie wirkten oft nur deswegen kaltblütig, weil sie nichts an sich heranließen. Aber manche Dinge kamen an einen heran, ob man wollte oder nicht. Rath legte dem Kollegen die Hand auf die Schulter.

Sie schwiegen. Draußen brüllten die Kommunisten immer noch ihre Parolen.

»Wenn diese roten Arschlöcher da draußen nicht bald ihre Schnauze halten, dann weiß ich nicht, was passiert«, hörte er Bruno durch die zusammengepressten Zähne sagen.

Die Nachricht vom Tod Stephan Jänickes verbreitete sich in der Burg wie die Druckwelle einer Bombe. Rasend schnell und mit einer verheerenden Wirkung. Die Schuldfrage war für die meisten schon geklärt: Wenn ein Polizeibeamter am Bülowplatz erschossen wurde, dann mussten es einfach Kommunisten gewesen sein.

Eine Aggressivität breitete sich aus, schlimmer noch als die Unsicherheit vor zwei Wochen. Damals hatten viele Kollegen nur Angst gehabt vor einem möglichen kommunistischen Aufstand, jetzt aber drängten Rachegelüste jeden vernünftigen Gedanken beiseite.

Kaum hatte Zörgiebel Böhms Bericht gehört, trommelte der Polizeipräsident alle Kriminalbeamten des gehobenen Dienstes zusammen. Diesmal murrte niemand. Alle wussten schon, um was es ging, noch bevor Zörgiebel überhaupt im Saal war: Dem Fall Jänicke wurde absoluter Vorrang eingeräumt. Zwei Wochen nach den kommunistischen Ausschreitungen dürfe die Polizei nicht zulassen, dass einer der ihren heimtückisch ermordet werde. Zörgiebel machte keinen Hehl daraus, wo die Schuldigen seiner Meinung nach zu suchen wären: unter den Mitgliedern des inzwischen verbotenen Rotfrontkämpferbundes. Damit traf er die Stimmung im Saal genau.

Rath hielt es für bedenklich, noch Öl ins Feuer zu gießen. Der PP ruderte auch gleich wieder zurück und mahnte äußerste Sorgfalt und Zurückhaltung an: »Wir dürfen der Journaille keinen Anlass geben, erneut über die preußische Polizei herzufallen, die doch nur ihre Pflicht erfüllt. Also achten Sie darauf: Gehen Sie äußerst sorgfältig und gewissenhaft vor! Vernehmen Sie alle Personen in diesem Fall grundsätzlich im Beisein eines zweiten Beamten, der auch das Protokoll gegenzeichnet! Damit uns kein Kommunist Verhöre dritten Grades nachsagen kann!«

Verhöre dritten Grades. So nannten sie in der Burg ein Verhör, bei dem die Fäuste zum Zwecke der Wahrheitsfindung eingesetzt wurden.

Böhm sollte wie erwartet die Ermittlungen leiten, alle anderen Mordfälle wurden erst einmal auf Eis gelegt, sämtliche Kapazitäten der Kriminalpolizei sollten auf die Aufklärung des Jänicke-Mordes konzentriert werden. Böhm trat ans Pult, sprach ein paar Takte und verteilte Papiere mit seinen Anweisungen wie ein Lehrer in der Schule die Aufgabenblätter. Außer der Kripo sollte auch die Abteilung IA eingespannt werden. Rath konnte sich nicht vorstellen, dass das auf Böhms Mist gewachsen war. Der Polizeipräsident glaubte offensichtlich wirklich an einen politisch motivierten Mord und wollte das Spitzelsystem der Politischen Polizei einspannen.

Zörgiebel blieb mit Böhm im Konferenzsaal zurück, als die Beamten sich an die Arbeit machten. Draußen warteten schon die Reporter, die der Polizeipräsident eben noch verteufelt hatte. Diesmal würden sie ihn nicht mit ollen Kamellen belästigen, da konnte er sicher sein. Ein Polizist, erschossen am Bülowplatz, während die Kommunisten die Maitoten beklagten, das war auch für die Hauptstadtpresse keine alltägliche Geschichte. Rath registrierte nur wenige feindselige Blicke, und die galten nicht dem Polizeipräsidenten, sondern ihm. Weinert hatte recht behalten, einige nahmen dem Kommissar seinen gestrigen Auftritt übel.

»Blutrünstige Bande«, hörte er Bruno leise neben sich fluchen. Sie drängten sich schnell an den Journalisten vorbei. Draußen auf dem Gang wurden Rath und Wolter von den Kollegen umringt. Weil Jänicke ihr Partner gewesen war, hagelte es Zuspruch von allen Seiten. Einige ließen sich sogar zu Beileidsbekundungen hinreißen, als wäre ein naher Verwandter gestorben. Die meisten aber beteuerten, »die Schweine zu kriegen, die das getan haben«, oder »mal richtig aufzuräumen mit dem Bolschewikenpack«, kurz: Sie schworen blutige Rache. Rath hoffte, der alltägliche Trott würde sie bald wieder auf den Teppich bringen.

Er begleitete Wolter in ihr altes Büro. Die beiden ehemaligen Partner des Toten sollten Jänickes Schreibtisch untersuchen.

»Wer hätte gedacht, dass wir so bald wieder zusammenarbeiten würden«, meinte Bruno.

Rath lächelte gequält. »Ich hätte mir schönere Umstände vorstellen können.«

Rath glaubte eigentlich nicht, etwas Neues zu finden. Er kannte Jänickes Protokolle, die waren alle in der Akte Wilczek abgeheftet. Aber man konnte nie wissen. Der Kriminalassistent hatte seine Schreibarbeiten alle noch im alten Büro erledigt, weil in der Inspektion A kein Platz war. Roeders altes Büro war das eines Einzelkämpfers, bei ihren morgendlichen Besprechungen mit Henning und Czerwinski hatte einer immer auf der Schreibtischkante Platz nehmen müssen, und das, obwohl sie schon einen Stuhl aus dem verwaisten Vorzimmer hereingeholt hatten.

Tatsächlich fanden sie nicht viel in den Schubladen. Ein Ordner, in dem die Dienstvorschriften der preußischen Polizei abgeheftet waren, der Einsatzplan der Aktion *Nachtfalke*, der Sportteil der *Vossischen Zeitung*, ein paar Zettel mit handschriftlichen Notizen zum Fall *König*, ein paar Pornofotos, die Gesichter darauf mit Fettstift eingekringelt – die Abzüge, die sie gemacht hatten, um die Darsteller zu identifizieren.

»Nicht sehr ergiebig«, meinte Bruno, als der Inhalt sämtlicher Schubladen ausgebreitet auf dem Tisch lag.

Rath nickte. Er musste daran denken, dass Jänicke ebenso neu in der Burg war wie er. Aber irgendetwas fehlte. Etwas, das er heute Morgen noch in Jänickes Hand gesehen hatte.

»Hatte Stephan nicht ein schwarzes Notizbuch?«, fragte er Bruno. »Wäre interessant zu wissen, was er da eingetragen hat.«

»Stimmt. Aber das hat er immer eingesteckt, das war sein Allerheiligstes, das lag hier nie rum. Dürfte Böhm eingesackt haben.«

»Wir sollten ihm das aber mitteilen.«

Bruno nickte nachdenklich. »Dann lass uns den Krempel mal in eine Kiste packen und dem Kollegen Böhm zuschicken«, sagte er. »Dazu legen wir einen kleinen Bericht, damit die Mordkommission auch weiß, warum der Kleine Pornos in der Schublade hatte. Sonst kommen die noch auf dumme Gedanken.«

»Kannst du das aufsetzen?«, fragte Rath. »Ich muss für Böhm noch die Akte Wilczek auf den aktuellen Stand bringen.«

»Meinst du, dass sein Tod was damit zu tun hat?«

Rath zuckte die Achseln. »Wenn, dann habe ich ihn auf dem Gewissen. Ich hab ihn ins Scheunenviertel geschickt.«

Bruno legte ihm seine Hand auf die Schulter. »Komm, mach dir keine Vorwürfe. Unser Beruf ist nun mal gefährlich. Und wer sagt, dass es nicht doch die Kommunisten waren?«

»Glaubst du das wirklich?«

»Ich würde es ihnen auf jeden Fall zutrauen. Die Rotfront ist verboten, das heißt aber nicht, dass es sie nicht mehr gibt. Das Verbot hat sie nur in die Ecke gedrängt wie ein wildes Tier. Und wenn man ein Tier in die Ecke drängt, beißt es schon mal zu.«

»Ich wünschte, du hättest recht.«

»Kopf hoch, mein Junge! Schlimm genug, einen Kollegen zu verlieren. Da musst du nicht noch Selbstvorwürfe draufsatteln!«

Schon am Abend berichteten die Zeitungen groß über den Polizistenmord. Rath hatte sich im Bahnhof Alexanderplatz die Abendausgabe des *Tageblatts* besorgt und in der Bahn gelesen. Zörgiebel spannte Jänickes Tod unverblümt für seine Zwecke ein. Geschickt hatte er es vermieden, irgendeinen Verdacht zu äußern, offiziell wurde in alle Richtungen ermittelt. Doch allein wie er den Tatort und die Begleitumstände schilderte, legte dies nur einen Schluss nahe: Ein Polizist war Opfer eines kommunistischen Anschlags geworden.

Die reißerischen Blätter am Zeitungsstand hatten auch entsprechende Schlagzeilen auf ihre Titelseiten geklotzt, zwar als Frage formuliert, aber das dürfte an der Wirkung nichts ändern. Das *Tageblatt* hatte es zwar bei einem einfachen *Polizist ermordet* belassen, doch unter der trockenen Schlagzeile wurden all die Einzelheiten aufgezählt, die Zörgiebel auf der Pressekonferenz verbreitet hatte: dass die Kommunisten heute Morgen in der Nähe des Tatorts zu einer nicht genehmigten politischen Versammlung vor dem Liebknechthaus zusammengekommen waren und dass sich die preußische Polizei noch mittags am Tatort als »Arbeitermörder« hatte beschimpfen lassen müssen.

Bruno hatte recht: Selbstvorwürfe brachten nichts. Jänickes Tod hatte allein der zu verantworten, der ihm eine Pistole auf die Nase gedrückt und den Abzug durchgezogen hatte.

Wie gut er mit seinem alten Chef bedient war, hatte Böhm ihm ungewollt bestätigt, dem er vorhin die Akte Wilczek brachte. Rath hatte ein Blatt mit ein paar Bemerkungen dazugelegt. Ein paar Hinweise, warum er Jänicke im Milieu der *Berolina* hatte ermitteln lassen. Ein bisschen war es auch eine Rechtfertigung vor sich selbst gewesen, als er das niederschrieb.

»Was ist denn das?«, hatte Böhm gefragt und auf das Blatt geschaut, als habe Rath ihm gebrauchtes Toilettenpapier in die Hand gedrückt.

»Ein paar Hinweise zum Verlauf der Ermittlungen …«, setzte Rath an, doch Böhm unterbrach ihn.

»Junger Freund, ich weiß nicht, ob Ihnen das zur Genüge klar ist«, hatte Böhm ihn angeraunzt, »aber *ich* leite hier die Ermittlungen. Und ich brauche niemanden, der mir Hinweise gibt!«

Rath hatte ihm den Ordner auf den Tisch geknallt und war grußlos gegangen.

So ein Arschloch! Noch jetzt regte er sich auf. Hatte er es nötig, sich so behandeln zu lassen?

Böhm sollte andere herumschubsen, wenn ihm das Spaß machte, mit Gereon Rath konnte er solche Spiele nicht treiben. Wenn er an den selbstherrlichen Mordermittler dachte, freute Rath sich immer mehr auf den Tag, an dem er ihn mit dem Fall *Wassermann* bloßstellen konnte. Der war jetzt ohnehin auf Eis gelegt, genau wie der Fall Wilczek. Nasse Fische auf Zeit. Ewig konnte Zörgiebel das nicht durchhalten. Rath glaubte nicht, dass Kriminalrat Gennat einverstanden war, alle Kräfte seiner Inspektion A auf einen einzigen Fall zu konzentrieren. Nun gut, eine Mordermittlung war auch ein Kampf gegen die Zeit; die ersten ein, zwei Tage waren erfahrungsgemäß die wichtigsten, erzielte man in dieser Zeit keinen Durchbruch, hieß das normalerweise, dass sich das Ganze noch über Wochen hinschleppen und zu einer mühseligen Kleinarbeit werden würde.

Der Abend verlief anders, als Rath sich das vorgestellt hatte.

Schon als er in der Nürnberger Straße die Treppe hinaufstieg, sah er den Koffer vor der Wohnungstür stehen. Seinen Koffer. Daneben ein großer, mit Kordel verschnürter Karton. Rath schloss die Wohnungstür auf und hob den Koffer hoch. Überrascht stellte er fest, wie schwer er war.

Elisabeth Behnke musste ihn gehört haben. Sie wartete schon im Flur und schaute ihn an, als habe sie Pausenaufsicht in einer Klosterschule und er gerade auf den Schulhof uriniert.

»Was wollen Sie noch hier?«, fragte sie. »Nehmen Sie Ihre Sachen und gehen!«

Sie siezte ihn wieder. Es schien ernst zu sein. Nur konnte er es nicht ernst nehmen.

»Der Koffer mag vielleicht täuschen, aber ich wollte nicht auf Reisen gehen«, sagte er, »zufällig wohne ich hier.«

»Das glaube ich kaum, Herr Rath.«

»Was sind denn das für Albernheiten?«

»Es ist durchaus nicht albern, wenn ein Mieter gegen die Hausordnung verstößt!«

»Was soll denn das schon wieder?« Rath war sich keiner Schuld bewusst.

»Sie sollten Ihren Mietvertrag genauer lesen! Damenbesuche sind ausdrücklich untersagt und können zur fristlosen Kündigung des Mietverhältnisses führen.«

Daher also wehte der Wind. Aber wieso erst jetzt? Wenn sie Charly gesehen hatte, weshalb hatte sie dann nicht schon letzte Woche Theater gemacht?

»Ich weiß nicht, wovon du … wovon die Rede ist.«

»Spielen Sie mir doch nichts vor, Herr Kommissar!« Sie lachte aggressiv und hysterisch. Es hörte sich wie ein Wiehern an. »Oder ziehen *Sie* so etwas an?« Sie hob einen kunstseidenen Damenstrumpf in die Höhe. Rath erkannte ihn wieder. Den hatte Charly letzten Donnerstag getragen. Wo hatte die Behnke den bloß gefunden?

»Wie kommen Sie dazu, in meinen persönlichen Sachen herumzuschnüffeln?«

»Herumschnüffeln? Ich habe die Betten neu bezogen! Wie jeden Mittwoch! Und das hier steckte in Ihrem Bettbezug. Können Sie mir sagen, wie es da hineingekommen ist?«

»Ich glaube nicht, dass Sie das etwas angeht, meine liebe Frau Behnke!«

Dieser Streit war seit Tagen überfällig. Wie ein Gewitter, das sich endlich entlädt und eine drückende Schwüle beseitigt.

»Es geht mich sehr wohl etwas an, wenn Sie eine Dame mit auf Ihr Zimmer nehmen – trotz des strikten Verbotes!«

»Ich wusste nicht, dass das hier ein Kloster ist!«

»Das ist kein Kloster, Herr Rath, aber das ist *meine* Wohnung! Und wenn Sie sich nicht an *meine* Regeln halten, dann müssen Sie eben die Konsequenzen tragen!«

Rath trug nicht nur die Konsequenzen, sondern auch seinen Koffer. Er stellte das schwere Teil ab.

»Dann ist das also die Kündigung.«

»Ja.« Sie kramte in ihrer Geldbörse und hielt ihm ein paar Scheine entgegen. »Hier.«

»Was ist das?«

»Die Miete, die Sie noch rauskriegen. Sie haben für diese Woche schon bezahlt.«

»Behalten Sie das Geld.« Er machte Anstalten, an ihr vorbeizugehen.

Sie stellte sich ihm in den Weg. »Wo wollen Sie hin?«

»In mein Zimmer.«

»Das ist nicht mehr Ihr Zimmer.«

»Und meine Sachen?«

»Die habe ich bereits gepackt.«

»Dann lassen Sie mich wenigstens von Herrn Weinert Abschied nehmen.«

»Der ist nicht zu Hause. Gehen Sie jetzt bitte!«

»Was für ein Affentheater!« Es hatte keinen Zweck, sich mit einer hysterischen Elisabeth Behnke zu streiten. Er schüttelte den Kopf, nahm den Koffer wieder auf und ging zur Tür.

Als er den schweren Koffer und den sperrigen Karton auf die Nürnberger Straße schleppte, hörte er, wie oben das Fenster aufging. *Sein* Fenster. Elisabeth Behnke schaute hinaus. Geldscheine flatterten auf den Gehweg, ein Damenstrumpf segelte hinterher. Wortlos schlug sie das Fenster wieder zu.

Sie wollte ihm wohl nichts schuldig bleiben.

Er sammelte die Scheine auf, stopfte den Strumpf in die Manteltasche und stellte sich mit seinen Habseligkeiten an den Straßenrand.

Mein Gott, was für ein beschissener Tag!

Er winkte ein Taxi heran.

Bruno staunte nicht schlecht, als Rath wenig später bepackt wie ein Lastesel in Friedenau vor der Tür stand.

»Hast du immer so viel Gepäck dabei, wenn du jemanden besuchst?«

»Lass mich erst mal reinkommen.« Rath klärte ihn auf, als sie kurz darauf im Wohnzimmer der Wolters saßen. Als Emmi Wolter hereinkam und ihnen etwas zu trinken auf den Tisch stellte, unterbrach er seine Geschichte für einen Moment. Bruno schüttelte den Kopf, als er geendet hatte.

»Soll ich mal ein Wort mit Elisabeth reden?«, fragte er. »Vielleicht lässt sich die Sache wieder einrenken.«

Rath wehrte ab. »Nee, lass mal«, sagte er, »ist wahrscheinlich besser so.«

Und das meinte er auch so. Ihr Rausschmiss hatte der peinlichen Komödie der letzten Wochen endlich ein Ende bereitet.

»Ich gehe erst mal ins Hotel, bis ich was Neues gefunden habe«, sagte er. »Kann ich gleich mal telefonieren?«

»Hotel kommt gar nicht in Frage. Du spinnst wohl!« Bruno drehte seinen Kopf zur Seite und rief: »Emmi!«

Emmi Wolter streckte keine drei Sekunden später ihren blonden Kopf durch die Tür.

»Emmi, kannst du das Gästezimmer herrichten? Gereon bleibt ein paar Tage bei uns.«

»Aber gern.« Die treu ergebene Ehefrau verschwand wieder.

Rath protestierte. »Nein, lass mal gut sein, ich will euch keine Umstände machen.«

»Umstände? Von wegen. Ist genug Platz in dieser Wohnung. Und die Speisekammer ist auch voll. Jetzt mach mal kein Theater. Bis zum Wochenende bleibst du bei uns. Wenn du bis nächste

Woche nichts Neues hast, kann ich immer noch anfangen, Miete einzutreiben.«

Bruno hob sein Cognacglas. »So«, sagte er, »und jetzt trinken wir erst mal auf Stephan Jänicke und darauf, dass sein Mörder gefasst wird.« Sie stießen an. Für einen Moment sagte niemand etwas. Beide hingen ihren Gedanken nach.

»Das mit dir und Jänicke, das hätte eine gute Truppe werden können«, sagte Wolter nach einer Weile. »Quatsch«, verbesserte er sich, »das *war* schon eine gute Truppe.«

»Ich hab den Kleinen irgendwie gemocht, auch wenn ich ihn kaum gekannt habe«, meinte Rath.

»Stephan war schon in Ordnung.«

»Wollte mich sogar mal zum Fußball mitnehmen. Aber ich hab abgelehnt.«

»Meinst du, er war einsam?«, fragte Wolter.

»Seine Familie und seine Freunde hat er jedenfalls in Ostpreußen zurückgelassen. Und ob er hier welche hatte …«

»Aber Berlin empfängt doch jeden Neubürger mit offenen Armen!«

»Ja, und mit geballten Fäusten.« Rath musste an seine eigene Ankunft in dieser kalten, fremden Stadt denken.

Wolter grinste. »Dann muss man eben zurückschlagen.« Er trank noch einen Schluck. »Irgendwie komisch«, meinte er plötzlich. »Ich kenne weder Stephans Eltern noch irgendwelche Freunde. Erst jetzt, wo er tot ist, werden wir sie alle kennenlernen.«

»Bei der Beerdigung?«

Wolter nickte.

»Hast du eigentlich genug Leute?«, fragte Rath.

»Brenner sitzt zurzeit bei uns … bei *mir* im Büro. Tja, und am Dienstag kommt Gregor Lanke.«

»Mein Beileid!«

Bruno lächelte gequält. »Danke«, sagte er. »Aber spar dir die Beileidsbekundungen besser für nächste Woche auf. Eine Beisetzung mit Fahnen, Uniformen und Salut. Zörgiebel persönlich will die Trauerrede halten.«

»Ich darf gar nicht daran denken«, sagte Rath. »Wie soll ich Stephans Eltern unter die Augen treten? Hätte ich ihn nicht von dir ausgeliehen für meine kleine Mordkommission, dann wäre er vielleicht noch am Leben.«

»Hör bitte auf damit! Das weißt du doch überhaupt nicht!« Bruno klang verärgert. »Vielleicht war er einfach zur falschen Zeit am falschen Ort. Und der Bülowplatz *ist* ein falscher Ort für einen Polizisten, wenn sich die Kommis da gerade zusammenrotten. Dann ist es auch egal, ob du bei der Sitte arbeitest oder in der Mordinspektion!«

Er war aufgestanden und ging zu einem dunklen Schrank, hinter dessen Glastür sich die Hausbar befand. Mit der Cognacflasche kehrte er zurück.

»Besser, die steht auf dem Tisch«, meinte er.

»Das ist vorsätzliches Besaufen, was wir hier machen.«

Bruno zuckte mit den Schultern und schenkte nach. »Wenn man sich an einem solchen Tag nicht vorsätzlich besaufen soll, wann denn dann?«

Und da hatte er verdammt nochmal auch wieder Recht.

23

Als er am Morgen erwachte, wusste Rath erst nicht, wo er sich befand. Sein Schädel brummte, als er sich aufrichtete. Langsam kam die Erinnerung. Bröckchenweise. Er hatte bei Bruno übernachtet. Sie hatten gesoffen, ihre Trauer über Jänickes Tod in Cognac ertränkt. So hatte er zumindest gedacht. Um dann zu merken, dass es eigentlich gar keine Trauer war, die er empfand, sondern Wut. Wut gepaart mit Angst. Eine Wut, die nicht wusste, auf was sie gerichtet war, eine Angst, die nicht wusste, vor was sie Angst hatte.

Er hoffte, dass er Bruno nicht zu viel erzählt hatte, er konnte sich nicht mehr genau erinnern.

In einer Zimmerecke, direkt neben dem Stuhl, auf den er seine Sachen geworfen hatte, standen sein Koffer und ein großer Pappkarton. Und erinnerten ihn daran, dass die Behnke ihn gestern rausgeworfen hatte. Er hatte kein Zuhause. Allzu lange wollte er den Wolters nicht zur Last zu fallen. Er würde heute auf Wohnungssuche gehen.

Es klopfte an der Zimmertür. Die Stimme von Emmi Wolter. »Herr Rath? Sind Sie wach? Das Frühstück ist fertig.«

Bruno saß bereits am Tisch, als Rath das Speisezimmer betrat. Frisch geduscht, doch immer noch verkatert. Der Duft frisch aufgebrühten Kaffees lag in der Luft. Bruno grinste breit, als er ihn sah. Schien mit einem Kater oder sonstigen Folgen des gestrigen Abends keine nennenswerten Probleme zu haben.

»Gut geschlafen?«, fragte er.

»Der Schlaf war in Ordnung. Nur das Aufwachen macht Probleme.«

»Komm, setz dich, trink einen Kaffee und iss etwas. Dann geht's dir besser.«

Das ließ er sich nicht zweimal sagen. Das Frühstück tat gut. Emmi Wolter kochte noch besseren Kaffee als Elisabeth Behnke.

Sie fuhren mit dem Ford in die Burg, und Rath fühlte sich fast wie in alten Zeiten. Sie redeten nicht viel während der Fahrt, doch Brunos Gegenwart vermittelte ihm das Gefühl, in dieser Stadt nicht allein zu sein. Bruno parkte im Lichthof, und sie gingen zusammen in den kleinen Konferenzsaal. Böhm hatte um acht eine Lagebesprechung im Fall Jänicke angesetzt. Sie waren mit die Ersten im Raum, der sich langsam füllte. Punkt acht kam Böhm. Wie ein Studienrat, der in den Klassenraum rauscht, einen Aktenordner unter den Arm geklemmt. Und dann kam seine Truppe. Rath blieb fast das Herz stehen, als Charly als Letzte den Raum betrat und die Tür schloss. Sie setzte sich vorn aufs Podium an einen Tisch und legte Stift und Papier bereit. Rath merkte, dass er nicht der einzige Mann im Raum war, der auf ihre Beine schielte. Er fühlte einen kleinen Stich von Eifersucht in seiner Brust.

Ob sie ihn bewusst ignorierte? Wenigstens einen kleinen Blick hoffte er von ihr zu erhaschen – vergebens. Sie schaute beinah pausenlos auf ihren Block, und wenn ihre dunklen Augen einmal in den Saal blickten, schienen sie nichts Genaues zu erfassen.

Böhm hatte angefangen, die bisherigen Erkenntnisse zusammenzufassen, Rath hörte kaum hin. Charly spukte in seinem Kopf herum, Charly, Charly, Charly. Die ganze Zeit betrachtete er sie unauffällig aus den Augenwinkeln. Er hatte schon ganz vergessen, wie gut sie aussah. Ihm fiel etwas ein, und er wühlte in seiner Manteltasche, bis er fand, was er suchte. Charlys Strumpf war immer noch da, wo er ihn gestern hingestopft hatte. Er musste lächeln.

Eine plötzliche Unruhe im Saal riss ihn aus seinen Gedanken. Böhm hatte seine Ansprache beendet, Aufbruchstimmung breitete sich aus, Stühle wurden gerückt, die Kollegen unterhielten sich. Vorne wurden Listen verteilt. Jeder, der hinausging, bekam eine. Charly verteilte. Sein Herz klopfte bis zum Hals, als er an ihr vorüberging und sich ihre Hände kurz berührten. Ihr Blick blieb so unnahbar, dass es ihm fast wehtat. Obwohl er wusste, dass sie sich hier nicht um den Hals fallen durften.

»Danke, Fräulein Ritter«, sagte er und ging hinaus.

Fast hätte er vergessen, sich von Bruno zu verabschieden. Der Kollege grinste, als er sich auf den Weg in die Inspektion E machte. Hoffentlich hatte er ihm gestern im Suff nichts erzählt.

Erst als Rath in seinem kleinen Büro saß, schaute er sich den Zettel genauer an. Ein paar Namen waren darauf abgedruckt, keine Ahnung, was er damit sollte. Hätte er mal besser aufgepasst. Aber auch jetzt ging ihm Charly nicht aus dem Kopf. Er versuchte, aus der Namensliste schlau zu werden, die sie ihm in die Hand gedrückt hatte. Alphabetisch geordnet, alle mit demselben Anfangsbuchstaben. I.

Plötzlich klopfte es an der Tür. Er richtete sich auf.

»Ja, bitte.«

»Oberkommissar Böhm möchte Ihnen diese Unterlagen zurückgeben.«

Charly stand in der Tür, lächelte und hielt die Akte Wilczek in der Hand.

»Oh, treten Sie doch näher. Und schließen Sie die Tür.« Sie gehorchte. »Meine Sekretärin ist heute nicht da, deswegen bin ich ganz allein und …«

Aber da war sie schon bei ihm und hatte ihm ihre Lippen auf den Mund gedrückt. Die Akte Wilczek polterte auf die Schreibtischkante und fiel zu Boden.

Nach einem langen Kuss schauten sie sich eine Weile nur schweigend an und hielten ihre Hände. Er hätte in ihren Augen versinken können.

»Tut mir leid, das mit deinem Kollegen«, sagte sie plötzlich.

Er zuckte die Achseln. »Wir haben nun mal einen beschissenen Beruf. Mit einem beschissenen Risiko.«

»Warst du eng mit ihm befreundet?«

»Ich habe ihn eigentlich kaum gekannt. War ein ziemlich wortkarger Zeitgenosse. Ein Ostpreuße.«

»Er war jünger als ich, oder?«

»Zweiundzwanzig.«

»In diesem Land glauben zu viele Leute, ihre Angelegenheiten am besten mit Schusswaffen regeln zu können.«

Er nickte. »Und unsere Aufgabe ist es, ihnen beizubringen, dass das keine Lösung ist. Oder jedenfalls eine, die einen ins Gefängnis bringt.«

Sie schaute sich um. »Hübsch hast du's hier. Noch ein paar Topfpflanzen, und man könnte es fast gemütlich nennen.«

Er zog sie zu sich heran und nahm sie in den Arm. »Wir müssen uns öfter sehen«, flüsterte er ihr ins Ohr. »Ich habe dich vermisst.«

»Wenn du Sehnsucht hast – ich habe Telefon.«

Also doch. Sie hatte es ihm übel genommen.

»Schuldig im Sinne der Anklage«, sagte er. »Aber immer wenn ich mal daran gedacht habe, dich anzurufen, war niemand da. Vielleicht sollte ich dir besser Briefe schreiben.«

»Echte Liebesbriefe!« Sie seufzte theatralisch und drehte die Augen zum Himmel. »Ja bitte! Ich werde mein Telefon abklemmen!«

»Ich fürchte nur, ich bin nicht besonders gut in solchen Dingen. Verhörprotokolle und Berichte, das ist das Einzige, was ich normalerweise schreibe.«

»*Die Notwendigkeit, an Ihrer Person diverse Zärtlichkeiten zur Ausführung gelangen zu lassen, ist nunmehr als unabwendbar zu bezeichnen.* Kein Problem, wenn du so was schreibst. So ein Deutsch höre ich jeden Tag.«

»Ich mag es, wenn du albern bist«, sagte er.

»Albern? Ich bin eigentlich gar kein alberner Mensch. Das macht nur der Übermut.«

Ihm fiel etwas ein. Er ging zum Garderobenständer und holte den Strumpf aus seinem Mantel. »Apropos Übermut«, sagte er und wedelte mit der Kunstseide »Diesem Corpus Delicti verdanke ich eine vorübergehende Obdachlosigkeit.«

Sie schaute ihn an wie ein Auto. Ein schönes Auto.

»Meine Zimmerwirtin hat dies hier beim Bettenüberziehen entdeckt und mir fristlos die Wohnung gekündigt.«

Ihre Augen wurden noch größer. »Nein!?«

»Doch!«

Sie schaute so bestürzt aus der Wäsche, dass er grinsen musste. Ihre Mundwinkel verzogen sich ebenfalls, und mit einem Mal prusteten beide los.

Als sie sich wieder beruhigt hatten, begannen ihre Finger, mit seiner Krawatte zu spielen. »Du, Gereon«, druckste sie herum, »ich muss dir etwas sagen.«

»Was denn?«

»Ich … Nun, du hast dich ja nicht gemeldet. Und da habe ich es gestern mal bei dir probiert. Telefonisch, meine ich. Und … Na, du bist nicht rangegangen, und da hab ich es etwas länger klingeln lassen, und dann … dann ging da schließlich doch jemand ran. Eine Frau.«

Er seufzte. »Eine Frau Behnke …«

»Ja, Behnke. Ich hab nach dir gefragt, und sie hat gesagt, du wohnst nicht bei ihr. Und ich hab gefragt, ob da nicht Nürnberger Straße 28 sei, und da ist sie auf einmal laut geworden und hat wie eine Furie gebrüllt, ich solle es künftig ja nicht wagen, noch einen Fuß in ihr Haus zu setzen, das sei ein anständiges Haus und ich ein Flittchen.«

Rath konnte sich die Szene lebhaft vorstellen. Elisabeth Behnke beim Bettenmachen in seinem Zimmer. Erst entdeckt sie einen Damenstrumpf, und dann ruft dessen Besitzerin auch noch an.

»Und dann?«, fragte er.

Sie zuckte die Achseln. »Ich hab mich so erschrocken, wie die da losgebrüllt hat, dass mir nichts mehr eingefallen ist. Ich hab einfach aufgelegt. Sie hat mich Flittchen genannt, dabei wollte ich dir doch bloß guten Tag sagen!«

»Grrr, dafür sollte ich dich beißen! Du hast mich obdachlos gemacht!«

»Wo schläfst du denn jetzt?«

»Such mich am besten unter der Victoria-Brücke. Aber ich weiß noch nicht, ob ich da bleibe. Berlin hat so viele schöne Brücken, da fällt die Entscheidung schwer.«

»Und ernsthaft?«

»Ernsthaft hat ein Kollege Mitleid mit mir. Im Moment wohne ich bei Bruno Wolter in Friedenau. Damenbesuche sind da aber auch nicht drin. Das hast du nun davon!«

»Ich hätte aber schon Lust, einen kleinen Damenbesuch zu machen«, sagte sie und begann, seine Brust zu streicheln.

»Ich schau mal, irgendwo muss es doch einen Schlüssel für diese Tür geben«, murmelte er und suchte in den Schubladen.

Plötzlich klingelte das Telefon auf dem Schreibtisch. Beide zuckten zusammen. Das zärtliche Gefühl war zum Teufel. Seine Erektion auch.

»Das ist wahrscheinlich Böhm«, sagte sie und bellte los: »*Lassen Sie Ihre schmutzigen Finger von meiner Stenotypistin und machen Sie Ihre Arbeit!*«

Sie gab ihm einen Kuss und ging. In der Tür warf sie ihm noch eine Kusshand zu.

Er ließ den Apparat klingeln, bis sie draußen war, dann holte er noch einmal tief Luft und hob ab. Die Fäuste innerlich hochgenommen, um Böhms Gebell notfalls parieren zu können.

»Rath, Mordkommission.«

»Weinert, Abendblatt. Hallo, Nachbar.« Der Journalist klang bestürzt. »Was muss ich hören? Du bist ausgezogen? Hals über Kopf?«

»Ausziehen ist das falsche Wort. Die Behnke hat mich rausgeschmissen.«

»Warum das? Du hast dich doch nicht erwischen lassen?«

»Ein Strumpf hat sich erwischen lassen. Ein Damenstrumpf in meinem Bett.«

Weinert lachte. »Entschuldige. Aber das ist nicht dein Ernst? Das reicht ihr, um einen vor die Tür zu setzen?«

»Ich würde an deiner Stelle vorsichtig sein. Sag deinen Damen, sie sollen demnächst Herrensocken anziehen, wenn sie dich besuchen.«

»Danke für den Tipp.«

»Gern geschehen. Aber deswegen rufst du doch bestimmt nicht an.«

»Nein, ehrlich gesagt, würde ich mich gerne mal zu einem kleinen Gedankenaustausch mit dir treffen. Eigentlich schon gestern Abend. Aber du kamst ja nicht nach Hause. Hab ich wenigstens gedacht – bis ich merkte, dass die Behnke dazwischengefunkt hat.«

Das passte ihm ganz gut. Mit dem Journalisten musste er sich sowieso noch unterhalten.

»Wann und wo?«

»Sagen wir gleich um zehn im *Moka Efti*? Nähe U-Bahnhof Friedrichstadt. Ist weit genug vom Alex entfernt, dass du keinem Bullen über den Weg läufst, und nah genug an der Kochstraße.«

»*Moka Efti*? Der neue Laden? Ist der nicht ein bisschen teuer?«

»Mach dir keine Sorgen, der Verlag lädt dich ein. Geht alles auf Spesen.«

Weinert wartete schon an einem Tisch, als Rath das *Moka Efti* betrat. Eine Rolltreppe führte in die erste Etage direkt in das Lokal.

Nachmittags begannen hier die Tanzveranstaltungen, die bis tief in die Nacht dauerten und das *Moka Efti* binnen kürzester Zeit zu einer festen Größe im Berliner Nachtleben gemacht hatten. Aber jetzt am Morgen tummelten sich hier überwiegend Einkaufsbummler aus der Leipziger Straße, die nach ihrem Besuch bei Wertheim oder Tietz eine kleine Pause einlegten. Dann noch ein paar Journalisten aus der nahen Kochstraße wie Weinert oder einfach Müßiggänger, die ihre Zeitungslektüre mit einer guten Tasse Kaffee verbinden wollten.

Und der Kaffee war wirklich gut. Schon der Duft machte einen hellwach. Zum Nachspülen hatten sie eine große Flasche Selters bestellt. Rath hatte sich eine Overstolz angezündet und hörte zu.

»Es geht um den toten Polizisten.«

»Du warst nicht auf der Pressekonferenz.«

»Um mir von Zörgiebel wieder irgendeinen Scheiß über blutrünstige Kommunisten erzählen zu lassen? Nein danke!«

»Hat euer Blatt denn gar nichts gebracht?«

»Natürlich! Ein Kollege war da. Hat denselben Mist geschrieben wie die anderen. Nur die kommunistischen Blätter sehen das anders. Für die ist das ein Fememord der Nazis oder der Schwarzen Reichswehr. Aber irgendwie erscheint mir ein politischer Hintergrund mehr als fraglich. Der Tote war doch nicht bei der Politischen Polizei.«

»Nein, der Tote war mein Kollege. Bei der Sitte und auch im Morddezernat.«

»Mein Beileid.«

»Nun hör schon auf, war ja nicht mein Bruder.« Rath zog an seiner Zigarette. »Also: Was willst du wissen?«

»In welche Richtung ihr wirklich ermittelt. Wer hat den Mann auf dem Gewissen?«

»Wäre schön, wenn ich das wüsste. Dann hätte ich einen Fall gelöst und bekäme ein Fleißkärtchen vom Polizeipräsidenten.«

»Nur, wenn du ihm einen Kommunisten anbietest. Zörgiebel hat sich auf die Thälmanns eingeschossen.«

»Ich werd sehen, was ich für dich tun kann. Wir stehen noch

ganz am Anfang der Ermittlungen. Ich kann dir nur sagen, dass wir in alle Richtungen ermitteln. Die kommunistische Spur ist nur eine von vielen.«

»Ruf mich an, wenn du mehr weißt.«

»Wenn du meinen Namen aus dem Spiel lässt. Und wenn du mir einen Gefallen tust.«

»Der Buick steht noch in der Kochstraße.«

»Es geht nicht um das Auto. Ich wollte dir einen Handel vorschlagen. Bei dem könnten weitere Exklusivinformationen für dich herausspringen. Du kannst mir etwas über einen Mann erzählen, der ebenfalls aus der Nürnberger Straße ausgezogen ist.«

»Alexej Kardakow?«

Rath nickte. »Und alles, was du über die *Krasnaja Krepost* weißt.«

Weinerts Augen zuckten für einen kurzen Moment zur Decke, bevor er sprach.

»Die *Rote Festung*? Warum interessiert dich das?«, fragte er.

»Könnte der Schlüssel sein, um einen spektakulären Fall zu knacken. Wenn du mir hilfst, bekommst du exklusive Informationen.«

»Sprich nicht in Rätseln. Was für ein spektakulärer Fall?«

»Der, der Zörgiebel in den Wahnsinn treibt, weil deine Kollegen da so hinterher sind und er keine Antwort weiß. Der Tote aus dem Landwehrkanal.«

»Spektakulär? Das ist vorbei. Spätestens seit gestern. Wir haben jetzt einen toten Polizisten. Das ist spektakulär!«

»Vor ein paar Tagen noch habt ihr den Polizeipräsidenten beinah zerquetscht, weil er keine neuen Informationen zur Leiche aus dem Landwehrkanal herausrücken wollte.«

Weinert lachte. »Mein lieber Gereon, so ist das eben. Journalismus ist ein Tagesgeschäft. Da wird schnell vergessen.«

»Dann musst du eben dafür sorgen, dass man sich wieder erinnert! Ob ein Fall mit fetten Schlagzeilen auf die Titelseite kommt oder ob er auf Seite fünfzehn als Zehnzeiler abgefrühstückt wird, das entscheidet die freie Presse doch immer noch selbst.«

»Wie stellst du dir das vor? Soll ich gegen die ganze Hauptstadtpresse anschreiben und einen Fall hochjubeln, für den sich kein Aas mehr interessiert?«

»Ist nicht genau das der Skandal? Dass der Polizeipräsident alle laufenden Mordermittlungen einfriert, um sämtliche Kapazitäten der Kripo für die Aufklärung des Jänicke-Mordes einsetzen zu können? Ein Unbekannter wird tot aus dem Kanal geholt – nichts passiert. Ein Polizist wird erschossen – und schon legt Zörgiebel ganz andere Maßstäbe an. Wäre doch an der Zeit, so etwas mal kritisch zu durchleuchten.«

Weinert pfiff durch die Zähne. »Du hättest Journalist werden sollen. Oder Politiker.«

Rath hatte gewusst, dass Weinert anbeißen würde. In dem Moment, als er sah, wie der Journalist auf das Stichwort *Krasnaja Krepost* reagierte, hatte er es gewusst. Sie hatten noch eine Runde Kaffee geordert.

»Alexej Kardakow also«, begann Weinert. »Als ich vor anderthalb Jahren ungefähr in die Nürnberger Straße zog, wohnte er schon da. Den hat man als Nachbarn noch seltener zu Gesicht bekommen als dich. Ich hatte immer das Gefühl, dass er uns Deutschen bewusst aus dem Weg geht. Der lebte eigentlich immer noch in Russland. Hatte fast jeden Abend eine kleine russische Kolonie zu Gast. Da ging es dann hoch her.«

»Stimmt, das hat El… das hat Frau Behnke auch erzählt.«

Weinert stutzte nur einen kleinen Moment, dann redete er weiter. »Hätte sie gewusst, dass sich unter ihrem Dach der Kopf der *Roten Festung* trifft, hätte sie wahrscheinlich die Polizei geholt.«

»Kardakow gehört zur Führung der *Roten Festung*?«

»Hätte ich dem Knaben auch nicht zugetraut. Hatte ihn eigentlich immer für einen fleißigen, aber erfolglosen Schriftsteller gehalten. Den ganzen Tag klapperte die Schreibmaschine. Dass er auch Politik macht, habe ich erst vor zwei Monaten erfahren.«

»Kurz bevor er auszog?«

Weinert nickte. »Da kannten wir uns schon ganz gut. Obwohl

es ungefähr ein halbes Jahr gedauert hat, bis ich das erste längere, zusammenhängende Gespräch mit ihm führte. Das Papier war ihm ausgegangen, und er klopfte bei mir an, um sich welches auszuleihen. Da haben wir uns dann ein bisschen unterhalten, eigentlich nur übers Schreiben. Er spricht übrigens ausgezeichnet Deutsch, verfasst aber all seine Texte nur auf Russisch.« Weinert machte eine Pause und trank einen großen Schluck Selterswasser. »Tja, und dann habe ich – irgendwann im März muss das gewesen sein, es war jedenfalls klirrend kalt – zufällig etwas aufgeschnappt. Das erste Mal, seit ich an der Nürnberger Straße wohnte, wurde im Nebenzimmer Deutsch gesprochen. Ich muss zugeben, dass mich das neugierig machte.«

»Du hast das Gespräch belauscht?«

»Was soll ich machen? Neugierde ist meine Berufskrankheit. Außerdem wurde da über interessante Dinge geredet, es ging um Geld und Politik, soweit ich verstehen konnte. Ab und zu wechselten sie ins Russische, aber meist sprachen sie Deutsch, auch wenn einige in der Runde damit ihre Schwierigkeiten hatten. Ich glaube, die Russen hatten einen oder mehrere Deutsche zu Gast und gaben sich Mühe, Deutsch zu reden. Die einzigen russischen Wörter, die immer wieder fielen, waren – *Krasnaja Krepost.*«

»Die *Rote Festung*. Und da wusstest du plötzlich, dass das Kommis sind?«

»Ich hatte keinen blassen Schimmer. Das habe ich alles erst später herausgefunden. Ich habe mir auch nicht viel dabei gedacht. Schien übrigens nicht das erste Treffen zwischen den Russen und den Deutschen zu sein.«

»Was für Deutsche waren das? Politiker?«

»Das habe ich mich auch gefragt. Geschäftsleute, vermute ich. Die Russen haben mit den Deutschen jedenfalls über Prozente geredet, fünfzig Prozent wollten die Deutschen haben, die Russen nur zehn geben. Schließlich haben sie sich bei vierzig getroffen.«

»Die Russen sind jedenfalls keine Geschäftsleute …«

»Als sie aufbrachen, habe ich durchs Schlüsselloch geguckt. Konnte aber nicht allzu viel erkennen. Einer der Männer war eher klein und gedrungen und trug einen teuren Pelzmantel. Sah also wirklich nicht aus wie ein Politiker, und wie ein Kommunist schon gar nicht. Eher wie ein Generaldirektor. Und komischerweise war noch ein Chinese dabei. Ziemlich international, dieser Abend.«

Marlow, schoss es Rath durch den Kopf. Der Mann im Pelzmantel konnte nur Johann Marlow gewesen sein! Marlow und sein chinesischer Schatten in der Nürnberger Straße! Aber warum besuchte die Unterweltgröße einen mickrigen Koksverkäufer, ein kleines Rädchen in seiner Organisation? Nur, wenn das ein lukratives Geschäft versprach. Vierzig Prozent konnten lukrativ sein. Vierzig Prozent von achtzig Millionen Mark!

»Tja«, fuhr Weinert fort, »wie gesagt, Neugierde ist meine Berufskrankheit. Ich wollte wissen, was es mit dieser *Roten Festung* auf sich hat.«

»Und das hat dir Kardakow erzählt?«

»Natürlich nicht. Den habe ich auch gar nicht erst gefragt. Viel zu riskant, wenn der entdeckt hätte, dass ich sein Treffen belauscht habe! Die *Rote Festung* arbeitet im Untergrund! Ich hab schön stillgehalten und anderweitig recherchiert. Da gibt es noch andere Quellen. Und da sind ein paar interessante Sachen zusammengekommen.«

»Die *Rote Festung* will die deutsche Regierung stürzen?«

»Nein, eher die sowjetische.«

»Du machst Witze!«

»Dass sie auf Stalin nicht gut zu sprechen waren, das wusste ich schon seit jenem Märzabend. Da haben die so auf die Moskauer Regierung geschimpft, dass ich eigentlich nicht gedacht hätte, dass da Kommunisten reden. Sind sie aber. Und was für welche. Der Name sagt's ja eigentlich schon. Die *Rote Festung* hält sich für den Hüter der wahren kommunistischen Lehre nach Lenins Tod.«

»Das tun Stalin und Thälmann auch.«

»Das tut so ungefähr jeder Rote. Das ist das Problem der Linken: dass sie sich gegenseitig mehr bekämpfen als ihren gemeinsamen politischen Gegner. *Trotzkist* ist bei den Thälmanns ein schlimmeres Schimpfwort als *Nazi*.«

»Gehört denn Trotzki auch zur *Roten Festung*?«

»Schwer zu sagen. Es gibt solche Gerüchte. Aber er selbst hat sich nie in dieser Richtung geäußert. Vielleicht wartet er aber auch nur ab, bis die *Rote Festung* Erfolg hat, und offenbart sich dann.«

»Und was will die *Rote Festung*?« Erst als er die Frage ausgesprochen hatte, bemerkte Rath, dass er gerade die Überschrift über Weinerts Artikel zitiert hatte.

»Ihr höchstes Ziel ist natürlich die Weltrevolution. Aber erst einmal wollen sie den Sozialismus in der Sowjetunion wieder in die richtigen Bahnen lenken. Und dazu müssen sie natürlich Stalin stürzen.«

»Natürlich. Irre ich mich, oder sind die Brüder ein bisschen größenwahnsinnig?«

»Sie haben nur hochgesteckte Ziele. Dass für einen Staatsstreich nicht nur Idealismus, sondern auch jede Menge Geld nötig ist, das sehen sie offensichtlich ganz realistisch. Ich frage mich nur, wo sie das Geld herbekommen wollen. Welcher Geschäftsmann unterstützt schon Kommunisten? Selbst wenn die gegen andere Kommunisten losschlagen wollen?«

»Ich glaube, diese Antwort kann ich dir geben«, sagte Rath.

Weinert hatte ihm eine ganze Menge erzählt, also spielte auch er, soweit es ihm möglich war, mit offenen Karten. Rath erzählte Weinert alles über seine bisherigen Erkenntnisse im Fall *Wassermann*, die Verbindung Kardakows zur Gräfin Sorokina, über den Goldschatz ihrer Familie, der angeblich aus der Sowjetunion nach Berlin geschmuggelt werden sollte, über Marlow und den Ringverein des roten Hugo, die bei der ganzen Sache eine undurchsichtige Rolle spielten. Allerdings sah Rath nach Weinerts Schilderungen jetzt klarer, was das für eine Rolle sein könnte: Kardakow wollte zusammen mit seiner Freundin das Sorokin-Gold nach Deutschland schmuggeln und für seine hochgesteckten politischen Ziele nutzbar machen. Und Marlow sollte das auffällige Gold, nach dem überdies auch Stalins Leute fahndeten, für die *Rote Festung* in unauffällige Reichsmarkscheine und Kontoauszüge verwandeln. Kardakow hatte seinen Chef als Hehler eingespannt. Für vierzig Prozent.

»Interessant, interessant«, sagte Weinert. »Und warum habt ihr das nicht in der Pressekonferenz verkündet?«

»Weil das die laufenden Ermittlungen gefährdet hätte«, log Rath, ohne näher darauf einzugehen. Das bewährte Totschlagargument, das jeden Journalisten matt setzte.

»Und warum erzählst du es mir?«

»Weil ich dank deiner Hilfe jetzt schon einen gewaltigen Schritt weiter bin. Und weil dies hier ein vertrauliches Gespräch ist. Du darfst diese Informationen noch nicht veröffentlichen! Aber ich verspreche dir, du hast die Geschichte als Erster. Wenn die anderen noch bei der Pressekonferenz sitzen, läuft sie bei euch schon durch die Rotation. In ein oder zwei Tagen kann ich dir grünes Licht geben.«

»Grünes Licht?«

»Wie am Potsdamer Platz: Du hältst dich bereit, und wenn das Signal auf Grün springt, dann gibst du Gas!«

Der Morgen war weit fortgeschritten, als er wieder an seinem Schreibtisch in der Burg saß. Eigentlich war es fast Zeit für die Mittagspause. Auf die würde er heute verzichten. Er hatte noch so viel zu erledigen. Nach einem neuen Zimmer hatte er auch noch nicht geschaut.

Vor allem musste er jetzt sein Bild im Fall *Wassermann* auf den neuesten Stand bringen. Endlich hatte er halbwegs Durchblick. Zwar immer noch keine gerichtsverwertbaren Beweise, aber die zusammenzutragen war ja auch Böhms Aufgabe, nicht seine.

Eine stimmige Theorie konnte er immerhin präsentieren, eine Richtung, in die man weiter ermitteln konnte. Mehr hatte Zörgiebel auch von Böhm nicht verlangt, nur war der es schuldig geblieben. Anders Rath: Er konnte dem Polizeipräsidenten immerhin einen Mordverdächtigen servieren, vielleicht sogar zwei. Zwar nicht auf dem Silbertablett, denn Kardakow und die Gräfin Sorokina waren verschwunden, aber es waren immerhin Namen. Namen, die man zur Fahndung rausgeben konnte. Im Fall *Wassermann* würde sich wieder etwas tun. Zum ersten Mal seit der Spurensicherung, vermutete Rath. Denn alles, was Böhm danach veranstaltet hatte, war nichts als blinder Aktionismus gewesen.

Das Telefon klingelte, Rath nahm ab und meldete sich.

»Wie weit sind Sie mit Ihrer Liste?«, bellte es grußlos aus dem Hörer. Wenn man vom Teufel sprach! Oder nur an ihn dachte!

Böhms Liste! Er hatte sie sich noch nicht einmal richtig angeschaut, geschweige denn wusste er, was er damit überhaupt anstellen sollte.

»Die Liste, Herr Oberkommissar? Nun, ich denke morgen …«

»Morgen? Wie lange brauchen Sie denn, um ein paar Alibis abzufragen? Wollen Sie der Rotfront Zeit lassen, in den Untergrund abzutauchen? Ich möchte Ihren Bericht heute noch auf meinem Tisch sehen, ist das klar?«

»Jawohl, Herr Oberkommissar!«

Rath legte geräuschvoll auf. Dieses Arschloch.

Wenigstens wusste er jetzt, was er zu tun hatte. Böhm hatte sich offensichtlich eine Mitgliederliste des Rotfrontkämpferbundes in der Abteilung IA besorgt und in kleinen Häppchen an die Kollegen verteilt.

Er schaute sich den Zettel an. Sechs Namen, alle begannen sie mit I. Keine Adressen. Er musste erst einmal ins Passamt. Telefon besaß von denen wahrscheinlich keiner. Also würde er rausfahren müssen. In den Wedding und ähnliche unerfreuliche Viertel. Eigentlich hatte er sich den Donnerstagnachmittag anders vorgestellt. Aber wenigstens hätte er während der Fahrt Zeit nachzudenken. Er rief in der Fahrbereitschaft an und ließ sich einen Opel reservieren.

Kurz darauf stand er im Passamt.

»Sie kommen aber spät. Ihre Kollegen waren alle heute Morgen schon da.« Derselbe grauhaarige Passbeamte, der ihm schon einmal auf die Nerven gegangen war. Wenigstens schien ihn der Alte nicht wiederzuerkennen.

»Und ich bin *jetzt* hier! Nun setzen Sie mal Ihre müden Knochen in Bewegung, Mann. Das sind doch nur sechs Adressen.«

»Junger Mann, wie ich meine Arbeit mache, das müssen Sie mir überlassen. Ein wenig mehr Sorgfalt könnte den jungen Leuten heutzutage bei ihrer Arbeit bestimmt auch nicht schaden.«

Der Alte setzte seine Lesebrille auf und stiefelte mit Raths Namensliste zu den Rollschränken. Ungefähr zehnmal verglich er die Namen mit den Karteikarten, die er aus einer Schublade zog. Dann schien er überzeugt, die richtigen Adressen herausgesucht zu haben. Er kehrte zu Rath zurück, der an der Holzschranke stehen geblieben war.

»Hier, bitte schön.« Der Passbeamte legte die Karteikarten auf den Tisch. Rath steckte sie in die Jackentasche und wollte gehen.

»Halt, wo wollen Sie hin?«

»In mein Büro, wenn es Ihnen nichts ausmacht!«

»Sie können die Karten nicht mitnehmen.«

»Nur für ein paar Stunden.«

»Tut mir leid. Die Vorschriften. Sie dürfen sie nur einsehen. Machen Sie sich Notizen.«

Rath zückte seinen Bleistift und sein Notizbuch und fing an, die Adressen zu übertragen. Als er fertig war, zählte er nur fünf. Von wegen Sorgfalt!

»Hey, Sie!«

Der Alte war beleidigt. »Ich bin kein Oberkellner, Herr Kommissar«, protestierte er. »Merken Sie sich das!«

Rath überhörte das. »Sie haben mir nur fünf Adressen rausgesucht«, schimpfte er.

»Natürlich.«

»Auf meiner Liste stehen aber sechs Namen.«

»Aber nur fünf Deutsche, der hier ...«, er zeigte auf den vierten Namen in der Reihe, »... den haben wir hier nicht. Der muss Ausländer sein.«

»Ausländer in der Rotfront?«

»Wieso nicht? Iwanow. Hört sich russisch an, finden Sie nicht? Und rote Russen gibt's doch mehr als genug.«

»Also muss ich ins Passamt für Ausländer?«

»Die Passstelle des Fremdenamtes. Die finden Sie ...«

»... links am Ende des Ganges, Zimmer 152«, ergänzte Rath.

Der Passbeamte schaute ihn mit großen Augen an, die Lesebrille immer noch auf der Nase. Als sich ein Ausdruck des Erkennens in seinem Gesicht breitmachte, war Rath schon verschwunden.

Der Beamte im Zimmer 152 war unkomplizierter und weniger auf das Einhalten sämtlicher Vorschriften bedacht. Besser gelaunt als der Alte war er jedoch auch nicht. Eher schlechter.

Er habe zu tun, raunzte er Rath an, als der sein Anliegen vorgetragen hatte. »Schau'n Se doch selber nach. Können doch wohl noch 'nen Schrank aufmachen, wa?«

Und so stand Rath jetzt vor demselben großen Rollschrank, in dem der Alte vor zwei Wochen die Kartei von Kardakow gefunden hatte. Er konnte der Versuchung nicht widerstehen. Bevor er den Buchstaben I durchging, blätterte er die K-Karteien durch. Vielleicht hatte er inzwischen seinen Personalausweis erneuert … Da hatte er die Kartei. Es war noch alles so, wie es der Alte damals vorgelesen hatte. Als letzte Adresse war die Nürnberger Straße 28 angegeben. Das hieß aber auch, dass Kardakow nun keine gültigen Papiere mehr besaß. Vielleicht brauchte er die nicht länger, weil er inzwischen längst mit gefälschten Papieren und neuem Namen lebte. Rath steckte die Karte zurück. Noch zwei Namen kamen ihm in den Sinn. Russen, mit denen er noch eine Rechnung offen hatte. Die irgendetwas mit Kardakow zu tun haben mussten und deswegen in das Paket gehörten, das er Zörgiebel schnüren wollte. Fallin wohnte in der Yorckstraße, und auch die zweite Adresse lag in Kreuzberg, der Eintrag musste erst kürzlich geändert worden sein. Als Rath klar wurde, was er da las, wäre ihm fast der Stift aus der Hand gefallen.

Vitali Pjotrewitsch Selenskij wohnte am Luisenufer!

Wahrscheinlich im Hinterhaus und mit dem schönen deutschen Namen *Müller* auf dem Türschild. Jetzt war Rath sicher, dass die Muskelrussen zu Kardakow und zur *Roten Festung* gehörten. Wahrscheinlich seine Leibwächter. Und einer abkommandiert zum Schutz der Freundin des Chefs, unter dem Allerweltsnamen Müller in deren Mietshaus eingeschleust. Nicht gerade sehr originell, aber es hatte funktioniert. Bis jetzt.

Er notierte die Adressen. Zwei weitere Steinchen zu einem Mosaik, das zwar längst noch nicht komplett war, aber immer deutlichere Konturen annahm. Es war an der Zeit, sein Wissen mit anderen zu teilen. Er lächelte zufrieden.

Fast hätte er vergessen, die Adresse herauszusuchen, wegen der er eigentlich hergekommen war.

24

Lieber Herr Zörgiebel, vernachlässigt die Berliner Polizei ihre Pflicht? Einige Vorfälle in der jüngsten Vergangenheit geben uns Anlaß, Ihnen diese Frage zu stellen. Die Pflicht der Polizei ist es, Recht und Ordnung aufrechtzuerhalten, Verbrechen aufzuklären und bei all dem Gerechtigkeit walten zu lassen. Wird die Berliner Polizei dieser Aufgabe noch gerecht?

Stellen Sie sich vor, lieber Herr Zörgiebel, Sie sitzen in einem Konzertsaal. Plötzlich stürmt Polizei herein und schießt mit einem Maschinengewehr ins Parkett, weil dort angeblich auch zwei Taschendiebe sitzen. Unverhältnismäßig!, rufen Sie aus? Und doch ist genau dies in Ihrer Stadt geschehen. Nicht in einem Konzertsaal, sondern auf den Straßen, im Wedding, in Neukölln, mitten in Berlin.

Ihre Polizei, deren Aufgabe es ist, für Recht und Ordnung zu sorgen, hat Recht und Ordnung gebrochen. Sie hat den Bürger nicht vor Gewalt geschützt, sie hat Gewalt an ihm ausgeübt.

Sie gaben uns neue Hoffnung, als das Opfer eines Gewaltverbrechens aus dem Landwehrkanal geborgen wurde und Sie uns hoch und heilig versprachen, alles zu tun, daß der Mörder gefaßt wird und sich der Bürger wieder sicher fühlt.

Wenn Sie uns das versprechen, Herr Zörgiebel, warum ziehen Sie dann sämtliche Kräfte von diesen Ermittlungen ab?

Ich sage Ihnen warum: weil ein Polizeibeamter erschossen wurde und die Berliner Polizei ihre ganze Kraft auf diesen Fall konzentriert. Auf Ihre Weisung, Herr Polizeipräsident!

Ein toter Polizist, das ist beklagenswert, wohl wahr! Aber gibt Ihnen das das Recht, mit zweierlei Maß zu messen? Fällt ein ziviles Mordopfer weniger ins Gewicht als eines in Polizeiuniform? Sind alle Menschen, die nicht für Sie arbeiten, Herr Zörgiebel, Menschen zweiter Klasse? Darf die Polizei ihre Pflicht vernachlässigen und unaufgeklärte Fälle einfach liegenlassen, wenn einer der ihren Opfer eines Verbrechens wird?

Weinert hatte seinen Artikel tatsächlich noch in der Abendausgabe unterbringen können. Rath legte die Zeitung zufrieden beiseite. Der Journalist hatte seine Sache gut gemacht. Zörgiebel sturmreif geschossen für einen Besuch: Kriminalkommissar Gereon Rath mit einer guten Nachricht in der Stunde der Not.

Rath hatte sich das *Acht-Uhr-Abendblatt* unten im Foyer besorgt und mit aufs Zimmer genommen. Von seinem Fenster konnte er auf den Askanischen Platz und den nächtlich erleuchteten Anhalter Bahnhof hinausblicken. Im *Excelsior* hatte er auch die ersten Nächte nach seiner Ankunft aus Köln verbracht, bevor er zu Elisabeth Behnke gezogen war. Damals hatte der Anhalter Bahnhof unter einem Panzer aus Schnee und Eis gelegen.

Er schaute auf die Uhr. Schon neun. Sie müsste jeden Augenblick eintreffen.

Er ging ins Bad und schüttete sich mit beiden Händen kaltes Wasser ins Gesicht. Der Mann im Spiegel sah ein wenig abgekämpft aus, aber zufrieden.

Kein Wunder, dass er müde war, der Nachmittag hatte sich nach dem Besuch im Passamt noch ganz schön in die Länge gezogen. Es hatte gedauert, bis Rath alle sechs Namen auf seiner Liste abgeklappert hatte. Vier Adressen hatte er mehrmals aufsuchen müssen, bis er endlich jemanden antraf. Gut, dass er sich einen Wagen besorgt hatte. Drei wohnten im Wedding, zwei in Friedrichshain und einer am Prenzlauer Berg. Keiner in Kreuzberg, wo Rath gerne noch zwei anderen Männern einen Besuch abgestattet hätte. Aber dazu blieb keine Zeit.

Alle sechs Männer auf seiner Liste hatten ein Alibi für den Mittwochmorgen: Sie waren auf der Versammlung vor dem Liebknechthaus gewesen und konnten dafür jeder mindestens ein Dutzend Zeugen benennen – die ebenfalls an der Demonstration teilgenommen hatten. Nicht unbedingt glaubwürdig. Rath konnte sich vorstellen, dass es den Kollegen, die ebenfalls die Alibis ehemaliger Rotfrontkämpfer überprüften, ähnlich erging. Was sollte das bringen? Eine endlose Namensliste mit zweifelhaften Alibis. Zur Aufklärung des Mordes würde das wenig beitragen, und wenn Rath eines hasste, dann waren das lästige Arbeiten, deren Sinn er nicht erkennen konnte.

Hoffte Böhm auf eine unbedachte Reaktion des Täters, wenn die Polizei plötzlich auftauchte und nach einem Alibi bohrte? In Rath keimte ein ganz anderer Verdacht: Das Überprüfen der ehemaligen Rotfrontleute geschah nur Zörgiebel zuliebe, eigentlich ermittelte Böhm in eine ganz andere Richtung! Leute wie Gereon Rath spielten die Deppen für den Polizeipräsidenten, und Wilhelm Böhm wollte sich im Glanz seines Ermittlungserfolges sonnen.

Seinen Bericht hatte Rath kurz und lieblos verfasst. Das häufigste Wort: *dito*. Kein Wunder bei sechs nahezu identischen Aussagen. Wenn er in einer Arbeit keinen Sinn sah, dann erledigte er sie auch entsprechend.

Er hatte noch an der Schreibmaschine in Roeders Vorzimmer gesessen, als Charly hereinkam, um den Bericht abzuholen. Dass sie den Boten spielte, ließ seine Laune wieder nach oben schnellen, auch die Aussicht auf den baldigen Feierabend mit ihr. Das *Excelsior* war riesengroß, solide und nicht zu teuer, also genau das Richtige. Charly hatte seiner Idee zunächst nicht viel abgewinnen können, als er das Zimmer telefonisch reservierte, aber da sie ihn partout nicht mit nach Hause nehmen wollte, blieb ihr keine andere Wahl.

»Wir müssen unsere Beziehung bald mal auf etwas offiziellere Beine stellen, Gereon«, hatte sie gesagt, »so kann das nicht weitergehen. Versteckspielen im Hotel!«

»Ob Zörgiebel uns dann noch in ein und derselben Abteilung arbeiten lässt?«

»Dann gehe ich eben zur Inspektion G, da werde ich sowieso landen, wenn ich Polizistin werden will«, hatte sie gesagt und war mit seinem Bericht verschwunden.

Dann hatte er Bruno angerufen, dass er heute nicht mit nach Friedenau fahren werde. Dass er ins Hotel ging, hatte er ihm nicht gesagt, und erst recht nicht mit wem.

Es war fast acht, als er die Burg endlich verlassen hatte und mit der U-Bahn zum Potsdamer Platz gefahren war. Direkt vor dem *Haus Vaterland* kam er wieder aus dem Untergrund, das nächtliche Berlin empfing ihn mit aufgekratzten Nachtschwärmern und gleißenden Lichtreklamen. Der Fußweg über die Königgrätzer Straße führte am Europahaus vorbei, und er blieb einen Moment vor dem Kino stehen, in das sich gerade die Besucher der Hauptvorstellung drängten. Vor genau einer Woche hatte er hier gestanden und auf Charly gewartet. Und im *Café Europa* hatte er sie zum ersten Mal geküsst. Kinogänger rempelten sich an ihm vorbei und schimpften. Rath machte sich wieder auf den Weg. Das *Excelsior* lag nur wenige Schritte entfernt.

Es klopfte an der Zimmertür. Das musste sie sein. Sein Blick fiel auf das *Abendblatt*, das immer noch aufgeschlagen auf dem Tisch lag. Er faltete die Zeitung zusammen und versteckte sie unter dem Bett. Charly musste das nicht sehen. Irgendwie spürte er ihr gegenüber ein schlechtes Gewissen, das er sich nicht genau erklären konnte.

»Mach bitte auf«, rief sie durch die Tür, »ich hab keine Hand frei!«

Sie strahlte ihn an, als er öffnete. In der Rechten trug sie einen kleinen Koffer, in der Linken ein paar Papiertüten mit aufgedruckten Kaufhausnamen. Sie drückte ihm einen Kuss auf die Wange.

»Diesmal bin ich vorbereitet«, sagte sie. »Ich will nicht noch einmal mit einem Kleid vom Vortag zur Arbeit kommen. Und du …«, sie warf eine Einkaufstüte von Tietz aufs Bett, »… für dich habe ich wenigstens frische Unterwäsche und Socken mitgebracht.« Die nächste Tüte flog aufs Bett. »Ob das Hemd sitzt, weiß ich nicht, deine Kragengröße hab ich geraten. Aber die Krawatte müsste dir stehen, passt jedenfalls gut zu deinem Anzug.«

Er nahm die Tüten vom Bett und staunte. »Nicht schlecht! Soll ich es gleich mal anprobieren?«

Sie hängte das *Nicht-stören*-Schild an die Tür und machte sie zu.

»Anprobieren? Irrtum, Herr Kommissar. Das ist nicht der Zeitpunkt, irgendetwas anzuziehen. Dies ist der Zeitpunkt, etwas auszuziehen!«

Er gehorchte. Doch zuerst kümmerte er sich um sie. Jede Stelle ihres Körpers, die er freilegte, wurde mit Küssen bedacht, ihre Arme, ihre Schultern, ihr schlanker Hals. Als er sie in den Nacken biss, stöhnte sie leise. Sie wollte sich zu ihm umdrehen, ihn küssen, wollte ihn umarmen, doch er bedeutete ihr, still stehen zu bleiben. Er nahm ihr die Schuhe ab und rollte ihre Strümpfe langsam das Bein hinunter, erst den rechten, dann den linken. Als das Kleid von ihren Schultern glitt, hätte er es vor Erregung kaum noch ausgehalten, doch er behielt das langsame Tempo bei. Sie zitterte leicht, als seine Hände ihre Brüste umfassten und sein Mund wieder ihren Nacken erreichte. Erst dann drehte er sie langsam zu sich um. Einen kurzen Moment schauten sie sich in die Augen, sie atmeten heftig.

Und dann fielen sie wie ausgehungert übereinander her.

Danach lagen sie lange Zeit schweißglänzend und schweigend nebeneinander, sie in seinem Arm. Er schaute gedankenverloren an die Decke. So glücklich war er seit ewigen Zeiten nicht gewesen.

Du bist verliebt, mein Lieber, sagte er sich.

Sie hatten sich in dieser Woche viel zu selten gesehen, Charly hatte recht: So konnte das nicht weitergehen. Aber bald würden die Dinge anders aussehen, er hätte einen festen Platz in der Mordinspektion, keine Heimlichkeiten mehr, endlich eine berufliche Perspektive in dieser Stadt. Und eine private. Am liebsten wäre er sofort mit ihr zusammengezogen. Er suchte doch sowieso eine

Wohnung. Na gut, er wollte sie nicht überfallen. Aber mit einer Frau wie Charly an der Seite, das fühlte er jetzt, würde er sich auch in Berlin wohlfühlen können.

»Weißt du eigentlich, was du bist?«, fragte sie plötzlich und streichelte über seine Brust. »Du bist ein Lustverzögerer.«

Er lachte. »Hört sich an wie ein Straftatbestand, lernt man solche Wörter an der juristischen Fakultät?«

»Das ist keine Straftat, das ist etwas sehr Erregendes«, sagte sie.

»Willst du damit etwa andeuten, wir sollten künftig immer eine Woche Pause einlegen?«

»Nein, ganz bestimmt nicht!«

Und diesmal kamen sie direkt zur Sache.

Am nächsten Morgen war er als Erster wach. Es war schön, neben ihr aufzuwachen. Er betrachtete sie eine Weile. Wie friedlich sie dalag. Er streichelte ihr übers Gesicht, leise, um sie nicht aufzuwecken. Dann stand er auf und ging ans Fenster. Regen prasselte auf das gewaltige Dach des Anhalter Bahnhofs. Auf dem Askanischen Platz war dennoch eine Menge los, der Pfingstreiseverkehr hatte begonnen. Regenschirme strömten in den Bahnhof.

Links stieß die Möckernstraße auf die Königgrätzer Straße. Ein paar hundert Meter entfernt führte sie über den Landwehrkanal. Dort war Boris' Leiche gefunden worden.

Heute würde er diese Geschichte beenden. Alles, was er bislang zusammengetragen hatte, dem Polizeipräsidenten so gut wie möglich verkaufen. Dann musste Zörgiebel ihm Roeders Schreibtisch geben. Die Zeit der Heimlichkeiten wäre endlich vorbei.

Weiche Arme schlangen sich um seine Brust. Er hatte sie gar nicht gehört. Ihr warmer Körper schmiegte sich an ihn.

»Scheißwetter, was?«, nuschelte sie schlaftrunken.

»Und wir haben nicht mal einen Regenschirm.«

»Ein Wetter, um den ganzen Tag im Bett liegen zu bleiben.«

»Ich fürchte nur, dass der liebe Wilhelm Böhm das nicht zulässt. Der hat im Moment eine Menge Arbeit zu verteilen.«

»Einmal noch ins Bett«, quengelte sie.

»Was hat Böhm eigentlich mit eurem alten Fall gemacht? Ist der abgeschlossen?«

»Die Akte steht jetzt bei den nassen Fischen. Nun komm.« Sie zog ihn zurück zum Bett.

»He!«, protestierte er. »Was soll das hier werden? Viel mehr als ein Quickie ist nicht mehr drin!«

»Also, alle Achtung! Welch ein Wortschatz! Ich muss schon sagen, man merkt doch, dass sich ein Sittenbulle mit solchen Dingen auskennt …«

Weiter kam sie nicht, er hatte ihr ein Kissen mitten ins Gesicht geworfen.

Obwohl sie aufs Frühstück verzichteten, kamen sie zu spät in die Burg. Es war, als hätten sie die ganze Woche nachholen müssen. Sie trennten sich erst wieder am Bahnhof Alexanderplatz. Während sie schon zum Präsidium hinüberlief, stöberte er noch ein bisschen am Zeitungskiosk. Ein paar Blätter hatten über Nacht reagiert und waren auf den Zug aufgesprungen, den Weinert in Gang gesetzt hatte. Zu viele Journalisten hatten sich zu sehr über Zörgiebel geärgert, als dass sie diese Gelegenheit auslassen konnten, ihm eins auszuwischen. Rath glaubte nicht, dass auch nur ein Einziger die Information, Zörgiebel habe alle anderen Ermittlungen zugunsten des Falles Jänicke eingefroren, überprüft hatte. Sie hatten einfach von Weinert abgeschrieben.

Roeders Büro betrat er nur, um seinen Mantel aufzuhängen, dann machte er sich wieder auf den Weg.

Der Schrank der nassen Fische befand sich in der Zentralkartei für Mordsachen, die Gennat aufgebaut hatte und die er pflegte wie ein Baby. Deswegen hatte er sie auch in einem Raum gleich neben seinem Büro untergebracht; ein großer Raum, dessen Längswände komplett mit Aktenschränken zugestellt waren, in der Mitte befand sich ein Lesetisch mit acht Stühlen, den man auch für kleinere Besprechungen nutzen konnte. Unter dem Fenster stand der Karteischrank, darauf ein Gummibaum, der prächtig gedieh. Wahrscheinlich kümmerte sich Trudchen Steiner darum.

Die Sammlung war nach Todesarten sortiert, nur ein kleiner Schrank war den unaufgeklärten Fällen vorbehalten – daraus sprach das ungebrochene Selbstbewusstsein der Inspektion A mit ihrer hohen Aufklärungsquote. Wie Böhm sich wohl gefühlt hatte, als er die Akte *Möckernbrücke* dort deponierte? Gern stellte kein Mordermittler etwas in diesen Schrank. Bei der Akte Wilczek wäre das etwas anderes, die würde Rath mit Freuden hier abliefern.

Es war nicht nur ein Aktenordner, es waren gleich vier, die Böhm binnen zwei Wochen mit immer neuen Informationen gefüllt hatte.

Ein erstaunliches Missverhältnis von Aufwand und Wirkung. Rath klemmte sich alle vier Ordner unter den Arm. Er musste sie schnell durcharbeiten, bis zum späten Nachmittag wollte er sich in den Fall *Möckernbrücke* vergraben, dann war es an der Zeit, Zörgiebel zu informieren. Während beim *Abendblatt* die Rotation anlief.

Hoffentlich würde Böhm ihn heute in Ruhe lassen.

Diese Hoffnung erfüllte sich nicht. Als er mit den Aktenordnern in Roeders Büro zurückkehrte, lag ein neues Papier auf dem Schreibtisch. Wahrscheinlich hatte Charly das gebracht. Mist, und er war nicht im Büro gewesen!

Wieder sechs Namen. Buchstabe P diesmal. Dann hätten sie das Alphabet ja bald durch! Rath beschloss, die Namensliste zu ignorieren. Mit dem, was er heute vorhatte, würde er Böhm ohnehin den Krieg erklären. Dann würde das hier auch keine Rolle mehr spielen. Er schlug den ersten Ordner auf und machte sich an die Arbeit. Jede Menge Zeugenbefragungen. Wenigstens hatte jemand – wahrscheinlich Böhm höchstpersönlich – die interessanteren Stellen eingekringelt und markiert.

Um zehn rief er Weinert an, dann machte er weiter, auch die Mittagspause arbeitete er durch. Charly ließ sich nicht mehr blicken. Er versuchte, nicht allzu oft an sie zu denken, was gar nicht so einfach war. Einige der Protokolle, die er las, stammten von ihr. Um halb fünf rief er in Zörgiebels Vorzimmer an und bat um ein

Gespräch mit dem Polizeipräsidenten. Dagmar Kling wollte ihm einen Termin nach Pfingsten anbieten.

»Tut mir leid, aber das ist eine dringende Angelegenheit! Ich muss den Polizeipräsidenten heute noch sprechen.«

Das Fallbeil war gnädig. »Mal sehen, was sich machen lässt.«

»Es ist äußerst dringend.«

Keine fünf Minuten später rief Dagmar Kling zurück. »Der Polizeipräsident kann Sie in zwanzig Minuten empfangen. Ich hoffe, Sie haben etwas wirklich Gutes zu erzählen. Er ist heute nicht allzu bester Laune.«

»Glauben Sie mir, ich werde ihn wieder aufheitern.«

Diesmal musste er nicht warten. Das Fallbeil winkte ihn direkt durch.

Zörgiebel machte einen zerknirschten Eindruck. Die Presse heute hatte ihm bestimmt nicht behagt.

»Guten Tag, Herr Polizeipräsident.«

»Guten Tag, Herr Rath, treten Sie doch näher. Was kann ich für Sie tun?«

»Ich hoffe, ich kann etwas für Sie tun, Herr Polizeipräsident. Erinnern Sie sich noch an den toten Mann, den man vor zwei Wochen im Landwehrkanal gefunden hat?«

»Wie sollte ich nicht? Selbst wenn ich es vergessen wollte! Alle erinnern mich ständig daran!«

»Ich glaube, ich habe einen Ansatz gefunden, wie der Fall zu lösen ist.«

Zörgiebel horchte auf, seine Augenbrauen schnellten nach oben.

»Warum wenden Sie sich damit an mich, Kommissar Rath?«, fragte er. »Oberkommissar Böhm hat in diesem Fall die Ermittlungen geleitet.«

»*Hat*, Herr Polizeipräsident, *hat*. Aber dann ist Böhm doch mit dem Fall Jänicke betraut worden. Da dieser Fall momentan Priorität genießt, hielt ich es für das Sinnvollste, mich direkt an den Herrn Polizeipräsidenten zu wenden. Sie mögen dann entscheiden, wie weiter zu verfahren ist. Der Fall steht ja eigentlich schon bei den nassen Fischen.«

Zörgiebel nickte. »Ist vielleicht nicht die schlechteste Idee, dass Sie zu mir gekommen sind. Was haben Sie denn herausgefunden? Und wie sind Sie überhaupt darauf gekommen?«

»Das ist eine komplizierte und lange Geschichte …«

»Fassen Sie sich kurz, mein Freund. Details können Sie dann immer noch in Ihrem Bericht unterbringen. Also, schießen Sie los!«

»Bei dem Toten, den man im Kanal gefunden hat, handelt es sich um einen Russen. Er heißt Boris, den Nachnamen kenne ich nicht. Jedenfalls gehörte er einer kommunistischen Splittergruppe an, die sich *Rote Festung* nennt, oder hat zumindest mit ihr zusammengearbeitet. In ihrem Auftrag schmuggelte er eine große Goldmenge aus der Sowjetunion, das Gold der Adelsfamilie Sorokin.«

Rath beobachtete Zörgiebel. Beim Stichwort Sorokin zeigte der Polizeipräsident keinerlei Reaktion. So bekannt, wie Generalmajor Seegers es ihm hatte weismachen wollen, war die Sache mit dem Gold in Berlin also doch nicht.

»Kopf der *Roten Festung* ist ein Mann namens Alexej Kardakow, den ich dringend des Mordes an Boris verdächtige«, fuhr er fort. Dass der Russe auch Raths Vormieter war, ging Zörgiebel nichts an. »Kardakow ist untergetaucht, ebenso seine Komplizin, Swetlana Gräfin Sorokina, deren Familie das Gold vor den Bolschewiken versteckt hat.«

»Moment, Moment!« Zörgiebel unterbrach ihn. »Ich verstehe nicht ganz. Wieso sollen die den Mann umbringen, der ihnen das Gold bringt?«

»Weil der sich damit aus dem Staub machen wollte. Nach meinen bisherigen Informationen sollte das Geld für die Untergrundarbeit der *Roten Festung* verwendet werden, die damit ihren Kampf finanzieren wollte.«

»Also Waffen?«

»Jedenfalls werden sie mit dem Geld mehr vorgehabt haben, als nur Flugblätter zu drucken. Das Gold ist angeblich 80 Millionen Mark wert.«

»Schwer, jemanden zu finden, der Ihnen so viel Geld hinblättert.«

»Deswegen hatte Kardakow ja schon im Vorfeld Kontakt zu einem Ringverein aufgenommen. So bin ich überhaupt erst auf diese Zusammenhänge gestoßen. Es war die *Berolina*, der Ringverein, dem Josef Wilczek angehörte.«

Zörgiebel machte ein fragendes Gesicht.

»Wilczek, der Tote im Beton«, fuhr Rath fort. »Dessen Verein jedenfalls sollte das Gold für die *Rote Festung* versilbern. Doch weder bei der *Festung* noch bei der *Berolina* ist es offensichtlich jemals angekommen.«

»Und dieser Schmuggler – Boris – soll das Gold unterschlagen haben?«

Rath nickte.

»Und wie hat *der* es dann versilbert?«

»Ich vermute, mit Hilfe eines anderen Ringvereins. Vielleicht hat er auch mit Stalins Leuten gemeinsame Sache gemacht und eine Belohnung kassiert. Da gibt es viele Möglichkeiten.«

»Wie soll denn eine solch immense Menge Gold überhaupt unbemerkt über die Grenze gekommen sein?«

»Auf diese Frage, Herr Polizeipräsident, habe ich auch noch keine Antwort.«

»Stichhaltige Beweise für diese recht abstrus klingende Geschichte haben Sie wahrscheinlich auch nicht, oder?«

»Das ist das Problem, Herr Polizeipräsident. Die Beweislage ist noch sehr mager. Aber wenigstens weiß Oberkommissar Böhm nun, in welche Richtung er weiterermitteln kann. Und wenn man Kardakow erst einmal gefunden hat, dürfte der eine ganze Menge zu erzählen haben.«

Zörgiebel schaute auf die Uhr. »Das ist ärgerlich, Herr Rath, sehr ärgerlich.«

»Ärgerlich, Herr Polizeipräsident?«

»Ein denkbar ungünstiger Zeitpunkt, die Presse zu informieren. In die Abendausgaben schaffen wir es nicht mehr.«

Das ist auch gut so, dachte Rath, *ich stehe bei Weinert im Wort*.

Zörgiebel wirkte nachdenklich. »Zunächst sollten wir eine Fahndung einleiten nach diesem … Wie heißt der?«

»Kardakow.«

»Richtig. Haben Sie denn Beweise, die einen Mordverdacht rechtfertigen?«

»Er ist in jedem Fall von großem Wert für die weiteren Ermittlungen. Wenn nicht als Tatverdächtiger, dann als Zeuge. Ebenso die Gräfin.«

»Gut, dann warten wir noch ein paar Tage ab. Die Presse können wir noch nach Pfingsten informieren.«

Rath musste schlucken. Dann räusperte er sich.

»Ich fürchte, das geht nicht, Herr Polizeipräsident.«

»Wie bitte?«

»Wir sollten die Presse umgehend informieren. Sonst wird die Berliner Polizei in dieser Sache nicht gut aussehen.«

»Ich kann Ihnen nicht ganz folgen.«

»Nun, die Sache ist die … die entscheidenden Informationen für unseren Fall habe ich heute erst von einem Journalisten erhalten, der Kardakow persönlich kannte und über die *Krasnaja Krepost* …«

»Über wen?«

»… über die *Rote Festung* recherchiert hat. Einiges von dem, was ich Ihnen soeben erzählt habe, vor allem die Sachen über die *Rote Festung* und das Sorokin-Gold, das wird heute noch im *Abendblatt* stehen.«

»Ausgerechnet in diesem Hetzblatt.«

»Deswegen hielt ich es für meine Pflicht, den Herrn Polizeipräsidenten umgehend zu informieren.«

»Ja, Sie haben ja Recht, Sie haben ja Recht.« Zörgiebel wedelte unwirsch mit seinen dicken Händen durch die Luft. »Und Sie konnten diesen Schmierfinken nicht davon abhalten …«

»Leider nein, Herr Polizeipräsident. Der Herr berief sich auf die Pressefreiheit und war der Ansicht, er habe seine Schuldigkeit getan, indem er mich – als Polizeibeamten – informierte.« Rath griff in sein Jackett. »Immerhin hat er mir diese Bilder zur Verfügung gestellt, die hier zeigen Kardakow, und das hier ist die Gräfin, sie hat unter falschem Namen als Sängerin gearbeitet.«

Zörgiebel schaute sich die Bilder an und dachte nach, das massige Kinn in die Hand gestützt.

»Wenn wir als Berliner Polizei mit dieser Geschichte heute schon an die Presse gehen, müssen wir sehr vorsichtig zu Werke gehen, das ist Ihnen hoffentlich klar. Viel zu viele Spekulationen.«

»Natürlich, Herr Polizeipräsident. Aber einen Durchbruch in den Ermittlungen können wir auf jeden Fall vermelden.«

»Gut, ich werde die Sache mit Gennat und Böhm besprechen und alles Nötige in die Wege leiten. Sie sollten bei diesem Gespräch zugegen sein, Herr Kommissar.« Er griff zum Haustelefon. »Dagmar? Bestellen Sie mir doch mal Gennat und Böhm hierher. Sagen wir, in zehn Minuten. Und informieren Sie die Presse. In einer Stunde lade ich zu einer Pressekonferenz.«

Er legte auf, kramte eine Zigarre aus der Kiste auf seinem Schreibtisch und bot Rath ebenfalls eine an. Der lehnte ab. Schlimm genug, gleich Böhm gegenüberzusitzen, mit einer Zigarre im Mundwinkel wäre er sich da reichlich blöd vorgekommen. Er klopfte eine Overstolz aus der roten Packung.

»Ich rauche lieber Zigarette, wenn Herr Polizeipräsident gestatten.«

Zörgiebel beugte sich tatsächlich nach vorne und gab ihm Feuer.

»Mein lieber Rath, nicht dass mich Ihre Erkenntnisse nicht freuen. Aber eigentlich hätten Sie damit zu Böhm gehen müssen! Seit wann wissen Sie denn, dass dieser Ringverein in so einem großen Ding mitmischt?«

»Die Zusammenhänge sind mir tatsächlich heute erst klar geworden, Herr Polizeipräsident, nach dem Gespräch mit besagtem Journalisten. Dann habe ich umgehend um diesen Termin gebeten.«

»Welcher Journalist ist das eigentlich?«

»Ich musste ihm absolute Vertraulichkeit zusichern. Der Artikel wird unter Pseudonym erscheinen. Es ist nicht ungefährlich, solche Geheimnisse preiszugeben.«

»Wird er denn als Zeuge zur Verfügung stehen?«

Rath zuckte die Achseln. Er kramte einen Zettel aus der Tasche und legte ihn auf den Tisch. »Und dann habe ich hier noch die Adressen von zwei Russen, höchstwahrscheinlich Mitarbeiter von Kardakow, die könnten uns auf seine Fährte führen.«

Zörgiebel nahm den Zettel und räusperte sich. Man sah ihm an, dass er einen harten Tag hinter sich hatte.

»Ich bin Ihnen zu großem Dank verpflichtet, Herr Rath«, sagte er. »Ein Durchbruch in diesen Ermittlungen war längst überfällig.«

»Ich tue nur meine Pflicht, Herr Polizeipräsident.« *Bescheidenheit ist eine Zier*, dachte Rath, doch Zörgiebel hörte diesen Satz wohl nicht zum ersten Mal und wusste ihn zu interpretieren.

»Dass ich Sie nicht befördern kann, das ist Ihnen klar, nicht wahr, Herr Rath?«, entgegnete er. »Selbst wenn Sie es schaffen sollten, Stalin persönlich hinter Gitter zu bringen. Das Innenministerium hat eine Beförderungssperre verhängt.«

»Ich weiß, Herr Polizeipräsident.«

»Also, was wollen Sie?«

»Ein eigenes Büro mit meinem Namen an der Tür. Und endlich eine Sekretärin.«

Zörgiebel lächelte. »Gut, Herr Kommissar! Ich denke, das lässt sich einrichten.«

»Danke, Herr Polizeipräsident.«

»Wenn ich Ihnen einen guten Rat geben darf, mein Lieber: Spannen Sie über Pfingsten erst mal aus. Sie haben ja eine Menge Überstunden angesammelt.«

»Und die Ermittlungen? Böhm braucht doch jeden Mann!«

»Ich an Ihrer Stelle würde froh sein, dem Oberkommissar erst einmal aus dem Weg gehen zu können. Die Begegnung gleich wird schlimm genug. Und ich kann Ihnen nicht garantieren, dass Böhm sich zusammenreißen wird, nur weil ich mich im Raum befinde. Sie haben hinter seinem Rücken heimliche Ermittlungen angestellt, das können Sie drehen und wenden, wie Sie wollen. Wenn Sie Glück haben, hat er sich bis Dienstag wieder halbwegs beruhigt.« Zörgiebel schüttelte den Kopf. »Mein lieber Rath, eines sollten Sie sich merken: Wenn Sie auf Kosten anderer Karriere machen, dann schaffen Sie sich Feinde. Es ist eine alte Weisheit, dass man sich im Leben immer zweimal begegnet. Und Oberkommissar Böhm, das verspreche ich Ihnen, wird Ihnen noch häufiger über den Weg laufen. Häufiger als zweimal.«

Die Pressekonferenz verlief bestens. Zörgiebel stellte Rath als den Mann vor, dem der entscheidende Durchbruch in der Mordkommission *Möckernbrücke* gelungen sei. Dass Rath gar nicht zu dieser Mordkommission gehörte, dass sie zwischenzeitlich sogar aufgelöst worden war, das verschwieg er freilich. Es sollte so aussehen, als habe die Presse den armen Zörgiebel und die Berliner Polizei vollkommen zu Unrecht verdächtigt, alles stehen und liegen zu lassen, nur um die Aufklärung eines Polizistenmordes zu forcieren. Der Polizeipräsident wurde denn auch nicht müde, seiner Empörung über diese Unterstellungen Ausdruck zu verleihen. »Aber, meine Herren«, schickte er hinterher, »Sie haben ja nun Gelegenheit, Ihren Irrtum wieder gutzumachen.«

Rath hatte Charly zunächst gar nicht gesehen, aber sie musste schon länger da neben der Tür gestanden haben. Mit skeptischem Blick, die Arme vor der Brust verschränkt, sah sie sich das Spektakel an. Ob Böhm sie hierhin geschickt hatte? Der Oberkommissar war der Pressekonferenz ferngeblieben, obwohl Zörgiebel ihn eigentlich sogar mit aufs Podium hatte nehmen wollen. Doch bei ihrer kurzen Besprechung vorhin in Zörgiebels Büro war der Mordermittler wutentbrannt und türenschlagend hinausgerannt. Solche Abgänge hatte er offenbar öfters. Aber auch Gennat war nicht mitgekommen, für ihn waren die Informationen zu dünn, um damit an die Presse zu gehen, und das hatte er Zörgiebel unverblümt gesagt.

So hatte der Polizeipräsident die Veranstaltung allein mit Rath bestritten, nachdem sie sich darüber geeinigt hatten, welche Informationen sie überhaupt herausgeben wollten. Der Journaille schien es zu reichen. Die Reporter schrieben fleißig mit.

Charly blieb noch an der Tür stehen, als die Konferenz vorüber war und die Reporter an ihr vorbei auf den Gang drängten. Eigentlich war Eile nicht mehr vonnöten, die Abendausgaben sämtlicher Blätter waren seit wenigen Minuten im Verkauf, und ein Extrablatt gab die Nachricht auch nicht her. Charly blieb stehen, bis die ganze Meute an ihr vorüber war und Rath mit Zörgiebel als Letzter den Saal verließ. Sie grüßte den Polizeipräsidenten höflich, ihn hingegen schaute sie feindselig an. Rath schob es auf ihre Vereinbarung, sich in der Burg nicht wie ein Liebespaar zu benehmen und sich tunlichst zu ignorieren.

Dass sie ihn gar nicht ignorierte, merkte er erst, als sie zu ihm sprach.

»Sie sind ja vielleicht ein Arschloch, Herr Rath«, zischte sie, so laut, dass auch der Polizeipräsident es hören konnte, und ließ ihn stehen wie einen dummen Schuljungen.

25

Na dann: frohe Pfingsten!

Charly ging nicht ans Telefon. Den ganzen Freitagabend hatte er es probiert. Einmal hatte er wenigstens ihre Freundin an die Strippe gekriegt. Greta hatte ihm in knappen Worten gesagt, Charly sei über Pfingsten verreist. Und dann hatte sie aufgelegt.

Verreist! Das konnte er nicht glauben. Charly hatte erst Sonntag frei. Und da hatten sie eigentlich zusammen ins Grüne fahren wollen. Allein der Gedanke daran, wie sie zusammen im *Excelsior* Pläne für die Feiertage geschmiedet hatten, versetzte ihm einen Stich. Irgendwann hatte er es aufgegeben, ihre Nummer zu wählen. Es war spät, als er die Burg verließ und nach Friedenau fuhr. Bruno war schon auf dem Weg ins Bett, doch er setzte sich noch eine Weile zu ihm. Sie tranken. Das wurde langsam zur Gewohnheit. Doch die Gedanken an Charly konnte auch der Alkohol nicht vertreiben.

Als er am Samstag in die Burg ging, obwohl er frei hatte, war von ihr nichts zu sehen. In der Inspektion A traf er nur einen überaus schlecht gelaunten Wilhelm Böhm, der kein Wort mit ihm sprach und ihn anschaute, als sei er ein ekliges Insekt. Er hätte es nicht für möglich gehalten, aber das war noch schlimmer, als von dem Mann angeschnauzt zu werden.

Zörgiebel hatte mit seiner Warnung Recht gehabt. Eisige Stimmung in der ganzen Inspektion A. Rath war sich sicher, das wegstecken zu können.

Nur das mit Charly, das traf ihn tief. Tiefer noch, als er sich das eingestehen mochte. Sie schien ihn wirklich zu verachten für das, was er getan hatte, für seine Heimlichkeiten, für die Demütigung, die er Böhm zugefügt hatte, am meisten aber wohl dafür, dass sie ihn, ohne zu wissen, was ihn heimlich umtrieb, mit Exklusiv-Informationen aus der Mordkommission *Möckernbrücke* gefüttert hatte. Ohne dass er ihr irgendetwas von *seinen* Plänen mitgeteilt hätte, geschweige denn von seinen Erkenntnissen. Er hatte sie ausgesaugt, ausgequetscht wie eine Zitrone.

Aber was hätte er denn tun sollen? Als er Charly kennenlernte, steckte er doch schon mittendrin in dem ganzen Mist. Hätte er einfach aufhören sollen?

Vielleicht.

Aber er *brauchte* diesen Erfolg. Er, Gereon Rath, brauchte einen persönlichen Erfolg, einen Erfolg, den er nicht mit selbstgerechten Vorgesetzten à la Böhm teilen wollte, nicht teilen konnte.

Seine Eltern hatten Freitagabend angerufen und gratuliert. Wahrscheinlich hatte Zörgiebel seinen alten Freund informiert. Auch über Gereons freie Tage. Ob er nicht über Pfingsten nach Köln kommen wolle, hatte Engelbert Rath gefragt. »Deine Mutter würde sich so freuen.«

Eine richtige Ausrede hatte Gereon nicht zur Hand. Er wäre mit Freunden verabredet, hatte er gesagt, und außerdem müsse er sich um eine neue Wohnung kümmern. Dünne Ausreden. Der Vater vermutete natürlich eine neue Freundin dahinter und zog seinen Sohn damit auf. Sollte der Alte das ruhig glauben. Solange er es akzeptierte. Familie hätte Gereon jetzt nicht ertragen können. Ursula vielleicht, seine jüngere Schwester. Die vermisste er manchmal. Aber der Rest konnte ihm gestohlen bleiben. Das Schweigen über Severin. Und dann die Lobreden über Anno, die sein Vater immer so geschickt anzubringen wusste, dass Gereon sich wie ein Versager fühlte. An den heiligen Anno würde er sowieso niemals heranreichen.

Der Einzige, der ihn jetzt aufheitern konnte, war Bruno. Dabei hatte Rath zunächst daran gedacht, über Pfingsten auf jeden Fall wegzufahren, um den Wolters nicht auf der Pelle zu hängen. Doch Bruno hatte ihn mit ernstem Blick angeschaut und gesagt: »Du fällst uns doch nicht zur Last! Es ist schön, dich im Haus zu haben, Gereon, weißt du? Für Emmi und mich bist du der Sohn, den wir nie hatten.« Rath hatte etwas gebraucht, um zu merken, dass Bruno ihn aufzog. Der Onkel war gerade mal zwölf Jahre älter als er, und Emmi Wolter höchstens sieben oder acht. Er musste ein tolles Gesicht gemacht haben. Bruno war in schallendes Gelächter ausgebrochen.

Die Wolters hatten Gäste über Pfingsten eingeladen, ein befreundetes Ehepaar, Rudi und Erika Scheer, und Agnes Sahler, eine Freundin von Emmi Wolter, deren Mann vor zwei Jahren verstorben war. Obwohl die Einladungen lange vor Raths Obdachlosigkeit ausgesprochen worden waren und eine Verkupplungsabsicht nun wirklich nicht unterstellt werden konnte, entwickelte sich eine komische Stimmung zwischen den beiden Alleinstehenden. Beide konnten – oder besser: wollten – miteinander nichts anfangen und hielten sich lieber an die beiden Paare in der Runde. Ein paar Mal hatte sich Rath aus der Pfingstgesellschaft gestohlen und versucht, Charly anzurufen. Natürlich ging niemand dran.

Pfingstsonntag hatten die drei Männer abends noch im Garten zusammengesessen, als die Frauen längst im Bett lagen, und getrunken. Rudi Scheer, ein freundlicher, stiller Mann um die fünfzig, hatte von alten Zeiten am Schießstand erzählt und wie Bruno dem Polizeinachwuchs das Schießen beigebracht hatte. Zum ersten Mal hörte Rath etwas aus der Zeit, die Bruno den Spitznamen Parabellum eingebracht hatte. Scheer betreute heute noch die Waffenkammer am Alex, doch Bruno hatte mit Waffen überhaupt nichts mehr am Hut. Rath fragte ihn, wie es gekommen sei, dass er zur Sitte gewechselt sei.

»Ach, der Unfall«, hatte Scheer gesagt, war jedoch sofort verstummt, als Bruno ihm einen bösen Blick zuwarf.

»Es gibt Dinge, von denen sollte man lieber schweigen«, hatte er nur gesagt.

Dann hatte er das Thema gewechselt. Der Fall Kardakow. Rath erzählte vom Fortgang der Ermittlungen, von denen Böhm ihn jedoch ziemlich abgeschnitten hatte. Zörgiebel hatte den Fall wieder dem Oberkommissar übertragen, der ihn ja offiziell auch nie abgegeben hatte. Immerhin wusste Rath, dass sie Kardakow noch immer nicht gefunden hatten. Auch die Gräfin blieb verschwunden. Nur die beiden Muskelrussen waren am Freitagabend noch verhaftet und zum Alex gebracht worden, doch schon am Samstag hatte man sie wieder freilassen müssen. Dass es dieselben Russen waren, die er damals nach der Razzia hatte vernehmen wollen, das erzählte er Bruno nicht. Er hoffte, dass sie nicht auf dieselbe Art und Weise wieder auf freien Fuß gesetzt worden waren wie die Woche zuvor. Spezialbehandlung! Wenn er nur daran dachte, konnte er sich wieder aufregen! Er hätte die beiden damals schon ausquetschen sollen. Dann hätten sie Kardakow vielleicht längst.

Warum die beiden Russen wirklich wieder freigelassen worden waren, das erfuhr Rath, als er am Dienstagmorgen wieder an seinem Schreibtisch in der Burg saß und die Vernehmungsprotokolle las. Fallin und Selenskij hatten glaubhaft beteuert, mit Kommunisten nichts am Hut zu haben und erst recht keine Verbindungen zu einer Vereinigung namens *Rote Festung* zu unterhalten. Und von einem Alexej Kardakow hätten sie noch nie etwas gehört. Glaubhaft waren sie vor allem deswegen, weil sie noch die Urkunden besaßen, die zeigten, dass sie vor ihrer Flucht aus dem revolutionären

Russland einmal Offiziere in der *Ochranka*, der Geheimpolizei des Zaren, gewesen waren. Sozusagen Kollegen also. Waren sie deswegen auch aus dem Polizeigewahrsam freigekommen?

Rath schaute verärgert auf die Vernehmungsprotokolle. Er hätte die Russen gerne selber durch den Wolf gedreht, dabei wäre mit Sicherheit mehr herausgekommen. Doch das hatte Zörgiebel nicht zugelassen, der Fall war wieder bei Böhm, und damit basta!

Um Jänickes Mörder kümmerte sich jetzt Gennat persönlich. Die Mordkommission *Bülowplatz* war personell deutlich abgespeckt worden. Wobei abspecken vielleicht nicht der richtige Ausdruck war, wenn der Buddha die Ermittlungen leitete. Gennat brachte mindestens drei Zentner auf die Waage.

So wusste Rath also eigentlich gar nicht, um was er sich kümmern sollte, als er nun nach drei Tagen unfreiwilliger Pause wieder an seinem Schreibtisch saß. Die Ereignisse vom Freitag hatten die Ordnung in der Inspektion A etwas durcheinander gewirbelt. War er noch dem Fall Jänicke zugeteilt? Oder sollte er die ungeliebte Akte Wilczek wieder öffnen, die er lieber heute als morgen zugeklappt und zu den nassen Fischen gestellt hätte? Das Einzige, was Zörgiebel Rath unmissverständlich klar gemacht hatte, war, dass er keine eigenmächtigen Schritte im Fall Kardakow mehr unternehmen solle, nur das tun, was Böhm von ihm verlangte. Nur verlangte der nichts, der Oberkommissar redete nicht einmal mit ihm. Nicht über das Wetter, und schon gar nicht über die aktuellen Ermittlungen.

Doch Rath war entschlossen, sich in die Arbeit zu stürzen. Nach dem gestrigen Tag, dem trübseligsten Pfingstmontag seines ganzen Lebens, als er den ganzen Tag nur dumpfen Gedanken nachgehangen hatte und selbst der abendliche Alkoholexzess mit Bruno ihn nicht hatte aufheitern können, nach solch einem Tag wusste er, dass er sich so mit Arbeit zuschütten musste, dass er überhaupt nicht mehr dazu kam, an private Dinge zu denken. An Charly zu denken. Was passieren würde, wenn er ihr wieder begegnete. Jedenfalls war er keiner von den Typen, die wegen einer Frau in die Fremdenlegion gingen.

Er beschloss, Gennat anzurufen. Der war immer noch der Chef der Inspektion A. Vielleicht würde er Rath ja in die Mordkommission *Bülowplatz* holen. Das schien ihm immer noch die sinnvollste Beschäftigung zu sein, die die Inspektion A derzeit zu vergeben hatte. Jänickes Mörder durfte nicht ungestraft davonkommen. Außerdem konnte man von dem alten Fuchs Gennat bestimmt noch eine ganze Menge lernen.

Rath hatte den Hörer in der Hand, doch er kam nicht mehr zu dem Anruf.

Es klopfte.

Ein Mann in einer weißen Arbeitshose stand in der Tür, in der einen Hand einen hölzernen Kasten, in der anderen einen Zettel.

»Ja bitte?«

»Kriminalkommissar Gero Rath?«

»Gereon!«

»Die Schildermaler, Herr Kommissar.«

Die Schildermaler? Rath konnte bei aller Mühe nur einen entdecken. »Schön. Dann legen Sie mal los«, sagte er. »Aber denken Sie dran: Gereon.«

»Steht ja auch hier.« Der Maler wedelte mit dem Zettel.

Umständlich packte er seine Farben, Pinsel und Schablonen aus und stellte sich vor die geöffnete Tür.

»Können Sie die Tür nicht zumachen?«

»Nicht so gut, hier drinnen ist das Licht besser. Dauert auch nur ein paar Minuten.«

Der Mann pinselte in aller Seelenruhe vor sich hin. Manchmal beneidete Rath solche Menschen um ihre Ruhe. Gleichzeitig machten sie ihn nervös.

Fast hätte der Maler seine Arbeit noch einmal beginnen können, denn ein eiliger Mann kam durch die Tür und hätte den Arbeiter um ein Haar angerempelt. Kronberg vom ED, in der Hand einen braunen Umschlag. Er durchquerte das Vorzimmer und kam herein.

»Hier wird ja schon an der Tür gearbeitet«, sagte er zu Rath und zeigte nach hinten auf den Maler. »Wird das jetzt Ihr Büro?«

»Sieht so aus. Klein, aber mein. Nur die Sekretärin fehlt noch. Was kann ich für Sie tun?«

»Ich für Sie«, sagte Kronberg und wedelte mit dem Kuvert, das den Stempel der Berliner Polizei trug. »Es geschehen noch Zeichen und Wunder!«

»Was meinen Sie damit? Hertha wird deutscher Meister?«

»Nein.« Kronberg schaute verständnislos. Kein Humor, der Mann. »Sie haben vor einer Woche ein ballistisches Gutachten in Auftrag gegeben! Schon vergessen?«, fuhr er fort. »Und das hier ist das Ergebnis. Sie werden staunen. Könnte eine ganz heiße Spur sein. Nicht nur in Ihrem Fall!«

Jetzt war es an Rath, verständnislos zu schauen. Das ballistische Gutachten im Fall Wilczek? Rath wusste, aus welcher Waffe das Projektil stammte. Und genau deswegen hatte er von der Ballistik eigentlich keine heiße Spur erwartet, sondern eine weitere Sackgasse in den Ermittlungen. Wie konnte das sein? Der ED hatte doch nur das Souvenir aus Krajewskis Pistole untersucht. Sollte der Pornokaiser etwa schon früher mit dem Ding rumgefummelt haben?

»Wir haben das Projektil genau unter die Lupe genommen – und ein Vergleichsmuster gefunden, das uns ebenfalls letzte Woche eingereicht wurde. Mit einer Wahrscheinlichkeit, die ich mal deutlich über neunzig Prozent ansetzen würde, wurden beide Projektile aus ein und derselben Waffe abgefeuert, einer Lignose-Einhand. Beliebt bei Kommunisten und kleinen Ganoven.«

Ja, eine Lignose, das weiß ich doch, hätte Rath beinah gesagt. »Von welchem Vergleichsmuster reden Sie?«, fragte er stattdessen.

»Der Fall *Bülowplatz*. Die Kugel haben wir letzte Woche schon untersucht, Vorrang, Sie wissen doch, Anweisung vom Polizeipräsidenten.«

»Jaja!« Konnte der Kerl nicht endlich mit der Sprache rausrücken? »Nun spucken Sie's schon aus, Mann!«

»Also, die Kugel, die Kriminalassistent Stephan Jänicke getötet hat, stammt aus derselben Waffe wie die, die wir in der Leiche von Josef Wilczek gefunden haben.«

Rath sagte nichts. Kronberg schaute, aus einem Grund, den nur er selber kennen mochte, so triumphierend drein wie ein römischer Feldherr auf der Siegesparade.

»Da sind Sie baff, was?«

Rath war baff. Die Erkenntnis traf ihn wie ein Schlag.

Er war froh, als Kronberg das Büro endlich wieder verlassen hatte. Sein Gehirn arbeitete fieberhaft.

»Ich bin jetzt fertig«, hörte er eine Stimme, die ihn aus seinen Gedanken riss.

»Wie?«

»Fertig.« Der Maler stand in der Tür und zeigte auf den Namen, den er auf das Glas gemalt hatte. »Aber noch nich trocken. Passense bitte auf.«

»Danke. Könnten Sie die Tür schließen?«

Der Maler nickte und zog die Tür so vorsichtig zu, als sei sie aus Zucker.

Rath saß an seinem Schreibtisch und starrte die Tür an, auf der jetzt sein Name prangte. Doch nicht die Tür beschäftigte seine Gedanken, sondern der braune Umschlag, der vor ihm lag. War das wirklich möglich? Er öffnete ihn. Das musste er schwarz auf weiß sehen, das konnte doch nicht wahr sein!

Doch eine leise Stimme tief in seinem Inneren sagte ihm, dass es die Wahrheit war. Dass genau das die Wahrheit war.

Und sosehr seine Gedanken auch rotierten, er fand einfach keine andere Erklärung:

Bruno Wolter hatte Stephan Jänicke erschossen.

III

Die ganze Wahrheit

22. Mai bis 21. Juni 1929

26

Dreimal hatte er geklingelt, doch nichts rührte sich. Als er den Schlüssel im Schloss drehte, blieb es immer noch ruhig in der Wohnung. Er betrat das Haus und zog die Tür leise hinter sich zu. Die Uhr am Ende des Korridors zeigte halb vier. Ein komisches Gefühl: allein am helllichten Tag in dieser Wohnung, in aller Heimlichkeit. Was, wenn Emmi Wolter plötzlich in der Tür stehen sollte? Weil sie sich nur hingelegt hatte und auf sein Klingeln vorhin nicht so schnell an die Tür hatte eilen können? Noch könnte er ihr erzählen, er habe etwas vergessen, das würde sie ihm wahrscheinlich sogar glauben. Und wenn er erst einmal begonnen hatte, in ihren Sachen zu stöbern? Wie sollte er das erklären? Vielleicht war es doch eine Schnapsidee gewesen, hier rauszufahren. Aber Rath konnte nicht anders, er brauchte Gewissheit.

Gennat hatte sich das Gutachten unter den Nagel gerissen. Und gleich auch die Akte Wilczek übernommen. Für den Inspektionsleiter stand nun fest, dass Wilczeks Mörder auch Jänicke auf dem Gewissen hatte. Wahrscheinlich, so seine Theorie, war der Kriminalassistent dem Wilczek-Mörder bei seinen Ermittlungen im Ringverein-Milieu auf die Schliche gekommen.

Unter normalen Umständen hätte Rath sich gefreut: über einen eigenen Schreibtisch in der Inspektion A, darüber, zur Mannschaft des legendären *Buddha* zu gehören, und natürlich auch darüber, dass Gennat nun derjenige war, der den Fall Wilczek früher oder später zu den nassen Fischen würde stellen müssen.

Unter normalen Umständen hätte er sich gefreut, doch normal schien nichts mehr zu sein.

Er gab vor, seine Arbeit zu machen, während seine Gedanken um ganz andere Dinge kreisten. Rath merkte, dass er geradezu nach Erklärungen suchte, die Bruno entlasten konnten. Hatte der Onkel die Lignose vielleicht an Krajewski zurückgegeben? Oder sie einfach verscherbelt? Aber warum sollte er?

Und warum sollte er Jänicke erschießen?

Es drehte sich alles um diese eine Frage:

Warum?

Das Hin und Her der Gedanken hatte Rath keine Ruhe gelassen. Er hatte sich einen Wagen besorgt und war nach Friedenau gefahren.

Und nun stand er hier wie ein Einbrecher in der Wohnung der Wolters und wusste nicht einmal, wo er überhaupt suchen sollte. Wenn Bruno die Pistole überhaupt noch besaß, musste er sie in einem Versteck aufbewahren. Rath glaubte nicht, dass der Mann seine Emmi in alle Geheimnisse einweihte, und in solche schon gar nicht.

Also war es kaum sinnvoll, unten zu suchen. Hier befanden sich die Küche, das Speisezimmer und das große Wohnzimmer der Wolters. Rath ging nach oben, wo auch das Gästezimmer lag, in dem er selbst momentan untergebracht war. Da brauchte er nicht zu suchen, ebenso wenig im Schlafzimmer der Wolters, obwohl das einen riesigen Kleiderschrank besaß, in dem man bestimmt eine ganze Menge unterbringen konnte. Aber wo? Rath versuchte sich vorzustellen, er wäre mit Emmi Wolter verheiratet und wolle etwas vor ihr verstecken.

Bruno hatte ein Arbeitszimmer, das war sein Reich, dort hinein setzte sie keinen Fuß. Selbst wenn sie dort putzen wollte, fragte sie vorher um Erlaubnis. Auch Rath war nur einmal kurz in diesem Zimmer gewesen, als er vor ein paar Tagen nach Bruno gesucht hatte. Er hatte nur einen kurzen Blick hineinwerfen können, der Hausherr war sofort vom Schreibtisch aufgestanden, hatte ihn gleich wieder hinauskomplimentiert und hinunter ins Wohnzimmer geführt. Dort hatten sie es sich dann bei einem Bierchen gemütlich gemacht. Wie so oft in den letzten Tagen.

Heute würde ihn niemand hinauswerfen.

Auf den ersten Blick sah der Raum aus wie ein ganz normales Arbeitszimmer. Ein Schreibtisch, ein paar Rollschränke, gerahmte Fotos an den Wänden. Kein Waffenschrank. Rath schaute sich die Fotos an. Auf fast allen waren Uniformen zu sehen. Soldatenuniformen, Polizeiuniformen. Auf einem Bild glaubte er Generalmajor Seegers zu erkennen, allerdings in der Uniform eines preußischen Hauptmanns, der einem damals noch ziemlich schlanken Gefreiten Bruno Wolter die Hand schüttelte. Ein weiteres Bild zeigte Wolter schon mit den Tressen eines Unteroffiziers, stolz in die Kamera schauend, daneben ein weiterer Unteroffizier, den Rath nicht kannte, er tippte auf Helmut Behnke. Ziemlich am Anfang des Krieges musste ein Bild aufgenommen worden sein, das drei Gefreite im Schützengraben zeigte, gezeichnet vom Dreck und den Strapazen der Schlacht, aber lächelnd. Wolter und den Mann vom anderen Bild erkannte Rath sofort, der dritte war Rudi Scheer in jungen Jahren, Wolters Pfingstbesuch. Gleich daneben musste ein Bild vor Kurzem abgehängt worden sein, wie eine unvergilbte rechteckige Stelle an der Tapete verriet.

Er riss seinen Blick von den Bildern los und schaute sich die Schränke an. Typische Rollschränke, wie sie auch in der Burg zu finden waren. Vielleicht hatte Bruno sie ja genau dort eingesackt. Rath streifte ein Paar Handschuhe über und untersuchte den ersten Schrank. Abgeschlossen. Auch die übrigen waren verrammelt. Er durchwühlte die Schreibtischschubladen nach einem Schlüssel. Ordnung herrschte hier nicht gerade, in der obersten flachen Schublade lagen ein paar Münzen, nur wenige Groschen und ein paar Markstücke, ein Radiergummi, ein paar Stifte, ein Brieföffner. Und überall Büroklammern, die wie Zecken an dem übrigen Kram in der Schublade hingen. Eine Lade tiefer fand er ein Durcheinander aller möglichen Papiere: Rechnungen, Steuern, Briefe, Ansichtskarten, ein paar Zeitungen. *Die Standarte*, *Der Stahlhelm*. Das Chaos in der unteren Schublade war noch größer. Aller mögliche Krimskrams war in eine hölzerne Kiste gepackt. Rath holte die Kiste heraus und kippte sie aus. Munitionspäckchen fielen auf das Parkett, Patronen unterschiedlichen Kalibers kullerten hinaus, kleine Anstecker in Stahlhelm-Form, eine Zange, ein kleiner Hammer und jede Menge anderer Krempel. Die Munition hatte ihn schon hoffen lassen, aber eine Pistole war nicht darunter.

Wie sollte er sie auch finden? Wenn Wolter wirklich Jänickes Mörder war, hatte er die Waffe wahrscheinlich längst entsorgt. Vielleicht sogar dem ahnungslosen Spitzel Krajewski einfach zurückgegeben? Könnte funktionieren, würde eine passable Geschichte abgeben: Kriminalassistent Jänicke hatte das letzte fehlende Glied (was für ein passender Begriff, dachte Rath) von Königs Porno-Bande aufgespürt: Franz Krajewski. Und der hatte den Kleinen aus Angst vor Entdeckung kaltgemacht. Dann musste Wolter nur noch einen anonymen Hinweis streuen und dem Pornokaiser einen Trupp Uniformierte auf die Bude schicken, damit sie die Tatwaffe bei ihm fänden. Die Beweislast gegen den armen Krajewski wäre erdrückend. So was könnte man jedem Staatsanwalt verkaufen.

Einen Schlüssel suchte er vergeblich unter all dem Gerümpel. Rath packte langsam alles wieder ein. Auch das kleine schwarze Buch hätte er fast wieder zurückgelegt, bis ihm klar wurde, was er da in der Hand hielt.

Ein schwarzes Notizbuch!

Das musste nichts heißen, es gab viele solcher Bücher. Doch als er es aufschlug und den Namen auf der ersten Seite las, gab es keinen Zweifel.

Er hatte das Notizbuch des verstorbenen Kriminalassistenten Stephan Jänicke gefunden.

Das verschwundene Notizbuch, nach dem Gennat suchte.

Die Pistole war Rath plötzlich egal, das Buch gab dieselbe Antwort.

Bruno Wolter war ein Mörder!

Die entscheidende Frage beantwortete das immer noch nicht. Warum hatte er gemordet? Warum einen Kollegen getötet, der niemandem etwas zuleide tun konnte, einen harmlosen Jungen, der gerade von der Polizeischule gekommen war?

Rath blätterte fieberhaft durch die dünnen Seiten. Hinten hatte das Buch keine Eintragungen, dort waren auch ein paar Seiten herausgerissen, wahrscheinlich hatte Jänicke ein paar lose Zettel benötigt und das Buch geplündert. Vorne fanden sich noch die Notizen zum Fall Wilczek. Sie gaben nicht viel her, nichts, was Jänicke nicht auch in seine Berichte geschrieben hatte. Aber das Buch war mehr als ein Notizbuch, Jänicke hatte es auch als Kalender benutzt. Allerdings konnte man aus den Eintragungen nicht richtig schlau werden. Uhrzeit und Datum waren noch als solche zu erkennen, aber ansonsten hatte Jänicke nur Abkürzungen eingetragen. Abkürzungen, die viele Interpretationen zuließen.

1505/900/I an B

Sein Todestag. Was sollten die Buchstaben bedeuten? Wollte Jänicke um neun Uhr Informationen an einen B. übergeben? An Bruno? Aber was für Informationen? Oder sollte es etwas ganz anderes heißen?

Ihm blieb keine Zeit mehr, diese Gedanken noch länger durchzukauen. Er hatte ein Geräusch gehört. Das Drehen eines Schlüssels im Schloss, das Klirren eines Schlüsselbundes. Und dann das satte Zuschnappen der schweren Wolter'schen Haustür.

Mist!

Er legte den Krempel zurück in das Kästchen, das Buch steckte er ein. Instinktiv. Nichts wie raus hier!

Er schlich zur Treppe und schaute hinunter. Ein roter Damenhut wurde an die Garderobe gehängt, und Rath erkannte den blonden Schopf von Emmi Wolter. Sein Kopf zuckte zurück, als sie sich umdrehte. Sie schien ihn nicht entdeckt zu haben, er hörte, wie sie den Mantel auf einen Bügel hängte und unten in der Wohnung verschwand.

Rath lauschte. Er hoffte, dass sie sich in die Küche verkrümeln würde, um das Abendessen vorzubereiten, doch es blieb bei der Hoffnung. Er hatte sich bereits auf den Weg die Treppe hinunter gemacht, als die Wohnzimmertür aufflog und Emmi Wolter wieder hinaus auf die Diele trat, eine Einkaufstüte in der Hand, eine Schlagermelodie auf den Lippen. Schnell verschwand Rath oben im Gästezimmer. Wenn sie ihn erwischte, dann wenigstens dort!

Leise zog er die Tür hinter sich zu und lauschte. Sie kam die Treppe hoch und ging ins Badezimmer. Vielleicht war das seine Chance. In Badezimmern pflegten sich Frauen erfahrungsgemäß immer etwas länger aufzuhalten. Schnell, aber ohne ein Geräusch zu verursachen, hatte er die Tür geöffnet, war hinausgeschlüpft und hatte sie wieder geschlossen. Im Bad hörte er immer noch eine Mischung aus Singen und Pfeifen.

Er hatte die Treppe gerade erreicht, als die Badezimmertür von einem Ellbogen geöffnet wurde und Emmi Wolter sich singend auf den Gang schob, in der einen Hand ein halbvolles Zahnputzglas, in der anderen eine Wodkaflasche. Ihr Gesicht gefror mitten im Gesang. Sie starrte ihn an.

»Oh«, entfuhr es ihr.

Rath sagte gar nichts. Er überlegte, was er ihr erzählen sollte. Derweil versteckte er seine Hände hinter dem Rücken und streifte die Handschuhe unauffällig ab.

»Das ist aber eine Überraschung, Herr Rath«, sagte sie. Ihre Stimme zitterte leicht. »So früh schon Feierabend!«

Erst jetzt merkte er, dass sie es war, die sich ertappt fühlte.

Emmi Wolter trank heimlich, und er hatte sie erwischt!

»Guten Tag, Frau Wolter«, sagte er. »Was man nicht im Kopf hat …« Er klopfte auf die Brusttasche seines Jacketts. »Wichtige Notizen.«

»Ah ja.« Sie stand noch immer wie festgefroren. Ihre Augen waren die eines Kaninchens, das plötzlich vor dem Fuchs stand.

»Genehmigen Sie sich einen?«, fragte Rath und zeigte auf die Flasche

»Mein Gott, Herr Rath …«, stammelte sie. »Es ist doch nur … Sie sagen … Sie müssen …« Sie schluckte. »Bruno darf das niemals erfahren!«

Er schaute sie streng an und tat einen Augenblick, als überlege er, ob er es mit seinem Gewissen vereinbaren könne, einen Freund nicht über die abgründige heimliche Leidenschaft seiner Frau zu informieren.

»Hm«, sagte er, »jeder hat so seine Geheimnisse, nicht wahr?«

Er warf ihr einen verschwörerischen Blick zu. »Dann erzählen Sie Bruno aber bitte auch nichts davon, dass ich so vergesslich bin. Niemand im Präsidium muss erfahren, dass ich am helllichten Tag noch einmal hier war.«

Er legte kurz seinen Zeigefinger an die Lippen, sie nickte eilfertig. Dann ließ er sie einfach stehen und ging die Treppe hinunter.

»Also ... Dann bis heute Abend, Herr Rath«, rief sie ihm mit unsicher zitternder Stimme hinterher.

Vor dem Abend graute ihm schon, als er kurz darauf wieder in der Burg eintraf. Im Präsidium würde er es wohl vermeiden können, ihm über den Weg zu laufen. Dennoch stand ihm die Begegnung mit Bruno Wolter unausweichlich bevor. Die erste Begegnung, seit der Verdacht in ihm gekeimt war, der nun zur Gewissheit herangewachsen war. Spätestens im trauten Heim der Wolters würde es heute Abend dazu kommen.

Auch von Gennat und Kollegen hielt Rath sich fern. Nachdem er den Wagen bei der Fahrbereitschaft wieder abgegeben hatte, zog er sich in sein Einsiedler-Büro zurück und gab vor, im Fall Wilczek/Jänicke weiter zu ermitteln.

Was er in gewisser Weise auch tat. Er versuchte, aus den Eintragungen in Jänickes Notizbuch schlau zu werden. Die meisten dieser kalenderartigen Abkürzungen betrafen einen ominösen *W*, mit dem sich Jänicke offensichtlich insgesamt fünfmal verabredet hatte, das erste Mal Mitte April, lange vor den Wilczek-Ermittlungen. *SG!* war dick hinter dem ersten Eintrag vermerkt und unterstrichen.

Wer war *W*? Wilczek wohl kaum. Wolter? Allerdings war für den 15. Mai kein Termin mit *W* eingetragen, nichts außer dem Eintrag, den Rath schon kannte: *1505/900/I an B*. Was immer das heißen mochte. Stand das *B* für Bülowplatz?

Ein sechstes Treffen mit *W* hatte offensichtlich erst noch stattfinden sollen: *2405/830/W in P*, eine Verabredung am 24. Mai, also in drei Tagen, um 8.30 Uhr. In *P*, wo immer das sein mochte. Potsdam vielleicht? Dort war Jänicke auf der Polizeischule gewesen.

Ob *W* von Jänickes Tod wusste? Wahrscheinlich, so groß, wie die Presse darüber berichtet hatte.

Den ganzen restlichen Nachmittag grübelte Rath über den Notizen, immer bereit, das schwarze Buch in die geöffnete obere Schublade seines Schreibtischs zu schieben, sollte ungebetener Besuch auftauchen, einer von Gennats Leuten etwa. Oder womöglich Bruno Wolter. Rath hatte vorsorglich beide Türen geschlossen, die zum Vorzimmer und die zum Gang.

Er suchte das ganze Buch nach weiteren Eintragungen mit *W* ab. Gesprächsnotizen oder Ähnliches. Jänicke hatte sich so oft mit dieser Person getroffen, dass er doch noch etwas anderes als die Termine aufgeschrieben haben musste. Vielleicht auch nicht. Wenn *W* eine Frau war. Ein schöner Holzweg wäre das! Wenn es sich beim ominösen *W* lediglich um eine Wilhelmine oder eine Waltraud handelte, die der scheue Ostpreuße angehimmelt hatte!

Rath blätterte weiter. In den ersten Teil seines Buches hatte Stephan Jänicke Telefonnummern eingetragen. Rath fand die Dienstnummern der Inspektion E, gleich darunter Brunos Privatnummer, und etwas weiter unten war auch der Privatanschluss von Gereon Rath in der Nürnberger Straße notiert. Oder besser: der ehemalige Privatanschluss. An diesen Apparat würde jetzt nur noch Elisabeth Behnke gehen. Er durfte nicht vergessen, das Telefon abzumelden. Nicht dass die Behnke am Ende noch über seinen Anschluss telefonierte!

Sortiert waren die Nummern nicht. Weder alphabetisch noch nach sonst einem erkennbaren System. Plötzlich stieß Rath auf eine Nummer, die ihn stutzig machte. Und zwar, weil dort kein Name stand. Einfach nur eine Rufnummer, eine von vielen, eine, die kaum auffiel in der Masse der Ziffern und Buchstaben: *Westend 2531*.

Vielleicht eine Spur. Er griff zum Hörer.

»Fräulein? Das Amt Westend bitte. Den Anschluss zwei-fünf-drei-eins. – Danke, ich warte.«

Es dauerte einen Moment, bis am anderen Ende abgehoben wurde. Dann meldete sich eine Frauenstimme.

»Wündisch«, sagte die Frau.

Rath war so irritiert, dass er vergaß aufzulegen.

»Hallo?«, hörte er die Frau nachfragen, »wer ist dort bitte?«

Und Rath beschloss, nicht aufzulegen.

»Böhm«, bellte er in den Apparat. »Ihren Gatten bitte!«

»Mein Mann? Tut mir leid, der ist nicht zu Hause. Aber den müssten Sie jetzt doch noch im Polizeipräsidium erreichen.«

Rath grummelte etwas Unverständliches und legte auf.

Tatsächlich!

In Jänickes Notizbuch stand die private Telefonnummer von Regierungsdirektor Wündisch!

Der große Häuptling der Abteilung IA, der Chef der Politischen Polizei.

Nicht einmal alle Inspektionsleiter in der Burg kannten diesen Privatanschluss, so weit trieb der Mann seine Geheimniskrämerei.

Aber ein einfacher Kriminalassistent, seit wenigen Wochen erst das Abschlusszeugnis der Polizeischule in der Tasche, hatte diese Nummer wie selbstverständlich in seinem Notizbuch stehen.

Nun wusste Rath, wer sich hinter *W* verbarg. Und er wusste auch, was *SG* zu bedeuten hatte: *streng geheim*.

Die Politischen hatten den Frischling für ihre undurchschaubaren Zwecke rekrutiert, Wündisch persönlich hatte ihn angeworben, wahrscheinlich schon auf der Polizeischule in Eiche. Rath blätterte in Jänickes Notizbuch und sah seinen Verdacht bestätigt. Das erste Treffen mit W musste bereits im Februar stattgefunden haben: *1102/1700/W in P.*

Die Politische Polizei hatte Stephan Jänicke rekrutiert, als der noch gar nicht in der Inspektion E arbeitete. Und das konnte nur eines bedeuten: Sie hatten einen strebsamen und fähigen Polizeischüler ausgesucht und ihn ganz bewusst in die Inspektion E eingeschleust.

Wen er dort bespitzelt hatte, war offensichtlich: seinen Chef und späteren Mörder. Rath musste an jenen Sonntag denken, an dem er Jänicke in ihrem Büro in der Inspektion E unerwartet angetroffen hatte. Damals hatte er den Frischling ertappt, ohne es zu bemerken: Jänicke hatte in Wolters Schreibtisch herumgeschnüffelt.

Blieb immer noch die eine Frage: Was zum Teufel sollte Bruno Wolter verbrochen haben, dass er für die Abteilung IA so interessant wurde?

Soweit Rath wusste, hatte der Onkel keine besondere politische Neigung, zumindest keine, die weit genug ginge, um ihn zu einem Beobachtungsobjekt der IA zu machen. Mit seinem leicht nostalgischen Hang zu alten Kriegskameradschaften war er beileibe nicht der Einzige im Polizeicorps. Oder ging es gar nicht um Politik, ging es um Korruption? Die Schnüffler von der IA wurden vom Polizeipräsidenten gern auch für interne Ermittlungen jeglicher Art eingesetzt. Nur: Warum sollte sich Wündisch persönlich um die Zusammenarbeit mit Jänicke gekümmert haben, wenn es lediglich um einen bestechlichen Sittenbullen ging?

Nein, es musste mehr dahinter stecken, und Rath wollte wissen, was. Er wollte wissen, warum Stephan Jänicke sterben musste, was Bruno Wolter zum Mörder gemacht hatte.

Bevor er das Präsidium verließ, überlegte er, was er mit dem kleinen schwarzen Buch anstellen sollte. Zunächst hatte er mit dem Gedanken gespielt, die wichtigsten Eintragungen zu kopieren und das Original heimlich wieder in Brunos Schreibtisch zurückzulegen. Doch er verwarf die Idee, er musste auf Nummer sicher gehen.

Wenn Jänickes Buch nur zufällig in Wolters privatem Schreibtisch gelandet war, was Rath nicht glauben konnte, dann würde der es jetzt ohnehin nicht vermissen, weil er von dessen Existenz gar nichts wusste. Und wenn Bruno Wolter etwas mit Jänickes Tod zu tun hatte, dann dürfte er nun, da das Ergebnis des ballistischen Gutachtens in der Burg längst die Runde gemacht hatte, inzwischen seine eigenen Rückschlüsse daraus gezogen haben. Nein, Rath musste das Buch als Pfand behalten. Er hätte es längst an Gennat übergeben, wenn das möglich wäre, doch dafür hing er selbst viel zu tief in dieser Geschichte drin. Er hatte Beweismittel vernichtet, als er die Projektile vertauschte!

Rath ging nicht mehr in der Inspektion E vorbei, als er das Präsidium verließ. Er konnte der Begegnung mit Wolter zwar nicht aus dem Weg gehen, doch er wollte sie so lange wie möglich hinauszögern. Man kam auch mit öffentlichen Verkehrsmitteln in die Fregestraße. Bevor er sich in die Wannseebahn setzte, deponierte er das Buch in einem Schließfach am Potsdamer Bahnhof. Den Schlüssel steckte er in ein Kuvert der preußischen Polizei, das er sorgfältig verschloss und frankierte. Dann suchte er im abendlichen Gewimmel des Bahnhofs nach einem Briefkasten der Reichspost. Direkt am Ausgang fand er einen der dunkelblauen Kästen und ließ den Brief hineinfallen. Als er eine Viertelstunde später in Friedenau auf den Bahnsteig trat, holte er noch einmal tief Luft, als müsse er gleich durch eine lange Unterwasserhöhle tauchen. Und so ähnlich kam er sich auch vor. Augen zu und durch! Nein, besser: Augen *auf* und durch!

Bruno war schon in einer seltsam gereizten und aufgekratzten Stimmung zum Essen erschienen, Emmi Wolter wirkte wegen ihres gemeinsamen Geheimnisses auffallend nervös. Rath selbst war der Appetit vergangen, aber er versuchte, es sich nicht anmerken zu lassen. So gut es ging, würgte er die Bratkartoffeln und die Spiegeleier hinunter. Dabei schmeckten sie nicht einmal schlecht.

Seine Wortbeiträge beschränkten sich auf vereinzelte löbliche Kommentare zum Essen, die im Widerspruch zu seinem appetitlosen Herumgestocher standen. Und einmal bat er Emmi Wolter um das Salz. Sie reichte ihm den Zuckertopf.

Ihr Mann bemerkte es. Sie war untröstlich über ihren Irrtum.

»Mach dir nichts draus, Emmi«, sagte Bruno, »das passiert. Selbst ein Kriminalbeamter kann schon mal ein paar Dinge vertauschen, nicht wahr, Gereon?«

Vertauschen? Rath horchte auf.

Hatte Wolter die richtigen Schlüsse gezogen? Dann waren sie beide gleich schlau: Jeder wusste, dass der andere Dreck am Stecken hatte, keiner kannte Details. Aber der Onkel ahnte wohl, dass der Tod von Josef Wilczek einige Ungereimtheiten aufwies, in die ein Kriminalkommissar namens Gereon Rath verwickelt sein musste.

Vielleicht sah Rath aber auch nur Gespenster, und die Bemerkung hatte überhaupt nichts zu bedeuten. Er ging einfach nicht darauf ein. »Danke«, sagte er und nahm das Salzfass entgegen, das Emmi Wolter ihm reichte.

»Was machen denn eure Ermittlungen?«, fuhr Wolter fort, nachdem er seinen Bissen hinuntergeschluckt hatte. »Schon eine Idee, wer Jänicke umgebracht haben könnte? Oder diesen Ganoven, wie hieß er noch gleich?«

»Wilczek.«

»Genau. Soll derselbe Mörder sein, erzählt man sich?«

»Sieht so aus. Zumindest kamen die Kugeln aus derselben Waffe.«

Wolter nickte.

»Wenn wir die Waffe bei irgendwem fänden, dann hätten wir wahrscheinlich auch den Mörder«, sagte Rath. Der Satz war ein Versuchsballon.

Aber der Oberkommissar war zu abgebrüht, um sich in die Karten schauen zu lassen. »Gar nicht so einfach, eine Waffe zu finden in einer Millionenstadt«, sagte er nur.

»Wenn Jänickes Notizbuch irgendwo auftaucht, wären wir auch einen Schritt weiter«, sagte Rath. »Das hat ihm sein Mörder wahrscheinlich abgenommen. Könnte das Motiv enthalten.«

Er wusste, dass Bruno noch nicht in sein Arbeitszimmer geschaut hatte. Er konnte den Verlust des Buches noch nicht bemerkt haben. Es sei denn, Emmi Wolter hätte am Telefon von Raths nachmittäglichem Besuch geplaudert, und Bruno hätte sie in seinem Schreibtisch nachschauen lassen. Aber das sah nicht so aus. Ob Emmi Wolter ihrem Gespräch überhaupt folgen konnte? Rath bezweifelte es.

»Wenn du mich fragst, war es einer von diesen Scheiß-Kommunisten.« Wolter klang entschieden, als er das sagte. »Wilczek ist doch auch in so 'ner Kommunistengegend erschossen worden.«

»Wenn das immer so einfach wäre. Manchmal ist es auch jemand, den man gar nicht auf der Rechnung hat.«

»Und manchmal werden Mordfälle einfach ungelöst zu den Akten gestellt.«

»Nicht bei Gennat.«

»Auch der musste schon mal vor einem Fall kapitulieren.«

»Aber die Neugier treibt einen immer weiter, das kennst du doch«, sagte Rath. »Die Frage, warum ein Mensch sterben musste, die lässt einen nicht los.«

»Manchmal ist es einfach besser, die Toten ruhen zu lassen. Nicht immer bekommt der, der einen Mord aufklärt, ein eigenes Büro. Manchmal bekommt er auch nur Schwierigkeiten.«

»Jänicke kannte seinen Mörder.« Rath beobachtete Wolters Gesicht, während er das sagte. Er konnte keine Regung entdecken. »Da muss einer ganz schön kaltblütig sein, einen Freund aus nächster Nähe abzuknallen, meinst du nicht?«

Wolter zuckte mit den Schultern. »Das Leben ist nicht immer so einfach, wie man denkt. Und was heißt schon Freundschaft? Nicht jeder Bekannte ist gleich ein Freund. Ein Freund ist jemand, der einen niemals im Stich lässt. Jemand, der auch in schweren Zeiten zu einem hält.«

Jetzt zuckte Rath mit den Schultern.

»Ich habe übrigens ein neues Zimmer«, sagte er nach einer Weile, »morgen werde ich euch nicht mehr zur Last fallen.«

»Oh.« Bruno wirkte überrascht. »Warum so eilig? Kannst du es nicht erwarten, von uns wegzukommen? Wir hatten uns fast an dich gewöhnt, nicht wahr, Emmi?«

»Natürlich, Schatz.« Emmi Wolter war nicht ganz bei der Sache. Das Gespräch der Männer hatte sie offenbar verwirrt. Auch schien ihr schlechtes Gewissen sie immer noch zu quälen.

»Nein, ich kann eure Gastfreundschaft unmöglich länger in Anspruch nehmen. Ich bin schon viel zu lange hier.«

Er legte seine Serviette auf den Tisch und stand auf.

»Aber Herr Rath, Sie kommen uns doch bestimmt mal besuchen«, sagte Emmi Wolter. Ihr schien nicht entgangen zu sein, dass zwischen den beiden Männern eine seltsame Spannung herrschte.

Rath sagte nichts mehr außer »Gute Nacht«, er ging nach oben und packte seine Sachen zusammen.

27

Schon um kurz nach sieben stand er am nächsten Morgen im großen Foyer des Hotels *Excelsior*, das mit seiner üppigen Botanik stark an das Palmenhaus in Dahlem erinnerte. Noch vom Alex aus hatte er tags zuvor telefonisch ein Einzelzimmer reserviert, kurz bevor er nach Friedenau gefahren war. Lieber fünf Mark für die Nacht ausgeben, als auch nur einen Tag länger in der Fregestraße zu bleiben. Der Portier an der Rezeption begrüßte ihn freundlich und setzte eine Miene außerordentlichen Bedauerns auf, als er in der Reservierungsliste nachschaute.

»Herr Rath, ich muss gestehen, wir haben noch nicht mit Ihnen gerechnet. Sie beehren uns zu einer außergewöhnlich frühen Zeit. Das Zimmer, das wir für Sie reserviert haben, ist noch belegt.«

»Wenn sich schon jemand um mein Gepäck kümmern könnte.«

»Aber selbstverständlich.« Der Portier warf einen missbilligenden Seitenblick auf Raths Pappkarton und winkte einen Boy heran.

»Danke«, meinte Rath, als der Junge den schweren Koffer und den Karton auf einen Gepäckwagen hievte, und wandte sich dann wieder dem Portier zu. »Ich werde erst einmal frühstücken gehen. Schauen Sie doch bitte, was Sie in der Zwischenzeit für mich tun können.«

»Selbstverständlich«, erwiderte der Portier mit einem säuerlichen Lächeln.

Wenig später saß Rath im Frühstückssaal des *Excelsior*. Er fühlte sich fast ein wenig zu Hause in diesem Hotel. Der Kaffee tat ihm gut.

Er hatte die Nacht kaum schlafen können. Es war nicht einmal das Wissen, mit einem Mörder unter einem Dach zu schlafen, das ihn in die Dunkelheit starren ließ, es waren vielmehr seine rastlosen Gedanken, die keine Ruhe fanden, die immer wieder die eine Frage stellten und darauf keine Antwort fanden: warum?

Er hätte gestern Abend einfach gehen sollen. Direkt nach dem

Essen aufstehen und gehen. Aber aus unerfindlichen Gründen hatte er den Schein wahren, es nicht zum offenen Bruch kommen lassen wollen. Vielleicht um die letzte Hoffnung noch zu erhalten, alles könne sich noch als ein einziger großer Irrtum herausstellen.

Um dann am frühen Morgen schon aus dem Haus zu schleichen.

Auf dem Esstisch hatte er eine Nachricht hinterlassen, unterkühlt, aber freundlich, in der er sich noch einmal bei den Wolters bedankte und sein frühes Verschwinden damit erklärte, sein neues Zimmer beziehen zu wollen. Dass es sich dabei um ein Hotelzimmer handelte, verriet er nicht. Auf den Zettel hatte er einen Zwanzigmarkschein gelegt, Geld, das Bruno sonst niemals angenommen hätte, geschweige denn Emmi. Aber er wollte den Wolters nichts schuldig bleiben. Nicht einmal für das Telefongespräch, mit dem er ein Taxi gerufen hatte.

So wie er vor einer Woche gekommen war, verließ er das Haus: bepackt mit einem Koffer und einem Pappkarton. Er drehte sich nicht einmal mehr um, als er das Taxi bestieg.

Für das Frühstück im *Excelsior* ließ er sich Zeit. Eine Stunde war vergangen, als er an die Rezeption zurückkehrte. Der Portier erkannte ihn sofort.

»Ah, Herr Rath«, sagte er. »Eine gute Nachricht! Der Schlüssel zu Ihrem Zimmer …«, er griff hinter sich und fischte ihn vom Haken, »… der Herr ist abgereist. Ich habe sofort veranlasst, dass das Zimmer für Sie so weit hergestellt wird, dass Sie es bald beziehen können.«

»Haben Sie vielen Dank.« Offensichtlich erwartete der Portier ein Trinkgeld für seine außerordentlichen Mühen, aber Rath beschloss, das zu ignorieren.

»Wenn Sie bitte schon einmal die Formalitäten …« Der Portier schob ihm ein Anmeldeformular über den Tresen.

»Tut mir leid, aber ich habe zu tun. Wenn wir das heute Mittag erledigen könnten …« Er legte den Schlüssel auf das Formular und schob beides zurück.

»Das ist zwar nicht üblich, aber bei Stammgästen können wir selbstverständlich eine Ausnahme machen.«

Er kam gewaltig zu spät, aber er schaffte es, wenigstens noch vor neun in der Burg zu sein. Fast hätte er sich erschrocken, als er die Tür zu seinem Büro öffnete und am Schreibtisch im Vorzimmer eine junge Frau sitzen sah, die gelangweilt mit einem Bleistift spielte. Blonde Fransen hingen ihr in die Stirn, über etwas zu dünnen Lippen ragte eine etwas zu große Nase.

Sie sprang auf, als er hereinkam.

»Erika Voss, Herr Kommissar«, sagte sie dienstbeflissen und streckte ihre Hand aus. »Ich bin Ihre neue Sekretärin!«

Rath hängte seinen Mantel an die Garderobe.

»Haben Sie für Herrn Roeder gearbeitet?«

Sie schüttelte den Kopf. »Ich bin neu hier, Herr Kommissar.«

Wen hatte Zörgiebel ihm denn da geschickt? Rath schätzte sie auf höchstens zwanzig. Sie verströmte den unverwechselbaren Duft von Kölnisch Wasser. Charly roch besser. »Soso. Macht ja nichts. Hat schon jemand angerufen?«

»Nein, Herr Kommissar. Kann ich etwas für Sie tun, Herr Kommissar?«

»Können Sie Kaffee kochen?«

Sie konnte. Kurz darauf dampfte eine Tasse auf seinem Schreibtisch. Die Tür zum Vorzimmer hatte er geschlossen, er wollte seine Ruhe haben, wollte nachdenken. Langsam musste er sich wieder in die laufenden Ermittlungen einklinken, so unsinnig sie auch waren. Erika Voss brauchte Beschäftigung. Und Gennat durfte nicht merken, dass er ein Phantom jagte, dass es den *einen* Mörder, der Jänicke *und* Wilczek auf dem Gewissen hatte, gar nicht gab.

Die Ruhe währte nicht lange, er hörte Tumult im Vorzimmer.

Eine laute Stimme.

»Ich *muss* den Herrn Kommissar aber sprechen.«

Fräulein Voss versuchte offensichtlich, ihn abzuschirmen. Gut so.

Es klopfte, und sie steckte ihre blonden Fransen durch die Tür.

»Herr Kommissar, da draußen steht ein Herr Roeder, der sagt, das hier wäre sein Büro ...«

Roeder? Was wollte der denn noch hier?

»Schicken Sie den Mann mal zu mir herein.«

Erika Voss nickte und winkte Erwin Roeder durch. Der Mann war kleinwüchsiger, als Rath gedacht hätte. Sein Vorgänger hielt einen Hut in der Hand und schaute sich um.

»Na, sieht ja alles noch so aus wie früher«, meinte er.

Dann erst streckte er seine Hand aus. »Roeder«, sagte er, »Erwin Roeder. Ich habe früher hier gearbeitet.«

»Ich weiß. Rath, Gereon Rath. Was kann ich für Sie tun, Herr Roeder?«

»Nun, mein Abschied aus dem Polizeidienst kam etwas plötzlich, und in den letzten Wochen hatte ich viel zu tun. Sie wissen, die Schriftstellerei ist doch sehr zeitraubend, und ...«

»Kommen Sie doch bitte zur Sache, Herr Kollege.«

»Nun, ich weiß nicht, wie lange Sie hier arbeiten, Ihr Name steht ja schon an der Tür. Wenn Sie Ihre Sachen bereits in meinen Schreibtisch geräumt haben, werden Sie es ja gewiss gefunden haben.«

»Was, Herr Roeder?« Der Knabe ging ihm langsam auf die Nerven.

»Die Fotos, Herr Rath. In meinem Schreibtisch habe ich ein paar Fotos zurückgelassen, die ich jetzt gern abholen möchte. Wichtige Fotos.«

Rath konnte sich an keine Fotos erinnern. So gründlich hatte er die Schubladen allerdings auch noch nicht durchsucht.

Er zuckte die Achseln. »Ich weiß nicht, wovon Sie sprechen.«

»Dürfte ich mal kurz ...« Roeder trat einen Schritt nach vorn und machte Anstalten, eine Schreibtischschublade zu öffnen.

»*Unterstehen Sie sich!*« Rath war lauter geworden, als er wollte. Roeder zuckte zurück und schaute ihn entrüstet an.

»Das ist jetzt *mein* Büro. Und *mein* Schreibtisch«, fuhr Rath fort, leiser, aber immer noch bestimmt. »Ich kann gern nachschauen, ob Sie hier etwas zurückgelassen haben. Falls Sie es wünschen.«

»Ich bitte darum«, sagte Roeder und schaute zur Seite wie ein beleidigter Tenor. »Die Bilder müssten sich in einer schwarzen Schachtel befinden.«

Schnell wühlte sich Rath durch den Schreibtisch. Oben fand er nur seinen Krempel, ein paar Notizen zum Fall Wilczek, Stifte und Papier, aber in der unteren großen Schublade wartete die Überraschung. Eine große schwere Pappschachtel, wie Roeder es gesagt hatte. Und versteckt dahinter eine kleine Pistole. Er hätte sie gar nicht bemerkt, hätte er die Schachtel nicht aus der Schublade heben wollen.

Eine Lignose!

Er wusste sofort, welche Pistole das war, und er kombinierte in Sekundenschnelle: Bruno wollte ihn reinlegen! Wahrscheinlich hatte er den Verlust des Notizbuchs bemerkt und seine Schlüsse gezogen. Wenn Rath schon das Buch hatte, musste er ihm nur noch die Pistole unterjubeln, und er könnte Gennat den perfekten Mordverdächtigen präsentieren. *Wenn wir die Waffe fänden, dann hätten wir wahrscheinlich auch den Mörder*, so hatte Rath es ihm gestern gesagt, und Wolter hatte die Anregung dankbar aufgegriffen.

Er musste die Pistole so schnell wie möglich loswerden!

Rath überlegte nicht lange, dazu fehlte die Zeit. Er nahm den Deckel von der Pappschachtel, fasste die Pistole vorsichtig mit einem Aktenblatt, das er in der Schublade fand, und ließ sie hinter den großen Stapel Fotos rutschen. Keine persönlichen Fotos, die Arbeit eines Fotografen, das konnte Rath noch erkennen, als er schnell ein paar Bilder über die Pistole schob. Das Motiv, das obenauf lag, hätte ihm unter anderen Umständen ein Schmunzeln entlockt: Roeder als Schränker, mit Schiebermütze, falschem Bart und Schneidbrenner, grimmig dreinblickend. Doch jetzt klappte Rath nur den Deckel zu, bevor Roeder etwas bemerken konnte, und hob den schweren Karton aus der Schublade.

»Ist es das, was Sie suchen?«

Roeder nickte eifrig und nahm ihm die Schachtel aus der Hand. Rath hoffte vergeblich, er würde nicht hineinschauen wollen.

»Sie erlauben?« Roeder hob den Deckel ein wenig an und

blätterte durch die obersten Hochglanzfotos. Er schien zufrieden. »Sehr schön«, sagte er. »Vielen Dank.« Roeder setzte seinen Hut wieder auf. »Ich muss weiter. Dringende Termine. Dann sorgen Sie mal dafür, dass die Aufklärungsquote der Inspektion A wieder besser wird, junger Freund. Lässt ja derzeit sehr zu wünschen übrig, wie man hört.«

»Auf Wiedersehen, Herr Roeder.« Rath konnte den Mann nicht länger ertragen. Er komplimentierte ihn an Erika Voss vorbei zur Tür.

Dort wäre der Schriftsteller beinah mit Ernst Gennat zusammengestoßen. Überrascht schaute der Buddha seinen früheren Mitarbeiter an.

»Sieh mal an, der Roeder! Was machen Sie denn noch hier? Man hat Sie doch nicht etwa wegen Mordes verhaftet?«

»Keine Sorge, Herr Kriminalrat! Das wird nicht passieren. Mich sehen Sie heute das letzte Mal in diesen Hallen! Wollte nur meinen Nachfolger kennenlernen! Adieu!«

Roeder klemmte die Schachtel fest unter den Arm und machte sich auf den Weg zum Treppenhaus. Rath wandte sich seinem Chef zu.

»Guten Morgen, Herr Kriminalrat«, sagte er. »Kommen Sie doch herein.«

»Morgen, Rath! Oh, Sie haben Ihre Sekretärin bereits, wie ich sehe.« Der Buddha tippte mit der Hand an eine imaginäre Hutkrempe. »Morgen, Fräulein Voss.« Er nahm Rath beiseite. »Ich müsste Sie mal unter vier Augen sprechen, Herr Kommissar.«

Sie gingen in Raths Büro.

In der Tür drehte sich Gennat noch einmal um. »Fräulein Voss, gehen Sie doch mal in mein Büro und bitten Fräulein Steiner um die Akte Jänicke«, sagte er. »Wären Sie so nett?«

Die Sekretärin verschwand, und Gennat schloss die Tür. »Reine Vorsichtsmaßnahme«, sagte er zu Rath, »Erika Voss ist erst seit drei Wochen bei uns und wohl deshalb sehr neugierig. Trudchen wird sie eine Weile beschäftigen. So lange haben wir hier unsere Ruhe.«

»Also geht es um etwas Vertrauliches, Herr Kriminalrat?«

»Das kann man wohl sagen, Herr Kommissar, das kann man wohl sagen: um etwas streng Vertrauliches.« Gennat machte eine nachdenkliche Pause, bevor er weitersprach. »Ich will nicht lange um den heißen Brei herumreden! Eben erreichte mich ein anonymer Hinweis in der Mordsache Jänicke, ein Anruf, in dem ein ungeheurer Verdacht ausgesprochen wurde.«

»Ein anonymer Hinweis? Seit wann nehmen wir so etwas ernst?«

»Das ist immer eine Abwägungssache, Herr Kommissar, in diesem Fall schien der Anrufer außerordentlich gut informiert über Einzelheiten im Mordfall Jänicke, sodass wir den Anruf ernst nehmen müssen, fürchte ich. Er wusste zum Beispiel, dass wir Jänickes schwarzes Notizbuch vermissen. Und dass der Kriminalassistent mit einer Lignose umgebracht wurde.«

»Und von welchem Verdacht sprechen Sie?«

»Es ist ein ungeheuerlicher Verdacht, dem ich keinen Glauben schenke, dem ich aber gleichwohl nachgehen muss. Deswegen bin ich auch persönlich zu Ihnen gekommen, um größtmögliche Diskretion zu gewährleisten.« Gennat stockte kurz, bevor er weitersprach. »Herr Rath, der Anrufer sprach davon, dass die Pistole, mit der Stephan Jänicke erschossen wurde, Ihnen gehört.«

»Das ist doch lächerlich!«

Rath hatte es geahnt. Schon in dem Moment, als er die Pistole in seiner Schublade fand, hatte er es geahnt: Bruno war zum Angriff übergegangen.

»Wenn der Mann so gut Bescheid weiß«, sagte er, so ruhig er konnte, »dann war es vielleicht der Mörder selbst, der die Polizei an der Nase herumführen will.«

»Das vermute ich auch, Herr Rath. Aber ich muss auf Nummer sicher gehen.« Gennat räusperte sich. »Herr Kommissar, sind Sie damit einverstanden, dass ich Ihr Büro durchsuchen lasse?«

»Wenn Sie darauf bestehen, Herr Kriminalrat. Natürlich.«

Rath spürte einen Kloß im Hals, aber er schluckte erst, als Gennat sich ans Telefon hängte und seine Leute anforderte.

Ausgerechnet Kriminalsekretär Paul Czerwinski und Kriminalassistent Alfons Henning kamen keine Minute später durch die Tür, Plisch und Plum, Raths ehemalige Mitarbeiter im Fall Wilczek, die jetzt für den Buddha die Laufarbeit machten. Während die zwei Männer sein Büro durchsuchten, ließ Gennat ihn nicht aus den Augen. Rath stand am Fenster, rauchte eine Zigarette und schaute hinaus. Er versuchte, ein bisschen beleidigt zu wirken, und glaubte, dass ihm das ganz gut gelang. Draußen fuhr ein Stadtbahnzug vorbei, der gerade aus dem Bahnhof kam und langsam Fahrt aufnahm. In wenigen Augenblicken hätte er die Fenster der Inspektion E erreicht. Würde Bruno denselben Zug beobachten? Welche Gedanken *ihm* wohl gerade durch den Kopf gingen?

Plisch und Plum brauchten keine zehn Minuten. Auch das verwaiste Büro von Erika Voss hatten sie durchsucht.

»Nichts, Herr Kriminalrat.«

Gennat nickte. »Gut.«

Es schien ihn wirklich zu freuen, Rath nicht als Mörder festnehmen zu müssen. Kein Wunder. Noch schlimmer als ein ermordeter Bulle war ein mordender Bulle. Vielleicht war es aber auch Sympathie für den neuen Mitarbeiter. Obwohl Rath wusste, dass das Gennat noch nie davon abgehalten hatte, seine Klienten, wie er sie liebevoll nannte, an seinen Vater weiterzureichen, der die Strafanstalt Plötzensee leitete.

»Gut«, sagte der Buddha noch einmal. »Dann lassen wir uns noch Ihre Wohnung aufsuchen, dann sind wir fertig.«

Rath schluckte. Das auch noch.

»Man hat mir die Wohnung gerade gekündigt«, sagte er. »Ich wohne im Hotel.«

»Wir werden auch da diskret vorgehen.«

Wenig später standen die vier Kriminalbeamten im Foyer des *Excelsior*. Der Portier zeigte sich ausgesprochen freundlich.

»Herr Kommissar! Hätten Sie jetzt Zeit für die Formalitäten?«

»Später. Den Schlüssel bitte. Ich benötige mein Zimmer für eine kleine Besprechung.«

»Wie Sie wünschen, Herr Kommissar.« Der Portier schob den

Schlüssel über den Tresen. »Zimmer vierhundertzwölf. Soll ich Ihnen Getränke hinaufbringen lassen?«

»Das wird nicht nötig sein. Ist mein Gepäck schon oben?«

»Selbstverständlich. Ich wünsche angenehmen Aufenthalt.«

Wenig später hatten Gennats Mitarbeiter auch das Hotelzimmer durchsucht. Obwohl Rath erklärt hatte, das Zimmer noch gar nicht betreten zu haben, durchsuchten sie nicht nur sein Gepäck, sondern auch sämtliche Schränke, die sie in dem kleinen, aber zweckmäßig eingerichteten Raum fanden. Rath hatte sich wieder am Fenster postiert. Diesmal ging der Blick nicht zum Anhalter Bahnhof raus sondern in einen baumlosen Hinterhof.

»Entschuldigen Sie bitte die Umstände, Herr Kommissar«, sagte Gennat, nachdem Plisch und Plum die Suche wieder mit einem »Nichts, Herr Kriminalrat!« abgeschlossen hatten.

»Schon gut«, beschwichtigte Rath den Buddha, der ehrlich zerknirscht wirkte, »ich wäre an Ihrer Stelle genauso verfahren.«

»Sie haben Recht. Man muss jeder Spur nachgehen, die halbwegs plausibel erscheint, selbst wenn es auf den ersten Blick noch so abstrus wirkt. Nicht, dass Sie das trösten könnte, Herr Rath: Aber es wäre nicht das erste Mal, dass ein Polizist einen Kollegen ermordet hat.«

Rath nickte. *Wenn der Buddha wüsste, wie nah er mit diesem Satz an der Wahrheit vorbeischrammte!*

Nach der erfolglosen Durchsuchung waren sie wieder das, was sie dem Portier vorgegaukelt hatten: vier Kollegen, die gemeinsam einen Fall besprachen.

Gennat hatte sie eingeladen. Da noch keine Mittagszeit war, zu Kaffee und Kuchen ins *Café Josty* am nah gelegenen Potsdamer Platz. Die vorangegangene Aktion war allen immer noch ein bisschen peinlich, der Buddha versuchte, den Betriebsfrieden wiederherzustellen. Er ließ reichlich Kuchen auffahren. Und gehaltvollen. Schon nach dem ersten Stück spürte Rath, dass er heute auf das Mittagessen würde verzichten müssen. Czerwinski und Henning schien es ähnlich zu ergehen. Sie alle lehnten ein weiteres

Kuchenstück ab, das Gennat ihnen auf die Teller schaufeln wollte. Der Buddha zuckte verständnislos die Achseln und bediente sich selbst mit einem Stück Schwarzwälder Kirsch.

»Na, meine Herren«, sagte der Inspektionsleiter schließlich, nachdem er das vierte Stück Kuchen vertilgt hatte, »das haben wir uns verdient! Mal wieder viel Arbeit, und das nur wegen eines Witzboldes!« Es hörte sich so an, als habe auch Rath mitgearbeitet und sei nicht der Beamte gewesen, den sie überprüft hatten.

»Ich glaube nicht, dass es ein Witzbold war, ich glaube, es war der Mörder«, sagte Rath.

Gennat nickte. »Da ist was dran, da haben Sie Recht. Aber wenigstens konnte er sich nicht über die doofen Bullen amüsieren. Wir sind so diskret vorgegangen, dass niemand etwas gemerkt hat.«

Wahrscheinlich hatte der Buddha auch mit Henning und Czerwinski strengstes Stillschweigen vereinbart, dachte Rath. Keiner würde es wagen, der Presse etwas zu stecken, wenn der Kreis der Mitwisser so klein war.

Es war fast zwölf, als sie wieder in der Burg waren.

»Gut, meine Herren, dann wieder an die Arbeit«, sagte Gennat, als er die drei Männer vor seiner Bürotür verabschiedete. »Wir sehen uns dann morgen auf der Beerdigung.«

Daran hätte Rath beinahe nicht mehr gedacht: Morgen früh um elf wurde Stephan Jänicke auf dem Georgenfriedhof in der Greifswalder Straße beigesetzt.

Den Rest des Tages hatte er Narrenfreiheit. Gennat hatte es nicht mehr gewagt, ihm noch eine neue Aufgabe aufs Auge zu drücken. So hatte Rath wieder Zeit zu grübeln. Warum war Wündisch hinter Wolter her? Was hatte Jänicke herausgefunden?

Einen Moment lang spielte er mit dem Gedanken, den Chef der Politischen Polizei einfach anzurufen und ihn zu fragen. Doch er wusste, dass das keine gute Idee war. Die Geheimniskrämerei der IA war Legende. Und wenn dann noch jemand bei einem verdeckten Einsatz ums Leben kam, war nicht zu erwarten, dass die Politische Polizei mit irgendwelchen Informationen rausrückte.

Die würden das Ganze unter der Decke halten. Und vielleicht rechnete Wolter genau damit.

Aber er rechnete nicht damit, dass Rath nun erst recht nicht lockerlassen würde. Gerade weil Wolter ihm die Sache hatte anhängen wollen.

Was er brauchte, das waren weitere Informationen über Jänickes Einsatz für die IA, und die hoffte Rath in dem Notizbuch zu finden. Vielleicht gab es dort noch Hinweise, die er bislang übersehen hatte, er musste es noch einmal gründlich durcharbeiten. Blöd, dass er da jetzt nicht rankam. Vertane Zeit.

Andererseits gut, dass Plisch und Plum es nicht bei ihm gefunden hatten. Er musste sich eben in Geduld üben.

Kurz nach drei rief Roeder an. Mit seinem Anruf hatte Rath gerechnet.

»In Ihrer Fotokiste, sagen Sie? Und ich suche schon die ganze Zeit danach. Die muss da hineingerutscht sein.«

»Herr Kommissar, Sie müssen nicht glauben, dass ich Ihnen Ihre Pistole *bringe*! Da müssen Sie sich schon herbequemen! Ich habe mir geschworen, nie wieder einen Fuß ins Polizeipräsidium zu setzen!«

»Aber natürlich, Herr Roeder. Ich bin ja froh, dass sie überhaupt wieder aufgetaucht ist. Ich werde sie umgehend bei Ihnen abholen, wenn es Ihnen recht ist.«

»Nichts da, ich habe jetzt keine Zeit. Aber ich mache Ihnen einen Vorschlag: Kommen Sie um fünf ins Café *Imperator*, da habe ich einen Termin mit meinem Verleger.«

»In der Friedrichstraße?«

»Genau. Dann müssen Sie sich nicht zu mir hinausbemühen. Und wenn ich Ihnen noch einen Tipp geben darf, junger Kollege …«

»Ja?«

»Halten Sie mehr Ordnung in Ihrem Büro! Ordnung ist das A und O in unserem Beruf. Gerade mit einer Schusswaffe sollten Sie sorgfältiger umgehen! Und jetzt entschuldigen Sie mich bitte, ich habe zu tun!«

Als Rath das *Imperator* um kurz nach fünf betrat, saß Roeder mit einem dicken Brillenträger am Tisch, wahrscheinlich Doktor Hildebrandt. Der Ex-Polizist hatte die Lignose in Zeitungspapier eingewickelt, damit die Übergabe einer Pistole mitten in einem Kaffeehaus nicht auffiel. Wahrscheinlich wären Roeders Fingerabdrücke die einzigen, die der ED jetzt auf der Pistole finden würde, dachte Rath, als er sich artig bedankte und das Bündel in seinen Mantel steckte. Von der Friedrichstraße fuhr er direkt zum *Excelsior*. Der Portier schien ihn bereits sehnsüchtig erwartet zu haben.

»Ah, der Herr Kommissar!« Er schob ihm das Anmeldeformular über den Tresen und wirkte erleichtert, als Rath es diesmal endlich ausfüllte.

»Da wäre noch etwas …« Der Portier wedelte mit einem Umschlag. »Vorhin ist Post für Sie gekommen.«

Rath nahm den Brief entgegen und ging zum Lift. Erst als er die Tür von Zimmer 412 verschlossen hatte, öffnete er das Kuvert und ließ den kleinen silbrigen Schlüssel herausfallen.

Bevor Rath zu Bett ging, unternahm er noch einen kurzen Spaziergang zum Potsdamer Bahnhof und schaute in sein Schließfach. Er legte die Pistole hinein und holte das kleine schwarze Buch heraus, bevor er das Fach wieder verschloss. Jänickes Notizbuch war für ihn im Moment die spannendste Bettlektüre, die er sich vorstellen konnte, auch wenn er kaum ein Wort verstand.

28

Die Kirche konnte die Menschenmenge kaum fassen. Zur Beerdigung von Stephan Jänicke war ein riesiges Polizeiaufgebot erschienen. In den hinteren Reihen drängten sich die Zivilisten. Der gewaltsame Tod eines jungen Polizisten ging wohl vielen Berlinern nahe. Fast alle Zeitungen hatten ihre Reporter geschickt.

Die Männer mit den Kameras hielten sich dezent ganz hinten in der Kirche auf.

Rath schaute sich um. Einige Kirchenbänke waren komplett mit Uniformblau gefüllt. Die Zivilbeamten wirkten nicht weniger uniformiert, allesamt in Schwarz und mit Zylindern in den gefalteten Händen. Rath trug denselben schwarzen Anzug, den er bei der Beerdigung von Alexander LeClerk jr. getragen hatte. Unangenehme Erinnerungen. Er spürte, wie sie sich in seinem Kopf ausbreiten wollten.

Vorn am Altar stand der Sarg, bedeckt vom schlichten Schwarz-Weiß der preußischen Fahne, flankiert von zwei Schutzpolizisten in Paradeuniform mit blinkenden Knöpfen und blitzeblank gewienerten Stiefeln. In der ersten Reihe direkt neben Zörgiebel standen ein Mann und eine Frau, beide weißhaarig, obwohl sie nicht viel älter als fünfzig sein durften. Stephan Jänickes Eltern waren aus Allenstein angereist. Soweit Rath wusste, war es das erste Mal, dass sie den polnischen Korridor durchquert hatten, das erste Mal, dass sie überhaupt ihre ostpreußische Heimat verlassen hatten.

Wie würden sie reagiert haben, hätten sie gewusst, dass nur wenige Bänke hinter ihnen der Mörder ihres Sohnes stand? Bruno Wolter hatte eine ernste Miene aufgesetzt, als er die Kirche betreten hatte. Sollte wohl Trauer heucheln. Jetzt konnte Rath Wolters Gesicht nicht mehr erkennen, er hatte sich weiter hinten einen Platz gesucht. Rath wollte dem Onkel möglichst aus dem Weg gehen, allein dessen Anblick war ihm unerträglich. Würde der Mörder den Jänickes am Grab in die Augen schauen können? Würde er ihnen die Hand schütteln und kondolieren?

Das Buch des Toten hatte immer noch keine Antwort gegeben. Heute Morgen hatte Rath überlegt, es mitsamt der Pistole einfach in den Kanal zu werfen, anstatt es zurück ins Schließfach zu legen. Doch er wollte die Hoffnung so schnell nicht aufgeben. Kannte er das Motiv, könnte er auch die nötigen Beweise herbeischaffen. Dann würde das fatale ballistische Gutachten nur noch aussagen, dass der Mörder Bruno Wolter offensichtlich auch einen gewissen Josef Wilczek erschossen hatte. Rath würde dem nicht widersprechen. Nein, da hätte er keinerlei Skrupel mehr, nicht nachdem Wolter versucht hatte, ihm die Mordwaffe unterzuschieben und ihn selbst zum Mordverdächtigen zu machen.

Der Gottesdienst verlief nüchtern, ohne jeden Prunk. Für Rath war es der erste Besuch in einer evangelischen Kirche, und er war beinah enttäuscht. Als die Trauergemeinde sich an der Greifswalder Straße in Bewegung setzte, hielt er sich weiterhin fern von Wolter. Das war nicht schwer, denn auch der hatte offensichtlich kein Interesse an einer Begegnung und ließ sich ganz nach hinten ans Ende des Begräbniszuges zurückfallen. Rath blieb vorne bei den Mordermittlern, bei Gennat und Böhm.

Charly hatte er schon in der Kirche nirgends entdecken können. Wahrscheinlich musste sie in der Burg die Stellung halten. War auch besser so. Jänickes Beerdigung war nicht gerade der richtige Ort, wo er ihr zum ersten Mal seit ihrem denkwürdigen Auftritt auf der Pressekonferenz begegnen wollte. *Sie sind ja vielleicht ein Arschloch, Herr Rath!* Jetzt noch traf ihn jedes einzelne Wort. Wenn er an jenen Moment dachte, sah er sie wieder da stehen, wie sie ihm fest in die Augen schaute, und in diesen Augen war plötzlich überhaupt keine Liebe mehr zu finden, sondern nur noch Enttäuschung und Verachtung.

Sechs junge Männer, alles ehemalige Kameraden Jänickes von der Polizeischule Eiche, hatten den Sarg aus dem Leichenwagen genommen und geschultert. Gleich hinter dem Pfarrer passierten sie den Eingang zum Friedhof, der Begräbniszug folgte. Es war still. Ein Zeisig schickte seinen Ruf über die Gräber. Schweigend schritten die Kollegen nebeneinanderher. Leichter Regen begleitete sie, dennoch schien es ein warmer Tag zu werden. Treibhauswetter. Rath war nicht der Einzige, der zu schwitzen begann. Zörgiebel wischte sich mit einem weißen Tuch über die Stirn. Für ihn war es ein schwerer Gang, die Eltern eines Polizisten zum Grab ihres Sohnes zu führen, der im Dienst gestorben war.

Der Polizeipräsident schritt mit den Jänickes gleich hinter dem Sarg und dem Pfarrer an der Spitze des Zuges. Die Sargträger folgten der Hauptallee ein gutes Stück, bogen dann aber nach rechts ab, auf einen weiteren großen Weg. Nach einer Weile hatten sie eine Backsteinmauer erreicht. Ein paar Meter dahinter erhoben sich Mietshausfassaden, daneben ein Backsteingebäude, wohl eine Schule. Direkt an der Mauer konnte Rath ein frisch ausgehobenes Grab erkennen.

Der Pfarrer hatte die Grube erreicht und blieb stehen, die Sargträger gingen noch ein paar Schritte weiter, bis sie genau rechts und links des Grabes standen. Sie wollten ihre Last vorsichtig auf die Holzbalken hinabsinken lassen, die quer über das Grab gelegt waren, als ein kurzer, aber heftiger Schrei die Stille störte.

Ein Ausruf der Überraschung oder einer des Entsetzens? Rath konnte es nicht genau deuten, jedenfalls hatte einer der Sargträger geschrien. Die sechs jungen Männer stockten mitten in ihrer Bewegung. Der Sarg geriet in eine gefährliche Schieflage, weil nicht alle zur gleichen Zeit merkten, dass etwas nicht in Ordnung war. Die Gesichtszüge der sechs entgleisten nach und nach, allerdings hatten sie sich schnell wieder im Griff und schauten so stoisch ernst wie zuvor. Als Polizisten hatten sie gelernt, sich zu beherrschen, doch Rath wusste, dass sie etwas Schlimmes gesehen haben mussten.

Und plötzlich war nichts mehr wie bei einer normalen Beerdigung.

Der Sarg hing immer noch zwischen Himmel und Erde, die Sargträger schienen sich nicht entscheiden zu können, wo sie ihn absetzen sollten. Die jungen Beamten warfen sich unsichere Blicke zu. Dann schulterten sie den Sarg wieder und trugen ihn langsam zurück auf den Friedhofsweg. Der Pfarrer, der auf dem Kies stehen geblieben war, um dort seine Worte zu sprechen, wich ihnen irritiert aus. Zörgiebel reagierte sofort. Er ließ das Ehepaar Jänicke stehen, eilte schnell, aber weiterhin würdevoll zu der offenen Grube und warf einen Blick hinein. Nur seine Augen, die er für den Bruchteil einer Sekunde aufriss, verrieten seine Überraschung. Er nahm den Zylinder ab und tupfte sich die schweißnasse Stirn. Während er die Jänickes hart am Arm fasste und vom Grab wegzerrte, gab er Gennat, der ein paar Meter vor Rath stehen geblieben war, ein unauffälliges Zeichen. Der Chef der Inspektion A bewegte sich trotz seiner Leibesfülle erstaunlich flink. Seinem Mienenspiel war nicht anzumerken, was er im Grab sah. Er winkte Böhm und ein paar Kollegen heran. Rath wusste nicht, ob auch er gemeint war, er setzte sich ebenfalls in Bewegung. Was war da los?

Immer mehr Unruhe kam in die Begräbnisgesellschaft. Ein paar Neugierige traten nach vorn, wollten sehen, was die seltsamen Reaktionen ausgelöst hatte. Ein Murmeln war zu hören, das zu einem immer lauteren Stimmengewirr anschwoll. Die Beerdigung von Stephan Jänicke hatte plötzlich jede Feierlichkeit verloren.

Rath drängte sich an den Sargträgern vorbei, die den schweren Eichensarg immer noch geschultert hatten. Ein unerträglicher Geruch drang aus der feuchten Erde.

Und dann sah er es.

Im ausgehobenen Grab lag bereits eine Leiche. Erdbrocken hingen an einem fleckigen und vermoderten grauen Anzug. Hände und Füße waren zu blutverkrusteten Klumpen geronnen, die Verwesung hatte gründlich gewütet.

Ein Blitzlicht flammte auf und tauchte den Leichnam für einen Augenblick in gespenstisch grelles Licht.

Ein paar Reporter hatten ihre Fotoapparate gezückt und begannen instinktiv zu fotografieren. Gennat brüllte ein paar Befehle, und Schupos drängten die Reporter beiseite. Schnell umringte eine Kette aus blauen Uniformen das Grab und verhinderte, dass weitere Neugierige einen Blick hineinwerfen konnten.

Rath stand zwischen den Uniformierten, schaute die Leiche an und konnte es kaum fassen. Die Verwesung hatte auch im Gesicht des Toten ihre Spuren hinterlassen, doch waren die Gesichtszüge deutlich genug zu erkennen, dass an der Ähnlichkeit mit den Fahndungsfotos keinerlei Zweifel bestehen konnte.

Rath musste nicht erst die amtliche Identifizierung abwarten, um zu wissen, dass diese Leiche ihm Ärger einbringen würde.

In dem Grab, das man eigentlich für Stephan Jänicke ausgehoben hatte, lagen die sterblichen Überreste von Alexej Iwanowitsch Kardakow.

Überreste war in diesem Fall das durchaus passende Wort, dachte Rath, als er eine knappe halbe Stunde später zwei Männer vom ED beobachtete, die unten in der Grube, direkt neben dem stinkenden Bündel, das von Kardakow übrig geblieben war, Fußabdrücke mit Gips ausgossen. Ein Dritter untersuchte vorsichtig, mit Hilfe einer Pinzette und eines Stöckchens, die Taschen des modrigen Anzugs. Alle drei hatten Taschentücher vor Mund und Nase gebunden, sie trugen immer noch ihre Zylinder.

Der leichte Regen hatte inzwischen ganz aufgehört. Die Schwüle wurde immer unerträglicher, der Boden dampfte. Die feuchtwarme Luft trug den Verwesungsgeruch in Schwaden über die Gräber. Schon hier oben war der Gestank schlimm, dachte Rath, da unten musste er unerträglich sein.

Die nötigen polizeilichen Arbeiten hatten sogleich beginnen können – Gennat hatte fast alle Spezialisten vor Ort. Die meisten waren zwar nicht gerade passend angezogen, aber sie hatten sich ohne Murren an die Arbeit gemacht. Nur Doktor Schwartz musste Gennat anfordern. Und Spurensicherungsgerät aus der Burg kommen lassen. Das war schnell geschehen, zum Alex war es nicht weit.

Der Sarg mit dem Leichnam Stephan Jänickes stand jetzt in der Friedhofskapelle. Solange die Spurensicherung am Grab nicht beendet war, konnte Jänicke nicht bestattet werden. Wie Zörgiebel das den Eltern erklären wollte, hätte Rath gern gewusst.

Was auch immer derjenige, der den Leichnam in der Grube deponiert hatte, damit bezweckte, eines hatte er in jedem Fall erreicht: Das feierliche Begräbnis eines in Erfüllung seines Dienstes getöteten Polizisten hatte er nicht nur gestört, er hatte es richtiggehend gesprengt.

Die Beerdigungsgesellschaft hatte sich schnell zerstreut, dafür hatten die Schupos gesorgt. So behutsam es in dieser Situation eben möglich war, hatten sie die Trauernden vom Friedhof komplimentiert. Jetzt liefen nur noch Beamte der Inspektionen A und I, Mordinspektion und Erkennungsdienst, zwischen den Gräbern umher. Mit ihren schwarzen Zylindern wirkten die Männer wie eine orientierungslose Trauergesellschaft. Am Eingang an der Greifswalder Straße passte die Schutzpolizei auf, dass vorerst kein Passant mehr den Friedhof betrat. Das kleine Tor an der Heinrich-Roller-Straße war sowieso abgeschlossen.

Vor allem Fußspuren suchten die Männer vom ED in der feuchten Erde, und da hatten sie eine Menge zu tun. Da, wo eben noch die Trauergemeinde dem Sarg gefolgt war, hatten Hunderte von Schuhen den Boden zertrampelt. Zwecklos, da mussten sie gar nicht erst anfangen. Direkt am Grab sah es auf den ersten Blick auch nicht viel besser aus: Nicht nur die Sargträger und der Pfarrer hatten sich dort aufgehalten, auch Zörgiebel, Gennats Beamte und die Schupos des ersten Absperrungsringes hatten ihre Fußstapfen hinterlassen, ganz zu schweigen von einigen Neugierigen und den Pressefotografen. Doch Gennat hatte reaktionsschnell von all diesen Leuten die Personalien aufnehmen lassen, sodass ein späterer Abgleich der Fußabdrücke zwar mühselig, aber durchaus möglich war. Die Suche nach der einen Spur, zu der es keinen Vergleich gab, nicht einmal den Stiefel des Friedhofgärtners, schien also nicht hoffnungslos.

Die Pressefotografen hatten sich zunächst geweigert, ihre Namen preiszugeben, da sie Repressalien befürchteten. Doch die Schupos hatten keine einzige Kamera sichergestellt. Bloß keinen Skandal provozieren: Zörgiebel selbst hatte die Presse zu Jänickes Begräbnis eingeladen. Rath glaubte ebenso wenig wie Gennat, dass eine Zeitung das Foto einer verwesenden Leiche ins Blatt heben würde. Die Bilder, die jetzt fertig entwickelt in den Redaktionen liegen dürften, würden im Giftschrank verschwinden. Aber zumindest eines würden sie bewirken: Die Berliner Polizei würde sich nicht herausreden können. Die Fotos erzählten jedem Polizeireporter eine interessante Geschichte: Im frisch ausgehobenen Grab des ermordeten Kriminalbeamten Stephan Jänicke lag heute Morgen eine Leiche, und bei dieser Leiche handelte es sich um den unlängst zur Fahndung ausgeschriebenen mutmaßlichen Mörder Alexej Kardakow. Mit diesen Informationen und ein paar aufgewärmten Zutaten aus der Vorwoche konnte ein findiger Journalist eine ganze Titelseite füllen, dazu brauchte er keine Pressekonferenz mehr und auch nicht die Exklusivinformation eines indiskreten Polizeibeamten. Ohnehin zwecklos, ein Ereignis, das so viele Augenzeugen gehabt hatte, unter der Decke halten zu wollen, das musste auch Zörgiebel einsehen.

Die Spurensicherung war inzwischen wieder aus dem Grab gestiegen, nun hatte Kriminalassistent Reinhold Gräf den Fotoapparat hinuntergewuchtet und machte einige Nahaufnahmen. Auch Gräf hatte ein Taschentuch vor sein Gesicht gebunden, zudem hielt er sich den Mantelkragen vor die Nase. Rath bezweifelte, dass das viel nutzte, der Kriminalassistent sah fast so bleich aus wie die Leiche.

Ein ED-Mann zeigte Gennat, was er in Kardakows Jackett gefunden hatte: ein erstaunlich gut erhaltenes Kokainbriefchen, eine Mitgliedsnadel des Ringvereins *Berolina* und einen gelben Personalausweis, *gültig bis 16. Mai 1929.*

Gennat blätterte in dem Dokument. Er nahm ein Taschentuch zu Hilfe, um keine Fingerabdrücke zu hinterlassen. »Na, da hammer wohl Ihren Mörder gefunden, Herr Rath«, sagte er. »Sieht leider reichlich tot aus, der Mann. Vernehmen kann man den nicht mehr.«

Rath nickte stumm und demütig. Gennat drückte den Sachverhalt noch vergleichsweise harmlos aus. Die Blicke der Kollegen vorhin waren gnadenloser ausgefallen. Kardakows Leiche hatte den neuen Mordermittler Gereon Rath vor der versammelten Berliner Polizei bis auf die Knochen blamiert. Der Mann, den Rath für einen Mörder gehalten und nach dem er eine Fahndung ausgelöst hatte, war augenscheinlich selbst Opfer eines Gewaltverbrechens geworden.

»Wann soll er noch mal gemordet haben?«, fragte Gennat.

»Vor drei Wochen etwa.«

»Ich würde mal sagen, dass unser Mann da schon so ähnlich ausgesehen hat wie jetzt«, sagte Gennat.

Genau dieser Gedanke ging auch Rath durch den Kopf. Kardakow war kein Mörder, er war ein Opfer. Ein Opfer desselben

Mörders, der auch Boris auf dem Gewissen hatte. Das hatte er in dem Moment gewusst, als er die Leiche erkannt und die Misshandlungen an Händen und Füßen gesehen hatte.

»Ich fürchte, die Fahndung war etwas voreilig, Herr Kriminalrat«, sagte er.

Gennat nickte. »Und noch voreiliger war es, diesen Mann ohne jeden Beweis des Mordes zu verdächtigen. Mit dieser Leiche sind Sie noch gut bedient! Stellen Sie sich mal vor, der arme Teufel lebte noch. Wäre vielleicht nur für ein paar Wochen an die Ostsee gefahren, um dann bei seiner Rückkehr am Stettiner Bahnhof von der Polizei verhaftet zu werden und sein Bild in allen Zeitungen zu finden. So was grenzt an Rufmord! Und das hätten Sie zu verantworten gehabt, Herr Kommissar!«

Nicht ich allein, auch der Polizeipräsident, dachte Rath. Zörgiebel hatte Gennats Proteste ignoriert, hatte die Fahndung nach Kardakow eingeleitet und war mit Raths Theorie an die Öffentlichkeit gegangen. Auch der Polizeipräsident hatte sich heute blamiert. Und Rath wusste jetzt schon, dass Zörgiebel ihm das nicht verzeihen würde.

Er hatte sich eine ganze Menge Feinde gemacht in der Burg. Ein paar zu viel. Böhm stand hinten bei Kronberg und einigen ED-Leuten etwas abseits an der Friedhofsmauer. Wohl weniger, um dem Verwesungsgeruch auszuweichen – er schien sich von Rath fernzuhalten. Für den bin ich auch eine verwesende Leiche, dachte Rath. Genau genommen hatte er keinen einzigen Freund mehr am Alex. Der Letzte, den er dafür gehalten hatte, war der schlimmste von allen. Der Onkel. Bruno Wolter.

Ein unscharfer roter Farbtupfer am Rande seines Blickfeldes ließ ihn aufschauen.

Tatsächlich! Da kam sie!

Charly!

In ihrem roten Kleid stiefelte sie über den Friedhof, vorbei an den schwarz gekleideten Männern, in der einen Hand einen zugeklappten Regenschirm, in der anderen den Stenoblock. Rath spürte einen Stich, als er bemerkte, wie sie ihn kurz musterte und dann an ihm vorbei zu Gennat spazierte, ohne ihn noch einmal anzublicken, geschweige denn zu grüßen. Umso herzlicher begrüßte sie den Kriminalrat.

»Ah, Fräulein Ritter«, sagte der Buddha und klang beinah erfreut, soweit das in dieser Umgebung überhaupt möglich war, »gut, dass Sie da sind!« Er schickte sie gleich weiter zu Kronberg, der hinten an der Mauer mit Böhm debattierte. »Nehmen Sie erst mal die Erkenntnisse der Spurensicherung auf. Wenn Doktor Schwartz seine Arbeit gemacht hat, dann wenden wir uns unserem Freund hier zu.«

Charly ging weiter, Rath schaute ihr nach.

Ob Gennat die Spannung zwischen ihnen gespürt hatte? Der Buddha ließ sich nichts anmerken und schaute nachdenklich auf die Leiche.

»Der ist mindestens schon vier Wochen tot, wenn Sie mich fragen.«

Doktor Schwartz, der kurz darauf endlich eintraf, bestätigte Gennats Schätzung. Immer wieder schüttelte der Mediziner den Kopf, als er Kardakows Leiche untersuchte. Schwartz schien der Einzige zu sein, dem der Verwesungsgeruch nichts ausmachte. Nicht einmal, wenn er unten direkt neben der Leiche im Grab seiner Arbeit nachging.

»Sieht aus wie schon mal ein- und wieder ausgebuddelt«, sagte er, als er wieder oben neben den Kriminalbeamten stand. »Aber das wird Ihnen die Spurensicherung wahrscheinlich genauer sagen.«

»Die Todesart?«, fragte Gennat.

»Das kann ich jetzt noch nicht sagen.« Schwartz zuckte die Achseln. »Parallelen zu einer anderen von mir untersuchten Leiche drängen sich geradezu auf. Aber es scheint auch ein paar eklatante Unterschiede zu geben.«

Gennat nickte. »Sie meinen den Fall, den der Kollege Böhm bearbeitet hat, nicht wahr?« Er pfiff einmal laut auf dem Finger und winkte den Oberkommissar herbei. Böhm stand immer noch bei Kronberg und Charly an der Friedhofsmauer. Jetzt konnte er Raths Nähe nicht mehr vermeiden, der Chef hatte gerufen. Böhm kam zu

Gennat und würdigte Rath keines Blickes. Was das anging, schien er sich mit Charly abgesprochen zu haben.

»Herr. Kriminalrat?«, bellte Böhm.

»Sie sollten hören, was Doktor Schwartz zu sagen hat«, meinte Gennat, »schließlich geht es da um Ihren Fall.«

»Ich glaube nicht, dass es meine Idee war, nach dem Mann zu fahnden, der da unten vor sich hin schimmelt!«

»Sie wissen, dass ich Konkurrenz in meiner Inspektion durchaus schätze, lieber Böhm, aber sie sollte nicht das Betriebsklima vergiften. Wir kommen nur weiter, wenn wir zusammenarbeiten.«

Beim letzten Satz hatte Gennat nicht mehr Böhm, sondern Rath angesehen.

»Ich würde es für angebracht halten, wenn Sie beide sich mal die Hand geben«, fuhr der Buddha fort. »Sie haben sich heute doch noch gar nicht guten Tag gesagt.«

»Ach? Wirklich nicht?« Böhm streckte seine Pranke aus, Rath ergriff sie. Wenn es denn sein musste. Eine Versöhnung mit Charly wäre ihm lieber gewesen. Er schaute zu ihr hinüber, während Doktor Schwartz mit seinen Erläuterungen fortfuhr.

Eine halbe Stunde später hatte Rath seine erste Chance, sich mit Charly zu versöhnen, bereits versiebt. Gennat hatte sie nicht nur zum Händeschütteln genötigt, er hatte sie auch gleich zusammen losgeschickt. Rund zwanzig Beamte hatte der Inspektionsleiter zur Befragung der Anwohner in der Heinrich-Roller-Straße abkommandiert, die direkt an den Friedhof grenzte, und für die Hausnummer 17 hatte er ausgerechnet Gereon Rath und Charlotte Ritter eingeteilt. Wenn das eine friedensstiftende Maßnahme hatte sein sollen, dann war sie gründlich danebengegangen.

Dabei hatte Raths Herz zunächst einen Hüpfer gemacht, als Gennat sie ihm zuteilte, ob vor Freude oder nur vor Aufregung, konnte er nicht genau sagen. Schon ihre Nähe hatte ihn euphorisch gemacht, erst recht ihre Berührung.

Ihr Verhalten hatte ihn dann wieder ernüchtert.

Kalt und unpersönlich. Wie eine Fremde war sie neben ihm hergelaufen. Sie sprach kaum ein Wort, und wenn, dann siezte sie ihn konsequent. Und das nicht nur, um den Schein zu wahren, das sagten ihm ihre Augen. Wie hart die blicken konnten. Nein, sie hatte ihm noch nicht verziehen.

»Was schlagen Sie vor, Herr Kommissar?«, fragte sie, als sie auf der anderen Seite der Friedhofsmauer vor dem fünfstöckigen Mietshaus standen. Die Kollegen waren längst in den Nachbarhäusern verschwunden.

»Wir können uns ruhig duzen, niemand hört uns«, meinte er. War einen Versuch wert.

»Ich habe nicht die Absicht, mir berufliche Nachteile einzuhandeln, weil ich zu vertraulich mit einem Kommissar umgehe. Noch dazu mit einem, der es nicht verdient hat.«

Sie war Juristin. Und offensichtlich keine schlechte.

»Genau darüber möchte ich ja mit dir reden. Willst du mich nicht wenigstens …«

Sie unterbrach ihn. »Ich kann mich nicht entsinnen, dass der Kriminalrat Ihnen den Auftrag gegeben hat, irgendetwas mit mir zu besprechen.«

Rath unternahm keinen weiteren Versuch mehr. Wenn sie es so haben wollte! Kaltschnäuzig sein, das konnte er auch.

»Gut. Damit nicht die Gefahr entsteht, dass es zu vertraulich zwischen uns wird, schlage ich vor, dass wir uns für die Zeugenbefragungen trennen. Sie übernehmen die eine Hälfte der Mietparteien, ich die andere.«

Er hatte sie tatsächlich gesiezt! Er hatte nicht das Gefühl, dass sie das traf. Das Siezen wurmte ihn mehr als sie.

»Wie Sie meinen, Herr Kommissar.«

»Dann nehmen Sie die oberen beiden Etagen, ich übernehme die drei unteren.«

Sie antwortete nicht mehr. Ihre schlanken Beine flogen die Treppe hoch.

Rath schaute ihr nach, zuckte die Achseln und machte sich an die Arbeit.

Er war schnell durch. Aus den Erdgeschosswohnungen konnte man nicht einmal über die Friedhofsmauer blicken, und auch sonst war niemandem etwas Ungewöhnliches aufgefallen, weder dem Hauswart noch dem Lehrer, der in der gegenüberliegenden Wohnung lebte. Und in den Wohnungen oben war niemand zu Hause außer Elfriede Gaede, einer schwerhörigen alten Dame, die im ersten Obergeschoss wohnte. Frau Gaede verfügte zwar über einen Logenblick auf den Friedhof, hatte jedoch nur Augen für ihre zahlreichen Katzen, die in jedem Zimmer herumstrichen. Es dauerte etwas, bis Rath begriffen hatte, dass Frau Gaede nicht nur schwerhörig war, sondern auch nahezu blind. Er war froh, als er die nach Katzenpisse stinkende Wohnung wieder verlassen konnte. Erfolgreicher Einsatz!

Er ging die Treppen hinunter, trat auf die Straße und blickte sich um. Von Charly war noch nichts zu sehen. Links neben dem Mietshaus, an der Ecke eines roten Backsteinbaus, standen Plisch und Plum, jeder eine Zigarette in der Hand. Rath stellte sich zu ihnen und steckte sich eine Overstolz an. Die beiden liefen wenigstens nicht weg, wenn er sich näherte.

»Auch schon fertig?«, fragte er, nachdem er die Zigarettenschachtel wieder eingesteckt hatte.

»Ist 'ne Schule«, sagte Czerwinski, »in dem ganzen Riesengebäude wohnen nur der Hausmeister und seine Frau.« Er nahm einen tiefen Zug. »Und die haben beide nichts gesehen.«

»Ist auch 'ne Schnapsidee, wenn ihr mich fragt«, meinte Henning. »Was sollen die Leute hier in der Straße schon mitbekommen haben? Wer auch immer den Toten da ins Grab geworfen hat, der ist über den Friedhof gekommen. Viel zu auffällig, hier über die Mauer zu kraxeln. Noch dazu mit einer Leiche. Außerdem muss es jemand gewesen sein, der das Friedhofspersonal kannte, jemand, der wusste, dass hier und heute ein Polizist beerdigt werden sollte.«

»Das wusste die ganze Stadt, das stand in jeder Zeitung«, entgegnete Rath. »Und so viele frische Gräber wird's heute Morgen auf dem Georgenfriedhof nicht gegeben haben.«

»Seltsame Sache«, fing Henning wieder an. »Warum wirft jemand eine alte Leiche in ein frisches Polizistengrab?«

»Schon merkwürdig«, gab Rath zu.

Der Mörder hatte den toten Kardakow nicht ohne Grund auftauchen lassen, so viel stand fest. Vielleicht um dem Polizeipräsidenten eins auszuwischen? Um Rath eins auszuwischen? Und war es überhaupt der Mörder selbst, oder hatte jemand anders die Leiche in Jänickes Grab deponiert? Es wirkte fast wie zur Schau gestellt, das Kokain in der Jackentasche, der Personalausweis. Und dann die Vereinsnadel der *Berolina.* Hatte Marlow seine Finger doch im Spiel? Wollte ihnen jemand damit sagen, dass Doktor M. oder der rote Hugo die beiden Russen umgebracht hatten? Vielleicht ein verfeindeter Ringverein, der die *Berolina* in Schwierigkeiten bringen wollte? Und dabei gleich noch die Gelegenheit nutzte, die Polizei ein wenig vorzuführen? Die *Nordpiraten* waren zurzeit nicht gut auf die *Berolina* zu sprechen. Vielleicht konnte man dort einmal nachfühlen.

Die drei Männer hatten ihre Zigaretten zu Ende geraucht. Rath beschloss, mit Henning und Czerwinski zurück zum Friedhof zu gehen. Auf Charly zu warten, um dann von ihr wie der letzte Dreck behandelt zu werden – das musste er sich nicht antun. Es war nicht gerade nett, aber das war ihm egal.

Trotz ihrer Zigarettenpause gehörten die drei zu den Ersten, die sich wieder bei Gennat meldeten. Viel war noch nicht zusammengekommen. Immerhin hatte ein Mann aus der Nummer 19 am Morgen zwei Männer beobachtet, die einen Karren über die Hauptallee des Friedhofs zogen, auch wenn er sich nicht mehr an die genaue Uhrzeit erinnern konnte. Nach und nach kamen immer mehr Kollegen zurück, auch die, die das Friedhofspersonal verhört hatten. Der Buddha hörte sich geduldig alle Berichte an. Er machte kaum Notizen. Ihm wurde ein ungeheures Gedächtnis nachgesagt.

Langsam erhielten sie ein klareres Bild von dem, was passiert sein musste. Nur ein einziges Grab hatte der Friedhofsgärtner gestern ausgehoben, das von Jänicke. Heute, kurz vor zehn, so hatte der Mann versichert, habe noch keine Leiche darin gelegen, da habe er noch einmal die Balken kontrolliert, auf denen der Sarg abgesetzt werden sollte. Also mussten die Männer – wenn es denn die zwei waren, die der Zeuge gesehen hatte – ihre Arbeit in dieser Zeit erledigt haben. Immerhin etwas, wo man ansetzen konnte.

Erst mit den letzten Kollegen von der Heinrich-Roller-Straße kam auch Charly zurück. Sie ging neben Reinhold Gräf. Lächelnd. Munter plaudernd.

Ohne Vorwarnung überfiel Rath die Eifersucht und versetzte ihm einen schmerzhaften Stich.

Scheiße!, dachte er. *Du hast schon genug Probleme am Hals, da brauchst du nicht noch welche wegen dieser Frau! Vergiss Charly, schlag sie dir aus dem Kopf! So musst du dich nicht behandeln lassen!*

Fürs Erste war ihre Arbeit hier getan. Die ersten Kriminalbeamten waren schon auf dem Weg zurück in die Burg, um ihre Berichte zu schreiben. Zwei Bestatter hatten Kardakows Leiche aus dem Grab geholt und legten sie vorsichtig in einen Zinksarg. Dann machten sie sich auf den Weg. An der Greifswalder Straße wartete der Leichenwagen.

Eigentlich die falsche Richtung, dachte Rath, als er die Männer beobachtete. Vom Grab in den Leichenwagen. Normalerweise nahmen die Toten den umgekehrten Weg.

Das Donnerwetter hatte er kommen sehen.

Als Rath in die Burg zurückkehrte, hatte Erika Voss schon mit der Nachricht gewartet.

»Der Herr Polizeipräsident wünscht Sie zu sprechen, Herr Kommissar.«

Rath wusste, dass es keine normale Besprechung werden würde, und er sollte Recht behalten. So wütend hatte er den Dicken noch nie erlebt. Zörgiebel hatte seinen Schreibtisch verlassen und ging im Zimmer auf und ab. Die Stimme bewegte sich in den höchsten Tonlagen.

Die Tür zum Vorzimmer war verschlossen, aber Rath wusste, dass Dagmar Kling jedes Wort mithören konnte, wenn man nur laut genug sprach. Und Zörgiebel sprach laut.

»Haben Sie überhaupt eine Vorstellung davon, in welche Situation Sie mich gebracht haben?«

Raths Instinkt sagte ihm, dass es besser wäre, jetzt nichts zu sagen, und er hielt sich an seinen Instinkt.

»Sie haben mich und die gesamte Berliner Polizei lächerlich gemacht! Vor aller Welt lächerlich gemacht!«

Rath sagte immer noch nichts. Sollte Dörrzwiebel sich austoben. Wenigstens konnte ihm jetzt niemand mehr nachsagen, der Polizeipräsident sei sein bester Freund.

»Wir schreiben einen Mann zur Fahndung aus, geben ihn als Hauptverdächtigen in einem Mordfall an, und der Mann ist länger tot als sein angebliches Opfer! Wie sieht denn das aus?«

»Verzeihung, Herr Polizeipräsident, aber ich habe die Leiche dort nicht deponiert!«

»Das wäre ja auch noch schöner! Aber Sie, lieber Herr Rath, haben den ganzen Polizeiapparat auf eine falsche Fährte gesetzt! Mit dem größten Aufwand haben wir nach einem Mann gefahndet, der seit Wochen tot ist! Alle Zeitungen haben sein Foto gebracht. Genauso, wie sie jetzt alle diese unsägliche Geschichte bringen werden. Welche Überraschung halten Sie denn noch für uns bereit? Welche Leiche taucht als Nächstes auf? Die der Gräfin?«

Rath zuckte mit den Schultern. »Ich hoffe nicht, Herr Polizeipräsident.«

»Das sollten Sie auch verdammt nochmal hoffen! Mein lieber Kommissar, ich weiß nicht, ob Ihnen das klar ist. Aber wenn Sie nicht der Sohn von Engelbert Rath wären, dann könnten Sie jetzt Ihre Koffer packen für das Kriminalamt Köpenick! Da ist gerade eine Stelle zu besetzen. Da können Sie entlaufene Katzen wieder einfangen. Und Gott dafür danken, dass ich Sie nicht für den Rest Ihrer Tage zum Staubwischen in die Asservatenkammer abstelle!«

So schnell also konnte man bei Zörgiebel in Ungnade fallen.

Gestern noch war Gereon Rath der umjubelte Held, derjenige, mit dessen Federn sich der Polizeipräsident schmücken konnte, und heute war er der Depp vom Dienst, allein verantwortlich dafür, dass Zörgiebel in der Presse eine schlechte Figur machte.

»Ich würde die Sache gerne wieder gutmachen, Herr Polizeipräsident.«

»Wieder gutmachen? Wie wollen Sie so einen Schaden wieder gutmachen? Lächerlich!«

Rath ahnte, warum Zörgiebel so aufgebracht war. Für die nächste Woche hatte die SPD in Magdeburg ihren Parteitag anberaumt. Und da würde der Berliner Polizeipräsident seinen sozialdemokratischen Parteifreunden Rede und Antwort stehen müssen zu den blutigen Maikrawallen und überhaupt zu Sicherheit und Ordnung in der Reichshauptstadt. Mit den Schlagzeilen, die er zuletzt gemacht hatte, konnte Zörgiebel bei seinen Genossen nicht viel Eindruck schinden. Und jetzt noch der Vorfall auf dem Friedhof! Eine Blamage sondergleichen, ein Autoritätsverlust! Zörgiebel hatte ganz einfach Angst, dass die Sozis über ihn herfallen würden.

»Ich wollte damit nur sagen, Herr Polizeipräsident: Wenn ich Ihnen irgendwie helfen kann, werde ich das tun. Geben Sie mir wenigstens eine Chance.«

»Ich gebe Ihnen noch eine einzige Chance, lieber Herr Rath, und ich rate Ihnen, die auch zu nutzen: Schaffen Sie mir endlich den Schuldigen herbei, der diese grausamen Verbrechen zu verantworten hat und die Polizei so unverfroren an der Nase herumführt. Damit wir diesen Unmenschen endlich aus dem Verkehr ziehen können. Spätestens in fünf Tagen will ich Ergebnisse sehen!«

»Das ist nicht viel Zeit, Herr Polizeiprä…«

»Wenn Sie Ihren Schreibtisch in der Inspektion A behalten wollen, dann sollten Sie diese Zeit nutzen!«

»Eigentlich hat Oberkommissar Böhm diesen Fall bearbeitet, und Kriminalrat Gennat …«

»Wie Sie das anstellen, das ist mir herzlich egal! Wenn Böhm Sie nicht will, dann arbeiten Sie eben allein. Das können Sie doch so gut!« Zörgiebel stellte sich wieder hinter seinen Schreibtisch und zeigte auf die Tür. »Und nun machen Sie, dass Sie hinauskommen! Gehen Sie an die Arbeit! Wenn Sie das nächste Mal durch diese Tür spazieren, sollten Sie mir etwas mitbringen. Einen Mörder. Und diesmal bitte mit stichhaltigen und gerichtsverwertbaren Beweisen! Haben wir uns verstanden?«

Rath nickte und öffnete die Tür. Ja, er hatte verstanden. Und er war sicher, dass auch Dagmar Kling jedes Wort verstanden hatte.

Doktor Schwartz hatte so zügig gearbeitet wie noch nie. Selbst der Obduktionsbericht im Fall Jänicke hatte nicht so schnell auf dem Tisch gelegen wie der im Fall Kardakow.

Mit Mühe nur hielt Rath die Augen offen und quälte sich durch das Medizinerdeutsch. Es war schon spät. Er zündete sich noch eine Zigarette an, um wach zu bleiben, der Aschenbecher vor ihm auf dem kleinen Wohnzimmertisch in Gennats Büro quoll bereits über. Er und der Buddha waren die Einzigen, die noch in der Inspektion A saßen.

Als Letzte war Trudchen Steiner gegangen. Die Sekretärin hatte ihnen noch die Abendzeitungen gebracht, bevor sie sich verabschiedete. Den Zwischenfall auf dem Georgenfriedhof hatten fast alle Blätter groß aufgemacht. Niemand hatte ein Foto der Leiche gebracht. Die meisten hatten das alte Porträt von Kardakow noch einmal ausgegraben und neben ein aktuelles Foto von Jänickes Begräbnis gestellt. Bei einigen Blättern schossen die Spekulationen wild ins Kraut, das hatte Rath erwartet. Der Buddha offensichtlich auch, die Berichte schienen ihn nicht aus der Ruhe zu bringen. Der Kriminalrat saß an seinem Schreibtisch und paffte nachdenklich an seiner Zigarre.

»Wollen Sie nicht mal langsam nach Hause gehen, Herr Kommissar?«

Gennat schien ernsthaft besorgt.

»Nein, Herr Kriminalrat. Ich habe Mist gebaut, und das möchte ich wieder ausbügeln. Wenn es sein muss, arbeite ich die ganze Nacht.«

»Ich muss nicht nach Hause, ich verfüge hier über ein Bett«, sagte Gennat, »aber das werde ich mit Ihnen *nicht* teilen!«

Rath lachte. »Das wird auch nicht nötig sein, Herr Kriminalrat. Wenn Sie zu Bett gehen wollen, sagen Sie bitte Bescheid. Dann nehme ich ein Taxi und fahre ins Hotel.«

»Wohnen Sie immer noch im *Excelsior*?«

»Ich bin noch nicht dazu gekommen, mir irgendwo ein nettes möbliertes Zimmer zu suchen.«

»Erinnern Sie mich morgen mal daran. Vielleicht kann ich da was für Sie tun!«

So feindselig ihm viele andere – insbesondere Böhm und Charly – in der Burg derzeit auch gegenüberstehen mochten, Gennat behandelte ihn gut. Er hatte deutlich gemacht, dass er Rath dabeihaben, seine Kenntnisse zur Person Kardakow nutzen wollte. Auch wenn das die Polizei einmal auf eine falsche Fährte geführt hatte. Dennoch glaubte der Buddha, dass Rath ihnen in Sachen Kardakow eine wertvolle Hilfe sein könnte. Auch wenn das Böhm nicht passte.

Rath vertiefte sich wieder in den Obduktionsbericht. Ein seltsamer Bericht: Eigentlich hatte er ein ähnliches Ergebnis wie im Fall Möckernbrücke erwartet, und es gab auch viele Parallelen, einiges aber war überraschend anders.

Wie bei Boris hatten die Misshandlungen auch bei Kardakow nicht zum Tod geführt. Wahrscheinlich waren bei beiden Russen dieselben Folterexperten am Werk gewesen. Profis, die wussten, wie sie wehtun konnten, ohne tödlich zu verletzen. Und die Drogen ganz bewusst einsetzten. Quälen und Aufpäppeln im steten Wechsel. Bei richtigen Antworten eine erlösende, schmerzstillende Spritze versprechen, erst das entlockte dem Opfer Antworten, nicht der Schmerz allein. Auch in Kardakows Körper konnte Schwartz Spuren von Heroin nachweisen, zudem hatte er ähnlich wie bei Boris Injektionsstellen gefunden. Allerdings hatte die Droge bei Kardakow *nicht* zum Tod geführt.

Gestorben war der Mann offensichtlich an einer Zyankali-Vergiftung. In seinem Mund hatte Doktor Schwartz Reste des Giftes gefunden, zudem dünne Glassplitter, die darauf schließen ließen, dass Kardakow die Giftkapsel selbst zerbissen hatte. Also Selbstmord? Oder hatten seine Folterknechte ihm die Kapsel unter Zwang in den Mund geschoben? Hatten sie das auch mit Boris vorgehabt? War der Herointod ein Unfall? Eine zu hohe Dosis aus Versehen?

Zwei fast identische Todesfälle. Nur dass ein Opfer an einer Überdosis Heroin gestorben war, das andere an einer zerbissenen Zyankali-Kapsel.

Der Fall erschien ihm rätselhafter denn je.

Gennat hatte die Zeitungen beiseite gelegt und studierte noch einmal den Bericht des Erkennungsdienstes.

»Was meinen Sie, wo unser Freund begraben war, bevor man sich entschloss, ihn wieder auszubuddeln?«, fragte er, dabei auf seiner Zigarre kauend.

Auch Rath hatte das Papier vorhin gelesen. In den Erdkrumen an der Kleidung des Toten hatten Kronbergs Leute Fichtennadeln gefunden. Auf dem Georgenfriedhof gab es keine Fichten.

»Das deutet auf einen Waldboden hin, meinen Sie nicht?«

»Genau das habe ich auch gedacht. Wir sollten uns mal eine Liste sämtlicher Fichtenwälder rund um Berlin kommen lassen. So viele gibt es da ja nicht. Vielleicht finden wir dort sein altes Grab.«

29

Die Stadt erwachte gerade, da saß Rath bereits wieder in der Burg, zurückgezogen in seinem kleinen Büro wie in einer Einsiedelei. Gennat hatte tatsächlich im Präsidium übernachtet, Rath hatte ihn beim Rasieren gestört, als er vorhin die Vernehmungsprotokolle aus dem Büro des Buddhas holen wollte. Außer ihnen war noch kein Mensch in der Inspektion A auf den Beinen. Rath hatte kaum geschlafen; er nahm Zörgiebels Drohung ernst. Zeit war kostbar in diesen Tagen.

Er hatte die Protokolle der gestrigen Vernehmungen Seite für Seite noch einmal durchgeackert. Kaum verwertbare Beobachtungen. Die Aussage des Mannes aus der Heinrich-Roller-Straße 19, ein Karren, den zwei Männer über die Friedhofsallee zogen. Der habe ausgesehen wie der normale Leichenkarren, hatte der Zeuge gesagt, das könne er beurteilen, schließlich sehe er so etwas von seinem Fenster aus schon mal öfter. Dummerweise hatten die Kollegen nicht gefragt, was auf dem Karren gelegen hatte. Klar war, dass es niemand vom Friedhofspersonal gewesen sein konnte. Der Friedhofsgärtner hatte erzählt, dass sie alle, nachdem die Vorbereitungen für das Jänicke-Begräbnis erledigt waren, zur Trauerfeier in die Georgenkirche gegangen seien. Ein feierliches Polizistenbegräbnis, das erlebten diese Leute auch nicht jeden Tag. Dann hätten die zwei Unbekannten also in die Friedhofskapelle eindringen müssen, wo der Leichenkarren normalerweise stand. Die Kapelle aber war abgeschlossen, und Einbruchsspuren hatte die Spurensicherung nicht gefunden.

Ein Zeuge aus der Greifswalder Straße wollte zwei Männer beobachtet haben, die einen Teppich über die Straße geschleppt hatten. Einmal ein Karren, einmal ein Teppich – vielleicht hatte man die Leiche ja umgeladen. Jeweils ein Transportmittel gewählt, das in der entsprechenden Umgebung nicht auffiel. Beide Zeugen hatten sich bei ihren Beobachtungen nichts gedacht – bis sie ein paar Stunden später plötzlich die Fragen der Polizisten hörten. Nur konnte keiner von ihnen die beiden Unbekannten beschreiben. Sie seien zu weit weg gewesen. Zwei Männer in grauen Mänteln und Hüten, darin stimmte die Beschreibung überein. Weitere Details gab es nicht, keine Gesichtszüge, keine Besonderheiten. Nicht einmal bei der Haarfarbe waren die Zeugen sicher.

Die Vernehmungsprotokolle von Charlotte Ritter studierte Rath besonders gründlich. Sie waren sorgfältiger abgefasst als seine eigenen, mehr herausbekommen hatte sie aber offensichtlich auch nicht. Im Haus Heinrich-Roller-Straße 17 gab es keine Zeugen des Vorfalls. Jedenfalls keine, die sie angetroffen hätten.

Kurz nach acht kam Erika Voss, überrascht, ihn im Büro zu sehen.

»Sonst sind Sie nie so früh hier, Herr Kommissar!«

»Sie hoffentlich schon, Fräulein Voss.«

Ohne dass er sie darum bitten musste, setzte sie Kaffee auf. Bislang hatte er nur Zigaretten geraucht, um wach zu werden, und war froh, als er nun eine dampfende Tasse vor sich stehen hatte. Er versuchte, seine Gedanken zu sortieren, aber es gelang ihm nicht. Zum einen, weil sie einfach noch zu wenig Informationen hatten, um daraus etwas Sinnvolles zusammenzusetzen. Zum anderen, weil dauernd eine Frau in seinen Gedanken herumspukte. Eine Frau, die dort nichts verloren hatte. Ein schmales, hübsches Gesicht, ein entschlossener Mund, dunkle Augen, in denen man versinken konnte. Und wenn sie lächelte, das Grübchen auf der linken Wange. *Wenn* sie lächelte.

Er musste raus. Als er die Protokolle in Gennats Büro zurückbrachte, war dort schon mehr los. Gertrud Steiner war natürlich an ihrem Platz, Henning und Czerwinski standen zusammen mit dem Kriminalrat an dessen Schreibtisch. Vor ihnen lagen Stadtpläne, auf denen Waldstücke markiert waren. Gennat gab ein paar kurze Anweisungen, aus denen Rath schloss, dass heute noch damit begonnen wurde, die Fichtenwälder rund um die Stadt zu durchkämmen.

Dennoch willigte Gennat ein, als Rath ihm sagte, was er vorhatte. Im Blick des Kriminalrats glaubte er tatsächlich so etwas wie Anerkennung zu entdecken, in jedem Fall Zustimmung. Wie auch immer: Der Buddha schien ihn zu mögen, und das war in der Inspektion A erst einmal das Wichtigste. Da konnte sich ein Böhm noch so querstellen.

Die morgendliche Besprechung ersparte Gennat ihm allerdings auch nicht. Wieder dieser Stich, als Charly auftauchte. Wenigstens hatte sie ihn gegrüßt. »Guten Morgen, Herr Kommissar«, hatte sie gesagt. Die Besprechung dauerte nicht lange, sie hatten noch nicht viel zu besprechen. Im Wesentlichen ging es um eine Zusammenfassung der bisherigen Erkenntnisse und um die aufwändige Fichtenwaldaktion, bei der einige Hundertschaften Schutzpolizei eingesetzt werden sollten. Neben Henning und Czerwinski teilte der Buddha weiteren Kriminalbeamten Waldstücke zu, deren Durchsuchung sie überwachen sollten. Meist arbeiteten sie zu zweit. Für einen Moment befürchtete Rath (vielleicht hoffte er es auch, so genau konnte er das gar nicht sagen), Gennat würde ihn wieder mit Charly zusammenpacken. Doch der Buddha ließ ihn allein arbeiten. Und machte keinen Waldarbeiter aus ihm.

Um neun war Rath endlich auf der Piste. Er fuhr noch einmal zum Friedhof raus. Die bisherigen Aussagen verifizieren, vielleicht ein paar ergänzende bekommen. Vor allem wollte er sich mal in der Schule umsehen. Bislang hatten sie nur die wenig hilfreichen Aussagen des Hausmeisters und seiner Frau. Heute Morgen würde das anders aussehen. Mit so vielen potenziellen Zeugen wie die Schule konnte kein anderes Haus in der Heinrich-Roller-Straße aufwarten.

Ungefähr 300 Jungen drückten um kurz nach neun die Schulbank in der 58. Volksschule für Knaben, als Rath höflich beim Rektor vorsprach. Seinen Besuch hätte er sich dennoch sparen können. Als Rath den Wunsch äußerte, alle Klassen besuchen zu dürfen, deren Fenster zum Friedhof hinausgingen, kanzelte ihn der Schulleiter, der auf den schönen Namen Edelhard Funke hörte, rigoros ab: Das sei doch wohl überflüssig! Natürlich habe niemand etwas beobachten können!

»Unsere Schüler folgen dem Unterricht, sie schauen nicht auf die Straße«, lautete die lapidare Auskunft. Als Rath protestieren wollte, unterbrach ihn der aalglatte Kerl mit einer Gegenfrage: »Wann noch mal, sagten Sie, soll sich die Tat ereignet haben?«

»Zwischen zehn und elf, wahrscheinlich aber zwischen halb elf und elf.«

»Na sehen Sie!« Rektor Funke triumphierte, als habe er gerade den Satz des Pythagoras erfolgreich hergeleitet. Wahrscheinlich Mathematiklehrer. »Da ist bei uns die zweite große Pause, da befinden sich alle Schüler auf dem Pausenhof. Und der geht nach hinten raus. Da kann niemand etwas gesehen haben!«

Mit diesem Satz wurde Rath hinauskomplimentiert. Um Viertel vor zehn stand er wieder auf der Straße. Keine halbe Stunde hatte sein Besuch in der Schule gedauert, und die meiste Zeit hatte er damit verbracht, darauf zu warten, endlich zum Rektor vorgelassen zu werden.

Der Tag fing ja gut an!

Er beschloss, August Glaser, den Zeugen in Hausnummer 19, noch einmal zu befragen. Vielleicht hatte der ja noch ein bisschen mehr zu erzählen, als im Protokoll stand. Ein zweiter Besuch wirkte manchmal Wunder, das hatte Rath schon oft erlebt. Doch in diesem Fall bewirkte er gar nichts: Glaser war nicht zu Hause.

Dass Polizeiarbeit zu neunzig Prozent aus vergeblichen Mühen besteht, das wusste Rath, aber heute fehlte ihm die nötige Geduld. Die Zeit drängte, er musste vorankommen. Und der Schlafmangel hatte seine Gelassenheit nicht gerade erhöht.

Also gut, noch einmal in die Nummer 17, diesmal ohne Charly. Zu den Leuten, die sie gestern nicht angetroffen hatten. Auch Charly hatte an einer Tür vergeblich geklingelt, so hatte sie es wenigstens in ihren Bericht geschrieben. Rath hatte sich den Namen notiert.

Inge Schenk war noch im Morgenmantel, bat ihn aber dennoch gleich herein. Sie kümmerte sich rührend um ihn. Ein Kaffeechen? Ein Likörchen? Rath entschied sich für Kaffee.

Sie führte ihn in ihr Wohnzimmer, bat ihn, Platz zu nehmen, und kam kurz darauf mit einem Tablett zurück. Er bekam seinen Kaffee, sie stellte ein Likörglas vor sich hin.

Sie schenkte ihm die Tasse nicht einmal halbvoll. Nur eine Pfütze. Rath hatte seine erste Frage gerade gestellt, da war die Tasse schon leer.

Sie antwortete nicht. »Noch einen?«, fragte sie.

Er nickte, und sie griff nach der Kaffeekanne. Als sie ihm nachschenkte, beugte sie sich so weit vor, dass ihre üppigen Brüste beinah aus dem Morgenmantel fielen. Diese Prozedur wiederholte sich so oft, bis Rath das System dahinter erkannte. Bei jedem Nachschenken kam sie ihm näher, öffnete sie ihm großzügigere Einblicke in ihr Dekolleté. Als sie schließlich beim Einschenken auch noch zwei, drei Tropfen Kaffee auf seinen Schoß spritzte und mit der Serviette auf seiner Hose herumzureiben begann, reichte es ihm. Fluchtartig verließ er diese gastliche Wohnung und rannte die Treppe hinunter.

Auf dem Absatz im ersten Stock stand die alte Dame, deren Katzenhorde er gestern schon hatte bewundern dürfen. Elfriede Gaede. Freudestrahlend blickte sie ihm entgegen.

»Herr Kommissar! Gut, dass Sie da sind!«

Sie winkte ihn herein. Was sollte das denn jetzt?

»Tut mir leid, ich habe keine Zeit«, sagte er und wollte an ihr vorbeigehen. Sie schien ihn gar nicht gehört zu haben. Ihre dünnen Finger griffen nach seinem Arm und zogen ihn in die Wohnung. Es blieb ihm nichts anderes übrig, als ihr zu folgen. Elfriede Gaede war nicht so schwach, wie sie aussah. Außerdem war Rath nicht in der Stimmung, sich heute auch noch mit einer alten Dame einen Ringkampf zu liefern.

»Was ist denn los?«, fragte er, diesmal mit lauterer Stimme.

Sie schaute ihn an. Na, wenigstens schien sie ihn jetzt gehört zu haben.

»Nein«, sagte sie und schüttelte energisch den Kopf, »auf dem Sims!«

Rath erinnerte sich an ihr gestriges Gespräch, das ähnlich absurd verlaufen war, und drehte die Augen zur Zimmerdecke.

Die Wohnung roch immer noch wie ein einziges riesiges Katzenklo. Die alte Dame führte ihn zu einem offenen Fenster.

»Da«, sagte sie und zeigte hinaus. »Da ist er einfach raus, und nun kommt er nicht mehr zurück! Der arme Napoleon!«

Rath beugte sich aus dem Fenster. Fünf, sechs Meter rechts von ihm saß ein fetter schwarzer Kater auf dem Fassadenvorsprung und fauchte ihn an.

Katzen retten, war das nicht die Betätigung, die Zörgiebel ihm in Köpenick in Aussicht gestellt hatte?

»Haben Sie denn hier in der Straße keinen Schutzmann, der Ihnen helfen kann?«, fragte er.

»Natürlich! Heute Morgen erst! Was denken denn Sie!«

Sie wirkte ehrlich entrüstet. Rath wusste zwar nicht warum, aber er merkte, dass er hier nicht eher rauskam, bevor ein fetter Kater namens Napoleon einer alten Dame namens Elfriede Gaede wieder um die Beine strich.

Er legte Hut und Jackett ab und kletterte aus dem Fenster. Das Sims war nicht sehr breit. Wie eine Klette klebte er an der Wand und tastete sich auf den Kater zu. Das Tier schien wenig begeistert. Napoleon machte einen Buckel. Langsam wich er zurück.

Mistvieh! Bleib hier, dachte Rath. Das laut auszusprechen, traute er sich nicht. Nicht etwa wegen Frau Gaede, die hätte ihn sowieso nicht gehört. Aber Napoleon könnte noch weiter zurückweichen. Oder womöglich vor Schreck auf die Straße fallen.

Langsam machte er Fortschritte. Der Abstand zwischen ihm und Napoleon verringerte sich. Er hatte den Kater fast erreicht, da ertönte das heisere metallische Rasseln einer Schulklingel. Große Pause in der Volksschule.

Napoleon erschrak noch mehr als sein angehender Retter. Der fette Kater machte einen Satz nach vorne, schaffte es irgendwie, an Raths Beinen vorbeizukommen, und war schneller im Fenster verschwunden, als Rath gucken konnte.

Der Kommissar brauchte länger für den Weg zurück. Als er gerade rückwärts durch das Fenster wieder in die Wohnung steigen wollte, beobachtete er fünf Jungen, die unten über die Straße liefen, elf, höchstens zwölf Jahre alt. Sie kletterten über die Backsteinmauer des Friedhofs.

Von hier oben konnte er prima beobachten, was sie dort wollten: Sie verschwanden unter einem Strauch, ganz in der Nähe von Jänickes abgesperrtem Grab, einer schien etwas aus dem Boden zu holen und an die anderen zu verteilen. Kurz darauf zwirbelten weiße Rauchfahnen aus dem Strauchgeäst. Die Jungen qualmten fleißig Zigaretten. Es wirkte wie ein eingeübtes Ritual. Es sah fast so aus, als würden die Raucher jede Pause dort verbringen. Nettes Pausenvergnügen für Elfjährige!

Rath ignorierte die Dankesbekundungen von Elfriede Gaede, die ihren fetten Napoleon im Arm hielt und streichelte, schnappte Hut und Jackett und ging wieder hinaus auf die Straße.

Die Länge einer Zigarette kann man am besten abschätzen, wenn man selber eine raucht. Er stellte sich an die Friedhofsmauer und fummelte eine Overstolz aus der Packung.

Er hatte seine Zigarette gerade ausgetreten, da kam der Erste über die Mauer. Strohblonde Haare, sommersprossiges, freches Gesicht, vor Überraschung weit aufgerissene Augen.

Der Junge machte Anstalten abzuhauen, doch Rath packte ihn am Schlafittchen.

»Ihr versucht besser nicht, mir wegzulaufen«, sagte er. »Ich will mich nur mit euch unterhalten. Wenn ihr mir ein paar Fragen beantwortet, ist alles gut, wenn ihr mir Schwierigkeiten macht, muss ich eurem Rektor leider Bescheid sagen, was in der großen Pause auf dem Friedhof passiert.« Er zückte seine Marke. »Ich bin nämlich Polizist. Aber einer, mit dem man reden kann.«

Ein verdutztes Gesicht erschien oben auf der Mauer.

»Das gilt übrigens auch für deine Freunde«, sagte Rath. »Sag ihnen, sie sollen hier rüberkommen, dann passiert ihnen nichts. Ehrenwort!«

Der Junge stand da wie erstarrt. Der oben auf der Mauer wusste offensichtlich auch noch nicht, ob er dem Fluchtinstinkt nachgeben oder der Vernunft den Vortritt lassen sollte.

»Na los, macht schnell! Eure Pause ist gleich vorbei!«, meinte Rath.

Da endlich kam Leben in den Jungen.

»Kalle, nu komm rüber, Mensch!«, herrschte er den Zögernden auf der Mauer an. »Hanke, Zerlett, Froese, ihr auch! Oder sollen wir Ärger kriegen!«

Kurz darauf standen fünf Jungen um Rath herum und machten betretene Gesichter.

Der Kommissar erzählte ihnen, was gestern hier passiert war.

»Wissenwa doch! Wir sind doch nicht blöde!«

»Steht doch inner Zeitung!«, ergänzte Kalle. »Und außerdem hamwa wir ja selbst …«

Ein Knuff in die Seite brachte ihn zum Schweigen. Der Sommersprossige schien hier das Kommando zu haben.

»Hört mal zu, Jungs: Ich ermittle in einem Mordfall! Dass ihr heimlich raucht, ist für mich nur deshalb interessant, weil ich hoffe, dass ihr auch gestern in der großen Pause hier wart.«

»Und?«, fragte Sommersprosse.

»Und dann seid ihr eventuell wichtige Zeugen für mich.«

»Siehst du, Hotte! Hab ich doch gleich gesagt, wir hätten zur Polente laufen sollen«, sagte Kalle zu dem Sommersprossigen. »Nu hamwa den Salat!«

»Ach, halt doch die Klappe«, maulte Hotte.

»Wenn ihr der Polizei etwas zu sagen habt, ist es heute immer noch früh genug«, sagte Rath.

Vier Jungen schauten Hotte an. Offensichtlich wollten sie ihm die Entscheidung überlassen. Der druckste noch ein wenig herum. Dann gab er sich einen Ruck.

»Na jut«, sagte er. »Wir waren uffen Friedhof, Herr Kommissar! Auch jestern.«

»Und ihr habt etwas gesehen …«

Hotte nickte. »Da kamen zwee mit so 'nem Karren direkt auf unseren Strauch zu. Wir hatten die Kippen jerade wieder verbuddelt und wollten los. Sindwa natürlich im Versteck jeblieben.«

»Zwei Männer mit einem Karren?«

»Genau, war der Karren vom Friedhof, den kennen wir. Aber die Männer waren nicht vom Friedhof.«

»Warum weißt du das so genau?«

»Also, die vom Friedhof, die tragen entweder Frack und Zylinder oder loofen in Arbeitsklamotten rum. Die hier hatten janz normale graue Hüte, Anzüge und Mäntel.«

»Konntet ihr sie erkennen?«

»Nee, kaum. Sind dann doch abjebogen und vom Strauch weg. Außerdem hat's ja jeregnet. Waren aber ziemlich kräftige Kerle.«

»Und auf dem Wagen lag ein Teppich?«

»Ne, Blödsinn. Die hatten einen janz normalen Sarg dabei.«

»Aha.« Rath nickte. »Also so wie immer.«

»Nee, eben nicht«, meinte Hotte. »Der Sarg war nicht zujenagelt. Und als sie an dem frisch ausjebuddelten Grab ankamen, haben sie sich Taschentücher vors Gesicht gebunden, den Deckel runter, die Balken vom Grab und die Kiste ausjekippt.«

»Ausgekippt?«

»Ja, ab in die Grube. Ging ziemlich schnell. Dass es 'ne Leiche war, haben wir auch erst jewusst, als et inner Zeitung stand. Sonst wären wir ja direkt zum Revier jeloofen. Ehrenwort!«

»Und dann?«

»Dann sind die Männer wieder ab. Balken übers Grab, Deckel uffen Sarg und weg.«

»Und ihr?«

»Wir auch, Mensch! War doch schon spät. Wir mussten zurück in die Penne!«

»Ihr habt nicht mehr ins Grab geschaut?«

»Nee! Ehrenwort. Hatten doch keene Zeit mehr!«

Rath wusste nicht, ob er ihm glauben sollte, dass sie wirklich nicht nachgeschaut hatten, aber das war jetzt nicht so wichtig.

»Vielen Dank für eure Hilfe, Jungs!«

»Knorke, Herr Kommissar! Sie sind in Ordnung. Und ick dachte zuerst, der olle Funke hätte uns die Polente uffen Hals jehetzt.«

Rath überlegte einen Moment, ob er den Jungen noch verraten sollte, wie man mit Hilfe eines nassen Schwamms, eines Stuhls und eines ahnungslosen Schulleiters eine Menge Spaß haben konnte, aber er beherrschte sich. Rektor Funke würde auch so ab und zu eine Abreibung bekommen, das hier waren aufgeweckte Jungen.

»Hat denn wirklich keiner von euch ein Gesicht erkannt? Dann könntet ihr zum Alex kommen und unserem Zeichner das beschreiben!«

Kopfschütteln.

»Aber eine Aussage müsste einer von euch noch machen. Ich verspreche euch auch, dass euer Schulleiter und eure Eltern davon nichts erfahren.«

»Klar, kann ick machen«, sagte Hotte mutig.

»Gut, ich nehm dich gleich nach der Schule mit. Sag deinen Eltern, du müsstest noch was Wichtiges erledigen. Dauert auch nicht lang. Außerdem gibt's Kuchen.« Rath wusste, dass in dieser Hinsicht auf Gennat Verlass war.

»Hätten Sie uns gestern schon gefragt, hätten wir das auch alles erzählt, Herr Kommissar, Ehrenwort.«

»Ihr hättet es ja auch meinen Kollegen erzählen können, die waren gestern hier unterwegs. Hat euch da niemand befragt?«

Allgemeines Kopfschütteln.

»Wohnt ihr denn nicht in dieser Straße?«

»Bei den Rollern? Nee!« Es klang fast, als wiese Hotte eine schlimme Beleidigung zurück. »Wir kommen alle aus der Winsstraße.«

»Aha.« Rath nickte verständnisvoll. Ihm kam noch eine Idee. Er holte die Fahndungsfotos der letzten Woche aus der Tasche. »Habt ihr diesen Mann denn hier mal rumlaufen sehen?«, fragte er. Er musste blättern wie in einem Kartenspiel, bis er das Kardakow-Foto gefunden hatte. »Muss ein paar Wochen her sein.«

Die Jungen schauten reihum auf das Foto und schüttelten den Kopf. Rath steckte die Fotos wieder ein. Hätte ja sein können, dass Kardakow in dieser Gegend untergetaucht war, bevor ihm seine Peiniger auf die Schliche kamen.

Auf der anderen Straßenseite schrillte die Schulklingel. Die fünf Jungen machten sich auf den Weg. An der Einfahrt zur Schule blieben sie plötzlich stehen und unterhielten sich kurz. Einer kehrte um. Es war Kalle.

»Herr Kommissar«, sagte er, »Herr Kommissar! Könnense mir den Mann noch mal zeigen?«

Rath kramte das Kardakow-Foto wieder hervor.

»Nicht den, den anderen.«

Rath wusste zuerst nicht, was der Junge meinte, dann zeigte er ihm die alten Fahndungsfotos der beiden Russen.

Der Blick des Jungen blieb an Selenskijs ED-Konterfei hängen.

»Der hier«, sagte Kalle nach kurzem Überlegen, »der hier hat den Karren gestern gezogen. Hundert Prozent!«

Kurz darauf saß Rath in einem grünen Opel und war auf dem Weg nach Kreuzberg. Bevor er Horst Jezorek, genannt Hotte, und Karl-Heinz Urban, genannt Kalle, von der Schule abholte und ins Präsidium brachte, wollte er einem alten Bekannten einen Besuch abstatten.

Selenskij!

Die Puzzleteile in seinem Kopf sortierten sich wieder einmal neu. Wie so oft schon in diesem Fall. Selenskij, den sie schon einmal hatten laufen lassen müssen, hatte also doch etwas mit Kardakow zu tun! Nur war er nicht dessen Leibwächter. Er war derjenige, der Kardakows Leichnam in Jänickes Grab gelegt hatte. Warum auch immer. Vielleicht hatte er Kardakow sogar auf dem Gewissen.

Jedenfalls war es kein Zufall, dass er in demselben Haus wohnte wie die verschollene Gräfin.

Arbeitete der Russe für Marlow? Rath war inzwischen beinah davon überzeugt, denn er hatte schon einmal einen von Marlows Leuten am Luisenufer gesehen: Josef Wilczek.

Damals hatte der heilige Josef noch seinen Schnurrbart getragen, Rath hatte ihn für einen Hausbewohner gehalten und ahnungslos zu Kardakow befragt. Und Wilczek hatte ihm irgendwelchen Schwachsinn erzählt.

Josef Wilczek war am Luisenufer gewesen, weil er dort Vitali Selenskij besucht hatte. Der Russe musste zu Marlows Leuten gehören, ebenso wie sein narbengesichtiger Kumpel. Rath hätte jede Wette darauf abgeschlossen, dass Narbengesicht Fallin der zweite Mann auf dem Friedhof gewesen war, auch wenn keiner der Jungen ihn wiedererkannt hatte.

Wenn es wirklich Marlows Leute waren, stellte sich die Frage, warum Doktor M. die Leiche wieder ausbuddeln und der Polizei vor die Nase setzen lassen sollte.

Oder gehörten die Russen zu den *Nordpiraten*, die mit der *Berolina* über Kreuz waren?

Überhaupt nicht in irgendeines dieser Bilder passte es, dass die beiden als Polizeispitzel arbeiteten. Natürlich waren Spitzel keine Kollegen, aber warum sollten sie ein Polizistenbegräbnis sprengen und die gesamte Berliner Polizei blamieren wollen?

Und für wen im Präsidium arbeiteten sie? Für die Politischen? Dass sie mit Wündischs Geheimniskrämern zu tun hatten, schien tatsächlich das Wahrscheinlichste zu sein.

Die Ampel am Moritzplatz zeigte rotes Licht. Rath überprüfte seine Mauser. Die würde er gebrauchen, wenn der Kerl unangenehm werden sollte. Und das traute er dem Russen ohne weiteres zu. Rath glaubte nicht, dass die Geheimpolizei des Zaren seinerzeit besonders zimperlich zu Werke gegangen war.

In der Reichenberger Straße kam ihm ein Leichenwagen entgegen. Schon wieder ein Toter. Jeden Tag starben hundertvierundzwanzig Berliner, fünf davon eines gewaltsamen Todes, meist durch einen Unfall. So sagte es die Statistik, die Rath sich noch in Köln besorgt hatte, um sich auf seinen neuen Einsatzort vorzubereiten. Und alle vier Tage musste die Polizei einen Fall von Mord oder Totschlag untersuchen. Arbeitslos würde er in der Inspektion A nicht werden.

Dass am Luisenufer etwas nicht stimmte, sah er schon auf der Straße. An dem schmiedeeisernen Zaun, der den kärglichen Vorgarten einfriedete, lehnten drei Polizeifahrräder. Vor der Tür zum Hinterhaus stand ein Schupo vom 106. Revier, dem Rath seine Dienstmarke zeigte.

»Mordinspektion? Wieso das denn, Herr Kommissar? War doch nur ein Unfall!«, sagte der Mann.

»Routine«, murmelte Rath und schob sich durch die Tür. Die Wohnung von Herrn Müller stand offen. Rath ging hinein – und platschte in eine große Wasserlache. Die ganze Diele stand unter Wasser. Margarete Schäffner hockte auf dem Boden und wrang ein Putztuch aus. Das Wasser plätscherte in den Eimer. Sie hatte noch viel zu tun.

Die Wohnung wirkte ungewöhnlich hell und freundlich für eine Hinterhauswohnung. Sie war nur sparsam möbliert, so hatte das Wasser keinen großen Schaden anrichten können, obwohl es in jeden Winkel geflossen war. Rath folgte der Lache und landete im Bad. Drei Männer standen neben der Badewanne, zwei Schupos und ein Mann im grauen Arbeitskittel. Alle drei schauten ihn überrascht an. Rath musste nicht erst nachfragen, um zu wissen, dass der Mann im Kittel Hermann Schäffner war. Diesmal nicht mit der SA unterwegs.

Er zeigte den Männern seine Marke.

»Nur ein Unfall, Herr Kommissar«, beeilte sich Schäffner zu sagen. »Ein bedauernswerter Unfall.«

»Was ist denn überhaupt passiert?«, fragte Rath unwirsch. »Erzählen Sie doch mal von vorne!«

Schäffner nahm Haltung an. Das war das Schöne an diesen Hobbysoldaten: Die hatten noch Respekt vor einem preußischen Beamten.

»Also, Herr Kommissar«, begann Hermann Schäffner. »Als der Strom wegging, hab ick mir noch nischt dabei jedacht.« Er schluckte, bevor er weitersprach. »Ick hab die Sicherung ausjewechselt und mir jewundert, det se jleich wieder durchbrannte. Da bin ick dann los, durchet Haus, und hab kontrolliert, ob allet in Ordnung is mit der Elektrik. War ja auch, im Vorderhaus wenigstens. Nur wie ick dann ins Hinterhaus bin, da kam mir det Wasser ja schon auffer Treppe entjejen. Und da hab ick mir schon jedacht, hier stimmt wat nich, und bin rin.«

»Haben Sie denn einen Schlüssel?«

»Natürlich! Hängen alle immer parat in meine kleine Werkstatt uffen Hof, den hatt' ick schnell jeholt.«

»Und was haben Sie gesehen?«

»Wollt ick ja erzählen: Also: überall Wasser, mehr als jetze, Margarete hat det meiste ja schon wegjewischt. Und da hör ick 'nen Wasserhahn plätschern und jeh ins Bad. Und da liegt er da auch schon inner Wanne. Mausetot.«

»Wer?«

»Na, der Müller, der hier wohnt …« Er verbesserte sich: »… wohnte …«

»Und wo ist er jetzt?«

»Der Bestatter hat ihn eben abgeholt«, meldete sich einer der Schupos. »Wir wussten ja nicht, dass die Mordkommission noch rauskommt, ist doch Stunden her, dass es passiert ist.« Er räusperte sich, als sei ihm seine Rechtfertigung peinlich. »Die Leiche haben wir vorschriftsmäßig von einem Arzt untersuchen lassen, Herr Kommissar. Als der den Tod durch Stromschlag bestätigte, sahen wir keine Veranlassung mehr …«

»Stromschlag?«

Der Schupo zeigte auf einen elektrischen Haartrockner, der auf einem Holzschemel lag. »Das hier lag in der Wanne …«

»Ick hab den Stecker jezogen«, erklärte Schäffner, der Raths fragenden Blick bemerkte, »gleich als ick die Bescherung jesehen hab. Ick hab auch sofort det Wasser abjedreht, die Wanne lief ja schon über.«

Jetzt war die Wanne leer, nur ein Schmutzrand zeugte davon, dass Herr Müller/Selenskij sie gelegentlich benutzt hatte.

»Wenn einem so ein Gerät ins Wasser fällt, daran kann man also sterben?«, fragte Rath.

»Moderne Zeiten, moderne Unfälle«, meinte der zweite Schupo achselzuckend.

»Un ick hab ihm wohl noch 'nen zweiten Schlag versetzt, als ick die Sicherung ausjewechselt hab«, jammerte Schäffner, »aber det konnt' ick ja nich wissen!«

»Nun machen Sie sich mal keine Vorwürfe, guter Mann! Darüber haben wir doch gesprochen«, tröstete ihn der Schupo. »Schon den ersten Stromschlag hat der arme Kerl nicht überlebt.«

»Ist das nicht etwas ungewöhnlich?«, fragte Rath.

»Was?«, fragte der Schupo. Alle drei schauten Rath fragend an. Irgendwie bekam er den Eindruck, Schäffner und die Schupos seien alte Bekannte. Wäre kein Wunder, das 106. Polizeirevier lag ebenfalls am Luisenufer, nur ein paar Häuser weiter.

»Dass ein Mann so einen elektrischen Haartrockner benutzt«, fuhr Rath fort. »Ist das nicht etwas für Frauen?«

»Ick hab Herrn Müller janz jut jekannt«, sagte Schäffner eilig, »der hat so 'n Ding schon immer benutzt. Seit et so wat jibt. Aber nich, dass Sie denken, der wär vom anderen Ufer. Der wollte den Frauen imponieren, manche brauchen det eben. Der wollte immer schick sein.«

Schick? Rath hatte Selenskij anders in Erinnerung. Auch der Schmutzrand in der Badewanne sprach eine andere Sprache.

»Sie haben ihn also ganz gut gekannt?«, fragte er. »Dann wussten Sie also auch, dass Herr Müller gar nicht Müller hieß, sondern Selenskij? Und dass er Russe war?«

Schäffner starrte ihn mit großen Augen an.

»Wie? Wat soll'n der Blödsinn?«

»Er ist sogar unter dem Namen Selenskij unter dieser Adresse gemeldet, das müssten Sie als Hauswart doch wissen!«

Unsicher schaute Schäffner die beiden Schupos an.

»Wat will euer Kollege denn von mir?«, fragte er. »Man darf doch wohl noch seine Mieter kennen, wa!«

»Ich würde mich mit Ihnen gern mal unter vier Augen unterhalten, Herr Schäffner«, sagte Rath. »Sollen wir in Ihre Wohnung gehen? Oder kommen Sie lieber mit aufs Präsidium?«

Hermann Schäffner blieb lieber in seiner Wohnung.

Er führte Rath nicht in das Wohnzimmer mit den gelben Sesselmonstern. Sie saßen in der Küche, auf harten Stühlen. Von seinem Platz aus konnte Rath den Hof im Blick halten. Die Schupos waren draußen geblieben, ebenso Margarete Schäffner. Er hatte ein paar Leute von der Spurensicherung angefordert und der Portiersfrau verboten, das übergelaufene Wannenwasser weiter in den Eimer zu wringen. Durchs Küchenfenster konnte er sehen, wie sie draußen bei den drei Polizisten stand, die Rath ebenfalls auf den Hof beordert hatte, um dort den ED abzupassen, und sich lebhaft gestikulierend mit ihnen unterhielt. Wahrscheinlich ließ sie kein gutes Haar an dem arroganten Schnösel von Kriminalkommissar, der die Ruhe und Ordnung ihres Mietshauses durcheinander gebracht hatte.

Hermann Schäffner wackelte auf seinem Stuhl hin und her. Der Mann fühlte sich nicht wohl in seiner Haut. Rath sagte erst mal nichts und zündete sich eine Zigarette an.

»Sie kannten Herrn Selenskij also schon länger?«, fragte er unvermittelt.

Schäffner druckste herum. Er wusste nicht, wohin mit seinen Händen.

»Herr Schäffner, wenn Sie nichts zu verbergen haben, dann

reden Sie besser. Andernfalls machen Sie sich nur des Mordes verdächtig!«

»Des Mordes?«

»Herr Selenskij alias Müller ist ermordet worden.«

»Wat reden Sie denn da?«

Dass es kein Unfall gewesen sein konnte, war Rath klar gewesen, als er den Haartrockner erkannt hatte. Eine Protos-Heißluft-Dusche. Dasselbe Modell, das er eine gute Woche vorher ein paar Etagen weiter oben gesehen hatte. In der Dachwohnung der Gräfin.

»Der Haartrockner, der da in die Badewanne gefallen ist, gehörte Herrn Selenskij nicht, und das wissen Sie.«

»Det heeßt ja wohl noch lange nich, det icke 'n Mörder bin, wa! Wo ick ihm doch selbst die Wohnung verschafft hab! Wieso soll ick ihn da umbringen?«

»Was weiß ich? Sie wären nicht der erste Hauswart, der mit einem Mieter aneinandergeraten ist.«

Schäffner hätte eine Möglichkeit gehabt, an den Haartrockner heranzukommen, er besaß Schlüssel für jede Wohnung. Allerdings war die Wohnung der Gräfin seit einer Woche versiegelt, und das Polizeisiegel war noch in Ordnung, davon hatte Rath sich überzeugt, bevor sie in die Schäffner'sche Wohnung gegangen waren. Dennoch: Es war ein Mord, den der Mörder wie einen Unfall aussehen lassen wollte, und aus irgendeinem Grund schien Schäffner und seinen Schupo-Freunden daran gelegen, das nicht in Zweifel zu ziehen. Vielleicht wollten sie einfach keinen Ärger haben in ihrer Gegend. Auch so etwas kam vor.

Raths Anschuldigung zeigte jedenfalls Wirkung: Schäffner regte sich auf. Genau das sollte er auch.

»Ach, Quatsch mit Soße!«, schimpfte der Hauswart. »Wenn ick einen raushaben will, dann fliegt der eben auf die Straße, wie der Brückner, die rote Sau. Da bring ick doch keenen um für!«

»Sie haben Herrn Selenskij also die Wohnung besorgt?«

»Saach ick doch.«

»Also kennen Sie ihn doch schon länger.«

»Ick hab ihn hier ins Haus jeholt, schon. Aber jekannt hab ick ihn trotzdem nich.«

»Und warum dann?«

»Wat meenense denn nu schon wieder, Meester?«

»Warum haben Sie ihm eine Wohnung verschafft, wo Sie ihn gar nicht kennen?«

Schäffner stutzte. Das Gespräch hatte eine Richtung eingeschlagen, die ihm nicht passte. Und er hatte es zu spät bemerkt.

»Nu reden Sie schon! Ich kann Sie auch mit aufs Präsidium nehmen!«

»Wat weeß ick? Bin halt 'n Menschenfreund.«

»Erzählen Sie mir keinen Bockmist! Warum?«

»Also, wennse't so jenau wissen wollen: Mir hat'n Freund darum jebeten, deshalb.«

»Ein Freund? Aus der SA?«

Schäffner nickte.

»Wer?«

»Kennense nich.«

»Wer?«

»Sturmhauptführer Röllecke.«

Der Name sagte Rath tatsächlich nichts. Ebenso wenig der Dienstgrad. Sturmhauptführer? So was gab es weder bei der Polizei noch bei der Reichswehr. Nur in der Privatarmee der Völkischen. Hörte sich aber an wie ein ziemlich hohes Tier. Rölleckes Adresse kannte Schäffner angeblich nicht. Na, da würde ranzukommen sein.

»Und warum?«, fragte Rath weiter, nachdem er den Namen notiert hatte.

»Watten jetz schon wieder?«

»Warum sollte Selenskij hier einziehen? Hat Röllecke Ihnen den Grund verraten?«

»Nee, hatter nich. Aber 'nem Kameraden schlag ick keenen Wunsch aus! Wahrscheinlich wollte er einfach 'nem Freund 'nen Jefallen tun.«

Rath nickte. Gennats Versprechen von gestern Abend fiel ihm

wieder ein. Der Kriminalrat wollte ihm bei der Wohnungssuche helfen. Vielleicht musste er das nicht mehr.

Ein Wagen rollte durch die Toreinfahrt auf den Hof und parkte vor dem Hinterhaus. Zwei Männer von der Spurensicherung stiegen aus, einer der Schupos zeigte auf das Küchenfenster.

»So, Herr Schäffner. Das wär's erst mal. Vielen Dank. Ich darf Sie aber bitten, sich der Polizei weiterhin zur Verfügung zu halten.«

»Natürlich, Herr Kommissar.«

Rath gab den ED-Männern nur kurze Instruktionen, dann stieg er wieder in den Opel.

Er schaffte es noch, pünktlich zum Schulschluss wieder in der Heinrich-Roller-Straße zu sein. Die Schulglocke rasselte, als er den Opel an der Friedhofsmauer parkte, der Schuleinfahrt genau gegenüber. Er stellte sich an den Wagen, zündete sich eine Zigarette an und wartete auf die Volksschüler. Nur wenige Sekunden nach dem Klingeln ergoss sich eine johlende Horde auf den Gehweg der Heinrich-Roller-Straße. Die fünf Raucher kamen fast als Letzte. Langsam und lässig ging Horst Jezorek auf den schwarzen Wagen zu. Seine vier Mitraucher folgten.

»Da bin ick, Herr Kommissar!«

»Schön.« Rath öffnete die Wagentür. »Kalle, wäre gut, wenn du auch mitkommen könntest. Du müsstest dir mal das Verbrecheralbum angucken.«

»Ehrlich?«, strahlte Kalle.

Die beiden genossen den Neid ihrer Mitschüler, als sie in das Auto stiegen.

»Hey, Froese«, rief Hotte seinem Rauchkumpan zu. »Sach unsern Alten, wir wärn noch fürn ollen Koslowski unterwegs, 'n paar Besorjungen machen, paar Pfennije verdienen!«

Schon die Fahrt im Auto fanden die beiden Jungen spannend. Rath nahm einen kleinen Umweg, damit es sich auch lohnte. So konnte er zugleich das Verkehrschaos am Alex umgehen. Er kreuzte die Frankfurter Allee und näherte sich der Burg durch die Kaiserstraße.

Kurz darauf parkten sie im Lichthof des Präsidiums. Hotte staunte über das riesige Glasdach. Kalles Augen verfolgten ein Überfallkommando, das im Höllentempo durchs Mittelportal auf die Alexanderstraße hinausraste. Die Jungen bekamen den Mund gar nicht mehr zu.

»Det sieht ja aus wie uffen Bahnhof«, sagte Hotte.

»Det is also die Rote Burg von innen!«, meinte Kalle anerkennend, »Mensch, un icke mittendrin!«

Rath hatte den Jungen Kuchen versprochen, also lieferte er sie bei Gennat ab.

»Ich habe hier zwei wichtige Zeugen für Sie, Herr Kriminalrat«, sagte er. »Aber die Sache muss streng vertraulich behandelt werden.« Rath zwinkerte Gennat zu, der schien zu verstehen.

»Streng vertraulich? Aber natürlich«, sagte er. »Na, meine Jungs, dann setzt euch mal. Wollter 'n Stück Kuchen?«

Hätte jemand an der Tür gelauscht, er hätte sich nicht gewundert: Auch mit Schwerverbrechern sprach der Buddha so. Und erzielte damit erstaunliche Vernehmungserfolge.

Während Trudchen Steiner schon einmal Kuchen servierte, nahm Gennat seinen Kommissar beiseite.

»Fündig geworden in der Schule, was?«

»Eher neben der Schule. Die zwei haben heimlich auf dem Friedhof geraucht. Dürfen weder Eltern noch Lehrer wissen. Habe ich ihnen versprochen.«

Gennat nickte. »Überlassen Sie die beiden mir, Herr Kommissar. Für Sie habe ich noch eine andere Aufgabe. Sie kennen doch das *Delphi*?«

»Da hat die Gräfin Sorokina gesungen. Als Lana Nikoros.«

»So ist es. Der Laden ist immer noch wegen Umbaus geschlossen. Wir haben vor ungefähr zwei Stunden einen anonymen Anruf erhalten, dass sich die Gräfin Sorokina dort versteckt halten soll. Kann ein dummer Witz sein. Aber fahren Sie mal hin, schnappen sich ein paar Leute vom 122. Revier und schauen nach.«

Rath nickte. »Gut, Herr Kriminalrat.« Er zögerte einen Moment.

»Ist noch etwas?«, fragte Gennat. »Ich will meine jungen Gäste nicht allzu lange warten lassen.«

»Es hat heute Morgen noch einen Toten gegeben, Herr Kriminalrat. Vitali Selenskij, der Russe, den wir schon einmal im Fall Kardakow verhört und wieder freigelassen haben. Ich wollte ihn gerade aufsuchen, weil ihn einer der Jungen, die ich Ihnen gebracht habe, auf dem Friedhof erkannt haben will. Doch der Mann lag schon im Leichenwagen. Stromschlag in der Badewanne. Ein Haartrockner.«

»Seltsame Sache.«

»Finde ich auch. Die Revierpolizei war bereits vor Ort, als ich ankam. Die Beamten hatten es allerdings nicht für nötig gehalten, die Kriminalpolizei zu benachrichtigen. Ich glaube aber nicht, dass es ein Unfall war, und habe vorsorglich die Spurensicherung dorthin geschickt.«

»Das wäre verdammt noch mal auch die Aufgabe dieser dämlichen Revierpolizisten gewesen! Jeder unnatürliche Tod muss selbstverständlich kriminalpolizeilich untersucht werden, auch ein Unfall! Da reichen die Nachforschungen einiger Stümper in Uniform nicht aus!«

Gennats Meinung von der Schutzpolizei war wahrlich keine hohe.

Rath berichtete noch kurz, was er von Schäffner erfahren hatte. Dass er den Haartrockner der Gräfin in Selenskijs Wohnung wiedererkannt hatte, erzählte er dem Buddha nicht. Er wusste selber nicht warum, aber er hatte kein gutes Gefühl dabei. Zu oft schon hatte er in diesem Fall das Gefühl gehabt, irgendjemand wolle die Polizei auf eine falsche Fährte locken.

Als Rath kurz in seinem Büro vorbeischaute, schien Erika Voss ihn schon sehnsüchtig zu erwarten.

»Da sind Sie ja endlich, Herr Kommissar! Kriminalrat Gennat hat mindestens hundertmal angerufen, und …«

»Hat sich erledigt.«

»… und die Verwaltung möchte Sie sprechen«, fuhr sie fort,

»ein Herr Roßberg, Abteilung Finanzen. Den hatte ich auch schon mindestens zwanzigmal an der Strippe. Ich habe seine Nummer notiert.«

Rath wunderte sich. Was war das? Sollte er sich etwa wegen der überflüssigen Fahndung nach Kardakow verantworten? Da sollten sich die Finanzheinis lieber an den Polizeipräsidenten wenden. Die Fahndung war schließlich Zörgiebels Idee gewesen.

»Gut, Fräulein Voss. Dann verbinden Sie mich bitte mal.«

Am anderen Ende meldete sich ein Mann, der sofort und unmissverständlich klarmachte, dass mit ihm nicht gut Kirschen essen war.

»Guten Tag, Herr Kommissar! Können Sie mir bitte mal erklären, warum Ihre Telefonrechnung plötzlich in astronomische Höhen schnellt?«

Rath konnte nicht. Nutzte Erika Voss seine ständige Abwesenheit für Privatgespräche aller Art? Und wenn schon – das ging die Finanzheinis nichts an!

»Meine Telefonrechnung? Entschuldigen Sie! Wenn in meinem Büro telefoniert wird, muss ich mich dafür doch wohl nicht rechtfert…«

»Ich spreche nicht von Ihrem Büroanschluss. Ihr Privatanschluss. Wenn Sie es vergessen haben sollten: Auch diese Kosten übernimmt der Freistaat Preußen für Sie!«

»Ich weiß gar nicht, was Sie wollen! Seit über einer Woche besitze ich gar kein privates Telefon mehr!«

»Mir liegt keine Abmeldung vor, der Reichspost offensichtlich ebenfalls nicht.«

»Ich bin ausgezogen! Zurzeit wohne ich im Hotel. Die Abmeldung habe ich vergessen. Aber das ist ja auch wohl unwichtig, wenn das Telefon nicht mehr benutzt wird.«

»Nicht mehr benutzt? Wie erklären Sie sich dann die vielen Anrufe? Ihre Telefonrechnung ist allein in der vergangenen Woche um das Dreifache angestiegen. Netterweise hat uns die Reichspost frühzeitig auf diese Entwicklung aufmerksam gemacht. Die preußische Polizei muss sparen, Herr Rath, so geht das nicht! Wir werden

Ihnen den Anteil der Telefonkosten, der das normale Maß überschreitet, in Rechnung stellen. Und von Ihrem Gehalt abziehen!«

Auf seinem Weg in den Westen fuhr Rath einen kleinen Schlenker über die Yorckstraße. Vergeblich. Nikita Fallin war nicht zu Hause.

Auch die Aktion im *Delphi* stand unter keinem guten Stern. Die Schupos in der Kantstraße zerrissen sich nicht gerade vor Eifer, um einem Bullen vom Alex zu helfen. Bevor sie sich auf den Weg machten, informierte Rath den Hausherrn. Er bekam nur dessen Sekretär an den Apparat. Felten. Rath erinnerte sich an ihre erste Begegnung. Ein aalglatter Typ.

»In unserem Hause? Eine Verbrecherin? Wie kommen Sie darauf?«

»Von Verbrecherin habe ich nichts gesagt«, verbesserte Rath. »Es handelt sich um eine wichtige Zeugin.«

»Verstehe. Deswegen wollen Sie auch heimlich vorgehen.«

»Überlassen Sie es mir, wie ich vorgehe. Können Sie uns mit Schlüsseln weiterhelfen, oder sollen wir die Tür lieber eintreten?«

»Selbstverständlich werde ich die Polizei unterstützen, Herr Kommissar.«

Er wartete bereits an der Fasanenstraße, als die Polizisten kamen. Rath postierte einen Beamten an jedem Ausgang des Gebäudes, dann ging er mit Felten und zwei Schupos hinein. Der Sekretär führte sie durch eine unscheinbare Tür und zu einer Eisentreppe.

»Hier geht's runter«, flüsterte er.

»Sind Sie sicher, dass sie sich hier unten versteckt?«

»Ich wüsste nicht, wo sonst. In dem Keller stehen nur Requisiten und Gerümpel. Da unten war seit Wochen niemand mehr. Und hier oben wird gearbeitet. Wir bauen gerade um.«

Sie fanden tatsächlich nur Requisiten und Gerümpel. Keine Gräfin weit und breit. Nichts wies darauf hin, dass sich hier jemand versteckt haben könnte. Ein einziges Trümmerfeld. Neben allem möglichen Krimskrams aus bemaltem Gips, Holz und Pappe, fast alles zerbrochen, standen die Überreste eines Kanapees, aus dessen

Polster die Federn sprangen, daneben ein verbogenes Bettgestell und eine zerrissene Matratze.

Felten machte große Augen.

»Wie … wie sieht's denn hier aus?«

»Jedenfalls nicht wie ein Versteck.«

»Hier muss aber jemand gewesen sein«, meinte Felten. »Das ist ja alles kaputt. Die Sachen waren alle in Ordnung, als wir sie weggestellt haben.« Er schaute sich um, immer noch fassungslos. »Ich denke, Sie sollten einen Beamten zurücklassen«, schlug er vor. »Falls sie zurückkommt.«

»Und *ich* denke, Sie hätten statt der Polizei besser die Müllabfuhr gerufen und diesen Plunder hier wegräumen lassen«, sagte Rath. »Hier hat keine Gräfin gehaust, höchstens die Vandalen. Wenn das der Versuch gewesen sein sollte, ihr Etablissement in die Schlagzeilen zu bringen, dann sehen Sie den mal als gescheitert an.«

»Ich weiß nicht, wovon Sie sprechen.«

»*Sie* haben uns angerufen, mein lieber Felten«, fuhr Rath den Sekretär an. »Das ist so sicher wie das Amen in der Kirche! Und da können Sie auch Gott dafür danken, dass ich Ihnen das nicht nachweisen kann! Die preußische Polizei versteht keinen Spaß, wenn man sie an der Nase herumführt.«

Seine schlechte Laune konservierte er, bis er kurz darauf in der Nürnberger Straße aus dem Wagen stieg.

Weinert öffnete die Tür.

»Na, so eine Überraschung«, meinte der Journalist und grinste ihn an, »der Mann, der mir eine Leiche als Mörder angedreht hat!«

»Na komm, du hast meine Theorie doch auch für plausibel gehalten!«

»Sehr sogar. Scheint aber trotzdem nicht gestimmt zu haben.«

»Gut, das wissen wir jetzt. Kann ich trotzdem reinkommen?«

»Aber natürlich.« Weinert trat zur Seite. Alles sah aus wie immer. Sie setzten sich ins Speisezimmer an den leeren Tisch. »Noch ein bisschen früh fürs Abendbrot. Möchtest du einen Tee?«

»Kaffee wäre mir lieber.«

Weinert ging zur Küchenzeile hinüber, setzte Wasser auf und machte sich an der Kaffeemühle zu schaffen.

»Was führt dich zu mir?«, fragte er. »Neue exklusive Enthüllungen? Wenn ja, hoffe ich, sie stimmen diesmal.«

»Na komm! So schlecht bist du mit der Geschichte nicht gefahren. Alle Zeitungen haben sie gebracht. Aber das *Abendblatt* einen Tag früher.«

»Hast recht. 'Ne Ente, die alle bringen, ist eigentlich keine Ente.«

Rath schaute sich um. Von der Behnke war nichts zu sehen.

»Ist mein altes Zimmer eigentlich wieder vermietet?«, fragte er.

»Nee. Das ist verriegelt und verrammelt wie die Reichsbank. Man könnte denken, die Behnke bewahrt die englischen Kronjuwelen dort auf.«

Der Wasserkessel begann zu pfeifen. Rath beobachtete Weinert, wie er das kochende Wasser vorsichtig in den Kaffeefilter kippte.

»Wo ist denn unsere liebe Hausherrin?«

»Die? Müsste gleich wieder hier sein. Nur ein paar Besorgungen machen. Vielleicht könnt ihr ja zusammen Abendbrot essen – wenn sie dir verziehen hat, du Schwerenöter! Einfach Damenbesuch zu empfangen! Tss tss!«

»Ich wette, dass es bei dir noch jeden Abend hoch hergeht.«

»Na ja. Unsereins wird auch älter. Aber von einer Zimmerwirtin lass ich mir den Spaß nicht verderben, so viel steht fest.«

»Dann lass dich bloß nicht erwischen! Die Folgen können fürchterlich sein!«

»Manchmal glaube ich, sie hat schon lange was gemerkt. Sie traut sich nur nicht, mich rauszuwerfen. Vielleicht hat sie Angst, mit einer Skandalgeschichte im *Abendblatt* zu landen.«

»Jedenfalls hatte sie keine Angst, von der Kriminalpolizei verhaftet zu werden.«

Die Männer lachten. Weinert schenkte ihnen Kaffee ein. Rath spürte, wie die heiße Flüssigkeit durch seinen Körper rann und die Müdigkeit verjagte, die immer wieder versuchte, ihn zu packen.

»Was willst du denn von ihr?«

»Privatsache. Das heißt: eigentlich etwas Geschäftliches. Aber nichts, was die freie Presse etwas angehen könnte.«

»Das entscheidet die freie Presse normalerweise immer noch selbst.« Weinert trank seinen Kaffee aus. »Aber du hast Glück. Unsereiner ist in Eile. Da wird niemand lauschen.«

Er stand auf und gab ihm die Hand. »Nett, dich mal wieder gesehen zu haben. Wenn du noch mal interessante Informationen hast, lass es mich wissen.«

»Wie, du willst mich einfach allein lassen? Ich bin ein Fremder!«

»Aber Polizist …« Weinert stutzte. »Stimmt, du hast Recht, das ist unverantwortlich. Ich werde mein Zimmer abschließen.«

»Ich verspreche dir, ich warte hier brav auf die Behnke. Und wenn es mir zu lange dauert, dann schreibe ich ihr eine Botschaft.«

Weinert ging hinaus. Rath hörte noch, wie der Journalist seine Zimmertür zuknallte, wahrscheinlich hatte er Hut und Mantel geholt, dann fiel die schwere Wohnungstür ins Schloss.

Rath schenkte sich noch etwas Kaffee nach. Er starrte in seine Tasse. Die Uhr an der Wand tickte laut. Ungeduldig rutschte er auf dem Stuhl hin und her. Er hatte Wichtigeres zu tun, als hier auf seine frühere Zimmerwirtin zu warten. Eigentlich würde es ja reichen, das Telefon mitzunehmen. Dann könnte er gleich wieder verschwinden.

Rath ging zu seinem alten Zimmer und rüttelte an der Türklinke. Weinert hatte Recht gehabt: Es war verschlossen.

Wo bewahrte die Behnke ihre Schlüssel auf?

Wahrscheinlich in ihren Privatgemächern.

Er ging zurück in die Küche. Die Tür zu ihren Privaträumen war nur angelehnt, das hatte er vorhin schon gesehen.

In ihrer Wohnung fühlte er sich noch unbehaglicher als in der Küche. Wenn sie ihn hier erwischte, geriete er wirklich in Erklärungsnot. Aufmerksam lauschte er auf jedes Geräusch, während er den Salon suchte, vor allem auf das Drehen von Schlüsseln in schweren Türen. Zunächst landete er im Schlafzimmer, doch dann fand er den Raum.

Erst ein einziges Mal war Rath in ihren Wohnräumen gewesen. Vor sechs Wochen ungefähr, als er den Mietvertrag unterschrieben hatte. Damals hatte sie ihn gleich in diesen seltsamen Salon geführt, auf der einen Seite ein ganz normales plüschiges Wohnzimmer, wie es zu Kaisers Zeiten modern gewesen war, auf der anderen aber eine Art martialischer Schrein, der eine ganze Wand beherrschte, im Zentrum ein großes Ölbild, das Helmut Behnke in der Uniform eines preußischen Unteroffiziers zeigte, darunter ein Säbel mit schwarz-weißen Troddeln, den man der Witwe überreicht hatte, und überall Fotos, die Helmut Behnke im Krieg zeigten. An dieser Wand des Gedenkens stand der Sekretär, aus dem sie damals die Zimmerschlüssel geholt hatte.

Rath starrte auf diese morbide Wand des Gedenkens. Anstatt in den Schubladen nach Elisabeth Behnkes Schlüsselbund zu suchen, schaute er sich die Fotos an. Sein Blick war an einem Bild hängengeblieben, das ihm bekannt vorkam. Er hatte es schon einmal gesehen, in einem Büro in Friedenau, es zeigte die frischgebackenen Unteroffiziere Helmut Behnke und Bruno Wolter. Bruno Wolter, der alte Kamerad von Helmut Behnke, schlank und mit stolzem Blick schaute er in die Kamera. Das Bild musste bei Raths erstem Besuch in diesen Räumen schon hier gehangen haben. Da war es ihm nur noch nicht aufgefallen, da hatte er diesen Altar für einen gefallenen Soldaten geflissentlich ignoriert. Hatte kaum hingeschaut, obwohl es seine Blicke immer wieder angezogen hatte, weil er seiner neuen Vermieterin nicht zeigen wollte, wie sehr ihn diese morbide Wand irritierte.

Wolter war auf weiteren Fotografien zu finden, immer einträchtig neben Helmut Behnke. Die beiden schienen wirklich unzertrennlich gewesen zu sein. Bis eine französische Granate dem jungen Unteroffizier Behnke im Artilleriefeuer bei Soissons beide Beine wegriss und er wenige Tage später den Folgen seiner schweren Verletzung erlag. *Höllenschlacht an der Aisne* sollte ein Militärfilm das Gemetzel später nennen.

Rath wollte sich losreißen von den Bildern, sie zogen ihn zurück in die Vergangenheit und in den Krieg, erinnerten ihn daran, wie anders sein Leben hätte verlaufen können, wäre er nur ein paar Jahre früher geboren worden. Wie Anno …

Dann entdeckte er ein Gesicht, das einen Blitz des Erkennens durch sein Gehirn zucken ließ. Ein Gesicht, das er in dieser Bildergalerie nicht erwartet hätte und das ihn mit einem Schlag hellwach machte.

Konnte das sein?

Fünf Männer an einem Artilleriegeschütz, sie wirkten müde, aber alle schauten sie stolz und zuversichtlich drein. Ein Hauptmann und vier Gefreite, ein Foto, wie sie damals zu Tausenden entstanden waren.

Vorn auf der Deichsel saß, herrisch die Linke auf einen Stock gestützt, der Hauptmann. Alfred Seegers. Links am Wagenrad lehnte der Gefreite Rudolf Scheer, direkt hinter dem Hauptmann standen die Gefreiten Behnke und Wolter.

Und rechts neben Wolter stand ein Soldat, dessen Schnauzbart Rath an ein Fahndungsfoto erinnerte. Der Mann war ein paar Jährchen jünger und sein Schnauz wilhelminisch nach oben gezwirbelt, aber er war es, ohne jeden Zweifel: Josef Wilczek!

Der heilige Josef!

Der Mann von der *Berolina* gehörte zu den alten Kameraden von Bruno Wolter!

30

Freitagabend. Und im *Venuskeller* gab es sogar noch freie Tische, ohne dass man einen Kellner bestechen musste. Kein Wunder: Erst kurz nach zehn, die Nachtschwärmer kamen später. Die Band spielte sich dennoch schon die Seele aus dem Leib. Und die ersten Gäste versuchten, mit ihrer Unterhaltung dagegen anzukommen.

Statt der Indianernummer durfte Rath diesmal eine Haremsdamen-Vorführung bewundern. Zwei etwas zu rund geratene Frauen in pastellfarbenen, halbdurchsichtigen Schleiern, die sich gegenseitig entkleideten. Nicht sehr erotisch. Wahrscheinlich sparten sie sich die scharfen Nummern für später auf.

Rath hätte nicht gedacht, noch einmal freiwillig hier aufzutauchen. Und nun saß er hier und kämpfte gegen die Müdigkeit. Der Lärm verschwamm in seinen Ohren zu einem einzigen zähen, einlullenden Brei. Er bestellte gar nicht erst, als der Kellner an seinen Tisch kam.

»Ich muss Doktor M. sehen.«

»Bedaure. Ich weiß nicht, von welchem Doktor Sie sprechen, mein Herr. Darf ich Ihnen etwas zu trinken bringen?«

Er packte den Kerl am Kragen. Ein paar Gäste schauten sich um.

»Hör zu, mein Freund, wenn du das große Zittern bekommst, weil jemand nach dem großen Doktor gefragt hat, dann hol Sebald her, damit der dir die Entscheidung abnimmt. Aber tu etwas. Glaube mir: Doktor M. will mich sehen! Und er will *nicht*, dass ich hier etwas trinke.«

»Sehr wohl der Herr.« Der Kellner blieb beinahe ungerührt und verschwand mit seinem Tablett. Rath schaute ihm nach und zündete sich eine Zigarette an. Der Mann ging nicht zur Theke, er öffnete direkt neben der Tanzfläche, auf der sich nur wenige Paare bewegten, eine unscheinbare Tür. Na also!

Wie kam es nur, dass er bei jeder neuen Information in diesem Fall den Eindruck hatte, noch weniger zu verstehen als zuvor? Auf jede Erkenntnis folgte die Ernüchterung. Dass Josef Wilczek mit Bruno Wolter unter einer Decke steckte, diese Erkenntnis hatte erst einmal mehr neue Fragen aufgeworfen als alte beantwortet.

Die Entdeckung vorhin in der Nürnberger Straße hatte Adrenalinstöße durch seinen Körper gejagt. Er hatte sich gefühlt wie ein Chemiker, der ein neues Element entdeckt hat. Nur dass er es noch nicht einordnen konnte in ein sinnvolles System.

Er musste vor dem Bild gestanden haben wie in Trance. Starr der Blick, während die Gedanken durch den Kopf rasten.

Draußen auf der Nürnberger Straße hatte ein Auto gehupt, fast direkt vor dem Fenster, und dieses Geräusch erst hatte ihn wieder zurück in die Gegenwart geholt. Ihn daran erinnert, warum er eigentlich hier war. Er hatte die Schublade geöffnet und ihren Schlüsselbund herausgeholt. Dann die Schlüssel nacheinander ausprobiert und die Tür zu seinem alten Zimmer aufgeschlossen, das ausgesehen hatte wie immer, nur dass das Bett nicht bezogen war. Mit einem Ruck hatte er das Telefonkabel aus der Wand gerupft.

Als er die Schlüssel wieder zurücklegte, hatte er das Bild einfach von der Wand genommen.

Bevor er den Opel in der Burg ablieferte, war er zum Potsdamer Bahnhof gefahren. Ihm war nichts Besseres eingefallen, als Bild und Telefon kurzerhand zu der Pistole und dem Notizbuch ins Schließfach zu packen. Dessen Inhalt glich immer mehr einem Kuriositätenkabinett.

Ob überhaupt etwas davon jemals als Beweismittel vor Gericht taugen würde?

Er hatte den Wagen zurückgebracht, doch Gennats Büro hatte er gemieden. Erika Voss war schon in den Feierabend verschwunden, als Rath die Akte Wilczek in seinem Büro noch einmal ausbreitete. Fast bekam er den Eindruck, er gehe seiner Sekretärin aus dem Weg. Vielleicht war es ja auch so. Er blätterte in dem Ordner, den er selbst zusammengestellt hatte. Ihn interessierten vor allem die älteren Fälle, die sie aus der Verbrecherkartei stichwortartig übertragen hatten, Wilczeks Vorstrafen. Rath notierte die Daten und besorgte sich die alten Ermittlungsakten. Hatte Bruno Wolter irgendwann einmal dienstlich mit dem heiligen Josef zu tun gehabt? Alle Mühe war umsonst. Nichts. Keine Festnahme, kein gar nichts. Nicht einmal eine vorzeitige Entlassung aus dem Polizeigewahrsam fand sich, eine Spezialbehandlung wie bei Selenskij oder Fallin. Dabei war Rath sicher, dass Wilczek als Spitzel für seinen alten Kriegskameraden Wolter gearbeitet hatte. Aber solche Dinge wurden natürlich nicht aktenkundig gemacht.

Fallins Wohnung in der Yorckstraße lag ganz in der Nähe des *Excelsior*, und Rath hatte, bevor er sich in seinem Hotelzimmer für den Abend frisch machte, noch einen kleinen Spaziergang unternommen. Als niemand auf sein Klingeln reagierte, hatte er das Schloss geknackt und nachgeschaut. Viel Zeit, um die Wohnung unter die Lupe zu nehmen, blieb ihm nicht. Wenigstens lag der Russe nicht tot in seiner Wanne. Bevor Rath Gefahr lief, erwischt zu werden, hatte er die fremde Wohnung wieder verlassen. Nicht gleich mit dem Schlimmsten rechnen. Vielleicht hielt Fallin sich nur versteckt, weil er schon vom Tod seines Kumpels erfahren hatte.

»Dass Sie heute keine Waffe tragen, das weiß ich bereits von Benno, Herr Kommissar. Ich hoffe, diesmal haben Sie auch kein Kokain geschnupft!«

Die Stimme holte Rath wieder in den *Venuskeller*. Sebalds Halbglatze schimmerte über der glänzenden Tischplatte wie der Mond über dem Wannsee.

»Bringen Sie mich zu Ihrem Chef, dann können Sie sich wieder mit Ihren Tänzerinnen amüsieren«, meinte Rath. »Und vielleicht sollten Sie mal über Ihr Bühnenprogramm nachdenken. Dieser Schleiertanz wäre ja selbst für ein legales Lokal eine Zumutung.«

»Mit Herrn Marlow reden Sie besser in einem anderen Ton«, sagte Sebald nur.

Sie mussten nicht einmal über die Straße. Marlow hatte es sich im Hinterzimmer des *Venuskellers* gemütlich gemacht. Er saß an Sebalds Schreibtisch, in den dunklen Ecken des Zimmers drückten sich ein paar Gestalten herum, alle in Abendgarderobe. Liang stand hinter Marlows Stuhl.

»Guten Abend, Herr Kommissar«, begrüßte ihn der Verbrecherkönig. Genauso freundlich wie zu Beginn ihrer ersten Begegnung. »Entschuldigen Sie, dass ich Sie warten ließ. Sie müssen nicht denken, dass uns Ihre Anwesenheit entgangen wäre. Aber erstens wollte ich sehen, ob Sie sich an unsere Abmachung halten …«

»Welche Abmachung?«

»Den *Venuskeller* nicht zu Ihrem Vergnügen aufzusuchen.« Marlow zog an seiner Zigarre. »Glauben Sie mir, ich weiß, wie schwer das ist. Und zweitens …«

Wie aufs Stichwort öffnete sich eine Seitentür, ein nacktes Mädchen kam herein, zündete sich eine Zigarette mit dem Tischfeuerzeug auf Sebalds Schreibtisch an und verschwand ebenso wortlos, wie es gekommen war. Rath erkannte die gutgebaute Darstellerin der Indianernummer. Die Männer im Raum grinsten anzüglich. Alle außer Marlow – und dem Chinesen.

»… zweitens hatte ich noch zu tun«, vollendete Marlow seinen Satz. Auch er grinste jetzt. Doch wirkte es bei ihm beinah charmant.

»Geduld ist eine meiner größten Tugenden«, sagte Rath. »Die braucht man in meinem Beruf. Und einen langen Atem.«

»Dann haben Sie den hoffentlich auch.«

»Sonst säße ich jetzt nicht hier und würde Ihnen auf den Wecker fallen.«

»Tun Sie das?«

»Ich hoffe doch sehr.«

»Und *ich* hoffe, Sie haben mir diesmal mehr zu bieten als bei unserem letzten Treffen.«

»Probieren Sie's aus. Ich spreche aber nur unter vier Augen mit Ihnen.«

Marlow lachte. »Ich glaube nicht, dass dies ein Ort ist, an dem *Sie* Bedingungen stellen. Außerdem kann man mit mir nur unter sechs Augen sprechen, das sollten Sie eigentlich wissen.« Seine Linke wedelte schlaff durch die Luft, als verscheuche er eine Fliege. »Sebald, gehen Sie mit Ihren Männern doch mal kurz spazieren, Liang reicht mir als Gesellschaft, um unseren Freund hier angemessen zu bewirten.«

Er sagte das sehr freundlich, doch es klang wie eine Drohung. Sebald verließ mit vier Männern den Raum. Drei blieben zurück.

Marlow kam ziemlich unverblümt zum Thema.

»Man liest neuerdings einiges über Sie in der Zeitung, Herr Kommissar«, sagte er. »Sie ermitteln jetzt in Mordfällen? Bislang nicht sonderlich erfolgreich, oder täusche ich mich da?«

»Ich habe Ihnen doch schon gesagt, dass ich geduldig bin. Auch auf Erfolge muss man warten können. Zum Beispiel auf den Moment, in dem Sie von zwei Schupos eskortiert in eine Grüne Minna steigen werden.«

Marlows Stimme änderte sich schlagartig, und die Luft wurde eisig. Ein plötzlicher Temperatursturz. »Sie sind ganz schön mutig, lieber Herr Kommissar. Ich empfehle Ihnen, sich gut zu überlegen, wie viel Mut Sie sich in diesem Raum erlauben können.«

»Soll das eine Drohung sein? Sie werden es nicht wagen, mich auch noch umzubringen!«

»*Auch* noch? Was soll denn das heißen?« Marlow zog die Augenbrauen hoch. »Ich weiß nicht, was für Vorstellungen Sie von meinem Geschäft hegen, Herr Kommissar, aber ich habe niemanden umgebracht.«

»Dann eben umbringen lassen. Reden wir doch endlich mal Tacheles: Welche Rolle spielen *Sie* in diesem Spiel? Wie viele Leichen gehen auf *Ihr* Konto?«

Marlow schnippte die Asche von seiner Zigarre.

»Vergaloppieren Sie sich nicht, mein lieber Rath. Wenn wir Tacheles reden wollen, dann sollten *Sie* damit anfangen. Ich war bislang immer offen und ehrlich zu Ihnen; *Sie* dagegen wollten mir weismachen, Sie seien hinter dem Sorokin-Gold her. Und das war eine glatte Lüge. Welches Spiel spielen also *Sie*?«

»Ich suche einen Mörder.«

»Dann sollten Sie verdammt nochmal woanders suchen, Herr Kommissar!«

Marlow schlug so plötzlich mit der Faust auf den Tisch, dass Rath zusammenzuckte.

»Als Sie vorhin hier im *Venuskeller* aufkreuzten, hatte ich gehofft, Sie wären inzwischen zu der Erkenntnis gelangt, dass eine Kooperation auch in Ihrem Sinne wäre. Und jetzt spucken Sie hier wieder große Töne!«

»Sie betonen immer, wie gern Sie mit mir zusammenarbeiten. Und das soll ich Ihnen glauben? Nach unserem letzten Gespräch wollten Sie mich aus dem Weg räumen lassen!«

»Wie kommen Sie denn auf solch eine absurde Idee? Glauben Sie mir, Herr Kommissar, wenn ich das wirklich gewollt hätte, dann säßen Sie jetzt nicht hier!«

Marlow wirkte ehrlich empört.

»Und was soll mir die Zusammenarbeit mit Ihnen bringen?«, fragte Rath nach kurzem Nachdenken.

»Na, endlich werden Sie vernünftig!« Marlows Stimme klang wieder so warm und freundlich wie zu Beginn ihres Gesprächs. »Ich biete Ihnen ein ganz einfaches Geschäft: Ich helfe Ihnen, Ihre Mörder dingfest zu machen, Sie helfen mir, das Gold zu bekommen.«

»Das funktioniert aber nur, wenn auch Sie mir alles erzählen, was Sie wissen. Verraten Sie mir endlich, welche Rolle Sie in dieser Angelegenheit spielen!«

Marlow lächelte sein Lächeln, das mehr Angst einflößte als Vertrauen.

»Natürlich«, sagte er. »Aber vorab zwei Dinge noch. Erstens: Wenn das Gold auftaucht, überlassen Sie es der Firma Marlow Importe, ohne dass der Polizeiapparat irgendwelche Schwierigkeiten macht.«

»Wenn Sie mir freie Bahn bei der Verfolgung der Mörder garantieren. Selbst wenn einer aus der *Berolina* mit von der Partie sein sollte.«

»Wenn Sie wollen, bekommen Sie sogar Unterstützung.«

»So weit wollen wir es mal nicht kommen lassen«, meinte Rath. »Und der zweite Punkt?«

»Sie müssen sich darüber im Klaren sein, dass Sie von dem, was ich Ihnen gesagt habe und jetzt sage, keinen einzigen Satz vor Gericht verwenden können.«

Rath überlegte nur kurz. »Gut«, sagte er dann. »Und wer fängt an?«

»Ich habe Ihnen schon so viel erzählt, mein lieber Kommissar, jetzt sind Sie an der Reihe.«

Rath holte eine Zigarette aus der Schachtel, bevor er begann, und zündete sie an.

»Wissen Sie, dass einer Ihrer Leute für die Polizei arbeitet?«, sagte er und wedelte das Streichholz aus. »Gearbeitet hat?«

Marlow hob überrascht die Augenbrauen. »Ich hoffe, Sie haben auch einen Namen.«

»Josef Wilczek.«

»Der heilige Josef!« Marlow blies eine Rauchwolke über den Tisch. »Ausgerechnet! Ohne mich wäre diese Ratte schon vor zehn Jahren jämmerlich krepiert.«

»Sie haben ihm mal das Leben gerettet?«

»Ich habe ihm eine Kugel aus seinem verdammten Wanst geholt. Er gehörte zu den Leuten, die auch 1919 das Kriegspielen noch nicht lassen konnten.«

»Dann sind Sie also wirklich Doktor?«

»Formulieren wir es lieber so: Ich verfüge über einige medizinische Fertigkeiten.«

»Wilczek war damals bei einem Freikorps?«

»So ähnlich, jedenfalls eine bewaffnete Gruppe, die Feldgrau trug und Karabiner.«

»Ein alter Frontsoldat, der es nicht lassen konnte. Das passt ins Bild. Einem alten Kriegskameraden hat Wilczek auch im Präsidium zugearbeitet. Bruno Wolter, Oberkommissar bei der Sitte.«

»Sieh mal an! Ihr früherer Chef?«

Rath staunte. »Sie sind gut informiert.«

»Normalerweise arbeiten einige Leute bei der Polizei für mich, und nicht umgekehrt. Natürlich habe ich ein paar Nachforschungen angestellt, nachdem Sie vor zwei Wochen einfach so bei mir hereingeschneit sind.« Marlow gab dem Chinesen einen Wink, und Liang goss Whisky in zwei Gläser. Rath roch an seinem Glas und nickte anerkennend.

»Aus Schottland«, sagte Marlow. »Besser als der Fusel, den Sebald draußen serviert.« Sein Kopf zeigte auf die Tür, die zum *Venuskeller* führte. Von dem Lärm in der Kneipe war in diesem Hinterzimmer kaum etwas zu hören. »Also«, sagte er und hob sein Glas, »lassen Sie uns anstoßen.«

Die Männer tranken.

»Ich habe geahnt, dass die Polizei in der Sache drinhängt«, meinte Marlow schließlich. »Nach Wilczeks seltsamem Tod hab ich so was geahnt. Da ist irgendetwas faul. Den hat ein Bulle auf dem Gewissen. Und Ihnen fällt nichts Besseres ein, als die *Berolina* nervös zu machen.«

»Ich gehe immer noch davon aus, dass es eine Schießerei im Milieu war.«

»Blödsinn. Der heilige Josef ist ausgeschaltet worden. Wahrscheinlich von seinem Auftraggeber. Von Wolter!«

Rath schwieg dazu. Sollte Doktor M. das ruhig glauben.

»Aber dass es ausgerechnet ein Sittenbulle ist, wundert mich doch«, fuhr Marlow fort. »Was will der mit dem Gold? Einen Puff aufmachen, so groß wie der Reichstag?« Er drückte die Zigarre aus. »Hier geht's doch um Politik. Und um Waffenhandel. Wie soll ein Sittenbulle an Waffen kommen?«

Über seinen Kriegskameraden Rudi Scheer, dachte Rath. Scheer verwaltete die Waffenkammer der Berliner Polizei. Da gab es genügend Möglichkeiten, mehr Waffen als benötigt einzukaufen und in dunkle Kanäle zu leiten. Vielleicht sogar die ein oder andere Waffe aus Polizeibeständen zu unterschlagen. Hatte die IA deshalb Jänicke auf Wolter angesetzt? Dann stand Rudi Scheer wahrscheinlich ebenfalls unter Beobachtung. Doch Jänicke war aufgeflogen, und Wolter hatte mit Sicherheit auch seinen alten Kumpel Rudi längst gewarnt. Die beiden würden der IA keine Angriffsfläche mehr bieten. Und dann gab es da noch eine Verbindung zur Reichswehr. Generalmajor Seegers, der so gut über das Sorokin-Gold informiert war. Bruno Wolter hatte verdammt gute Möglichkeiten, mit Waffen zu handeln. Auch als Sittenbulle.

Aber das alles ging Marlow nichts an. Rath beschloss, eine Nebelbombe zu werfen. »Vielleicht geht es gar nicht um Waffen«, sagte er.

»Es geht um Waffen, verlassen Sie sich drauf! Kardakow wollte von dem Geld Waffen kaufen, und irgendwer hat das verhindert. Doch das war nur der erste Teil der Übung. Der zweite heißt: selbst an das Gold kommen, seine eigenen Truppen damit aufrüsten. Das gilt für Stalins Leute ebenso wie für die vom *Schwarzen Hundert*. Frage mich nur, was ein Sittenbulle damit will.«

»Stalins Leute?«

»Erinnern Sie sich an die Geschichte von dem vermissten sowjetischen Botschaftsmitarbeiter, die letzte Woche durch die Zeitungen geisterte?«

Rath erinnerte sich. Die Sowjetbotschaft Unter den Linden hatte eine Protestnote beim Reichspräsidenten eingereicht. Man vermutete konterrevolutionäre Kräfte am Werk. Typisch für die Sowjets. Bei jeder Gelegenheit gleich eine Breitseite Ideologie abzufeuern. Zörgiebel hatte sich geweigert, den Fall höher zu hängen als andere Vermisstenfälle.

»Der Mann war *Tschekist*, ein Geheimdienstler der Sowjets«, fuhr Marlow fort. »Er wollte das Gold für das Vaterland der Werktätigen retten. War nicht sehr erfolgreich.«

»*War*?«

»Ich fürchte, er wird Mütterchen Russland nicht wiedersehen.«

»Haben Sie ...? Ich meine, Ihre Leute ...?«

»Nein. Schätze, die Konkurrenz hat sich seiner angenommen. Ich weiß nur, dass er aus dem Rennen ist. Ebenso seine Helfer von der hiesigen Rotfront. Thälmanns Leute kriechen Stalin ja so gerne in den Arsch. Das haben sie jetzt davon. Gut, dass sie uns nicht mehr dazwischenfunken.«

»Und die *Rote Festung*?«, fragte Rath.

»Wie bitte?«

»Arbeiten Sie noch für Kardakows Verein, oder funkt der Ihnen auch dazwischen?«

»Ich arbeite für niemanden. Ich hatte eine geschäftliche Vereinbarung mit Alexej Kardakow, und der lebt nicht mehr.« Marlow nahm einen Schluck Whisky. »Aber ich denke, ich habe Ihnen genug erzählt. Jetzt sind Sie wieder an der Reihe.«

»Ich kann Ihnen zwei weitere Namen nennen.« Rath ließ sich Zeit, als er seine Zigarette ausdrückte, um Marlow noch ein bisschen zappeln zu lassen. »Vitali Selenskij und Nikita Fallin.«

»Noch mehr Russen? Was ist mit denen?«

»Zwei hochgradige Arschlöcher, die früher mal in der Geheimpolizei des Zaren gearbeitet haben. Sie haben gestern die Show mit Kardakows Leiche inszeniert. Und wenn sie ihn in das Grab geworfen haben, dann haben sie ihn höchstwahrscheinlich auch umgebracht, und …«

»*Schwarzhunderter*!«, entfuhr es Marlow.

»Wie bitte?« Schon wieder dieser Begriff. Rath hatte ihn noch nie gehört.

»Kennen Sie nicht? Kein Wunder.« Marlow lachte. »Ist mir auch erst begegnet, als Alexej Kardakow mir politische Nachhilfe gegeben hat. Man muss ja wissen, wer einem bei solch einer Aktion querkommen kann. Und vor den Schwarzhundertern hatte Kardakow mehr Angst als vor Stalins Tschekisten.«

»Vielleicht zu Recht, wenn man an seinen jetzigen Zustand denkt. Was ist denn das für eine Truppe?«

»Zaristische Terroristen, wenn Sie so wollen. Ganz üble Schweinehunde. Sagen wir mal, so was Ähnliches wie die SA auf Russisch. Nur dass die SA dagegen wie ein Häuflein aufrechter Pfadfinder wirkt. Kardakow wusste, dass die auch hinter dem Gold her waren.«

»Ich hatte eher vermutet, die beiden Russen arbeiten für die *Nordpiraten*.«

»Hören Sie mir auf mit diesem Zuhälterclub. Die Piraten wissen von dem Gold rein gar nichts, diese Idioten!«

»Aber sie liegen mit der *Berolina* im Krieg. Und Kardakows Leiche hatte nicht nur die vollständigen Papiere in der Tasche, sondern auch eine *Berolina*-Vereinsnadel. Sieht doch ganz so aus, als wolle da jemand die *Berolina* in Schwierigkeiten bringen.«

»Scheint ja auch zu funktionieren. Ihre Leute steigen dem roten Hugo schon wieder aufs Dach. Der arme Kerl. Seine Nerven sind derzeit nicht die besten.« Marlow gab dem Chinesen einen Wink, und der schenkte Whisky nach. »Glauben Sie mir, Herr Kommissar: Wenn Fallin und Selenskij etwas mit Kardakows Tod zu tun haben, dann gehören sie zum *Schwarzen Hundert*. Die Art und Weise, wie Kardakow und das andere arme Schwein …«

»Boris.«

»… wie die beiden gefoltert wurden, so brutal und gleichzeitig so perfide, das ist ganz die Handschrift des *Schwarzen Hundert.*«

Rath zog an seiner Zigarette und dachte kurz nach. Was Marlow da sagte, konnte durchaus einen Sinn ergeben. Ehemalige Geheimpolizisten, die es nicht lassen konnten. Und die immer noch wussten, wie man anderen Menschen wirkungsvoll wehtut.

»Und weiter?« Marlow wurde ungeduldig. »Was wissen Sie noch?«

»Wenig«, sagte Rath. »Selenskij lebt nicht mehr.«

»Ermordet?«

»Wahrscheinlich.«

»Von wem?«

»Gute Frage. Da gibt es mehrere Möglichkeiten: Entweder von einem Konkurrenten in Sachen Sorokin-Gold. Oder von seinem Komplizen, weil er Mist gebaut hat und zum Sicherheitsrisiko wurde. Vielleicht war es auch ganz einfach ein Racheakt.«

»Dieses verfluchte Gold hat bislang viele Menschen tot und noch keinen einzigen reich gemacht«, meinte Marlow.

Rath nickte. Offensichtlich wusste eine ganze Menge Leute von dem Gold. Marlow und seine Männer, Wolters Kriegskameraden und ihr Spitzel Wilczek, die Kommunisten, Schwarzhunderter, die Gräfin Sorokina und die führungslose *Rote Festung* – kein Wunder, dass die sich gegenseitig in die Quere kamen.

»Und was ist mit Fallin?«, fragte Marlow.

Rath zuckte die Achseln. »Keine Ahnung. Jedenfalls ist dessen Leiche noch nicht aufgetaucht.«

»Wollen wir hoffen, dass er noch lebt. Wenn er Kardakow tatsächlich in die Mangel genommen hat, dann weiß er auch am ehesten, wo das Gold versteckt ist.«

»Warum hat er es dann nicht längst geholt?«

»Weil es gut bewacht ist.«

»Von wem?«

»Von meinen Leuten.«

»Was soll denn das heißen? Sie erzählen mir, Sie wüssten nicht, wo das Gold ist, und lassen es dennoch bewachen? Das müssen Sie mir erst mal erklären!«

»Am besten kommen Sie einfach mit! Dann zeig ich's Ihnen.«

Wenige Minuten später gingen die drei Männer über Gleisanlagen durch die Dunkelheit. Sie hatten Marlows Büro in der Rüdersdorfer Straße durchquert, die umgebaute Lagerhalle des Ostbahnhofs, und waren auf dem Güterbahnhof der Ostbahn gelandet, der, anders als der Personenbahnhof, immer noch in Betrieb war.

An einem Güterschuppen machten sie halt. *Marlow Importe GmbH* konnte man im dünnen Licht der elektrischen Lampen an der Schuppenwand lesen. Als sie die Laderampe betraten, löste sich ein Schatten aus dem Schwarz des Schuppens. Der Mann trug offensichtlich eine Maschinenpistole unter seinem Mantel.

»Alles klar, wir sind's, Fred«, rief Marlow und hob seinen Arm.

»'N Abend, Chef. Alles ruhig«, sagte Fred.

Noch ein Mann kam aus dem Schuppen, zwei weitere kletterten von den Waggons, die auf dem Gleis an der Rampe abgestellt waren. Alle drei Männer trugen Waffen.

»Schon gut«, sagte Fred, »geht zurück auf eure Posten.«

Die Männer verschwanden wieder in der Dunkelheit, Rath schaute ihnen nach.

Auf dem Abstellgleis standen vier Kesselwagen. Der Ruß vieler Lokomotiven hatte den weißen Lack auf den bauchigen Tanks grau gefärbt und den Schriftzug *Vereinigte Ölmühlen Insterburg* schmutzigrot.

»Rapsöl?«, fragte Rath. »Besitzen Sie auch noch eine Margarinefabrik?«

Marlow grinste. »Wenn Sie aus dieser Fracht hier Margarine machen wollten, wäre die schwer bekömmlich. Drei Kessel enthalten Salzsäure, einer Salpetersäure, rund 150 Hektoliter pro Waggon.«

»Und wo ist das Gold?«

»Genau das ist die Frage«, sagte Marlow. »Diese Waggons gehörten zu einem Güterzug, der vor vier Wochen Berlin ansteuerte. Mit diesem Zug wollte Kardakow das Gold aus der Sowjetunion schmuggeln.«

»Aber die Waggons hier, die kommen aus Ostpreußen.«

»Die Waggons, aber nicht die Ladung. Russische Güterzüge werden an der Grenze umgeladen. Die russische Eisenbahn hat eine andere Spurweite. Fast zehn Zentimeter breiter als unsere.«

»Wieso hat Kardakow dann ausgerechnet einen Zug zum Schmuggeln genommen? Da können Sie ja nicht einmal die Wagen präparieren. Wie will er dann so viel Gold über die Grenze bringen?«

»Genau diese Frage stellen wir uns auch seit vier Wochen. Kardakow und die Gräfin sind an jenem Abend nicht wie vereinbart hier am Bahnhof erschienen, als der Zug eintraf.«

»Stattdessen kam Boris.«

»Richtig. Er war der Zugbegleiter. Aber auch Kardakows Kontaktmann.«

»Dann muss er Ihnen doch etwas erzählt haben.«

»Schön wär's. Der Mann sprach kein Wort Deutsch. Außerdem hat er dem Braten nicht getraut, als er keinen Landsmann antraf, sondern nur meine Leute. Wir haben versucht, ihn zu beruhigen, aber er hat plötzlich Panik bekommen und ist quer über die Gleise davongelaufen. Das Nächste, was ich von ihm gesehen habe, war sein Foto im *Abendblatt*.«

Rath dachte kurz nach.

»Vielleicht hat Kardakow Sie einfach hinters Licht geführt«, meinte er. »Stellt Ihnen einen Chemiezug hin und will selbst mit dem Gold durchbrennen.«

»Das glaube ich nicht. Ohne mich hätte er mit dem Gold nicht viel anfangen können.«

Er zündete sich eine Zigarre an und gab Fred einen Wink, seinen Posten wieder zu beziehen.

»Wissen Sie übrigens«, fuhr er fort, während er die Zigarre anrauchte, »was man aus drei Teilen Salzsäure und einem Teil Salpetersäure herstellen kann?«

»Ich bin kein Chemiker.«

»Aqua regis.«

»Nie gehört. Was soll das sein.«

»Königswasser. Ein hochaggressives Gemisch. Eines, in dem sich sogar Gold auflöst.«

»Was soll das heißen – ist das Gold also in der Säure?«

»Eben nicht. Wir haben hier nur Salzsäure und Salpetersäure in den Waggons. Beide Säuren für sich können kein Gold lösen. Erst das Gemisch kann das. Das Gold muss irgendwo anders sein.«

»Und in den Waggons ist es nicht?«

»Nein, wir haben jeden Millimeter untersucht, der als Versteck in Frage käme. Obwohl eigentlich klar war, dass wir nichts finden würden.«

»Wieso?«

»Wie hätte das Gold beim Umladen in Ostpreußen unbemerkt sein Versteck wechseln sollen? Eigentlich ein Ding der Unmöglichkeit. Es sei denn, Sie bestechen sämtliche Grenzbeamten und Bahnhofsmitarbeiter und präparieren nicht nur die russischen, sondern auch die deutschen Kesselwagen. Sie dürfen nicht vergessen, dass wir hier von einer riesigen Menge Gold sprechen, einige *Tonnen* Gold.«

»Vielleicht kommt es erst mit einer zweiten Lieferung. Irgendeine unauffällige Fracht, irgendein Schrott, in dem das Gold versteckt ist. Und mit dem Königswasser können Sie es dann herauslösen.«

»Genau das vermute ich inzwischen auch. Nur war von einer zweiten Lieferung nie die Rede. Ich habe mit Kardakow immer nur über diesen Transport gesprochen. Er hat den ganzen Papierkram vorbereitet, ich habe unterschrieben – er brauchte jemand Unverdächtigen, der die Lieferung bei diesem Chemie-Kombinat in Leningrad anfordert.«

Marlow hatte also den seriösen Geschäftsmann gespielt, damit die Roten keinen Verdacht schöpften.

»Und das hat funktioniert?«

»Ich hatte einen Besucher aus der sowjetischen Botschaft hier –

dieser Troschin, der jetzt vermisst wird –, und das war's. Seitdem weiß ich, dass die Tscheka alarmiert ist. Ich hab dem Mann die Lieferung gezeigt und vorgeführt, was man mit Salzsäure und Salpetersäure alles wegätzen kann, und er ist wieder abgezogen.«

»Wahrscheinlich war er froh, dass Ihre Männer *ihm* nichts weggeätzt haben.«

»Vielleicht.«

»Eines verstehe ich nicht, Herr Marlow«, meinte Rath nachdenklich. »Sie sollten das Gold für Kardakow in Bargeld verwandeln, wenn ich richtig informiert bin. Warum stochern Sie dann genauso im Nebel wie alle anderen?«

»Niemand ist in alles eingeweiht. Wie der Schmuggel funktionieren sollte, wussten nur Kardakow und die Gräfin.«

»Wenn er gefoltert wurde, hat er das Geheimnis doch bestimmt verraten.«

»Hat er nicht, weil er auch nur die Hälfte kannte. Allein die Gräfin kannte die Organisation des Schmuggels bis ins kleinste Detail. Auch eine Vorsichtsmaßnahme. Das Ganze funktionierte nur im Zusammenspiel.«

»Schönes Zusammenspiel! Kardakow ist tot. Und wenn es die Sorokina auch dahingerafft hat, dann hat sie ihr Geheimnis mit ins Grab genommen.«

»Nicht wenn die Papiere wieder auftauchen.«

Die Papiere! Rath musste an seinen Besuch bei Tretschkow denken. Er kannte eines dieser Papiere. Und er wusste, wo es sich befand. Doch das sagte er nicht.

»Welche Papiere?«, fragte er stattdessen.

»Eine Art Plan. Kardakow und seine Gräfin haben irgendwo Pläne versteckt, die das Geheimnis verraten – zwei dünne Papiere, die nur dann Sinn ergeben, wenn man beide übereinanderlegt und gegen das Licht hält.«

Rath pfiff leise durch die Zähne. »Und wenn es wirklich die Männer vom *Schwarzen Hundert* waren, die Kardakow gefoltert haben, dann könnten sie sich auch sein Papier unter den Nagel gerissen haben.«

»Also hat es Fallin!«

Rath zuckte die Achseln. »Vielleicht. Oder der Mörder von Selenskij.«

»Ich vermute mal, dass das ein und derselbe ist.«

Es war weit nach Mitternacht, als Rath in den Spiegel seines Hotelzimmers schaute und den Mann, der ihn dort anblickte, kaum erkannte. Er schüttete sich kaltes Wasser ins Gesicht.

Irgendwann hatte ihn schon am Ostbahnhof die Müdigkeit übermannt. Als sie vom kühlen Bahngelände in Marlows Büro gegangen waren, in dem immer noch die Gewitterschwüle hing, und er sich in den bequemen Sessel gesetzt hatte, den er von seinem ersten Besuch bereits kannte, hatte er seine Augen kaum noch aufhalten können.

Und Marlow hatte es bemerkt. Er hatte in seinen Schreibtisch gegriffen und mit einem Papiertütchen gewedelt.

»Herr Kommissar, bei unserem letzten Treffen haben Sie einen aufgeweckteren Eindruck gemacht. Lag es an dem hier?«

Rath hatte zunächst irritiert geguckt. Und dann hatte Marlow ihm das Papiertütchen zugeworfen, und er hatte es eingesteckt. Genommen hatte er nichts, wenigstens das. Aber, so hatte er gedacht, für die nächsten Tage konnte ein kleiner Wachmacher nicht schaden. Er musste noch so viel erledigen, zum Schlafen blieb da nicht viel Zeit.

Er war nicht mehr lange bei Marlow geblieben, dennoch war es spät geworden. Wenigstens hatte er diesmal noch ein Taxi am Küstriner Platz bekommen. Der Taxifahrer hatte ihn angesehen wie eine Erscheinung. Die Lichter im *Plaza* waren erloschen, der Mann war zu spät gekommen, um den letzten Varietébesucher einzusammeln, und aß gerade eine Stulle, als Rath ihn störte.

Kein Wunder, dass er dich für einen Geist gehalten hat, dachte Rath, als er das kalte Wasser von seinem Spiegelbild abtropfen sah. Er rieb sich das Gesicht mit dem Handtuch trocken und legte sich ins Bett. Die Gedanken rasten in seinem Kopf. Wild durcheinander, ohne Sinn und Verstand.

Bruno Wolter und Joseph Wilczek, die unheilige Allianz. Waffenhändler, das konnte Rath sich durchaus vorstellen, bei Brunos zahlreichen Kontakten zu alten Kameraden. Ob sie aber auch hinter dem Gold her waren? Wenn ja, dann hatten sie von Anfang an keine Chance gehabt, der Sittenbulle und der Schmalspurganove. Auch wenn Wilczek nicht gestorben wäre, hätte Wolter gegen diese Konkurrenz aus Geheimdiensten, Berufsverbrechern und politischen Überzeugungstätern niemals Land gesehen. Es sei denn, er hatte noch ein paar andere Verbündete, weitere schwarze Schafe in Polizei und Reichswehr. Aber im Rennen nach dem Gold hatten derzeit andere die Nase vorn. Nicht die Besitzerin Gräfin Sorokina, nicht die eingeschüchterte *Rote Festung*, nicht Marlow, der nur ein paar Waggons voller Säure an seinem Güterschuppen stehen hatte, mit denen er nichts anfangen konnte. Zwei Männer waren näher an dem Gold als alle anderen. Der eine war ein narbengesichtiger Russe namens Nikita Fallin, der andere ein preußischer Kriminalbeamter namens Gereon Rath. Die Gräfin besaß ihr Papier nicht mehr. Selbst wenn sie Fallin in die Hände gefallen war, würde das dem Narbengesicht nichts nützen. Rath wusste das, dennoch hatte er Marlow nicht von dessen größter Sorge befreit: Die Schwarzhunderter könnten auch noch das Papier der Gräfin ergattern und das Goldversteck aufspüren.

Wissen ist Macht.

Er starrte an die Zimmerdecke, als sei des Rätsels Lösung dort irgendwo zu finden. Draußen waren die ersten Geräusche der erwachenden Stadt zu hören. Und er lag immer noch hier und konnte nicht einschlafen, obwohl er das Kokainbriefchen nicht angerührt hatte. Zwischen den Bibelseiten lag es im Nachttisch. Für alle Fälle.

Er hätte Marlow besser um ein Schlafmittel gebeten, dachte Rath noch.

Und dann fielen ihm endlich die Augen zu.

Er hatte nicht das Gefühl, viel geschlafen zu haben, als das Telefon ihn wieder wachklingelte.

Die freundliche Stimme des Portiers.

»Guten Morgen, Herr Rath. Ihr Weckruf. Es ist jetzt genau sechs Uhr dreißig.«

Die bleierne Müdigkeit verschwand sofort, als er an den gestrigen Tag dachte. Adrenalin schoss in sein Blut. Es prickelte. Er brauchte kein Kokain, er brauchte eine kalte Dusche.

Noch vor sieben war er auf der Straße und ging die Möckernstraße hinunter. Am Ufer des Landwehrkanals war die verbogene Uferbegrenzung inzwischen gegen eine neue ausgetauscht worden. Das frisch lackierte Metall glänzte sauber in der Morgensonne. Nur die abgeschabte Baumrinde erinnerte noch an den Unfall. Nachdenklich ging Rath weiter.

In der Yorckstraße fiel ihm der grüne Opel schon von weitem auf. Gennat hatte sich offensichtlich über Selenskij informiert und ließ Fallins Wohnung überwachen. Ob der Buddha den engsten Freund des Toten auch schon auf die Liste der Mordverdächtigen gesetzt hatte?

Plisch und Plum saßen in dem Wagen, unverkennbar, auch wenn Rath ihre Gesichter nicht sehen konnte. Kriminalsekretär Czerwinski war eingenickt, sein Kopf hing auf dem Lenkrad. Was Kriminalassistent Henning machte, konnte Rath nicht so genau erkennen. Er hielt sich im toten Winkel, bis er den Wagen erreicht hatte.

»Morgen, die Herren«, sagte Rath und klopfte auf das grüne Blechdach. Henning fuhr herum und sah ihn mit großen Augen an. Czerwinski schreckte auf und stieß sich den Ellbogen, sein Hut kullerte auf Hennings Schoß.

»Mensch, Rath, was soll'n der Scheiß?« Czerwinski klang ernsthaft empört. »Wir observieren hier einen Verdächtigen! Willst du, dass wir auffliegen?«

»Ihr observiert keinen Verdächtigen, sondern seine Wohnung«, entgegnete Rath. »Wenn der Mann zu Hause wäre, hättet ihr ihn längst zu Gennat geschleift. Stimmt's? Oder hab ich recht?«

»Jedenfalls sollten wir nicht auffallen«, nölte Czerwinski. »Wäre schön, wenn du mal ein bisschen Land gewinnst.«

»Dann solltest du aber auch aufhören zu schnarchen«, meinte Rath und verabschiedete sich mit einem letzten Klopfen aufs Wagendach.

An der Möckernbrücke stieg er in die Bahn und fuhr zum Luisenufer.

»Wat wollense denn noch, Herr Kommissar?«, fragte Hermann Schäffner, als er die Tür öffnete, die Serviette vom Frühstück noch um den Hals gebunden. »Hamse mir nich schon jenuch jefracht, Sie un Ihre Kollejen?«

»Nur eine Frage noch«, meinte Rath. »Wann ist denn die Wohnung im Hinterhaus wieder zu vermieten?«

Schäffner schaute ihn erstaunt an. »Na, wenn Ihre Kollejen da bald mal zu Potte kommen, hoffenwa mal ab Montach.«

»Ich nehme nicht an, dass Sie schon einen neuen Mieter haben?«

»Wieso?« Schäffner schien immer noch nicht zu verstehen.

»Was hat denn Herr Müller beziehungsweise Herr Selenskij so an Miete bezahlt?«

»Nich ville. Fuffzehn Märker die Woche. Is det wichtich?«

»Möbliert?«

»Sicher.«

»Gut. Ich nehme die Wohnung.« Rath streckte Hermann Schäffner die Hand entgegen, und der schlug verdutzt ein.

»Ich will Sie dann auch nicht länger aufhalten, Sie haben bestimmt zu tun. Wir sehen uns am Montag.«

Rath tippte an seinen Hut. Er hatte schon kehrtgemacht, da blieb er plötzlich stehen.

»Ach«, meinte er und drehte sich noch einmal zu Schäffner um. Der Hauswart glotzte durch den Türspalt wie ein Kaninchen durch den Maschendraht. »Eine Frage noch: Ist Ihnen inzwischen eingefallen, wo Sturmhauptführer Röllecke wohnen könnte?«

Natürlich war es Schäffner nicht eingefallen. Wenigstens hatte der Mann nach einigem Überlegen gesagt, dass Röllecke wohl aus Steglitz komme, genau wisse er das aber nicht.

Immerhin ein Anhaltspunkt, dachte Rath, als er kurz darauf im Passamt in der Burg die Adresse heraussuchen ließ. Diesmal war er nicht an den alten Griesgram geraten, sondern an eine junge, hilfsbereite Frau, die ihm mit einem Lächeln alle Karteien herbeischaffte, die er brauchte. So viele Rölleckes waren in Steglitz gar nicht gemeldet, einer schrieb sich mit einfachem K, und zwei waren jünger als dreißig, die stellte Rath erst mal hinten an. Blieb ein Heinrich Röllecke übrig, wohnhaft in der Ahornstraße. Einundvierzig Jahre alt, wahrscheinlich also Kriegsteilnehmer. So stellte sich Rath einen Sturmhauptführer der SA vor: einer, der es nicht lassen konnte und weiter Soldat spielen musste. Er notierte die Adresse und ging in die Registratur.

Dort suchte er die alte Akte Selenskij/Fallin, die Böhm vor einer Woche schon mal durchgegangen war, als er die beiden Russen im Vernehmungszimmer sitzen hatte. Die Vorstrafen hatten der Bulldogge offenbar nicht ausgereicht, die beiden länger festzuhalten.

Nun war Selenskij tot. Und Fallin verschwunden.

»Tut mir leid, Herr Kommissar!« Die Registraturmitarbeiterin kam zurück. Nicht so jung wie die im Passamt, aber ebenso freundlich. »Die Akte ist nicht an ihrem Platz.«

»Hat Böhm sie etwa immer noch?«

Die Frau schaute in die Karteikarte, die sie mitgenommen hatte. »Nein, die ist gestern Abend erst wieder angefordert worden, da hat der Kollege sie rausgegeben.«

Die Akte lag bei Gennat.

Dann würde er wohl mit dem Buddha sprechen müssen, obwohl ihm eher danach zumute war, sich in sein Büro zu verkriechen und in Akten zu wühlen. Konnte nicht schaden, etwas Interesse an der Arbeit der anderen zu heucheln. Wenigstens würde er dann nicht wie ein Einzelkämpfer wirken.

»Morgen, Herr Kommissar«, begrüßte ihn der Buddha. »Heute schon in der Yorckstraße gewesen?«

Plisch und Plum hatten also gepetzt.

Rath nickte. »Wollte Fallin überprüfen. Aber die Wohnung wird ja bereits observiert.«

»Dass wir auch Selenskijs Freund im Fall Kardakow verhört haben, das hätten Sie mir gestern mitteilen müssen«, sagte Gennat. »So hab ich's erst mit einiger Verspätung von Oberkommissar Böhm erfahren.«

»Tut mir leid, Herr Kriminalrat, mir ist es auch nicht sofort eingefallen«, log Rath. »Oberkommissar Böhm hat die beiden damals verhört, nicht ich.«

»Lassen Sie Ihre Spitzen gegen Böhm, der tut seine Pflicht mindestens so gewissenhaft wie Sie! Wegen Ihres Versäumnisses haben wir bei der Fahndung nach Fallin wertvolle Zeit verloren!«

»Jawohl, Herr Kriminalrat.«

»Gut, ich hoffe, Sie nehmen sich das zu Herzen. Und jetzt gehen Sie an Ihre Arbeit. In einer Stunde Besprechung in meinem Büro.«

Rath räusperte sich.

»Was ist denn noch?«

»Dürfte ich Herrn Kriminalrat um die Akte Selenskij/Fallin bitten?«

12. Februar 1926.

Rath las die Akte in seinem Büro, in dem ihn heute nicht einmal Erika Voss störte. Die beiden Russen waren an jenem Tag in eine Schlägerei mit Kommunisten geraten. Und dabei hatten sie etwas zu gründlich zugelangt. Einer der Roten saß seitdem im Rollstuhl, dem anderen hatte man einen Arm abnehmen müssen. Selenskij und Fallin hatten zugegeben, an der Schlägerei beteiligt gewesen zu sein, aber bestritten, an den schlimmen Verletzungen Schuld zu tragen, und waren daher mit einem milden Urteil davongekommen. Kein Wunder, dass Böhm die Akte wieder weggestellt hatte. Ehemalige zaristische Geheimpolizisten, die Rote verprügelten, machten sich wirklich nicht verdächtig, einer kommunistischen Splittergruppe anzugehören.

Aber sie machten sich durchaus verdächtig, im Namen des *Schwarzen Hundert* Landsleute zu verschleppen, zu foltern und umzubringen.

Rath blätterte sämtliche polizeilichen Vernehmungen in dem Fall durch, die in der Akte abgeheftet waren, und die schienen alle das Urteil des Richters zu stützen.

Erst die Unterschrift unter den Vernehmungsprotokollen machte ihn stutzig.

Und zwar, weil er sie kannte.

Kurz darauf saß Rath wie auf heißen Kohlen in der Besprechung. Die brachte wie erwartet keine besonderen neuen Erkenntnisse. Selenskij war zwar nach der Zeugenaussage des Schuljungen dringend tatverdächtig, aber leider auch tot. Die Fahndung nach Fallin hatte noch nichts gebracht, ebenso wenig die Durchkämmung der Fichtenwälder, die immer noch mit großem Aufwand lief. Ganz zu schweigen von den Nachforschungen in der *Berolina.* Die Leute des roten Hugo, sonst immer gut für einen Tipp, hielten dicht, wenn man ihnen selbst ans Leder wollte. Es fiel Rath schwer, richtig zuzuhören und seinen Bericht von der ergebnislosen Durchsuchung des *Delphi* vorzutragen. Immerhin, Gennat lobte ihn, weil er gestern die entscheidenden Zeugen aufgetrieben hatte. Doch das war Rath jetzt alles egal, selbst Charlys Gegenwart ließ ihn heute kalt. Am liebsten wäre er zu Bruno Wolter ins Büro gestürmt, hätte ihn an der Gurgel gepackt und so lange geschüttelt, bis der Scheißkerl endlich mit der Wahrheit rausrückte.

Stattdessen fing er Gennat direkt nach der Besprechung ab.

»Wenn Sie sich über Ihre heutige Aufgabe beschweren wollen: Vergessen Sie's«, sagte der Buddha. »Strafe muss sein.«

»Nein, Herr Kriminalrat. Etwas anderes. Oberkommissar Wolter. Hat der einmal für die Inspektion A gearbeitet?«

»Sie haben die Akte aber gründlich gelesen.« Gennat nickte und schien nachzudenken. »Müsste einer seiner letzten Einsätze für uns gewesen sein. Vor dem Unfall.«

Der Unfall! Rath wurde hellhörig. Auch Scheer hatte von einem Unfall gesprochen.

»Was für ein Unfall?«

»Sie waren doch Kollegen. Hat er Ihnen nichts davon erzählt?

Na, eigentlich wundert mich das nicht. Böse Sache, das.« Gennat nahm ihn beiseite. »Bruno Wolter ist einer der besten Schützen der Berliner Polizei. Er hat früher als Ausbilder am Schießstand gearbeitet.«

»Ich weiß. Und trotzdem war er für die Inspektion A im Einsatz?«

»Natürlich. Er war schon immer Kriminalbeamter. Nur eben einer mit besonderen Fähigkeiten. Wenn es irgendwo brenzlig zu werden drohte, wenn man jemanden brauchte, der schießen konnte, dann wurde Wolter eingesetzt. Im Krieg war er Scharfschütze, gehörte zum Kriegsende einer Spezialeinheit an.«

»Sollte man als Polizeibeamter den Schusswaffeneinsatz nicht nach Möglichkeit vermeiden? Da gibt es doch eine Dienstanweisung, oder irre ich mich?«

»Dazu brauche ich keine Dienstanweisung, mein lieber Rath. Es gibt nichts, was ich mehr hasse, als unnötige Rumballerei. Gerade deshalb ist es wichtig, jemanden dabeizuhaben, der weiß, was er tut.«

»Und Bruno Wolter ist so jemand?«

»Ja. Er war immer ruhig, ganz gleich, welches Chaos um ihn herum tobte. Manchmal reichte ein Schuss, und die Sache war erledigt.«

»Und der Verbrecher tot ...«

»Wolter hat im Polizeidienst keinen einzigen Menschen getötet. Er hat die Saukerle, die unbedingt mit einer Waffe rumwedeln mussten, für uns kampfunfähig gemacht. Und das sehr präzise. Es kam einem chirurgischen Eingriff näher als einem simplen Schuss. Mit einer durchlöcherten Hand können Sie nicht mehr schießen, so einfach ist das. Und meine Leute konnten die wimmernden Pistolenhelden dann einsammeln.«

»Und der Unfall?«

»Das ist ja das Tragische. Das ist nicht einmal bei einem Einsatz passiert. Dafür hätte jeder Verständnis gehabt, wenn da mal was danebengegangen wäre. Nein, es war auf dem Schießstand. Einen jungen Polizeischüler hat's erwischt. Thies hieß der Junge, wenn ich das recht erinnere. Der beste Schütze seines Jahrgangs. War schon klar, dass er mit Wolter zusammen auf dem Schießstand arbeiten sollte.«

»Und dann?«

»Die Umstände wurden nie ganz geklärt. Wahrscheinlich hatte Thies selber Schuld. Er half ja schon aus auf dem Schießstand und kümmerte sich auch um ein paar kleinere Wartungsarbeiten. Eines Tages übte ein Trupp junger Schupos mit dem Karabiner. Und plötzlich lag ein blutüberströmter zuckender Körper hinter der Zielscheibe.«

»Thies.«

»Richtig. Irgendwie muss er in die Schussbahn geraten sein. Als der Arzt eintraf, war er schon tot. Erschossen von den eigenen Kameraden. Fünf Kugeln haben sie aus seinem Körper geholt.« Gennat hielt inne, als ließe ihn die Erinnerung heute noch erschauern. »Wie gesagt, wahrscheinlich war der Junge selbst schuld. Doch Wolter übernahm die Verantwortung. Er selbst betrieb seine Versetzung ins Sittendezernat. Da wird am wenigsten geschossen. Und auf dem Schießstand hat man ihn seitdem nie wieder gesehen.«

Von wegen Unfall, dachte Rath. Er musste an Jänickes Tod denken. Ob die IA Wolter schon einmal unter die Lupe nehmen wollte? Die Parallelen waren augenfällig: Ein junger Mann, direkt von der Polizeischule, der mit Wolter zusammenarbeiten soll, stirbt einen gewaltsamen Tod.

»Davon hat er mir nie etwas erzählt.«

»Davon spricht hier in der Burg niemand gerne. Ein tragischer Fall. Und außerdem hat die Polizei damals ihren besten Scharfschützen verloren.«

»Der beste Kriminalbeamte jedenfalls war er damals nicht.«

»Sie meinen die Vernehmungsprotokolle?«, fragte Gennat. »Ist Ihnen auch aufgefallen, wie schlampig Wolter die Vernehmungen geführt hat? Aber daraus sollte man ihm jetzt keinen Strick mehr drehen.«

Rath nickte gedankenverloren. Er musste an seine eigenen

Ermittlungen im Fall Wilczek denken. Auch bei Wolter schien hinter der vermeintlichen Schlamperei ein System zu stecken. Als habe er die beiden Russen absichtlich davonkommen lassen.

Das Gewitter gestern Abend hatte die Schwüle nicht vertrieben. Die feuchtwarme Luft machte die Müdigkeit noch unerträglicher. Rath schwitzte, obwohl er die Scheibe heruntergeklappt hatte. Gennat hatte ihn zur Observierung in die Yorckstraße geschickt. Ausgerechnet jetzt! Plisch und Plum hatten hämisch gegrinst, als sie sahen, wer sie da ablöste. Neben ihm saß Reinhold Gräf. Einer von Böhms Leuten.

»Was haben Sie denn verbrochen, dass Sie hier sitzen müssen?«, fragte Rath den Kriminalassistenten. »Haben Sie Gennat ein Stück Kuchen geklaut?«

»Ich bin Kriminalassistent. Da gehört solche Drecksarbeit zum Alltag«, meinte Gräf. »Und seit wann werden Kommissare bei Observierungen eingesetzt?«

»Nur wenn sie ungezogen waren«, sagte Rath und steckte sich eine Zigarette an. Die letzte. »Ich würde Ihnen ja gerne eine anbieten, aber …« Er zeigte Gräf die leere Schachtel.

»Schon gut. Ich rauche sowieso nur, wenn ich trinke.«

»Also, einen Flachmann kann ich jetzt nicht auch noch hervorzaubern.«

Gräf lachte. »Sie waren also ungezogen?«

»Fragen Sie Gennat.«

»Das wundert mich. Böhm hält Sie eher für jemanden, der den Chefs – mit Verlaub gesagt – in den Arsch kriecht.«

Rath staunte. Alle Achtung! Ganz schön mutig der Kleine, so mit einem Kommissar zu reden. »Böhm gibt sich offensichtlich auch alle Mühe, dieses Gerücht in Umlauf zu bringen und in Schwung zu halten.«

»Er hat jedenfalls keine hohe Meinung von Ihnen.«

»Sie reden ziemlich offen über diese Dinge. Haben Sie keine Angst, Ihre Karriere zu gefährden?«

»Ich habe es bislang immer so gehalten, offen und ehrlich mit meinen Kollegen umzugehen, ganz gleich, ob Kriminalrat oder Stenotypistin.«

»Das ehrt Sie.« Rath schnippte etwas Asche von seiner Zigarette. »Und wer zerreißt sich sonst noch das Maul über mich? Fräulein Ritter wahrscheinlich, oder?«

»Charly? Warum sollte sie?« Gräf wirkte ernstlich überrascht. »Sie kennt Sie doch überhaupt nicht.«

Sie saßen eine Weile schweigend nebeneinander. Schließlich schnippte Rath den Stummel seiner abgebrannten Zigarette durch das offene Fenster auf den Fahrdamm. Er öffnete die Tür.

»Ich vertrete mir mal ein bisschen die Beine und besorge mir neue Zigaretten. Halten Sie so lange die Stellung.«

»Alles klar, Herr Kommissar.« Gräf tippte an seinen Hut. »Gehen Sie nur. Deshalb sind wir ja zu zweit hier.«

Rath ging die Straße ein Stück hinunter. Die Bewegung half besser gegen die Müdigkeit als die vielen Zigaretten, die er geraucht hatte. Er schaute auf die Uhr. Elf nach elf. Alaaf! Eine gute Stunde hatte er erst in diesem Auto gesessen, und es war ihm vorgekommen wie eine Ewigkeit. Er hatte wahrlich Besseres zu tun, als sich den Hintern in einem Dienstwagen der preußischen Polizei plattzusitzen. Sich Bruno Wolter endlich vorzuknöpfen zum Beispiel. Erst um achtzehn Uhr sollten sie abgelöst werden. Das sah nach einem langen Tag aus.

An der nächsten Straßenkreuzung bog er rechts in die Großbeerenstraße ein. Der grüne Opel war nicht mehr zu sehen. Er fühlte sich gleich freier. Irgendwie hatte er das Gefühl, Gennat habe ihm Gräf als Aufpasser mitgeschickt.

Gleich um die Ecke fand er, was er suchte: eine Filiale von *Loeser und Wolff*, sinnigerweise direkt neben einer Apotheke. Dunkel und gediegen empfing ihn der Tabakwarenladen. Rath musste einige Zeit warten, bis er an die Reihe kam, und schaute sich derweil ein paar nette Tischfeuerzeuge an. Sein Vater hatte bald Geburtstag, konnte nichts schaden, sich schon mal über ein Geschenk Gedanken zu machen. Der Verkäufer wirkte fast ein wenig enttäuscht, als Rath dann doch nur Zigaretten kaufte. Allerdings gleich mehrere

Schachteln Overstolz und dazu ein Päckchen Streichhölzer, der Tag konnte noch lang werden.

Er nahm gerade das Wechselgeld entgegen, da meinte er draußen auf dem Gehweg ein bekanntes Gesicht zu erkennen, in der Menge der vor dem Schaufenster vorüberströmenden Passanten.

Die kurzen blonden Haare irritierten ihn, das Gesicht unter dem nachtblauen Hut hatte er anders in Erinnerung: eingerahmt von schwarzem Haar. Das Gesicht von Lana Nikoros. Von Swetlana Gräfin Sorokina.

Er stopfte die Münzen in die Hosentasche und stürzte hinaus, ohne sich um das überraschte Gesicht des Verkäufers zu kümmern. Sie war Richtung Victoria-Park gegangen. Am Ende der Straße erhob sich grün der Kreuzberg, davor wippten die Köpfe der Passanten wie ein wogendes Meer. Er versuchte, ihren blauen Hut in dem Gewimmel zu entdecken. Da waren eine Menge Hüte. Obwohl er das Nachtblau nicht mehr sah, folgte er der Richtung, in der sie gegangen war. An der Kreuzbergstraße sah er gerade noch einen blauen Hut im Park verschwinden. Der Weg wand sich den Berg hinauf, vorbei an einem Wasserfall, schließlich sah er sie auf einer Bank sitzen. Sie wandte ihm den Rücken zu. Leise trat er näher.

»Gräfin Sorokina, wie ich vermute?«

Sie drehte sich um. Eine ebenso hagere wie hässliche blonde Frau blickte ihn an. Eine Frau, die er noch nie zuvor gesehen hatte.

Sie schaute ihn an, als habe er den Verstand verloren. »Und wer wollen Sie sein?«, fragte sie. »Graf Koks oder der Kaiser von China?«

Rath murmelte eine Entschuldigung, tippte kurz an den Hut und ging den Weg wieder hinunter.

War er einem Phantom hinterhergelaufen? Hatte seine Müdigkeit ihm einen Streich gespielt und ihm etwas vorgegaukelt?

Er musste sehen, dass er zum Wagen zurückkam, er hatte Gräf schon viel zu lange allein gelassen. Hoffentlich hatte der Kriminalassistent keine schwache Blase.

Reinhold Gräf klappte auch das Fenster auf der Beifahrerseite auf, um frische Luft in den Wagen zu lassen. Wenn der Kommissar wiederkäme, würde er ihn bitten, weniger zu rauchen. Lieber hätte er diese Schicht mit Charly abgesessen und nicht mit dem Neuen. Auch wenn der gar nicht so schlimm war, wie Böhm immer erzählte. Man wurde nicht ganz schlau aus ihm, das stimmte schon. Aber sonst schien er ganz in Ordnung zu sein. Wirkte nur ein bisschen überarbeitet. Und rauchte ziemlich viel.

Gräf genoss die frische Luft und steckte seinen Kopf aus dem Fenster. Es achtete ohnehin niemand auf ihn. Obwohl eine ganze Menge los war auf der Straße. Vom nahenden Wochenende war in den Gesichtern der vorüberhastenden Passanten noch nichts zu sehen, nur werktägliche Hektik. Autofahrer hupten nervös, wenn es ihnen nicht schnell genug voranging. Eigentlich kein Tag, um in einem Auto zu sitzen und einen Hauseingang im Auge zu behalten. Aber so war der Polizeialltag eben: in erster Linie langweilig. Mit Charly wäre diese Langeweile leichter zu ertragen gewesen.

Plötzlich tat sich etwas vor dem Haus, das er beobachtete. Ein Taxi hielt direkt vor dem Eingang. Ein kräftiger Mann stieg aus, in der einen Hand einen Koffer, und als er dem Fahrer das Geld durchs Fenster reichte, wandte er Gräf eine Narbe zu, die sich quer über eine Wange zog.

Mit einem Mal war die Langeweile verflogen. Aufgeregt kramte Gräf das Foto hervor. Kein Zweifel: dieselbe Narbe, derselbe Mann!

Nikita Fallin war nach Hause gekommen!

Was sollte er jetzt tun? Gleich hinterher? Besser noch etwas warten, nicht die Nerven verlieren, der Kommissar müsste gleich zurück sein. Wollte doch nur Zigaretten holen.

Ein Blick auf die Uhr. Viertel nach elf. Nach einer Zeit, die ihm vorkam wie eine halbe Stunde, schaute er noch einmal auf die Uhr. Sechzehn nach elf.

Nein, er konnte nicht länger warten! Wenn ihm der Russe durch die Lappen ging, nur weil er auf den Kommissar wartete, würde er sich das nie verzeihen!

Gräf überprüfte seine Pistole und steckte Handschellen ein. Dann stieg er aus und ging zum Haus hinüber. Würde er den Kerl eben allein festnehmen. Kommissar Rath würde staunen, wenn er zurückkam! Der Kommissar holt Zigaretten, und der Kriminalassistent nimmt mal eben einen Mordverdächtigen fest!

Er nahm die Pistole erst aus dem Holster, als er im Haus war. Im großen, schattigen Treppenhaus hörte er knarzende Schritte ein paar Stockwerke weiter oben. Ob das immer noch Fallin war? Der wohnte im Vierten. Warum brauchte der Mann so lange? Hatte er erst einmal in den Briefkasten geschaut? Die Post durchgeblättert? Gräf entsicherte für alle Fälle die Pistole und stieg so leise es ging die Treppe empor. Für einige Augenblicke hörte er nichts als sein eigenes Atmen und das leise Knarren der Stufen. Langsam arbeitete er sich vor bis in den zweiten Stock.

Dann klirrte oben ein Schlüsselbund, und gleich darauf hallte eine Frauenstimme durchs Treppenhaus.

»Nikita?«

Die Stimme kam von oben. Gräf überlegte noch, ob er sich übers Geländer beugen und nachschauen sollte, wer da oben gerufen, wer den Russen erwartet hatte, da war plötzlich ein Knacken und Krachen zu hören wie von brechendem Holz, gleich darauf ein kurzer, gellender Schrei und ein dumpfes Poltern. Es polterte noch einmal, und der Schrei erstarb, als habe man ihm die Luft entzogen. Und dann noch ein Poltern, als ein schwerer Körper direkt vor Gräf hart auf den Handlauf schlug, Finger umklammerten ein herausgebrochenes Stück Geländer, als könnten sie dort noch Halt finden. Gräf hörte das unangenehme Geräusch brechender Knochen, bevor der Körper abprallte und weiter in die Tiefe stürzte, Arme und Beine in unnatürlichen Verrenkungen herumschlackernd. Ein letzter dumpfer Aufprall, und dann war es still.

Der Kriminalassistent stand da wie vom Schlag gerührt, die Pistole immer noch schussbereit in der Hand. Er stürzte ans Geländer und schaute nach unten. Auf dem hellen Steinboden lag ein kräftiger Mann in einem dunklen Anzug, Arme und Beine seltsam verdreht. Fast sah es aus wie ein Hakenkreuz. Unter dem schwarzen

Körper sickerte leuchtend rot ein dünnes Rinnsal Blut hervor, das sich schnell ausbreitete und immer dicker wurde.

Der Kriminalassistent steckte die Pistole wieder ein und stolperte die Treppe hinunter.

Der Mann lag bäuchlings in der größer werdenden Blutlache, neben ihm das herausgebrochene Geländerstück. Gräf beugte sich hinunter und drehte den Kopf zur Seite. Eine Narbe zog sich quer über die linke Wange. Kein Zweifel, das war Fallin.

Das Knarzen der Treppenstufen ließ Gräf aufschauen. Eine zierliche Frau schaute auf den Toten und das Blut. Weit aufgerissene Augen, bleich wie ein Bettlaken.

»Ist er tot?«

Gräfs Fingerspitzen suchten an der Halsschlagader vergeblich nach dem Puls. Er nickte.

»Mein Gott!« Die Frau stand schon an der Haustür. »Bleiben Sie hier! Ich hole die Polizei!«

»Warten Sie doch! Halt«, rief Gräf ihr hinterher, »ich *bin* die Polizei!« Aber da war sie längst auf der Straße.

Na ja, konnte nicht schaden, wenn sie mit ein paar Schupos zurückkäme. So lange könnte er bei der Leiche bleiben.

Er horchte in die Stille. Alles blieb ruhig. Hatte denn niemand im Haus etwas gehört? Niemand außer der jungen Frau?

Im Dunkel des Treppenhauses hatte er ihr Gesicht nicht genau erkennen können, aber in ihrem Äußeren und in ihrer ganzen Art hatte sie ihn fast ein wenig an Charly erinnert. Nur dass diese Frau blond war. Und dass Charly niemals blaue Hüte tragen würde.

Rath war alles in allem fast eine halbe Stunde fort gewesen, als er endlich wieder in der Yorckstraße ankam. Der grüne Opel stand immer noch im Schatten eines Baumes am Straßenrand. Genau so, wie er ihn zurückgelassen hatte. Genau so, bis auf ein Detail.

Der Wagen war leer.

Zunächst vermutete Rath, Gräf habe sich gerade nach unten gebeugt, weil ihm sein Notizblock hinuntergefallen war oder so etwas, aber als er näher kam, sah er seinen ersten Eindruck bestätigt.

Gräf saß nicht mehr im Auto!

Wo zum Teufel trieb sich der Kriminalassistent herum? Hatte er tatsächlich Druck auf der Blase verspürt und es nicht mehr aushalten können? War er in der nächsten Kneipe auf dem Klo verschwunden und machte gerade ein erleichtertes Gesicht?

Er hatte den Opel nicht einmal abgeschlossen. Rath schüttelte den Kopf und setzte sich wieder auf den Fahrersitz. Einen Zettel, irgendeine Botschaft, suchte er vergebens. Er riss eine Schachtel Overstolz auf und steckte sich eine Zigarette an. Na, der Knabe würde wohl bald wieder auftauchen. Hoffentlich hatte er eine gute Erklärung parat. Und hoffentlich war ihnen Fallin nicht durch die Lappen gegangen.

Fallin! Natürlich! Es gab noch eine andere Möglichkeit: Nikita Fallin war zurückgekommen!

Hoffentlich war dem Kleinen nichts passiert. Diesem vierschrötigen Russen traute Rath alles zu. Vor allem jetzt, wo er Fallins Vergangenheit und besondere Fertigkeiten kannte.

Er überprüfte seine Mauser, zog den Hut etwas tiefer in die Stirn und stieg aus dem Wagen. Langsam ging er zum Haus hinüber, rauchend, den Kopf nach unten. Falls Fallin aus dem Fenster schaute, sollte er nicht unbedingt ein bekanntes Gesicht aus dem *Kakadu* wiedererkennen.

Bevor Rath die Haustür öffnete, trat er die Zigarette aus.

Er hatte einiges erwartet, aber nicht das.

Unten am Treppenabsatz hockte Kriminalassistent Reinhold Gräf über der Leiche eines Mannes, dessen Narbengesicht ihn zweifelsfrei als Nikita Fallin auswies.

31

Es war kurz nach vier, als er Gräf im Präsidium absetzte. Immerhin, die Observierung hätte länger gedauert, ihre Ablösung an der Yorckstraße hatte Gennat erst für achtzehn Uhr vorgesehen.

Rath hatte vom nächstbesten Fernsprecher aus die Burg alarmiert und dann erst das 103. Revier in der Möckernstraße. Er wollte sich nicht wieder vorwerfen lassen, dem Inspektionsleiter zu wenig Informationen gegeben zu haben. Sollte der Buddha doch selbst mit dem Mordauto rauskommen, wenn er sich überzeugen wollte!

Und er kam. Gennat war schon lange nicht mehr rausgefahren. Sämtlichen Beamten am Tatort war klar, dass es etwas heißen musste, wenn der Buddha mal wieder persönlich aus dem Mordauto stieg.

Diesmal war es hundertprozentig klar, dass es sich um Mord handelte. Gräf hatte erzählt, wie er den Sturz erlebt hatte, und das Geländerstück, das unten neben der Leiche lag, wies eindeutige Sägespuren auf. Der Verdacht, dass jemand das Treppengeländer in eine tödliche Falle verwandelt hatte, bestätigte sich, als die Spurensicherung den vierten Stock unter die Lupe nahm. Direkt gegenüber von Fallins Wohnungstür, vor der noch sein Koffer stand, fehlte ein großes Stück. Sauber angesägt. Wahrscheinlich, so hatte Gräf rekonstruiert, und Rath pflichtete ihm bei, hatte der Ruf der Frau den Russen überhaupt erst an das Geländer gelockt. Er hatte sich hinübergelehnt, um zu sehen, wer da nach ihm gerufen hatte, und dann war er in die Tiefe gestürzt.

Welche Frau da gerufen hatte und dass sie das nicht zufällig getan, sondern das Narbengesicht bewusst in die Falle gelockt hatte, das war zunächst nur ein Verdacht. Doch der erhärtete sich, als klar wurde, dass die Frau, die Gräf gesehen hatte, nicht wie versprochen die Polizei geholt hatte. Ganz im Gegenteil: Sie war vor der Polizei geflüchtet.

Gräf, der untröstlich über seinen Fauxpas war, hatte ihr Gesicht im dunklen Treppenhaus nicht genau erkannt, ihm war nur ihr blauer Hut aufgefallen. Rath konnte sich denken, wer dem Kriminalassistenten da über den Weg gelaufen war, doch er behielt es für sich. Nicht nur, weil er sich nicht sicher war, ob er selbst vorhin wirklich die Gräfin auf der Großbeerenstraße gesehen hatte. Er glaubte mittlerweile auch, dass so ein Dreckschwein wie Nikita Fallin einen solchen Tod verdient hatte.

Genau wie Vitali Selenskij. Zwei Schwarzhunderter, die seit über drei Jahren einem skrupellosen Stahlhelmer aus der Hand fraßen. Die Kardakow und den unglückseligen Boris so bestialisch gefoltert hatten. Bruno Wolters sadistische Helfer.

Nun waren beide tot, und der Gedanke, dass die Gräfin Sorokina als Racheengel auch die Spur des Onkels aufnehmen könnte, erfüllte Rath insgeheim mit Zufriedenheit.

Wahrscheinlicher aber war, dass sie gar nicht wusste, dass die beiden Schwarzhunderter mit einem preußischen Polizisten unter einer Decke steckten. Nur er wusste das, nur Gereon Rath.

Nachdem er Gräf am Alex rausgeworfen hatte, fuhr Rath zum Potsdamer Bahnhof. Die Fahrbereitschaft sollte den Wagen erst später zurückbekommen, er hatte noch einiges zu erledigen. Die in der Burg mussten heute auf ihn verzichten.

Erst einmal ging er in den Bahnhof und öffnete sein Schließfach. Was für ein Sammelsurium sich hier inzwischen angehäuft hatte! Ein Notizbuch, eine Pistole, ein Foto alter Weltkriegskameraden, ein aus der Wand gerissenes Telefon. Und ein Kokainbriefchen. In diesem Schließfach lagen seine schmutzigen Geheimnisse.

Er nahm das Kokain und steckte es ein. Jetzt brauchte er den Wachmacher. Die Schlaflosigkeit der vergangenen Tage forderte immer gnadenloser ihren Tribut. Manchmal wusste er nicht mehr, ob er wachte oder träumte. Stand da hinten wirklich ein Mensch? Oder war es nur ein Schatten? Er musste aufpassen, dass er keine Gespenster sah.

Bevor er zum Auto zurückging, schloss er sich in einer Kabine der Bahnhofstoilette ein. Er hatte nicht viel Übung in der Einnahme von Kokain. Die Nacht im *Venuskeller*, er versuchte sich zu erinnern. Der spendable Oppenberg. Die nymphomanische Vivian. Rath wusste, er brauchte eine halbwegs glatte Unterlage und ein Röhrchen. Also nahm er seinen Dienstausweis und einen Zwanzigmarkschein. Werner von Siemens schaute streng, beinah vorwurfsvoll, bevor Rath ihn zusammenrollte. Das weiße Pulver in dem Briefchen war brockiger, als er das aus dem *Venuskeller* kannte. Er zerkleinerte es mit Hilfe seiner Mauser, bis er glaubte, es sei fein genug für seine Nase, und legte sich eine dünne Linie zurecht. Er wollte nicht zu viel nehmen, er wusste nicht, wie Marlow das Zeug dosiert hatte. Dann steckte er das Papierröhrchen in die Nase und zog das weiße Pulver weg wie mit einem Staubsauger.

Wieder die Betäubung, und dann das ersehnte Gefühl: Eben noch ein Wrack mit extremem Schlafmangel, fühlte er jetzt eine ungeheure Energie durch seine Adern rasen. Schnell steckte er die Utensilien wieder ein, schüttete sich noch etwas kaltes Wasser ins Gesicht und ging durch die Bahnhofshalle zurück zu seinem Auto. Er hätte Bäume ausreißen können, doch ihm war eher danach zumute, Bruno Wolter den Kopf abzureißen.

Zunächst aber gab es etwas anderes zu tun. Immer schön der Reihe nach. Erst einmal fuhr er nach Steglitz.

Die Ahornstraße war eine nette, bürgerliche Wohngegend. Rath stellte den Opel ab und klingelte. Es dauerte nicht lange, und die Tür wurde geöffnet.

Er musste nicht fragen, ob er richtig war. Der Mann vor ihm trug eine braune Uniform, ein schwarzes Koppel und die Armbinde, die in Berlin jetzt immer häufiger zu sehen war: blutrot, darauf ein schwarzes Hakenkreuz in einem weißen Kreis. Ansonsten sah er nicht besonders martialisch aus. Eher klein und schmächtig. Wie ein Buchhalter. Er band sich gerade die Krawatte.

»Sie wünschen?«, fragte er.

»Heinrich Röllecke?«

»Jawohl. Was kann ich für Sie tun?«

In dem Moment hatte Rath eine Eingebung.

»Ich bin ein Kamerad von Bruno Wolter«, sagte er.

»Bruno? Warum kommt er denn nicht selbst?«

»Viel zu tun im Moment. Außerdem muss er vorsichtig sein. Steht immer noch unter Beobachtung.«

»Die Politische Polizei sollte sich mehr um die Rotfront kümmern, anstatt den eigenen Leuten Schwierigkeiten zu machen ... – Mist!« Fluchend riss Röllecke den missratenen Krawattenknoten wieder auseinander. »Nun kommen Sie mal zur Sache, Mann!

Ich muss gleich los. Versammlung. Der Gauleiter spricht. Doktor Goebbels nimmt kein Blatt vor den Mund, da muss die Sturmabteilung pünktlich im Saal sein. Bevor die Roten auch nur auf die Idee kommen, Stunk zu machen. Sie verstehen also. Sonst würde ich Sie gerne reinbitten.«

»Schon gut«, meinte Rath. »Ich denke, wir können es kurz machen. Es geht darum, was am Luisenufer weiter geschehen soll.«

»Wirklich eine ärgerliche Sache! Ich hab ja gleich gesagt, wir hätten einen Deutschen nehmen sollen. Aber Bruno wollte unbedingt diesen Russen. Das haben wir nun davon. Jetzt ist er tot.«

»So ist wenigstens nur ein Russe gestorben und kein Deutscher!«

Röllecke lachte. »Da haben Sie nun auch wieder recht! Sie gefallen mir, junger Freund! Solche Männer braucht unser Land!«

»Der Tod von Selenskij wird jetzt als Mordfall untersucht.«

»Ja, ließ sich wohl nicht vermeiden. Dumme Panne. Jetzt schnüffelt die Polizei ein bisschen rum. Wird sich aber wieder beruhigen. Müssen nur ein wenig abwarten.«

»Meinen Sie nicht, dass Hermann Schäffner ein Problem werden …«

»Scharführer Schäffner ist ein verlässlicher Mann. Dass die Polizei jetzt die Wohnung auf den Kopf stellt, war nicht sein Fehler. Aber sie wird nichts finden, dafür hat er gesorgt.«

»Wenn Sie es sagen.«

»Auf die SA ist Verlass, mein Freund! Wir sind nicht weniger zuverlässig als ihr Stahlhelmer! Nicht Worte zählen, sondern Taten! Das sollte sich auch der Stahlhelm mal hinter die Ohren schreiben! Seit Wochen redet Bruno von der neuen Lieferung, und nichts geschieht! Meine Leute werden ungeduldig. Ich habe ihnen erst mal ein paar verrostete Karabiner gegeben, die wir der Rotfront abgeluchst haben. Der reinste Schrott. Irgendwann brauchen wir vernünftige Waffen.«

»Natürlich.«

»Gut, dass Sie das auch so sehen. Richten Sie Leutnant Wolter bitte aus, wenn die Kameradschaft der national gesinnten Kämpfer nicht auf eine harte Probe gestellt werden soll, dann sollte er seinen Worten bald Taten folgen lassen!«

»Das werde ich tun, Herr Sturmhauptführer.«

»Gut. Und nun entschuldigen Sie mich bitte. Ich muss mich fertig machen. Gleich kommt mein Fahrer.«

Rath konnte sich nicht mehr verabschieden. Röllecke hatte die Tür schon zugeschlagen.

Dieser eitle, selbstgerechte Fatzke! Er schüttelte sich, als er wieder im Auto saß. Röllecke hatte ihm den Stahlhelmkameraden ohne weiteres abgenommen.

Es war genau so, wie Rath vermutet hatte. Bruno Wolter und seine SA-Freunde hatten Selenskij die Wohnung am Luisenufer verschafft. Um die Wohnung der Gräfin zu überwachen. Der Oberkommissar mit dem gemütlichen Gesicht war ein Waffenschieber. Ein Waffenschieber, der über Leichen ging.

Er musste ihn zur Rede stellen. Er wollte es von ihm hören. Die Wahrheit. Oder die Lüge. Bruno würde ihm dabei in die Augen sehen müssen.

Was er damit bezweckte, konnte er nicht sagen, er wusste nur, er konnte nicht anders. Er musste Wolter zeigen, dass es einen gab, der ihn und seine dunklen Geschäfte voll und ganz durchschaut hatte.

Rath spürte, wie sein Herz schneller schlug, als er in Friedenau von der Rheinstraße abbog. Noch zwei Kreuzungen.

Der Mann war zu Hause. Die E hatte pünktlich Feierabend gemacht.

Als Rath vor dem Haus hielt, parkte er direkt hinter dem schwarzen Ford. Auf sein Klingeln öffnete niemand. Er probierte es noch einmal. Während er an der Haustür horchte, wie die Türklingel verhallte, fiel ihm ein rasselndes, schepperndes Geräusch auf. Rath schaute um die Ecke in den Garten, in dem sie Pfingsten gesessen hatten. Die Gartenmöbel standen auch heute draußen. Und da stapfte der Onkel durchs Gras. Er trug eine weite Arbeitshose, ein ärmelloses Unterhemd, einen breitkrempigen alten Hut und schob einen Rasenmäher vor sich her. Feierabendbeschäftigung eines harmlosen Bürgers. Kaum zu glauben, dass dieser Mann ein kaltblütiger Mörder war. Rath ging hinters Haus.

Bruno sah ihn erst, als er den Rasen erreicht hatte. Er ließ den Spindelmäher stehen und ging ein paar Schritte auf Rath zu. Die schweißnassen Hände wischte er am Unterhemd trocken.

»Was für eine Überraschung«, sagte er. »Schon Feierabend? Man erzählt sich, die Inspektion A hat in der letzten Zeit viel zu tun.«

»Das kann man wohl sagen. Gerade eben haben wir einen Mann von einem Steinboden kratzen müssen. Wollte durchs Treppenhaus fliegen, ist ihm nicht bekommen. Gestern ein toter Russe, heute schon wieder. Diese Leute leben gefährlich! Vielleicht haben sie sich mit den Falschen angelegt.«

»Vielleicht sind sie einfach nur zu dämlich. Das ist jedenfalls meine Theorie.«

»Ich dachte, du hältst große Stücke auf sie. Auf Selenskij jedenfalls. Sagt Heinrich Röllecke.«

Die Überraschung zeigte sich nur kurz auf Brunos Gesicht, dann hatte er sich wieder im Griff. »Du warst also bei Röllecke?«

»Ja, und der war ziemlich redselig!«

»Sieht ihm gar nicht ähnlich.«

»Du bist jedenfalls mit deiner Lieferung ziemlich hinterher. Das gefällt ihm gar nicht.«

Bruno hatte sich immer noch in der Gewalt, doch Rath merkte, dass die kleinen Stiche und Provokationen angekommen waren.

»Du siehst nicht gerade gesund aus, Gereon. Kannst du mir mal erklären, warum deine Augen so flackern? Du solltest aufpassen, dass du in der Inspektion A nicht vor die Hunde gehst. Der Dienst dort scheint dir nicht zu bekommen.«

»Wir haben im Moment einfach viel zu tun.«

»Mach doch mal Urlaub.«

»Nicht, solange ein Schweinehund noch frei herumläuft.«

»Na komm, den einen Fall habt ihr doch jetzt endlich gelöst.

Vaterländisch gesinnte Russen beseitigen ein paar rote Landsleute. Die Mörder sind tot, alles ist gut. Da könnt ihr doch langsam mal Ruhe geben und euch auf euren Lorbeeren ausruhen.«

»Von wegen gelöst. Es gibt noch viele offene Fragen. Zu viele.«

»Wen interessiert denn das?«

»Mich zum Beispiel. Nur können die Mörder leider nicht mehr antworten.«

»Dann musst du dir die Antworten wohl selber zusammenreimen.«

»Ich hab mehr Antworten, als du glaubst. Ich verstehe nur eines nicht: Warum haben Fallin und Selenskij ihr Opfer Boris erst gefoltert und ihn dann in ein geklautes Auto gesetzt und in den Kanal geschickt?«

»Vielleicht haben die beiden einfach Mist gebaut. So was passiert. Erst verreckt ihnen der Kerl, bevor sie etwas Anständiges aus ihm herausbekommen haben, und dann wollen sie das Ganze vertuschen und starten eine Desinformationskampagne. Eine, die leider missglückt.«

»Es sollte so aussehen, als habe Boris sich das Gold der *Roten Festung* unter den Nagel gerissen?«

»Wenn du es sagst«, meinte Wolter achselzuckend. »Hört sich doch ganz plausibel an.«

»Finde ich nicht. Ziemlich unglaubwürdig, wenn jemand mit zermatschten Händen und Füßen in einem Auto gefunden wird, das er selbst gefahren haben soll, meinst du nicht?«

»Nicht, wenn der Wagen vor einem Baum landet und der Fahrer ohnehin Matsche ist. Vielleicht war das der ursprüngliche Plan, und dann ist die Lenkung am Bordstein plötzlich umgeschlagen und alles schiefgelaufen. Aber da war das Kind auch schon in den Brunnen gefallen. Oder besser: in den Kanal.«

Rath dachte daran, wie der Wagen die Baumrinde abrasiert hatte.

»Und warum haben Sie Kardakows Leiche wieder ausgebuddelt?«, fragte er. »War das etwa auch eine missglückte Desinformationskampagne?«

»Wieso missglückt? Sie haben die Polizei damit doch ganz schön vorgeführt. Vor allem den neuen Helden der Inspektion A. Den haben sie zu einer Witzfigur gemacht.«

»Mag sein. Ich frage mich nur, was für ein Interesse sie daran haben sollten. Denn die Inspektion A hatte die Russen überhaupt nicht auf ihrem Zettel, im Gegenteil, sie wurden vor einer Woche wieder auf freien Fuß gesetzt. Warum also sollten sie ein Interesse daran gehabt haben, die Polizei vorzuführen?«

»Was weiß ich? Ich bin Sittenbulle, kein Mordermittler.«

»Du weißt es ganz genau: Es war ihr Auftraggeber, der in Schwierigkeiten war. Ein Polizist, der seinen Kollegen ermordet hatte, und der merkte, dass ihm ein alter Freund immer dichter auf die Pelle rückte. Außerdem machte ihm ein Ringverein Probleme. Und so wollte dieser Polizist nicht nur den Ringverein anderweitig beschäftigen und in Schwierigkeiten bringen, sondern auch die Polizei – und vor allem den neuen Helden der Inspektion A, wie du ihn genannt hast.«

»Sagen wir lieber Witzfigur, das gefällt mir besser …«

»Dumm nur, dass diese Witzfigur einfach nicht lockerlässt, was? Sie möchte unbedingt einen Kriminalbeamten des Mordes an einem Kollegen überführen.«

»Jeder blamiert sich, so gut er kann. Wie gesagt: Ich würde dir empfehlen, ein bisschen Urlaub zu nehmen. Begnüge dich mit dem, was du hast. Ich habe dir doch eben erzählt, was du dem Polizeipräsidenten Schönes vortragen kannst.«

»Würdest du das auch vor Gericht aussagen?«

»Warum sollte ich? Alles nur Mutmaßungen. Ein erfahrener Kriminalbeamter gibt dem Nachwuchs einen Tipp. Die Beweise dafür musst du schon selbst ranschaffen. *Du* bist der Mordermittler, *ich* arbeite in der Inspektion E.«

»Ich könnte die Aussagen gegen dich verwenden. Als Beweis dafür, dass du mit den Russen unter einer Decke steckst. Und mit Josef Wilczek. Dass du hinter dem Sorokin-Gold her bist, dass du davon Waffen kaufen willst für den Stahlhelm, dass du schon seit Jahren zusammen mit Rudi Scheer Waffen aus Polizeibeständen verschiebst an eure Freizeitarmee, an die SA und weiß der Teufel wen sonst noch.«

»Und dann auch noch an die Rotfront, was?« Wolter lachte laut. Er nahm den Hut ab und wischte sich die schweißnasse Stirn mit einem Taschentuch ab. »Für einen kokssüchtigen Bullen reißt du dein Maul ziemlich weit auf«, sagte er.

»Ich will dir nur klarmachen, dass du am Ende bist«, erwiderte Rath. »Du hast Jänicke umsonst kaltgemacht. Nur weil es bei Thies funktioniert hat, muss es nicht ein zweites Mal klappen.«

»*Ich* am Ende?« Bruno grinste, doch er sah aus, als hätte er am liebsten zugeschlagen. »Hast du heute schon in den Spiegel geschaut, Gereon? Meinst du, das Gericht glaubt einem koksenden Bullen, der jemanden erschossen hat und stümperhaft versucht, das zu vertuschen?«

»Ich habe niemanden erschossen.«

»Du hast in Köln jemanden erschossen, schon vergessen? Und du hast Josef Wilczek umgebracht. Warum sonst hättest du eine falsche Kugel zur Ballistik geben sollen? Das kannst doch nur du gewesen sein.«

»Was du mir da gerade gesagt hast, das war ein Mordgeständnis. Das Geständnis, dass du Jänicke erschossen hast!«

»Ach, hör doch endlich auf mit dem Blödsinn!«

»Du weißt, dass Jänicke mit der Lignose von Krajewski ermordet wurde. Weil du selbst abgedrückt hast!«

»In meinem Besitz befindet sich diese Pistole jedenfalls nicht, Herr Kommissar! Sie sollten aufpassen, dass Sie sich da nicht in etwas hineinreiten, aus dem Sie nicht wieder herauskommen.«

»Weißt du überhaupt noch, warum du Polizist geworden bist?«

»Aus dem gleichen Grund, aus dem ich es immer noch bin. Um Sicherheit und Ordnung aufrechtzuerhalten, um die zu bekämpfen, die all das zerstören wollen. Und du? Warum bist du Polizist geworden? Weil Papa es dir gesagt hat?«

Rath ignorierte die Stichelei. »Ich habe einen ganz einfachen Grund«, sagte er. »Ich bin Polizist, damit solche Schweine wie du nicht ungestraft davonkommen.«

»Strafe haben wir alle verdient. Du bist doch katholisch, da solltest du das wissen.«

»Ich kann zur Beichte gehen.«

»Dann mach das mal.« Wolter grinste höhnisch. »Tu doch nicht so, als hättest du weniger zu beichten als ich!«

»Du solltest nicht so große Töne spucken! Wenn ich will, kann ich dich fertigmachen!«

»Wirklich? Wenn du mit der Wahrheit über dich und Josef Wilczek rausrückst, dann hast du vielleicht etwas gegen mich in der Hand. Vielleicht. Denn das würde voraussetzen, dass du ein glaubwürdiger Zeuge bist. Und da habe ich so meine Zweifel. Aber wenn du willst, kannst du es ja drauf ankommen lassen: Erzähl ihnen, was du mit Wilczek gemacht hast! Erzähl ihnen, warum Kommissar Gereon Rath in den Wilczek-Ermittlungen nicht vorangekommen ist! Mal schauen, was passiert. Ich kann dir nur so viel versprechen: Ich werde es nicht tun, ich werde dich nicht reinreiten. Frag mich nicht warum. Aus alter Freundschaft vielleicht.«

»Du bist vielleicht ein zynisches Arschloch.«

»Ich bin Polizist. Und Realist. Wenn du ein wenig nachdenkst, dann dürftest auch du zu dem Schluss kommen, dass ich dich mehr in der Hand habe als du mich. Aber darum geht es mir nicht. Ich will Frieden. Am besten also, wir vergessen die ganze Sache und tun so, als sei nichts gewesen. Servier Zörgiebel die beiden toten Russen als Mörder, und der ist zufrieden. Warum, wieso, weshalb – diese Fragen interessieren doch keinen mehr. Du willst noch Karriere bei der Kripo machen, oder? Da solltest du so etwas können: Dinge einfach vergessen, wenn es angebracht ist, und nicht mehr Fragen stellen als nötig.«

»Erzähl du mir nicht, was angebracht ist!«

Wolter taxierte ihn mit zugekniffenen Augen. »Entschuldige mich bitte. Emmi müsste gleich zurück sein, und bis dahin wollte ich eigentlich mit dem Rasen fertig sein.« Er setzte seinen Hut wieder auf, drehte sich um und stapfte zurück zu seinem Rasenmäher.

In ohnmächtiger Wut schaute Rath auf den breiten, schweißnassen Rücken. Als er wieder im Auto saß, schlug er mit der flachen Hand aufs Lenkrad. So fest, dass es wehtat.

Das Schlimmste war, dass Wolter recht hatte: Er konnte nichts tun. Gar nichts. Er fand nicht einmal ein Ventil für seine Wut.

32

Sie war gerade dabei, ihre Augenbrauen nachzuzeichnen, als es klingelte. Das konnte er unmöglich schon sein. Oder doch? Wenn er einer dieser Überpünktlichen war, dann wäre der Abend gelaufen, bevor er überhaupt begonnen hätte.

»Greta, schaust du mal nach?«, rief sie aus der Badezimmertür. »Ist bestimmt für dich!«

Sie erwartete ihn erst in einer knappen Stunde. Zehn Uhr, hatten sie gesagt. Um acht war sie aus dem Präsidium zurückgekehrt. Ein bisschen Zeit brauchte sie schon, um sich von so einem Scheißtag zu erholen.

Gereon Rath hatte mal wieder eine Leiche gemeldet. Jeden Tag eine neue. Die Mordverdächtigen starben ihm weg wie die Fliegen. Nur dass diese toten Russen nun tatsächlich als Mörder in Frage kamen. Anders als Kardakow, mit dem er Böhm vorgeführt hatte, um dann am Ende selbst der Gelackmeierte zu sein. Er hatte ihr fast leidgetan, wie die ganze Burg sich über ihn lustig machte, weil er Zörgiebel einen Toten als Mörder verkauft hatte. Sie hatte das Mitleid weggeschoben, er hatte den Ärger tausendfach verdient. So wie er Böhm behandelt hatte. So wie er *sie* behandelt hatte. Und sie hatte geglaubt, endlich einen Mann gefunden zu haben, mit dem es etwas länger laufen könnte als eine Woche. Viel länger. Vielleicht ein ganzes Leben. Ja, sie hatte sich in ihn verliebt. Eine unverzeihliche Dummheit. Umso schlimmer, was er ihr angetan hatte. Dieser Dreckskerl!

Nun hatte er endlich seine Mörder, der liebe Herr Rath. Zweifellos hatten die Russen ihre zwei Landsleute gequält, wahrscheinlich auch getötet. Auf Nikita Fallins Namen war ein Lagerschuppen auf dem Gelände des Anhalter Güterbahnhofs angemietet. Ein unterkellerter Schuppen. Und im Keller hatte der ED Blutspuren auf dem Betonboden gefunden, zudem diverse Werkzeuge, einen großen Vorschlaghammer, an dem ebenfalls Blut klebte. Größere Mengen Heroin waren in einem Reservereifen versteckt. Oben im Lager standen Automobile, alle gestohlen, einige mit einer neuen Lackierung versehen. Die Russen schienen einen schwunghaften Autohandel betrieben zu haben, mit so großen Gewinnspannen, dass sie einen der gestohlenen Wagen sogar hergaben, um eines ihrer Opfer damit im Kanal zu versenken.

Warum sie das getan hatten, blieb ein Rätsel. Leider konnte man Fallin und Selenskij nicht mehr befragen. Zörgiebel wäre das egal: Wer brauchte ein Motiv? Hauptsache, die Morde waren aufgeklärt!

Allerdings sah es so aus, als habe jemand bei den beiden Unfällen kräftig nachgeholfen. Ein elektrischer Haartrockner fiel nicht von alleine in die Badewanne. Und das Geländer in der Yorckstraße war auch präpariert gewesen.

Reinhold hatte ganz kleine Brötchen gebacken, weil er die Frau hatte laufen lassen, die den Russen wahrscheinlich in die tödliche Falle gelockt hatte. Nicht einmal richtig beschreiben konnte er sie, weil er sie in dem dämmrigen Treppenhaus nur kurz gesehen hatte, und die meiste Zeit davon gegen das Licht. Um seinen Fehler auszubügeln, war er in der Burg geblieben, bis Gennat ihn fast schon hinauswerfen musste. Ganz im Gegensatz zu Gereon Rath, von dem keiner wusste, wo er sich wieder rumtrieb. Der Mann nahm sich Freiheiten heraus, die auch dem Buddha langsam gegen den Strich gingen, obwohl er seine Leute gern an der langen Leine laufen ließ.

Aber mal eben einen Leichenfund melden, sich noch ein bisschen am Tatort rumtreiben und dann die anderen die Drecksarbeit machen lassen, das war nicht gerade die Art, wie man sich bei

Gennat beliebt machen konnte. Und auch bei Böhm nicht. Aber der hatte Gereon Rath ohnehin gefressen.

Es klopfte an die Badezimmertür. Greta steckte ihren roten Schopf durch den Türspalt.

»Wie sieht's aus, Charly? Bist du gesellschaftsfähig?«

»Fast. Warum?«

»Besuch für dich.«

»Wer denn?«

»Einer aus dem Präsidium.«

Sie begutachtete ihr Gesicht kurz im Spiegel. Für einen aus der Burg reichte es. Wollte sich Reinhold bei ihr ausheulen? Der Kriminalassistent war manchmal etwas zartbesaitet. Vor allem, wenn er Fehler machte.

Sie kam aus dem Bad und sah in der Diele den Mann stehen, den sie am allerwenigsten erwartet hätte. Den, der heute im Präsidium vermisst worden war.

Gereon Rath.

Er sah aus wie ein Schatten seiner selbst. Erbarmungswürdig. Tiefe Ringe unter den Augen, als habe er nächtelang nicht geschlafen, eingefallene Wangen, als habe er seit Tagen nichts gegessen. Was war nur los mit ihm? Er hatte doch heute endlich den letzten seiner Mörder gefunden. Wenn auch als Leiche.

Er lächelte sie verlegen an, als er sie erblickte, fast entschuldigend.

»Guten Abend, Herr Kommissar«, sagte sie kalt, und das Lächeln in seinem Gesicht erstarb.

»Ich habe ganz vergessen, dass wir uns siezen«, sagte er. »Ich habe auch, ehrlich gesagt, keine Lust auf diese Spielchen.«

»Wer sagt denn, dass das Spielchen sind?«

Greta räusperte sich. »H-mmh! Charlotte, falls du meine Hilfe brauchst – ich bin in meinem Zimmer.«

Jetzt waren sie allein.

Was wollte er? Wenigstens hatte er keine Blumen dabei, die hätte sie ihm gleich um die Ohren gehauen.

»Sollen wir uns irgendwo hinsetzen? Ich muss mit dir reden.«

»Ich wüsste nicht, dass wir noch etwas zu bereden hätten, Herr Kommissar! Ich darf Sie bitten, meine Wohnung zu verlassen.«

»Und wenn ich das nicht möchte?«

»Dann werde *ich* gehen. Und die Polizei holen. Der Tatbestand des Hausfriedensbruchs dürfte Ihnen wohl bekannt sein.«

Sie griff wahllos einen Mantel von der Garderobe und stürmte an ihm vorbei nach draußen. Dieser blöde Sturkopf!

Sie war schon unten an der Haustür, als sie seine Schritte auf der Treppe hörte. Wollte er eine Verfolgungsjagd? Konnte er haben!

Dass es kein leichter Gang werden würde, hatte er gewusst. Aber dass sie ihm tatsächlich davonlaufen würde, hätte er nicht gedacht. Einen kurzen Moment glaubte er, sie mache nur einen dummen Witz und komme gleich zurück. Oder etwas später, und dann wirklich mit ein paar Schupos im Schlepptau? Das nächste Polizeirevier lag gleich um die Ecke in der Paulstraße. Rath stieß einen leisen Fluch aus, als er aus der Wohnung stürzte, um ihr nachzulaufen. Als er unten aus dem Haus trat, schaute er sich suchend um. An einem Ende der Spenerstraße erhob sich das Untersuchungsgefängnis Moabit, am anderen die Stadtbahnbögen. Von Charly war nichts mehr zu sehen.

Rath lief zur nächsten Straßenecke. Die Melanchthonstraße. Die Querverbindung zur Paulstraße, gleich an der Ecke lag das 28. Revier. Doch in diese Richtung war sie nicht gelaufen. Er drehte sich um. Und sah ihren schwarzen Mantel gerade noch in der Calvinstraße verschwinden. Sie lief zur Spree hinunter. Er sprintete los. Jetzt wusste er wenigstens, wo sie war.

Kurz vor dem Steg, der zum Bahnhof Bellevue hinüberführte, hatte er sie eingeholt.

Er hielt sie fest, sie konnte ihm nicht mehr entwischen.

»Lass mich los!«, zischte sie. »Du tust mir weh!«

Wenigstens duzte sie ihn wieder. Fast hätte er gelacht.

»Jetzt hörst du mir erst mal zu!« Er schnaufte, ganz außer Atem. Sie wehrte sich wie ein Wildpferd. Ein paar Leute guckten schon. »Du kannst mir nicht einfach weglaufen!«

»Hast doch gesehen, dass ich das kann! Du widerlicher Kerl!«

»Wenn du damit dezent andeuten willst, dass ich derjenige bin, der das zwischen uns versaut hat – danke, nicht nötig! Das weiß ich selber! Und wenn ich die Zeit zurückdrehen könnte, würde ich es tun. Meine Geheimniskrämerei war ein …«

»Du hast mich ausgehorcht! Du hast mich benutzt! Hast mir irgendwelche Gefühle vorgeheuchelt! Und da wunderst du dich noch, dass ich dich nicht sehen will? Geh mir aus den Augen! Es reicht, dass ich dich im Präsidium ertragen muss.«

»Jetzt hör mir einfach mal zu! Das ist alles, was ich verlange. Ich hätte dich nicht so behandeln dürfen, ich hätte offen mit dir reden sollen. Und genau das möchte ich jetzt tun, ich möchte reden! Ich möchte dir alles erzählen! Dir so viele Geheimnisse um die Ohren schlagen, dass dir schwindelig wird.«

»Wenn du mich zurückhaben willst, wenn das ein billiger Trick ist, mit dem du mich wieder rumkriegen willst, vergiss es!« Ihre Augen funkelten ihn an.

»Ich will nur eins: mit dir reden. Es geht nicht um uns. Es geht um mich. Ich weiß nicht mehr weiter.«

»Wie kommst du darauf, dass ich dir zuhöre?«

»Ich kann dich nur darum bitten.«

»Warum ausgerechnet mich?«

»Du bist der einzige Mensch in dieser Stadt, dem ich vertraue. Ich stecke so tief in der Scheiße wie noch nie. Ich …«

»Nichts für ungut, Gereon, aber genau so siehst du im Moment auch aus: beschissen.«

Er musste sie ziemlich verwundert angeschaut haben. Einen Moment blieb sie noch ernst. Dann, langsam, bildete sich ihr Grübchen, als sie die Mundwinkel hochzog. Und da wusste er, dass sie ihm zuhören würde.

Wie lange hatte er auf dieses Lächeln gewartet!

Vorhin im Hotel war er so unruhig in seinem Zimmer hin und her gelaufen wie ein Tiger im Käfig. Als die Wirkung des Kokains langsam nachließ, hatte er gespürt, wie die Müdigkeit ihn wieder packte. Dennoch fand er keine Ruhe. Die Begegnung mit Bruno Wolter saß ihm in den Knochen, die Wut über ihn, über die eigene Ohnmacht. Er war am Ende mit seinem Latein. Was sollte er tun? Tatenlos zuschauen, wie ein Mörder jeden Tag ins Präsidium fuhr und lächelnd seine Arbeit tat, als sei nichts geschehen? Wie er weiter den Polizisten mit der weißen Weste spielte?

Oder sollte er seine Anschuldigungen vorbringen? Der Staatsanwalt würde Beweise fordern, die Rath nicht hatte. Dafür aber müsste er sich selbst belasten. Und am Ende würde Wolter es so drehen, dass sie dem geständigen Gereon Rath auch noch den Mord an Jänicke anhängten. Ein passendes Motiv fände sich leicht: Der Kriminalassistent war dahintergekommen, dass Kommissar Rath den heiligen Josef verbuddelt hatte, deshalb hatte Rath ihn ermordet. Das klang auch nicht abstruser als die Wahrheit. Vielleicht sogar einleuchtender.

Rath war am Ende. Sein einsamer Kampf führte nicht mehr weiter. Er brauchte Hilfe. Ihm war nur ein einziger Mensch eingefallen, dem er sich anvertrauen konnte. Und so hatte er seinen Stolz in den Schrank gesperrt und war zu Charly gefahren.

Als sie durch den Schlosspark am anderen Spreeufer spazierten, dämmerte es bereits. Man hätte sie fast wieder für ein Liebespaar halten können, auch wenn sie das nicht waren.

Er erzählte ihr alles.

Wie er auf eigene Faust in Sachen Kardakow ermittelt hatte, wie Wilczek ihn angefallen hatte und wie er gestorben war, wie er die Leiche verbuddelt und dann die Ermittlungen frisiert hatte. Und dass er deshalb der Einzige war, der wusste, dass Bruno Wolter Stephan Jänicke erschossen hatte.

Auch das Kokain verschwieg er ihr nicht, nicht einmal den tödlichen Schuss in Köln, auch wenn der mit den aktuellen Ereignissen nichts zu tun hatte. Nur eine einzige Sache sparte er aus: seine seltsame Bettgeschichte mit Elisabeth Behnke.

Charly hörte schweigend zu. Keine Spur von einem Lächeln mehr auf ihrem Gesicht.

»Ich glaube, ich brauche jetzt erst mal einen Kaffee«, sagte sie, als er geendet hatte. »Und du siehst mir so aus, als könntest du ebenfalls einen gebrauchen. Wenn nicht sogar drei.«

Sie war tatsächlich schockiert. Eigentlich hatte sie gedacht, nichts könne sie mehr überraschen, seit sie bei der Polizei arbeitete. Doch das, was Gereon ihr gerade erzählt hatte, machte sie erst einmal sprachlos.

Schweigend gingen sie zurück in die Spenerstraße. Die Straßenlaternen leuchteten bereits.

»Ich wollte euch schon als vermisst melden«, sagte Greta, als sie zurückkamen. Charlotte konnte der Freundin ansehen, wie neugierig sie war. Sie gab ihr einen unauffälligen Wink, als Gereon gerade nicht hinschaute, und Greta verschwand wieder in ihrem Zimmer.

»Möchtest du was essen?«, fragte sie, als sie sich am Herd zu schaffen machte und Wasser aufsetzte. Wie er da am Küchentisch saß, wie ein müder Krieger nach der verlorenen Schlacht, weckte er Mutterinstinkte in ihr. Den Kaffee schien er wirklich gebrauchen zu können, er sah aus, als würde er gleich vom Stuhl kippen.

»Danke«, sagte er. »Aber ich krieg jetzt keinen Bissen runter.«

»Ich hoffe, das ist keine Spitze gegen meine Kochkünste.«

»Die hab ich ja noch gar nicht kennengelernt.«

»Jetzt hätte ich sowieso nur Stullen anzubieten.«

»Kaffee reicht.«

Das Wasser kochte gerade, da klingelte es an der Tür.

Sie schaute auf die Uhr über dem Tisch. Drei Minuten vor zehn.

Ihre Verabredung!

Sie hatte den Mann in der Aufregung ganz vergessen!

Georg Siegert. Ein Bekannter von Greta. Sie hatte ihn angeschleppt und gesagt, der wäre doch was für Charly. Und sie hatte sich breitschlagen lassen.

Den Mann konnte sie jetzt überhaupt nicht gebrauchen. Und außerdem verspürte sie überhaupt keine Lust mehr, heute auszugehen.

Sie rannte zur Wohnungstür, bevor Greta auf die Idee kam zu öffnen.

Da stand Herr Siegert, hatte ein Siegerlächeln aufgesetzt und streckte ihr einen Strauß Blumen entgegen.

»Schöne Blumen für eine noch schönere Frau«, sagte er.

Der Spruch war selten dämlich, aber Herr Siegert hatte ohnehin schon verloren.

Charly ignorierte das Gemüse in seiner Hand. Orchideen! Sie hasste Orchideen!

»Dass Sie es wagen!«, sagte sie. »Eine Frechheit!«

Georg Siegert wusste offensichtlich nicht, was er gewagt haben sollte. Er schaute irritiert.

»Wie bitte?«, fragte er.

»Wenn ich eines nicht leiden kann, Herr Siegert, dann ist das Unpünktlichkeit!«

»Unpünktlich?«, sagte der Mann und ließ die Hand mit dem Blumenstrauß endlich sinken. »Aber wir waren doch um zehn verabredet, oder?«

»Dann schauen Sie mal auf Ihre Uhr! Wir haben zwei Minuten *vor* zehn! Und geklingelt haben Sie *noch* früher! Einen schönen Abend noch!«

Und damit schlug sie ihm die Tür vor der Nase zu.

Das Kaffeewasser kochte immer noch, als sie in die Küche zurückkehrte.

Und Gereon Rath saß immer noch am Tisch.

Sie hätte sich mit dem Kaffee beeilen sollen. Gereons Kinn war auf die Brust gesackt. Er war eingeschlafen.

Als er aufwachte, hatte er ihren Duft in der Nase.

»Charly«, murmelte er und umarmte das Kopfkissen. Seine Hände tasteten nach ihr und fanden sie nicht. Er öffnete die Augen. Das Bettzeug duftete nach ihr, von ihr selbst war nichts zu sehen.

Er setzte sich auf. Wo war er? Ein gemütliches kleines Zimmer. Charlys Zimmer! Rath streckte sich. Er fühlte sich so gut wie seit Tagen nicht mehr. Ausgeschlafen vor allem. Und er hatte in *ihrem*

Bett geschlafen! Auch wenn sie offensichtlich nicht darin gelegen hatte. Dafür war sie durch seine Träume gegeistert. Sie und ihr Duft. Er steckte seine Nase in ihr Kissen und atmete noch einmal tief ein.

Nur langsam kam die Erinnerung an gestern Abend zurück. Er hatte ihr alles erzählt, das wusste er noch, das war kein Traum. Und sie hatte ihn nicht zum Teufel gejagt. Sie hatte ihm sogar einen Kaffee kochen wollen. Das war das Letzte, an das er sich erinnerte, wie er in der Küche saß und sie am Herd stand, um Kaffee zu kochen.

Er stand auf und ging ans Fenster. Die Sonne schien. Seine Sachen lagen sauber gefaltet über einem Stuhl. Bis auf die Unterwäsche hatte sie ihn ausgezogen. Fürsorglich.

Langsam öffnete er die Tür und schielte hinaus. In der Diele war niemand. Ob das Bad frei war? Die Tür war nur angelehnt.

Er schlüpfte aus dem Zimmer. Freie Bahn!

Rath schaute in den Spiegel. Eine Rasur würde ihm guttun, doch dafür fand er in diesem Badezimmer nichts. Er schüttete sich jede Menge Wasser ins Gesicht und wusch sich auch den Oberkörper, dann gab er ein wenig Zahnpasta auf seinen Zeigefinger, reinigte sich notdürftig die Zähne und spülte den Mund mit ein bisschen Odol aus.

Sein Spiegelbild sah immer noch nicht besonders vertrauenerweckend aus, aber wenigstens fühlte er sich jetzt frisch.

Er ging in Charlys Zimmer zurück und zog sich an. Mit dem Kamm aus seinem Jackett kämmte er die immer noch feuchten Haare nach hinten.

Dann ging er in die Küche. Niemand zu sehen. Aber der Frühstückstisch war gedeckt. Die Uhr zeigte halb zehn. So lange hatte er schon ewig nicht mehr geschlafen.

Er fragte sich, wo Charly wohl sein mochte. Und Greta, ihre Freundin. Dann fiel es ihm ein.

Natürlich! In der Burg! Charly arbeitete doch so gut wie jeden Sonntag.

Er setzte Wasser auf und gab Kaffeebohnen in die Mühle an der

Wand. Einen Kaffee wollte er noch trinken, und dann ins Hotel fahren und sich frisch machen. Der Opel musste immer noch unten vor der Tür stehen, es war Zeit, ihn ins Präsidium zurückzubringen. Er musste sich noch eine Geschichte für die Fahrbereitschaft überlegen, warum er den Wagen über Nacht behalten hatte. Aber da würde ihm schon etwas einfallen. Irgendeine Observierung, Verfolgung einer verdächtigen Person – der Polizeidienst hielt viele Unwägbarkeiten bereit.

Er hörte, wie sich in der Wohnungstür ein Schlüssel drehte. Kurz darauf steckte Charly ihren Kopf durch die Tür.

»Ausgeschlafen?«, fragte sie und wedelte mit einer Papiertüte. »Ich hab ein paar Schrippen besorgt.«

»Musst du nicht arbeiten?«

»Ich hab Böhm gefragt, ob ich ein paar Überstunden abfeiern kann. Er hat Ja gesagt.« Sie setzte sich an den Tisch und riss die Brötchentüte auf. »Aber *du* solltest heute besser noch in der Burg erscheinen. Gennat hat wohl schon nach dir gefragt.«

»Das freut den alten Böhm aber, was? Wenn ich Ärger kriege?« Rath goss das kochende Wasser in den Filter.

»Ich glaube, ihr solltet euch mal aussprechen. Wäre besser, wenn ihr zusammenarbeitet, anstatt zu überlegen, wie man dem anderen eins reinwürgen kann.«

Er stellte die Kaffeekanne auf den Tisch und setzte sich zu ihr. »Vielleicht sollte ich ihm dann auch gleich erzählen, was ich dir gestern erzählt habe. Wenn man schon mal dabei ist und sich ausspricht.«

Sein Tonfall war unüberhörbar sarkastisch, aber Charly ignorierte das.

»Warum nicht?«, fragte sie.

»Meinst du das im Ernst?«

»Böhm ist vielleicht nicht die richtige Adresse, aber irgendeinem im Präsidium solltest du diese Geschichte erzählen, vielleicht Gennat.«

»Dem vollen Ernst?«

Sie ignorierte auch den Kalauer. »Jedenfalls irgendeinem, dem du vertrauen kannst. Am besten gehst du gleich zu Zörgiebel. Zu dem hast du doch einen guten Draht, wie man sich erzählt.«

»In der Kantine.«

»Ich meine es ernst, Gereon! Mach reinen Tisch! Das ist deine einzige Chance – wenn du wieder in den Spiegel schauen möchtest, ohne dabei das Gruseln zu kriegen.«

»Dazu reicht vielleicht eine Rasur.«

»Ich meine es wirklich ernst! Wenn du willst, dass Bruno Wolter seine verdiente Strafe bekommt, wenn du willst, dass diese ganzen schmutzigen Geschäfte aufhören, wenn du Gerechtigkeit willst, dann musst du mit der ganzen Wahrheit ans Licht. Anders geht es nicht. Oder willst du dir den Rest deines Lebens vorwerfen, einen Mörder zu decken?«

»Ich habe kaum Beweise. Und so viele Dienstvergehen in ein paar Tagen angehäuft – das schaffen andere nicht mal bis zur Pensionierung. Ganz gleich, wem im Präsidium ich diese Geschichte erzähle – mit meiner Karriere bei der Polizei ist es dann Essig.«

»Das könnte sein.« Sie sagte das ungerührt. »Wahrscheinlich schmeißen sie dich sogar ganz raus. Das musst du in Kauf nehmen.«

»Guter Tipp, danke! Ich bin aber nun mal Bulle. Was anderes habe ich nicht gelernt.«

»Werde doch Privatdetektiv.«

»Untreuen Ehefrauen hinterherspionieren? Leibwächter für einen Ufa-Star? Die Firma dankt!«

»Manchmal lässt das Leben einem keine andere Wahl.«

»Mensch, Charly! Was habe ich nur für einen Mist gebaut! Hätte ich dir vor ein paar Wochen direkt alles erzählt, wäre es wahrscheinlich gar nicht erst so weit gekommen.«

»Wäre und hätte, das sind Wörter, die mag ich nicht. Es ist, wie es ist. Sieh den Realitäten ins Auge. Geschehen ist geschehen.«

»Das klingt ganz schön hart.«

»Das Leben ist hart, Herr Kommissar.«

»Siehst du alles so fatalistisch? Auch das, was zwischen uns war? Gilt da auch: Geschehen ist geschehen?«

Sie zögerte einen Moment, bevor sie antwortete.

»Ich habe, seit ich siebzehn war, nicht mehr wegen einem Mann geheult«, sagte sie. »Und ich habe mir damals geschworen, dass mir das nie wieder passiert.« Sie schaute ihn an mit jenem kalten Blick, den er so an ihr fürchtete. »Mein Schwur hat nicht gehalten, Gereon. Wegen dir Scheißkerl hab ich geheult! Meinst du, das will ich mir noch einmal antun?«

Er musste sich Gennat gegenüber nicht erklären, was er gestern noch so getrieben hatte. Der Buddha hatte Wichtigeres zu tun, in der Burg herrschte helle Aufregung.

Sie hatten das Grab gefunden.

Nicht nur das, in dem Alexej Kardakow ein paar Wochen gelegen hatte, bevor man ihn wieder ausbuddelte. Mitten im Stadtforst Spandau waren sie gleich auf einen ganzen Friedhof gestoßen. Unter einem Teppich vergilbter Fichtennadeln hatten die Schupos noch einen vermissten sowjetischen Botschaftsangestellten namens Vadim Troschin ausgegraben und zwei deutsche Rotfrontkämpfer, von denen die Polizei bislang angenommen hatte, sie seien nach dem Verbot des RFB in den politischen Untergrund abgetaucht.

Untergrund stimmte ja irgendwie auch, scherzte Henning, der sich mit den Akten der beiden Männer beschäftigte. Bei den Maiunruhen waren sie noch im Polizeigewahrsam gelandet. Nach ihrer Freilassung hatten sie sich offensichtlich mit den Falschen angelegt.

Dass Selenskij und Fallin die Gräber geschaufelt hatten, stand so gut wie fest: Die Reifenspuren, die der ED im Stadtforst Spandau gesichert hatte, passten zu einem gestohlenen DKW, den sie tags zuvor in Fallins Güterschuppen sichergestellt hatten. In dessen Reifenprofil fanden Kronbergs Leute sogar noch vereinzelte Fichtennadeln. Rath hätte jede Wette abgeschlossen, dass derselbe DKW vor drei Tagen auch eine Zeit lang in der Greifswalder Straße vor dem Friedhof gestanden hatte.

Nach und nach verdichtete sich das Bild. Zörgiebel würde zufrieden sein. Sie hatten die Mörder. Und Gereon Rath hatte seinen

Teil dazu beigetragen, sie zu kriegen. Sie hatten die meisten Fragen geklärt. Nur eine nicht: warum die beiden Mörder selbst eines unnatürlichen Todes sterben mussten.

Rath hatte sich die Protokolle der Spurensicherung gegriffen und in sein Büro zurückgezogen, um Parallelen in den beiden Fällen Fallin und Selenskij herauszuarbeiten. So hatte er es Gennat wenigstens gesagt.

Aber eigentlich hatte er den Kopf nicht frei, um sich darüber ernsthaft Gedanken zu machen. Ihm war es im Moment auch gleichgültig, wer die beiden Mörder auf dem Gewissen hatte. Es hatte in jedem Fall die Richtigen getroffen. Auch dem Polizeipräsidenten würde das, was sie hatten, fürs Erste reichen. Und den Zeitungslesern sowieso: Zwei brutale Halunken hatten ihre verdiente Strafe erhalten.

Warum also nicht die ganze Sache mit Wolter vergessen und nach dem verkorksten Start endlich in den normalen Alltag der Inspektion A einsteigen, auf seine Chancen warten und Karriere machen? Warum nicht?

Weil er nicht konnte.

Charlys Worte gingen ihm durch den Kopf. *Wenn du wieder in den Spiegel schauen möchtest …*

Und das wollte er. Sie hatte Recht.

Rath griff zum Telefon.

Doch an den Polizeipräsidenten war nicht ranzukommen, weder im Büro noch privat. Der Mann wurde gut abgeschirmt. Dörrzwiebel packte schon die Koffer für Magdeburg. Die Familie Zörgiebel bewohnte eine geräumige Dienstwohnung im ersten Stockwerk der Burg, doch die nutzte der Polizeipräsident mehr für offizielle Zwecke, wenn er etwa prominente Besucher empfing. Meist hielt er sich in seiner Villa in Zehlendorf auf. Rath beschloss, selbst rauszufahren. Der Opel stand noch unten im Hof, so wie er ihn geparkt hatte.

Er brauchte fast eine halbe Stunde. Vor dem schmiedeeisernen Tor der Villa stand ein Blauer Wache. Ein gutes Zeichen: Zörgiebel war zu Hause. Rath stieg aus dem Wagen. Der Schupo schaute ihm misstrauisch entgegen. Seit den Maiunruhen waren die Wachen des Polizeipräsidenten nervös, die Kommunisten hatten ganz schön Stimmung gemacht gegen den Mann, der hier wohnte. Rath zückte seinen Dienstausweis, um klarzustellen, dass er kein Roter war.

»Was wollen Sie denn hier draußen, Herr Kommissar?«

»Ich habe eine wichtige Nachricht für den Herrn Polizeipräsidenten.«

»Die können Sie mir geben.«

»Eine persönliche Nachricht.«

»Der Herr Polizeipräsident empfängt heute niemanden mehr.«

»Bei mir wird er eine Ausnahme machen.«

»Das glaube ich kaum. Ich habe strikten Befehl, niemanden durchzulassen.«

»Sagen Sie ihm, Kommissar Rath wünscht ihn zu sprechen.«

»Ich …«

Eine Autohupe unterbrach ihn. Dienstbeflissen eilte der Schupo zum Tor und öffnete beide Flügel. Der Kies knirschte, als ein schwerer Maybach langsam aus der Einfahrt rollte. Im Fond erkannte Rath das Gesicht von Zörgiebel, der in irgendwelchen Akten las. Er rannte zu dem immer noch langsam fahrenden Wagen und klopfte an die Scheibe. Der Polizeipräsident reagierte nicht. Aber der Chauffeur. Er trat aufs Gas.

Rath rannte ein Stück hinter dem Wagen her, der immer schneller fuhr, bis ein lauter Ruf ihn zurückhielt.

»Halt, stehen bleiben! Oder ich schieße!«

Er drehte sich um. Dieser paranoide Schupo hatte tatsächlich seine Pistole gezogen.

»Hören Sie, das ist ein Missverständnis! Ich muss lediglich den Polizeipräsidenten sprechen. Nehmen Sie doch die Waffe runter!«

»Sie nehmen besser Ihre Hände *hoch*, Freundchen!«

»Mein Gott! Ich bin doch kein Kommunist! Was denken Sie? Dass ich den Wagen des Polizeipräsidenten mit bloßen Händen umwerfen will?«

Der Schupo sagte nichts, er schaute nur irritiert über Raths Schulter. Motorengeräusch, das wieder lauter wurde. Der Maybach bremste direkt neben dem Kommissar. Zörgiebel hatte die Scheibe heruntergekurbelt.

»Hab ich doch richtig gesehen! Mein lieber Rath, was machen Sie denn hier draußen?«

»Guten Abend, Herr Polizeipräsident. Ich glaube, ich teste gerade unfreiwillig die Reaktionsschnelligkeit Ihrer Wachen.«

»Nehmen Sie doch Ihre Waffe runter, Wachtmeister! Können Sie keinen Kommissar von einem Attentäter unterscheiden?«

Zerknirscht steckte der Schupo seine Pistole wieder ein. Endlich wagte Rath es, sich ganz zu Zörgiebel umzudrehen.

»Eigentlich bin ich hier, weil ich eine wichtige Mitteilung für den Herrn Polizeipräsidenten habe …«

»Aber Gennat hat mir doch schon alles erzählt. Gute Arbeit, mein Lieber, gute Arbeit! Da müssen Sie doch nicht extra rauskommen! Da haben Sie sich meine Worte von letzter Woche aber zu Herzen genommen!«

»Es geht nicht um den Fall Kardakow, Herr Polizeipräsident. Das heißt, es geht schon um ihn. Um Dinge, die damit zusammenhängen.«

»Hat das denn nicht Zeit bis nächste Woche? Ich bin auf dem Weg nach Magdeburg. Morgen beginnt der Parteitag, heute Abend haben wir ein erstes Treffen.«

»Es hat keine Zeit, Herr Polizeipräsident. Es ist von höchster Dringlichkeit. Zugleich muss ich um absolute Vertraulichkeit bitten.«

Zörgiebel überlegte einen Moment.

»Haben Sie genug Geld in der Tasche?«

»Wie bitte, Herr Polizeipräsident?«

»Ob Sie genug Geld dabeihaben, um eine Fahrkarte von Magdeburg nach Berlin zu lösen?«

»Ich denke schon.«

»Na, worauf warten Sie noch? Steigen Sie ein!«

Kurz darauf saß Rath neben Zörgiebel auf der bequemen Rückbank des Maybach. Sie hatten den Wagenfond für sich allein. Vorn saßen der Chauffeur und ein Leutnant der Schutzpolizei, von ihnen getrennt durch eine dicke Glasscheibe, durch die kein Laut drang. Der Chauffeur peitschte den Wagen über die Chaussee nach Potsdam.

»So, hier sind wir ungestört«, meinte Zörgiebel, der seine Aktenlektüre beendet hatte und bester Laune zu sein schien. »Darf ich Ihnen etwas anbieten?«

Rath staunte. Sogar eine kleine Bar besaß der Dienstwagen des Polizeipräsidenten.

»Eigentlich trinke ich ja nicht im Dienst«, meinte er. »Aber einen Whisky könnte ich jetzt schon vertragen.«

»Sie sind jetzt ja nicht mehr im Dienst, mein Lieber«, sagte Zörgiebel und schenkte ein.

»Wie man's nimmt. Dies ist ein dienstliches Gespräch.«

»Ach was! Wir kennen uns gut genug, dass dies als Privatgespräch gelten kann.« Zörgiebel reichte Rath das Whiskyglas und hob dann sein eigenes. »Prost, Herr Kommissar!«

Die Männer tranken. Der Polizeipräsident hatte sich selbst einen Cognac eingeschenkt. Den würde er gebrauchen können, dachte Rath. Und wenn er erst einmal mit seiner Geschichte fertig wäre, würde Zörgiebel noch einen zweiten benötigen.

Rath holte tief Luft, und dann legte er los.

Keine hundert Kilometer später hatte er alles erzählt. Der Maybach hatte gerade den Ortsausgang von Genthin passiert, und der Chauffeur gab wieder Gas. Während der Wagen weiter über die Chaussee der Stadt Magdeburg entgegenflog, schenkte Zörgiebel sich tatsächlich erst einmal einen weiteren Cognac ein und schwieg. Er hatte offensichtlich an dem zu kauen, was der Kommissar ihm gerade erzählt hatte.

Rath nutzte die Zeit und legte seine Marke, seinen Dienstausweis und die Mauser auf das schwarze Leder.

Zörgiebel schaute ihn entgeistert an. »Was soll denn der Blödsinn? Stecken Sie Ihre Waffe wieder ein! Wollen Sie, dass das Ding losgeht?«

»Ich möchte den Herrn Polizeipräsidenten bitten, mich aus dem Polizeidienst zu entlassen.«

»Nichts da, so einfach kommen Sie mir nicht davon! Los, nehmen Sie Ihr Zeug vom Sitz!«

Rath steckte die Sachen wieder ein. Erst jetzt bemerkte er Spuren eines weißen Pulvers an dem Ausweis. Mit einer beiläufigen Bewegung wischte er es ab.

»Ich muss gestehen, es fällt mir schwer, diese Geschichte zu glauben«, meinte Zörgiebel schließlich. »Eine Stahlhelm-Seilschaft, ein florierender Waffenhandel aus Polizeibeständen, mit dem auch die Nazis aufgerüstet werden?«

Dass einer seiner Beamten nicht davor zurückschreckte, Menschen umzubringen und umbringen zu lassen, schien den Polizeipräsidenten weniger zu irritieren.

»Rufen Sie Wündisch an«, schlug Rath vor.

»Das werde ich, verlassen Sie sich drauf. Sobald ich in Magdeburg bin. Hat die IA also wieder ihr eigenes Süppchen gekocht!«

»Und dafür einen unerfahrenen Beamten geopfert.«

Zörgiebel schüttelte den Kopf, als könne er es immer noch nicht fassen. »Mein lieber Rath«, sagte er. »Von den Dingen, die Sie mir da gerade erzählt haben, darf natürlich niemals etwas an die Öffentlichkeit geraten, das ist Ihnen doch klar? Weder Ihre eigenen Verfehlungen, noch die Waffenschiebereien in unserer Behörde und die politischen Verirrungen einzelner Beamter.«

»Tut mir leid, Herr Polizeipräsident, aber ich sehe keine andere Möglichkeit«, sagte Rath. »Nur wenn wir die ganze Wahrheit aufdecken, können wir den schwarzen Schafen in der preußischen Polizei das Handwerk legen. Ich biete Ihnen an, aus dem Dienst auszuscheiden, um als Zeuge gegen Kriminaloberkommissar Wolter vor Gericht aufzutreten.«

»Jetzt hören Sie doch endlich auf mit diesem Blödsinn! Den Dienst quittieren! Denken Sie nicht einmal im Traum daran! Das gestatte ich Ihnen nicht!« Zörgiebel wirkte ungehalten. »Was glauben Sie eigentlich, was los ist, wenn diese Geschichte an die Öffentlichkeit dringt? Schon wegen der Maiunruhen gibt es einen

Untersuchungsausschuss. Gegen die Polizei, nicht gegen die Roten! Was meinen Sie, was erst passiert, wenn herauskommt, dass einige von unseren Leuten Polizeiwaffen an die Nazis verscherbeln?«

»Wollen Sie so jemanden wie Wolter wirklich ungestraft davonkommen lassen? Nur weil es politischen Ärger geben kann?«

»Davonkommen lassen? Davon kann gar nicht die Rede sein! Wir können nur nicht mit dem Kopf durch die Wand, mein Lieber! Wir dürfen den Ruf unserer Behörde nicht noch weiter beschädigen.«

»Und was wollen Sie dann tun?«

»Darüber denke ich ja gerade nach! Und glauben Sie ja nicht, dass *Sie* ungeschoren davonkommen, Herr Kommissar!«

33

Eine gute halbe Stunde später überquerte der Dienstwagen des Berliner Polizeipräsidenten die Magdeburger Elbebrücken. Hinter der vieltürmigen Stadtsilhouette ging gerade die Sonne unter. Zörgiebel ließ den Chauffeur vor dem Hauptbahnhof halten.

»Also, Herr Kommissar, Sie wissen, was Sie zu tun haben?«

Rath nickte. »Ich denke, das ist hinzukriegen. Und was machen wir, wenn er in die Falle tappt?«

»Das überlassen Sie mal mir, mein lieber Rath. Weisen Sie mir nur Wolters Verbindungen zu den Völkischen hieb- und stichfest nach, am besten mit ein paar eindeutigen Fotos, den Rest erledige ich!«

»An mir soll es nicht scheitern, Herr Polizeipräsident«, sagte Rath und öffnete die Wagentür.

»Dann viel Erfolg!«

»Gleichfalls, Herr Polizeipräsident.«

»Und halten Sie mich auf dem Laufenden.«

Rath stieg aus. Der Maybach fuhr wieder an, wendete und hielt auf der anderen Straßenseite vor dem Hotel *Continental*. Ein Boy öffnete, und Zörgiebel wuchtete seinen Körper aus dem Wagen. Rath schaute dem Polizeipräsidenten nach, bis er im Hotel verschwunden war. Dann ging er durch das große Mittelportal in den Hauptbahnhof und studierte den Fahrplan. Noch eine Dreiviertelstunde Zeit, bevor der nächste Eilzug nach Berlin fuhr. Erst einmal besorgte er sich einen Kaffee und zählte sein Kleingeld. Dann suchte er den nächsten öffentlichen Fernsprecher und hängte sich ans Telefon.

Die Nummer stimmte tatsächlich. Es war das erste Mal, dass er sie ausprobierte, er hatte sie erst seit ein paar Tagen.

»Ja«, meldete sich eine Stimme am anderen Ende, die unverkennbar Johann Marlow gehörte. So einfach also konnte es sein, den großen Doktor M. zu erreichen.

»Ich glaube, ich habe eine Möglichkeit gefunden, wie Sie an das Gold kommen können«, sagte Rath.

Mehr brauchte es nicht, um aus Johann Marlow einen geduldigen Zuhörer zu machen.

Der Zug benötigte gut zwei Stunden bis Berlin. Am Potsdamer Bahnhof holte Rath erst einmal die Pistole aus dem Schließfach und steckte sie ein. Er passte auf, dass niemand etwas davon bemerkte. Auf dem Bahnhofsvorplatz stieg er in eine der vielen Taxen, die dort warteten, und fuhr zurück nach Zehlendorf. Es musste geregnet haben in Berlin, während er unterwegs war, die Straßen glänzten noch nass. Der Opel stand unversehrt vor Zörgiebels Gartentor. Die Wachen hatte man abgezogen. Rath ließ den Wagen an. In Schöneberg bog er von der Hauptstraße ab in die Kolonnenstraße. Vor dem Zentralflughafen Tempelhof staute sich auch um diese Zeit der Verkehr. Rath schlängelte sich an dem Gewimmel vorbei und fuhr weiter nach Neukölln. In der Leykestraße parkte er den Wagen.

Krajewski war nicht zu Hause. Gut so, ein paar Vorbereitungen machten die Sache glaubwürdiger. Die Tür hatte Rath schnell geöffnet. Er tastete sich durch das Halbdunkel in die Küche. Die Zuckerdose? Warum nicht. Die kleine Pistole passte genau hinein. Obwohl schon ein Kokainbeutel drin war. Krajewski hatte nichts dazugelernt. Als Rath die Wohnung wieder verließ, gab er sich keine große Mühe, die Einbruchsspuren zu vertuschen. Niemand hatte ihn gesehen, als er wieder auf die Straße trat. Er setzte sich ins Auto und machte es sich gemütlich. Von hier hatte er Krajewskis Haustür prächtig im Blick. Und genügend Zeit, den Plan noch einmal zu durchdenken, den er im Zug ausgetüftelt hatte.

Es war drei Uhr morgens, als Krajewski endlich nach Hause kam. Rath war froh, dass er die vergangene Nacht so gut geschlafen hatte. Sonst wäre er vermutlich eingenickt, trotz aller Zigaretten, die er rauchte. Als der Mann im Haus verschwunden war, stieg Rath aus dem Wagen. Oben klingelte er Sturm. Der falsche Kaiser guckte überrascht, als er dem Kommissar gegenüberstand.

»Kommense jetz schon mitten inner Nacht? Unsereener muss ooch schlafen!«

»Aber nicht jetzt. Lass mich rein. Ich muss mit dir reden.«

Krajewski öffnete die Tür bereitwilliger, als sein Gemaule vermuten ließ.

»Wat issen los?«

»Ich will dich warnen. Du bist in Gefahr.«

»Det is ja janz wat Neuet! Die Polente warnt eenen! Endlich kriejen wer mal wat für unsre Steuajelda!«

»In diese Wohnung ist eingebrochen worden.«

»Wat soll denn hier zu holen sein?«

»Man hat dir was gebracht.«

»Netter Einbrecher.«

»Weniger. Er will dich reinlegen.«

»Wie?«

»Hast du eigentlich eine Pistole?«

»Det wissen Sie doch am besten, wo die is! Die hat mir Ihr sauberer Kolleje abjenommen!«

»Dann schau mal genau nach. Wenn du wirklich keine Pistole hast, dann kann ich wieder gehen, dann war das falscher Alarm.«

»Det jloobe ick ooch«, sagte Krajewski. Dennoch fing er an, einige Schubladen zu öffnen. Misstrauisch zur Seite blickend. Wahrscheinlich sollte Rath seine Kokainverstecke nicht finden.

Als er aus der Küche zurückkam, hielt er die Lignose in der Hand.

»Det fass ick nich! Meen kleener Liebling is wieder da! Wie komm ick denn zu die Ehre?«

»Ich hab mir so was schon gedacht«, meinte Rath. »Das war mein Kollege.«

»Wat sollen det? Willer mir die diskret wieder zurückjeben, oder wat?«

»Kaum. Oberkommissar Wolter ist ein Drecksack. Er hat einen abgeknallt mit deiner Lignose, und jetzt will er es dir in die Schuhe schieben.«

»Wen abgeknallt?«

»Einen Polizisten.«

»Und det soll ick Ihnen jlooben?«

»Ich ermittle in diesem Fall. Ganz diskret natürlich. Der Mord ist dem Oberkommissar schwer nachzuweisen. Wir hatten gehofft, die Mordwaffe bei ihm zu finden. Doch wir sind zu spät gekommen. Er hat sie noch rechtzeitig hier verstecken können. Und glaub nicht, dass er sie wieder abholt. Wahrscheinlicher ist, dass er dir schon bald einen Trupp Schupos auf den Hals schickt. Alles, was nicht ganz legal ist, würde ich an deiner Stelle schleunigst aus der Wohnung schaffen. Zuallererst die Pistole.«

»Meine Fresse. Anjefasst hab ick den Knipser ooch schon!«

»Fingerabdrücke kann man abwischen.« Rath bezweifelte langsam, ob Krajewski wirklich der Richtige war für seine Pläne. Aber er war der Einzige, der in Frage kam. Der Einzige, der glaubwürdig genug wäre. »Hör mir jetzt mal zu«, sagte er. »Ich habe einen Plan, wie wir das Schwein doch noch kriegen können. Aber du musst mir dabei helfen.«

»'Nen Bullen reinlejen?« Krajewski grinste. »Mach ick doch jerne. Aber det mir ausjerechnet 'n Kommissar mal darum bittet, det hätt ick mir nie träumen lassen!«

Rath lächelte gequält. »Gern geschehen.«

»Wat muss ick tun?«

Rath holte den Zettel aus dem Jackett, den er im Zugabteil geschrieben hatte. »Kannst du lesen?«

Krajewski nickte.

»Gut. Hier steht alles drauf. Ruf diese Nummer an und tu genau das, was hier steht. Und dann verbrennst du dieses Papier am besten, ist das klar?«

Krajewski nickte und überflog die Zeilen. Überrascht hielt er inne. »Aber … Aber det is ja Ihre Nummer!«

»Nicht mehr. Ich arbeite jetzt in der Mordinspektion.«

»Und trotzdem soll ick da anrufen?«

»Richtig. Morgen früh. Tu einfach genau das, was hier steht.«

Der Portier im *Excelsior* wirkte beinah traurig, als Rath am nächsten Morgen um ein Taxi bat und um seine Rechnung.

»Der Herr Kommissar beehren uns hoffentlich bald wieder«, sagte er.

»Ich hoffe, nicht so bald.«

Rath hatte es gründlich satt, im Hotel zu leben.

Schäffner schien ihn schon zu erwarten, als der Kommissar mit seinem Karton und seinem Koffer am Luisenufer aus dem Taxi stieg.

»Denn wollense also wirklich einziehen? Und ick dachte schon, Se machen 'nen Witz!«

»Die preußische Kriminalpolizei macht nie Witze, merken Sie sich das!«

»Natürlich, Herr Kommissar!«

»Kann ich die Wohnung denn beziehen?«

»Selbstverständlich! Ihre Kollegen hamse zwar Sonnabend erst freijejeben, aber meine Grete hat jestern noch jeschrubbt wie 'ne Wilde. Da is allet blitzeblank.«

Rath nickte zufrieden. Wie ein preußischer Hauptmann. »Gut so. Habe viel Arbeit im Moment.«

»Wejen de vielen Toten?«

»Das auch. Und dann soll in den nächsten Tagen auch noch ein großer illegaler Waffenhandel über die Bühne gehen. Das macht uns zu schaffen.«

»Soso.« Schäffner konnte seine Neugier nur mühsam verbergen. »Wollense wohl hochjehen lassen, wa?«

»Wünschte, wir wären schon so weit. Bislang wissen wir nur, dass in der Stadt eine Waffenlieferung erwartet wird. Haben noch keinen blassen Schimmer, wann und wo.«

Schäffner grinste: »Vielleicht suchense mal bei die Roten. Die haben die Schnauze doch noch immer nich voll.«

Rath ging darauf nicht mehr ein. Seine kleine Botschaft war angekommen, das reichte. »Na, dann woll'n wer mal, lieber Mann«, sagte er. »Ich muss los!«

Eilfertig trug ihm Schäffner sein bescheidenes Gepäck hinterher. Der Mann hatte nicht gelogen. In der Wohnung roch es wie in einer Seifenfabrik. Selbst der Schmutzrand in der Badewanne war verschwunden.

Elf Uhr erst! Ob es sein konnte, dass die Uhren im Polizeipräsidium langsamer gingen als anderswo? Gregor Lanke hätte beinah darauf gewettet. Er langweilte sich. Am Montagmorgen schon. Die Woche fing ja gut an! Wenn der Oberkommissar wenigstens mal rausgehen würde. Dann könnte er wieder Bilder gucken. Das war bislang noch das Beste an der Sitte. Bilder angucken. Manchmal hatte er schon welche abends mit nach Hause genommen. Eigentlich streng verboten. War ja Beweismaterial. Aber von solchem Beweismaterial konnten die anderen Inspektionen hier am Alex nur träumen. Und die in Köpenick wussten wahrscheinlich nicht einmal, dass es so was überhaupt gab.

Das Telefon auf seinem Schreibtisch klingelte. Das kam nicht oft vor. Er zuckte zusammen.

»Sittenpolizei. Lanke am Apparat«, meldete er sich.

»Ick hätt jern den Kommissar Rath jesprochen.«

»Der arbeitet hier nicht mehr.«

Kurzes Schweigen am anderen Ende. »Na denn den Kommissar Wolter.«

»Oberkommissar Wolter«, verbesserte Lanke und hielt dann die Sprechmuschel zu. »Herr Oberkommissar«, rief er zum Nachbarschreibtisch hinüber, »irgend so 'n komischer Vogel will Sie sprechen.«

»Wie heißt er denn?«

»Seinen Namen hat er nicht genannt.«

Unwillig stand Wolter von seinem Schreibtisch auf. War nicht sonderlich gut gelaunt die letzten Tage. Gut, dass Onkel Werner hier der Chef war, da musste der Oberkommissar sich mit seiner schlechten Laune zurückhalten und konnte sie nicht an seinen Mitarbeitern auslassen. Wenigstens nicht an einem namens Gregor Lanke.

»Dann geben Sie mal her«, sagte Wolter und riss ihm den Hörer aus der Hand. »Wolter«, raunzte er in die Muschel.

Dann sagte er eine Weile gar nichts mehr, griff sich einen Zettel von Lankes Schreibtisch und machte Notizen. Lanke versuchte zu erkennen, was sein Chef da schrieb, doch der verdeckte es geschickt mit seinem massigen Körper.

»Das kann man nicht alles am Telefon besprechen«, meinte Wolter schließlich. »Wir sollten uns sehen. Machen Sie einen Vorschlag.«

Zehn Minuten später war der Oberkommissar unterwegs. Gregor Lanke freute sich. Jetzt konnte er wieder Bilder gucken.

Rath beschäftigte sich den ganzen Tag mit Belanglosigkeiten. Es ging darum, ein möglichst rundes Bild im Fall Kardakow zu bekommen. Nicht für den Staatsanwalt, der hatte hier nicht mehr viel Arbeit. Gennat hoffte aber, mehr darüber zu erfahren, warum die beiden Russen hatten sterben müssen. Wenn klar war, warum und wie Fallin und Selenskij gemordet und gefoltert hatten, war vielleicht auch klar, wer sie in den Tod geschickt hatte. Und warum.

Die meisten in der Inspektion A glaubten, die Adresse des Mörders zu kennen: *Unter den Linden 7*. Dort saß die sowjetische Botschaft, von dort aus operierten die Tschekisten, die Stalin meist als Botschaftsmitarbeiter ins Land schleuste. So wie Vadim Troschin.

Rath hielt sich mit seinen Ansichten zurück. Er hatte eine andere Vorstellung davon, wer die beiden Russen auf dem Gewissen hatte. Aber die behielt er lieber für sich. Wenn er sich überhaupt an den Mutmaßungen beteiligte, dann tippte er auch auf die Tschekisten-Theorie, obwohl er daran so wenig glaubte wie an den Weihnachtsmann. Die meiste Zeit zog er sich zurück, um diesen schwachsinnigen Gesprächen aus dem Weg zu gehen. Er igelte sich in seinem Büro ein und machte ein paar Anrufe. In Steglitz erreichte er nur das Hausmädchen. Der gnädige Herr werde erst in den Mittagsstunden zum Essen erwartet, noch sei er in seiner Kanzlei erreichbar. Ein paar Mal versuchte Rath es im Hotel *Continental* in Magdeburg. Vergeblich. Der Herr Polizeipräsident habe das Haus verlassen und sei noch nicht wieder zurückgekehrt, bedeutete ihm ein freundlicher Portier.

In der Mittagspause ging Rath nicht in die Kantine und auch nicht zu Aschinger. Stattdessen besorgte er sich einen Wagen und fuhr nach Steglitz.

Das Hausmädchen öffnete.

»Der gnädige Herr sitzt gerade zu Tisch, tut mir leid«, sagte sie.

»Sagen Sie dem Sturmhauptführer, ich hab eine Nachricht von Leutnant Wolter. Eine dringende Nachricht. Einzelheiten kann ich ihm nur persönlich melden.«

Das Mädchen schien solche mysteriösen Besuche zu kennen.

»Wenn Sie bitte im Salon warten wollen.«

Sie führte ihn in einen kleinen Empfangssalon. An der Wand hing eine gerahmte Fotografie von diesem Hitler, einem komischen Kauz mit Charlie-Chaplin-Bart, der genauso humorlos dreinblickte wie Wilhelm zwo. Auf dem Tisch lagen der *Angriff* und der *Völkische Beobachter*. Heinrich Röllecke machte keinen Hehl aus seinen politischen Ansichten.

Es dauerte nicht lange, und der Hausherr kam. Rath legte den *Angriff* wieder beiseite, in dem er gerade geblättert hatte.

»Ah, Sie sind's! Machen Sie wieder den Boten für Bruno?«

»Hat sich ja bewährt. Der Leutnant hat eine wichtige Nachricht für Sie, Herr Sturmhauptführer.«

»Lassen Sie mich raten: Sie können der SA endlich die versprochenen Waffen liefern?«

»Woher wissen Sie das?« Rath versuchte, so überrascht wie möglich zu klingen. Scharführer Schäffner hatte also Meldung gemacht.

Röllecke lächelte arrogant. »Die SA hat ihre Ohren eben überall. Ist die Lieferung denn schon da?«

»Acht Uhr morgen Abend kann die Übergabe stattfinden, Herr Sturmhauptführer«, richtete Rath in militärischem Tonfall aus. »Sie sollen zum Ostbahnhof kommen, Güterbahnhofsgelände, Gleis sechs. In Uniform. Zum Abtransport brauchen Sie ein paar Leute und einen geschlossenen Lastwagen.«

»Sie müssen mir nicht sagen, was ich zu tun habe! Meinen Sie, das wäre mein erster Waffentransport! Dass ich eine solche Menge nicht im Kinderwagen schieben kann, weiß ich auch. Es handelt sich doch um die vereinbarte Marge, oder?«

»Selbstverständlich, Herr Sturmhauptführer. Und da wäre noch eine Sache …«

Röllecke schaute ihn ungeduldig an. »Und?«

»Bringen Sie bitte das Geld mit.«

Rath fuhr auf direktem Weg in die Burg zurück. Zuerst besorgte er sich in Gennats Büro die ältesten Ordner der Akte Kardakow und nahm sie mit in sein Büro. Darin war auch das Material gelandet, das Kriminalkommissar Gereon Rath vor anderthalb Wochen zu den Ermittlungen beigesteuert hatte. Rath erinnerte sich daran, wie er es bei Böhm abgeliefert hatte. Der Oberkommissar hatte ihn und seine Lieferung mit keinem Blick gewürdigt und die Papiere auf dem Schreibtisch liegen lassen, ohne sie anzufassen. Dennoch waren sie in der Ermittlungsakte gelandet, allerdings lieblos abgeheftet, ohne jedes System. Rath musste etwas länger suchen und fürchtete schon, Böhm habe seine Sachen einfach entsorgt. Dann fand er sie. Er nahm das Papier, das ihm Tretschkow seinerzeit gegeben hatte, aus dem Ordner und steckte es ein. Das Fehlen würde so schnell niemand bemerken, im Moment hatte die Inspektion A andere Sorgen als Papiere, die kein Mensch zu entziffern verstand.

Den Rest des Tages verbrachte Rath mit Telefonieren und Grübeln. Hatte er wirklich an alles gedacht? Es war ein schnell zurechtgezimmerter Plan. Alles hing davon ab, dass Bruno Wolter anbiss. Und dann konnte immer noch einiges schiefgehen. Aber nun hatte er die ganze Sache ins Rollen gebracht, es gab kein Zurück mehr.

Am späten Nachmittag erreichte er endlich auch Zörgiebel. Die Sozis machten wohl gerade mal eine Pause. Jedenfalls war er im Hotel.

»Ich hoffe, der Parteitag läuft zu Ihrer Zufriedenheit, Herr Polizeipräsident?«

»Das hängt ganz davon ab, wie es bei Ihnen läuft, Herr Kommissar!«

»Morgen Abend«, sagte Rath. »Morgen Abend wird es sich entscheiden. Wenn er kommt, dann können Sie ihn übermorgen in die Wüste schicken, das verspreche ich Ihnen. Und weitere Verhaftungen sind nicht ausgeschlossen. Ich bräuchte ein paar Leute.«

»Gut. Ich habe mit Wündisch gesprochen. Der ist im Moment so klein, der passt mit Hut unter den Teppich. Die Abteilung IA gibt Ihnen alle Leute, die Sie brauchen. So ist die strenge Geheimhaltung gewährleistet, die bei dieser Operation unabdingbar ist.«

»Ein paar gut bewaffnete Schupos könnte ich auch gebrauchen.«

»Lassen Sie das alles Wündisch regeln. Der weiß, auf welche Einheiten Verlass ist.«

»Weiß er auch, wie riskant die Operation ist?«

»Er hat einen Kriminalbeamten ins Feuer geschickt, der dabei draufgegangen ist. Da muss er in Kauf nehmen, dass es auch für seine Leute mal gefährlich werden kann.«

»Nicht nur für seine Leute, für alle Beteiligten.«

»Ich weiß, dass es für alle gefährlich ist, auch für Sie, Herr Rath!

Ich habe Ihnen ja gesagt, dass auch Sie nicht ungeschoren davonkommen. Sehen Sie das Ganze als Wiedergutmachung an. Wird schon schiefgehen.«

34

Es war wieder kälter geworden. Ein ungemütlicher Wind pfiff über die Gleisanlagen des Ostbahnhofs. Bruno Wolter kannte das Gelände und ging voran. Vor ein paar Wochen hatte er mit Selenskij und Fallin hier schon einmal nach dem Gold gesucht, doch vergeblich. Auf vier Kesselwagen waren sie gestoßen. Die Lieferung aus der Sowjetunion, so hatte Wilczek sie beschrieben. Doch was die Tanks enthielten, mit diesem Geheimnis hatte Marlow sogar vor seinen eigenen Leuten hinter dem Berg gehalten. Klar war nur, dass es kein Rapsöl war. Aber Gold offenbar auch nicht, sonst hätte die *Berolina* es längst woanders hingeschafft und in Bargeld umgewandelt. Und das hatte sie nicht. Der große Doktor M. stand offensichtlich selber vor einem Rätsel. Dennoch ließ er die vier Waggons scharf bewachen.

Wolter hatte sich gewundert, als Franz Krajewski sich gestern bei ihm gemeldet hatte. Ausgerechnet diese Type. Wäre dessen Knarre nicht zu besonderen Ehren gekommen, er hätte ihn längst vergessen. Er hatte sich nicht viel von ihm erhofft, ein paar Tipps aus der Porno-Szene vielleicht, niemals aber etwas Großes.

Skeptisch war er zu dem Treffen gefahren, fest davon überzeugt, der Mann wolle sich nur wichtigmachen, womöglich seine Knarre zurück oder Geld schnorren. Doch Krajewski hatte erstaunlich gut Bescheid gewusst. Der Pornofritze hatte tatsächlich einen Kumpel in der *Berolina*! Einen Kumpel, der ihm die Freundin ausgespannt hatte und den er jetzt reinreiten wollte. Also bitte!

Nach Wilczeks Tod hatte Wolter keine Informationen mehr aus Marlows Organisation bekommen, und das hatte ihm in den letzten Wochen zunehmend Schwierigkeiten bereitet. Jetzt war er endlich wieder auf dem Laufenden. Er hatte den Ahnungslosen gespielt, als Krajewski ihm gestern erzählte, Johann Marlow sei kein normaler Geschäftsmann, sondern der eigentliche Herr der *Berolina*. Von dem Gold wusste Krajewski nichts, er erzählte nur, dass Marlow auf dem Ostbahnhof mehrere Güterwaggons mit Waffen erwartete. Sollte Doktor M. das Geheimnis des Goldes tatsächlich geknackt und die Waffen für die *Rote Festung* besorgt haben? Das hörte sich fast so an.

Nun, wenn er das Gold schon verhökert hatte, dann würden sie ihm eben die Waffen abnehmen. Sie standen Marlow und den Roten ohnehin nicht zu. Seegers wartete schon ungeduldig, das meiste war für *seine* Leute bestimmt! Und einen Teil hatten sie Röllleckes SA versprochen. Der Sturmhauptführer zahlte gutes Geld, außerdem stimmte bei seiner Truppe die Gesinnung.

Jedenfalls hatte Krajewski da von *ihren* Waffen geredet, und die würden sie jetzt holen! Es mussten riesige Mengen sein, ein ganzer Güterzug.

Gestern schon hatte er Rudi Scheer informiert und mit Seegers' Hilfe genügend verlässliche Kämpfer zusammengetrommelt. Alles gute Schützen. Angeführt von Bruno Wolter, Kriminaloberkommissar der preußischen Polizei, würden sie als Polizeibeamte durchgehen. Wenn die richtige Polizei Johann Marlow nicht auf den Zahn fühlte, dann eben die falsche. Wolter wusste, dass Marlows Leute nicht viel Respekt vor seinem Dienstausweis haben würden. Aber vor einer Handvoll Bewaffneter schon. Manche seiner Stahlhelmer schossen besser als die Polizei. Kein Wunder, Wolter hatte sie selbst ausgebildet.

Rund ein Dutzend Männer hatte er für die Aktion auf dem Bahnhof ausgewählt. Sie trugen heute keine Uniform, nicht einmal die kleine Stahlhelm-Anstecknadel am Revers. Die Lastwagen warteten in der Friedrichsfelder Straße. Wenn es so weit war, sollten sie zur Laderampe kommen.

Wolter stiefelte die Gleise entlang, seine Leute folgten ihm. Eine Rangierlok zockelte mit ein paar leeren Waggons vorbei. Auf dem Bahnhofsgelände war um diese Zeit nicht mehr viel los. Ein einziger Zug wurde noch entladen. Ein paar Krähen, die irgendetwas Undefinierbares vom Boden pickten, flatterten auf, als die Männer sich näherten. Marlows Schuppen waren nicht mehr weit. Ein großer Güterzug versperrte die Sicht. Wolter blieb stehen. Er beugte sich auf den Boden und schaute unter den Waggons hindurch. Sah so aus, als stünden die Kesselwagen immer noch auf Marlows Gleis. Jetzt war es so weit. Sie teilten sich auf. Rudi führte den größeren Trupp an, er selbst den kleineren. Wolter erklärte den anderen noch genau, welchen Weg sie nehmen sollten, dann marschierten sie los.

Es würde aussehen wie ein Polizeieinsatz. Er hatte seinen Dienstausweis in der Tasche, Rudi Scheer ebenfalls. Dass die anderen Männer nur Waffen trugen, das würde gar nicht auffallen.

Da kamen sie also! Er sah sie schon von weitem. Johann Marlow wusste, wo er die beste Sicht hatte. Hier oben direkt unter dem Dach. An diesen schmalen Oberlichtern postierte er normalerweise seine Wachen. Von hier aus hatte man das ganze Gelände im Blick, ohne selbst gesehen zu werden.

Der junge Polizeifotograf neben ihm begann zu fotografieren, als die Gesichter der Männer noch gar nicht zu erkennen waren. Seine Aufgabe war heute die leichteste. Er musste nur Fotos machen und durfte sich nicht blicken lassen.

Alle anderen gingen ein größeres Risiko ein. Auch Johann Marlow. Niemand konnte vorhersagen, was genau passieren würde. Der Mann mit dem zweiten Sorokin-Plan würde kommen, hatte Rath gesagt, dafür würde er sorgen. Stimmt. Da unten kam er. Dass er gleich mit fünf Begleitern antanzen würde, das hatte der Kommissar allerdings nicht gesagt. Marlow war sich immer noch nicht ganz sicher, ob er dem Bullen trauen konnte, obwohl der ihm vorhin den ersten Plan gegeben hatte. Bruno Wolter war einmal Raths Chef gewesen, warum sollte er ihn jetzt verraten? Um ein schwarzes Schaf im Polizeidienst zu überführen? Es gab viele schwarze Schafe am Alex, niemand wusste das besser als Johann Marlow. Er hatte das Gefühl, die Polizei habe sich damit arrangiert. Warum also trieb man bei Bruno Wolter so einen Aufwand, ging ein solches Risiko ein? Was wollte Rath wirklich? Johann Marlow reinlegen?

Das würde ihm nicht gelingen. Der Kommissar war ein Kokser, Marlow hatte ihn in der Hand, sollte es hart auf hart kommen.

Die Männer waren jetzt gut zu erkennen. Sie kannten ihr Ziel. Langsam, aber stetig kamen sie auf Gleis sechs zu, die Hände in den Manteltaschen vergraben. Selbst von hier oben konnte man sehen, dass sie Waffen trugen. Was hatte Wolter vor? Alles niederschießen?

Als die Männer die Laderampe erreichten, trat Fred unten aus dem Schatten.

»Guten Abend«, sagte er. »Sie betreten gerade Privatgelände. Darf ich fragen, was Sie hier suchen?«

Der Anführer zückte einen Ausweis. »Kriminalpolizei«, sagte er. »Ich würde gerne mit Herrn Marlow sprechen.«

Dieser Mann musste Bruno Wolter sein.

Fred blieb ruhig. »Worum geht es?«

»Das würde ich gerne Herrn Marlow persönlich sagen. Führen Sie mich bitte zu ihm. Wir wollen uns hier mal ein bisschen umschauen.«

»Tut mir leid. Aber wenn Sie keinen Durchsuchungsbefehl haben, darf ich Sie bitten, das Gelände wieder zu verlassen.«

Wie auf Kommando traten die anderen drei Wachen ebenfalls aus dem Schatten.

Es sah schon so aus, als drehe der Bulle da unten resignierend wieder ab, aber dann hatte er blitzschnell eine Waffe gezogen und hielt sie Fred an die Stirn.

»Ich bin die Polizei, und du tust besser, was ich sage«, zischte er.

Marlow sah, dass auf seine Leute Verlass war. Die anderen drei hatten ebenfalls ihre Waffen gezogen, legten auf Wolter und seine Begleiter an. Würde nur einer der Männer nervös, liefe das auf eine mörderische Ballerei hinaus.

Fred blieb ruhig. »Sie sind dabei, Hausfriedensbruch zu begehen,

Herr Kommissar«, sagte er, »wenn Sie mich erschießen, sehen meine Männer sich gezwungen, in Notwehr zu handeln.«

»Oberkommissar heißt das! Und jetzt hör mir zu: Sag deinen Jungs, sie sollen ihre Waffen auf den Boden legen. Und dann schick einen von ihnen zu Marlow.«

»Ich fürchte, Herr *Ober*kommissar, meinen Männern ist es egal, wenn Sie mich abknallen. Allerdings werden sie in diesem Fall auf der Stelle Sie und Ihre Begleiter töten.«

»Wenn sie das dann noch können!«, sagte eine freundliche, ruhige Stimme.

Das kam von der anderen Seite der Rampe. Marlow fuhr ebenso überrascht herum wie der Polizeifotograf. Dort hatten sich neun Männer mit gezogenen Pistolen aufgebaut. In der Mitte stand der Mann, der gesprochen hatte, und lächelte höflich.

»Tun Sie, was der Oberkommissar sagt«, fuhr er fort, »glauben Sie mir, es ist das Beste.«

»Das ist doch der Fritze aus der Waffenkammer!«, sagte der Polizeifotograf neben ihm. »Jetzt versteh ich gar nichts mehr.«

Marlow wurde nervös. Was für eine Nummer zogen die da durch?

Seine Männer legten ihre Waffen vorsichtig auf den Beton der Rampe.

Marlow beschloss, dem Theater ein Ende zu machen. Er ging nach unten. Der Zug müsste in genau zwanzig Minuten kommen. Auf Kuen-Yao war Verlass. Und bis dahin galt es, ein Blutbad zu verhindern. Er musste eingreifen. Zeit gewinnen.

Als Marlow auf die Rampe trat, waren alle Blicke auf ihn gerichtet.

»Guten Abend«, sagte er zu Wolter. »Sie wollen mich also sprechen?«

»Johann Marlow?«, fragte Wolter.

Marlow nickte. »Darf ich fragen, warum Sie hier eindringen und meine Männer bedrohen?«

»Mir ist zu Ohren gekommen, dass Sie heute noch einen Güterzug erwarten.«

»Sieht ganz so aus. Meinen Sie, ich treibe mich zum Spaß abends in Güterschuppen rum? Und meine Leute? Die wollen hier nur ihre Arbeit tun, und Sie hindern sie daran. Weiß der Polizeipräsident überhaupt, was Sie hier treiben?«

»Ich glaube nicht, dass Sie der Typ sind, der sich beim Polizeipräsidenten beschwert.«

»Warten Sie's ab.«

»Erst mal warten wir hier auf Ihren Zug! Wollen doch mal sehen, was Sie da so geliefert bekommen.«

»Und dann?«

»Vielleicht ist es etwas, das ich beschlagnahmen lassen sollte.«

»Glauben Sie mir, das können Sie nicht allein wegschleppen.«

»Ich weiß. Wir haben genug Leute. Mehr, als Sie denken.«

Seine Männer wurden nervös, das merkte er. Auch ihn machte das Warten unruhiger, als er sich eingestehen wollte. Wolters Linke spielte in der Manteltasche mit dem Dienstausweis, die Rechte hielt immer noch die Pistole. Es begann zu dämmern, und von dem Zug war immer noch nichts zu sehen.

Marlows Männer hatten sie inzwischen alle gefilzt und entwaffnet. Bei Marlow hatte Rudi Scheer das persönlich übernommen – und keine Waffe bei dem Mann gefunden. Das hatte auch Wolter überrascht. Nun stand Doktor M. bei seinen Männern. Die fünf machten überhaupt keinen zerknirschten Eindruck.

»Sind noch Leute im Schuppen?«, fragte Wolter.

»Wenn«, sagte Marlow, »dann wäre ich vorhin nicht rausgekommen, sondern hätte ihnen befohlen, Sie zu erschießen.«

»Was dagegen, wenn ich ein paar Leute reinschicke?«

»Wenn sie nichts kaputt machen. Ich habe den Eindruck, manche sind noch etwas klein für ihre großen Schießprügel.«

Wolter ärgerte sich. Die ganze Zeit redete Marlow mit ihm, als hätten dessen Leute ihn in der Gewalt und nicht umgekehrt.

Er wollte seinen Männern gerade einen Wink geben, da wurde er gestört. Von der Rüdersdorfer Straße her näherten sich zwei

Braunhemden. Was sollte das jetzt? Wer hatte denn die SA bestellt? Und dann noch in voller Uniform! Blödmänner!

Wolter erkannte Heinrich Röllecke, der strammen Schrittes marschierte. Und daneben Hermann Schäffner, den Hauswart vom Luisenufer, mit einer schwarzen Ledertasche. Dieser Idiot!

Entgeistert schaute Wolter die Uniformierten an. Als sie die Rampe erreicht hatten, streckte der Sturmhauptführer ihm die Hand entgegen. Wenigstens machte er keinen Hitlergruß!

»Alles bereit«, sagte Röllecke. »Wie besprochen.«

Wolter verstand überhaupt nichts mehr. »Was soll das?«, fragte er. »Hat Seegers euch etwa als Unterstützung angefordert? Nicht nötig! Ich hab genug Leute hier!«

»Wieso Seegers? Du hast doch selbst deinen Mann zu mir geschickt. Wir wollen nur unseren Teil holen. Der Laster wartet in der Rüdersdorfer Straße.«

»Welchen Mann? Was redest du da?«

»Jedenfalls habe ich das Geld dabei. Ich hoffe, du hast auch die Waffen.«

»Die müssen jeden Moment kommen.«

»Sind das Rote?« Röllecke zeigte auf Marlow und seine Leute, die in eine Ecke gedrängt standen.

»Die gehören zwar zum roten Hugo, aber das ist auch das einzig Rote an ihnen.«

Immer weiter fraß sich die Dämmerung in den Abend. In einiger Entfernung wuchsen drei Lichter aus dem Halbdunkel, die langsam größer wurden. Alle starrten gebannt auf das Dreieck. Eine Rangierlok schob zwei geschlossene Güterwagen auf das Gleis. Quietschend und rumpelnd näherten sich die Waggons und wurden immer langsamer, bis der erste mit seinen Puffern beinah sanft an einen Kesselwagen stieß und stehenblieb. Die Lok fauchte und rührte sich nicht mehr von der Stelle. Wie ein Geisterzug. Keiner der Männer auf der Laderampe hatte während dieses Schauspiels ein Wort gesprochen.

Wolter beendete die Stille.

»Da ist die Lieferung«, sagte er zu Röllecke. »Wo ist das Geld?«

»Gibt's erst, wenn ich mich von der Qualität der Ware überzeugt habe.«

»Dann schau nach!« Wolter blieb an dem Kesselwagen stehen, an dem er sich postiert hatte, um Marlows Leute in Schach zu halten. Er hatte kein gutes Gefühl. Wenn das eine Falle war, dann sollte Röllecke da hineinlaufen.

Die beiden SA-Männer stiefelten zu dem ersten Waggon. Schäffner öffnete eilfertig den Riegel und schob die schwere Tür beiseite.

Dann glotzte er in den Wagen, als habe er ein Gespenst gesehen.

Röllecke trat ungeduldig hinzu. »Was ist denn, Mann? Treten Sie mal beiseite.«

Dann schaute auch er überrascht. Wütend ging er ein paar Schritte auf Wolter zu.

»Soll das ein Witz sein?«

»Wie?«

»Diesen Mann in den Waggon zu stecken. Wo sind die Waffen?«

»Wen?«, fragte Wolter.

»Na, den Boten, den du mir gestern geschickt hast.«

Röllecke zeigte auf den Güterwagen. Aus dem Dunkel trat Gereon Rath. Mit gezogener Pistole.

Er musste mindestens genauso überrascht geschaut haben wie Hermann Schäffner. Dass ausgerechnet sein Hauswart den Waggon öffnen würde, damit hatte Rath nicht gerechnet. Eher mit einem von Marlows Leuten oder mit Bruno Wolter.

Dennoch ein gelungener Auftritt. Er schaute sich um, alle Blicke waren auf ihn gerichtet. Es wurde langsam dunkel. Gräf hatte das Wichtigste hoffentlich im Kasten.

»Ich würde an eurer Stelle nicht schießen«, herrschte er Wolters Begleiter an, die ihre Waffen nervös in seine Richtung herumgerissen hatten.

»Sieh mal an, der Herr Kommissar Oberschlau«, sagte Wolter.

»Und warum«, fragte er mit einem Lächeln, »soll ich meinen Leuten nicht den Befehl geben, dich einfach abzuknallen?«

»Vielleicht, weil oben unter dem Dach des Güterschuppens ein paar Scharfschützen postiert sind, die jeden Einzelnen von euch aufs Korn genommen haben und denen der Finger am Abzug juckt? Außerdem bin ich nicht allein gekommen.«

Rath hob die linke Hand. Auf dieses Zeichen hatten die Männer im Güterwaggon nur gewartet. Sie sprangen mit gezogenen Waffen hinaus. Im Nu standen zwei Dutzend bewaffnete Zivilbeamte auf der Rampe. Hinter ihnen kletterte Liang aus der Lokomotive.

»'Ne richtige kleine Armee«, sagte Wolter. »Da kann man ja Angst bekommen! Die tun doch hoffentlich nichts.«

Ein paar junge Stahlhelmer grinsten unsicher über diese Bemerkung. Die beiden SA-Leute fanden es offenbar weniger komisch, dass ihr Waffenhandel geplatzt war. Röllecke schaute, als wolle er gleich Feuer spucken.

»Diese kleine Armee besteht aus vertrauenswürdigen Polizeibeamten und wird Sie und Ihre Leute festnehmen, Oberkommissar Wolter.«

»Warum sollte sie das tun? Ist es verboten, auf einem Bahnhof zu stehen?«

»Schauspielerei ist nicht mehr nötig. Wir haben genug gehört. Und genug im Kasten.«

»Ich fürchte, ich verstehe dich mal wieder nicht.«

»Ganz einfach: Da oben neben den Schützen steht auch jemand, der gut fotografieren kann.«

»Und? Was heißt das?« Sollte Wolter überrascht sein, so war es ihm nicht anzusehen.

»Das heißt, dass die Berliner Polizei jetzt genügend Beweise hat, dass einer ihrer Mitarbeiter, Kriminaloberkommissar Bruno Wolter, mit der SA paktiert und illegale Waffengeschäfte treibt.«

Wolter lachte laut auf. »Ich paktiere mit der SA? Wie kommst du denn darauf?«

Er hatte den Satz noch nicht beendet, da fiel schon der Schuss. Mit einem Lächeln hatte Wolter abgedrückt und so beiläufig aus der Hüfte geschossen, wie sich andere Leute während des Sprechens eine Zigarette anzünden. Ein einziger Schuss.

Heinrich Röllecke schaute mehr überrascht als entsetzt auf den kleinen roten Fleck auf seiner braunen Hemdbrust, der langsam größer wurde. Dann drehte er sich halb um die eigene Achse, während seine Knie einknickten, und stürzte auf den Beton der Rampe.

Hermann Schäffner war sofort bei ihm. Er hockte sich hin und fühlte den Puls. Nur schien da keiner mehr zu sein. Fassungslos starrte der SA-Mann seinen toten Chef an. Es dauerte etwas, bis er begriff, was da geschehen war. Dann aber handelte er schnell.

»Du Schwein!«, brüllte er, zog noch in der Hocke einen schweren Browning-Colt und feuerte wild und wahllos in Wolters Richtung. Fünfmal konnte er abdrücken, bevor ein Schuss aus Wolters Luger ihm die Pistole aus der Hand schlug.

Wolter lachte, als Schäffner von zwei Polizeibeamten überwältigt wurde. Kein einziger Schuss hatte ihn getroffen.

Aber einige waren in den Kesselwagen neben ihm gegangen. Und einer musste das Ablassventil der mittleren Kammer erwischt haben.

Wie in Zeitlupe sah Rath einen metallenen Bolzen schräg hinter Wolter auf den Boden fallen. Ein Geräusch wie von einem Glockenschlegel war zu hören, als das schwere Teil am Boden aufschlug.

Im selben Moment, in dem Wolter herumfuhr, um instinktiv auf den vermeintlichen Angreifer zu feuern, schoss Salzsäure aus dem defekten Ventil.

Mit hohem Druck sprühte die Säure aus dem Tank und traf Wolter mitten im Gesicht, verwandelte es im Bruchteil einer Sekunde in eine irritierte, schmerzverzerrte Grimasse. Der Reflex ließ Wolter einen sinnlosen Schuss abfeuern, bevor er versuchte, seine Augen mit den Armen zu schützen. Die Pistole fiel scheppernd zu Boden.

Wolter taumelte und wollte sich abstützen, fasste jedoch genau in die Säure, die eine immer größer werdende Lache auf dem Beton bildete. Der Schmerz ließ ihn zurückzucken, er stürzte mit dem ganzen Körper zu Boden und sprang wieder auf. Rasend vor Schmerz, blind und orientierungslos lief er genau in die falsche Richtung, stieß mit dem Kopf gegen den metallenen Tank, hörte auf zu schreien und stürzte zurück in die dampfende Pfütze aus Säure, die der Sprühregen unaufhörlich fütterte.

Entsetzt sah Schäffner, den zwei Beamte in die Mitte genommen hatten, was er da angerichtet hatte. Alle standen wie versteinert.

Marlow reagierte als Erster, er gab seinen Männern kurze Befehle und verschwand im Schuppen. Als er kurz darauf mit einem Wassereimer zurückkehrte, hatte der Schmerz Wolter wieder zu Bewusstsein kommen lassen, doch ihn schien jede Kraft verlassen zu haben. Aus sicherer Entfernung kippte Marlow das Wasser über den zuckenden, sich windenden Körper. Unmöglich, den Hilflosen von dem Wagen wegzuziehen, der Säureregen sprühte immer noch. Zwei von Marlows Leuten hatten den defekten Kesselwagen von der anderen Seite erklommen und versuchten, das zerschossene Ventil mit einer Eisenstange wieder zu schließen. Es gelang ihnen, den Strahl so weit einzudämmen, dass Liang, der sich schwere lederne Arbeitshandschuhe übergestreift hatte, mit wenigen flinken Handgriffen die Klappe schließen und den weggeschossenen Bolzen wieder anbringen konnte.

Marlow packte Wolter vorsichtig bei den Füßen. Die Kleidung hatte sich zu großen Teilen aufgelöst, Stoff- und Hautfetzen blieben liegen, als er den schweren Körper über den säuregetränkten Beton schleifte. Schließlich lag Wolter in sicherer Entfernung von dem Kesselwagen, inzwischen wieder gänzlich ohne Bewusstsein. Überall an seinem Körper dampfte die Säure, es dauerte etwas, bis einer von Marlows Leuten mit einem zweiten Wassereimer kam. Rudi Scheer und die Stahlhelmer schauten immer noch fassungslos auf das grausame Schauspiel, Hermann Schäffner starrte mit großen Augen auf den dampfenden, säurezerfressenen massigen Körper und vergaß darüber seine eigene blutende Hand.

Nach ein paar Wasserduschen ließ das Dampfen nach, doch der Anblick des geschundenen Mannes war umso schrecklicher. Die Kleidung hing nur noch in Fetzen an Wolters Körper. Seine Haut war stark gerötet, zum Teil hatten sich Blasen gebildet, an vielen Stellen hatte sie sich gelöst, und man konnte das rohe Fleisch sehen. Das Gesicht war zu einer einzigen Fratze entstellt, die Augäpfel hatten sich aufgelöst und waren ausgelaufen wie zu weich gekochte Eier. Es war nicht zu erkennen, ob Wolter noch lebte. Auch Marlow zog sich Lederhandschuhe an und beugte sich hinunter, um Wolters Jackett zu durchsuchen. Er zog einen feuchten Fetzen Papier hoch und pfefferte ihn wütend auf den Boden. Die traurigen Überreste des zweiten Sorokin-Plans, vermutete Rath. Jetzt war auch der, den er Doktor M. vorhin gegeben hatte, wertlos geworden.

Aus dem Ventil tröpfelte es nur noch. Es stank bestialisch. Der stechende Geruch der Säure mischte sich mit dem Metzgereigeruch von rohem Fleisch und Blut. Eine widerliche Mischung.

Rath hielt sich ein Taschentuch vor die Nase und ging zu Wündischs Leuten hinüber.

»Wir brauchen hier dringend Sanitäter«, sagte er und zeigte auf Wolters leblosen Körper, »wenn die überhaupt noch was ausrichten können.«

Auf seinen Wink hin öffnete einer der Beamten den zweiten Güterwagen. Ein ganzer Trupp Uniformierter sprang auf die Rampe, rund fünfzig Mann.

»Dann nehmt mal alle die Hände hoch«, rief Rath den Stahlhelmern zu. »Aber legt vorher eure Waffen ab.«

Die jungen Männer, angetrieben von Rudi Scheer, gehorchten sofort. Nach und nach klickten die Handschellen, auch Hermann Schäffner musste mitkommen. Rath gab dem Einsatzleiter kurze Anweisungen. Die Männer, die draußen in den Lastwagen warteten, mussten auch noch verhaftet werden. Nur Marlows Leute wurden verschont. Es gab keinen Grund, sie mit aufs Präsidium zu nehmen, dafür hatte Doktor M. gesorgt. Keiner von ihnen war vorbestraft, für die Waffen konnten sie Waffenscheine vorweisen. Und ihr Chef, Inhaber einer Importfirma, hatte der Polizei sogar geholfen, die Falle aufzubauen, und dafür sein Gelände auf dem Güterbahnhof zur Verfügung gestellt.

Marlow löste sich von seinen Leuten und ging zu Rath hinüber.

»Schöne Scheiße, was? Hatten Sie sich das etwa genau so vorgestellt?«

Rath schüttelte schweigend den Kopf. Zörgiebels Wort fielen ihm wieder ein: *Wird schon schiefgehen*.

Es war schiefgegangen. Gehörig schiefgegangen.

Wie er das dem Polizeipräsidenten verkaufen wollte, wusste Rath noch nicht. Sie hatten Bruno Wolter bestrafen und aus dem Verkehr ziehen wollen, dieses Ziel wenigstens hatten sie erreicht. Wenn auch anders als geplant.

»Und wie sollen wir nun jemals an das Gold kommen?«, fragte Marlow. Es klang beinahe vorwurfsvoll. »Meinen Sie, der Oberkommissar hat eine Kopie von seinem Plan angefertigt?«

Rath zuckte die Achseln.

»Keine Ahnung. Und das ist mir, ehrlich gesagt, auch herzlich egal.«

Er ließ Marlow stehen und ging zu dem Güterschuppen hinüber, aus dem gerade Reinhold Gräf trat, auf wackligen Beinen, den Fotoapparat geschultert.

»Ich hoffe, Sie haben das Finale gerade nicht fotografiert«, sagte er zu dem bleichen Mann.

»Nee, ich war mit Kotzen beschäftigt«, sagte Gräf. Rath bot ihm eine Overstolz an, und der Kriminalassistent griff diesmal tatsächlich zu.

Die Männer rauchten schweigend und betrachteten den defekten Kesselwagen. Liang, immer noch mit Arbeitshandschuhen bewaffnet, stand dort und schaute sich Schäffners Einschüsse von nahem an. Mit einem Messer klaubte er eine Kugel aus der Tankwand. Seinem Gesicht war nicht anzusehen, was er dachte. Jedenfalls unterbrach der Chinese seine Arbeit, kam zu Marlow und flüsterte ihm etwas ins Ohr. Das Gesicht von Doktor M. hellte sich wieder auf. Er ging zu Rath und Gräf hinüber.

»Herr Kommissar, Sie haben mir zugesichert, dass diese Operation diskret abläuft. Ich hoffe, Sie halten Ihr Versprechen.«

»Keine Sorge. Nichts von dem, was hier geschehen ist, geht an die Presse.«

»Und hier rückt auch nicht gleich euer Buddha an und stellt mir alles auf den Kopf?«

»Keine kriminalpolizeiliche Untersuchung. Offiziell ist hier nichts geschehen.«

»Es gab eine Menge Zeugen.«

»Auf die beteiligten Polizeibeamten ist Verlass.«

»Auf meine Leute auch. Dann hoffe ich nur, dass Sie auch die Stahlhelmer im Griff haben. Die haben einiges gesehen.«

»Die werden nichts sagen. Verlassen Sie sich drauf.«

»Gut. Dann sollten wir hier mal Ordnung schaffen. Wird Zeit, dass hier der normale Betrieb weitergeht.«

Rath nickte nur.

Marlow gab dem Chinesen einen Wink. Liang kuppelte die Kesselwagen an und kletterte wieder in die Lokomotive. Langsam setzte sich der Zug in Bewegung. Er fuhr weg, wie er gekommen war. Wie ein Geisterzug.

35

Das *Nasse Dreieck* machte seinem Namen alle Ehre. Die Gaststube war tatsächlich dreieckig, so wie das ganze zwischen zwei Mietskasernen gezwängte Häuschen, und sie war so klein, dass man dank der kurzen Nachschubwege selten auf dem Trockenen saß. Die Kneipe hatte weitere Vorzüge: Die Preise waren human, und die bescheidenen Abmessungen ließen nicht einmal Platz für Schlägereien. Außerdem wäre Rath von hier aus zur Not auch kriechend nach Hause gekommen.

Nur vier Tische hatten in dem Schankraum Platz. Rath war das egal. Er saß sowieso meistens an der Theke. Wie auch jetzt.

»Schorsch, noch ’ne Molle und ’nen Kurzen für uns beide!«

»Also zwee Mollen un zwee Kurze?«

»Jau.«

»Un keene für mich?«

»Dann mach drei.«

Seit der Schießerei am Ostbahnhof mochten drei, vier Wochen vergangen sein. Mitte Juni, der Sommer hatte die Stadt jetzt fest im Griff. Im *Nassen Dreieck* war es angenehm kühl. Der Wirt stellte zwei Bier und zwei Korn auf den Tresen.

Rath hob sein Schnapsglas. »Prost, Herr Kriminalsekretär! Auf deine Beförderung.«

»Scheiß auf meine Beförderung.« Reinhold Gräf winkte ab. Das Thema war ihm sichtlich unangenehm. Die ganze Burg sprach darüber: Mit dreiundzwanzig schon Kriminalsekretär! Und das in Zeiten einer Beförderungssperre! »Trinken wir auf das Leben.«

Sie kippten den scharfen Korn hinunter. Der Zwischenfall am Ostbahnhof hatte sie auf eine seltsame Art zusammengeschweißt, obwohl sie nie darüber sprachen. Umso öfter trafen sie sich und tranken. Meist im *Nassen Dreieck*.

»Hast du gehört? Der Buddha will die Akte Selenskij/Fallin endlich zu den nassen Fischen stellen«, sagte Rath.

Gräf trank schweigend sein Bier. »Charly hat mich heute wieder ausgequetscht«, sagte er nach einer Weile.

»Will sie immer noch wissen, warum du dich mit mir triffst?«

Gräf nickte.

»Und was hast du ihr gesagt?«

Gräf grinste. »Wie immer. Dass es deine unwiderstehlichen Augen sind.«

Rath lachte. Obwohl ihm eigentlich nicht danach zumute war. Nicht, wenn er an Charly dachte. Nach der missglückten Operation am Ostbahnhof war ihr Verhältnis wieder merklich abgekühlt. Zu vieles kam ihr merkwürdig vor. Kein Wunder. Sie kannte die ganze Wahrheit, ihr mussten die Ungereimtheiten der Geschichte auffallen, die der Polizeipräsident über die Operation verbreitete. Und Gereon Rath schwieg dazu. Ebenso Kriminalsekretär Gräf.

Sie sprachen oft über Charly. Und dann wussten sie, dass sie eigentlich über die Sache am Ostbahnhof sprachen. Und über ihr Schweigen. Zörgiebel wusste, wie man Schweigen kaufte. Der frischgebackene Kriminalsekretär Gräf fühlte sich nicht wohl in seiner Haut. Ebenso wenig Rath. Und der war nicht einmal befördert worden.

Aber wie viele Polizisten gab es schon, die sich wohl in ihrer Haut fühlten?

Es war spät, als das *Nasse Dreieck* schloss, und immer noch reflektierten die Steine und der Asphalt die Hitze des Tages. Rath musste nur quer über den Wassertorplatz, dann war er schon fast zu Hause. Er fühlte sich nicht einmal richtig betrunken. Dabei war die Rechnung im *Nassen Dreieck* wieder mal ziemlich üppig ausgefallen. Als Rath am Luisenufer in den Hinterhof trat, waren bereits alle Lichter erloschen. Das kannte er schon, hier ging man früh zu Bett. An den Fenstern der Portierswohnung hingen keine Gardinen. Die Schäffners waren ausgezogen. Dem Hauswart Hermann Schäffner, arbeitsunfähig aufgrund seiner Verletzungen an der rechten Hand, hatte der preußische Staat eine großzügige Versehrtenrente zugesprochen. Und Lennartz, der neue Hauswart, renovierte noch.

Das Polizeisiegel an der Dachgeschosswohnung im Hinterhaus war längst entfernt worden. Die Wohnung war immer noch nicht neu vermietet, Frau Steinrück alias Sorokina hatte sie ein halbes Jahr im Voraus bezahlt. Eines Abends hatte Rath Ilja Tretschkow über den Hof eilen sehen. Er hatte den Russen einholen wollen und war aus seiner Wohnung gestürmt, doch als er auf die Straße trat, war Tretschkow verschwunden.

Das lag nun auch schon ein, zwei Wochen zurück. Rath musste daran denken, als er die Wohnungstür aufschließen wollte und von oben ein Geräusch hörte. Die Liebigs konnten das nicht sein. Die Kommunisten gingen früh schlafen. Er überlegte nicht lange, leise stieg Rath die Treppe hinauf.

Er hatte richtig gehört. In der Dachgeschosswohnung war jemand.

Durch die Türritzen fiel Licht ins Treppenhaus. Er hörte leise Schritte. Sollte Tretschkow wieder zum Putzen gekommen sein? Es war schon Mitternacht durch.

Rath klopfte einfach an.

Es dauerte etwas, aber schließlich öffnete sich die Tür einen kleinen Spalt. Er sah in das Gesicht einer schönen Frau.

Swetlana Sorokina. Inzwischen hatte sie wieder schwarzes Haar.

»Guten Abend«, sagte Rath. »Ich sah noch Licht brennen, und …«

»Und?«

»Wir sind uns noch nicht begegnet.« Er streckte seine Hand durch den Türspalt. »Lennartz, Peter Lennartz. Ich bin der neue Hauswart.«

»Ingeborg Steinrück.«

»Ich würde Sie gern einen Moment sprechen, Fräulein Steinrück.«

»Um diese Uhrzeit?«

»Ich bräuchte dringend einige Unterschriften. Sie waren nie zu Hause, wenn ich …«

»Ich war verreist.«

Sie schien misstrauisch, aber sie öffnete die Tür. Rath trat ein. Die Wohnung hatte sich seit seinem letzten Besuch nicht verändert.

»So, Herr Lennartz, dann zeigen Sie mir bitte die Papiere, die ich unterschreiben muss, damit wir es hinter uns bringen. Ich bin müde.«

Im elektrischen Licht sah Rath, wie schön sie war. Es hätte ihn beinah umgehauen.

»Ich habe Sie angelogen«, sagte er. »Ich heiße genauso wenig Lennartz, wie Sie Steinrück heißen. Mein Name ist Gereon Rath, und ich arbeite bei der Kriminalpolizei, Gräfin Sorokina.«

»Ich kenne Ihren Namen.« Ihre Stimme klang hart. »Sie sind der Polizist, der nach mir hat suchen lassen! Was wollen Sie? Mich verhaften?«

»Mit Ihnen reden. Ich …«

Er stockte. Plötzlich blickte er in den Lauf einer Pistole.

»Keine Angst. Ich werde Sie nicht verraten«, sagte er. »Stecken Sie das Ding wieder ein.«

»Warum sollte ich Ihnen trauen?«

»Weil ich Ihnen schon ein paar Mal geholfen habe.«

»Ich wüsste nicht wann. Und nun nehmen Sie bitte die Hände hoch. Versuchen Sie keine Tricks. Ich bin eine geübte Schützin.«

Rath gehorchte. »Ich habe Ihr Versteck im *Delphi* gefunden, aber ich habe geschwiegen. Und ich weiß, dass es Ihr Haartrockner war, der in der Badewanne von Selenskij gelandet ist. Und dass Sie in der Yorckstraße waren, als Nikita Fallin vier Stockwerke tief stürzte. Ich habe Sie nicht als Mordverdächtige auf die Liste gesetzt.«

»Und dafür soll ich Ihnen dankbar sein?«

»Es reicht, wenn Sie mir nicht länger mit der Pistole vor der Nase herumfuchteln.«

»Ich bin Ihnen zu keinerlei Dank verpflichtet«, sagte sie. »Ich habe diese beiden Männer nicht umgebracht. Auch wenn sie es verdient haben. Ich gebe zu, ich wollte sie töten. Aber für die reine Absicht wird man doch wohl nicht bestraft.«

»Nein«, sagte Rath. Er bemühte sich, seine Überraschung nicht zu zeigen. Sagte sie die Wahrheit? »Aber warum waren Sie dann an der Yorckstraße, als Fallin starb? Sie haben den Mann doch in die Falle gelockt.«

»Ich habe eine Treppe höher auf ihn gewartet, das ist richtig. Weil ich ihn erschießen wollte. Wie ich auch Selenskij erschießen wollte. Doch als ich hier am Haus ankam, stand Polizei vor seiner Tür. Dass er tot war, hab ich erst einen Tag später erfahren.«

»Wie kam dann Ihr Haartrockner in seine Badewanne?«

»Ich habe ihn jedenfalls nicht hineingeworfen.«

»Und Fallins Sturz haben Sie auch nicht verursacht?«

»Als ich ihn rief, beugte er sich über das Geländer. Ich wollte abdrücken. Da fiel er auch schon. Und ich lief hinunter. Ich schwöre Ihnen, ich hätte ihn erschossen, wenn er noch am Leben gewesen wäre. Aber unten bei ihm hockte ein Mann, der sagte mir, Fallin sei tot.«

»Mein Kollege.«

»Ich hab jedenfalls zugesehen, dass ich fortkam, schließlich hatte ich eine Pistole in der Handtasche.«

Rath überlegte einen Moment. Es gab noch jemanden, der ein Interesse am Tod der beiden Russen gehabt hatte: Bruno Wolter. Die beiden waren zum Sicherheitsrisiko geworden, und er hatte sie beseitigt. Und wollte es der Gräfin in die Schuhe schieben.

Er nickte. »Hört sich ganz plausibel an«, sagte er. »Inzwischen ist jedenfalls so oder so Gras über die Sache gewachsen. Die Mordinspektion kümmert sich längst um andere Fälle.«

»Und warum besuchen Sie mich dann noch?«

»Sie waren lange nicht mehr hier. Ich bin Ihr Nachbar.«

Das erstaunte Gesicht stand ihr gut.

»Glauben Sie mir, ich will Sie nicht reinlegen. Der Fall ist abgeschlossen. Dass es mit Fallin und Selenskij die Richtigen erwischt hat, weiß sogar die Polizei. Darf ich die Hände runternehmen? Mir tun schon die Arme weh.«

Sie nickte. Doch ein winziger Rest Misstrauen blieb in ihren Augen zurück. Die Pistole behielt sie in der Hand.

»Ich habe gerade Tee gemacht«, sagte sie. »Darf ich Ihnen eine Tasse anbieten?«

»Aber bitte ohne Rum.«

Kurz darauf saßen sie an ihrem kleinen Küchentisch und tranken Tee. Einen zweiten Stuhl musste sie aus dem Schlafzimmer holen.

»Sie sind die Einzige, die weiß, was mit dem Gold passiert ist«, sagte Rath. »Hat es die Sowjetunion überhaupt jemals verlassen? Oder hat es die *Rote Festung* doch noch bekommen?«

»Sie sind ganz schön neugierig.«

»Berufskrankheit. Aber die Frage ist ganz privater Natur.«

»Die *Rote Festung* gibt es nicht mehr«, sagte sie, und ihre Stimme klang wieder hart. »Das, was sich noch so nennt, hat diesen Namen nicht verdient.«

»Und das Gold?«

»Ist am richtigen Platz.«

»Marlow hat das Versteck gefunden, nicht wahr? Auch ohne Plan. Und er hat ihnen dennoch Ihren Teil abgegeben?«

»Das Gold ist längst verkauft. Jeder hat das bekommen, was ihm zusteht.«

»Und Marlow das meiste.« Rath nickte. »Das Geschäft ist also über die Bühne gegangen. Dann können Sie mir doch auch verraten, wie Sie es geschmuggelt haben?«

»Warum wollen Sie das wissen?«

»Weil ich es nicht verstehe. Ich vermute, dass es in den Kesselwagen war.«

»Richtig. Nur die Außenwände der Tanks waren aus Stahl. Innen bestanden sie aus einer dicken Goldschicht.«

»Und wie ist es dort hineingekommen? Die Waggons kamen nicht aus Russland, sie kamen aus Ostpreußen.«

»Sie wurden aber in Russland gebaut.«

»Wie?«

»Meine Familie hat keine Leibeigenen ausgebeutet, sondern Industrie betrieben. Daher stammt auch das Vermögen der Sorokins. In Sankt Petersburg besaßen wir eine Waggonfabrik. Als der Krieg begann, hatte mein Vater schon große Vermögenswerte in Gold angelegt. Und als die Bolschewisten putschten, ließ er das Gold einschmelzen. Dann wurde eine ganze Reihe Kesselwagen gebaut, von denen nur wenige Eingeweihte wussten, wie wertvoll sie waren.«

»Aber nicht in der russischen Spurweite.«

»Nein. Die Bolschewisten sollten gar nicht erst auf die Idee kommen, sie für ihre eigenen Zwecke zu konfiszieren. Vater wollte sie außer Landes bringen, für alle Waggons lagen schon Aufträge aus dem Ausland vor, von befreundeten Familien.«

»Eine davon aus Ostpreußen.«

»Richtig.«

»Dann ist das Gold also schon seit Jahren in Deutschland?«

»Nein. Im Bürgerkrieg war ein normaler Handel nicht möglich. Dann machten die Kommunisten Schwierigkeiten. Es dauerte fast zehn Jahre, bis die Waggons endlich die Grenze passieren konnten. Bei Devisen werden auch die Bolschewisten schwach.«

»Käufer waren die *Vereinigten Ölmühlen Insterburg*?«

»Die gehören einem guten Freund. Der war eingeweiht.«

»Und warum hat der die Waggons nicht einfach nach Berlin geschickt? Zu Ihnen?«

»Das wäre aufgefallen. Zu viele wussten von dem Gold. Einige kannten meine Identität und warteten nur darauf, dass ich mich rühre.«

»Und der Rest Ihrer Familie?«

»Lebt nicht mehr.«

»Also haben alle wie die Geier über Ihnen gekreist.«

»Deswegen haben Alexej und ich dieses Schauspiel doch aufgezogen. Wir haben uns gedacht, wenn alle sich auf die Ladung konzentrieren, dann achtet keiner mehr auf die Waggons.«

»Und deswegen musste Marlow Chemikalien in Leningrad bestellen, die er am Rhein viel einfacher hätte bekommen können …«

Sie lächelte, und es sah aus, als habe sie schon lange nicht mehr gelächelt.

»Das Chemiekombinat war früher auch mal eine Sorokin-Fabrik«, sagte sie. »Es war schon ziemlich auffällig. Aber das sollte es ja auch sein.«

Wenig später ging Rath die Treppe zu seiner Wohnung wieder hinunter, genauso leise, wie er sie hinaufgegangen war. Tausende Gedanken schwirrten in seinem Kopf herum. Aber er wusste jetzt, was er zu tun hatte. Er wusste genau, was er zu tun hatte. Er wollte sich wieder wohlfühlen in seiner Haut.

Er holte den Schlüssel der Hauswartwohnung aus dem Schuppen. Lennartz hatte angefangen, die Wohnung neu zu tapezieren, doch das graue Kabuff, in dem der Hauswart seinen Bürokram erledigte, hatte er ausgespart. Hier sah alles aus wie immer. Schäffners alte Schreibmaschine stand noch auf ihrem Platz, die gehörte zum Inventar. Rath setzte sich und zog ein paar Bögen Papier aus der Schublade. Dann schrieb er alles auf. Die ganze Geschichte. Aus der Sicht des einfachen SA-Scharführers Hermann Schäffner. Bei jedem Buchstaben, den er tippte, spürte er, wie sein Herz leichter wurde.

In der Ferne die acht Schornsteine des Kraftwerks Klingenberg, die große Halle des Görlitzer Bahnhofs mitten im Kreuzberger Häusermeer. Rath genoss die Aussicht. Diesmal konnte er sie genießen. Derselbe Ausblick wie damals. Nur diesmal ungetrübt von Schwindelgefühlen, eine ausreichend hohe Balustrade sicherte die Besucher des Karstadt-Dachrestaurants vor dem Absturz auf den Hermannplatz.

Heute hatte das neue Kaufhaus eröffnet, und es herrschte ein unbeschreiblicher Rummel. Rath hatte Weinert um das Treffen gebeten, und der hatte den Dachgarten vorgeschlagen, weil er sowieso hier zu tun hatte. Das Karstadtgebäude schien Rath ein passender Treffpunkt zu sein. Vielleicht weil die ganze Geschichte hier begonnen hatte. Als dieses Kaufhaus noch Baustelle war. Eine Baustelle, auf deren Gerüst er einst Franz Krajewski gejagt hatte. Wo Bruno Wolter ihm das Leben gerettet hatte. Kriminaloberkommissar Bruno Wolter, den der Polizeipräsident vor wenigen Tagen erst posthum für seine Tapferkeit ausgezeichnet hatte.

Der Hermannplatz hatte sein Gesicht verändert. Der sandfarbene Koloss beherrschte den Platz und wirkte hier so deplatziert wie eine aztekische Pyramide. Wie zwei aztekische Pyramiden. Dieses zweitürmige Exemplar moderner Gigantomanie ausgerechnet in Neukölln, wo sich vor wenigen Wochen noch Polizei und Kommunisten blutige Straßenkämpfe geliefert hatten. Rath bezweifelte, dass das Riesenkaufhaus aus dem Arbeiterviertel ein Stück New York machen würde. Doch die Berliner hatten der Eröffnung seit Wochen entgegengefiebert. Und sie liebten das Kaufhaus vom ersten Tag an.

Vor allem das Dachrestaurant, wie es schien. Rath hatte Schwierigkeiten, Weinert in dem Gewühl überhaupt zu finden. Der Journalist hatte in dem Gedränge tatsächlich noch einen Platz ergattert. Sogar einen mit bester Aussicht. Ob er das seinem Presseausweis zu verdanken hatte? Vielleicht hatte er ja mit Herrn Karstadt persönlich eben noch Kaffee getrunken.

Den gegenüberliegenden Stuhl hatte der Journalist mit seinem Mantel okkupiert. Weinert stand auf, um Rath zu begrüßen, und fast hätte ein etwas zu forscher Zeitgenosse ihm den Stuhl weggerissen. Ein strenger Blick vertrieb ihn wieder. Sie setzten sich.

»Ich hab dir schon mal einen Kaffee bestellt«, sagte Weinert. »Es dauert ewig, bis ein Kellner kommt.«

Rath nickte. In dem Stimmengewirr um sie herum war es schwierig, sich verständlich zu machen. Kaum zu glauben, dass in dem Chaos überhaupt jemand bedient wurde. Aber die Kellner schlängelten sich mit erhobenen Tabletts hindurch wie Zirkusartisten.

»Schönes, ruhiges Plätzchen«, meinte Rath.

Weinert lachte. »Hier fallen wir weniger auf, als wenn wir uns auf einer einsamen Lichtung mitten im Wald träfen.«

»Das mag sein. Jeder vernünftige Mensch treibt sich heute woanders rum als ausgerechnet hier.«

Ein Kellner stellte zwei Kännchen Kaffee auf den Tisch, kassierte und verschwand sofort wieder im Gewühl.

»Du wolltest mich sprechen?«, fragte Weinert. »Hast du endlich was für mich?«

Rath zündete sich eine Zigarette an, bevor er antwortete.

»Ich hab was.«

Weinert schaute überrascht. »Wirklich?«

»Nicht das, was du denkst.«

»Natürlich. Eine Krähe hackt der anderen kein Auge aus.«

»Finde dich damit ab, dass du auf dem Holzweg bist. Im Polizeialltag passiert einem das dauernd.«

»Ich bin kein Polizist, ich bin Journalist.«

»Mit ein wenig zu viel Phantasie.«

»Diese Waffenschiebereien sind keine Phantasie. Karabiner und Maschinenpistolen mit Inventarnummern von Polizei und Reichswehr werden bei Stahlhelm-Wehrübungen eingesetzt. Mein Informant ist kein Spinner.«

»Seit Wochen gehst du mir mit diesem Mist auf den Wecker.«

»Ja, weil ihr plötzlich einen Beamten in den Himmel lobt, der mehr Dreck am Stecken hat als ein kaschubischer Schweinehirte!«

»Oberkommissar Wolter ist den schweren Verletzungen, die ihm in Ausübung seines Dienstes zugefügt wurden, im Krankenhaus erlegen.«

»Du hörst dich an wie eine Gebetsmühle, weißt du das? Wolter war ein strammer Stahlhelmer, das hat nicht einmal Zörgiebel dementiert. Und er gehörte zu einer Seilschaft alter Kriegskameraden. Das weiß ich von der Behnke.«

»Der Stahlhelm ist ein Frontkämpferbund. Viele Polizisten waren im Krieg.«

»Aber nicht alle bilden für eine paramilitärische Vereinigung junge Leute an der Waffe aus. Damit die Reichswehr dereinst, wenn sie wieder groß und stark ist, auf genügend ausgebildete Soldaten zurückgreifen kann. Die Reichswehr besteht doch fast nur noch aus Offizieren. Die einfachen Soldaten, die werden bei den rechten Paramilitärs herangezüchtet. Stahlhelm, Scharnhorstbund, Wiking und wie sie alle heißen. Die werden doch alle von der Reichswehr und ihren Finanziers aus der Rüstungsindustrie gepäppelt. Und jetzt auch die Völkischen mit ihrer SA.«

»Das ist ein Problem der Reichswehr und keines der preußischen Polizei.«

»Es gibt Verbindungen zur Polizei, es hat zumindest welche gegeben, das weiß ich. Nur kann ich es nicht beweisen. So demokratisch, wie es die Sozis gerne hätten, ist die Polizei jedenfalls nicht.«

»Die Polizei ist nicht politisch, sie hat für Recht und Ordnung zu sorgen.«

Weinert schüttelte den Kopf. »Sag bloß, das glaubst du auch noch selbst?«

Rath blies den Rauch seines letzten Zuges über den Tisch und drückte die Zigarette aus. In den vergangenen Wochen hatte er sich immer wieder eingeredet, Bruno Wolter habe seine gerechte Strafe gefunden. Doch eigentlich hatte er nie daran geglaubt. Der Polizeipräsident hatte aus Wolter einen Helden gemacht, die Presse hatte die Geschichte geschluckt. Eine Geschichte, die auch die Stahlhelmer in Schach hielt, die damals am Ostbahnhof dabei waren: Wollten sie die offizielle Version der Polizei in Frage stellen, müssten sie ihren eigenen Mann demontieren, den Helden Bruno Wolter. Dass das nicht passierte, dafür sorgte schon Rudi Scheer, der in der Baupolizei Charlottenburg nun zwar nicht mehr an Waffen herankam, aber nach wie vor im Stahlhelm etwas zu sagen hatte. Rath wusste inzwischen: Wolter wäre es nicht anders ergangen als Scheer, hätte er seine Verätzungen überlebt: kaltgestellt, aber nicht bestraft. Etwas anderes hatte der Polizeipräsident nie vorgehabt. Und ein Mann wie Generalmajor Seegers war völlig unbehelligt geblieben. Diese ganze Schmierenkomödie hatte Rath nicht gepasst. Nur konnte er darüber mit Weinert nicht reden.

Nun, es gab noch andere Möglichkeiten.

Aber erst einmal das Offizielle.

»Kennst du die Depositenkasse der Deutschen Bank am Reichskanzlerplatz?«, fragte Rath.

Weinert nickte. »Ziemlich protzig, oder?«

»Ziemlich reiche Kundschaft. Große Bareinlagen. Die *Nordpiraten* wollen da ein Ding drehen. Ein großes. Wie diese Nummer am Wittenbergplatz …«

»Wie die Brüder Sass?«

»Nur nicht so erfolgreich. Die Kollegen von der Inspektion C werden die *Piraten* nämlich auf frischer Tat ertappen. Wenn du dich rechtzeitig mit ein paar Fotografen heute Abend da postierst, bekommst du schöne Bilder.«

»Na, nicht gerade die große Enthüllung.« Weinert wirkte nur mäßig begeistert.

»Immerhin wird da ein ganzer Ringverein aus dem Verkehr gezogen. Und ein paar sensationelle Fotos dürften drin sein. Damit machst du deinem Chef Freude, glaub mir.«

»Und *deinem* Chef auch.« Weinerts Zeigefinger malte eine Schlagzeile in die Luft: *»Berlins Polizei im Kampf gegen das organisierte Verbrechen!«* Er stand auf und gab ihm die Hand. »Ich muss los. Danke für den Tipp, Gereon.«

»Halt!«

Weinert blieb stehen. Rath reichte ihm die schwarze Mappe mit der getippten Beichte eines einfachen SA-Scharführers.

»Was ist das?«

»Keine Ahnung. Muss jemand hier vergessen haben. Vielleicht steht ja was Interessantes drin. Irgendwas über Waffenschiebereien zum Beispiel.«

Weinert schien zu verstehen. Sein Gesicht hellte sich auf. »Meinst du?«

»Ich würde die Mappe an deiner Stelle jedenfalls nicht im Fundbüro abgeben.«

»Wenn die Informationen stimmen.«

Rath zuckte die Achseln. »Das musst du entscheiden. Du bist der Journalist. Ich bin Polizeibeamter.«

Weinert wedelte mit der Mappe. »Wenn ich mal wieder was für dich tun kann – sag Bescheid.«

Rath musste nicht lange überlegen. »Brauchst du morgen dein Auto?«

»Wenn du dich noch in die Nürnberger Straße traust, kannst du es haben.« Weinert lachte und drehte ab.

Rath schaute dem Journalisten hinterher, bis er in der Menschenmenge verschwunden war. Er blieb am Tisch sitzen und zündete sich noch eine Zigarette an. Manchmal musste man lügen, um der Wahrheit zum Durchbruch zu verhelfen. Weinert war heiß auf diese Geschichte, er würde sie schreiben, so viel stand fest.

Sein Blick wanderte über das Dächermeer. Er wusste immer noch nicht, was er von dieser Stadt halten sollte. Aber im Sommer hatte Berlin zweifellos seinen Reiz. Eine ganz andere Stadt als im Winter. Vielleicht war es hier ja gar nicht so schlecht.

Nun musste er nur noch Charly überreden, morgen mit ihm ins Grüne zu fahren. Das war das Schwierigste. Aber das würde er auch noch hinkriegen.

www.gereonrath.de

Lesen – und kein Ende

»Der nasse Fisch« von Volker Kutscher führt Leserinnen und Leser ins Jahr 1929 und lässt sie gebannt die Lösung eines komplexen Kriminalfalls erleben. Lesend folgt man dem jungen Kriminalbeamten Gereon Rath vom Rhein an die Spree, liest, wie er – auf sich gestellt, ehrgeizig und ohne große Skrupel – einen Platz in der legendären Mordkommission Berlins einnimmt. Anschaulich erzählt der Autor von einer Zeit der politischen und gesellschaftlichen Unruhe und Umbrüche und es gelingt ihm, was beste Romane vermögen: Eine Zeit lebendig werden und Figuren glaubhaft sprechen zu lassen! Kein Wunder, dass die Leserschaft die Arbeit von Gereon Rath auch beim mittlerweile neunten Fall treu begleitet.

Als die Jury des »Buch für die Stadt« (für Köln und seine Region) sich Anfang 2023 zusammenfand, um zum zwanzigjährigen Bestehen der leseförderndenAktion eine Wahl zu treffen, hat sie sich spontan dem ersten Fall von Gereon Rath zugewandt: Lebendig gezeichnete Figuren und eine Geschichte, der man unbedingt folgen will, überzeugen beim Lesen ebenso wie die starken Bezüge zur Gegenwart. Denn geht es uns nicht ähnlich wie den Protagonistinnen und Protagonisten in »Der nasse Fisch«? Auch wir überblicken keineswegs die Folgen der gesellschaftlichen und globalen Verwerfungen, die wir derzeit erleben. Auch wir sehen zugunsten des individuellen Wohlergehens nur allzu gerne von richtigen Schlüssen oder Konsequenzen ab. Aber hier begegnet uns kein erhobener Zeigefinger, sondern eine packend erzählte und genau recherchierte (Zeit)Geschichte, deren erschreckenden Fortgang wir heute kennen. Mit Gereon Rath und Charlotte Ritter begeben wir uns mitten hinein in den eskalierenden Nationalismus.

Die Aktion »Ein Buch für die Stadt« hat im Jahr 2003 mit »Das kunstseidene Mädchen« von Irmgard Keun begonnen: Eine ganz andere Art der Lektüre, ebenfalls ein großartiger Roman. Und ein Roman, der nahezu in der Zeit von »Der nasse Fisch« spielt. Wir wollen mit unserer Wahl einen Kreis schließen – oder besser gesagt einen Reigen, in dem sich mittlerweile zwanzig fabelhafte Bücher aneinanderreihen und über zwanzig Jahre den Menschen der Region Anregungen für Lektüren und zum Austausch geben. Im Mittelpunkt standen neben dem Roman von Irmgard Keun solche von Italo Calvino über Haruki Murakami, Orhan Pamuk, Rafael Chirbes, Kirsten Boie, Jürgen Becker, Norbert Scheuer, Jovan Nicolić, Sumaya Farhat-Naser, Assaf Gavron, Michael Köhlmeier, Jochen Schmidt, Margriet de Moor, Anthony McCarten, Eva Menasse, Ayelet Gundar-Goshen, Nadifa Mohamed bis Jackie Thomae und Nava Ebrahimi.

Und nun »Der nasse Fisch«: In der Sprache der Berliner Mordkommission bezeichnet der Titel einen ungelösten Mordfall, der zu den Akten gelegt wird. Unsere Aktion »Ein Buch für die Stadt« richtet sich gegen das Zur-Seite-legen. Gute Bücher können wir immer wieder zur Hand nehmen und empfehlen, sie zu lesen, sie verdienen die Bühne und wir nehmen sie zum Anlass, mit allen Lesenden ins Gespräch zu kommen! Lesen stiftet bei dieser Aktion Gemeinschaft. Bücher sollen Stadtgespräch sein!

Wir wünschen Ihnen eine gute Lektüre – und freuen uns darauf, dass der 10. Gereon-Rath-Krimi im Herbst 2024 zu erwarten ist. Denn haben Sie, liebe Leserin, lieber Leser, sich erst einmal in den Kosmos der Bücher von Volker Kutscher hineinbegeben, werden Sie ihn nicht mehr verlassen wollen …

Ihre Anne Burgmer, Bettina Fischer, Hildegund Laaff
und Martin Oehlen
Jury der Aktion »Ein Buch für die Stadt«

Gereon Rath und Köln

Die Gereon-Rath-Romane sind eindeutig verortet, nämlich in der Reichshauptstadt Berlin. Warum der Kölner Kriminalkommissar Gereon Rath seine vielversprechende Karriere als Ermittler nicht in seiner Heimatstadt fortsetzen konnte, sondern sich nach Berlin absetzen musste, wird in diesem ersten Band erzählt. In der Folge ist sein Kontakt zu seiner Familie und zur Stadt am Rhein eher lose, doch es gibt einige Telefonate und Briefe sowie seltene Besuche.

Ein längerer Besuch während der fünften Jahreszeit, bei dem Gereon Rath sich als Jeck betätigt und ganz unvorhergesehene Dinge erlebt, soll dieser Ausgabe für die Stadt Köln angefügt werden. Es handelt sich um die Kapitel 7 und 11 aus »Märzgefallene«, dem fünften Band der Rath-Reihe, die mit freundlicher Genehmigung des Verlags Kiepenheuer & Witsch abgedruckt werden, wo das Buch im Jahr 2014 erschien. Es erzählt ausgehend vom Reichstagsbrand im Jahr 1933 von einer Mordserie unter deutschen Kriegsteilnehmern, bei deren Aufklärung Gereon Rath mit den Folgen der »Operation Alberich« konfrontiert wird. Parallel dazu muss er sich um die Hochzeitsvorbereitungen mit seiner Dauerverlobten Charlotte »Charly« Ritter kümmern, was durch seine karnevalistischen Aktivitäten nicht gerade erleichtert wird.

7

Rath stand ganz hinten und konnte kaum etwas sehen. Jedenfalls nicht das, was sich da unten auf dem Alter Markt abspielte und dessentwegen sie doch eigentlich hier waren: die Aufstellung zum Rosenmontagszug. Lediglich die Giebel an der Ostseite des Platzes konnte er erkennen, vor einem bleigrauen schweren Himmel, die feiernde Menschenmenge unten setzte er sich ausschließlich aus akustischen Eindrücken zusammen. Rücken an Rücken und in mehreren Reihen drängten sich die wichtigsten Menschen Kölns auf dem viel zu kleinen Balkon, Menschen, zu denen er nicht gehörte und nie hatte gehören wollen. Anders als sein Vater, der es immerhin zwei Reihen weiter nach vorne geschafft hatte. Neben seinem Duzfreund Konrad, der direkt am schnörkelig geschmiedeten Balkongeländer auf die Menschenmenge blickte, stand allerdings auch Engelbert Rath nicht, dieser Platz war dem Dreigestirn vorbehalten, das den eigentlich als Karnevalsmuffel bekannten Oberbürgermeister eingerahmt hatte. Von Prinz Franz konnte Rath nur die langen Pfauenfedern sehen, die im Takt der Musik hin und her wedelten. Artig hatte der Prinz sich bei Adenauer bedankt, dass der Zug angesichts der Wirtschaftslage überhaupt zustande gekommen war.

Jetzt schepperte aus dem Lautsprecher wieder der unvermeidliche Willi Ostermann, die Leute hatten sich eingehakt und schunkelten. Rath machte notgedrungen mit. Nicht, dass er etwas gegen Schunkeln hatte, und gegen Karneval sowieso nicht, aber bitte nicht in dieser Gesellschaft, nicht mit diesen Leuten, die selbst am Rosenmontag vor allem damit beschäftigt waren, ihre Bekanntschaften zu pflegen und ihre Fertigkeiten in der kölschen Disziplin des *Man kennt sich und man hilft sich.* Mit Paul, da wäre er in der richtigen Gesellschaft gewesen, bei ihm und den alten Kumpels am Dom, da wäre eigentlich sein Platz.

Er aber stand auf einem Balkon an der Rückseite des Rathauses und schunkelte mit Leuten, die er nicht kannte; links eine grell geschminkte, dralle Dame mit gelben Strohzöpfen, rot-weiß karierter Bluse und blauem Kleid, rechts ein Herr mit Ärmelschonern, der dreinblickte, als würde er sich viel lieber direkt bei dem Bärbelchen an Raths linker Seite einhaken.

Kaum hatte Ostermann sein Lied beendet, machte sich Unruhe breit, die Tollitäten, die sich vor wenigen Minuten erst der Öffentlichkeit vorgestellt hatten, schickten sich an, den Balkon zu verlassen, es wurde Zeit für den Zug, der Prinzenwagen wartete. Herren in schwarzen Anzügen und mit Narrenkappen geleiteten Prinz, Jungfrau und Bauer vom Balkon in den Saal dahinter, der voll mit feiernden Menschen war. Rath führte seinen Nachbarn mit dem Bärbelchen zusammen, murmelte eine Entschuldigung und schloss sich dem Tross des Dreigestirns an. Es ging eine Treppe hinunter, und schon standen sie draußen auf dem Alter Markt. Während das Dreigestirn mit großem Hallo empfangen wurde, konnte Rath sich unauffällig unters Volk mischen. Er schaute auf die Uhr: noch genügend Zeit, sich zu Paul und den anderen zum Dom durchzuschlagen, sogar dafür, die dämliche Narrenkappe loszuwerden und sich richtig zu verkleiden.

»Was soll denn das darstellen? Einen Jid mit Sehschwäche?«

Das hatte sein Vater gefragt, als Rath sich, noch in Klettenberg, ausgehfertig gemacht hatte. Nach kurzem Disput war die Gumminase wieder im Mantel verschwunden, und Rath hatte die Narrenkappe aufgesetzt, die sein Vater ihm gereicht hatte.

Es ging nur langsam voran in der Menschenmenge, und Rath hoffte, sein Vater möge den sich davonstehlenden Sohn nicht entdecken. Überall auf dem Alter Markt hatten Wagen und Fußgruppen bereits Aufstellung genommen. Man konnte der Veranstaltung ansehen, dass an allen Ecken und Enden Geld fehlte. Kein Wagen war höher als drei Meter, nichts Prunkvolles, alles wirkte wie in letzter Sekunde zusammengebastelt – was ja auch in etwa der Wahrheit entsprach. *Karneval wie einst* lautete das Motto, aber Historisches war kaum zu sehen, eher wirkte es, als habe man sich der Zeiten erinnert, als der Kölner Karneval noch von keinem Festkomitee geleitet wurde, sondern aus dem Volk kam.

Rath bahnte sich seinen Weg durch ein paar rot Uniformierte hindurch, er befand sich jetzt genau unter dem Balkon und wagte einen Blick hinauf. Von Engelbert Rath war gerade nur die Narrenkappe zu sehen, Konrad Adenauer aber stand direkt am Geländer und schunkelte mit unbewegtem Gesicht. Der Oberbürgermeister hatte sich nicht verkleidet, trug jedoch seine Amtskette. Für einen kurzen Moment trafen sich ihre Blicke. Rath wusste nicht, ob Adenauer ihn erkannt hatte, dennoch fühlte er sich ertappt und schaute weg. Höchste Zeit, seinem schlechten Gewissen, das da oben in Gestalt seines Vaters auf dem Balkon stand, zu entkommen.

Der Zug schien sich in Bewegung zu setzen, die Alaafrufe wurden zahlreicher und lauter, auch das Kreischen der Kinder nach Kamelle, doch mit einem Mal mischte sich etwas anderes darunter, etwas, das da nicht hingehörte.

Rath verstand nicht genau, was da gerufen wurde, und wer es skandierte, aber es störte, und dann erblickte er ein gutes Dutzend Braunhemden, das sich durch die Menge der Karnevalisten bis vor den Rathausbalkon vorgearbeitet hatte. Im ersten Moment glaubte er an eine originelle Verkleidung, aber dann sah er die unfreundlichen Gesichter. Die meinten das ernst, keine Frage, die wollten provozieren. Erst als das Alaaf immer leiser wurde und mit einem Raunen, das sich durch die Menge fraß, schließlich verstummte, konnte man verstehen, was die SA-Männer riefen.

»Adenauer an die Mauer!«

Rath glaubte zunächst, sich verhört zu haben, aber die Braunhemden johlten es erneut, es gab keinen Zweifel.

»Adenauer an die Mauer!«

Unfassbar! Und das im Rosenmontagszug!

Der SA-Trupp stand nun nahe beim Balkon, die Uniformierten schauten frech nach oben, zum Oberbürgermeister der Stadt Köln, während sie den Satz, der auf Rath mehr den Eindruck einer Unverschämtheit als den einer Drohung machte, immer lauter skandierten. Adenauers Gesicht war unbeweglich wie immer. Er tat so, als höre er die jungen Leute gar nicht, als sei deren Sprache nicht die Sprache seiner Generation, als sei es schlichtweg unter seiner Würde, auf so etwas zu reagieren.

Engelbert Rath, der näher ans Gelände gerückt war, wirkte viel nervöser als Adenauer, und Rath ahnte warum: Dort unten standen zwei Schupos, die sich eben noch von verkleideten Mädchen am Zugweg hatten bützen lassen, und machten keinerlei Anstalten, in irgendeiner Form einzugreifen. Sie taten genauso wie der Oberbürgermeister, als bekämen sie gar nicht mit, was da passierte. Obwohl es nicht zu übersehen war, und schon gar nicht zu überhören.

Auch die Kostümierten zeigten sich eingeschüchtert von den Braunhemden, Eltern schoben ihre Kinder nach hinten, als habe man Angst, in eine Schlägerei zu geraten. Den Gesichtern war anzumerken, dass niemand diese Störung des Rosenmontagszuges guthieß, aber gegen die Nazis vorzugehen wagte auch niemand. Wie konnte man es ihnen verdenken, wenn nicht einmal die Polizei eingriff?

Rath arbeitete sich durch die Menge zum Balkon zurück, um etwas zu unternehmen. Mochte er Adenauer auch nicht sonderlich leiden, was die SA sich hier herausnahm, ging eindeutig zu weit. Doch bevor er eingreifen konnte, hatten ein paar Männer in roten Uniformen die Braunhemden bereits umzingelt. Die Parolen verstummten, es gab ein kurzes, heftiges Wortgefecht, das Rath nicht verstand, und dann trollten sich die SA-Männer, von den missbilligenden Blicken der Feiernden verfolgt, die den Rotröcken spontan applaudierten.

»Unseren Kölschen Funken rut-wieß ein dreifach donnerndes Kölle ...«

»Alaaf«, antwortete die Menge. Dreifach und donnernd.

Rath schaute zum Balkon. Es war tatsächlich der Karnevalsmuffel Adenauer, der die Roten Funken hochleben ließ.

»Ihr habt's gut hier in Köln«, sagte Rath zu einem der beiden Schupos, die nicht eingegriffen hatten. »Ihr habt die Roten Funken als Hilfspolizei, bei uns machen das SA und Stahlhelm.«

»Was wollen Sie denn, Mann?«, raunzte der Blaue ihn an.

»Kollege«, sagte Rath, der das Gefühl hatte, seinen Dienstausweis zeigen zu müssen, wollte er von diesem humorlosen Zeitgenossen nicht zum Präsidium gebracht werden. »Kriminalpolizei Berlin.«

Der Schupo guckte misstrauisch, gab Rath den Ausweis dann aber zurück.

»Dann noch viel Spaß, Herr Kommissar«, sagte er und salutierte.

»Gleichfalls«, antwortete Rath, ohne es zu meinen.

11

Es waren wirre Träume, aus denen er gerissen wurde, und als er die Augen aufschlug, wusste er im ersten Moment nicht, ob er wirklich wach war, denn er blickte auf ein Paar riesige schwarze Ohren. Rath schloss die Augen gleich wieder und unternahm einen neuen Versuch, klappte die Lider langsam und vorsichtig nach oben. Und sah dasselbe. Mäuseohren. Überdimensionierte schwarze Mäuseohren. Aus Pappe, versehen mit Lederbändern zum Umschnallen, lagen sie auf dem staubigen Boden, darüber Sprungfedern.

Nach und nach sortierten sich die Sinneseindrücke und ergaben ein Bild. Er lag auf dem Boden und blickte auf ein Sofa, unter dem die Reste eines Karnevalskostüms gelandet waren. Und so langsam schwante ihm auch, welches Kostüm das war. Und wessen.

Die Mickymaus. Eine der beiden Mickymäuse. Zwei Mädchen, mit denen sie gleich nach dem Zug in diese Kneipe am Eigelstein, und dann ...

Rath wollte sich aufrichten, denn die Gesichtshälfte, auf der er lag, schmerzte. Doch schon beim Versuch, sich aufzustützen, schon bei der ersten Bewegung begann ein Dampfhammer in seinem Kopf zu arbeiten, und er musste einen Moment innehalten.

An den Wänden standen Regale und Weinkisten, direkt vor dem Fensterbrett ein Schreibtisch. Auch wenn er draußen vor dem Fenster nicht viel mehr als eine nackte Backsteinwand und ein paar kahle Bäume erkennen konnte, war ihm der Ausblick vertraut. Und noch mehr die Einrichtung. Wie oft hatte er früher hier gesessen?

Auf dem Sofa lag jemand unter einer Bettdecke und schnarchte leise. Blonde Haare glänzten im Tageslicht, das durch das Fenster in den Raum fiel. Neben dem Sofa stand eine Weinkiste, geöffnet, die Holzwolle hing heraus. Rath erhob sich und ließ die dünne Wolldecke zu Boden fallen, die ihn bedeckt hatte. Er trug Unterwäsche, wenigstens das. War er vom Sofa gefallen oder hatte er sich gleich auf den Teppich gelegt? Er konnte sich nicht erinnern.

Eine leere Rotweinflasche kullerte über den Boden, als er sie versehentlich mit dem Fuß anstieß. Das Bündel auf dem Sofa seufzte und drehte sich auf die andere Seite. Eine junge Frau, in deren Gesicht schwarze und weiße Schminke zu einem abstrakten Kunstwerk verschmiert war. Nach und nach kehrte die Erinnerung zurück, wenn auch nur in zusammenhanglosen Bruchstücken.

Es war einmal ein treuer Husar ...

Die Mickymäuse hatten ganz in der Nähe gestanden, im Schatten des Domes. Sie hatten sich zum Schunkeln eingehakt, und irgendwann schließlich waren sie alle zusammen in dieser Kneipe am Eigelstein gelandet, die Rath noch nicht kannte, aber von der Paul behauptet hatte, das sei der beste Laden, um nach dem Zug noch richtig Fastelovend zu feiern. Die Mickymäuse waren bereitwillig mitgekommen. Rath konnte sich noch erinnern, dass die eine brünett und die andere blond gewesen war, was man aber erst aus der Nähe sehen konnte, da die Mäuseohren einen großen Teil der Frisur bedeckten. Die Blonde hatte ziemlich viel geredet und laut gelacht, während die Brünette nur ab und zu gelächelt hatte. Aber was für ein Lächeln! Das hatte sich wohl auch Paul gedacht. Jedenfalls hatte er sich mit der stillen Lächlerin irgendwann aus dem Staub gemacht. Und Gereon war mit der Blonden zurückgeblieben.

Und was wird aus uns beiden Hübschen?, hatte sie gefragt, und er hatte mit den Achseln gezuckt und erst mal noch zwei Gläser Sekt bestellt. Sie hatten angestoßen, und als er immer noch keine Anstalten machte, sie zu küssen, hatte sie ihm kurzerhand seine Gumminase samt Schnurrbart auf die Stirn geschoben und die Initiative ergriffen. Er hatte sich nicht gewehrt. *Gehen wir noch zu dir?*, hatte sie schließlich gefragt, und er hatte sie an die Hand genommen und einen Weg durch die schunkelnde Menge gebahnt, hin zur Tür.

Es war einmal ein treuer Husar ...

Er konnte sich noch an das Lied der Monacos erinnern, das gerade aus dem Lautsprecher schmetterte, als er die Kneipe mit dem Mädchen verließ. *Gehen wir noch zu dir?* Obwohl ihm klar war, dass er eine Karnevalsbekanntschaft niemals mit zu seinen Eltern nehmen würde, hatte er sie draußen weiter an der Hand gehalten, hatte sie durch die nächtlichen Straßen geführt, als wisse er, wo er hinwollte.

Und zu seiner eigenen Überraschung hatte er es tatsächlich gewusst. Jedenfalls der Teil von ihm, der Pauls Ladenlokal in der Sudermanstraße angesteuert und die Sperrhaken aus der Manteltasche gezogen hatte. Viel Übung hatte er darin nicht, sein Kollege Bruno Wolter hatte ihm vor Jahren einmal beigebracht, Türschlösser zu knacken, und obwohl Rath sturzbetrunken war, hatte er es erstaunlich gut hinbekommen. Fast so schnell wie mit einem richtigen Schlüssel.

Was war er nur für ein blödes Arschloch!

Brach die Weinhandlung seines besten Freundes auf, weil er für sich und das Mädchen, das er aufgegabelt hatte, eine Bleibe für die Nacht brauchte. Wenigstens hatte er noch soviel Verstand besessen, mit einer leicht bekleideten Frau im Schlepptau nicht das Haus seiner Eltern aufsuchen zu wollen. Wenigstens das.

Rath schielte zu dem verschmierten Gesicht hinüber. Sie sah nicht schlecht aus, soweit er das erkennen konnte. Blond und drall, warum nur waren es immer solche Frauen, mit denen er im Bett landete, wenn er zuviel getrunken hatte?

Auf Zehenspitzen suchte er den Raum ab, darum bemüht, so leise wie möglich zu sein, um die Frau auf dem Sofa ja nicht zu wecken. Socken und Schuhe hatte er schnell gefunden, für den Rest seiner Kleidung brauchte er länger. Zunächst bekam er die Sachen der Mickymaus in die Hände, eine kurze rote Hose mit großen schwarzen Knöpfen, beinlange schwarze Strickstrümpfe und weiße Handschuhe, und mit jedem Kleidungsstück, das er erkannte, kam eine weitere Erinnerung.

Er selbst war es gewesen, der ihr Hose und Strümpfe ausgezogen hatte. Und noch mehr. Nachdem er eine von Pauls Kisten geöffnet und eine Flasche Rotwein geköpft hatte. Mein Gott, hatte er hier gewütet! Abwechselnd hatten sie aus der Flasche getrunken, sich zwischendurch geküsst und begrapscht und ausgezogen. Sie hatte gegiggelt und gekichert, das wusste er auch noch. Und dass ihr Kichern ihn nicht davon abgehalten hatte weiterzumachen, obwohl er so etwas eigentlich gar nicht leiden mochte.

Er fand seine Hose schließlich unter dem Sofa, hinter den schwarzen Pappohren, daneben auch sein Hemd. Jackett und Mantel lagen unter dem Schreibtisch. Nur die dämliche Nasenschnurrbartbrille, die er bei Tietz erstanden hatte, konnte er nicht finden.

Vom Sofa war ein leises Gähnen zu hören, und er drehte sich um. Zwei Augen blinzelten aus einem verschlafenen Gesicht.

»Guten Morgen«, sagte Rath.

»Morgen.« Sie grinste. »Schon auf dem Sprung?«

»Wollte dich nicht wecken.«

Mist! Ihr Name fiel ihm nicht ein. Und wo war die verfluchte Gumminase? Er schaute hinter den Schreibtisch und unter den Stuhl.

»Suchst du das hier?«

Die Blondine holte etwas unter der Decke hervor. Rath erkannte die Nasenschnurrbartbrille, sie sah ziemlich ramponiert aus, das Drahtgestell war verbogen. Er nickte, nahm das Ding an sich und steckte es ein. Die Sache schien ihr weniger peinlich zu sein als ihm.

Er warf die schwarzen Strümpfe und das Mickymauskostüm aufs Sofa. »Zieh dich an«, sagte er. »Wir gehen besser. Die Putzfrau kommt gleich.«

»Kein Frühstück?«

»Jedenfalls nicht hier.«

Sie stand auf und zog sich an. Rath wandte sich ab, ein Sklave seiner katholischen Erziehung, obwohl er natürlich wusste, wie lächerlich das war nach einer gemeinsam verbrachten Nacht. Vielleicht wollte er aber auch nicht hinsehen, weil er Angst vor einer Erektion hatte. Er wollte keinen falschen Eindruck erwecken.

Sie schaute sich um.

»Ist das dein Büro hier? Bist du Weinhändler?«

»So ähnlich.«

Er wartete, bis sie angezogen war, spendierte ihr eine Zigarette und führte sie durch den Laden hinaus auf die Straße. Die Tür ließ er wieder ins Schloss fallen, von außen konnte man sie ohne Schlüssel nicht öffnen.

Es sei denn, man hatte Sperrhaken in der Tasche.

Je mehr er darüber nachdachte, was er getan hatte, desto mehr schämte er sich. Und die Erinnerung an seinen Fehltritt spazierte neben ihm und rauchte. Hilde, so hieß sie, jetzt fiel es ihm wieder ein. Hatte sich gestern als die *wilde Hilde* vorgestellt. Nicht einmal das hatte ihn abgeschreckt.

Die Kälte tat gut, ein frischer Wind wehte ihm ins Gesicht. Auf dem Eigelstein sah es aus, als habe eine Bombe eingeschlagen. Die Straßenreinigung war noch nicht hinterhergekommen, all das Papier, die Scherben und den sonstigen Müll zu beseitigen, den die Feiernden hinterlassen hatten. Ganz zu schweigen von den unappetitlicheren Hinterlassenschaften, die sich vereinzelt auch fanden. Ein schwerer Regenguss war dringend nötig.

Hilde bestand auf einem Frühstück, und er führte sie in ein kleines Café am Hansaring.

»Lass mich bestellen«, sagte sie, »ich kenn was Gutes gegen den Kater.«

»Welcher Kater?«, fragte Rath und machte dabei ein derart gequältes Gesicht, dass sie laut lachte.

Der Kellner ließ sich Zeit, sie ging zum Tresen und verschwand gleich nach der Bestellung auf der Toilette. Rath steckte sich eine Overstolz an und hoffte, die wilde Hilde möge nicht wiederkehren, sondern sich irgendwo durch den Hinterausgang verdrücken, doch diesen Gefallen tat sie ihm nicht. Als sie zurückkam, hatte der Kellner bereits zwei Gläser mit einer braunen sprudelnden Flüssigkeit auf den Tisch gestellt.

»Was ist das?«, fragte Rath, als sie sich setzte. Die verschmierte Karnevalsschminke war verschwunden, die wilde Hilde hatte ihr Gesicht wieder auf zivil umgestellt, die Augenbrauen nachgezogen und Lippenstift aufgetragen.

»Probier«, sagte sie und hob ihr Glas.

Rath tat es ihr gleich. Das Getränk war eiskalt. Und es schmeckte süß, wie Limonade, aber irgendwie besser.

»Und?«, fragte sie.

»Tut gut.« Rath nickte anerkennend.

»Das ist *Afri-Cola*.«

»Bekommst du Geld, dass du dafür Werbung machst?«

»So ähnlich.« Sie grinste und zündete sich eine Zigarette an. »Ich arbeite bei denen im Büro.«

»Wo?«

»Bei Blumhoffer in Braunsfeld.«

Rath nickte. Erst jetzt bemerkte er, dass sie Juno rauchte, dieselbe Marke wie Charly. Er entschuldigte sich und verschwand seinerseits auf der Toilette. Er ließ kaltes Wasser laufen und schimpfte lautlos mit seinem Spiegelbild. Immerhin, er konnte sich wiedererkennen. Unrasiert, die Haare zerzaust, grell gekleidet, aber sonst ganz passabel. So sahen die meisten Kölner am Tag nach Rosenmontag aus. Er schaufelte sich kaltes Wasser ins Gesicht und fuhr sich schließlich mit nassen Händen durch die Haare, um sie einigermaßen in Form zu bringen. Er fühlte sich schon besser, dieses Afri-Cola-Zeug wirkte tatsächlich. Machte jedenfalls wach.

Am liebsten hätte er die Gelegenheit genutzt und sich nun selbst durch die Hintertür verdrückt, doch er riss sich zusammen und kehrte zurück. Bestellte noch zwei Afri-Cola und setzte sich auf eine Zigarettenlänge zu ihr. Sie redeten belangloses Zeug. Irgendwann fragte sie nach der Narbe an seiner Schulter, und er ließ sie im Glauben, dass er sich die im Krieg zugezogen hatte. Dann war die Zigarette zu Ende, und er drückte sie aus. Rath legte einen Fünfmarkschein auf den Tisch, gab Hilde einen Kuss auf die Wange und verabschiedete sich.

»Tut mir leid, aber ich muss …«

»Sehen wir uns?«, fragte sie.

Er zuckte die Achseln. Mehr brachte er nicht zustande, er wusste nicht, was er sagen sollte.

Draußen auf dem Ring fluchte er leise vor sich hin und steuerte die nächste Telefonzelle an, gleich bei den Straßenbahnhaltestellen am Platz der Republik, in Sichtweite der wuchtigen Eigelsteintorburg. Er ließ es lange klingeln, doch niemand hob ab. Hättest Paul besser einen Zettel dagelassen, dachte er. Dazu war es jetzt zu spät. Er wollte sich nicht am helllichten Tag an einer Ladentür in der Sudermanstraße zu schaffen machen, nur um seinem Freund eine Nachricht auf den Schreibtisch legen zu können.

Rath verließ die Telefonzelle, steckte die Groschen gar nicht erst zurück ins Portemonnaie, sondern kaufte eine Fahrkarte und eine Morgenzeitung für unterwegs und stieg in die nächste Straßenbahn. Er musste nach Hause, zu seinen Eltern, musste unter die Brause und frische Sachen anziehen.

Und sich erschießen.

Langsam zockelte die Sechzehn die Ringe hinunter, durch das karnevalsverkaterte Köln, und nach einer Weile schlug Rath die Zeitung auf. Eins von LeClerks Blättern. Eine von den Zeitungen, die ihn nach Berlin getrieben hatten vor vier Jahren. *Todesschütze*, so hatten sie ihn genannt, *schießwütiger Polizist.* Tagelang, wochenlang. Erst in Berlin hatte er Ruhe gefunden. Dort gehörte er hin, zu Charly, und nicht nach Köln, diese von sich selbst besoffene Stadt mit ihren dämlichen Exzessen konnte ihn mal!

Er war so in Gedanken, dass er jetzt erst merkte, welche Schlagzeile er da las. Kein Foto vom Rosenmontagszug mit ein paar belanglosen Zeilen, sondern Worte, die ihn mit einem Schlag hellwach machten, wacher noch, als Afri-Cola das vermocht hatte.

Reichstag in Flammen. Holländischer Kommunist verhaftet.

Er musste sich die Augen reiben. Was war denn da los in Berlin, kaum kehrte man der Stadt mal für ein paar Tage den Rücken?

Schlug die Rotfront jetzt zurück, nachdem die Nazis wochenlang den dicken Max markiert hatten?

Rath las alles, was er zu dem Thema finden konnte, und blätterte sich durch die Zeitung, so darin vertieft, dass er am Barbarossaplatz, wo er in die Einundzwanzig umsteigen musste, beinahe weitergefahren wäre.

»Da soll mir noch ejner saaren, in Berlin wärense nit jeck!«

Das war die einzige Bemerkung, die Rath während seiner halbstündigen Straßenbahnfahrt zu den Ereignissen in der Reichshauptstadt hörte. Die meisten Kölner waren mit den unangenehmen Folgen und Begleiterscheinungen ihrer Rosenmontagseskapaden beschäftigt. Und vielleicht hatten sie ja auch recht mit ihrer Ignoranz: Was sollte es sie kümmern, was die Idioten in Berlin machten, ganz gleich ob Nazis oder Kommunisten? Wobei die Gefahr eines Bürgerkrieges natürlich so groß war wie nie, seit die Nazis den Reichskanzler stellten und schon so taten, als gehöre ihnen ganz Deutschland. Würden die Kommunisten sich das wirklich gefallen lassen? Oder hatte der von vielen seit Wochen erwartete oder wenigstens befürchtete Bürgerkrieg jetzt gerade begonnen?

Rath konnte sich das nicht vorstellen. Er hatte die Berliner Kommunisten als Maulhelden kennengelernt, die mehr redeten als handelten. Dann musste er an Adenauers Worte denken: *Hitler hätte man mit Jewalt entjejentreten müssen, schon vor einem Jahr. Nu isset zu spät.* War es das wirklich? Wurde am Sonntag nicht gewählt? Die Nazis waren doch sowieso auf dem absteigenden Ast, man musste nur etwas Geduld haben, und das Irrenhaus, in das sich Deutschland in den vergangenen zwei, drei Jahren verwandelt hatte, würde schon wieder halbwegs zur Normalität zurückkehren.

Aber vielleicht, dachte Rath, als er an der Luxemburger Straße aus der Bahn stieg, war dies genau das Problem: Dass in Deutschland kaum einer wusste, was Normalität überhaupt bedeutete.

Bratenduft zog durch die Diele, als Frieda ihm die schwere Haustür öffnete. Natürlich, im Hause Rath wurde pünktlich halb eins zu Mittag gespeist, ganz gleich ob Karneval war oder nicht oder ob draußen die Welt unterging.

»Der junge Herr!« Das Mädchen machte große Augen. »Jut, dat Se do sin! Mer suchen Se schonn överall!«

WEITER EINTAUCHEN

in die Bestsellerserie rund um Gereon Rath

Band 2
ISBN 978-3-492-31611-8

Band 3
ISBN 978-3-492-31715-3

Band 4
ISBN 978-3-492-31974-4

Band 7
ISBN 978-3-492-31681-1

Band 8
ISBN 978-3-492-31857-0

Band 9
ISBN 978-3-492-31987-4

Weitere Informationen und Zusatzmaterial unter: **gereonrath.de**